新世纪高等学校教材 | 中国语言文学系列教材

文学理论新编（第4版）

WenXue LiLun
XinBian

童庆炳 主编 赵 勇 副主编

北京师范大学出版集团
BEIJING NORMAL UNIVERSITY PUBLISHING GROUP
北京师范大学出版社

图书在版编目（CIP）数据

文学理论新编/童庆炳主编．—4版．—北京：北京师范大学出版社，2016.6（2025.7重印）

新世纪高等学校教材．文学理论系列教材

ISBN 978-7-303-19147-5

Ⅰ．①文…　Ⅱ．①童…　Ⅲ．①文学理论-高等学校-教材　Ⅳ．①I0

中国版本图书馆CIP数据核字（2015）第136274号

出版发行：北京师范大学出版社 https://www.bnupg.com
　　　　　北京市西城区新街口外大街12-3号
　　　　　邮政编码：100088
印　　刷：北京虎彩文化传播有限公司
经　　销：全国新华书店
开　　本：730 mm×980 mm　1/16
印　　张：29.5
字　　数：514千字
版　　次：2016年6月第4版
印　　次：2025年7月第23次印刷
定　　价：46.00元

策划编辑：周劲含　　　　责任编辑：杨磊磊
美术编辑：李向昕　　　　装帧设计：李向昕
责任校对：陈　民　　　　责任印制：马　洁

读者服务电话：010-58806806
如发现印装质量问题，影响阅读，请联系印制管理部：010-58806364

前 言

打开这本教材您就会发现，呈现在您面前的《文学理论新编》确实是一副崭新的“面孔”。

新在何处？

以往的文学理论教材往往是观念先行：编写理念既定，也就确立了教材的编写结构框架；然后是分章分节，最终以“六经注我”的方式完成教材的编写。本教材的编写当然不是不要理念，而是在确立编写理念的同时，更看重那些经过时间检验的“经典文本”。因此，在每一章里，我们首先精选出两篇古今中外文学理论大家或作家的文章并将其作为主要内容，然后通过对文本的详细注释和“作者简介”“背景知识”“文本解读”三个环节，去释放“经典文本”的魅力。由于“经典文本”是对某个具体问题的发言，而无法完全涵盖某个文学理论的大问题，于是每章又设计了“相关问题概说”一节，旨在对某一类问题做出补充性的说明和较系统的阐释。

这样，本教材每章均由两部分内容组成：经典文本阅读、相关问题概说。如果说前者是“一斑”，后者则是“全豹”，两者相呼相应，取长补短。于是，在编者与作者之间、文本与文本之间、问题与问题之间便构成了一种多层次的“对话”关系。而且如此一来，那种“六经注我”的编写思路也将被打破，取而代之的是一种“我注六经”式的新思路。我们相信，这样一种编写思路可能更合理、更稳妥，也更符合教学规律。因为对于大学中文系低年级的学生来说，与其让他们一开始就接受一些抽象的、空洞的，有时甚至是教条化了的理论，不如让他们直接面对二三十篇经典文章更有价值，更有成效。实际上，从学生的实际情况出发来思考文学理论教材的编写方案，也是我们的初始动机之一。

不管文学如何变化，它都离不开以下三个维度：语言的维度、审美的维度和文化的维度。文学是语言的艺术，打造不出精良的文学语言，即意味着无法创作出美的文学作品；文学营造了一个诗情画意的审美空间，这个空间的有无多寡，很大程度上取决于文学作品的得失成败；文学又是与文化交往的产物，文学本身已包含了神话、宗教、历史、科学、伦理、道德、政治、哲学等文化蕴含。欠缺或丧失文化蕴含的文学肯定显得势单力薄、形销骨立。正因为文学存在着这样三个维度，思考文学理论的基本问题就不能不围绕着这三个维度展开。因此，语言、审美、文化三维度是本教材的核心观念，其他的设计则是这一观念的拓展与深化。

本教材坚持马克思主义理论的指导，全面贯彻党的教育方针，扎实推进习近平新时代中国特色社会主义思想和党的二十大精神进课程教材，以中国文化立场和文化眼光审视与梳理了文学理论的重要方面。我们寄望于这本教材能为阅读和学习它的青年后辈提供一点入门的指引，希望这些后备力量能立足当代中国文化的现实课题，为推动这一学科的发展做出贡献。让我们带着这种观念，走进文学理论的世界中，走进那些古今中外的文论大家的思考中。

目　录

第一章　文学与文学理论

在我们开始学习文学理论的时候，首先要了解的问题是：文学是什么？文学理论是什么？人类历史开篇之时，我们的祖先在进行物质劳动以满足自己的生理需要的同时，就开始了文学活动以满足自己的精神需要。人类先有文学活动，然后才有对文学的认识。这种对文学的认识，就是最初的文学理论。随着文学活动的进一步发展，对于文学的认识也相应发展起来，到了近代终于成为一门学科，这就是“文艺学”① 学科。大家开始学习的“文学概论”是文艺学学科的初级的文学理论知识系统。本章我们选择了刘勰的《文心雕龙·原道》和亚里士多德的《诗学》第一章至第三章两篇“经典文本”作为学习的重点，同时对相关问题予以阐述。通过对这些文献的学习，要了解两个问题：第一，文学的基本观念有哪些；第二，文学理论具有什么性质。

第一节　经典文本阅读

一、文心雕龙·原道（刘勰）

文之为德也大矣②，与天地并生者何哉！夫玄黄色杂，方圆体分③，日月

---

① “文艺学”是俄语词的翻译。按通常的理解，指文学理论。

② 这是全文第一句，关键是对“德”字的理解。一般都把“德”理解为德行或德操，“文德”也就是指为文的操守，譬如当教师要有师德，做商人要有商德等。这种理解不合刘勰的原意。王元化在《〈灭惑论〉与刘勰前后期思想的变化》中释“文之为德”时说：“过去注释家多训‘德’为‘德行’或‘意义’，均失解。德者，得也，若物德之德，犹言某物之所以得成某物”，“文之为德”，“也就是说文之所以由来的意思”。这种解释是正确的。这句可翻译为：文学之所以是文学的根由，是重大的。刘勰在这里强调要从宇宙与人类的更宽阔的视野来理解文学。

③ 《易·坤·文言》：“夫玄黄者，天地之杂也，天玄而地黄。”玄黄指天地的颜色。《大戴礼记·曾子天圆》：“天道曰圆，地道曰方”，指古人对天地的形状的理解。可理解为：天玄地黄各有不同的颜色，天圆地方各有不同的形体。

叠璧，以垂丽天之象①；山川焕绮，以铺理地之形②；此盖道之文也③。仰观吐曜，俯察含章，高卑定位，故两仪既生矣④。惟人参之，性灵所钟，是谓三才⑤。为五行之秀，实天地之心⑥，心生而言立，言立而文明，自然之道也⑦。

傍及万品，动植皆文⑧：龙凤以藻绘呈瑞，虎豹以炳蔚凝姿⑨；云霞雕色，有逾画工之妙⑩；草木贲华，无待锦匠之奇⑪；夫岂外饰，盖自然耳。至于林籁结响，调如竽瑟⑫；泉石激韵，和若球锽⑬；故形立则章成矣，声发则文生矣。夫以无识之物，郁然有彩，有心之器，其无文欤⑭！

人文之元，肇自太极，幽赞神明，易象惟先⑮。庖牺画其始，仲尼翼其

---

① 垂，展示的意思。

② 铺，分布之意。理，条理。

③ 这里的“道”指宇宙本体。这句话很重要，说明天上的日月，地上的山川，所有一切大自然都有文采，文学的文采是人受自然文采的启发才创造出来的。

④ 意思是，仰观日月发出的光辉，俯察大地所含的文采，高与下的位置都确定了，因此天地也就产生了。“两仪”，指天地。《易》：“是故‘易’有太极，是生两仪。”

⑤ “参”，三，也有参入义。钟，聚也。这句话的意思是，只有人是性灵所聚而成，能与天地相参配，天地人是为“三才”。

⑥ 五行，指金木水火土，意指万事万物。这句话的意思是，人为万物之灵秀，实乃天地之心灵。

⑦ 意思是，人的心灵产生了，言辞也就确立了，言辞确立了，文章也就昌明了，这是自然的道理。在这里，刘勰指出文章由人心所生，确认人是文学的主体。这两句都强调“人”的重要性。

⑧ 傍，涉及的意思。

⑨ “藻绘”，有文采的意思，用来形容龙凤翎羽的颜色。“炳蔚”，鲜明，此处用来形容虎豹的毛色。

⑩ 逾，超过。

⑪ 贲（bì），饰也。

⑫ 至于风吹林木所发出的声音，像乐器演奏一样和谐。籁，风吹孔窍发出的音响。竽，一种吹奏乐器，像笙。瑟，一种弦乐器，像琴。

⑬ 泉与石相激所形成的韵调，和谐得像击盘打钟。球，圆盘。锽，钟。

⑭ 既然无知的事物都郁郁然有文采，有心灵的人，难道会没有文章吗？上面这两段，强调自然本身的艺术美特征，人也是一种自然，或者说人是自然中最富于灵气的，就更应具有艺术美的特征。这里说明在刘勰的观念中，文章，包括文学，是伴随天地万物而产生的，人与天地万物都是自然，自然本身是美的，作为人的心灵的产物的文章，是与大自然的美相伴而产生的。

⑮ 人类的文章，开始于天地未分以前的元气，深刻明白这个神奇的道理的，是《易经》中的卦象。肇，开端。太极，天地未分时的元气。幽，深也。赞，明也。神明，神奇的自然道理。

终①。而乾坤两位，独制《文言》②。言之文也，天地之心哉③！若乃《河图》孕乎八卦，《洛书》韫乎九畴，玉版金镂之实，丹文绿牒之华，谁其尸之，亦神理而已④。自鸟迹代绳，文字始炳⑤。炎皞遗事，纪在《三坟》，而年世渺邈，声采靡追。唐虞文章，则焕乎始盛。元首载歌，既发吟咏之志⑥；益稷陈谟，亦垂敷奏之风⑦。夏后氏兴，业峻鸿绩，九序惟歌，勋德弥缛⑧。逮及商周，文胜其质，雅颂所被，英华日新⑨。文王患忧，繇辞炳曜，符采复隐，精义坚深⑩。重以公旦多材，振其徽烈，剬诗缉颂，斧藻群言⑪。至夫子继圣，独秀前哲，熔钧六经，必金声而玉振⑫；雕琢情性，组织辞令，木铎起而千里

---

① 庖牺，伏羲氏，相传他最早画卦象，孔子最后作《十翼》，解释《易经》。这句话的意思是，最早画卦象的是伏羲氏，最终写了十篇文章解释《易经》的是孔子。

② 只有乾、坤两卦，有《文言》加以解释。《文言》是孔子所写的"十翼"中的一篇。

③ 语言的文采实在是天地的精神啊！这是本篇中十分重要的一句话。

④ 相传黄河里有龙献图，伏羲氏借以制八卦。洛水里有龟献书，大禹借以制定九种治国的方法。尸，主管。这句话的意思是，《河图》里蕴含着八卦，《洛书》里深藏着九种治国的方略，玉版上金字的内容，绿简上红字的文采，是谁制作的呢？不过是自然的神秘的道理而已。

⑤ 相传黄帝的史官仓颉，见鸟兽的足迹，受到启发，创造文字。这句话的意思是，自从用文字代替结绳记事，文字的作用才开始显示出来。

⑥ 这里的元首，指舜帝。载，成也。这句话的意思是，虞舜的歌唱，抒发并吟咏了情志。

⑦ 益、稷，人名，他们都是舜帝的臣子。谟，谋也。敷奏，敷陈。

⑧ 九序，九项政事皆有次序。弥，更。缛，繁盛。这句话的意思是，夏禹兴起，业绩卓著，九项政事，皆有次序，值得歌颂，勋德就更为繁盛。

⑨ 被，配上。

⑩ 司马迁《报任少卿书》："文王拘而演《易》。"相传文王曾被商纣王拘于羑里。繇辞，卜卦之辞。这句话的意思是，文王在患难中，所做的卜卦之辞光辉闪耀，文辞含蓄，意义深远。

⑪ 公旦，周武王的弟弟周公，名旦。振，扬。徽，美。烈，功业。斧藻，修饰。

⑫ 熔钧，陶铸。"六经"：《易》《诗》《书》《礼》《乐》《春秋》。"金声而玉振"出自孟子，《孟子·万章下》："孔子之谓集大成。集大成也者，金声而玉振之也。金声也者，始条理也，玉振也者，终条理也。"意思是以钟声开始，以磬声收尾。这句话的意思是，孔子承前世圣贤的事业，比前世先哲更杰出，他修订了"六经"，真是如奏乐一样先击钟后扣磬，有条理地集古今之大成。

应，席珍流而万世响，写天地之辉光，晓生民之耳目矣①。

爰自风姓，暨于孔氏，玄圣创典，素王述训，莫不原道心以敷章，研神理而设教，取象乎《河》《洛》，问数乎蓍龟，观天文以极变，察人文以成化②；然后能经纬区宇，弥纶彝宪，发挥事业，彪炳辞义③。故知道沿圣以垂文，圣因文而明道，旁通而无滞，日用而不匮④。《易》曰："鼓天下之动者存乎辞。⑤"辞之所以能鼓天下者，乃道之文也⑥。

赞曰：道心惟微，神理设教。光采玄圣，炳耀仁孝。龙图献体，龟书呈貌。天文斯观，民胥以效⑦。

（选自范文澜：《文心雕龙注》，北京，人民文学出版社，1958）

1. 作者简介

根据《梁书·刘勰传》，我们知道刘勰生平的一些情况。刘勰，字彦和，大约生于宋明帝泰始元年（465年），卒于梁武帝普通元年（520年）。原籍东莞莒县（含属山东）。其祖在永嘉之乱时南迁，侨居京口（今江苏镇江市）。其父曾官至"越骑校尉"（统率骑兵的武官），但过早去世。刘勰很小就成为孤儿，家境贫寒，未婚娶。刘勰从小就很好学，曾跟随当时的高僧学习并校订编订佛经，经过十余年的努力，"遂博通经论"。当时镇江定林寺的经藏，是刘勰编订的。

---

① 木铎，铃，以木为舌。古代传布政令，敲木铎以集合群众。这句话的意思是，孔子还雕琢人的性情，组织辞令，木铎敲响，千里都有人呼应，就如同在讲席上宣讲的道德学问流传下来，对后世都有影响，他写天地的光辉，使普天下的人都耳目一新。

② 爰，于是。风姓，伏羲姓风。暨，及。玄圣，远古的圣人，指伏羲。素王，指孔子。蓍，锯齿草。这句话的意思是，从伏羲到孔子，伏羲创造典则，孔子追述前人的训导，莫不是本于自然之道以敷陈文章，研究神秘的道理而立教义。从《河图》和《洛书》里取得卦象，从蓍草与龟甲中探问气数，观察天文推测世界的变化，观察人类文化来形成教化。

③ 区宇，天下。弥纶，缝合。彝宪，常法。这句话的意思是，然后统治天下，制定常法，发扬事业，彪炳辞章。

④ 旁通，犹言遍通。匮，乏。这句话的意思是，自然之道靠圣人用文章来显示，而圣人也用文章来说明自然之道，通行而无阻碍，大家日常使用也不会感到不足。

⑤ 意思是，《易经》说："能鼓动天下的是文辞。"

⑥ 意思是，文辞之所以能鼓动天下，是因为这文辞是显示自然之道的文啊。

⑦ 胥，都。这句话的意思是，总而言之，自然之道的内核是很深微的，神秘的道理可以制定教义。光辉的圣人孔子，宣扬仁孝。黄河的龙献出"河图"，洛水的龟呈出"洛书"；圣人又观察天文推究变化之理，这样民众都跟着效仿。

天监初年（502或503年），刘勰“起家奉朝请”，开始做官。最初是没有实缺的官，其后，也做过一些有实缺的小官，如他曾做过“太末县令”，有清廉的政绩。最有意义的是他曾当过昭明太子“东宫通事舍人”（管理太子文书的官职）。昭明太子萧统曾编过《文选》，十分喜爱文学，对刘勰自然也格外喜欢。

刘勰一生最重要的一件事就是著《文心雕龙》五十篇。他“自重其文”，但未有识货者。他不得已求助于当时文坛领袖沈约。当时刘勰背着书，等待沈约出来后，就把沈约的车拦住了。沈约读了他的书，认为“深得文理”，很看重他，常把《文心雕龙》放在书桌上，随时翻阅。

刘勰“长于佛理”，所以他的后半生又回到修订佛经上面，修订工作完成后，干脆出家当和尚，在出家不到一年后，卒于庙中。

从刘勰生平中，我们发现，他能够完成中国第一部体系恢宏、逻辑严密、观点深刻的文论著作，与他早年整理、修订佛经密切相关。佛经是从印度传入的外来文化，有严密的体系和逻辑。刘勰肯定从佛经里吸取了构建体系、框架的本领，并把它运用于文论的著述中。从这一意义上看，《文心雕龙》是中外交流的产物。这也说明，一种思想若是定型了，就可能变成僵化的东西，这时候就需要外来的思想加以撞击，才有可能产生新的变化和发展。也因此刘勰的《文心雕龙》中儒、道、佛三种思想并存。

2. 背景知识

刘勰《原道》是《文心雕龙》一书首篇，与《征圣》《宗经》《正纬》和《辨骚》四篇，一起构成刘勰自己所说的作为总纲的“文之枢纽”。所谓“枢纽”即是“关键”“纲领”的意思。“原”是“本于”的意思，“原道”就是本于“道”。刘勰《文心雕龙·序志》篇中说：“文心之作也，本乎道”，也是说明这个意思。刘勰在《原道》这篇文章里主要是要确立自己的文学观，回答文学从哪里来的问题。

刘勰生活于齐、梁年代，一共生活了56年左右。他能够完成体大思精的文论著作，与他生活的时代有一定的关系。自东汉到魏晋，再到南北朝，这几百年间，是中国战乱频仍的时期，也是社会矛盾激化的时期，人民生活痛苦不堪，士人（知识分子）处境危险，面临各种无奈的选择。但这种状况，也给士人提供了思想创造的条件。以下三点与刘勰的《文心雕龙》的写作是有密切联系的。

第一点，思想解放局面的形成。东汉以降，汉武帝以来所确立的“独尊儒术”式微，这主要是经过了西汉和东汉的几百年的保守的统治，儒家的伦理规范已成为教条。东汉时期就出现了许多“名士”，他们敢于批评当时的政治，成为当时政府的“反对派”，政府就说他们是“党人”，把他们禁锢起来。这就是东汉历史上的“党锢之祸”。尽管有“党锢之祸”，还是有人要冲破名教和理法，说一些违反儒家伦理的话，如曹操要杀孔融，一个名叫路粹的人揭发孔融的言论：“父之于子，当有何亲？论其本意，实为情欲发耳。子之于母，亦复奚为？譬如寄物瓶中，出则离矣。”（《后汉书·孔融传》）孔融说的话不一定对，但也说明儒家的孝道的确遭到了人们的挑战。当时著名的文人嵇康更是提出了“越名教而任自然”的大胆说法。我们举这两个例子，是要说明东汉末年以来，儒家伦理教条没落，思想解放活跃，各种思想竞争激烈，儒、道、佛思想处于交锋或交融过程中。意识形态领域的这一状况一直延续到南北朝，这是产生像《文心雕龙》之类著作的必要条件。因为《文心雕龙》就是儒、道、佛各种思想交汇的结果。

第二点，玄学的兴起。玄学是魏晋时期以“名士”为核心所创立的一种哲学形态，它崇尚超乎形质与经验的玄远，以老庄学说和佛学中的一些命题为谈资，用清谈的抽象的方式，着重谈论的问题有“有无之辩”“名实之辩”“才性之辩”和“言意之辩”等。玄学的兴起与上述“党锢之祸”有关，士人对政治生活淡漠，明哲保身，转向清谈，这也是“隐”的一种方式。另外，门阀制度的兴起与巩固，大地主贵族养士之风日盛，也为尚清谈的玄学提供了基础。玄学具有对儒家正统观念的消解作用，同时也使人的精神获得了空前的解放。因为玄学将世界上任何事物，大至宇宙，小至花鸟鱼虫，都作为玄思的对象加以把握，从而大大突破了传统儒家精神的狭小天地，实质上是对人的主体性的高扬。在玄思中，人们可以任意驰骋自己的想象，忘记尘世的烦恼，进入一个自由的审美境界，人们可以用自己的感觉去面对世界的美和丑，并根据自己的感觉做出自己的判断。这在当时不是一件小事，特别是对文学艺术的发展有利，为《文心雕龙》等文论著作的产生提供了良好的环境。

第三点，文学地位的提高与独立。魏晋时期，由于曹氏父子的提倡，刚健的建安风骨得以出现，文学已被看成“经国之大业，不朽之盛事”。宋明帝在儒学、玄学、史学之外，另立文学馆。同时，史书也开始立《文苑传》。特别值得注意的是，宋齐以来的文、笔区分。梁元帝萧绎《金楼子·立言》云：

> 屈原、宋玉、枚乘、长卿之徒，止于辞赋，则谓之文。至于不便为诗如阎纂，善为章奏如伯松，若此之流，泛谓之笔。

刘勰《文心雕龙·总术》云：

> 今之常言，有文有笔。以为无韵者笔也，有韵者文也。

文、笔之分，在当时成为一种通论，是很大的事情。文学从以前的依附状态中“独立”出来了，这标志着文学自觉时代的到来。后来昭明《文选》中的选文就以诗赋为主，不选经书、诸子和史传。文学的自觉给文论带来了生机。《文心雕龙》这样的文论专著的出现和其中“原道”命题的提出不是偶然的。

3. 文本解读

先秦以来，中国古代对于文学的界说，最著名的就是“诗言志”。《尚书·尧典》中说：“诗言志，歌永言，声依永，律和声。”意思是说，诗是表达志意的，歌把语言咏唱出来，韵律使声调和谐统一。这里的“志意”是什么意思呢？按照古代儒学的理解，这“志意”一般而言是指符合儒家伦理道德的思想感情，目的在于“经夫妇，成孝敬，厚人伦，美教化，移风俗”，所以在作诗的时候，要“发乎情，止乎礼义”①。儒家的诗教在古代中国占有重要地位。然而，刘勰在《文心雕龙·原道》篇探讨文学的本源的时候，没有重复儒家的诗教，而提出了“文原于道”的看法，认为文学是从“道”那里衍化而来的。那么刘勰所提出“道”是什么呢？弄清这个问题是理解刘勰的《原道》篇的关键。

（1）对刘勰的“道”的四种解释

刘勰在文中有“自然之道”和“道之文”的说法。怎么来理解刘勰关于“自然之道”和“道之文”的说法呢？对此，历来有不同的理解，比较重要的有以下四种看法。

第一种，认为刘勰的“道”就是儒家的以礼教为核心的“道”。因为“文之枢纽”有五篇，其中头三篇是《原道》、《征圣》和《宗经》，这三篇在一个思想线索上，既然《征圣》和《宗经》是鼓吹儒家思想的，那么由此可以推测第一篇《原道》中的“道”自然也就是儒家礼教之道了。刘勰的确在一系列篇章中推崇儒家圣人及其经典，所以学界不少人认定“原道”的“道”就是儒家之道，这不能说是没有根据的。本篇也重点谈到孔子的作用。但是文章没有把孔子的学说作为文章的源头，而是把自然万物作为文章的源头。文章开头那些

---

① 《毛诗序》，见张少康等编选：《先秦两汉文论选》，4页，北京，人民文学出版社，1996。

赞美大自然的话，特别引人注目。而且把“道”理解为儒家之道，这种理解有一个明显的局限，它主要不是从本篇的理论切入，而是由他篇来推测此篇，它的根据不是“自证”，而是“旁证”，在有“自证”的情况下，为什么要采用力量不足的旁证呢？这是值得怀疑的。

第二种，认为刘勰的“道”是道家之道，是道家的“先天地生”为“天下母”的“道”。刘勰把“道”与抽象的神秘的“神理”相联系，是先验的东西，相当于柏拉图的“理念”或黑格尔的“绝对理念”，因此刘勰的“道”是“客观唯心主义”的。虽然刘勰的《文心雕龙》吸收了道家的思想养料是一个事实，刘勰的著作中确有道家思想。但把“原道”的“道”断定为道家之“道”缺乏足够的论据。而且这种看法与黑格尔的“绝对理念”相提并论，似有把刘勰的思想“西方化”之嫌。

第三种，认为刘勰的“道”是兼有儒、道两家的道，即认为刘勰以儒家思想为主，也不排斥道家的影响，魏晋玄学就往往以道家思想来说“易”，所以刘勰的“道”兼有双重的意思，广义的是“自然之道”，狭义的是“儒家之道”。这其中又有“内儒外道”“内道外儒”和“儒体道用”的说法。这一派人看到了刘勰的思想的复杂性，看到了《文心雕龙》思想资源的多样性，是值得称道的。但其说法未免含糊，似应进一步厘清。

第四种，认为刘勰的“道”就是“自然之道”，是自然本身。持此说的有近代国学大师黄侃等。黄侃的《文心雕龙札记》解释刘勰“自然之道”的观点如下：

> 案彦和之意，以为文章本由自然生，故篇中数言自然，一则曰：“心生而言立，言立而文明，自然之道也。”再则曰：“夫岂外饰，盖自然耳。”三则曰：“谁其尸之，亦神理而已。”寻绎其旨，甚平易。盖人有思心，即有言语，即有文章，言语以表思心，文章以代言语，惟圣人为能尽文之妙，所谓道者，如此而已。此与后世言“文以载道”者截然不同。①

黄侃所言从本篇立论出发，不拐弯抹角，他的解释是比较合理的。他认为《原道》篇中多次谈到“自然之道”“自然”和“神理”，实际上都是讲先有“自然”，然后才有“思心”，然后才有“言语”，然后才有“文章”。特别值得注意的是，黄侃认为，刘勰的“道”与唐代韩愈的“文以载道”的“道”是不

① 黄侃：《文心雕龙札记》，3页，上海，华东师范大学出版社，1996。

同的，是刘勰自己提出的“自然之道”。另一位近代学者刘永济教授在《文心雕龙原道篇释义》中解释“道之文”观点如下：

> 此篇论“文”原于道之义，既以日月山川为道之文，复以云霞草木为自然之文，是其所谓“道”亦自然也。此义也，盖与“文”之本训适相吻合。“文”之本训为交错，故凡经纬错综者，皆曰文，而经纬错综之物，必繁缛而可观。故凡华采铺芬者，亦曰文。惟其如此，故大而天地山川，小而禽兽草木，精而人纪物序，粗而花落鸟啼，各有节文，不相凌乱者，皆自然之文也。然则道也，自然，文也皆弥纶万品而无外，条贯群生而靡遗者也。①

刘永济此论也较合理。他从“道”与“文”的密切关系来解释“道”为自然，“文”为自然经纬错综的状况，天地山川，云霞草木，花开鸟鸣，包括人物生活，都是经纬错综而丰赡美丽的，都是“文”，即包括人的整个自然都是“文”，那么“道之文”，就是自然之文，而道也就是“自然”本身，这是比较符合刘勰原意的。

（2）“天道自然”及其衍化

我们的看法与上面两位学者的解释相似，但又有所不同。我们认为从本篇的立论和与创作论诸篇的联系看，刘勰的“道”是古老的“天道自然”，既不是儒家的“仁义”之道，也不是道家的“无为”之道。刘勰所标举的“自然之道”的文学观，基本上源于远古先人的“自然崇拜”观。所谓“自然崇拜”，就是说，我们的先人在远古的时候出于对自然万物的不了解，感到自然的神奇与威力，敬畏自然，从而对自然产生了崇拜之情。在“自然崇拜”这一点上，道家与儒家的思想并没有大的区别。他们都怀有一种对神秘自然的敬畏之情。这是更古老的先人的天道自然崇拜观在先秦学者那里的回响。儒家、道家不但敬畏自然，同时又把自然当作一个源头，道家的道源于自然，儒家的名教岂不是也源于自然吗？我们认为刘勰基本上就是在上述意义上用“道”这个概念的，并把它作为文学的本源来加以阐发。

如前所述，刘勰在他的《原道》的开篇，没有按汉代的文论去絮絮叨叨讲“诗言志”“发乎情，止乎礼义”“温柔敦厚”“美刺”“主文而谲谏”等儒家教化理论，而是从自然本身（“天文”“地文”“人文”）的丰富、韵致和美丽讲

---

① 詹瑛：《文心雕龙义证》（上），4页，上海，上海古籍出版社，1989。

起，并充满赞美之情。这绝不是偶然的，他的思想受当时玄学和佛学的影响，与儒家教化理论拉开了一定的距离。他的这种倾向，在我们今天看来，就是要从自然宇宙这样一个更宽阔的视野来理解“人文”。

从《原道》篇可以看出，刘勰认为，从根本上说，文源于原始的天道自然，自然（包括人的自然）是最美的，人文（包括文学）与自然万物有着同构的关系。文章属于精神的产物，自然则是客观的存在，一为精神，一为物质，它们是“异质”的，但它们的结构却是相同的。天地山川，禽兽草木，人纪物序，花落鸟啼，这是自然，自然有自然的结构；文章（包括文学）虽然不是自然本身，但好的文章（包括文学）与自然的结构是相同、相通和相似的。刘勰《原道》开篇在说了天地、日月、山川的美丽之后，指出“此盖道之文”后，接着说：“仰观吐曜，俯察含章，高卑定位，故两仪既生矣。惟人参之，性灵所钟，是为三才。为五行之秀，实天地之心”，这里的“观”，是观看天地的光辉，这里的“察”，是察看地面万物的文彩，这都是人的知觉活动，所以刘勰接着说“惟人参之”。这里就把天、地、人并举，并称其为“三才”。天地是指物质性的宇宙，人则是具有心智的高等动物，这是不同“质”的，但刘勰把它们归为一类，即“三才”，都具有文彩，这就是天地与人“异质”而“同构”，即天地的“力的结构”与人的“力的结构”是同一的。所以这里所说的“道之文”，不仅仅是指自然天地的“文”，也指人的“文”。具体地说，自然景物属于自然界，人的情感与思想属于意识界。春天花朵的绚烂与美丽属于自然物体，人们将见到这花朵之后的快乐和喜悦写成了诗篇是情感意识。但它们都属于上升的结构，这就是“异质同构”。

那么，在刘勰看来，“道”与文章怎样实现同构关系呢？这就是因为自然之道具有衍化的功能。这里可以分三个层次来理解。

第一层次，自然之道具有自然美。

作为自然之道都有广义的“文”。刘勰说，天玄地黄，天圆地方，日月似重叠的碧玉，展现出宏丽的景象，山川焕然如锦绣，显现出大地的形貌，这就是“道”之文采。从这里我们可以知道，刘勰所说的“道”是指天地、山川等自然本身。而且他认为自然本身就有“文”，这里所说的“文”，即文采（包括诗意），你看那山川，那草木，那晨昏，那鸟兽，都错落有致，都变化有序，这在人们的心目中就是美。“道之文”也就是自然美。刘勰确实是感受到自然美的，他用了许多美丽的文辞描绘说：动物、植物都是美的。龙凤以鳞羽呈现瑞祥，虎豹以毛色闪现出雄姿，云霞雕饰出的色彩，超过画工笔下的微妙，草木开花，不必织女的巧手也神奇异常，这些都不是外来的装饰，完全是出于自然本身。天地、动植物是自然美。那么人呢？刘勰接过《易传》的话说，人为“三才”之一，为“五行之秀”，为“天地之心”，人首先也是一种自然美。所以他说：“夫以无识之物，郁然有彩，有心之器，其无文欤！”由此不难看出，刘勰把人看成自然美之一种，但又比自然美更高，这是他对“人文”的第一层看法。这层理解，也可以说是对“道之文”的广义的理解，它是“与天地并生”的，只要是自然，都有“文”，都有文采。

有人可能要问，《原道》篇中所提的《河图》《洛书》是怎么回事，这也是自然吗？回答说：是。在我们的先人看来，这也是自然。古代的人们对自然并没有科学的认识，常常把一些传说的东西，想象成真实的，当成自然存在。他们把语言文字的最早创造归功于“龙献图，龟献书”，是不足为怪的，这是先人的古老天道自然崇拜观在起作用。自然崇拜观的实质，就是把世界上一切神秘的无法解释的现象都归结为自然的本然存在。把平淡的还给自然，把神奇的也还给自然，把一切荒诞的都还给自然，这是一种朴素的唯物论。汉代学者王充说：“河出图，洛出书……此皆自然也。夫天安得以笔墨为图书乎？天道自然，故图书自成。”① 我们认为王充讲的“天道自然”，最为合理。由此我们可以这样来理解：刘勰并不是从认识论的视角来看待天道自然，而是从古代朴素的存在论的视角来看待天道自然，人进入自然，便与自然融合为一个整体。自然不完全是认识的对象，而是体验的、感悟的和想象的对象。

第二层次，自然之道衍化为人工美。

刘勰在说明自然美之后，接着提出“文字始炳”以来的“写天地之辉光，晓生民之耳目”的问题。那么这个“写”的问题又是如何发生的呢？刘勰说：“心生而言立，言立而文明。”这是刘勰的回答。这个回答很重要。意思是说，从自然美到艺术美，要经过“心”与“言”这两个中介。首先是“心”的感动，看到山川自然，看到雪花飞舞，看到花开叶落，听到流水潺潺，听到大风呜呜，听到松涛声声，人也会感动的。对文学创作来说，“心”的问题最重要的是“情”的问题，所谓“情者文之经”，强调的就是“情”的作用。没有人内心情感的波涛与风暴也就没有文学。其次是要把“情”外化出来，这就要通过“言”，没有“言”也没有文学。刘勰在《神思》篇里谈到“言不尽意”的问题。动情不易，言说也难。所以，“心”与“言”这两个中介是重要的。就

---

① （东汉）王充：《论衡·自然》，279 页，上海，上海人民出版社，1974。

是说，人们内心的情感，通过语言表达出来，这样文章（包括文学）也就产生了。这里，“心”的加工，“言”的加工，是对“自然之道”的衍化，“人文”有广义与狭义的区别：广义的是指人作为一种自然，同别的自然事物一样，也有文采美；狭义的是指人所制作出来的文章（包括文学），即人工美。人工美是经过人们加工的美。这是刘勰理解“文”的第二个层次。

第三层次，“文”衍化为艺术美。

刘勰没有把他的理解停留在人工美这个层次上。他看到对事物的表面的描写，只是人工美，这种美不一定能达到美的极致，或者说不一定能达到艺术的极致。于是他又提出第三层次的“道心神理”之美，这才是真正的艺术美。在这里，他突出地提出“莫不原道心以敷章，研神理而设教”的命题。“道心”“神理”可以看成《原道》的关键词。那么什么是“道心”“神理”？“神”这个词到了六朝时期，原有的“神灵”“神明”的含义已被消解，“神”就是事物的千变万化。如当时韩康伯的《系辞注》在解释“阴阳不测之谓神”时，说：“神也者，变化之极，妙万物而为言，不可以形诘者也。”这里“神理”和“道心”是互文见义的。实际上，刘勰在《原道》全篇所强调的“道”是自然本身及其变化，既然“道”是自然本身及其变化，那么“道心”就是“道”的内核，即自然变化的轨迹。“原道心以敷章，研神理而设教”，这句话的意思是，人们写作不能只摹仿自然的表面现象，而是要深入“道心”与“神理”中。在这里“道心”与“神理”并举，是二而一的东西，都是指事物变化的神秘莫测的内在深层的律动。这是刘勰理解“人文”的第三个层面。

（3）对刘勰文学观的简要概括

如果我们把刘勰对“人文”或艺术美的理解化为简明的公式的话，是否可以列成这样：

道
道心———心———言———人文（刘勰的原义）
↓　↓　↓
自然
自然规律——情志——语言文字——作品（文论的解释）
↓　↓　↓
自然美———美感———形式———艺术美（美学的解释）

从这里我们也就可以概括出刘勰的以天道自然为根基的文学观。文学源于天道自然及其律动，它激发人的情志，于是人就用“言”来表现，这样就有了作为艺术美的文学。刘勰在《文心雕龙·明诗》中也说：“人禀七情，应物斯感；感物吟志，莫非自然。”喜、怒、哀、惧、爱、恶、欲，这七种感情是天生的禀赋，是不需学习的。“应物”，是接触到外在的事物，“感”，动人心也。“应物斯感”，意思是接触到外物而引起感情上的活动。“感物吟志”，就是“感于物”而“吟志”。刘勰《原道》篇和《明诗》篇的思想是相似的。用我们现代的话来说，即文学作为一种人文，它是人心在自然中获得感动，通过语言而传达出来的文化形态。这是刘勰的《原道》篇和《明诗》篇给我们提供的真理性的东西。

如果我们对刘勰的思想可以这样理解的话，那么他的思想是深刻的。关于文学的本源、文学的情感把握、文学的语言表现、文学的文化形态，以及这几个环节的关系，刘勰的理解都十分接近文学创作的实际。

二、诗学（节选）（亚里士多德）

第一章

[……]

史诗和悲剧、喜剧和酒神颂以及大部分双管箫乐和竖琴乐——这一切实际上是摹仿①，只是有三点差别，即摹仿所用的媒介不同，所取的对象不同，所采用的方式不同。

有一些人（或凭艺术，或靠经验），用颜色和姿态来制造形象，摹仿许多事物②，而另一些人③则用声音来摹仿；同样，像前面所说的几种艺术，就都用节奏、语言、音调来摹仿，对于后二种，或单用其中一种，或兼用二种④，

---

① 亚里士多德并不是认为史诗、悲剧、喜剧等都是摹仿，而是认为它们的创作过程是摹仿。柏拉图认为酒神颂不是摹仿艺术。到了亚里士多德的时代，酒神颂已经半戏剧化，因为酒神颂中的歌有些像戏剧中的对话，因此亚里士多德认为酒神颂的创作过程也是摹仿。酒神颂采用双管箫乐，日神颂采用竖琴乐。此处所指的音乐是无歌词的纯双管箫乐和纯竖琴乐，其中一些摹仿各种声响。

② “一些人”指画家和雕刻家。古希腊的雕刻上颜色。“经验”原文作“习惯”，指勤学苦练所得的经验。总结经验，掌握原则，则经验上升为艺术。

③ “另一些人”指游吟诗人、诵诗人、演员、歌唱家。

④ “节奏”是此处所说的几种艺术所必需的，但可以单独使用（即不附带“语言”或“音调”），例如舞蹈只使用节奏。若只使用“语言”（例如散文）或只使用“音调”（例如器乐），“节奏”也附带使用，因为只使用“语言”的散文和只使用“音调”的器乐也有“节奏”。若兼用“语言”和“音调”（例如抒情诗和戏剧），“节奏”还是附带使用。

例如，双管箫乐、竖琴乐以及其他具有同样功能的艺术（例如排箫乐），只用音调和节奏（舞蹈者的摹仿则只用节奏，无需音调，他们借姿态的节奏来摹仿各种“性格”、感受和行动），而另一种艺术①则只用语言来摹仿，或用不入乐的散文，或用不入乐的“韵文”②，若用“韵文”，或兼用数种，或单用一种，这种艺术至今〈没有名称〉③。（我们甚至没有一个共同的名称来称呼索福戎和塞那耳科斯的拟剧与苏格拉底对话④；假使诗人用三双音步短长格或箫歌格或同类的格律⑤来摹仿，这种作品也没有共同的名称——除非人们把“诗人”一词附在这种格律之后，而称作者为“箫歌诗人”或“史诗诗人”；其所以称他们为“诗人”不是因为他们会摹仿，而一概是因为他们采用某种格律⑥；即便是医学或自然哲学的论著，如果用“韵文”写成，习惯也称这种论著的作者为“诗人”，但是荷马与恩拍多克利除所用格律之外⑦，并无共同之处，称前者为“诗人”是合适的，至于后者，与其称为“诗人”，毋宁称为“自然哲学家”；同样，假使有人兼用各种格律来摹仿，像开瑞蒙那样兼用各种格律来写《马

---

① “另一种艺术”抄本作“史诗”。

② 亚里士多德所说的“韵文”指狭义的“韵文”（与“歌曲”相对），只包括六音步长短短格（即英雄格，亦称史诗格）、三双音步（六音步）短长格和四双音步（八音步）长短格。酒神颂采用入乐的“韵文”，史诗则采用不入乐的“韵文”，即六音步长短短格。

③ “没有名称”是后人填补的。

④ 索福戎（Sophron）是叙拉古（Syrakousai）拟剧作家，公元前5世纪中叶的人。塞那耳科斯（Xenarkhos）是索福戎的儿子，也是个拟剧作家。“苏格拉底对话”指描述苏格拉底的言行和生活的对话，是柏拉图和其他的人写的（这种体裁并不是柏拉图首创的）。“苏格拉底对话”（如柏拉图的早期对话）和“拟剧”很相似，这种对话也可称为“拟剧”。亚里士多德在他的对话《诗人篇》的片段（第七十二段）中认为索福戎的拟剧和阿勒克萨墨诺斯（Alexamenos）的对话（第一篇“苏格拉底对话”）都是散文，并且都是“诗”（摹仿品）。亚里士多德在此处指出没有共同的名称来表示索福戎和塞那耳科斯的拟剧与苏格拉底对话，是用不入乐的散文写成的作品。亚里士多德把他的老师柏拉图作为一个诗人（意即摹仿者）看待。柏拉图攻击诗人，他自己却也是个诗人。

⑤ “箫”指双管箫。“箫歌格”（一译挽歌格）是一种双行体，首行是六音步长短短格，次行是五音步，次行的节奏比较复杂，大体说来，仍是长短短格。“同类的格律”包括六音部长短短格。

⑥ 亚里士多德认为这样称呼是不妥当的；因为诗人所以被称为“诗人”，是因为他是摹仿者，而不是因为他是某种格律的使用者。在亚里士多德看来，格律不是诗的主要因素。

⑦ 恩拍多克利（Empedokles），是西西里的哲学家，公元前5世纪中叶的人，他的哲学著作是用六音步长短短格“韵文”写的。尽管亚里士多德在他的《诗人篇》中的片段（第七十段）认为恩拍多克利的风格有诗意，但此处与真正的诗作对举，他却认为他的作品不是“诗”。

人》[混合体史诗]，这种作品也没有共同的名称。①）[也应称为诗人。]② 这些艺术在这方面的差别，就是这样的。

有些艺术，例如酒神颂和日神颂③、悲剧和喜剧，兼用上述各种媒介，即节奏、歌曲和“韵文”；差别在于前二者同时使用那些媒介，后二者则交替着使用④。

这就是各种艺术进行摹仿时所使用的种差⑤。

第二章

摹仿者所摹仿的对象既然是在行动中的人，而这种人又必然是好人或坏人，——只有这种人才具有品格⑥，〔一切人的品格都只有善与恶的差别〕，——因此他们所摹仿的人物不是比一般人好，就是比一般人坏，〔或是跟一般人一样〕，恰像画家描绘的人物，波吕格诺托斯笔下的肖像比一般人好⑦，泡宋笔下的肖像比一般人坏⑧，〔狄俄倪西俄斯笔下的肖像则恰如一般人〕⑨，显然，上述各种摹仿艺术也会有这种差别，因为摹仿的对象不同而有差别。甚至在舞

---

① 开瑞蒙（Khairemon）是公元前4世纪悲剧诗人。《诗学》第二十四章说开瑞蒙混用六音步长短短格，三双音步短长格和四双音步长短格。他大概还同时采用过“箫歌格”（参见第14页注⑤）。“马人”指马身人头的肯陶洛斯（kentauros）。此处所说的《马人》是一出悲剧或萨堤洛斯（satyros）剧（笑剧）。“混合体史诗”是伪作，因为《马人》是戏剧，不是史诗。“这种作品也没有共同的名称”是补充的。

② “也应称为诗人”是伪作，与亚里士多德的意思不合，参看第14页注⑥。

③ “酒神颂”和“日神颂”属于抒情诗（参看第13页注①），《诗学》中只提及这两种抒情诗，而没有专论抒情诗。此外，戏剧中的“合唱歌”也属于抒情诗。“酒神颂”分节，“日神颂”不分节。

④ “歌曲”在此处用来代替“音调”，参看本文第一章第三段。“歌曲”由歌词（即语言）、音调和节奏组成。“韵文”在此处用来代替“语言”，指狭义的“韵文”，参看第14页注②。“韵文”由言词（即语言）及节奏组成。歌曲与“韵文”已包含节奏，但节奏在此处又作为媒介之一。在戏剧中，“歌曲”用于合唱歌中，“韵文”用于对话中（主要用三双音步短长格，偶尔用四双音步长短格），故说“交替着使用”。

⑤ “种差”是使“种”呈现差别之物，此处指“媒介”。其他两种“种差”是“对象”与“方式”。

⑥ 亚里士多德认为人的品格从行动中表现出来，品格是由行动养成的，因此只有在行动中的人才具有品格。

⑦ 波吕格诺托斯（Polygnotos）是公元前5世纪名画家，他以古代英雄人物为题材。

⑧ 喜剧家阿里斯托芬称泡宋（Pauson）为画讽刺画的漫画家。

⑨ 此处所指的狄俄倪索斯（Dionysios）大概不是波吕格诺托斯的同时代人与摹仿者（他的画很可能也是以古代英雄人物为题材），而是公元前1世纪的人物画家。

蹈、双管箫乐、竖琴乐里，以及在散文和不入乐的“韵文”里，也都有这种差别，〔例如荷马写的人物比一般人好①，克勒俄丰写的人物则恰如一般人②〕，首创戏拟诗的塔索斯人赫革蒙③和《得利阿斯》的作者尼科卡瑞斯④写的人物却比一般人坏。酒神颂和日神颂也有这种差别；诗人可以像提摩忒俄斯和菲罗克塞诺斯摹仿圆目巨人那样摹仿不同的人物⑤。悲剧和喜剧也有同样的差别：喜剧总是摹仿比我们今天的人坏的人，悲剧总是摹仿比我们今天的人好的人。

第三章

这些艺术的第三点差别，是摹仿这些对象时所采的方式不同。假如用同样媒介摹仿同样对象，既可以像荷马那样，时而用叙述手法，时而叫人物出场⑥，〔或化身为人物〕⑦，也可以始终不变，用自己的口吻来叙述，还可以使摹仿者⑧用动作来摹仿。

正如开头时所说，摹仿须采用这三种种差，即媒介、对象和方式⑨。因此，索福克勒斯在某一点上是和荷马同类的摹仿者，因为都摹仿好人⑩；而在另一点上却和阿里斯托芬属于同类，因为都借人物的动作来摹仿⑪。有人说，

---

① 这句话举荷马为例，使人怀疑是伪作，因为亚里士多德认为荷马还写过滑稽诗（参看《诗学》第四章第二段），滑稽诗中的人物不会比一般人好。

② 据说克勒俄丰（Kleophon）曾用英雄格（六音步长短短格）写日常生活。

③ 塔索斯（Thasos）是爱琴海北部的岛屿。赫革蒙（Hegemon）曾戏拟庄严的史诗。

④ 《得利阿斯》（“Deilias”）意即“得罗斯故事”或“得利翁的故事”。得罗斯（Delos，旧译作提洛）是爱琴海上的一个小岛。得利翁（Delion）是玻俄提亚（Boiotia，旧译作比奥细亚）境内的一个城市，靠近雅典领土阿提刻（Attike）。尼科卡瑞斯（Nikok-hares）已不可考（我们所知道的尼科卡瑞斯却是一位喜剧诗人）。

⑤ 提摩忒俄斯（Timotheos，公元前446—前357年）。菲罗克塞诺斯（Philoxenos，公元前435—前380年）是个酒神颂作家。提摩忒俄斯摹仿的圆目巨人波吕斐摩斯（Polyphemos）比一般人好，菲罗克塞诺斯摹仿的波吕斐摩斯比一般人坏。波吕斐摩斯曾把俄底修斯（Odysseus）和他的伙伴们关在他的石洞里，俄底修斯设法把波吕斐摩斯的眼睛弄瞎之后，才得以逃脱。“不同的人物”是补充的。

⑥ “叫人物出场”根据厄尔斯的补订译出。

⑦ 括号里的话疑是伪作，因为亚里士多德认为诗人化身为所摹仿的人物而说话，即等于用自己的身份说话，而用自己的身份说话，即不是摹仿，参看第二十四章第四段。

⑧ “摹仿者”指剧中人物，一说指演员。

⑨ 参看本文第一章末段及第15页注⑤。

⑩ “都摹仿好人”一语不甚准确，参看第16页注①。

⑪ 含有“表演”的意思。

这些作品所以称为 drama，就是因为是借人物的动作来摹仿①。多里斯人②凭这点自称首创悲剧和喜剧（希腊本部的墨加拉人自称首创喜剧，说喜剧起源于墨加拉民主政体建立时代③，西西里的墨加拉人④也自称首创喜剧，因为诗人厄庇卡耳摩斯是他们那里的人，他的时代比喀俄尼得斯和马格涅斯早得多）⑤；而伯罗奔尼撒的一些多里斯人⑥则自称首创悲剧），他们的证据是两个名词：他们说他们称郊区乡村为 komai（雅典人称为 demoi）⑦，而 komoidoi 之所以得名字，并不是由于 komazein⑧ 一词，而是由于他们不受尊重，被赶出城市而流浪于 komai，又说他们称“动作”为 dran⑨，而雅典人则称为 prattein⑩。

关于摹仿的种差、它们的种类和性质，就讲到这里为止。

（选自［古希腊］亚里士多德：《诗学》，罗念生译，见《诗学·诗艺》，北京，人民文学出版社，1962）

1. 作者简介

亚里士多德（公元前 384—前 322 年），古希腊思想家、哲学家。出生于马其顿。公元前 367 年，赴希腊雅典，入柏拉图的“学园”学习，后留此任

---

① 希腊文 drama（即戏剧）一词源出 dran，含有“动作”的意思，所谓“动作”，指演员的表演。

② 多里斯（Doris）人是一支古希腊民族，于公元前 11 世纪至公元前 10 世纪来到伯罗奔尼撒（Peloponnesos）。

③ 墨加拉（Megara）在阿提刻西边。墨加拉人曾于公元前 600 年左右推翻僭主忒阿革涅斯（Theagenes），建立民主政体。

④ 墨加拉人曾往西西里移民，建立许布莱亚（Hyblaia）城。

⑤ 厄庇卡耳摩斯（Epikharmos）公元前 6 世纪喜剧诗人，据说他和福耳摩斯（Phormos）首先放弃讽刺剧而写世态喜剧。喀俄尼得斯（Khionides）和马格涅斯（Magnes）是公元前 5 世纪上半叶雅典喜剧诗人。

⑥ 伯罗奔尼撒是希腊南部的半岛。此处所说的多里斯人指西库俄尼亚（Sikyoaia，旧译作息启温）人。

⑦ 括号里的话是亚里士多德的话，不是多里斯人的话。

⑧ 希腊文 komazein 是“狂欢”的意思。

⑨ 参看本页注①。

⑩ 多里斯人自称首创喜剧，因为喜剧演员的名称 komoidoi 是由于喜剧演员曾流落于 komai（多里斯人这样称郊区乡村）而得到名字的；多里斯人自称首创戏剧（包括悲剧和喜剧），因为“戏剧”一词源出他们的方言中表示“动作”的 dran；如果戏剧是雅典人首创的，则“戏剧”一词应当是雅典方言的 prattein（动作）引申出来的 pragma 一字，而不应当是 drama。

教，前后达20年之久。在此期间他写了有关文艺理论的著作，其中有《诗人篇》和《修辞学篇》两篇对话（已失传）。公元前347年柏拉图去世后，亚里士多德因与“学园”主持人观点相左而离开雅典。公元前342年，他应马其顿国王邀请，入王宫担任亚历山大王子的老师，传授知识。公元前335年，他再次赴雅典，在吕克翁学院讲学，《诗学》大概就是在这一期间写成的。马其顿国王亚历山大死后，雅典发生反马其顿运动，由于亚里士多德有亲马其顿之嫌，他被迫于公元前323年再次离开雅典，次年逝世。亚里士多德有大量著作流传于世，其中包括《形而上学》《物理学》《工具论》《尼各马可伦理学》《论灵魂》《政治学》和《诗学》等。马克思说亚里士多德是“古代最伟大的思想家”。

亚里士多德的《诗学》现存26章，主要讨论古希腊的史诗、悲剧等文学和美学问题，主要的观点是认为一切艺术都是对自然的“摹仿”，这种摹仿由于具有真实性而比历史更具有“哲学意味”；并认为悲剧等艺术能使人的灵魂得到“净化”。他的这些诗学思想为西方诗学和美学奠定了基础。

2. 背景知识

欧洲古代文明产生于古希腊。古代希腊有文字记载的文明可追溯至公元前6世纪，到公元前5世纪、前4世纪达到极盛。由于战争的频繁、交通的发达、手工业和商业的发展，在雅典这种靠海的城邦，农业经济日渐转为工商业经济，新兴的工商业奴隶主同地主贵族奴隶主展开了斗争，开展了“民主运动”，促成了思想的活跃和辩论的风气。公元前5世纪前后，出现了毕达哥拉斯、赫拉克利特、德谟克利特、苏格拉底、柏拉图、亚里士多德等一大批卓越的思想家。

古希腊有丰富的神话，这些神话相当一部分保存在《荷马史诗》里面。这是公元前6世纪发生的事情。《荷马史诗》是当时人民的教科书，流传广，影响大。另外，希腊戏剧在公元前5世纪也达到了顶峰，出现了埃斯库罗斯、索福克勒斯、欧里庇得斯（三大悲剧家）和阿里斯托芬（喜剧家）等戏剧家。演戏是祭神节和文娱节的重要活动，看戏则是受教育，是雅典公民的义务和责任。此外，希腊的音乐、建筑、绘画、雕塑等艺术也十分繁荣。古希腊的文艺理论是以这些文艺实践为基础的。亚里士多德的《诗学》正是对于当时的史诗、悲剧等文艺活动的理论概括。

《诗学》中所谓文艺“摹仿”说，并不是亚里士多德首创的。实际上早在公元前500年的古希腊时期，伟大思想家赫拉克利特（Heraclitus，约公元前

540—约前480与470年之间）就提出了“艺术摹仿自然”的论点①，从而给古希腊文学和美学思想以很大的影响。稍后另一位古希腊思想家苏格拉底（Socrates，公元前469—前399年）也认为“绘画是对所见之物的描绘”，艺术以不同的媒介，准确地把自然再现出来。他还认为，这种描绘与再现不仅是对事物外表的逼真摹拟，而且还“应通过形式表现心理活动”。苏格拉底还说，诗人、艺术家“在塑造优美形象的时候，由于不易找到一个各方面都完美无瑕的人，你们就从许多人身上选取。把每个人最美的部分集中起来，从而创造出一个整个显得优美的形体”②。应该说，在苏格拉底那里，摹仿说的形态已相当的完备。其后，柏拉图提出“理式摹仿”说。柏拉图建立了一个世界图式，认为世界可以分为三种，第一种是“理式”世界，它是世界的本源，是最真实的；第二种是现实世界，现实世界是对理式世界的摹仿，它的真实性在理式世界之下，但在艺术世界之上；第三种是艺术世界，艺术世界是对现实世界的摹仿，它的真实性又比现实世界要差，它被柏拉图认为是“摹仿的摹仿”“影子的影子”。亚里士多德的“摹仿”说是对他的前辈和老师的理论的继承和改造，并做出了新的解释。

3. 文本解读

《诗学》的主要贡献是完善了赫拉克利特、苏格拉底和柏拉图的文学“摹仿”说。那么，他的“摹仿”说在哪些方面完善了前辈和老师的学说呢？

（1）《诗学》明确阐述了文学“摹仿”的“种差”

《诗学》第一章至第三章提出文学摹仿的“种差”问题。“种差”是使“种”呈现出差别的物，意思是文学“摹仿”作为“种”，其中是有多种差别的。亚里士多德认为，史诗、悲剧、喜剧和其他艺术都是摹仿，但这摹仿有三点差别：第一，摹仿所用的媒介不同；第二，摹仿所取的对象不同；第三，摹仿所采取的方式不同。

摹仿所用的媒介不同是指什么呢？亚里士多德在《诗学》第一章指出，摹仿的媒介有颜色、姿态、声音、节奏、语言、音调等。各种艺术都是摹仿。画家、雕刻家在画画和雕刻的时候，摹仿所用的媒介是颜色、姿态（人物或景物的姿态）；诗人、演员、歌唱家在创作的时候，摹仿所用的媒介是声音；管乐、

---

① ［古希腊］赫拉克利特：《著作残篇》，见《欧美古典作家论现实主义和浪漫主义》（一），7页，北京，中国社会科学出版社，1980。

② ［古希腊］色诺芬：《苏格拉底回忆录》，见《欧美古典作家论现实主义和浪漫主义》（一），10页，北京，中国社会科学出版社，1980。

弦乐演奏的时候，摹仿所用的是音调和节奏；舞蹈家表演舞蹈的时候，摹仿所用的是身体姿态的节奏；作家创作史诗的时候，摹仿所用的是语言（韵文、散文）。同时，亚里士多德指出，某一种艺术可以兼用或交替使用几种媒介，比如节奏，几乎是所有的艺术都必须采用的；又比如，酒神颂和日神颂、悲剧和喜剧，前二者同时使用节奏、歌曲和“韵文”，后二者则交替使用节奏、歌曲和“韵文”。

摹仿所取的对象不同是指什么呢？亚里士多德在《诗学》第二章中指出，文学摹仿的对象是“行动中的人”，就是说，这种人物不是静止中的人，无所事事的人，是在社会生活中从事着各种活动，因而与情节发展关联着的人。为什么要以“行动着的人”为对象呢？因为只有在行动中的人才会形成“品格”，而具有“品格”的人才能分成“好人”或“坏人”。文学所摹仿的人，就是“好人”或“坏人”，即“不是比一般人好，就是比一般人坏”。亚里士多德在谈到悲剧和喜剧在摹仿对象上的差别时说：“喜剧总是摹仿比我们今天的人坏的人，悲剧总是摹仿比我们今天的人好的人。”亚里士多德对悲剧和喜剧摹仿对象的这种理解，让我们想起鲁迅对悲剧和喜剧的看法，鲁迅说：“悲剧将人生的有价值的东西毁灭给人看，喜剧将那无价值的撕破给人看。”① “好人”就是有价值的，“坏人”就是无价值的。另外，亚里士多德关于摹仿对象问题的论述，有两点特别值得我们注意：第一，所有的艺术，不论是悲剧和喜剧，也不论是舞蹈还是音乐，都以人为摹仿对象，即使是写别的事物，最终还是为了摹仿人。第二，强调艺术不是摹仿比我们今天的人好的人，就是摹仿比我们今天的人坏的人。

摹仿所采取的方式不同是指什么呢？亚里士多德在《诗学》第三章中说：“假如用同样的媒介摹仿同样的对象，既可像荷马那样，时而用叙述手法，时而叫人物出场，也可以始终不变，用自己的口吻来叙述，还可以使摹仿者用动作来摹仿。”所谓“用叙述手法”，就是作家用自己的口吻来叙述、描写事物；所谓“叫人物出场”，就是作家让作品中的人物自己开口说话。这里还可分出两种，第一种就是始终用叙述手法，不用人物对话；第二种就是始终用剧中人物对话，而不用作家的口吻来叙述。尽管亚里士多德当时关于叙述方式的论述还比较简略，但给后人许多启发。可以说，这是当今叙事学的先声。

---

① 鲁迅：《再论雷峰塔的倒掉》，见《鲁迅全集》，第一卷，297 页，北京，人民文学出版社，1959。

（2）《诗学》确认诗的摹仿起源于人的天性

亚里士多德在《诗学》第四章中有相关论述：

> 一般说来，诗的起源仿佛有两个原因都是出于人的天性。人从孩提的时候起就有摹仿的本能（人和禽兽的分别之一，就在于人最善于摹仿，他们最初的知识就是从摹仿中得来的），人对于摹仿的作品总是感到快感。经验证明这一点：事物本身看上去却能引起我们的快感，例如尸首或最可鄙的动物形象。……摹仿出于我们的天性，而音调感和节奏感（至于“韵文”则显然是节奏的段落）也是出于我们的天性，起初那些天生最富于资质的人，使它一步步发展，后来就由临时口占而作出了诗歌。①

亚里士多德的老师柏拉图对于人的快感十分厌恶，认为这是人性中“卑劣的部分”，而诗迎合人性的“卑劣的部分”，因此他主张把诗人赶出他所构建的“理想国”。但是，亚里士多德则在这里为诗进行辩护，寻找人的心理根源，认为诗起源于人的摹仿的天性，因为摹仿引起人的快感，并从这摹仿的快感中获得知识，这应该得到肯定。与这一点相并列，他又认为摹仿出于我们的天性，而引起快感的音调感和节奏感也是出于我们的天性。这就进一步肯定了诗存在的人性心理的理由。实际上，亚里士多德肯定第一种获得认识的快感，是从诗的作品的内容说的，而第二种音调感和节奏感所引起的快感，是从诗的作品的形式说的。其实内容与形式不可分离，亚里士多德只是要为诗的存在合理性多方面寻找根据而已。

在西方，关于艺术的目的，是一个长久争论的问题。艺术的目的是什么呢？快感，教益，还是快感兼教益？有的西方学者认为亚里士多德就是“快感”派，实际上这是不对的。亚里士多德是要求艺术能引起人的快感，但也强调“美是一种善，其所以引起快感，正因为它善”②。所以，亚里士多德对于艺术的目的是兼顾快感和教益的。

（3）《诗学》确认诗的摹仿具有真实性

《诗学》对于柏拉图艺术“摹仿”说的完善，最为重要的一点是，亚里士

---

① ［古希腊］亚里士多德：《诗学》，罗念生译，见《诗学·诗艺》，11～12页，北京，人民文学出版社，1962。

② ［古希腊］亚里士多德：《修辞学》，转引自朱光潜：《西方美学史》（上卷），84页，北京，人民文学出版社，1999。

多德摈弃了他的老师柏拉图的“理式”观念，把唯心主义的摹仿说改造为唯物主义的摹仿说。如前所述，柏拉图建立了一个世界图式，认为世界可以分为三种，艺术的摹仿“与真理隔着三层”，摹仿的艺术不具有真实性。亚里士多德认识到，事物的普遍与特殊的统一关系，认为“理”就在“事”中，脱离开具体事物的“理”是不存在的。这样就推翻了他的老师柏拉图的“理式”说，确认现实的真实性。现实是真实的，摹仿现实的艺术也就是真实的。亚里士多德在《诗学》第九章中指出：

> 写诗这种活动比写历史更富于哲学意味，更被严肃的对待；因为诗所描述的事带有普遍性，历史则叙述个别的事。所谓“有普遍的事”，指某一种人，按照可然律或必然律，会说的话，会行的事……①

显然，所谓写诗具有“普遍性”，就是说诗的世界里所发生的是可能的和必然的，因而是真实的，甚至比那些孤立地记录个别事件的历史还更真实，还更具有哲学意味。难道事情不是这样吗？

还必须说明一点，亚里士多德的“摹仿”说，不是机械的刻板的摹仿说。亚里士多德在《诗学》第二十五章中有相关说明：

> 如果有人指责诗人所描写的事物不符实际，也许他可以这样反驳：“这些事物是按照它们应当有的样子描写的”，正像索福克勒斯所说：他按照人应当有样子来描写，欧里庇得斯则按照人本来的样子来描写。②

这里所说的“按照它们应当有的样子描写”，即在理想光芒的照耀下，对描写的对象加以艺术加工和审美的升华，不是刻板地机械地摹仿事物。所以，亚里士多德的摹仿说为后来西方的现实主义文学的成功开辟了理论的道路。

---

① ［古希腊］亚里士多德：《诗学》，罗念生译，见《诗学·诗艺》，29页，北京，人民文学出版社，1962。

② 同上书，93～94页。

第二节　相关问题概说

刘勰认为文学源于“道”，“道”即“自然之道”。那么，文学是什么呢？在刘勰看来，文学是自然之道的感悟，或者说是自然形态的同构对应。这是中国古人对于文学的朴素而深刻的理解。亚里士多德则认为文学是对客观事物的“摹仿”。这种理论是从西方古代文学创作活动中总结出来的，这一理论影响很大。刘勰和亚里士多德的文学观念有相似之处，这主要是他们都把自然、现实看作文学的本源，离开这个本源，文学就无从产生，这是唯物主义对文学的理解。但是，刘勰和亚里士多德的文学观念又有不同之处：刘勰认为文学是对自然的感悟的结果，而不是单纯的摹仿；亚里士多德则认为文学是对客观事物的摹仿。东方强调“感悟”，西方强调“摹仿”。从这里我们看到，不同民族对文学的看法尽管有相似的地方，但又有很大的不同。

一、文学是什么

文学观念就是对文学的看法，是对“文学是什么”的回答。文学观念属于历史的范畴，它是流动着的、变化着的，世界上没有一种文学观念是永恒不变的。例如，刘勰和亚里士多德属于不同的民族和不同的时代，就有不同的文学观念。

这里我们在厘理和概括已有的几种比较重要的文学观念的基础上，说明文学观念嬗变的原因，并提出我们对文学的看法，表达我们对文学的理解。

文学是一种广延性很强的事物，涉及面很宽。因此，我们任意变换一个视点，就会有一个新的文学观念。在本书中，我们把文学理解为人的一种精神活动，并寻找一个必要的坐标，大致回顾历史上曾产生过的几种主要的文学观念，在此基础上，提出我们的文学观念。

1. 文学四要素

我们认为真正意义上的文学是人类的一种精神活动。文学的完整活动必须考虑到作家、生活、作品、读者以及这几个方面的联系。如果从这个角度看，那么美国学者艾布拉姆斯的广为流传的文学“四要素”理论就比较值得我们重视。

每一件艺术品总要涉及四个要点，几乎所有力求周密的理论总会在大

> 体上对这四个要素加以区辨，使人一目了然。第一要素是作品，即艺术作品本身。由于作品是人为的产品，所以第二个共同要素便是生产者，即艺术家。第三，一般认为作品总得有一个直接或间接地导源于现实事物的主题——总会涉及、表现、反映某种客观状况或者与此有关的东西。这第三个要素便可以认为是由人物和行动、思想和情感、物质和事件或者超越感觉的本质所构成，常常用“自然”这个通用的词来表示，我们却不妨换用一个含义更广的中性词——世界。最后一个要素是欣赏者，即听众、观众、读者。作品为他们而写，或至少会引起他们的关注。①

艾布拉姆斯认为文学活动应包括作品、艺术家、世界和欣赏者四个要素。实在说来，把文学活动分为四个要素并不是什么高深的理论，稍有文学常识的人都是可以了解的。他的主要贡献是把这四个要素按照他的理解联系起来，他把这种要素之间的联系画了一个示意图：

艾布拉姆斯的艺术“四要素”理论并不复杂，但却把文学活动的要素及其联系揭示得很清楚，一切文学作品都有源泉，这就是生活，即上图中的“世界”，也即刘勰所说的“自然”，亚里士多德所说的“行动中的人”。生活要经过作家的艺术加工改造，这样才能创造出具有意义的文本，这就是上图所示的“作品”。如果把文本束之高阁，不跟读者见面，也还不能构成完整的文学活动，所以读者也是文学活动中重要的一环。文学活动是以作品为中心所展开的活动，这就是艾布拉姆斯关于文学“四要素”的见解。这种看法对我们是具有启示性的。

2. 文学活动

艾布拉姆斯的“文学四要素”理论给我们最重要的理论启示在于，它把文学理解为以作品为中心所展开的活动。过去我们经常把单个的文本看成作品，也就是把置于书架上的小说集、散文集、诗歌集、剧本集看成是文学，实际上

---

① ［美］艾布拉姆斯：《镜与灯——浪漫主义文论及批评传统》，郦稚牛等译，5页，北京，北京大学出版社，1989。

这种看法是有问题的。这些“集子”严格地说只能称为“文本”，是死的东西，还没有变成活的审美对象，还不是“作品”。只有在经过读者的阅读、理解和接受后，“文本”才在读者头脑中化为栩栩如生的具有诗意的艺术形象，才成为审美对象，才变成“作品”。“作品”是经过读者阅读、体验、想象的对象。作品是与读者的参与创造分不开的。由此可见，文学按其本来形态说，是人类的一种多环节的精神活动。作家面对客观的社会生活，有自己的所见所闻所感，甚至经历了生活中的酸甜苦辣，有了刻骨铭心的体验，心中才会有许多感受要抒发。这是一个曲折复杂的体验过程。有了体验之后，作家才会拿起笔，对生活进行艺术的加工改造，进入文学创作的状态。文学创作本身又是一个曲折复杂的过程，要确定题材、确定结构、提炼主题、打腹稿，做到“成竹在胸”，最后才拿起笔，初稿完成后又要经过多次修改。作家经过这个曲折复杂的过程，终于写出“本文”来了。本文是一种无声的文字序列，可能是一个蕴含情感、意义和诗意的存在，但仅是一种“可能”而已。只有经过读者的阅读，又读进去了，在头脑中幻化出了各种人、事、景、物的形象，并有了自己的理解，文本中蕴含的情感、意义和诗意才在读者的接受中得到实现。接受的过程也是曲折复杂的过程。世界——作家——文本——读者这四个要素，其间包含了体验、创作、接受三个过程，这才构成完整的文学活动。

我们说文学是一种活动，不仅是在“文学四要素”和“三过程”的意义上说的，更重要的是在文学作为人的对象性活动上来理解的。人为什么能体验，为什么能创作，为什么能接受，根本在于“人的本质力量的确证”（马克思）。在千万年的实践活动中，人成为人，成为具有人性心理的人。感觉成为人的感觉，人性心理终于成熟，人的意识终于觉醒，人具有了人的一切肉体的和精神的本质力量。如同马克思所说，人的“五观感觉的形成是以往全部世界史的产物”①，在这种条件下，自然（包括外部的自然和人的自然）在人的意识、人性心理的主动作用下，终于可以成为人的对象。比如，在原始人那里，山水无所谓美不美，因为当时的人还不能用审美的眼光去看它，无法将自己的感受和感情灌注到山水对象上去。或者说山水是外物而已，还没有成为认知的对象。只有等到人性和人的意识觉醒以后，山水才成为对象，成为吟咏的对象，我们才会觉得山水美，这才有了山水诗。可见，文学之所以是一种人的对象性精神活动，是因为人在文学活动中体现了人的意识、心理和一切本质力量，把自然

① 《1844年经济学哲学手稿》，87页，北京，人民出版社，2000。

当作人的对象，从而建立起活动的机制。这样，文学作品中描写的人物、景物等表面看是物理对象，实际上是情感对象。

文学活动是世界、作家、文本和读者相连所形成的人的精神活动，人的本质力量的对象化则是其根本。换句话说，我们所说的文学活动，不仅是指“文学四要素”所形成的流程，更重要的是人与对象所建立的诗意关系，是人的本质力量的全部展开。我们理解文学是一种活动，必须包含这两层意思，而且后一层意思是更根本的。

3. 历史上五种主要的文学观念

如果“文学四要素”的坐标可以成立的话，那么我们就能够从四要素的不同联系中，揭示出历史上五种主要的文学观念：再现说、表现说、实用说、独立说和体验说。

（1）再现说

在文学四要素中强调“世界”与“作品”的对应关系，即认为作品是对世界的摹仿或再现。前面我们所阅读的“经典文本”亚里士多德《诗学》第一章至第三章，作者所阐述的“摹仿”说，就是我们这里所理解的“再现”说的源头。这种文学摹仿说统治了西方两千年。在这两千年中有过许多演变。如有过“镜子”说，认为文学是“生活习俗的镜子”①。有“临摹”说，认为艺术“应当临摹自然本身”②，它映现出生活本来的面貌。有过“复制”说，如俄国 19 世纪著名批评家别林斯基说：“艺术是现实的复制；从而，艺术的任务不是修改、不是美化生活，而是显示生活的实际存在的样子。”③ 这可以说是把亚里士多德的“摹仿”，发展为辩证唯物主义的科学理论。

（2）表现说

“表现”（expression）说在“文学四要素”中强调作品与作家的关系，即认为作品是作家情感的自然流露。西方的真正的表现说产生于 19 世纪初兴起的欧洲浪漫主义文学思潮中。英国诗人华兹华斯（1770—1850 年）在 1800 年发表的《〈抒情歌谣集〉序言》中第一次提出：“诗是强烈感情的自然流露。”④

---

① 《欧美古典作家论现实主义和浪漫主义》（一），72 页，北京，中国社会科学出版社，1980。

② 同上书，84 页。

③ ［俄］别林斯基：《别林斯基论文学》，别列金娜选辑，梁真译，106 页，北京，新文艺出版社，1958。

④ 刘若端编：《十九世纪英国诗人论诗》，22 页，北京，人民文学出版社，1984。

诗人柯勒律治（1772—1834年）也认为："有一个特点是所有真正的诗人所共有的，就是他们写诗是出于内在的本质，不是由任何外界的东西所引起的。"① 雪莱（1792—1822年）在《为诗辩护》一文中也指出："诗是最快乐最良善的心灵中最快乐最良善的瞬间之记录。"② 尽管这些诗人的论点有所不同，但其基本思想是相同的。这就是他们一致抛弃了文学是生活的摹仿的由外而内的观点，而认为文学特别是诗是作家、诗人思想感情的流露、倾吐和表现，而形象是诗人心灵的表征。表现说的基本倾向包含以下几个方面。

第一，文学本质上是诗人、作家的内心世界的外化，是情感涌动时的创造，是主观感受、体验的产物。因此，一篇作品的本源和实质是诗人、作家的属性和活动。文学创作的起因不是诗人、作家摹仿人类活动及其特征所获得的愉快，也不是为了打动欣赏者并使其获得教育的终极原因，真正的动因是诗人、作家内心的感情、愿望寻求表现的冲动。冲动的宣泄才是创作的根源，"发乎内"是表现说的基本倾向。

第二，表现说也主张以外部现实作为对象。但是，诗并不存在于对象本身，而是存在于审视对象时的作家、诗人的"心境"或"心理状态"中。当诗人描写一头狮子时，描绘狮子本身是虚，描写观看者的兴奋状态是实。所以在表现说的主张者看来，"是情感给予动作和情节以重要性，而不是动作和情节给予情感以重要性"③。诗也必须忠实，但不是忠实于对象，而是忠实于情感，忠实于诗人自我的和人类的情感。

第三，诗人可以描写平凡的事物，但要使事物以不平凡的色彩呈现。华兹华斯说："这些诗的主要目的，是在选择日常生活里的事件和情节，自始至终竭力采用人们真正使用的语言来加以叙述或描写，同时在这些事件和情境上加上一种想象力的色彩，使日常的东西在不平常的状态下呈现在心灵的面前。"④ 柯勒律治也说过相似的话："通过想象力的变更事物的色彩而赋予事物新奇趣味的力量"，"给日常事物以新奇的魅力，通过唤起人对习惯的麻木性的注意，引导他去观察眼前世界的美丽和惊人的事物，以激起一种类似超自然的感觉"。⑤ 因此强调想象力的充分发挥是再现说的一个特点。

---

① 同上书，111页。

② 同上书，154页。

③ 同上书，7页。

④ 同上书，5页。

⑤ 刘若端编：《十九世纪英国诗人论诗》，62～63页，北京，人民文学出版社，1984。

从19世纪至20世纪，西方的表现说有许多变种，但由内而外的情感表现的基本观点始终未变。与西方“表现”说可以比较的是“诗言志”说和“诗缘情”说。请注意，我们这里说的只是“可以比较”，实际上，西方的表现说与中国的“诗言志”和“诗缘情”的文学观念有很大不同。

（3）实用说

在文学四要素关系中，实用说强调作品被读者所利用的关系。一般而言，实用说认为文学是一种工具和手段。虽然文学可以给人带来快感，但是文学的根本目的是外在的。比较典型的实用说是中国古代的“教化”说（“文以载道”说）和西方的“寓教于乐”说。

中国古代有所谓“教化”说。在古代中国，儒家的思想作为封建统治阶级的理论，把“克己复礼”作为人的一切行动与活动的规范，因此在儒家的典籍以及受封建正统思想影响的理论家、作家的著作中，文学活动就被纳入维护“礼义”的思想轨道。这样他们就把文学视为伦理、道德教化的工具。孔子“兴、观、群、怨”的诗论，《毛诗序》中“经夫妇，成孝敬，厚人伦，美教化，移风俗”的文学观点，韩愈“文以载道”的观点，朱熹“道者文之根本，文者道之枝叶”的观点等，尽管说法各不相同，但其实质都是把文学作为维护礼教的工具，因而都可归入实用说。由于古代中国封建社会长期在儒家思想的统治下，提倡和实行的是伦理中心主义，这种伦理中心主义就不能不渗透意识形态的各个领域，作为意识形态之一的文学就不能不强调“教化”功能，这样一来，实用说就成为中国古代一种占主导倾向的文学观念。

在西方，实用说也源远流长。古罗马的贺拉斯在《诗艺》中提出的“寓教于乐，既劝谕读者，又使人喜爱，才能符合众望”① 的观点，反映了贺拉斯对罗马和奥古斯都的忠诚。在“教”与“乐”这两者中，他把“教”作为目的、根本，把“乐”作为手段、工具，而他的所谓“教”，即教育人民遵守罗马宫廷的道德规范。显然，贺拉斯的“寓教于乐”，开了西方实用说之先河。在整个中世纪，神学统治一切，文学理论不过是神学中一个小小的分支，对待文学更是采取实用态度，把文学视为歌颂神明与圣徒的工具。14—16世纪文艺复兴时期、18世纪启蒙主义时期，思想家都主张文学应与人性的解放、个性的解放、推动社会变革联系在一起。在古典主义时期，实用说的文学观念也处于主

---

① ［古罗马］贺拉斯：《诗艺》，杨周翰译，见《诗学·诗艺》，155页，北京，人民文学出版社，1962。

导地位。因为像17世纪的法国，王权统治达到了顶峰，一切都要为王权服务，文学也不能例外。当然，这一时期的文学观念也讲真和美，但真和美必须为王权所推崇的“义理”所规范。

实用说的价值取向也不可一概而论，这里有消极和积极之分。大致说来，有的实用说，其目的是保守的，是为了让文学麻痹人的精神、阻止人民的反抗，维护现有的秩序或巩固已有的统治。如西方古典主义的“义理”说就属于这一类。他们提出文学的实用性，目的是巩固他们的统治。如中国封建社会中后期，封建统治已经成为压在人民头上的“大山”，那些文人所喊的“文以载道”，就是为维护封建统治的目的服务的。但还有另一类实用说，它的目的是促进人的解放，变革社会，推动社会前进。如西方14—16世纪文艺复兴时期文学改善人性的工具论，18世纪启蒙主义时期的文学手段论，以及后来列宁的文学是革命机器的“齿轮与螺丝钉”的论点，毛泽东的文学是“团结人民、教育人民、打击敌人、消灭敌人的有力的武器”的论点等，都是在特殊时期特殊情境中对文学功能的革命性借用，这当然是合理的必要的，所以我们不能不加分析就认为“实用”说都是错的。

（4）独立说

在“文学四要素”中，独立说把文本抬到高于一切、重于一切的地步，认为文本一旦从作家的笔下诞生，就获得了完全客观的性质和独立的“身份”，它既与原作家不相干，也与读者无涉，它从外界的参照物中独立出来，本身是一个“自足体”，出现了所谓的“客观化走向”。这种独立说最早与英国19世纪唯美主义诗人王尔德的“为艺术而艺术”的思想相关。20世纪初叶，出现了种种文学形式论，认为文学是一种独特的语言建构。当然，文学不可能不与社会生活以及读者发生关系，独立说并不否认此种关系的存在，但认为文本与社会生活的关系、文本与读者的关系，都是文学性之外的关系，不在“文学性”之内，只有文本语言的结构关系，才是文学之内的关系，才具“文学性”。

独立说实际上是由20世纪初叶俄国形式主义学派首先提出的，其后由于英美“新批评”派、捷克和法国的文学结构主义、德国的文本主义批评在观念上与其大体一致，成为现代西方文论中影响最大的一个流派。俄国形式主义对文学的理解与再现说、表现说完全不同，他们认为文学不是社会生活的再现，因而不是社会学；文学也不是作家情感的流露，因而也不是心理学；文学也不是在读者中发生的作用，因而也不是伦理学；文学就是文学，文学仅仅是一种特殊的语言建构，是“对于普通语言的系统歪曲”（罗曼·雅各布森语），或者说文学就是“艺术手法”。另外，T·S·艾略特1928年的一句名言：“论诗，就必须从根本上把它看做诗，而不是别的东西”①，得到广泛认同，特别是对英美“新批评”派产生很大影响。英美的新批评发挥了艾略特的论点，提出：“艺术品似乎是一种独特的可以认识的对象，它有特别的本体论的地位。它既不是实在的（物理的，像一尊雕像那样），也不是精神的（心理上的，像愉快或痛苦的经验那样），也不是理想的（像一个三角形那样）。它是一套存在于各种主观之间的理想观念的标准的体系。”② 如果说文学活动是由世界—作家—作品—读者这四个环节构成的话，那么，新批评派就把“文本”一环单独抽出来，作为独立存在。为此，就必须切割作品与作家、读者这两头的联系。这样，作品才成为完全客观的、可供解剖的“自足体”。

(5) 体验说

读者体验说在文学四要素中强调读者对作品的意向性的体验这种关系，强调读者阅读作品时的感受和再创造。这派文论认为作家笔下的白纸黑字或是报纸杂志发表出来的诗歌、小说等，只是“文本”（text)，而“文本”有许多“未定点”和“空白”，当它只是放在书架上的时候，它还是死的，还不能成为供读者观照的美学对象。“文本”一定要在读者阅读过程中，经过读者的体验和想象，并与作者构成对话关系时，才能实现为美学对象，这才是真正的作品。所以在读者的阅读活动之外，在读者的意向性体验之外，就不存在文学。文学只存在于读者与文本的交流活动中。

读者体验说古已有之，但真正成为一种正式的文论是后来的事情。中国汉代董仲舒在《春秋繁露》提出了“诗无达诂”说。“诂”即训诂，即解释字义之类。“诗无达诂”是说对于《诗经》并没有完全一致的通达的解释，一切要凭自己的体验。在西方，现象学派的阅读理论是较早把作品理解为一种“意向性客体”的，这种客体不是实在的审美对象，它等待读者的“投射”。波兰现象学派美学家英伽登认为，作品中有许多“不定点”，这些“不定点”使作品成为“待机存在状态”，必须经过“具体化”的阅读体验行为，才能使作品真正实现为作品。20世纪60年代中期，当时，联邦德国几位志同道合的年轻学者共同提出了“接受美学”的构想。接受美学作为一种新兴的文学理论有它的

---

① ［美］艾布拉姆斯：《镜与灯——浪漫主义文论及批评传统》，郦稚牛等译，32页，北京，北京大学出版社，1989。

② ［美］韦勒克、沃伦：《文学理论》，刘象愚等译，164页，北京，生活·读书·新知三联书店，1984。

体系、范畴、概念、术语，这里不拟介绍。在这里只就接受美学的基本的文学观念进行述评。就文学的观念而言，接受美学的提倡者认为，文学并不是作家这个主体面对着自然这个客体的活动，而是作者与读者缔结的一种“对话”关系。不错，作家笔下的“文本”建立了某种“召唤结构”，但此种“召唤”有待读者的响应，才能构成对话关系。接受美学的创始人之一姚斯说：

> 文学作品并不是对于每一个时代的每一个观察者都以同一种面貌出现的自在的客体，并不是一座自言自语地宣告其超时代性质的纪念碑，而象一部乐谱，时刻等待着阅读活动中产生的、不断变化的反映。只有阅读活动才能将作品从死的语言材料中拯救出来，并赋予它现实生命。①

根据这样的原理，他们提出了这样的文学观念：“文学的本质是它的人际交流性质，这种关系不能脱离其观察者而独立存在。”（姚斯语）

以上我们以文学四要素作为参照坐标，推衍出五种主要的文学观念。实际上，历史上还有各种各样的文学观念。就上述五种文学观念而言，它们也随着时代的变化而变化，随着文学形态的变化而变化，随着观察文学视点的变化而变化。文学观念永远在变化着，世界上没有一种文学观念是固定的、永远不变的。

二、文学理论是什么

1. 文学理论的学科归属

研究文学及其规律的学科统称为文艺学。文艺学这个学科名称是 1949 年中华人民共和国成立以后由俄文翻译过来的，实际上正确的名称应是文学学。文学是一种多维的、复杂的、广延性极强的事物。文艺学作为对文学这一事物的完整的研究，也应该是一个复杂的系统，即由若干相互联系但又具有不同科学形态的分支构成的知识体系。

不过无论在中国还是在西方的一些国家，最早研究文学的科学都叫“诗学”“诗论”，即以对文学中最早发生的诗歌这一体裁的研究来统领对整个文学的研究，实际上是以部分代替整体。这无疑是有缺憾的。直到 19 世纪，整个

① ［德］H.R. 姚斯：《接受美学与接受理论》，周宁等译，24 页，沈阳，辽宁人民出版社，1987。本文所引译文略有不同。

文学研究也还基本上处于笼统的未分化的状态，各种不同的文学研究，在范围、对象、任务、功能上并无太大的区别。20世纪以来，各门学科得到迅速发展，分工更具体、明确，这不能不影响到文学学科的发展；加之文学实践的需要，文学研究视角、方法的多样化及其成熟，文艺学终于形成了若干相互独立又相互联系的分支，而严格意义上的文学理论才作为文艺学的一个独立分支得以成立。

目前，国内外文学理论界一般把文艺学区分为文学理论、文学批评和文学史三个分支，这三个分支在研究的范围、对象、任务、功能上都有所不同。美国当代著名学者韦勒克（René Wellek）与沃伦（Austin Warren）说："在文学'本体'的研究范围内，对文学理论、文学批评和文学史三者加以区别，显然是最重要的。"① 韦勒克和沃伦的上述意见是恰当的。不过在这里我们要做一点补充。文艺学所包括的三个分支虽然各有其独特的研究范围、对象、任务和功能，但又是互相联系、互相渗透、互相作用的，并不是截然分开。文学理论要以文学史所提供的大量材料和文学批评实践所取得的成果为基础。如果文学理论不根植于具体文学作品的分析和文学发展历史的研究，文学理论所概括的文学基本原理、概念、范畴和方法，也就成了"空中楼阁"，失去了存在的依据。反过来，文学史、文学批评又必须以文学理论所阐明的基本原理、概念、范畴和方法为指导，离开这种指导，文学史、文学批评就失去了活的灵魂，成为一堆混乱的材料的堆砌和随心所欲的感想的拼凑。

通过以上叙述，我们对文学理论的学科归属有了一个总的概念：文学理论是文艺学中三个分支之一，它与其他分支有极其密切的联系，它通过对文学问题的审视，侧重于研究文学中带一般性的普遍的规律，它力图指导、制约其他分支的研究，但它本身又必须建立在对特殊的具体的作品、作家和文学现象的研究基础上。

2. 文学理论应有的品格

我们的文学理论，是以马克思主义为指导的文学理论，它作为一门学科，具有实践性和自身独特的价值取向以及人文性的品格。

（1）文学理论的实践性

文学理论作为一门理论形态的学科并不是凭空产生的，也不是个别理论家

---

① ［美］韦勒克、沃伦：《文学理论》，刘象愚等译，31页，北京，生活·读书·新知三联书店，1984。

杜撰出来的，而是从长期的、多种多样的文学实践中总结出来的。换言之，文学理论是对古今中外一切文学活动实践的总结，它的出发点和基础只能是文学活动的实践。先有文学活动的实践，然后才会有文学理论的概括。关于文学活动的本质，关于文学创作，关于作品构成，关于文学接受，关于文学发展的基本原理、概念范畴以及相关的方法，无一不是从文学活动的实践中总结、提炼出来的。而且，实践是检验真理的唯一标准，真正科学的文学理论不但在于这些学说形成之时，而且在于尔后为文学实践所印证之日。所以文学理论的实践性品格，不但在于它来源于文学活动的实践，而且也在于它必须经得起文学活动的实践的检验。

文学理论的实践性品格决定了文学理论是一门生机勃勃的学科。随着我国经济建设的发展和社会生活的变革，文学的内容和形式都将出现新的深刻的变化，文学理论这门学科也就不可避免地要去研究新的问题，进行新的探索，深挖本学科的问题，扩大学科的边界，实现理论创新。因此，我们绝不能用僵死不变的、形而下的态度对待文学理论。

（2）文学理论的价值取向

文学理论既然是文学实践经验的总结，那么文学理论家在总结实践经验时，总是要依据一定的哲学、政治、道德、美学观点等，从而体现出一定的价值取向。文学理论也是一种意识形态。一种文学理论肯定什么作品，否定什么作品；赞扬什么文学现象，批判什么文学现象；提倡什么艺术趣味，反对什么艺术趣味都应该具有明确的价值取向。就马克思主义文学理论而言，它作为意识形态就具有鲜明的价值取向，即体现了人民群众的审美理想和审美趣味，它公开宣称为人民服务和为社会主义服务。因此，我们不能不加批判地接受封建时代遗留下来的一切文学观点。对于过去时代和西方各国的文学理论，我们要采取批判地继承和有分析地借鉴态度。中国古代文论和西方文论（包括西方当代文论）中都有不少合理的因素，这是古人和外国人在长期文学实践和理论研究中把握到的真理性的东西，我们要把这些当作养分很好地吸收，作为建设文学理论新形态的一种材料。它以马克思主义的世界观和方法论综合古今中外一切经过实践检验被认为是有益和有用的东西。

（3）文学理论的人文性

我们说文学理论具有意识形态性的同时，又必须看到文学理论是一门人文学科。“情者文之经”（刘勰语）。“文学是人学”（高尔基语）。文学总是围绕着人的情感而展开的。作家的创作总是要在“情感风暴”中进行，如此作家才能展现出一个激动人心的文学世界。文学的鉴赏也需要读者情感的投入，如此读者才能领略和感悟到文学世界那动人情愫。文学理论既然是文学的理论，总是以人为中心，尊重人的不同经验，捍卫人的尊严，尊重人的不同思想。

文学理论不同于自然科学，自然科学完全靠客观的事实和数字说话；也不同于一般的哲学社会科学，因为哲学社会科学也是以客观主义态度从科学那里衍生而来的，所以单纯靠概念的推理为依归。自然科学和哲学社会科学尽管也研究人，但把人尽量客观化（实证主义）、手段化（实用主义）、非心理化和操作化（行为主义和操作主义）、结构化（结构主义）。但是，文学理论与此不同，它在进行必要的理论推导的同时，必须时时面对充满诗情画意的审美世界。这种诗情画意的审美世界是属人的世界，是属人的情感的世界，是属人的情感体验的世界。它的重要目的不仅是认识文学，而且还在于提升人的精神，达到人的精神的超越，这就表现了文学理论人文的品格。

【思考题】

1. 刘勰《文心雕龙·原道》的“道”是什么？它表达了作者什么样的文学观念？

2. 亚里士多德《诗学》提出的文学“摹仿”说，与柏拉图的文学“摹仿”说有何不同？亚里士多德从哪几个方面来阐述“摹仿”的种差？

3. 如何理解文学是人的一种活动？

4. 说明“文学四要素”及其相互关系。

5. 解释如下文学观念：再现说、表现说、客观说、独立说、体验说。

6. 试说明文学理论与文艺学的关系。

7. 文学理论具有什么品格？

【辅助阅读材料】

1. 毛诗序//张少康．先秦两汉文论选．北京：人民文学出版社，1999.

2. 刘勰．文心雕龙·明诗//范文澜．文心雕龙注．北京：人民文学出版社，1958.

3. 亚里士多德，贺拉斯．诗学·诗艺．北京：人民文学出版社，1962.

4. 刘若端．十九世纪英国诗人论诗．北京：人民文学出版社，1984.

5. 韦勒克，沃伦．文学理论．北京：生活·读书·新知三联书店，1984.

第二章　文学与语言

语言在文学中的地位是显而易见的。可以说，没有语言，就没有文学；没有好的语言，也就没有好的文学。为了呈现文学语言的重要性，本章选取中国作家汪曾祺的《中国文学的语言问题》和俄国文学理论家什克洛夫斯基的《艺术作为手法》作为“经典文本”。前者以作家的身份谈语言，既地道又精彩；后者则从“奇特化”的诗学原则出发，强调文学语言与日常语言的区分。在“相关问题概说”部分中，我们则进一步回答了语言作为文学的第一要素何以成为可能、文学语言的基本特征、超越语言的方案等问题。学习本章内容，一方面需仔细揣摩两篇“经典文本”的深义，另一方面可联系后面的“概说”进行比照，以便对文学与语言的关系、语言的重要性等问题形成深刻的认识。

第一节　经典文本阅读

一、中国文学的语言问题——在耶鲁和哈佛的演讲（汪曾祺）

语言的内容性
语言的文化性
语言的暗示性
语言的流动性

中国作家现在很重视语言。不少作家充分意识到语言的重要性。语言不只是一种形式，一种手段，应该提到内容的高度来认识。最初提到这个问题的是闻一多先生。他在很年轻的时候，写过一篇《庄子》，说他的文字（即语言）已经不只是一种形式、一种手段，本身即目的（大意）。我认为这是说得很对的。语言不是外部的东西。它是和内容（思想）同时存在，不可剥离的。语言不能像橘子皮一样，可以剥下来，扔掉。世界上没有没有语言的思想，也没有没有思想的语言。往往有这样的说法：这篇小说写得不错，就是语言差一点。我认为这种说法是不能成立的。我们不能说这首曲子不错，就是旋律和节奏差一点；这张画画得不错，就是色彩和线条差一点。我们也不能说：这篇小说不错，就是语言差一点。语言是小说的本体，不是附加的，可有可无的。从这个意义上说，写小说就是写语言。小说使读者受到感染，小说的魅力之所在，首先是小说的语言。小说的语言是浸透了内容的，浸透了作者的思想的。我们有时看一篇小说，看了三行，就看不下去了，因为语言太粗糙。语言的粗糙就是内容的粗糙。

语言是一种文化现象。语言的后面是有文化的。胡适提出“白话文”，提出“八不主义”①。他的“八不”都是消极的，不要这样，不要那样，没有积极的东西，“要”怎样。他忽略了一种东西：语言的艺术性。结果，他的“白话文”成了“大白话”。他的诗：

两个黄蝴蝶，
双双飞上天……

实在是一种没有文化的语言。相反的，鲁迅，虽然说过要上下四方寻找一种最黑最黑的咒语，来咒骂反对白话文的人，但是他在一本书的后记里写的“时大夜弥天、璧月澄照、饕蚊遥叹，余在广州”② 就很难说这是白话文。我们的语言都是继承了前人，在前人语言的基础上演变、蜕化出来的。很难找到一种语言，是前人完全没有讲过的。那样就会成为一种很奇怪的，别人无法懂得的语言。古人说“无一字无来历”，是有道理的，语言是一种文化积淀。语言的文化积淀越是深厚，语言的含蕴就越丰富。比如，毛泽东写给柳亚子③的诗：

三十一年还旧国，

---

① 在《文学改良刍议》一文中，胡适提出“八不主义”：一不言之无物，二不摹仿古文法，三不讲求（拘泥）文法，四不作无病呻吟，五不用滥调套语，六不用典，七不讲对仗，八不避俗字俚语。

② 这是鲁迅1927年在广州编校《唐宋传奇集》，作“序例”时文末题记中的文字。

③ 柳亚子（1887—1958年），江苏吴江人，诗人。新中国成立后，曾先后当选为中央人民政府委员和全国人民代表大会代表、常务委员会委员。

落花时节读华章。①

单看字面，“落花时节”就是落花的时节。但是读过一点旧诗的人，就会知道这是从杜甫的《江南逢李龟年》里来的：

岐王宅里寻常见，
崔九堂前几度闻。
正是江南好风景，
落花时节又逢君。

“落花时节”就含有久别重逢的意思。毛泽东在写这两句诗的时候未必想到杜甫的诗，但杜甫的诗他肯定是熟悉的。此情此景，杜诗的成句就会油然从笔下流出。我还是相信杜甫所说的“读书破万卷，下笔如有神”。多读一点古人的书，不致“书到用时方恨少”。

这可以说是“书面文化”。另外一种文化是民间的，口头文化。有些作家没有受过完整的教育。战争年代，有些作家不能读到较多的书。有的作家是农民出身。但是他们非常熟悉口头文学。比如赵树理、李季。赵树理是一个农村才子，他能在庙会上一个人唱一台戏——表演、用嘴奏“过门”、念“锣经”，一样不误。他的小说受民间戏曲和评书很大的影响。李季的叙事诗《王贵与李香香》是用陕北“信天游”的形式写的。孙犁说他的语言受了他的母亲和妻子的影响。她们一定非常熟悉民间语言，而且是很熟悉民歌、民间故事的。中国的民歌是一个宝库，非常丰富，我曾经想过一个问题：中国民歌有没有哲理诗？——民歌一般都是抒情诗，情歌。我读过一首湖南民歌，是写插秧的：

赤脚双双来插田，
低头看见水中天。
行行插得齐齐整，
退步原来是向前。

---

① 此诗名为《七律·和柳亚子先生》，全诗如下：“饮茶粤海未能忘，索句渝州叶正黄。三十一年还旧国，落花时节读华章。牢骚太盛防肠断，风物长宜放眼量。莫道昆明池水浅，观鱼胜过富春江。”

这应该说是一首哲理诗。“退步原来是向前”可以用来说明中国目前的一些经济政策。从“人民公社”退到“包产到户”，这不是“向前”了吗？我在兰州遇到过一位青年诗人，他怀疑甘肃、宁夏的民歌“花儿”可能是诗人的创作流传到民间去的，那样善于用比喻、押韵押得那样精巧。有一回他去参加一个“花儿会”（当地有这样的习惯，大家聚集在一起唱几天“花儿”），和婆媳两人同船。这婆媳二人把他“唬背”了：她们一路上没有说一句散文——所有的对话都是押韵的。媳妇到一个娘娘庙去求子，她跪下来祷告，不是说：送子娘娘，您给我一个孩子，我给您重修庙宇，再塑金身……而是：

今年来了，我是跟您要着哪，
明年来了，我是手里抱着哪，
咯咯嘎嘎地笑着哪！

这是我听到过的祷告词里最美的一个。我编过几年《民间文学》，得益匪浅。我甚至觉得，不读民歌，是不能成为一个好作家的。

有一首著名的唐诗《新嫁娘》①：

洞房昨夜停红烛，
待晓堂前拜舅姑。
妆罢低声问夫婿，
画眉深浅入时无？

这首诗并没有说这位新嫁娘长得好看不好看，但是宋朝人的诗话里已经指出：这一定是一个绝色的美女。这首诗营造了一种气氛，让你感觉到她的美。

另一首有名的唐诗：

君家在何处？
妾住在横塘。
停舟暂借问，
或恐是同乡。②

① 此诗题为《近试上张籍水部》，作者朱庆馀。此处汪曾祺记忆有误。
② 唐朝诗人崔颢的诗作，题为《长干行》。

看起来平平常常，明白如话，但是短短二十个字里写出了很多东西。宋人说这首诗“墨光四射，无字处皆有字”。这说得实在是非常好。

语言的美，不在语言本身，不在字面上所表现的意思，而在语言暗示出多少东西，传达了多大的信息，即让读者感觉、“想见”的情景有多广阔。古人所谓“言外之意”“弦外之音”，是有道理的。

国内有一位评论家评论我的作品，说汪曾祺的语言很怪，拆开来每一句都是平平常常的话，放在一起，就有点味道。我想任何人的语言都是这样。每句话都是警句，那是会叫人受不了的。语言不是一句一句写出来，“加”在一起的。语言不能像盖房子一样，一块砖一块砖，垒起来。那样就会成为“堆砌”。语言的美不在一句一句的话，而在话与话之间的关系。包世臣①论王羲之的字，说单看一个一个的字，并不怎么好看，但是字的各部分，字与字之间“如老翁携带幼孙，顾盼有情，痛痒相关”。中国人写字讲究“行气”。语言是处处相通，有内在的联系的。语言像树，枝干树叶，汁液流转，一枝动，百枝摇；它是“活”的。

“文气”是中国文论特有的概念。从《文心雕龙》到“桐城派”一直都讲这个东西。我觉得讲得最好，最具体的是韩愈。他说：

> 气，水也；言，浮物也；水大而物之浮者大小毕浮。气之与言犹是也，气盛则言之短长与声之高下者皆宜。

后来的人把他的理论概括成“气盛言宜”四个字。我觉得他提出了三个很重要的观点。他所谓“气盛”，照我的理解，即作者情绪饱满，思想充实。我认为他是第一个提出作者的精神状态和语言的关系的人。一个人精神好的时候往往会才华横溢，妙语如珠；倦疲的时候往往词不达意。他提出一个语言的标准：宜。即合适，准确。世界上有不少作家都说过：每一句话只有一个最好的说法，比如福楼拜。韩愈把“宜”更具体化为“言之短长”与“声之高下”。语言的奥秘，说穿了不过是长句子与短句子的搭配。一泻千里，戛然而止，画舫笙歌，骏马收缰，可长则长，能短则短，运用之妙，存乎一心。中国语言的一个特点是有“四声”。“声之高下”不但造成一种音乐美，而且直接影响到意义。不但写诗，就是写散文，写小说，也要注意语调。语调的构成，和“四

---

① 包世臣（1775—1855年），清代学者、文学家、书法家。

声”是很有关系的。

中国人很爱用水来作文章的比喻。韩愈说过。苏东坡说“吾文如万斛源泉，不择地涌出”，“但行于所当行，止于所不可不止”。流动的水，是语言最好的形象。中国人说“行文”，是很好的说法。语言，是内在地运行着的。缺乏内在的运动，这样的语言就会没有生气，就会呆板。

中国当代作家意识到语言的重要性的，现在多起来了。中国的文学理论家正在开始建立中国的“文体学”“文章学”。这是极好的事。这样会使中国的文学创作提高到一个更新的水平。

谢谢！

1987年11月19日追记于爱荷华

（选自汪曾祺：《汪曾祺全集》第四卷，北京，北京师范大学出版社，1998）

1. 作者简介

汪曾祺（1920—1997年），江苏高邮人，作家。小时候受过正规的传统教育，1939年考入昆明西南联合大学中文系，深受教写作课的沈从文的影响。1940年开始发表小说。1946年起在《文学杂志》《文艺复兴》和《文艺春秋》上发表《戴车匠》《复仇》《绿猫》《鸡鸭名家》等短篇小说，引起文坛注目。1950年起在北京市文联、中国民间文学研究会工作，编辑《北京文艺》和《民间文学》等刊物。1956年发表京剧剧本《范进中举》。1962年调入北京市京剧团（后改北京京剧院）任编剧。1963年出版儿童小说集《羊舍的夜晚》。曾参与改编京剧《沙家浜》。1979年重新开始创作。80年代以后写了许多描写民国时期风俗人情的小说，受到赞誉。著有小说集《邂逅集》《汪曾祺短篇小说选》《晚饭花集》《寂寞与温暖》《茱萸集》，散文集《蒲桥集》《塔上随笔》，文学评论集《晚翠文谈》，以及《汪曾祺自选集》《汪曾祺文集》《汪曾祺全集》等。所作小说多写童年、故乡，写记忆里的人和事，在浑朴自然、清淡委婉中表现和谐的意趣。他力求淡泊，脱离外界的喧哗和干扰，精心营构自己的艺术世界。在小说散文方面，开风气之先。作品被译成多种文字介绍到国外。

由于汪曾祺的生活与作品中均渗透着浓郁的文化韵味和民族特色，因此被誉为中国“最后的士大夫”；同时，在20世纪80年代的文坛上，汪曾祺也是最早申明语言重要性并具有语言自觉意识的作家。

2. 背景知识

《中国文学的语言问题》写于1987年，在这篇文章写作的前后，汪曾祺还发表了《“揉面”——谈语言》《关于小说语言》《小说笔谈》《小说技巧常谈》等文章。这些文章或者专谈语言，或者在其中涉及语言问题，其观点常常令人耳目一新。那么，为什么汪曾祺会频繁地谈论语言问题呢？

我们知道，20世纪80年代中后期以来，随着西方哲学家的思想不断地涌入（如卡西尔的《人论》《语言与神话》，维特根斯坦的《逻辑哲学论》《哲学研究》，海德格尔的《诗·语言·思》等），我国文学理论界逐渐意识到语言的重要，文学理论界的学者也开始在“语言学转向”的背景下重新思考语言问题。但是在创作界，许多作家还只是沉浸在“叙事模式”革命的激动中。他们更多地借鉴西方现代主义小说的写作技巧，更多地在“怎样写”而不是“写什么”上下功夫，更多地玩弄一些叙事圈套，更多地使用一种欧化的“翻译体”语言——所有这些，成就了当时所谓的“先锋文学”。可以说，在80年代中后期那个新一轮的向西方学习的热潮中，一些作家对我们民族自身的东西还缺少清醒的认识，他们在创作中也无法体现出一种语言的自觉意识。正是在这一背景下，汪曾祺不厌其烦地谈论开了语言问题。虽然他的观点在当时还没有引起足够的重视，但现在看来，他的思想可以说是先锋的、前卫的。

而且，汪曾祺不但谈论语言，同时还谈论小说的叙述、风格、结构、传神、呼应、含藏；他不但谈论着这样的小说写作技巧，同时还公开倡导要回到现实主义，回到民族传统。从这些谈论中可以看出，汪曾祺更看重中国传统的东西、民间的资源。如此说来，他是一个文化保守主义者了？非也。他对当时叫得很响的“越是民族的就越是世界的”说法并不认同，他对一些老先生指责青年作家盲目摹仿西方文学的说法并不赞成，他认为“一个当代的中国作家应该是一个通人”，一方面要把古典文学和当代创作打通，另一方面要把古典文学、当代文学和民间文学打通。① 一旦把这些方面打通了，语言问题似乎也才能够迎刃而解。

由此看来，汪曾祺表面上谈的是语言问题，实际上呼唤的是中国作家的文化底蕴，是韩愈所说的“气盛言宜”，只有“气”“养”好了，“言”的问题才能得到理想的解决。

进入20世纪90年代之后，中国的许多作家开始意识到语言问题，可以说，他们在很大程度上都得益于汪曾祺——既得益于他的语言观，也得益于他

---

① 汪曾祺：《作家应当是通人》，见《汪曾祺文集·文论卷》，263～264页，南京，江苏文艺出版社，1993。

那种得风气之先、有着独特语言魅力的文学写作。

3. 文本解读

远的不说，在中国现代文学史上，语言问题一直就作为一个非常重要的问题被人反复强调着、讨论着。新文化运动的废文言、兴白话，其核心是要解决一个语言问题；后来的“大众化”运动，其目的也是要解决一个语言问题；20世纪40年代，毛泽东在《反对党八股》和《在延安文艺座谈会上的讲话》等多篇文章中，也不断强调要向人民群众学习语言，要从外国语言中吸取我们所需要的成分，要学习古人语言中有生命的东西。显然，这里强调的依然是语言的重要性。而在赵树理、老舍这样的自觉在语言上下功夫的作家那里，更是把语言问题挂在嘴上。他们对语言情有独钟，也让自己的作品现身说法。种种迹象表明，语言问题在被言说、讨论和运用中似乎已经得到解决。

然而，面对汪曾祺先生的这篇文章，我们便会发现一个很有意思的现象：以前人们在谈到语言问题时，其立足点显然是一个“工具论”的背景，于是，尽管语言问题似乎得到了解决，但这种解决只是“工具论”层面的解决。站在文学的高度来进一步思考语言问题，我们可能会发现，这种解决方式其实还不地道、还不能让人满意。大概，所有在“器”的层面上谈问题而想不起“道”或回避了“道”，都会给人留下意犹未尽的缺憾。

于是，面对汪文，我们不禁眼睛一亮。这个老头儿谈语言，一上来就跟别人不一样：“语言不只是一种形式，一种手段，应该提到内容的高度来认识。……语言不是外部的东西。它是和内容（思想）同时存在，不可剥离的。语言不能像橘子皮一样，可以剥下来，扔掉。世界上没有没有语言的思想，也没有没有思想的语言。……语言是小说的本体，不是附加的，可有可无的。从这个意义上说，写小说就是写语言。”这个观点在他的多篇文章中回环往复，余音袅袅，而且，确实让人感到耳目一新。

那么，这个观点究竟新在何处呢？一句话，他把语言提升到了“本体论”的高度。他没有像海德格尔那样说“语言是存在的家”，也没有像维特根斯坦那样说“想象一种语言意味着想象一种生活方式”，然而，凭借自己的感觉和写作经验，汪曾祺先生已触及语言“本体论”的最高机密。

然而，这个语言“本体论”又是非常中国化、民族化和传统化的。因为在他对语言的进一步阐释中，他又把语言看作一种文化现象，进而区分出两种文化：书面文化和民间/口头文化。从汪曾祺的个人趣味来看，他似乎对民间/口头文化更偏爱一些，这一点与赵树理非常相似。赵树理指出：“学语言究竟应该从哪里学呢？应该从广大的劳动人民群众中学。见的人多就听的话多。广大群众就是话海，其中有很多的天才和专业家（即以说话为业务的人），他们每天每时都说着能为我们所欣赏的话。我们只要每天在这些人群中生活，那些好话和那些好的说话风度、气魄就会填满我们的记忆。”① 汪曾祺在此文中也表达了类似的看法，并以那个祷告词作为例子来支持他的观点。在另一篇文章中，他对于幼儿园孩子编的儿歌，甚至也能发现语言的妙处。他听到这样一首儿歌：

山上有个洞，
洞里有个碗，
碗里有块肉，
你吃了，我尝了，
我的故事讲完了！

汪曾祺认为，这首几乎没有意义的儿歌的音节很美：“我也捉摸出中国语言除了押韵之外还可以押调。‘尝’‘完’并不押韵，但是同是阳平，放在一起，产生一种很好玩的音乐感。”②

由此看来，民间的语言或民间文化是文学语言的重要依托，是生成文学语言的母体。一个时代的文学要想有所建树，往往要从民间文化中汲取营养。当然，它还要从民族的传统文化和外国文化中受益，但相比之下，民间文化显得更为重要。

那么，民间文化中的何种因素对文学语言产生了重要影响呢？从汪曾祺的思考中可以看出，他所指的主要是口语。那么，为什么他如此看重口语呢？我们知道，新文化运动废文言兴白话之后，实际上是要使中国的文学走一条口语化写作的道路。然而，由于受西方文化的影响，尤其是受欧化文法“翻译体”的影响，中国现代文学很快形成了一种书面语的传统，如在朱自清的散文中，我们读到了这样的句子：

---

① 赵树理：《语言小谈》，见《赵树理全集》，第4卷，445页，太原，北岳文艺出版社，1990。

② 汪曾祺：《“揉面”——谈语言》，见《汪曾祺文集·文论卷》，12页，南京，江苏文艺出版社，1993。

夜幕垂垂地下来时，大小船上都点起灯火。从两重玻璃里映出那辐射着的黄黄的散光，反晕出一片朦胧的烟霭；透过这烟霭，在黯黯的水波里，又逗起缕缕的明漪。在这薄霭和微漪里，听着那悠然的间歇的桨声，谁能不被引入他的美梦去呢？只愁梦太多了，这些大小船儿如何载得起呀？

——《桨声灯影里的秦淮河》

这是非常好的白话文，却又是文绉绉的离日常口语甚远的书面语。正是因为书面语言、欧化语言不符合本民族的欣赏习惯，甚至有可能窒息文学的精神，才引起了一些作家的反拨。在中国现代文学的语境中，赵树理是第一个具有口语意识并用口语写作的作家。20世纪80年代以来，由于汪曾祺的倡导，作家们开始意识到了口语的重要性，我们也在汪曾祺的作品中看到了这样的文字：

我家的后园有一棵紫薇。这棵紫薇有年头了，主干有茶杯口粗，高过屋檐。一到放暑假，它开起花来，真是“繁”得不得了。紫薇花是六瓣的，但是花瓣皱缩，瓣边还有很多不规则的缺刻，所以根本分不清它是几瓣，只是碎碎叨叨的一球，当中还射出许多花须、花蕊。一个枝子上有很多朵花。一棵树上有数不清的枝子。真是乱。乱红成阵。乱成一团。简直像一群幼儿园的孩子放开了又高又脆的小嗓子一起乱嚷嚷。

——《紫薇》

对比一下朱自清的那段文字，我们可以看出，口语化的语言显得更清新，更舒展，更有一种解放感。

但是也必须指出，汪曾祺在倡导口语的同时，并没有因此而偏废书面文化传统。于是我们不禁想到，赵树理的文学语言固然很好，可是当他过分强调民间/口头文化并在其作品中强化了民间语言的听觉效果（他想把小说写成可以“说”、可以“听”的文本）时，他是不是因为牺牲了书面文化从而也使其作品失去了必要的语言张力和文化意味？20世纪90年代以来，一批作家在汪曾祺先生的启发下，开始意识到民间/口头文化的重要性，这固然不错；但是当他们开始身体力行于口语写作乃至方言写作时，这种完全把书面文化传统放在一个被审判位置的写作姿态，是不是也意味着一种矫枉过正之后的病态写作？

由此想想汪曾祺先生笔下的文学语言，许多困惑的问题也许会迎刃而解。它是民间的，却又是儒雅的；它是口头的，却又深藏着书面文化的底蕴。究其原因，这与他在民间资源和书面传统之间保持着必要的平衡有很大关系。于是，他才会强调“言外之意”和“弦外之音”，也才会如此推重“气盛言宜”。所有这些，显然属于一个与民间资源大异其趣的、承载着中国传统文化精神的书面传统。因此，文学语言光有民间资源是不够的，还需要书面文化传统作为必要的底蕴。假如中国的当代作家能意识到这个问题，他们也许就会在自己的写作生涯中少走些弯路，为读者奉献出更纯正、更地道的文学语言。

二、艺术作为手法（节选）（维·什克洛夫斯基）

节约力量的思想作为创作的规律和目的，在具体的语言情况下，就是说在日常语言里，可能是最恰当的；由于不了解日常语言和诗歌语言规律的差别，这样一些思想曾扩大到诗歌语言中。一种最初实际说明这两类语言不相吻合的，是指出日本的诗歌语言里有些音是日语口头语言所没有的。列·彼·雅库宾斯基的文章中关于诗歌语言里没有流音异化的规律，以及在诗歌语言中容许堆集有发音难度的类似的音的规律，也是一种抵制科学的批评①最初的说明：这种批评论述了诗歌语言规律和日常语言规律的对立②（至少在这种情况下暂时可以这样说）。

因此，我们应当在诗歌语言里的耗费与节约的规律范围内讨论这两方面的问题，而不是与散文语言进行类比。

如果我们研究一下感觉的一般规律，我们就会看到，动作一旦成为习惯性的，就会变成自动的动作。这样，我们的所有的习惯就退到无意识和自动的环境里；有谁能够回忆起第一次拿笔时的感觉，或是第一次讲外语时的感觉，并且能够把这种感觉同第一万次做同样的事情时的感觉作一比较，就一定会同意我们的看法。我们的散文话语的规律，以及这种话语里不完整的语句和只念出一半的词，都可以用自动化过程来解释。最理想的表示这种过程的方法就是利用代数，在代数里，事物被象征所代替。在讲得很快的日常话语里，词没有都念出来；在意识当中出现的只是每个词的第一个音。波戈金③（《语言作为创

① 《诗歌语言理论集》，第1册，48页。——法文版编者注

② 《诗歌语言理论集》，第1册，13～21页。——法文版编者注

③ 亚·利·波戈金（1872—1947年），俄罗斯历史学家、语文学家。

作》，第42页）举了一个例子，一个小男孩设想说一句话："Les montagnes de la Suisse sont belles"①，就像是L、m、d、l、S、s、b一系列字母的连续。

这种思维的特点不仅提出代数的途径，而且也提出象征的选择，也就是选择字母，特别是一个词开头的字母。按照这种代数的思维方法，事物都是按其数量和总量考虑的，我们看不到事物，而是根据初步的特征识别事物。事物仿佛被包装起来从我们身边经过，我们根据它所占的位置知道它是存在的，不过我们只看到它的表面。在这样的感觉的影响下，事物首先在作为感觉方面减弱了，随后在再现方面也减弱了。正是由于这种对散文词语的感觉说明了对这个词听得不完全（见列·彼·雅库宾斯基的文章），从而出现讲话者的迟疑（由此产生各种口误）。在事物的代数化、自动化的过程中，我们得到感觉力量最大限度的节约：各种事物或是由其一种特点表示出来，例如数量，或者仿佛按照一个公式再现出来，而它们却不一定在意识里出现。

> 我在房间里擦洗打扫，我转了一圈，走近长沙发，可是我不记得是不是擦过长沙发了。由于这都是些无意识的习惯动作，我就记不得了，并且感到已经不可能记得了。因此，如果我已经擦过，并且已经忘记擦过了，也就是说如果我做了无意识的动作，这正如同我没有做一样。如果有一个有意识的人看见我擦过，他可能把我的动作重复一遍。但是，如果谁也没看见，或是无意识地看见我擦过，如果许多人的复杂的一生都是无意识地匆匆过去，那就如同这一生根本没有存在（列夫·托尔斯泰1897年2月28日日记，尼科尔斯克，历史出版社，1915年12月，354页）。

这样生活就消失了，变得什么也不是了。自动化囊括了一切物品、衣服、家具、女人和对战争的恐惧。

> "如果许多人的复杂的一生都是无意识地匆匆过去，那就如同这一生根本没有存在。"

因此，为了恢复对生活的感觉，为了感觉到事物，为了使石头成为石头，存在着一种名为艺术的东西。艺术的目的是提供作为视觉而不是作为识别的事

① 法文："瑞士的山很好看。"

物的感觉；艺术的手法就是使事物奇特化的手法，是使形式变得模糊、增加感觉的困难和时间的手法，因为艺术中的感觉行为本身就是目的，应该延长；艺术是一种体验事物的制作的方法，而“制作”成功的东西对艺术来说是无关重要的。

诗歌作品（艺术作品）的生命从视觉扩展到识别，从诗歌扩展到散文，从具体到抽象，从无意识地给公爵的宫廷带来屈辱的有学问的穷绅士堂吉诃德，到屠格涅夫的广泛而空洞的堂吉诃德的形象，从查理曼大帝到 король① 这个词，几乎无所不在。随着作品和技巧的消逝，它们包括的范围越来越广：寓言诗比诗歌更有象征性，而格言又比寓言诗更有象征性。波捷勃尼亚的理论在分析寓言诗时矛盾最少，因为他曾对寓言诗作过透彻的研究。波捷勃尼亚的理论并不适合于真正的艺术作品；所以他的书也没有能写完。我们知道，《文学理论札记》是在作者死后十三年于一九〇五年出版的。

在这本书里，波捷勃尼亚从头到尾写全的唯一内容就是关于寓言诗的那一部分。②

多次被感觉的事物是从识别开始被感觉的：一个事物处在我们面前，我们知道它，但是我们不再去看它。③ 因此，我们就这一事物无话可说。在艺术上，使事物摆脱感觉的自动性是通过各种方法进行的。在这篇文章中，我只想说明一种列夫·托尔斯泰几乎经常使用的方法。只有梅列日科夫斯基认为这位作家似乎是把自己看到的事物如实介绍出来的，他看到事物的本身，而不歪曲事物。

列夫·托尔斯泰的作品中的奇特化手法，就是他不直呼事物的名称，而是描绘事物，仿佛他第一次见到这种事物一样；他对待每一事件都仿佛是第一次发生的事件；而且他在描写事物时，不是使用一般用于这一事物各个部分的名称，而是借用描写其他事物相应部分所使用的词。例如，列夫·托尔斯泰在《何等耻辱》一文中，把“皮鞭”国家这样加以奇特化：

> “脱下犯法的人的衣服，将他按倒在地，用笞鞭抽打臀部”；

---

① 俄语中 король（国王）一词来源于查理曼大帝的名字（Karolus…）。——法文版编者注

② 《文学理论讲稿·寓言·谚语·俗语》，哈尔科夫，1914。——法文版编者注

③ 维·什克洛夫斯基：《词的复活》，1914。——法文版编者注

隔了几行他又写道：

鞭打裸露的屁股。

这一段还有个说明：

为什么要用这种让人疼痛的愚蠢而野蛮的办法，而不用别的办法呢？比如用针扎肩膀或身体的其他部位，用钳夹紧双手或双脚，或是其他类似的办法呢？

请原谅我举了这样一个累赘的例子，但是，这个例子很有特点，说明托尔斯泰为达到意识的目的所使用的方法。常见的鞭刑被加以奇特化，这一方面靠对它的描写，一方面是提出改变形式，但不改变其本质。托尔斯泰经常使用奇特化的方法：例如，在《霍斯托密尔》里，故事是假托一匹马而展开的，事物是按这匹牲口的感觉、而不是根据人的感觉奇特化的。

[……]

凡是熟悉托尔斯泰的作品的人，都可以找出成百上千个这类的例子。这种离开周围环境来看事物的方式，使托尔斯泰在晚期的作品中，在描写宗教教义和仪式时也使用奇特化的手法，用日常常用的词语代替宗教的常用的词语，结果出现奇特的、不可思议的东西，许多人直率地认为这是亵渎宗教，这使他们大为不快。不过托尔斯泰始终是利用这种手法来感觉和叙述周围的一切。托尔斯泰的感觉动摇了他的宗教信仰，触及到长久以来他所避讳的事物。

这种奇特化的手法也并不是托尔斯泰所特有的，我所以要用他的材料作依据纯系出于实际考虑，因为这些材料是众所周知的。

前面已经说过这种手法的特点，现在我再试着大致确定一下这种手法使用的范围。我个人认为，几乎有形象的地方就有奇特化。

[……]

我们在研究诗歌语言的语音构成成分和词汇构成成分、词的排列以及这些词所形成的语义结构时，发现审美的特点总是由同样的符号表示的：这种特点是为使感觉摆脱自动性而有意识地创造的；它的视觉表示创作者的目的，并且是人为构成的，为的是使感觉停留在视觉上，并使感觉的力量和时间达到最大的限度。事物不是作为空间的一部分被感觉的，可以说是从它的延续性上被感觉的。诗歌语言正符合这些条件。按照亚里士多德的说法，诗歌语言应具有一种独特性，惊奇性；在实践中，这常常是外来语言，如亚速人使用的苏美尔语，南欧使用的拉丁语，波斯人使用阿拉伯语的特殊表达方式，古保加利亚语是俄国文学语言的基础；或是如同接近文学语言的民歌语言的高雅语言。……所以，诗歌语言是难懂的、晦涩的语言，充满障碍的语言。在某些特殊情况下，诗歌语言和散文语言很接近，但这与困难的规律并不矛盾。普希金写道：

> 她的姐姐叫做达吉雅娜……
> 我们一定要第一次
> 用这样温情
> 开始小说的爱情故事。

对于普希金同时代的人来说，杰尔查文的高雅风格才是传统的诗歌语言，而普希金的风格的平庸特点（指这一时期）是很难懂的，令人吃惊的。我们还记得，他同时代的人对他粗俗的词感到多么恐惧。普希金利用人民的语言作为一种手法来吸引人们的注意，这就如同他同时代的人讲话时一般都说法语，但也用上一些俄语的词一样（见托尔斯泰《战争与和平》中的例子）。

现在出现一种更具有特点的现象。俄国的文学语言是俄罗斯的外来语言，它深深渗透到人民群众之中，从而使许多方言的成分都提高到它的水平。相反，文学作品现在又开始表现出一种对方言的偏爱（列米佐夫、克柳耶夫、叶赛宁等等，他们的才能各有上下，但都故意地使用外省语言），对不规范的语言的偏爱（从而使谢韦里亚宁①派的出现成为可能）。当代的马克西姆·高尔基也从文学语言转到列斯托夫式的文学方言。因此，民间语言和文学语言换了位置（见维·伊凡诺夫及其他许多作家的作品）。最后，我们看到一种强烈的倾向，它力求创造一种特殊的诗歌语言；大家知道，这一派为首的便是韦·赫列勃尼科夫。这样，我们就可以给诗歌下个定义，这是一种困难的、扭曲的话语。诗歌的话语是经过加工的话语。散文则一直是普通的、节约的、容易的、正确的话语（散文女神 Dea prosae 是容易的、正确的、姿势正常的胎儿分娩之

① 伊·谢韦里亚宁（1887—1941 年），俄国未来主义诗歌流派创始人之一。

神）。我将在有关情节结构的文章里深入阐述这种作为艺术普遍规律的晦涩、延迟的现象。

1917年

（选自［法］托多罗夫编选：《俄苏形式主义文论选》，蔡鸿滨译，北京，中国社会科学出版社，1989）

1. 作者简介

维克多·什克洛夫斯基（Victor Shklovsky，1893—1984年），苏联形式主义理论派的理论家和政论家，彼得堡学派诗歌语言研究会的组织者。

1914年，年仅21岁的什克洛夫斯基出版了一本并不起眼的小册子：《词的再生》，这标志着俄国形式主义思潮的开始。他在这本小册子中就已经表达出后来被称为“形式主义方法”的原则，这奠定了他作为诗歌语言研究会精神领袖的地位。1916年写的《艺术作为手法》一文，成为俄国形式主义的重要宣言和纲领性论文。同年，诗歌语言理论研究会开始出版自己的刊物《诗学·诗歌语言理论文集》。此文与他后来撰写的《情节分布构造程序与一般风格程序的联系》一文组成了《关于散文理论》这部著名著作。这部著作分别于1925年和1929年两次出版，影响极大，是俄国形式主义的代表作。

什克洛夫斯基观点尖刻幽默、咄咄逼人并富于挑衅性，于是他身上仿佛有一股不可抗拒的吸引力，能把拥护形式主义方法的人团结在一起。他不仅是一个能干的组织家，而且精力充沛，勤于著述。相继出版《情节分布的拓展》《艺术的形式和材料》《第三工厂》《汉堡纪事》《动物园，或者不是情书》《怎样写电影剧本》等著作，并与梯尼亚诺夫、埃亨巴乌姆合著《电影诗学》。

20世纪30年代，什克洛夫斯基发表文章表示放弃形式主义，这标志着俄国形式主义的结束。此后，他转入历史文学研究，对过去俄罗斯文学研究不够的方面做了极为重要的补充。著有《马特维·科马罗夫》《楚耳科夫与廖夫申》《米宁和波扎尔斯基》《关于古代的匠师》以及历史中篇小说《马可·波罗》。

50年代后，什克洛夫斯基又回到文艺理论研究和俄国古典作家的评论上，著有《俄国古典作家散文评论》《文艺散论：沉思与分析》《列夫·托尔斯泰》《赞成与反对：陀思妥耶夫斯基评论》《四十年内》《六十年内》《小说漫谈》等。

2. 背景知识

《艺术作为手法》诞生于俄国形式主义文学理论的整体氛围之中，因此，要理解这一文本，首先需要对形式主义文论有所了解。

形式主义文论是语言学影响下的产物。20世纪初，索绪尔的《普通语言学教程》问世，动摇了人们对语言学的传统看法。索绪尔的一系列见解，对俄国形式主义产生了重要影响。尤其在研究方法上，索绪尔把语言学分成外部语言学和内部语言学，并指出前者研究语言和文化、政治等方面的关系，而后者则研究语言系统“自己固有的秩序”。俄国形式主义由此得到启发，认为文学理论不能研究文学的外部联系，应该研究文学内部的固有秩序和结构，文学理论不能成为一部缩写的或从文学角度论证的文化学，它必须首先是文艺学。

俄国形式主义文论有两个中心，其一是莫斯科语言学派，其二是彼得堡学派（全称为“诗歌语言理论研究协会”），两个学派均成立于1914年。莫斯科语言学派以罗曼·雅各布森为代表，彼得堡学派以什克洛夫斯基为核心，在他们周围，有一批年轻的学者，他们当时都是莫斯科大学和彼得堡大学的大学生，对文学理论或诗学的共同看法，使他们走到了一起。比如，彼得堡学派中就有埃亨巴乌姆、雅库宾斯基、梯尼亚诺夫、鲍里瓦诺夫、日尔蒙斯基、维诺格拉多夫等人。未来派诗人马雅可夫斯基、赫列勃尼科夫以及著名诗人帕斯捷尔纳克和曼德尔什坦姆是这两个学派的座上客，他们经常与小组成员切磋诗艺，参与小组的各种学术活动，朗诵自己的新诗。

由于政治原因，不少形式主义文论家后来到布拉格定居，形成了盛极一时的布拉格学派。之后，部分学者又前往美国等地从事学术研究，促进了英美新批评、结构主义、符号学、语义学等文学理论流派的发展。

俄国形式主义文论的观点林林总总，但归结起来，主要体现在如下的思考当中。他们认为，文学的本质在于形式方面，不在内容方面，所以，必须从形式的角度去观照文学、分析文学、总结文学的规律。因此，他们把文学作品看成是一种纯艺术现象，研究文学就是要从文学本身去寻找构成文学的内在根据和理由。这样一来，就形成了他们思考文学的一个基本原则：只有艺术特有的规律才能说明艺术的形式和结构，决定文学作品艺术创作的那种特性才是文学科学研究的主要对象和核心。以此为出发点，他们在研究方法上进行了全新的改革。他们采用类似语言学的方法研究文学理论，从而使文学理论具有语言学的色彩。由此看来，这种研究方法与那种传统的传记——社会学式的文学研究方法，即以作家为中心、以文学的政治和道德等为主要社会功能的研究方法是针锋相对的。

西方学者指出："俄国形式主义的主要目标之一是促使文学研究的科学化。"① 作为一种科学主义的文论，俄国形式主义在对文学内部构成的思考和"文学性"的追寻等方面确实功不可没，但是由于其研究思路呈封闭状态，所以它的局限性和片面性也是显而易见的。

只有把什克洛夫斯基的这篇文章放到俄国形式主义文论发展的大背景中，我们才能对它做出充分的理解。

3. 文本解读

什克洛夫斯基是形式主义学派的创始人之一，他的理论主张很大程度上引领着形式主义学派的思路和走向。什克洛夫斯基有两句名言值得注意。一句是："艺术永远是独立于生活的，它的颜色从不反映飘扬在城堡上空的旗帜的颜色。"② 另一句是："我的文学理论是研究文学的内部规律。如果用工厂方面的情况来做比喻，那么，我感兴趣的不是世界棉纱市场的行情，不是托拉斯的政策，而只是棉纱的只数和纺织方法。"③ 从这种表白中可以看出，什克洛夫斯基强调的是文学艺术的独立性和自主性。这种独立性和自主性大体体现在两个方面：一方面，文学艺术作为客体是独立于创造者和欣赏者之外的；另一方面，文学艺术也独立于政治、道德和宗教等各种意识形态及上层建筑，甚至还独立于社会生活。

正是立足于这一背景，什克洛夫斯才提出了他的"奇特化"（一译"陌生化""反常化"）的诗学原则。让我们重点来看看他的这段文字：

> 因此，为了恢复对生活的感觉，为了感觉到事物，为了使石头成为石头，存在着一种名为艺术的东西。艺术的目的是提供作为视觉而不是作为识别的事物的感觉；艺术的手法就是使事物奇特化的手法，是使形式变得模糊、增加感觉的困难和时间的手法，因为艺术中的感觉行为本身就是目的，应该延长；艺术是一种体验事物的制作的方法，而"制作"成功的东西对艺术来说是无关重要的。

---

① ［荷］佛克马、易布思：《二十世纪文学理论》，林书武等译，14 页，北京，生活·读书·新知三联书店，1988。

② ［俄］什克洛夫斯基：《文艺散论·沉思和分析》，转引自《俄国形式主义文论选·前言》，方珊等译，11 页，北京，生活·读书·新知三联书店，1989。

③ ［俄］什克洛夫斯基：《关于散文的理论》，转引自《俄国形式主义文论选·前言》，方珊等译，14 页，北京，生活·读书·新知三联书店，1989。

什克洛夫斯基认为，在日常生活中，许多动作一旦习惯成自然，就会变成自动化的动作。比如，我们离开家时往往要顺手关门锁门，时间一长，我们甚至意识不到这个动作的存在，但实际上我们每次都在无意识中完成了这个动作。于是，在“自动化的过程中，我们得到感觉力量最大限度的节约”。语言也是如此，散文语言（日常语言）在被反复使用的过程中已经失去了最初的新鲜感，而变成了一种机械化的反应，因此，散文语言是一种“自动化”的语言。而为了使人们走出自动化的困境，种种艺术形式会以“奇特化”的手法来让感觉变得困难，从而帮助人们恢复对生活的感觉。具体到文学作品，诗性的文学语言总会以某种特殊的表述方式让人们的感觉焕然一新。

从什克洛夫斯基的奇特化原则出发，我们也可以联想到中国作家的类似说法和例子。诗人顾城说过：“语言就像钞票一样，在流通过程中已被使用得又脏又旧。”当他这样来为语言定位时，他谈论的实际上是日常语言，也就是完全引起人们自动化反应的那种语言。比如，当我们反复使用“姑娘好像花一样”这样的比喻时，语词原有的新鲜感和表现力已消失殆尽。而文学语言，所追求的却是一种奇特化的效果。比如“红杏枝头春意闹”，原来人们更多的是从选词、炼字的方面来谈论“闹”字的妙处，但实际上，使用了“闹”字，就使诗歌语言，从而也使诗歌所营造的氛围和意境具有了一种奇特化效果。再比如，在现代汉诗中，我们经常会看到这样的句子：“风变幻云朵的浮雕/修饰夜里发生的事情”（骆耕野《苍茫时刻》）；“你呼吸的轻风吹动我/在一片丁当响的月光下”（舒婷《会唱歌的鸢尾花》）。这些诗句通过巧妙的动宾搭配方式、修饰性成分与被修饰性成分富于弹性的组合、主谓的不规则搭配、比喻与象征的新奇等手法，造就了诗歌语言的一种奇特化效果。

大体而言，奇特化原则的内涵有三。第一，什克洛夫斯基认为，艺术提供的只是事物的视像，而不是认识；艺术是为了加强印象，加强对事物的感觉，因而它不能作为思维或认识的方式，也不是什么形象思维。第二，艺术品作为客体，它的艺术性是与主体的感知能力相对应的。第三，从文学语言（尤其是从诗歌语言）的角度看，他强调了媒介材料对于构成艺术作品的特殊意义。诗与文学的物质媒介是语词。黑格尔曾把它叫作“精神性的媒介”，是因为它有自己确定的意义定性和丰富的思想内涵，因而语词的排列和组合既构成意味，更产生意义。另一个形式主义文论家日尔蒙斯基指出：“诗的材料不是形象，也不是激情，而是词。诗便是用词的艺术。”① 这可以给什克洛夫斯基的思想提供一个明确的注释。

奇特化的手法是多种多样的，上面所说的诗歌语言不规则的排列组合是其一种。但是在实际的文学写作中，作家会通过多种奇特化手法达到目的。什克洛夫斯基特别以托尔斯泰为例来介绍奇特化的手法。他认为托尔斯泰最擅长使用的奇特化手法是“不直呼事物的名称，而是描绘事物，仿佛他第一次见到这种事物一样”。比如，他像一位从未出过城的人第一次看到辽阔的稻浪滚滚的田野，觉得特别新鲜，然后用大海来形容稻田，而不用稻田来称呼稻田。采用这种语言的描写方式会使人听起来陌生，反而却更加凸显一种新鲜感和生动性。此外，托尔斯泰还通过改变事物的平常比例，在画面上固定某一细节并着重加以渲染，从而达到奇特化的目的。比如，在描写战斗场面时，渲染了湿润嘴唇的生动细节，在《安娜·卡列尼娜》中描写安娜自杀时，着重描写安娜的手提包，这种把注意力放在细节上的做法便带来了奇特化的效果。而在《战争与和平》中描写军事会议时，托尔斯泰则通过一个小姑娘的视角来处理。小姑娘虽目睹了这次会议，但她对眼前所发生的事件的实质并不理解，只是以孩子的眼睛观察会议参加者的谈吐举止，并用孩子的心理给予解释，这就把常见事物通过不谙于它的主人公的心理折射，使文学材料变成艺术构成要素。这也是托尔斯泰所使用的一种奇特化的程序。②

事实上，在中国作家的笔下，我们也可以见到大量的使用奇特化手法的例子。比如，在《红楼梦》第六回“贾宝玉初试云雨情　刘姥姥一进荣国府”中，曹雪芹便运用奇特化手法进行描述：

> 刘姥姥只听见咯当咯当的响声，大有似乎打箩柜筛面的一般，不免东瞧西望的。忽见堂屋中柱子上挂着一个匣子，底下又坠着一个秤砣般一物，却不住的乱恍。刘姥姥心中想着：“这是什么爱物儿？有甚用呢？”正呆时，只听得当的一声，又若金钟铜磬一般，不防倒唬的一展眼。接着又是一连八九下。方欲问时，只见小丫头子们齐乱跑，说：“奶奶下来了。”周瑞家的与平儿忙起身，命刘姥姥“只管等着，是时候我们来请你”。说

---

① ［俄］日尔蒙斯基：《诗学的任务》，见《俄国形式主义文论选》，方珊等译，217页，北京，生活·读书·新知三联书店，1989。

② 胡经之等主编：《西方文艺理论名著教程》（下卷），181～182页，北京，北京大学出版社，2003。

着，都迎出去了。①

显然，从乡下来的刘姥姥不认识那个挂钟，她动用乡下人的生活经验来打量这个东西，便把它发出的声音理解成“打箩柜筛面的一般”，把它的样子看成是“一个匣子，底下又坠着一个秤砣般一物”。在这里，刘姥姥是第一次见到这个物件，而曹雪芹又以刘姥姥的视角描写这个物件。这样一种写法，对读者已经成型的自动化的感觉构成了一种挑战，当我们略加思考（感觉的时间延长了）后明白作家原来写的是一个挂钟时，奇特化的效果也就产生了。

从整体上看，什克洛夫斯基的“奇特化”理论并不是专门针对文学语言的，但是，由于他从文学的背景出发思考问题，且又多以诗歌语言为例加以说明，所以这一理论对我们思考文学语言的特殊构成具有重要启发意义。比如，我们可以思考，为什么日常语言大多成了自动化的语言，而文学语言却始终保留着它的奇特化特性？如果一个作家的语言奇特化程度很低，这种语言还能不能称为文学语言？为什么有人说“诗歌如跳舞，散文像走路”？为什么中国诗人韩东喊出了“诗到语言为止”的口号？显然，诸如此类的问题，都可以加深我们对文学语言的认识和理解。

第二节　相关问题概说

汪曾祺说：“语言不只是一种形式，一种手段，应该提到内容的高度来认识。”② 又说：“语言本身是艺术，不只是工具。”③ 汪曾祺是新时期以来最早思考语言问题的作家，他对语言的理解值得我们重视。而俄国形式主义文论家什克洛夫斯基则反复强调了文学语言的特异性，他对“自动化”语言与“奇特化”语言的区分，实际上抓准了日常语言和文学语言的重要特征。那么，究竟应该如何看待语言在文学中的位置，又该如何思考文学与语言的关系呢？让我们带着汪曾祺与什克洛夫斯基的思考，走进“文学与语言”的基本问题之中。

---

① （清）曹雪芹、高鹗：《红楼梦》，100页，北京，人民文学出版社，1982。

② 汪曾祺：《中国文学的语言问题》，见《汪曾祺文集·文论卷》，1页，南京，江苏文艺出版社，1993。

③ 汪曾祺：《“揉面”——谈语言》，见《汪曾祺文集·文论卷》，8页，南京，江苏文艺出版社，1993。

一、语言是文学的第一要素

1. 语言工具论

人们常说文学是语言的艺术，语言是文学的第一要素。最早对语言做出如此明确定位的人是高尔基。他说："文学的第一个要素是语言。语言是文学的主要工具，它和各种事实、生活现象一起，构成了文学的材料。"① 由此可以看出，高尔基虽然强调了语言对于文学的重要性，但他实际上是一个工具论者，他对语言的重视依然局限于工具论的思维框架中。所谓工具论，即认为语言只是一种"形式""工具""媒介""载体"，它的功能在于表达生活和情感的内容，内容具有"优先权"，而包括语言在内的形式则处于被内容决定的位置。

语言工具论有其合理的一面，因为语言是思想情感的物质外壳，没有语言的固定，思想与情感依然处于原生状态当中，散乱一片，而只有通过语言，才能为思想情感赋形。但是，也必须指出，由于语言工具论过分强调了语言的从属地位，致使许多现象无法得到充分解释。比如，当人们谈到理性内容或思想情感对于语言具有绝对的优势时，可能会遭遇这样的追问：人们在思维的时候需要不需要语言？如果不存在没有语言的思维活动，那么语言在思想被表达之前就已经参与了思维活动。因为有了语言，才有了思维过程；因为有了思维过程，也才有了思想的成果。工具论者更多地看到了思想的结果需要借助于语言，而没有看到思想的过程同样需要依靠语言。而一旦意识到语言参与甚至塑造了思想，语言工具论的偏颇也就暴露出来了，人们也就需要对语言重新认识。

2. 语言本体论

正是意识到语言工具论的缺陷，语言本体论开始浮出水面。自从有了索绪尔（Ferdinand de Saussure）对"语言"（language）和"言语"（parole）的区分后，人们对语言的看法发生了很大的变化。杰姆逊（Fredric Jameson）指出："在过去的语言学中，或是在我们的日常生活中，有一个观念，以为我们能够掌握自己的语言。语言是工具，人则是语言的中心；但现代语言学正是在这个意义上成为一场哥白尼式的革命。……结构主义宣布：说话的主体并非控制着语言，语言是一个独立的体系，'我'只是语言体系的一部分，是语言说

---

① ［苏联］高尔基：《和青年作家谈话》，见《文学论文选》，孟昌等译，294页，北京，人民文学出版社，1958。

我，而不是我说语言。”① 正是由于结构主义语言学对语言的高度重视和强调，语言获得了前所未有的殊荣，语言也因此上升到“本体”的地位。

那么，从本体论的角度为语言定位有无道理呢？回答依然是肯定的。卡西尔（Ernst Cassirer）指出：“人的符号活动能力（Symbolic activity）进展多少，物理实在似乎也就相应地退却多少。在某种意义上说，人是在不断地与自身打交道而不是在应付事物本身。他是如此地使自己被包围在语言的形式、艺术的想象、神话的符号以及宗教的仪式之中，以致除非凭借这些人为媒介物的中介，他就不能看见或认识任何东西。”② 这种说法与“语言是存在的家”（海德格尔），“想象一种语言意味着想象一种生活方式”“我的语言的界限意谓我的世界的界限”（维特根斯坦）等断言有异曲同工之妙。当维特根斯坦从“生活方式”“世界的界限”等方面来思考语言的问题时，他的论述应该说是非常精湛的。因此我们也可以设想，一个只会说方言的人，他的世界的界限不会超出他的家乡，一个掌握了一门外语的人，他的世界会比一个没有掌握外语的人的世界大许多，他拥有了与那种语言相配套的思维方式、感觉方式和生活方式。而在卡西尔看来，语言则是人们认识事物的中介，有了某种语言，也就有了某种现实，也有了人们对这种现实的感觉和认知。

既然语言在本体论者的眼中如此重要，那么，从本体论的角度看，语言与文学的连接点又在哪里呢？本体论者认为，语言是人们把握世界的一种方式，文学语言就是人们审美地把握世界的一种方式。在生活中，我们拥有了新的语词或新的语词组合，表明我们拥有了一种生活实践的新姿态。在文学世界中，新的语词、新的句式和新的表达不断出现，世界的边界由此得到拓展。作家使用了一种新语言，意味着一种新的审美经验的诞生，意味着一种新的审美天地的营造。读者接触到这种语言，也意味着接触到一个崭新的世界。正是在这一意义上，我们可以说语言是存在的家园，语言也是文学的家园。

然而，正如语言工具论有其缺陷一样，语言本体论也有其片面性。如果说工具论没有看到文学作品中语言的特殊性，把文学语言与其他领域的语言混为一谈，那么，本体论则过分夸大文学语言的诗性特征，而没有看到文学语言与其他领域中的语言的共同性，即所有文学语言都是建立在日常语言的基础上的，它不是文学家造出来的另一类语言。

---

① ［美］杰姆逊：《后现代主义与文化理论》，唐小兵译，32页，北京，北京大学出版社，1997。

② ［德］卡西尔：《人论》，甘阳译，33页，上海，上海译文出版社，1985。

二、日常语言和文学语言

在《艺术作为手法》一文中，什克洛夫斯基主要从自动化与奇特化的角度对日常语言与文学语言进行了区分。除此之外，文学语言与日常语言还有哪些不同之处呢？

1. 单义性与互义性

一般来说，日常语言的意义是单一的，它要求每一句都要准确传达一定的信息，强调词句的“词典意义”。如三千里、二十年、一声、一双，这些词语都必须是实指的，它的意义只属于它自身，不属于其他系统。但在文学话语中，由于它是围绕着一个文学事件而设置的，是一个完整的系统，所以“二十年”可以不是二十年，“三千里”可以不是三千里，“一声”也可以不是一声，“一双”也可以不是一双，如张祜的《宫词》：

故国三千里，深宫二十年。
一声何满子，双泪落君前。

在这里，三千里、二十年、一声、双，这些数量词的意义已不限定于自身，它们属于这首诗的艺术符号系统，因而“三千里”无非形容离家之远，“二十年”无非指入宫时间之长，“一声”在这里是“一唱起”的意思，“双泪”则是指“泪流不止”。究竟是多少里、多少年，是一声还是多声，是流了一双泪还是泪流不止，已不必坐实，因为它们已属于诗的整体意义的领域了。正是在这个意义上，美国新批评理论家布鲁克斯（Cleanth Brooks）才指出：“科学的趋势必须是使其用语稳定，把它们冻结在严格的外延之中；诗人的趋势恰好相反，是破坏性的，他用的词不断地在互相修饰，从而互相破坏彼此的词典意义。”①

另一方面，由于日常语言的指称是主要的，由词所组成的句子或句子群，其本身就是一个符号系统，指涉意义是被句子、句子群限定的，所以，它不必在谈话中再次确定它的意义。但是在文学作品中，情况就不同了。关于这一点，巴赫金（Mikhail Bakhtin）在分析托尔斯泰《复活》中的人物对话时有过

---

① ［美］布鲁克斯：《悖论语言》，见赵毅衡编选：《“新批评”文集》，319页，北京，中国社会科学出版社，1988。

如下分析：

> 作品作为统一整体的背景。在这个背景上，人物的言语听起来完全不同于在现实的言语交际条件下独立存在的情形：在与其他言语、与作者言语的对比中，它获得了附加意义，在它那直接指物的因素上增加了新的、作者的声音（嘲讽、愤怒等等），就像周围语境的影子落在它的身上。例如，在法庭上宣读商人尸体的解剖记录（《复活》），它有速记式的准确，不夸张、不渲染、不事铺张，但却变得十分荒谬，听上去完全不同于现实的法庭上与其他法庭文书和记录一起宣读的那样。这不是在法庭上，而是在小说中；在这里，这些记录和整个法庭都处在其他言语（主人公的内心独白等）的包围之中，与它们相呼应，其中包括与托尔斯泰的作者语言的呼应。在各种声音、言语、语体的背景上，法庭验尸记录变成了记录的形象，它的特殊语体，也成了语体的形象。在一部完整作品的统一体中，一个言语受其他言语框定，这一事实本身就赋予了言语以附加的因素，使它凝聚为言语的形象，为它确立了不同于该领域实际生存条件的新边界。①

巴赫金的这些分析揭示了文学作品中人物对话与现实生活中人物对话的不同，并深刻说明了这种不同是如何产生的。巴赫金洞见了文学作品中“人物对话”不仅从自身获得意义，而且还从整篇作品的各种声音、言语、语体的背景上获得意义，并组成为语体形象。实际上，不仅作品中的人物对话，而且日常生活的信息言语，一旦纳入作品，被作品的背景，特别是其中的语境框定，就变成文学话语，它也就不再是单纯的传达信息的“载体”，而是获得了丰富的审美的附加意义，即话语蕴含。文学的话语蕴含有两重意思。第一，具有多义性。即在读者解读它的时候，不同时代、不同文化背景和不同审美趣味的读者，可以有不同解读，出现多义或歧义。第二，作品中的全部话语处在同一大语境中，因此任何一个字、词语、句子、段落的意义，不但从它本身获得，同时还从前于它或后于它，即从本作品的全部话语中获得意义。我们可以把这一语言现象称为“互义性”。比如，在鲁迅《故乡》的开头，有这样一段描写文字：

---

① ［苏联］巴赫金：《文学作品中的语言》，见钱中文主编：《巴赫金全集》，第四卷，白春仁等译，283页，石家庄，河北教育出版社，1998。

我冒了严寒，回到相隔二千余里，别了二十余年的故乡去。

时候既然是深冬；渐近故乡时，天气又阴晦了，冷风吹进船舱中，呜呜的响，从篷隙向外一望，苍黄的天底下，远近横着几个萧索的荒村，没有一些活气。我的心禁不住悲凉起来了。

这段文字表面上是描写天气和景物，但其意义显然不限定于这段文字自身，它的意义已远远超出了这段文字，而属于作品的整个系统。也就是说，这里关于天气的寒冷、阴晦和村庄的萧索的描写，是为“我”在故乡的种种令人失望、忧伤的遭际提供一种烘托。因此，这段话的意义要从后设性的话语中才能获得充分的意义。在这里，这段话跟后设话语的关系不是指称性的因果关系，而是一种氛围的标记和联系。这种标记和联系使人联想到另一种情境，而不是字面所传达的意义本身。

由此看来，文学话语的互义性，使作家在创作时，每落一字一句，都不能不“瞻前顾后”，力求使自己笔下的句子能够属于作品的整体的符号系统。前句与后句之间，前句群与后句群之间，应能形成一种表现关系（而非指称关系、单纯因果关系等），或正面烘托，或反面衬托，或象征，或比喻，或反讽，或复义……使作品中的符号系统形成一种“表现链”。具有“表现链”的话语，才是真正有表现力的话语。

2. 外指性与内指性

以上关于日常语言与文学语言的区别还只是停留在表层，即通过捕捉日常语言和文学语言的外部特征而对二者做出区分。如果考虑到一部文学作品的诞生即意味着一个“审美语义场”的建立，同时把文学语言与作家的审美体验联系到一起来加以思考，我们还会发现文学语言区别于日常语言的深层特征。

文学的艺术特性在于“审美场”的建立。因此，文学的真不等于自然的真。文学从本来的意义上说，并不是对一件真实事件或一个真实人物的叙述，它是作家创造出来的作用于人的知觉和情感的人类经验。所以，文学世界中发生的事件只是文学事件，而不是生活中的真实事件。这样，现实生活中的客观世界和文学作品所创造的艺术世界是大不相同的，因为二者各自遵循着自己的逻辑。因此，在文学世界中说得通的东西，在客观世界未必说得通。反之，在客观世界中说得通的东西，在文学世界中未必合乎逻辑。在这两个世界的岔道上，文学话语与日常话语也就分道扬镳了。虽然就语言系统看，文学话语与日常话语并没有什么不同。同一个词语，既可以在日常话语中运用，也可以在文学话语中使用，文学并没有一个独立的语言系统，但是由于文学世界与日常生活世界所发生的事件的性质是不同的，也就使文学话语与日常话语有了根本区别。正如巴赫金所指出的那样，日常的话语一旦进入小说，就发生了“形变”：

> 它们（指文学语体等）在自身构成过程中，把在直接言语交际条件下形成的各种第一类（简单）体裁吸收过来，并加以改造。这些第一类体裁进入复杂体裁，在那里发生了形变，获得了特殊的性质：同真正的现实和真实的他人表述失去了直接的关系。例如，日常生活中的对话对白或书信，进入长篇小说中以后，只是在小说的内容层面上还保留着自己的形式和日常生活的意义，只能是通过整部长篇小说，才进入到真正的现实中去，即作为文学艺术现实的事件，而不是日常生活的事件。①

巴赫金在这里想说明的是，日常话语进入文学作品之后，就属于文学事件的统辖，而与原来的现实的话语失去了直接的关系。因此，我们可以说，日常话语是外指性的，而文学话语是内指性的。日常语言指向语言符号以外的现实环境，因此它必须符合现实生活的逻辑，必须经得起客观生活的检验，也必须遵守各种形式逻辑的原则。文学话语则是具有“内指性”的话语，它指向作品本身的世界，却不必符合现实生活的逻辑，而只需与作品艺术世界相衔接就可以了。例如，杜甫的“感时花溅泪，恨别鸟惊心”，这里的花和鸟，不是指自然界中的花和鸟，自然界中的花不会“溅泪”，鸟也不会“惊心”。这里的花和鸟属于杜甫诗歌的艺术世界，它在这首诗中合乎情感逻辑就可以了，不必经过动物学家去检验。杜甫的名句“露从今夜白，月是故乡明”，明显地违反客观真实，月亮并非杜甫家乡的才明，但由于它不是“外指性”的而是“内指性”的，因此，在诗的世界里它不但说得通，而且深刻地表现了杜甫对故乡的情感的真实。

总之，文学语言的“内指性”特征，只要求它符合作品的艺术世界的诗意逻辑，而不必经过客观生活的验证，这是它区别于日常语言的又一特征。

3. 外部言语与内部言语

苏联一些著名的语言学家在思考语言问题时提出了“外部言语”与“内部

---

① ［苏联］巴赫金：《言语体裁问题》，见钱中文主编：《巴赫金全集》，第四卷，白春仁等译，143页，石家庄，河北教育出版社，1998。

言语”的区分，有助于我们对日常语言和文学语言本质特征的进一步认识。

A. P. 鲁利亚（A. P. Лурия）认为，言语的产生是一个经由内心意蕴的发动到外部言语的实现的过程。这个过程可分为四个阶段：

①起始于某种表达或交流的动机、欲望，总的意向；（动机）

②出现一种词汇较为稀少、句法关系较为松散、结构残缺但都黏附着丰富心理表现、充满生命活力的内部言语；（内部言语）

③形成深层句法；（深层句法）

④扩展为以表层句法结构为基础的外部言语。（外部语言）①

鲁利亚认为，“内部言语”是主观心理意蕴与外部言语表现之间一个十分重要的中间环节，它具有以下两个特点。

其一，功能上的述谓性。内部言语总是与言语者的欲望、需求、动作、行为、知觉、情绪的表达密切相关，动词、形容词占较大的比例。

其二，形态上的凝缩性。没有完整的语法形态，缺少应有的关联词，只有一些按顺序堆置起来的中心词语，所含意蕴是密集的。

由此不难看出，这种“内部言语”与人的欲望、情绪更贴近，与人的难于言说的审美体验更相对应。作家若是把这种中间性的“内部言语”直截了当地倾吐于纸上，那就可以以本初形态表现自己的欲望、情绪和种种审美体验，填平言语与审美体验之间因疏离而形成的峡谷。

我们的古人其实也懂这个道理，宋代文学家苏轼作诗讲究“冲口而出”。

好诗冲口谁能择，俗子疑人未遣闻。②

此数十纸，皆文忠公冲口而出，纵手而成，初不加意者也。其文采字画，皆有自然绝人之姿，信天下之奇迹也。③

所谓“冲口而出，纵手而成”，也就是截获“内部言语”，不加修饰，直接倾吐，结果所得到的是“自然绝人之姿”。实际上，不少作家就是尝试着用这

① ［苏联］A. P. 鲁利亚：《神经语言学的主要问题》（1975），赵吉生译，载《国外语言学》，1983（2）。

② 苏轼：《重寄》。

③ 苏轼：《跋刘景文欧公帖》。

种“内部言语”写作的。卢那察尔斯基在评论列夫·托尔斯泰的小说语言时，敏锐地抓住了其作品的“内部言语”的特色。他说：“当你读托尔斯泰的时候，你会觉得他只是个粗通文墨的人。他很有些笨拙的词句。最近莫斯科一位教授说：《复活》开头一句根本不通，如果一个学生交来这么一页作文，任何俄语教师都会给他打上个‘2^-’。怎么会这样呢？托尔斯泰把他所有的作品重写过五遍到七遍，做了无穷无尽的修改，这一切都经他酝酿过，可是出人意外，竟然写得这样不完善！这决不是偶然的。托尔斯泰本人情愿让他的句子别扭，而惟恐它华丽和平顺，因为他认为这是不严肃。一个人谈论一件很重要的事情却并不激动，只是关心如何使他的声音悦耳，使一切显得精美流利，他就得不到任何人的信赖。在这种情况下看不见诚意，你不会相信这个人给你讲的确实是对他很重要的事情。托尔斯泰希望在他代表自己所说的一切中、在他作为一个作者所说的一切中都能达到天然无饰和最大的朴素。”① 卢那察尔斯基在这里所说的“句子别扭”“天然无饰”“最大的朴素”却不够优美，甚至像小学生的作文的语言，却能“如实表现事物”，而且最贴近人的情绪、情感的言语，这无疑是一种“内部言语”。

与“内部言语”相比，“外部言语”是一种经过反复修饰润色的，语法、逻辑都完整规范的言语，但由于它只具有一般化、概括化的品格，而使世界的本相“变形”，同时与人的欲望、情绪、情感更加疏离。倒是那种不假思索，甚至缺乏完整语法和正常逻辑的“内部言语”，所表现的才是世界的真正本相和人的深层的精神结构，保持着审美体验的本初面貌。因此，一般说来，具有本初性的“内部言语”更适合于文学创作。然而，如何“截获”“内部言语”，对作家来说，比运作“外部言语”可能更困难，因为它往往是可遇而不可求的。

三、超越语言

尽管文学语言已在很大程度上接近和呈现了人们的心灵世界和情绪状态，但是语言依然无法满足作家的需要，于是也就有了“言”与“意”的矛盾；为了解决这个矛盾，许多人也提供了一些大致相同的方案。

1.“言不尽意”的痛苦

中国古代医学讲：舌为心之苗；中国古代的文论中说：言为心之声。可

---

① ［苏联］卢那察尔斯基：《论文学》，蒋路译，284～285页，北京，人民文学出版社，1978。

见，语言是与主体的心灵世界联系在一起的，心灵世界的感觉、感受、情绪等也只有通过语言的表达才能获得物质形式，否则，就只能处于昏暗状态。然而，在实际的创作中，作家们常常有这样的感觉：自己想说得非常多，但实际能说出来的却非常少，于是“言不尽意”的痛苦也就产生了。歌德说：“那试图用文字表达艺术经验的做法，看起来好像是件蠢事。”高尔基更是大喊大叫：“世界上没有比语言的痛苦更强烈的痛苦了。”

事实上，早在先秦时期，古人就提出了“不可言传”和“言不尽意”的问题。如果说在老子那句“道可道，非常道，名可名，非常名”的著名论断里已蕴含了“言不尽意”的思想，那么庄子则把这一命题进一步理论化了：“世之所贵道者，书也。书不过语，语有贵也；语之所贵者，意也。意有所随；意之所随者，不可言传也。书虽贵之，我犹不足贵也，为其贵非其贵也。故视而可见者，形与色也；听而可闻者，名与声也。悲夫，世人以形色名声得彼之情！夫形色名声果不足以得彼之情，则知者不言，言者不知，而世岂识之哉！”① 在庄子看来，言只能表达“形色名声”这些事物迹象，而不能表达“意之所随”的“道”。故事物精微之处，只可意会，不能言传。庄子的这种思想在魏晋玄学大师那里又进一步发扬光大：“故言者，所以明象，得象而忘言；象者所以存意，得意而忘象。犹蹄者所以在兔，得兔而忘蹄；筌者所以在鱼，得鱼而忘筌也。”② 显然，由于有了“得意忘言”“得意忘象”的哲学总结，“言不尽意”的思想也有了一个坚实的立足点。

对于“言不尽意”这一命题，中国古代文论家也非常重视。如陆机在《文赋》的开篇就说：“恒患意不称物，文不逮意。盖非知之难，能之难也。”这里所说的“文不逮意”，也就是“言不尽意”。为什么会如此难呢？这是因为作家要传达的是不同于认识的审美体验，“其始也，皆收视反听，耽思傍讯，精骛八极，心游万仞。其致也，情曈昽而弥鲜，物昭晰而互进……浮天渊以安流，濯下泉而潜浸……观古今于须臾，抚四海于一瞬。”这种复杂而微妙的过程，的确是语言难以描述的。对于这一问题，刘勰在《文心雕龙·神思》中也有过如下表述：

> 方其搦翰，气倍辞前，暨乎篇成，半折心始。何则？意翻空而易奇，

---

① 《庄子·天道》。

② 《周易略例·明象》。

言征实而难巧也。是以意授于思，言授于意，密则无际，疏则千里。或理在方寸而求之域表，或义在咫尺而思隔山河。

这几句的意思是说，在刚刚开始下笔之时，真是力气倍增；但成篇之后，发现写下来的，不过是心里想的一半。这是为什么呢？就是因为审美创造中的思想情感凌空翻飞、奇想变幻，而语言文字则是着迹之物，难于生巧。由此可见，在陆机、刘勰那里，已深深感到正是语言的“征实”性与审美体验的丰富性之间的距离，造成了文学创作中“言不尽意”的困境。

为什么会出现“言不尽意”的现象呢？黑格尔认为，语言只能表达普遍的东西，但人们所想的却是特殊的、个别的东西。因此，很难用语言表达人们所想的东西。由此来思考“言不尽意”的问题，我们便会发现，由审美体验构成的这个“意”，与一般的认识是不同的。一般的认识发生于人的意识、思维等心理层面，具有单一、明晰、抽象等特征，这样就与语言的一般性的品格比较匹配，也较易被语言驾驭。而审美体验是主体与客体、感性与理性、直觉与思维、本能与理智、意识与无意识的统一，它的发生深入人的本能、直觉、无意识这些幽深的心理领域，它与个体的、本原的生命颤动相关联，并具有最鲜明的个别性与特殊性。这样，以一般性为特征的语言就往往难于与它匹配，作家的“言不尽意”的困境就在这种言说与审美体验的疏离与矛盾中产生了。

2. 超越语言的方案

为了走出“言不尽意”的困境，中外文论家和作家往往把超越语言作为一种理想，也提出了超越语言的具体方案。概括而言，有两种方案值得重视。

（1）自动写作

“自动写作”是超现实主义文学家提出的一种超越语言的方案。关于“自动写作”，布列东（André Breton）有过如下解说：

在思想最易集中的地方坐定后，叫人把文具拿来。尽量使自己的心情处于被动、接纳的状态，不要去想自己的天资和才华，也不要去想别人的天资和才华。一遍又一遍地对自己说，文学确是一条通向四面八方的最不足取的道路。事先不去选择任何主题，要提起笔来疾书，速度之快应使自己无暇细想也无暇重看写下来的文字。开头第一句会自动跃到纸上；不言而喻会这样，因为下意识的思想活动所产生的句子无时无刻不在力图表达出来。接下来一句就较难写了。因为它无疑会接受我们意识活动的影响；

如果我们承认第一句的写作受到过哪怕是最小限度的自觉意识的影响，那么其他句子也不好写。但这些毕竟无关紧要，因为运用超现实主义的最大兴味正在于此。当然，标点肯定会阻挡我们心中的一直不断的意识之流。但是我们应该特别提防轻声的提白。如果由于出了疏忽之类的小小差错，预先警觉到沉寂将来临，那就要立刻结束已经变得过分明晰的文字。在那个来源可疑的词后面，应该写上一个字母——任何字母都可以，比如I，但以后遇到这种情况就一律写I；把这个字母用作下面那个词的首字母，借以恢复随心所欲的意识之流。①

布列东认为，这样写出来的语言，就是一种没有任何模式、没有任何界限、没有任何成见、具有无限可能性和自由性的语言。这种语言超越了日常的现实，而与人的心理生活中更深层的现实联系在一起，因而是一种最纯正、最生动的表现形式。布列东制定的“自动写作法”显然是建立在弗洛伊德精神分析学所发明的“自由联想”的基础之上的，他所要做的，是希望用文学创作中的那股“言语流”来导引出文学家心中的那股“意识流”，让作家的言语活动随着作家飞速运转的心理一道飞起来。这种写作与我们前面谈到的作家选择“内部言语”进行创作有某种相似之处，但是却走到了一个极端。这种文字也许可以成为“尽意”之“言”，但由于它完全是无意识和非理性的，很可能又会使这种“尽意”之“言”变得莫名其妙，最终让读者无从理解。

（2）意生言外

寄意于言外，是中国古人提出的超越语言的理想。刘勰首先在《文心雕龙·隐秀》篇中提出“文外之重旨”和“义主文外，秘响旁通，伏采潜发”的主张。所谓“文外之重旨”“义主文外”，即追寻“言外之意”。这一思想可以说是刘勰的一大发现。他认识到“言征实而难巧”，于是就想到是否可以在提炼话语文字的基础上，使意义产生于话语文字之外，就好像秘密的音响从旁边传来，潜伏的文采在暗中闪烁。这样一来，不但“言不尽意”的困难被克服了，而且可以收到以少总多、余意无穷的效果。因此，刘勰解决“言不尽意”的基本思路和具体办法是在语言文字之外建构一个艺术空间，使意义深藏于这一空间，从而产生一种特殊的艺术效果。正是因为刘勰的这种理论开创，后来

---

① ［法］布列东：《什么是超现实主义？》，见伍蠡甫主编：《现代西方文论选》，朱光潜译，170页，上海，上海译文出版社，1983。

的文论家才把意生言外作为超越语言的基本思路。钟嵘强调“文已尽而意有余”，司空图要求诗歌要有“味外之旨”“韵外之致”，要“不著一字，尽得风流”，苏轼提出“言有尽而意无穷者，天下之至文也”，梅尧臣认为“状难写之景，如在目前；含不尽之意，见于言外，然后为至矣”，袁中道倡导“天下之至文，莫妙于言有尽而意无穷”，都是对刘勰这一理论主张的发扬光大。

从现代心理学的角度看，中国古代的“言外之意”说，实际上就是将言语与感觉、想象同一化。如前所述，语言本来是一般的、概念化的、抽象的，照理说，它无法表达具体的、特殊的、个别的东西，对于那些幽深微妙之意义，更缺少把握的能力。但我们必须认识到，语言作为一种心理实体，具有指称和表现两种功能。在文学创作中，语言的指称功能相对弱化，而表现功能则被提到了更加重要的地位，因此，作家就可以利用语言的表现功能，历历如绘地、栩栩如生地去写景状物，这样，语言就感觉化了，心理化了，语言也突破了自身的一般化的缺陷，可以自由地去表现那种只可意会、不可言传的情和意，收到“含不尽之意见于言外”的效果。苏珊·朗格（Susanne K. Langer）指出：“那些只能粗略地标示出某种情感的字眼，如‘欢乐’‘悲哀’‘恐惧’等，很少能够把人们亲身感受到的生动经验传达出来……当人们打算较为准确地把情感表现出来时，往往是通过对那些可以把某种情感暗示出来的情景描写出来，如秋夜的景象，节日的气氛，等等。”① 为什么“欢乐”等语词无法传达人的生动经验？就是因为这里只运用了语言的指称功能，它无法唤起人的感知和想象。相反，在“问君能有几多愁，恰似一江春水向东流”之类的诗句中，头一句的愁是概念，是指称，并不能作用于我们的感官；但第二句中的“一江春水向东流”已是形象，是表现，它强烈地作用于我们的感知、想象和理解，我们已从这语言所描绘的画面中，领悟到难于言说的“言外之意”了。

【思考题】

1. 简要说明语言工具论和语言本体论的内涵。

2. 请以具体的诗歌作品和散文作品为例，说明诗歌语言是一种奇特化程度高的语言。

3. 西方作家与中国古人都提出过超越语言的具体方案，你认为哪种方案更

---

① ［美］苏珊·朗格：《艺术问题》，滕守尧等译，87页，北京，中国社会科学出版社，1983。

切实可行，为什么？

【辅助阅读材料】

1. 汪曾祺．汪曾祺文集·文论卷．南京：江苏文艺出版社，1993.

2. 托多罗夫．俄苏形式主义文论选．北京：中国社会科学出版社，1989.

3. 巴赫金．文学作品中的语言//巴赫金全集（第四卷）．石家庄：河北教育出版社，1998.

4. 海德格尔．诗·语言·思．北京：文化艺术出版社，1991.

5. 卡西尔．人论．上海：上海译文出版社，1985.

6. 童庆炳．文学语言论//童庆炳．文学审美特征论．武汉：华中师范大学出版社，2000.

7. 童庆炳．维纳斯的腰带——创作美学．上海：上海文艺出版社，2001.

8. 王一川．语言乌托邦——20世纪西方语言论美学探究．昆明：云南人民出版社，1994.

第三章　文学与审美

现代文学观念的确立是与现代美学观的发展分不开的，现代文学的三个特征——虚构性、想象性和抒情性，即文学审美特征的具体表现。康德的《判断力批判》是西方现代美学的奠基之作，本章摘选其中论述“美的艺术”的内容进行解读。中国文论也有重抒情、体验和文采的审美传统，宋代严羽的《沧浪诗话》是其中的一部代表著作，本章选取《诗辩》一节加以解读。

文学与审美的关系是历史地形成的，因此在“相关问题概说”部分，首先简单回顾中西文学的审美化历史，以期对此有一个宏观的了解。接下来的“文学审美性在文学作品中的表现形式”和“文学审美主体的审美把握”两个问题，则从文学作品和文学主体两个方面对文学与审美的关系进行了具体分析。

第一节　经典文本阅读

一、论美的艺术（康德）

43. 一般的艺术

1. 艺术与自然不同，正如动作（facere①）与行动或一般活动（agere②）不同，以及前者作为工作（opus③）其产品或成果与后者作为作用（effectus④）不同一样。

我们出于正当的理由只应当把通过自由而生产、也就是把通过以理性为其行动的基础的某种任意性而进行的生产，称之为艺术。因为尽管我们喜欢把蜜

---

① 拉丁文：执行。

② 拉丁文：起作用。

③ 拉丁文：工作。

④ 拉丁文：效果。

蜂的产品（合规则地建造起来的蜂巢）称为一个艺术品，但毕竟只是由于和后者类比才这样做；因为只要我们细想一下，蜜蜂决不是把自己的劳动建立在自己的理性思虑的基础上，则我们马上就会说，这是它们的本性（本能）的产物，而一个产品作为艺术只应被归之于艺术的创造者。

如果我们在搜索一块沼泽地时，如有时发生的那样，找到一块被砍削过的木头，这时我们就不会说它是自然的产物，而会说它是艺术的产品；产生这产品的原因料想到了一个目的，产品的形式是应归功于这个目的的。平时我们也在一切具有这种性状的事物上看到某种艺术，即这事物在其原因中的一个表象必须先行于它的现实（正如哪怕在蜜蜂那里），而这表象的结果却无须正好是被思考的；但如果我们把某物绝对地称之为一个艺术品，以便把它与自然的结果区别开来，那么我们就总是把它理解为一件人的产品。

2. 艺术作为人的熟巧也与科学不同（能与知不同），它作为实践能力与理论能力不同，作为技术则与理论不同（正如测量术与几何学不同一样）。于是连那种只要我们知道应当做什么因而只要所欲求的结果充分被知悉，我们能够做到的事，我们也不大称之为艺术。只有那种我们即使最完备地知道但却还并不因此就立刻拥有去做的熟巧的事，才在这种意义上属于艺术。坎培尔①很精确地描述出最好的鞋必须具有什么性状，但他肯定做不出什么鞋来。②

3. 艺术甚至也和手艺不同：前者叫做自由的艺术，后者也可以叫做雇佣的艺术。我们把前者看作好像它只能作为游戏、即一种本身就使人快适的事情而得出合乎目的的结果（做成功）；而后者却是这样，即它能够作为劳动、即一种本身并不快适（很辛苦）而只是通过它的结果（如报酬）吸引人的事情、因而强制性地加之于人。在行业的等级表上钟表匠是否应看作艺术家，而反之铁匠则应当看作手艺人，这是需要一种与我们在此所抱的观点不同的评判观点的；这就是必须为干这一行或那一行的人提供根据的那些才能的比例。即使在所谓的七种自由的艺术中是否本来也可以列举出有些是要算作科学的，也有的是可以和手艺相比的，对此我在这里不想讨论。但在一切自由的艺术中却都要

---

① 坎培尔（1722—1789年），荷兰比较解剖学家，对生物学、地质学均有贡献。

② 在我们这一带普通人都说，如果向他提出这样一个任务，如哥伦布和他的蛋那样（按：据说哥伦布曾让他的水手们在桌子上把鸡蛋立起来。待他们都失败后他敲碎鸡蛋一头而做到了这一点，人们于是说这谁不会），这就根本不是艺术，他只是一种科学。就是说，如果我们知道了，那么我们就能做到；对于魔术师的所有伪称的艺术他们也是这样说。然而对于走钢丝者的艺术他们决不会拒绝称它为艺术。——原注

求有某种强制性的东西，或如人们所说，要求有某种机械作用，没有它，在艺术中必须是自由的并且唯一地给作品以生命的那个精神就会根本不具形体并且完全枯萎，这是不能不提醒人们注意的（例如在诗艺中语言的正确和语汇的丰富，以及韵律学和节奏），因为有些新派教育家相信如果让艺术摆脱它的一切强制而从劳动转化为单纯的游戏，就会最好地促进自由的艺术。

44. 美的艺术

没有对于美的科学，而只有对于美的批判，也没有美的科学，而只有美的艺术。因为谈到对美的科学，那就应当在其中科学地、也就是通过证明根据来决定某物是否必须被看作美的；因而关于美的这个判断如果是属于科学的，它就决不会是鉴赏判断。至于第二种情况，那么一种本身应当是美的科学是荒谬的。因为如果我们把它作为科学探询其中的根据和证明的话，人们就会用一些漂亮的格言（警句）来打发我们。——那诱发出美的科学这一常见的说法的毫无疑问不是别的，只是因为我们完全正确地发现，对于在其全部完满性中的美的艺术而言，要求有许多科学，例如，古代语言知识，对那些被视为经典的作家的博学多闻，历史学，古典知识等等，因此这些历史性的科学由于它们为美的艺术构成了必要的准备和基础，部分也由于在它们中甚至也包括美的艺术作品的知识（演讲术和诗艺），这就通过某种词语的混淆而本身被称为美的科学了。

如果艺术在与某个可能对象的知识相适合时单纯是为着使这对象实现而做出所要求的行动来，那它就是机械的艺术；但如果它以愉快的情感作为直接的意图，那么它就叫做审美的［感性］艺术。审美的［感性的］艺术要么是快适的艺术，要么是美的艺术。它是前者，如果艺术的目的是使愉快去伴随作为单纯感觉的那些表象，它是后者，如果艺术的目的是使愉快去伴随作为认识方式的那些表象。

快适的艺术是单纯以享受为目的的艺术；所有这一类艺术都是魅力，它们能够给一次宴会的社交带来快乐：如有趣的谈话把聚会置于坦诚生动的交谈中，用诙谐和笑声使之具有某种欢乐的气氛，在这里，如人们所说的，有的人可以在大吃大喝时废话连篇，而没有人会为自己说过的东西负责，因为这只是着眼于眼前的消遣，而不是着眼于供思索和后来议论的长久的材料。（应归于这里面的还有如何为餐桌配以美味，乃至于在盛大宴席中的宴会音乐：这是一种可怪之物，它只应当作为一种快适的响声而使内心情绪达到快乐的消遣，有利于邻座之间自由的交谈，而没有人把丝毫注意力转向这音乐的乐曲。）此外还应归于这里的是所有那些并不带有别的兴趣，而只是使时间不知不觉地过去的游戏。

相反，美的艺术是这样一种表象方式，它本身是合目的性的，并且虽然没有目的，但却促进着对内心能力在社交性的传达方面的培养。

一种愉快的普遍可传达性就其题中应有之义而言，已经带有这个意思，即这愉快不是出于感觉的享受的愉快，而必须是出于反思的享受的愉快；所以审美的艺术作为美的艺术，就是这样一种把反思判断力、而不是把感官感觉作为准绳的艺术。

45. 美的艺术是一种当它同时显得像是自然时的艺术

在一个美的艺术作品上我们必须意识到，它是艺术而不是自然；但在它的形式中的合目的性却必须看起来像是摆脱了有意规则的一切强制，以至于它好像只是自然的一个产物。在我们诸认识能力的、毕竟同时又必须是合目的性的游戏中的这种自由情感的基础上，就产生那种愉快，它是唯一可以普遍传达却并不建立在概念之上的。自然是美的，如果它看上去同时像是艺术；而艺术只有当我们意识到它是艺术而在我们看来它却又像是自然时，才能被称为美的。

因为不论是谈到自然美还是艺术美，我们都可以一般地说：美就是那在单纯评判中（而不是在感官感觉中，也不是通过某个概念）而令人喜欢的东西。而艺术任何时候都有一个要产生出某物来的确定意图。但如果这某物仅仅是应当伴着愉快的感觉（某种主观之物），那么这个产品在评判中就会只是借助于感官感觉而令人喜欢的了。如果这意图是针对着产生一个确定的客体的，那么当这意图通过艺术而实现出来时，这客体就会只是通过概念而令人喜欢的了。但在两种情况下这艺术都不会是在单纯的评判中、也就是不是作为美的艺术、而是作为机械的艺术而令人喜欢的。

所以美的艺术作品里的合目的性，尽管它是有意的，却不显得是有意的；就是说，美的艺术必须看起来像是自然，虽然人们意识到它是艺术。但一个艺术品显得像是自然却是由于，尽管这产品唯有按照规则才能成为它应当所是的那个东西，而在与这规则的符合中看得出是一丝不苟的；但却并不刻板，看不出训练有素的样子，也就是不露出有这规则悬于艺术家眼前并将束缚套在他的内心能力之上的痕迹来。

46. 美的艺术是天才的艺术

天才就是给艺术提供规则的才能（禀赋）。由于这种才能作为艺术家天生的创造性能力本身是属于自然的，所以我们也可以这样来表达：天才就是天生的内心素质（ingenium①），通过它自然给艺术提供规则。

不论这个定义出于怎样一种情况，也不论它只是任意作出的，还是适合着我们通常和天才这个词连结在一起的那个概念而作出的（这一点将在下一节中来讨论）：我们毕竟已经能够预先证明的是，按照我们在这里对这个词所假定的含义，美的艺术不能不必然地被看作天才的艺术。

因为每一种艺术都预设了一些规则，凭借这些规则作基础，一个想要叫作艺术品的作品才首次被表象为可能的。但美的艺术的概念却不允许关于其作品的美的判断从任何这样一个规则中推导出来，这种规则把某个概念当作规定根据、因而把有关这作品如何可能的方式的概念当作基础。所以美的艺术不能为自己想出它应当据以完成其作品的规则来。既然没有先行的规则一个作品就仍然绝对不能被叫作艺术，那么自然就必须在主体中（并通过主体各种能力的配合）给艺术提供规则，就是说，美的艺术只有作为天才的作品才是可能的。

我们由此看出，天才 1. 是一种产生出不能为之提供任何确定规则的那种东西的才能；而不是对于那可以按照某种规则来学习的东西的熟巧的素质；于是，独创性就必须是它的第一特性。2. 由于也可能会有独创的胡闹，所以天才的作品同时又必须是典范，即必须是有示范作用的；因而它们本身不是通过模仿而产生的，但却必须被别人用来模仿的，即用作批判的准绳或规则。3. 天才自己不能描述或科学地指明它是如何创作出自己的作品来的，相反，它是作为自然提供这规则的；因此作品的创造者把这作品归功于他的天才，他自己并不知道这些理念是如何为此而在他这里汇集起来的，甚至就连随心所欲或按照计划想出这些理念、并在使别人也能产生出一模一样的作品的这样一些规范中把这些理念传达给别人，这也不是他所能控制的（因此天才这个词也很有可能是派生于 genius②，即特有的、与生俱来的保护和引领一个人的那种精神，那些独创性的理念就起源于它的灵感）。4. 自然通过天才不是为科学、而是为艺术颁布规则；而且这也只是就这种艺术应当是美的艺术而言的。

（选自［德］康德：《判断力批判》，邓晓芒译，北京，人民出版社，2002）

---

① 拉丁文：天赋。

② 拉丁文：守护神。

1. 作者简介①

伊曼努尔·康德（Immanuel Kant）（1724—1804年），德国古典美学的奠基者，出生于东普鲁士的哥尼斯堡，家境清贫，全家是路德教虔信派②信徒。康德体质孱弱，但资质聪颖。8岁入“腓特烈学校”学习拉丁文课程，成绩优秀。16岁进哥尼斯堡大学，其间对物理学产生浓厚兴趣。七年后大学毕业，获硕士学位（同博士学位）。其后八年一直担任家庭教师，业余时间研究地球自转变化和宇宙发展史等问题。

1755年，康德经过两次论文答辩，被哥尼斯堡大学授予编外讲师资格，没有薪俸，但可公开授课。康德的授课量非常大，先后讲授过逻辑学、形而上学、自然科学（物理学）、数学、自然地理、伦理学、人类学等课程。1762年，康德阅读了卢梭的《爱弥儿》，被小说中的理性精神和民主思想打动，转入对人的本性和能力的研究。1770年康德被任命为编内教授。从此康德开始建立其批判哲学。1781年第一部批判哲学著作《纯粹理性批判》出版，1787年出修订第二版。1788年《实践理性批判》出版。1790年《判断力批判》出版。至此，康德完成了批判哲学体系的建构。

1786年和1788年康德两度被推举为哥尼斯堡大学校长，但因不胜其烦，不久去职。1794年被选为彼得堡科学院院士。1796年从教授任上退休。1804年2月12日在哥尼斯堡去世。康德终生未婚，经历简单，几乎未曾出过哥尼斯堡，生活极其规律③。康德的哲学著作思想艰深，语言晦涩，专业以外的读者很少能通读其“三大批判”。但是康德的哲学思想却与当时欧洲的重大历史事件如法国大革命遥相呼应，并直接影响了欧洲19世纪的浪漫主义运动，对欧洲思想界也产生了巨大深远的影响。他建立的德国古典美学经过席勒、谢林等人的发展，至黑格尔达到高峰。西方19世纪至20世纪各种流派的美学思想，几乎都与康德美学有着直接或间接的联系。

---

① “作者简介”参考了曹俊峰等著：《德国古典美学》，见蒋孔阳、朱立元主编：《西方美学通史》第四卷，1～2页。上海，上海文艺出版社，1999。

② 路德教虔信派：也译为“路德宗”“信义宗”，基督教新教主要宗派之一，16世纪欧洲宗教改革运动中产生于德国，强调“因信称义”的教义，即人在上帝面前称为“义”（不被定罪），全凭信靠耶稣，而不在于履行教会规条；主张建立不受罗马教廷统辖的教会，强调《圣经》的权威高于教会的权威。

③ 康德每天早晨五点让男仆叫醒，工作到七点；上午上课回家后继续工作到下午一点，然后邀请几个朋友共进他每日仅有的一餐。下午三点准时出门散步，风雨无阻，以致哥尼斯堡市民依此校正时刻。

康德的一生是沉思的一生，留下了丰厚的理论著述。1920 年整理完成的《康德全集》已有 28 卷。其代表性著作除三大批判以外，还有《自然通史和天体论》《自然科学的形而上学基础》《道德形而上学》《实用人类学》《论优美感和崇高感》等。这些著作目前已有多种中译本。

2. 背景知识

西方哲学发展至康德之前，已经形成了两个体系：一是以德国莱布尼茨和沃尔夫为代表的理性主义体系，主张以生而有之的先验的理性作为客观世界和人类知识的基础；一是以英国洛克和休谟为代表的经验主义体系，主张物质世界独立存在于人的意识之外，一切知识都源于人的感性经验。康德的哲学试图以先验唯心主义调和德国的理性主义和英国的经验主义。他在传统哲学将人类的心理机能分为知、情、意的基础上，致力于解决三个问题，即认识如何可能（《纯粹理性批判》）、道德如何可能（《实践理性批判》）和审美如何可能（《判断力批判》）。在康德的哲学体系中，情感是认识和道德意志的中介，审美活动是认知活动和道德实践活动的中介，审美能力的培养是人类由认识自然向实践（道德）自由过渡的重要环节。

当时的西方美学思想大致也分为两派。以洛克为代表的英国经验主义美学强调美的感官的直接性和功利性，将美感和快感、痛感、欲望等同。以鲍姆嘉通（Alexander Gottlieb Baumgarten）为代表的德国理性主义美学则强调"美是感性认识的完善"，认为审美只是一种低级的认识活动。康德认为二者都将审美与有关概念混淆了，都没有找到对应于审美活动的独特心理领域和心理机能。康德将审美功能归于审美判断力而不是感官，以此区别于经验主义；认为审美判断的对象是心灵的愉悦感，而将"完善"概念作为审美目的判断的对象，以此区别于理性主义。康德认为，美感是一种由事物形式的符合主观合目的性而引起的无功利的可普遍传达的快感。他保留了经验主义美学"快感"的概念，但用"形式的快感"代替了"质料的快感"，剔除了其中的功利性；用"主观合目的性"代替了理性主义美学中的"客观合目的性"（即"完善"）观念。这样，康德实现了对英国经验主义美学和德国理性主义美学的调和。

康德的"美的艺术"论是其美学理论的逻辑延伸，同时受到欧洲新古典主义和浪漫主义艺术思潮的影响。他认为艺术是理性的产物，要求规则和学习，看重艺术形式美等，都带有明显的古典主义艺术趣味。但又强调艺术的自由性，将艺术的创造归于天才的独创性和想象力等，对浪漫主义的发展起到了推动作用。

3. 文本解读

康德有关艺术的观点必须联系他对“纯粹鉴赏判断”的分析才能理解。

在《判断力批判》的“美的分析”部分，康德分别从质、量、关系和模态四个方面对纯粹鉴赏判断进行逻辑分析。就“质”而言，“鉴赏是通过不带任何利害的愉悦或不悦而对一个对象或一个表象方式作评判的能力。一个这样的愉悦的对象就叫美”①。就“量”而言，美是那没有概念而普遍令人喜欢的东西②。就“关系”而言，“美是一个对象的合目的性形式，如果这形式是没有一个目的的表象而在对象身上被知觉到的话”③。就“模态”而言，“美是那没有概念而被认作一个必然愉悦的对象的东西”④。第一重界定排除了美的功利性，保证了美感的独立性和纯粹性；第二重界定否定了美感的概念性，突出了美感的直觉性和共通性；第三重界定突出了美感是对象形式的“主观合目的性”，这种主观合目的性表现为由对象所引起的内心自由和谐的情感体验，同时排除了美是事物的客观属性（即客观合目的性）的说法；第四重界定则强调美感是不假概念而必然发生的，进一步突出了美感的直觉性和自由性。康德对美的规定有一个统一的角度，即都是从审美主体的内心感受来确定美的对象的特点，将美感作为确定美的对象的条件。在康德看来，纯粹的美不是由对象的某些形式特征决定的，而是由纯粹鉴赏判断即真正严格意义上的美感决定的。以花为例，如果主体专注于花朵的令人愉快的形式，花朵便成为纯粹的审美对象；如果主体意识到花朵是植物的一个器官，花朵就不再是纯粹的审美对象。

康德美学的要义是回答“审美如何可能”而不是“美是什么”的问题，这一原则决定了康德美学中不存在脱离了审美主体的纯粹客观的审美客体，也不存在能脱离任何具体审美对象的审美主体。审美主体和审美对象都只有在当下的、具体的审美活动中才能真正呈现出来。这种关系不可能在认识思辨中产生，所以要停息概念性的抽象思维；也不可能在感官欲求中产生，因为欲求关系的本质是分别、对立和利害冲突。

在“美的分析”部分，康德对美的特征进行了一种实验室式的抽象化和理想化，建立了关于鉴赏判断的独特标志的学说。当然，康德并没有把这种理想化了的纯粹鉴赏判断作为其美学理论的最后归宿，而是将这一理论从实验室移

---

① ［德］康德：《判断力批判》，邓晓芒译，45页，北京，人民出版社，2002。

② 同上书，54页。

③ 同上书，72页。

④ 同上书，77页。

入审美现实的土壤，纳入人的生成的整体哲学构想之中，逐渐让它们与社会人生的诸多现实因素结合起来，在此基础上发展出美的理想论、崇高论和美的艺术论等。

在艺术论部分，康德通过三组比较界定了艺术的主要特点。首先，与纯粹的自然美不同，艺术建立在理性思考的基础上，体现了理性的自由。这种自由实现了艺术家的主观目的。依此，艺术与自然区别开来。艺术是人类劳作的产品，在生产艺术品的过程中，人类要投入理性、情感、想象力。尽管蜂窝很合乎规则但却不能称其为真正的艺术品，而只能比拟为艺术品，因为蜜蜂造窝前没有一个悬想的目的，仅仅是出于本能。其次，仅有理性思考还不行，艺术品必须是物化的审美意识，所以艺术还需要实践技能。依此，艺术与科学区别开来。纯粹的科学仅限于掌握理论知识，知道应该做什么，而不必运用于实践。但是艺术不仅要通晓有关艺术创造的知识，还要有足够的技巧表现出来。艺术的这一特点与纯粹鉴赏判断的纯粹主观体验性是不同的。再次，既然艺术和手工艺一样需要技巧，那么两者是否可以等同呢？答案基本是否定的。艺术和手工艺在动力、状态和效果上都有区别：前者是自觉自愿的，心理状态是自由的，创造者内心是愉快的；后者是被生活所迫的，内心是不自由的，所获得的体验是不愉快的。但是两者的区别并不是绝对的，甚至艺术与科学的区别也不是绝对的。康德意识到了这个问题。他说："在所谓的七种自由的艺术里是否本来也可以列举出有些是要算作科学的，也有的是可以和手艺相比的。"① 尽管他无暇细析，但相通之处肯定是存在的。更基本的联系是自由的艺术仍需要某些"强制性的东西"，需要某些"机械性作用"，否则艺术里有生气的自由精神就会无所依托而化为虚空。所以，康德不赞同绝对的自由说和单纯的游戏说。

上面说的是一般的艺术的特征，但是艺术不一定都是美的；美的艺术具有其自身的特点。

康德首先认为，"美的艺术"不同于"美的科学"。人们之所以有"美的科学"的说法，是因为"美的艺术"里包含丰富的科学知识和美的艺术的技巧的知识。但是这些科学成分并不是美的艺术的本质。康德对广义的艺术进行分类。第一步分出"机械的艺术"和"审美的艺术"两大类。机械的艺术只是为了实现对某一对象的认识，审美的艺术以直接的快感作为目的。"审美的艺术"又可分为"快适的艺术"和"美的艺术"。前者只是一种单纯的快感；后者与

---

① ［德］康德：《判断力批判》，邓晓芒译，147页，北京，人民出版社，2002。

快乐伴随的是理性认识。

康德一方面注意到艺术不同于自然的主观目的性；另一方面又深刻论述了艺术与自然的相通之处。他一再强调，自由的美的艺术必须是自然的，是艺术家创造的第二自然，虽经人工却宛若天成。他首先肯定，“在一个美的艺术作品上我们必须意识到，它是艺术而不是自然”，表明艺术已经由主体自由精神的贯注而高于自然；接着又指出，“但在它的形式中的合目的性却必须看起来像是摆脱了有意规则的一切强制，以至于它好像只是自然的一个产物”①。他如此辩证地阐述艺术和自然的关系：“自然是美的，如果它看上去同时像是艺术；而艺术只有当我们意识到它是艺术而在我们看来它却又像是自然时，才能被称为美的。”② 自然像是艺术，是因为自然虽无自身的目的却表现为与艺术相同的主观合目的性；艺术妙肖自然，是因为艺术虽有目的却必须像自然那样不能让人看出作者的目的。下面这句话说得更明白：“美的艺术作品里的合目的性，尽管它是有意的，却不显得是有意的；就是说，美的艺术必须看起来像是自然，虽然人们意识到它是艺术。”③

正因为美的艺术具有上述特征，所以康德合乎逻辑地提出“美的艺术不能不必然地被看做天才的艺术”④ 这一命题。既然艺术必须妙肖自然，又必须合乎规则，那么任何人仅具有其中一点，还不足以成为真正的美的艺术家。否则，他要么等同于自然（如同蜜蜂），要么相当于工匠。美的艺术不能没有一个先行的规则，但又不能从一个现成的规则中引申出来。这个矛盾只能由天才来解决。因为天才可以通过如同自然的方法，给予艺术以法规。

康德对天才的定义是：“天才就是天生的内心素质（ingenium），通过它自然给艺术提供规则。”⑤ 康德由这一定义推论出天才的四个特点。

第一是独创性。康德说：“（天才）是一种产生出不能为之提供任何确定规则的那种东西的才能；而不是对于那可以按照某种规则来学习的东西的熟巧的素质。”⑥ 这句话有两层意思：一是说天才提供的规则是不确定的，也就是说天才创造的艺术规则是前无古人的；二是说天才创造的规则是无法重复的，也

① ［德］康德：《判断力批判》，邓晓芒译，149页，北京，人民出版社，2002。

② 同上书，149页。

③ 同上书，150页。

④ 同上书，151页。

⑤ 同上书，150页。

⑥ 同上书，151页。

即是说天才提供的规则是后无来者的。天才的独创性包括立意的独创性和形式的独创性。

第二是示范性。天才的作品是艺术中的典范，其他艺术家可以在一定程度上摹仿，而批评家也可以以这些规则作为批评的标准。天才的示范性是对天才的独创性的限制，因为天马行空可能会成为一种胡闹，恰如艺术史上发生过的许多哗众取宠、过眼云烟般的事。独创性应该达到示范性的高度，才会有意义，否则会走入歧途，成为艺术的怪胎。

第三是神秘性。这种神秘性表现为创造艺术品的过程是不可言说的，艺术创造的理念是不可传授的。天才来自“特有的、与生俱来的保护和引领一个人的那种精神，那些独创性的理念就起源于它的灵感”①。因为天才受之于天，所以无法传授。天才的神秘性还表现为不受主体控制。天才“自己并不知道这些理念是如何为此而在他这里汇集起来的”，“这也不是他所能控制的”。康德对天才神秘性的描述，在西方是有渊源的。例如，柏拉图认为，诗人“不失去平常理智而陷入迷狂”就不能创作出美妙的作品。② 狄德罗也说：“有天才的人……都有一种我无以名之的特殊的、隐秘的、难以下定义的心灵品质。”③

第四是天才只属于美的艺术而与科学无关。康德说：“自然通过天才不是为科学，而是为艺术颁布规则；而且这也只是就这种艺术应当是美的艺术而言的。”他认为，在科学上大家与庸才的区别仅仅是程度上的，而艺术上的天才与庸才的差别却是种类上的。科学巨匠即使是牛顿也不能划归天才之列，因为牛顿的科学原理是按照逻辑规则逐步推导出来的，而他人也可以根据这些逻辑过程理解并表述其中的科学原理。当然，这是按照康德的天才观得出的推论。如果我们换一种方式理解，牛顿应该是另一种意义上的天才。

二、沧浪诗话·诗辩（严羽）

一

夫学诗者以识④为主：入门须正，立志须高；以汉、魏、晋、盛唐为师，

---

① ［德］康德：《判断力批判》，邓晓芒译，151～152 页，北京，人民出版社，2002。

② ［古希腊］柏拉图：《柏拉图文艺对话集》，朱光潜译，8～9 页，北京，人民文学出版社，1959。

③ ［法］狄德罗：《狄德罗美学论文选》，张冠尧、桂裕芳译，549 页，北京，人民文学出版社，1984。

④ 识：见识，见解。

不作开元、天宝以下人物。若自退屈，[1] 即有下劣诗魔入其肺腑之间；由立志之不高也。行有未至，可加工力；路头[2]一差，愈骛[3]愈远；由入门之不正也。故曰：学其上，仅得其中；学其中，斯为下矣。又曰：见过于师，仅堪传授；见与师齐，减师半德也。[4] 工夫须从上做下，不可从下做上。先须熟读《楚辞》，朝夕讽咏，以为之本；及读《古诗十九首》，乐府四篇[5]，李陵、苏武、汉、魏五言皆须熟读，即以李、杜二集枕藉观之，如今人之治经，然后博取盛唐名家，酝酿胸中，久之自然悟入。[6] 虽学之不至，亦不失正路。此乃是从顶𩕳[7]上做来，谓之向上一路，[8] 谓之直截根源，[9] 谓之顿门，[10] 谓之单刀直入[11]也。

二

诗之法有五：曰体制[12]，曰格力[13]，曰气象[14]，曰兴趣[15]，曰音节[16]。

三

诗之品[17]有九：曰高，曰古，曰深，曰远，曰长，曰雄浑，曰飘逸，曰悲

---

① 退屈：佛家语，畏缩。

② 路头：路数，指学诗的门径。

③ 骛：追求。

④ 见过于师，仅堪传授；见与师齐，减师半德也：这几句话见《传灯录》卷十六，为全豁禅师语，原“见”均作“智”。

⑤ 乐府四篇：郭绍虞《沧浪诗话校释》：“王运熙谓六臣本《文选》列古乐府四首，李善本《文选》只三首。”

⑥ 悟入：凭自己的主观体会达到理解。悟，透彻理解、领会。

⑦ 顶𩕳：头上。从顶𩕳上做来，意为功夫从上做起。

⑧ 向上一路：指佛理的最精妙之处。《传灯录》卷七：“（宝积禅师上堂示众曰）向上一路，千圣不传，学者劳形，如猿捉影。”

⑨ 直截根源：指佛理中最根本的东西。《传灯录》卷三十一载真觉大师《证道歌》：“直截根源佛所印，摘叶寻枝我不能。”

⑩ 顿门：顿悟之门。佛教禅宗在中国传播至六世分为南北两宗，北宗神秀，南宗惠能。南宗提倡直指人心，见性成佛，不立文字，号为顿门，又名心宗。

⑪ 单刀直入：直接抓住佛理的精髓。《传灯录》卷九：“（灵祐禅师曰）单刀趣入，则凡圣情尽，体露真常。”

⑫ 体制：体裁。

⑬ 格力：格调。

⑭ 气象：仪态，风貌。

⑮ 兴趣：诗中能激发情趣的意境。

⑯ 音节：音韵，节奏。

⑰ 品：品貌，品类，这里指风格。

壮，曰凄婉。其用工①有三：曰起结②，曰句法③，曰字眼④。其大概有二：曰优游不迫，曰沉着痛快⑤。诗之极致⑥有一，曰入神⑦。诗而入神，至矣，尽矣，蔑⑧以加矣！惟李、杜得之。他人得之盖寡也。

四

禅家⑨者流，乘有小大⑩，宗有南北⑪，道有邪正；学者须从最上乘，具正法眼⑫，悟第一义⑬，若小乘禅，声闻辟支果⑭，皆非正也。论诗如论禅，汉、魏、晋与盛唐之诗，则第一义也。大历⑮以还之诗，则小乘禅也，已落第二义矣。晚唐之诗，则声闻辟支果也。学汉、魏、晋与盛唐诗者，临济⑯下也。学大历以还之诗者，曹洞⑰下也。大抵禅道惟在妙悟⑱，诗道亦在妙悟，

---

① 工：功夫，技巧。

② 起结：开端结尾。

③ 句法：句子的组织。

④ 字眼：诗中关键性的词语。

⑤ 曰优游不迫，曰沉着痛快：这是从整体上把诗歌风格划分为两大类。优游不迫是指一种从容娴雅、平淡含蓄的风格。沉着痛快是指一种沉郁顿挫、痛快淋漓的风格。

⑥ 极致：最高的造诣。

⑦ 入神：写物抒情达到神妙的境界。

⑧ 蔑：无。

⑨ 禅家：这里指佛家。

⑩ 乘有大小：佛教分大乘教和小乘教。佛家讲经说法，因人而异，人有智愚，故所说有深浅，其深广者为大乘，浅小者为小乘。

⑪ 宗有南北：佛教禅宗自五祖弘忍后分为南北二宗，南宗由惠能所创；北宗由神秀所创，南宗讲顿悟，北宗讲渐悟。

⑫ 正法眼：佛家语，即“正法眼藏”，意为中正不偏，包罗万法的佛理真谛。《五灯会元》卷一：“世尊曰：‘吾有正法眼藏付嘱摩诃迦叶。’”

⑬ 第一义：佛家语，谓至深之理，或事理的最紧要处。

⑭ 若小乘禅，声闻辟支果：佛家有三乘：一为声闻乘，从佛闻法，仅求自己得道，称小乘；二为缘觉乘，即辟支乘，并无师承，独自悟道；三为菩萨乘，着重利他，普济众生，称大乘。

⑮ 大历：唐代宗年号（766—779年）。

⑯ 临济：临济宗源出禅宗六祖弟子怀让，四传至临济义玄禅师，称临济宗。盛行于宋，有杨岐、黄龙二派。

⑰ 曹洞：曹洞宗源出六祖弟子行思，四传至良价禅师，住瑞州洞山，五传本寂禅师，住抚州曹山，故合称曹洞宗。临济和曹洞属禅宗不同流派，无高下之分，严羽以此喻盛唐和大历以下诗歌，有附会之嫌。

⑱ 妙悟：佛家语，敏慧善悟。

且孟襄阳①学力下韩退之②远甚，而其诗独出退之之上者，一味妙悟而已。惟悟乃为当行③，乃为本色④。然悟有浅深，有分限⑤，有透彻之悟，有但得一知半解之悟。汉、魏尚矣，不假悟也。谢灵运至盛唐诸公，透彻之悟也；他虽有悟者，皆非第一义也。吾评之非僭⑥也，辩之非妄⑦也。天下有可废之人，无可废之言。诗道如是也。若以为不然，则是见诗之不广，参⑧诗之不熟耳。试取汉、魏之诗而熟参之，次取晋、宋之诗而熟参之，次取南北朝之诗而熟参之，次取沈、宋、王、杨、卢、骆、陈拾遗⑨之诗而熟参之，次取开元、天宝诸家之诗而熟参之，次独取李、杜二公之诗而熟参之，又取大历十才子⑩之诗而熟参之，又取元和之诗⑪而熟参之，又尽取晚唐诸家之诗而熟参之，又取本朝苏、黄⑫以下诸家之诗而熟参之，其真是非自有不能隐者。倘犹于此而无见焉，则是野狐外道⑬，蒙蔽其真识，不可救药，终不悟也。

五

夫诗有别材⑭，非关书也；诗有别趣⑮，非关理也。然非多读书，多穷理，则不能极其至。所谓不涉理路，不落言筌者，上也。⑯ 诗者，吟咏情性也。盛

---

① 孟襄阳：盛唐诗人孟浩然。

② 韩退之：中唐文学家、诗人韩愈。

③ 当行：内行。

④ 本色：本来面目。

⑤ 分限：一定限度。

⑥ 僭（jiàn）：超越本分。

⑦ 妄：虚妄，不实。

⑧ 参：佛家语，对坐禅、说法、念诵的统称。参诗不熟，即作诗的功夫不深。

⑨ 沈、宋、王、杨、卢、骆、陈拾遗：指唐代诗人沈佺期、宋之问、王勃、杨炯、卢照邻、骆宾王、陈子昂。

⑩ 大历十才子：指唐代大历时期的诗人卢纶、吉中孚、韩翃、钱起、司空曙、苗发、崔峒、耿湋、夏侯审、李端，十人皆能诗，号称“大历十才子”。

⑪ 元和之诗：元和（806—820年）为唐宪宗李纯年号。元和诗人以白居易、元稹为代表。

⑫ 苏、黄：指苏轼和黄庭坚。

⑬ 野狐外道：野狐，指野狐禅。佛教对一些非真正坐禅办道而妄称开悟者的称呼。据《传灯录》，有人解错了禅语的一个字，就有五百生投胎为野狐，后遇百丈禅师予以纠正，才得解脱。后指外道、异端。

⑭ 别材：特别的材料。也有人解释为特别的才能。

⑮ 别趣：特别的情趣。

⑯ 所谓不涉理路，不落言筌者，上也：意为读书穷理是必要的，但是作诗不能陷入抽象议论和学问堆砌。理路，指议论说理。言筌，指堆砌文字。筌，捕鱼的竹器。

唐诸人惟在兴趣，羚羊挂角，无迹可求①。故其妙处透彻玲珑②，不可凑泊③，如空中之音，相中之色，水中之月，镜中之象，言有尽而意无穷。近代诸公乃作奇特解会④，遂以文字为诗，以才学为诗，以议论为诗。夫岂不工，终非古人之诗也。盖于一唱三叹之音，有所歉焉。且其作多务使事⑤，不问兴致；用字必有来历，押韵必有出处，读之反复终篇，不知着到何在⑥。其末流甚者，叫噪怒张⑦，殊乖忠厚之风，殆以骂詈为诗⑧。诗而至此，可谓一厄⑨也。然则近代之诗无取乎？曰：有之。吾取其合于古人者而已。国初之诗尚沿袭唐人：王黄州⑩学白乐天，杨文公、刘中山⑪学李商隐，盛文肃⑫学韦苏州⑬，欧阳公⑭学韩退之古诗，梅圣俞⑮学唐人平澹处，至东坡、山谷⑯始自出己意以为诗，唐人之风变矣。山谷用工尤为深刻，其后法席⑰盛行，海内称为江西宗派。近世赵紫芝、翁灵舒辈⑱，独喜贾岛、姚合⑲之诗，稍稍复就清苦之风；

---

① 《传灯录》卷十七：“（道膺禅师谓众曰）如好猎狗，只解寻得有踪迹底；忽遇羚羊挂角，莫道迹，气亦不识。”传说羚羊夜宿则挂角悬于树上，以避敌害。这里比喻诗歌含蓄蕴藉、意在言外的特点。

② 透彻玲珑：指诗歌形象鲜明灵动。

③ 凑泊：靠近，捉摸。

④ 奇特解会：禅语，奇特的理解。

⑤ 使事：运用典故。

⑥ 不知着到何在：不知用意何在。着，着落。

⑦ 叫噪怒张：大喊大叫。

⑧ 殊乖忠厚之风，殆以骂詈为诗：此指苏轼作诗讥刺时事，多怨刺之言。詈，骂。

⑨ 厄：灾难。

⑩ 王黄州：王禹偁，字元之，宋初诗人，曾任黄州知府，人称王黄州。

⑪ 杨文公、刘中山：杨亿，字大年，谥号“文”，故称“杨文公”。刘筠，字子仪，中山人。二人都是宋初西昆派的盟主，时称“杨刘”。

⑫ 盛文肃：盛度，字公量，谥“文肃”。

⑬ 韦苏州：唐代诗人韦应物，曾任苏州刺史。

⑭ 欧阳公：北宋文学家欧阳修。

⑮ 梅圣俞：梅尧臣，字圣俞，北宋诗人。欧阳修《六一诗话》称其诗“覃思精微，以深远闲淡为意”。

⑯ 山谷：黄庭坚，号山谷，宋代“江西诗派”创始人。

⑰ 法席：佛家语，讲法的坐席。

⑱ 赵紫芝、翁灵舒辈：赵师秀，字紫芝，号灵秀；翁卷，号灵舒；徐照，号灵晖；徐玑，号灵渊。四人均为永嘉人，时称“永嘉四灵”。

⑲ 贾岛、姚合：贾岛，唐代诗人。其诗喜写荒凉苦寒之境，注重词句锻炼，刻苦求工。姚合，唐代诗人，喜为五律，刻意求工，与贾岛诗风相似，故“姚贾”并称。

江湖诗人①多效其体，一时自谓之唐宗；不知止入声闻辟支之果，岂盛唐诸公大乘正法眼者哉！嗟乎！正法眼之无传久矣。唐诗之说未唱，唐诗之道或有时而明也。今既唱其体曰唐诗矣，则学者谓唐诗诚止于是耳，得非诗道之重不幸耶！故予不自量度，辄定诗之宗旨，且借禅以为喻，推原汉、魏以来，而截然谓当以盛唐为法，虽获罪于世之君子，不辞也。

（选自郭绍虞校释：《沧浪诗话校释》，北京，人民文学出版社，1961）

1. 作者简介

严羽，字仪卿，一字丹丘，自号沧浪逋客，福建邵武人。约生于南宋绍熙年间，卒于理宗时期。居于樵川莒溪之上，因有沧浪水流出，故以之为号。

严羽终生隐居未仕，大部分时间在家乡度过，与同族诗人诗歌唱和。同乡黄公绍在其《沧浪吟卷》序言中称严羽为人"粹温中有奇气"。他自己也在诗中自称"我也摧藏江海客，重气轻生无所惜"，表明他并非一个淡泊忘世之人。严羽身处南宋偏安时代，国势衰微，故常在诗中感时忧国。为避家乡之乱，严羽曾两次避居外地。第一次避乱地为江、楚间，在湖南、江西一带。绍兴四年末归乡后，结识江湖派诗人戴复古，二人交谊很深，曾于樵川望江楼论诗，传为佳话。《沧浪诗话》大概即写于此时。戴复古《祝二严》诗云："羽也天资高，不肯事科举。风雅与骚些，历历在肺腑。持论伤太高，与世或龃龉。长歌激古风，自立一门户。"对严羽的为人和诗学思想都有评价，特别指出严羽论诗立论"太高""与世龃龉"的一面。端平元年（1234），邵武又生动乱。乱定后，严羽开始长达十年的漫游吴越的生涯。此期诗作对当时发生的许多重大政治军事事件都有所反映，可见他对民族危亡的关切。严羽在《沧浪诗话》中强调学习盛唐，既有推崇盛唐诗风之心，也不无向往盛唐国运之意。

2. 背景知识

严羽的《沧浪诗话》是南朝钟嵘《诗品》和晚唐司空图《与李生论诗书》之后又一部强调文学"审美性"的重要诗论著作。这部诗话以禅论诗，分析宋代诗坛主盟江西诗派的种种弊端，提出了救弊纠偏的具体方法和理论根据。严羽在《答出继叔临安吴景仙书》中说："仆之《诗辩》，乃断千百年公案，诚惊世绝俗之谈，至当归一之论。其间说江西诗病，直取心肝刽子手。"他是将江

① 江湖诗人：指南宋后期的江湖派诗人，代表人物有戴复古、刘过等。

西诗派放在千百年诗歌史上加以批判的。通过评价每个时代诗歌的艺术特点，总结其优劣得失，斟酌其等第高下，严羽确立了一个理想的诗歌审美标准，然后用这个理想的审美标准作为诊断江西诗病的依据，并指点救治的法门。

中国古典诗歌发展到唐代，无论是古体诗还是近体格律诗都已达到艺术的顶峰。宋诗面对唐诗的优秀传统，力图表现自己的艺术特色。宋人借鉴唐宋古文的写作方法写诗，使诗歌在整体上向散文化方向发展，议论和说理成分明显增加，典故运用非常普遍，写诗越来越依赖学问。散文化拓展了宋诗的表现领域，丰富了宋诗的表现方法，并发展出宋诗独有的艺术特色（平淡自然而又妙趣横生，眼前景物寓深邃哲理），形成所谓“理趣”。但也因此带来了多议论而少形象、多说理而少抒情、多典故而少意境、工字句而伤天然等弊端，诗歌的审美性被诗人忽略了。宋诗的散文化始于苏轼，但他在手法上融会贯通的同时不失诗歌本色，说理、议论和学问在他那里并未成为损害诗美的因素。黄庭坚的诗歌更注重说理、用事，明确主张写诗“以理为主”，要“精读千卷书”“词意高深要从学问中来”，做到“无一字无来历”，提倡“夺胎换骨”“点铁成金”的创作方法。这种创作方法被江西诗派的后学，发展到极端，诗歌写作更加远离了形象和意境。南宋张戒评价这一过程说：“子瞻以议论为诗，鲁直又专以补缀奇字，学者未得其所长，而先得其所短，诗人之意扫地矣。”到了明清两代，批评江西诗派的声音仍然不断出现，如明代何景明《汉魏诗序》说：“宋诗言理。”胡应麟《诗薮》说：“禅家戒事理二障，余戏谓宋人诗，病正坐此。苏黄好用事，而为事使，事障也；程邵好谈理，而为理缚，理障也。”清人吴乔《围炉诗话》引《诗法源流》说：“唐人以诗为诗，宋人以文为诗；唐诗主于达性情，故于三百篇近，宋诗主于议论，故于三百篇远。”面对江西诗弊，宋人自己在创作上也努力突破，如“四灵”和江湖派诗人学习中唐贾岛、姚合和晚唐诗人，但趣味却越走越狭。严羽的《沧浪诗话》是对江西诗派流弊的一次彻底的理论清理。

3. 文本解读

《沧浪诗话》全书分六个部分：诗辩、诗体、诗法、诗评、考证，最后附录《答出继叔临安吴景仙书》。“诗辩”是全书最有理论价值的部分。

《沧浪诗话·诗辩》的最大特色是“以禅喻诗”。以禅喻诗不是从严羽开始的，唐代已经有人以禅境喻诗境。如诗僧皎然《答俞校书冬夜》：“月彩散瑶碧，示君禅中境。真思在杳冥，浮念寄行影。”北宋开始流行学诗似参禅的说法。如苏轼《夜直玉堂携李之仪端叔诗百余首读至夜半书其后》：“暂借好诗消永夜，每逢佳句辄参禅。”后来，吴可就把“参禅”与“学诗”的相似之处更明确地指出来，《藏海诗话》即有三首《学诗诗》，其一云：“学诗浑似学参禅，竹榻蒲团不计年。直待自家都了得，等闲拈出便超然。”作为江西诗派宗主的黄庭坚也有“悟入”“神会”等说法。他的学生范温的《潜溪诗眼》中也常谈到“悟入”，如“识文章者，当如禅家有悟门”，“盖古人之学，各有所得，如禅宗之悟入也，山谷之悟入在韵，故开辟此妙，成一家之学，宜乎取捷径而逕造也”。

与上述众家以禅喻诗有所不同，严羽不仅指出诗境和禅境、学诗和参禅的相似，而且通过诗禅类比，明确肯定诗与禅在本质上相通。《诗辩》提出的“妙悟”说、“别材”说、“别趣”说、“兴趣”说等，都是从不同层面对诗禅相通观的展开。具体说来，“妙悟”是严羽《诗辩》的核心范畴；“兴趣”是“妙悟”所得的真正的审美体验，也是严羽推崇的诗歌审美特质；“镜花水月”是严羽理想的诗歌意境特征；“以盛唐为法”是对“妙悟”什么及如何“妙悟”等问题的回答，是“妙悟”说的最终落脚点；而“妙悟”的美感类型既有“优游不迫”之优美，又有“沉着痛快”之壮美。

“妙悟”说针对“江西诗派”种种违反艺术审美规律的弊病而发，其目的是为艺术创作和鉴赏树立一个醒目的路标，给千百年的诗坛纷争一个斩截痛快的说法。“妙悟”是审美主体独特的个体生命体验，“是自家闭门凿破此片田地，即非傍人篱壁，拾人涕吐得来者”。“妙悟”是一种艺术直觉，无须通过逻辑推理就可以对事物的本质有所把握，用最朴素的方式达到最玄妙的境界。严羽认为“惟悟乃为当行，乃为本色”，也即是说“妙悟”是把握诗歌审美特质的不二法门。诗歌写作是审美的创造，应该以艺术直觉为主，要从生活中领悟那些富于诗意的成分，或者说要诗意地领悟生活，而不是一般的认识生活。

为了培养“妙悟”的能力，严羽提出了“以识为主”“熟参”等方法。“识”在佛学中本指破除世俗迷障、认识宗教的永恒精神本体的神秘能力。严羽所说的“识”是一种鉴别诗歌艺术品质高下的审美鉴赏力。他认为学诗的功夫要从“参读”第一流诗歌开始，培养第一流的审美趣味。在此基础上再参读二流、三流的诗歌，这样就能对不同品质的诗歌做出严格分辨和正确取舍。江西诗派也曾主张熟读杜甫等人的诗，但他们主要是从文字上学习，与严羽主张的“识”大异其趣。

“妙悟”的艺术效果是“入神”：“诗之极致有一，曰入神。诗而入神，至矣，尽矣，蔑以加矣！惟李杜得之。他人得之盖寡也。”严羽认为“入神”是诗歌的极致。“入神”之诗神妙难言，可由言内通向言外，由象内通向象外。能够达到“入神”之境的诗人不多，唯有盛唐的天才诗人李白、杜甫才可企及。虽然如此，学诗者仍然要取法乎上；以此为目标，诗作才不至于堕入末流。所谓“学其上，仅得其中；学其中，斯为下矣”。

严羽的“别材”“别趣”说是针对江西诗派“以文字为诗，以才学为诗，以议论为诗”的流弊所开的一剂药方。“别材”之“材”不是指诗人之才，而是指写诗所用的材料、题材。“诗有别材”就是说诗在取材上有特殊要求，而非单纯的“文字”“才学”和“议论”。在严羽看来，宋诗之所以不如唐诗，尤其不及盛唐诗，一个重要原因是宋诗在取材上出了问题。黄庭坚曾说：“老杜作诗，退之作文，无一字无来处；盖后人读书少，故谓韩杜自作此语耳。古之能为文章者，真能陶冶万物。虽取古人之陈言入于翰墨，如灵丹一粒，点铁成金也。”① 这段在当时启发过很多诗人、推动过宋诗发展的话，在严羽眼中却正是导致宋诗逊于唐诗的原因。特别是认为杜韩诗文“无一字无来处”的说法，无异于引导诗人一味到书本里讨生活，在诗歌里卖弄学问，把书本学问而不是自己的生活经历、体验和认识作为诗歌的源泉，致使诗歌里充塞着古人的陈词滥调。“诗有别材”即要求诗应该表达一唱三叹的情性，创造空灵蕴藉的意境，达到词理和意兴的融合无间。不过，严羽也并未否定读书和学问对诗歌创作的意义，而是认为“非多读书、多穷理，则不能极其至”，以读书涵养性情，提高自身的艺术修养，而不能反被书本束缚。

“别趣”说涉及的是诗歌与义理的关系问题。理与诗可以有不同的结合形式：结合得好会形成“理趣”，结合得不好就造成“理障”。严羽所说的“诗有别趣，非关理也”中的“别趣”应该是包含“理趣”的，而与诗无关的“理”应该是特指“理障”。严羽说：“然非多读书、多穷理，则不能极其至”，可见严羽对理并非一概抹杀。“理趣”之理是自然之理，是合乎人情之理，是活活泼泼、生生不息的生命之理。这种“理趣”可以在优秀的宋诗中体会到。如苏轼的“春江水暖鸭先知”（《题惠崇〈春江晚景〉》），陆游的“山重水复疑无路，柳暗花明又一村”（《游山西村》），杨万里的“小荷才露尖尖角，早有蜻蜓立上头”（《小荷》）等。“理障”之“理”则是经生学究之理，理学诗之理，是参死句而非参活句所得之理。

---

① （宋）黄庭坚：《答洪驹文书》，见陶秋英编选：《宋金元文论选》，187页，北京，人民文学出版社，1984。

严羽在称美盛唐诗歌时用一系列微妙而模糊的词语意象暗示了这种“别趣”（即“兴趣”）的特征：“盛唐诸人，惟在兴趣，羚羊挂角，无迹可求。故其妙处，透彻玲珑，不可凑泊，如空中之音，相中之色，水中之月，镜中之象，言有尽而意无穷。”“羚羊挂角”是禅宗爱用的一个话头，如《传灯录》卷十六引义存禅师语：“我若东道西道，汝则寻言逐句；我若羚羊挂角，你向什么处摸?”卷十七引道膺禅师语：“如好猎狗，只能寻得有踪迹底，忽遇羚羊挂角，莫道迹，气亦不识。”严羽借此说明“别趣”非墨迹文字可求的特征。总之，理想的诗歌要求有虚实相生的生动形象，形象中应该蕴含绵绵不尽的情韵，而且要消除文字技巧的痕迹，以完整鲜明、含蓄空灵的形象呈现在读者面前，给人以“言有尽而意无穷”的审美体验。

第二节　相关问题概说

人们常说，文学是语言的艺术。“艺术”这个特征，一方面将文学与其他以语言为媒介的文类区别开来，另一方面又将文学与其他非语言媒介的“艺术”门类联系起来。如果从“艺术”这个角度看，文学与音乐、绘画、舞蹈、戏剧、影视艺术等都具有一个基本的特征——审美，它们都属于康德所说的“美的艺术”①。

一、中西文学的审美化历史

文学的审美性质是与文学一起诞生的，当先民在劳动中唱出第一首歌谣、在岩洞里画出第一幅画时，审美因素就已经包含在那素朴的声调和稚拙的线条之中了。但是人们对文学审美的理论自觉要晚得多，在中国出现于3世纪至6世纪的魏晋时期，在西方兴起于16世纪至18世纪的启蒙运动和浪漫主义思潮。文学审美的自觉的标志就是将那些重视情感、形式、虚构、想象的作品与其他作品区分，同时建立起关于这些作品的批评理论，逐步明确文学审美的具体品质。

1. 中国文学的审美化历史

中国古代表示文学作品的概念是“文”和“文章”，用“文学”指代现代意义上的“文学作品”，是在西方现代文学观念输入中国后才流行开来的。中

① ［德］康德：《判断力批判》，邓晓芒译，158页，北京，人民出版社，2002。

国传统语境中的“文学”一词，最初是指关于文献典籍的学问，如孔门弟子按专长分为四类：“德行：颜渊、闵子骞、冉伯牛、仲弓；言语：宰我、子贡；政事：冉有、季路；文学：子游、子夏。”（《论语·先进》）随着“文”内涵的不断分化，“文学”的外延也在逐渐缩小。南朝宋文帝设立“四学”——“文学”“儒学”“玄学”“史学”，这里的“文学”已经类似于现在所说的“文学理论”，而“文”则接近现在所说的“文学作品”。

“文”本义指花纹、图案，含有审美因素。孔子称“言之无文，行而不远”，“质胜文则野，文胜质则史”，这里的“文”也有审美意味在内，但还是对所有言语写作甚至文物制度的共同要求。直到汉代，人们对“文”的评价重点仍然放在伦理观念和作者人格方面，属于道德批评而不是审美批评，如刘安、班固、扬雄、王逸等人对《楚辞》的批评。魏晋时期，由于社会的大动荡和思想的大解放，诗歌辞赋中的抒情性越来越浓，人们对诗赋的表达形式也积累了越来越多的经验，文体分化越来越细，各类文体的功能越来越专。此时出现了很多论述文体的专著，如挚虞的《文章流别论》、陆机的《文赋》、刘勰的《文心雕龙》等。《文赋》言：“诗缘情而绮靡，赋体物而浏亮。”对诗赋的审美特征做了比较简洁精当的描述。在研究各种文体特性的过程中产生的“文笔论”和“声律论”，集中反映了当时文学家和理论家对文学审美性的认识。他们一般把内容以抒情为主、句式以骈偶为主、行文押韵的文章称为“文”，而将那些说明事义、散行句式、不带押韵的文章称为“笔”。《文心雕龙·总术》总结当时流行的对“文”“笔”的看法说：“今之常言，有文有笔；以为无韵者笔也，有韵者文也。”这里的区分标准仅仅是押韵与否，比较单一。萧统《文选·序》提出以“事出于沉思，义归于翰藻”作为选文的依据，既要求情感的深沉，又要求辞藻的丰赡，标准比较全面。梁元帝萧绎在《金楼子·立言》中将当时的学者分为儒、学、文、笔四种，认为：“屈原、宋玉、枚乘、长卿之徒，止于辞赋，则谓之文。”又说：“至于不便为诗如阎纂，善为章奏如柏松，若此之流，泛谓之笔。吟咏风谣，流连哀思者，谓之文。”他在文体中强调辞赋，在表达上强调声律（吟咏），在内容上强调深情（哀思），在功用上不以实用为目的，倾向性更加鲜明。萧子显也称：“文章者，盖情性之风标，神明之律吕也。蕴思含毫，游心内运，放言落纸，气韵天成；莫不禀以生灵，迁乎爱嗜。”（《南齐书·文学传序》）声律论的代表人物沈约主张：“夫五色相宣，八音协畅，由乎玄黄律吕，各适物宜。欲使宫羽相变，低昂舛节，若前有浮声，则后须切响。一简之内，言韵尽殊；两句之中，轻重悉异。妙达此旨，始可言文。”将声律要求视为“文”的基本特征。除此之外，当时刘勰还提出了“物以情观，情以物兴”，“情往似赠，兴来如答”，“物有尽而情有余”等抒情理论，钟嵘也对五言诗的审美特征做了全面的描述，提出了“滋味说”。综合这些观点可以看出，人们逐渐把以诗赋为主的文章从纷杂繁多的实用文体中突出出来，强调抒发个人的真挚情感，追求声调、节奏、韵律之美。

此后，魏晋出现的这些关于文学审美特性的基本概念和命题不断丰富发展，人们对文学审美的认识不断深入。唐代殷璠的“兴象说”、皎然的“诗境说”、司空图的“诗味说”、宋代严羽的以禅喻诗说、明代公安三袁的“性灵说”、汤显祖的“唯情说”、李贽的“童心说”、清代王夫之的“情景说”、叶燮的“理事情说”、王世祯的“神韵说”等，都体现了对文学审美规律的坚持。清末王国维等人引入西方现代美学思想，在与中国传统文学观念互相参照、融合的基础上形成了“境界论”，提出了“有真景物真感情者，谓之有境界”等美学命题。鲁迅在《摩罗诗力说》一文中推崇西方现代浪漫主义诗人的美学风格和美学观念，提倡文学艺术的“无用之用”。这些都标志着对文学审美性质的认识由传统走向现代。稍后的朱光潜、宗白华、钱锺书等人都站在中西美学的交汇点上对文学和艺术的审美性做了系统的阐释。

2. 西方文学的审美化历史

在西方传统的艺术史和文学史中，文学审美性的自觉也经历了一个过程。虽然亚里士多德在《诗学》中对诗与史有明确的区分，但他所说的“诗学”（Poetics）不过是众多技艺（Technics）中的一种，与其他实用技艺没有本质区别。“艺术”（Art）这个概念当初同样包括诗歌和其他实用工艺。这种观念长久地影响了西方的文学思想，从亚里士多德的《诗学》到贺拉斯的《诗艺》，再到布瓦洛的《诗的艺术》，一直致力于总结和制定写诗的规则，理性比情感重要，规范比灵感重要；写诗的目的也很明确，即教益和娱乐。在文艺复兴时期，人们开始突破在艺术创作中长期占统治地位的摹仿说，强调想象、虚构、理想等主体因素的意义。意大利的马佐尼认为，“适宜于创作的能力是想象的能力”，“诗既然依靠想象力，它就要由虚构的想象的东西来组成”。启蒙运动进一步解放了诗人和艺术家的情感与想象力，艺术摆脱了理性的禁锢。到了16世纪，“美的艺术”逐渐从广义的“艺术”中分离出来。1747年，法国学者查理斯·巴托在《论美的艺术的界限与共性原理》一书中，首次将诗歌、绘画、雕塑、音乐、舞蹈、建筑和修辞这七门艺术，称为“美的艺术”，基本确定了现代艺术的外延。但是巴托仍然用亚里士多德的摹仿说来解释美的艺术的共性，因此并没有将美的艺术与科学技术在内涵上清晰地分开。真正在理论上为美的艺术提供学理根据的是德国的启蒙美学家鲍姆嘉通、康德与德国古典美学家黑格尔。鲍姆嘉通建立了一门以感性为研究对象的理论——美学（Aesthetics，直译为“感性学”）。他将感性活动分为“感性认知活动”和“感性审美活动”，认为“感性审美艺术”是这两种感性活动的统一的典范。鲍姆嘉通第一次为审美艺术活动确立了心理基础，为审美艺术的相对独立迈出了非常重要的一步。康德进而将审美能力与科学认知能力、道德实践能力并列为人类的三大基本的精神机能，分别与人类的三项基本的心理机能——情、知、意——相对应。他在《判断力批判》中对审美判断力做了深刻的辨析，不仅为审美活动找到了情感这块人类心理的根基，而且揭示了审美活动与认知活动、道德活动的关系，认为审美活动是认知活动与道德活动的中介。他对“美的艺术”也做了深刻的论述，将“美的艺术”与纯粹的自然物、科学活动、手工艺活动区别开来，在艺术创造中提倡自由、天才、独创性和想象力。康德的审美判断力理论和美的艺术的理论为西方现代艺术（包括文学）的审美品质做了全面的描述和界定，为浪漫主义艺术提供了直接的理论资源，而康德的艺术理想也通过浪漫主义艺术变成现实。黑格尔在《美学》中提出“美是理性的感性显现”，“艺术是典型的审美活动”等观点，反对“摹仿说”，强调艺术的“心灵化”，强调艺术的“生气贯注”，建构了一个空前完整的艺术理论体系，其中论述了抒情诗、戏剧诗、史诗、绘画、雕塑、音乐、建筑等艺术门类，奠定了现代艺术的分类体系。

随着艺术和诗的审美化的进程，“文学”（Literature）这一概念的内涵与外延也在不断审美化。“文学”一词在西方的原义相当于中国的“文章”，泛指一切手写和印刷的文献。直到18世纪，所谓“文学研究”仍然包括哲学家、政治家、历史学家、伦理学家以及科学家的著作。19世纪以后，人们开始要求把文学研究的对象限制在那些具有审美性质的文学作品也就是人们所说“美的文学”上来。这类“美的文学”相当于各种体裁的“诗”，包括抒情诗、戏剧诗、史诗等。这样，在广义的文学概念之外，狭义的文学概念逐渐发展起来，人们更多地用“文学”一词专指那些以审美为目的的文学作品。韦勒克与沃伦合著的《文学理论》将这种文学的基本特征概括为虚构性、创造性和想象性，在实质上与康德等人对“诗”及其他艺术的定性是一致的，“诗”与其他艺术的审美内涵已经完全融入“文学”这一概念之中，文学的审美化也真正完成了。

二、文学审美性在文学作品中的表现形式

1. 文学反映的是人与世界的审美关系

审美关系是人与世界的价值关系中的一种。即以一棵古松为例：古松与人类的实用关系是在人类长期的建筑和家具制造的实践中形成的，在这种关系中，古松的木质的疏松、纹理的粗细、色泽的深浅等属性引起人们高度的关注。古松与人类的认识关系是在人类对这个物种特征的观察、分析、研究中形成的，在这种关系中，古松的性状、构造、关系、归属等生物学属性受到人们的特别注意。古松与人类的审美关系则是在人类对自然的长期审美活动和艺术活动中形成的，在这种关系中，古松苍劲挺拔的枝干和青翠清疏的松叶所构成的一个生气贯注的完整的生命形象即古松的审美属性占据了人们的全部意识。

在长期社会历史实践中，人类与世界间建立了多种价值关系，包括实用价值、认识价值、道德价值、政治价值、宗教价值、审美价值等。文学所反映的主要是人与世界的审美价值关系，体现的是社会生活的审美价值。当然，文学所反映的人与世界的审美价值关系不是一种孤立的存在。审美价值与非审美价值是辩证统一的：一方面，对审美价值的获得往往与对其他价值的拥有相互矛盾，例如对实用价值和认识价值的追求会抑制甚至破坏审美价值，对政治价值的过分强调也会导致对审美价值的忽视和贬低；另一方面，审美价值永远和世界的其他价值内在地联系在一起，审美关系和人与世界的其他关系永远是共生的，它们相互渗透，相互依存。审美价值不是一种抽象的存在，它总是具体体现在社会生活的各个方面。现实的审美价值具有一种溶解和综合的特性，可以把认识价值、道德价值、政治价值、宗教价值等都溶解于其中，综合于其中。因此，我们在文学作品中看到的实际情形是，文学艺术不但不排斥非审美价值，相反，总是将非审美的认识因素、道德因素、政治因素等交融，使之成为文学审美对象的一个有机的组成成分。文学作品中的审美因素总是以一种独特的方式凝聚起认识、道德、政治等各种信息。在审美价值与认识价值、道德价值、政治价值等的关系上，一方面不要走向唯美主义，唯美主义主张文学作品的美仅仅在于作品的形式，如色彩、节奏、韵律等，轻视文学对认识、道德、政治等社会生活的反映，将审美与认识、道德、政治等割裂开来；另一方面也不赞成单一的认识论观点，这种观点片面地强调文学作品的认识价值、道德价值和政治价值等，往往使文学作品成为某种政治观念图解、道德说教甚至变相的社会学著作。上述两种偏颇在中外文学史上都曾经多次出现，甚至给文学自

身的发展造成了很大的干扰和破坏。

2. 文学作品的审美性

审美性是文学艺术的特质，它与文学中的其他因素如认识、道德、政治等不即不离，但是又不等于这些因素本身。缺少了审美性，文学作品就成了一些人事景物的堆砌；有了它，即使是那些庸常丑怪的事物也会产生艺术魅力。可以借用“格式塔”心理学派的术语“格式塔质”（Gestaltgnalitat）来命名文学作品的这种审美特质。格式塔质不是事物各种成分的性质的简单相加，也不同于其中的任何一个因素的性质，而是一种超越于各个组成因素的整体质。如果以音乐为例，那么格式塔质不是那些单个的音符，甚至也不是节奏或旋律，而是节奏与旋律之上的“音乐”。如果以绘画为例，那么格式塔质不是那些线条与色块，也不是构图与物体，而是构图与物体之上的“画面”。文学作品中的格式塔质也是这样，它不是作品的具体题材，也不是传达的媒介——语言，它是中国古人欣赏的“气”“神”“韵”“境”“味”以及“象外之象”“景外之景”“言外之意”“韵外之致”，它是西方文学家、文论家推崇的“诗意”和“文学性”。有了它，诗也是诗，小说也是诗，戏剧也是诗，散文也是诗，甚至哲学著作、历史著作中也有诗。

还可借用一个物理学名词把文学的格式塔质称为“文学审美场”。“场”不是单纯的物质，也不是单纯的能量，它是物质与能量的结合体。场不是某个孤立的物体所能产生的，反映的是世界的整体联系，宇宙的整体联系。它存在于物体之中、之间、之内、之外。文学审美场正是文学艺术的整体结构关系中所生成的新质。当人们面对一部文学作品，可以循迹找到创造、反映、表现、再现、心理、社会、评价、道德、游戏、语言等诸多因素，但却找不到“文学审美场”。它在有无之间、虚实之间。意大利美学家克罗齐（Benedetto Croce）把艺术的这种审美整体质称为“直觉品”，把艺术的这种审美整合功能称为“混化”。他认为，在直觉品中，一切元素要素都是混化的：“混化在直觉品里的概念，就其已混化而言，就已不复是概念，因为它们已失去一切独立与自主……放在悲喜剧人物口中的哲学格言并不在那里显出概念的功用，而是在那里显出表现人物特性的功用。同理，画的面孔上一点红，在那里并不代表物理学家的红色，而是画像的一个表示特性的原素。”① 反之，如果这种“混化”即

① 伍蠡甫、胡经之主编：《西方文艺理论名著选编》（中），491～492页，北京，北京大学出版社，1986。

审美化的功夫不够，文学作品中的知识就会成为卖弄，文学作品就会成为变相的医药手册、园艺手册、游戏手册、旅游手册……

文学审美场不仅关系到文学文本的构成，而且关系到文本的接受。文学审美场不是某种静止的东西，它是活生生的现实效果，生成于文学文本与作家心灵、文学文本与读者心灵的相互作用。文学审美场是不断流动变化的感应，随着文学文本的内在语境和外在语境的变动而不断更新。

三、文学审美主体的审美把握

1. 审美价值在审美把握中产生

中外艺术史、文学史和美学史上，都曾有不少人坚持认为美是与人无关的客观事物的客观属性。他们把美归之于某种线条、色彩、形体，某种比例、节奏、音色，并且将这种所谓的美的客观规律奉为艺术创作的永恒信条。从古希腊的毕达哥拉斯学派发现的“黄金分割率”到文艺复兴时期众多画家对人体解剖比例的精心测算，都是这种努力的表现；在西方源远流长的摹仿说也是以这一美的理念为基础的。对这些“美的客观属性”的发现的确帮助艺术家创作了大量美的艺术作品，但是这并不能证明真的存在着一种与人无关的美。这些美的规律无论多么“客观”，仍然是人通过人的眼睛和人的心灵发现的，它们从一开始就是人按照自己的尺度、为了满足自己的精神需要选择出来、领悟出来的。也就是说，审美对象只有在审美主体的视野中才能出现，审美价值只有在审美把握中才能产生。我们可能无法否认达·芬奇的《蒙娜丽莎》中没有某些人体解剖学的规律，但是《蒙娜丽莎》的美表现为那神秘的微笑以及画家洒在画面上的心灵之光，来自画面上的人物形象和画家的内在精神以及这精神的表现。

另一种观点也许更接近艺术审美的实际，这就是以康德开端的审美理论。黑格尔对艺术的基本观点是：“只有通过心灵而且由心灵的创造活动产生出来，艺术作品才成其为艺术作品。”又说：“在艺术里，感性的东西是经过心灵化了，而心灵的东西也借感性化而显现出来。”① 宋代惠洪《冷斋夜话》记黄庭坚语：“天下清景，初不择贤愚而与之遇，然吾特疑端为我辈设。”清代诗论家叶燮也一再说：“凡物之美者，盈天地间皆是也，然必待人之神明才慧而见。”（《集唐诗序》）“名山者，造物之文章也。造物之文章，必藉乎人以为遇合，而

① ［德］黑格尔：《美学》，第一卷，朱光潜译，49页，北京，商务印书馆，1996。

人之与为遇合也，亦藉乎其人之文章而已矣。”（《黄山倡和诗序》）“天地之生是山水也，其幽远奇怪，天地亦不能一一自剖其妙，自有此耳目手足一历之，而山水之妙始泄。”（《原诗·外篇》）“天地之心，而赋万事万物之形，朱君以有心赴之，而天地万事万物之情状皆随其手腕以出，无有不得者。”（《黄叶村庄诗序》）这些论述都强调了主体心灵在文学审美中的主导作用。

2. 审美主体的心理机制

还需要进一步思考的是，在文学审美活动中，审美主体的心理机制究竟有什么特点？与其他精神活动中的心理状态相比有哪些异同？文学审美活动自身又有哪些不同类型？

从心理角度看，文学审美是一种自由和谐的内在体验。康德认为审美体验是“内心诸能力的游戏中那种一致性的（内感官的）情感”①。在非审美活动中，各种心理机能不是相互贯通、和谐活动的。如在单纯的生理体验中，只是某些感官以及与之相应的心理机能处于极端兴奋状态，其他的精神机能则被压抑了。在单纯的道德实践中，责任感和义务感被充分激发，向善的意志成为心灵的主宰。在紧张的科学活动中，理智的因素压倒一切，情感与个人倾向被尽量排除。在审美体验中，人的以情感为中心的一切心理机制被全面地、充分地调动起来，达到了高度的和谐。正是在这个意义上，我们说审美是自由在瞬间的实现，审美是苦难人生的节日。在审美的节日里，人的感知、回忆、联想、想象、情感、理智等一切心理功能都处于最自由的状态，人的这个心灵都暂时告别现实而进入无比自由的境界。康德在他的“美的艺术”论中声明：“人们只应当把通过自由而生产……称之为艺术。”②

文学审美的自由不仅是体验的自由，而且是行为的自由。以体验的自由，文学艺术与手工艺区别开来；以行为的自由，文学艺术与科学区别开来。文学审美是自觉高尚的精神追求，不是屈辱强制的谋生手段。文学为审美为塑造健全自由的人格服务，为了将人从庸常狭隘中提升出来，进入一个与物为春、天地澄明的境界。因此黑格尔说：“审美带有令人解放的性质。”③

总之，在审美的瞬间，人的以情感为中心的全部的心灵世界都打开了门窗，实现了完全的舒展、自由与和谐。现实中人性的残缺在文学审美中得到了修复，现实中心灵的扭曲在文学审美中得到了匡正，现实中的麻木与冷漠在文

① ［德］康德：《判断力批判》，邓晓芒译，64页，北京，人民出版社，2002。

② 同上书，146页。

③ ［德］黑格尔：《美学》，第一卷，朱光潜译，147页，北京，商务印书馆，1996。

学审美中得以复苏和温暖。文学审美是人的合规律性与合目的性的发展的重要保证，是个体心灵健康与社会组织健全的不可或缺的文化条件。

【思考题】

1. 康德把艺术分为“机械的艺术”“快适的艺术”和“美的艺术”三类，请结合你的审美经验，说说这三类艺术的特点。

2. 康德认为天才具有哪些特点？请结合文学史谈谈你的理解。

3. 严羽对“妙悟”与“才学”“议论”“文字”的关系进行了论述，谈谈你的理解。

【辅助阅读材料】

1. 康德．判断力批判．北京：人民出版社，2002.

2. 黑格尔．美学（第一卷）．北京：商务印书馆，1996.

3. 鲍桑葵．美学史．北京：商务印书馆，1985.

4. 曹俊峰．康德美学引论．天津：天津教育出版社，2001.

5. 朱光潜．文艺心理学．合肥：安徽教育出版社，1996.

6. 司空图．与李生论诗书//周祖譔．隋唐五代文论选．北京：人民文学出版社，1990.

第四章　文学与文化

文化是一个大概念。一方面，政治、经济、道德、社会生活、意识形态等均可纳入文化的视野加以考察；另一方面，文学既是文化的一个分支，反过来，文化又是文学的一个重要维度。因此，文学在与文化结构中的种种要素进行交往时又生成了许多不同的文学观念。本着这一思考，本章选取鲁迅的《文艺与政治的歧途》、毛泽东的《在延安文艺座谈会上的讲话》（以下简称《讲话》）作为“经典文本”。节选的《讲话》主要涉及文艺与社会生活的关系问题，鲁迅的文章则对文艺与政治的关系做出了精湛的思考。依据两篇“经典文本”的核心观点，我们在“相关问题概说”中设计出“文学与社会生活”“文学与政治”两部分内容，以期对这两方面的问题有更深入的讨论与思考。

第一节　经典文本阅读

一、文艺与政治的歧途（鲁迅）

我是不大出来讲演的；今天到此地来，不过因为说过了好几次，来讲一回也算了却一件事。我所以不出来讲演，一则没有什么意见可讲，二则刚才这位先生说过，在座的很多读过我的书，我更不能讲什么。书上的人大概比实物好一点，《红楼梦》里面的人物，像贾宝玉林黛玉这些人物，都使我有异样的同情；后来，考究一些当时的事实，到北京后，看看梅兰芳姜妙香①扮的贾宝玉林黛玉，觉得并不怎样高明。

我没有整篇的鸿论，也没有高明的见解，只能讲讲我近来所想到的。我每每觉到文艺和政治时时在冲突之中；文艺和革命原不是相反的，两者之间，倒有不安于现状的同一。惟政治是要维持现状，自然和不安于现状的文艺处在不

---

① 梅兰芳（1894—1961年），名澜，字畹华，江苏泰州人，京剧艺术家。姜妙香（1890—1972年），北京人，京剧演员。梅、姜二人自1916年起同台演出《黛玉葬花》。

同的方向。不过不满意现状的文艺，直到十九世纪以后才兴起来，只有一段短短历史。政治家最不喜欢人家反抗他的意见，最不喜欢人家要想，要开口。而从前的社会也的确没有人想过什么，又没有人开过口。且看动物中的猴子，它们自有它们的首领；首领要它们怎样，它们就怎样。在部落里，他们有一个酋长，他们跟着酋长走，酋长的吩咐，就是他们的标准。酋长要他们死，也只好去死。那时没有什么文艺，即使有，也不过赞美上帝（还没有后人所谓God那么玄妙）罢了！那里会有自由思想？后来，一个部落一个部落你吃我吞，渐渐扩大起来，所谓大国，就是吞吃那多多少少的小部落；一到了大国，内部情形就复杂得多，夹着许多不同的思想，许多不同的问题。这时，文艺也起来了，和政治不断地冲突；政治想维系现状使它统一，文艺催促社会进化使它渐渐分离；文艺虽使社会分裂，但是社会这样才进步起来。文艺既然是政治家的眼中钉，那就不免被挤出去。外国许多文学家，在本国站不住脚，相率亡命到别个国度去；这个方法，就是"逃"。要是逃不掉，那就被杀掉，割掉他的头；割掉头那是最好的方法，既不会开口，又不会想了。俄国许多文学家，受到这个结果，还有许多充军到冰雪的西伯利亚去。

有一派讲文艺的，主张离开人生，讲些月呀花呀鸟呀的话（在中国又不同，有国粹的道德，连花呀月呀都不许讲，当作别论），或者专讲"梦"，专讲些将来的社会，不要讲得太近。这种文学家，他们都躲在象牙之塔①里面；但是"象牙之塔"毕竟不能住得很长久的呀！象牙之塔总是要安放在人间，就免不掉还要受政治的压迫。打起仗来，就不能不逃开去。北京有一班文人②，顶看不起描写社会的文学家，他们想，小说里面连车夫的生活都可以写进去，岂不把小说应该写才子佳人一首诗生爱情的定律都打破了吗？现在呢，他们也不能做高尚的文学家了，还是要逃到南边来；"象牙之塔"的窗子里，到底没有一块一块面包递进来的呀！

等到这些文学家也逃出来了，其他文学家早已死的死，逃的逃了。别的文学家，对于现状早感到不满意，又不能不反对，不能不开口，"反对""开口"就是有他们的下场。我以为文艺大概由于现在生活的感受，亲身所感到的，便

---

① 象牙之塔，原是19世纪法国文艺评论家圣佩韦（C. A. Saqinte Beuve，1804—1869年）批评同时代消极浪漫主义诗人维尼的用语，后来用以比喻脱离现实生活的文艺家的小天地。

② 指新月社的一些人。

影印到文艺中去。挪威有一文学家①，他描写肚子饿，写了一本书，这是依他所经验的写的。对于人生的经验，别的且不说，“肚子饿”这件事，要是欢喜，便可以试试看，只要两天不吃饭，饭的香味便会是一个特别的诱惑；要是走过街上饭铺子门口，更会觉得这个香味一阵阵冲到鼻子来。我们有钱的时候，用几个钱不算什么；直到没有钱，一个钱都有它的意味。那本描写肚子饿的书里，它说起那人饿得久了，看见路人个个是仇人，即是穿一件单褂子的，在他眼里也见得那是骄傲。我记起我自己曾经写过这样一个人，他身边什么都光了，时常抽开抽屉看看，看角上边上可以找到什么；路上一处一处去找，看有什么可以找得到；这个情形，我自己是体验过来的。

从生活窘迫过来的人，一到了有钱，容易变成两种情形：一种是理想世界，替处同一境遇的人着想，便成为人道主义；一种是什么都是自己挣起来，从前的遭遇，使他觉得什么都是冷酷，便流为个人主义。我们中国大概是变成个人主义者多。主张人道主义的，要想替穷人想想法子，改变改变现状，在政治家眼里，倒还不如个人主义的好；所以人道主义者和政治家就有冲突。俄国文学家托尔斯泰②讲人道主义，反对战争，写过三册很厚的小说——那部《战争与和平》，他自己是个贵族，却是经过战场的生活，他感到战争是怎么一个惨痛。尤其是他一临到长官的铁板前（战场上重要军官都有铁板挡住枪弹），更有刺心的痛楚。而他又眼见他的朋友们，很多在战场上牺牲掉。战争的结果，也可以变成两种态度：一种是英雄，他见别人死的死伤的伤，只有他健存，自己就觉得怎样了不得，这么那么夸耀战场上的威雄。一种是变成反对战争的，希望世界上不要再打仗了。托尔斯泰便是后一种，主张用无抵抗主义来消灭战争。他这么主张，政府自然讨厌他；反对战争，和俄皇的侵掠欲望冲突；主张无抵抗主义，叫兵士不替皇帝打仗，警察不替皇帝执法，审判官不替皇帝裁判，大家都不去捧皇帝；皇帝是全要人捧的，没有人捧，还成什么皇帝，更和政治相冲突。这种文学家出来，对于社会现状不满意，这样批评，那样批评，弄得社会上个个都自己觉到，都不安起来，自然非杀头不可。

---

① 指汉姆生（K. Hamsun，1859—1952 年），挪威小说家。曾当过水手、木工，创作长篇小说《饥饿》，于 1920 年获得诺贝尔文学奖。

② 托尔斯泰，即列夫·托尔斯泰（1828—1910 年），俄国作家。他的作品无情地揭露沙皇制度和资本主义势力的种种罪恶，同时又宣扬道德的自我完善和“不用暴力抵抗邪恶”。著有长篇小说《战争与和平》《安娜·卡列尼娜》《复活》等。《战争与和平》是他以 1812 年拿破仑入侵俄国为题材所作的长篇小说，写于 1863 年至 1869 年。

但是，文艺家的话其实还是社会的话，他不过感觉灵敏，早感到早说出来（有时，他说得太早，连社会也反对他，也排轧他）。譬如我们学兵式体操，行举枪礼，照规矩口令是“举……枪”这般叫，一定要等“枪”字令下，才可以举起。有些人却是一听到“举”字便举起来，叫口令的要罚他，说他做错。文艺家在社会上正是这样；他说得早一点，大家都讨厌他。政治家认定文学家是社会扰乱的煽动者，心想杀掉他，社会就可平安。殊不知杀了文学家，社会还是要革命；俄国的文学家被杀掉的充军的不在少数，革命的火焰不是到处燃着吗？文学家生前大概不能得到社会的同情，潦倒地过了一生，直到死后四五十年，才为社会所认识，大家大闹起来。政治家因此更厌恶文学家，以为文学家早就种下大祸根；政治家想不准大家思想，而那野蛮时代早已过去了。在座诸位的见解，我虽然不知道；据我推测，一定和政治家是不相同；政治家既永远怪文艺家破坏他们的统一，偏见如此，所以我从来不肯和政治家去说。

到了后来，社会终于变动了；文艺家先时讲的话，渐渐大家都记起来了，大家都赞成他，恭维他是先知先觉。虽是他活的时候，怎样受过社会的奚落。刚才我来讲演，大家一阵子拍手，这拍手就见得我并不怎样伟大；那拍手是很危险的东西，拍了手或者使我自以为伟大不再向前了，所以还是不拍手的好。上面我讲过，文学家是感觉灵敏了一点，许多观念，文学家早感到了，社会还没有感到。譬如今天衣萍①先生穿了皮袍，我还只穿棉袍；衣萍先生对于天寒的感觉比我灵。再过一月，也许我也感到非穿皮袍不可，在天气上的感觉，相差到一个月，在思想上的感觉就得相差到三四十年。这个话，我这么讲，也有许多文学家在反对。我在广东，曾经批评一个革命文学家②——现在的广东，是非革命文学不能算做文学的，是非“打打打，杀杀杀，革革革，命命命”，不能算做革命文学的——我以为革命并不能和文学连在一块儿，虽然文学中也有文学革命，但做文学的人总得闲定一点，正在革命中，那有工夫做文学。我们且想想：在生活困乏中，一面拉车，一面“之乎者也”，到底不大便当。古人虽有种田做诗的，那一定不是自己在种田；雇了几个人替他种田，他才能吟他的诗；真要种田，就没有工夫做诗。革命时候也是一样；正在革命，那有工

① 衣萍，即章鸿熙（1900—1947年），字衣萍，安徽绩溪人。《语丝》撰稿人之一。

② 指吴稚晖。吴稚晖（1865—1953年），江苏武进（今江苏常州）人。1902年10月，吴稚晖参加《苏报》笔战阵营，猛烈抨击清政府。1916年，任《中华新报》主笔。从20世纪20年代起，在国民党政府中历任要职。

夫做诗？我有几个学生，在打陈炯明①时候，他们都在战场；我读了他们的来信，只见他们的字与词一封一封生疏下去。俄国革命以后，拿了面包票排了队一排一排去领面包；这时，国家既不管你什么文学家艺术家雕刻家；大家连想面包都来不及，那有工夫去想文学？等到有了文学，革命早成功了。革命成功以后，闲空了一点；有人恭维革命，有人颂扬革命，这已不是革命文学。他们恭维革命颂扬革命，就是颂扬有权力者，和革命有什么关系？

这时，也许有感觉灵敏的文学家，又感到现状的不满意，又要出来开口。从前文艺家的话，政治革命家原是赞同过；直到革命成功，政治家把从前所反对那些人用过的老法子重新采用起来，在文艺家仍不免于不满意，又非被排轧出去不可，或是割掉他的头。割掉他的头，前面我讲过，那是顶好的法子咾——从十九世纪到现在，世界文艺的趋势，大都如此。

十九世纪以后的文艺，和十八世纪以前的文艺大不相同。十八世纪的英国小说，它的目的就在供给太太小姐们的消遣，所讲的都是愉快风趣的话。十九世纪的后半世纪，完全变成和人生问题发生密切关系。我们看了，总觉得十二分的不舒服，可是我们还得气也不透地看下去。这因为以前的文艺，好像写别一个社会，我们只要鉴赏；现在的文艺，就在写我们自己的社会，连我们自己也写进去；在小说里可以发见社会，也可以发见我们自己；以前的文艺，如隔岸观火，没有什么切身关系；现在的文艺，连自己也烧在这里面，自己一定深深感觉到；一到自己感觉到，一定要参加到社会去！

十九世纪，可以说是一个革命的时代；所谓革命，那不安于现在，不满意于现状的都是。文艺催促旧的渐渐消灭的也是革命（旧的消灭，新的才能产生），而文学家的命运并不因自己参加过革命而有一样改变，还是处处碰钉子。现在革命的势力已经到了徐州②，在徐州以北文学家原站不住脚；在徐州以南，文学家还是站不住脚，即共了产，文学家还是站不住脚。革命文学家和革命家竟可说完全两件事。诋斥军阀怎样怎样不合理，是革命文学家；打倒军阀

---

① 陈炯明（1875—1933年），字竞存，广东海丰人，广东军阀。1925年所部被广东革命军消灭。鲁迅在1926年6月17日致李秉中信中说："这一年来，不闻消息，我可是历来没有忘记，但常有两种推测，一是在东江负伤或战死了，一是你已经变了一个武人，不再写字，因为去年你从梅县给我的信，内中已很有几个空白及没有写全的字了。"

② 革命的势力到了徐州，这里指蒋介石叛变革命后仍打着"北伐革命"的旗帜，于1927年12月16日占领徐州。

是革命家；孙传芳①所以赶走，是革命家用炮轰掉的，决不是革命文艺家做了几句“孙传芳呀，我们要赶掉你呀”的文章赶掉的。在革命的时候，文学家都在做一个梦，以为革命成功将有怎样怎样一个世界；革命以后，他看看现实全不是那么一回事，于是他又要吃苦了。照他们这样叫，啼，哭都不成功；向前不成功，向后也不成功，理想和现实不一致，这是注定的运命；正如你们从《呐喊》上看出的鲁迅和讲坛上的鲁迅并不一致；或许大家以为我穿洋服头发分开，我却没有穿洋服，头发也这样短短的。所以以革命文学自命的，一定不是革命文学，世间那有满意现状的革命文学？除了吃麻醉药！苏俄革命以前，有两个文学家，叶遂宁和梭波里②，他们都讴歌过革命，直到后来，他们还是碰死在自己所讴歌希望的现实碑上，那时，苏维埃是成立了！

不过，社会太寂寞了，有这样的人，才觉得有趣些。人类是欢喜看看戏的，文学家自己来做戏给人家看，或是绑出去砍头，或是在最近墙脚下枪毙，都可以热闹一下子。且如上海巡捕用棒打人，大家围着去看，他们自己虽然不愿意挨打，但看见人家挨打，倒觉得颇有趣的。文学家便是用自己的皮肉在挨打的啦！

今天所讲的，就是这么一点点，给它一个题目，叫做……《文艺与政治的歧途》。

（选自鲁迅：《鲁迅全集·集外集》，第7卷，北京，人民文学出版社，2005）

1. 作者简介

鲁迅（1881—1936年），中国现代伟大的文学家、思想家和新文学运动的奠基人。原名周树人，字豫才，浙江绍兴人，1881年9月25日出生于破落封建家庭。青年时代受进化论、尼采超人哲学和托尔斯泰博爱思想的影响。1902年去日本留学，原在仙台医学院学医，后从事文艺工作，希望用以改变国民精

---

① 孙传芳（1885—1935年），字馨远，山东历城人，北洋直系军阀。1925年盘踞东南五省，1926年冬，其主力在江西南昌、九江一带被北伐军击溃。

② 叶遂宁（С. А. Есенин，1895—1925年），通译叶赛宁，苏联诗人。他以描写宗法制度下田园生活的抒情诗著称。十月革命时曾向往革命，写过一些赞美革命的诗，如《天上的鼓手》等。但革命后陷入苦闷，最后自杀。写有长诗《四旬祭》《苏维埃俄罗斯》等。梭波里（А. Соболь，1888—1926年），苏联作家。十月革命后曾接近革命，但终因不满于现实生活而自杀。著有长篇小说《尘土》，短篇小说集《樱桃开花的时候》。

神。1905～1907年，曾参加革命党人的活动，发表了《摩罗诗力说》《文化偏至论》等论文。1909年回国，先后在杭州、绍兴任教。

辛亥革命后，曾任南京临时政府和北京政府教育部部员、佥事等职，兼在北京大学、女子师范大学等校授课。1918年5月，首次用“鲁迅”的笔名发表中国现代文学史上第一篇白话小说《狂人日记》，奠定了新文学运动的基石。“五四运动”前后，参加《新青年》杂志工作，成为“五四”新文化运动的主将。

1918年到1926年间，陆续创作出版了小说集《呐喊》《彷徨》，论文集《坟》，散文诗集《野草》，散文集《朝花夕拾》，杂文集《热风》《华盖集》《华盖集续编》等专集。其中，1921年12月发表的中篇小说《阿Q正传》，是中国现代文学史上的不朽杰作。1926年8月，因支持北京学生爱国运动，为北洋军阀政府通缉，南下到厦门大学任中文系主任。1927年1月，到当时的革命中心广州，在中山大学任教务主任。1927年10月到达上海。1930年起，先后参加中国自由运动大同盟、中国左翼作家联盟和中国民权保障同盟，反抗国民党政府的独裁统治和政治迫害。

从1927年至1936年，创作了历史小说集《故事新编》中的大部分作品和大量的杂文，收辑在《而已集》《三闲集》《二心集》《南腔北调集》《伪自由书》《准风月谈》《花边文学》《且介亭杂文》《且介亭杂文二编》《且介亭杂文末编》《集外集》《集外集拾遗》等专集中。鲁迅的一生，对中国文化事业做出了巨大的贡献：他领导、支持了“未名社”“朝花社”等文学团体；主编了《国民新报副刊》（乙种）、《莽原》《语丝》《奔流》《萌芽》《译文》等文艺期刊；热忱关怀、积极培养青年作者；大力翻译外国进步文学作品和介绍国内外著名的绘画、木刻；搜集、研究、整理大量的古典文学，编著《中国小说史略》《汉文学史纲要》，整理《嵇康集》，辑录《会稽郡故书杂录》《古小说钩沉》《唐宋传奇录》《小说旧闻钞》等。

1936年10月19日，鲁迅病逝于上海。1938年《鲁迅全集》（二十卷）出版。新中国成立后，鲁迅著译已分别编为《鲁迅全集》（十卷）、《鲁迅译文集》（十卷）、《鲁迅日记》（二卷）、《鲁迅书信集》，并重印鲁迅编校的古籍多种。1981年人民文学出版社出版《鲁迅全集》（十六卷），2005年又出版修订版《鲁迅全集》（十八卷）。北京、上海、绍兴、广州、厦门等地先后建立了鲁迅博物馆、纪念馆等。鲁迅的小说、散文、诗歌、杂文共数十篇（首）被选入中、小学语文课本。小说《祝福》《阿Q正传》《药》等先后被改编成电影。鲁迅的作品充实了世界文学的宝库，被译成英、日、俄、西、法、德、阿拉伯、世界语等50多种文字，在世界各地拥有广大的读者。

2. 背景知识

此文是鲁迅于1927年12月21日下午在上海暨南大学发表的演讲。演讲记录稿最初见于1928年1月29日至30日上海《新闻报》副刊《学海》第182—183期，署“周鲁迅讲，刘率真记”（刘率真即曹聚仁）。后经鲁迅校订后由杨霁云编入《集外集》。这次演讲除曹聚仁记录稿外，尚有两种：一种是章铁民的记录稿，题为《文学与政治的歧途》，载1928年2月暨南大学秋野社的《秋野》第3期；另一种是陈翔冰的记录稿，未见。

此次演讲，是通过章衣萍联系，应上海暨南大学秋野社的邀请所作。章衣萍早年曾加入语丝社，与鲁迅有交往。当时为上海暨南大学教授，所著大都为艳情之作，曾受过鲁迅批评。

理解鲁迅的这篇演讲，既需要了解当时大的政治形势，也需要和他此前此后的一些活动、论争和文章联系起来一并考虑。

1926年，鲁迅从北平南下，先到厦门大学任教，后去中山大学供职。但一年之后（1927年10月），鲁迅就辞去了中山大学的教职到了上海。现在看来，鲁迅辞职离开的直接原因是中山大学聘请顾颉刚前来任教。顾颉刚曾公开宣称他只佩服胡适和陈源二人，还在厦门大学时，鲁迅对他就很反感，不愿与他共事，但深层的原因显然与政局的突变有关。1926年7月，国民革命军誓师北伐后，在全国战场取得了一连串的重大胜利，全国的工人运动与农民运动也有了巨大发展，革命形势一片大好。从这一时期鲁迅与许广平的通信中可以看出，他是非常关心北伐的进展情况的。那些不断传来的胜利消息让他欢欣鼓舞。显然，他的政治态度站在了革命的一边。在这样一种革命的氛围中，鲁迅辞去厦门大学的教职，于1927年1月16日前往广州，来到了革命的策源地。然而，在广州待了两个月，鲁迅对这个地方就形成了很糟糕的印象：“原来往日所闻，全是谣言，这地方，却正是军人和商人所主宰的国土。”① “广州的人民并无力量，所以这里可以做‘革命的策源地’，也可以做反革命的策源地。”② 而不久之后所出现的事变恰恰证明了鲁迅的预言。4月12日，蒋介石在上海发动反革命政变；4月15日，李济深在广州也开始逮捕和屠杀共产党人和革命群众，中山大学有40多个学生在这天被逮捕。“四一五”政变后，广州的政治形势瞬间

① 鲁迅：《通信》，见《鲁迅全集》，第四卷，97页，北京，人民文学出版社，1981。

② 鲁迅：《在钟楼上》，见《鲁迅全集》，第四卷，33页，北京，人民文学出版社，1981。

变化巨大，鲁迅在这里已很不安全。八个多月的时间，鲁迅目击了中国现代政治史上的巨大事变，终于“被血吓得口呆目瞪”①，决定离开这个是非之地前往上海。

因此，“革命”是理解鲁迅这篇演讲的关键词，革命也是当时最大的政治。而对于革命，鲁迅的思考远比一些所谓革命家或革命文艺家要复杂精深。一方面，革命意味着变革或革新，因此他希望通过革命解决中国的许多问题；另一方面，他所耳闻目睹的种种与革命相关的情况又强化了他固有的怀疑精神。于是他说：“庆祝和革命没有什么相干，至多不过是一种点缀。庆祝，讴歌，陶醉着革命的人们多，好自然是好的，但有时也会使革命精神转成浮滑。革命的势力一扩大，革命的人们一定会多起来。……我对于佛教先有一种偏见，以为坚苦的小乘倒是佛教，待到饮酒食肉的阔人富翁，只要一餐吃素，便可以称为居士，算作信徒，虽然美其名曰大乘，流播也更广远，然而这教却因为容易信奉，因而变为浮滑，或者竟等于零了。革命也如此的，坚苦的进击者向前进行，遗下广大的已经革命的地方，使我们可以放心歌呼，也显出革命者的色彩，其实是和革命毫不相干。这样的人们一多，革命的精神反而会浮滑、稀薄，以至于消亡，再下去是复旧。”②

在此背景上再来思考鲁迅对“革命文学”的看法，我们就不会感到突兀了。在广州期间，鲁迅曾去黄埔军官学校做过一次演讲（1927 年 4 月 8 日），题为“革命时代的文学”。在这篇演讲中，他已经鲜明地表达了他对“革命文学”的看法：“在这革命地方的文学家，恐怕总喜欢说文学和革命是大有关系的，例如可以用这来宣传，鼓吹，煽动，促进革命和完成革命。不过我想，这样的文章是无力的，因为好的文艺创作，向来多是不受别人命令，不顾利害，自然而然地从心中流露的东西；如果先挂起一个题目，做起文章来，那又何异于八股，在文学中并无价值，更说不到能否感动人了。为革命起见，要有‘革命人’，‘革命文学’倒无须急急，革命人做出东西来，才是革命文学。”③ 鲁迅在上海的这次演讲，其思路可看作广州那次演讲的延续。即都是想阐明一个

---

① 鲁迅：《三闲集·序言》，见《鲁迅全集》，第四卷，4 页，北京，人民文学出版社，1981。

② 鲁迅：《庆祝沪宁克复的那一边》，见《鲁迅全集》，第八卷，162～163 页，北京，人民文学出版社，1981。

③ 鲁迅：《革命时代的文学》，见《鲁迅全集》，第三卷，418 页，北京，人民文学出版社，1981。

文学与革命，即文学与政治的关系问题，只不过两者的角度略有不同。

如果稍往后看看，又可把鲁迅的这篇演讲看作1928年“革命文学”论争的一个前奏。由于国民党的清党，中国开始进入一个特殊的历史时期。共产党人和左翼文化人，开始重新寻找精神上的支点。一些早期浪漫主义的文化团体如创造社，在阶级斗争的血雨腥风中，也开始由浪漫主义转向革命。当时创造社的郭沫若、成仿吾、冯乃超等人，还带着青年人特有的冲动和轻率的个性。受苏联革命理论的影响，他们觉得有必要对中国旧的作家队伍进行一次彻底的清算。于是，创造社、太阳社的才子们发起了一场声讨鲁迅的文化围剿。在这场围剿中，鲁迅先被描述为“常从幽暗的酒家的楼头，醉眼陶然地眺望窗外的人生”，“他常追怀过去的昔日，追悼没落的封建情绪，结局他反映的只是社会变革期中的落伍者的悲哀，无聊赖地跟他弟弟说几句人道主义的美丽的说话，隐遁主义！”（冯乃超）后来又被定性为“二重反革命”。当时化名杜荃的郭沫若发表《文艺战线上的封建余孽》，文中说：“（鲁迅）是资本主义以前的一个封建余孽。资本主义对于社会主义是反革命，封建余孽对于社会主义是二重的反革命。鲁迅是二重反革命的人物。……他是一位不得志的Fascist（法西斯谛）。”于是鲁迅被迫应战，在《“醉眼”中的朦胧》《文艺与革命》等文章中，鲁迅又进一步深化和完善了他在《文艺与政治的歧途》中的论述。可以说，只有把这些事件、围剿、论争以及鲁迅个人的境遇联系到一起，再来琢磨他的这次演讲，我们对其命意才能有一个充分的把握。

3. 文本解读

在此篇演讲中，鲁迅以文艺与政治的冲突为逻辑起点，论及许多很有价值的问题。其中最重要的有两个方面：其一是文艺与社会；其二是文艺与政治。

在文艺与社会的问题上，鲁迅并不认同那些离开现实人生、躲在“象牙之塔”里营造出来的风花雪月的作品，而是肯定了文学与现实人生的联系。他说：“我以为文艺大概由于现在生活的感受，亲身所感到的，便影印到文艺中去。”因此，人生的经验、生命的体验是文学写作的重要来源。一个作家如果对当下的现实人生没有体验，他就无法写出真情实感的东西来，而只能是无病呻吟。结合他在1931年的相关论述，这个问题也许会看得更加清楚。在谈到左翼作家是不是必然就能写出无产阶级文学时，鲁迅有如下观点。

> 日本的厨川白村（H. Kuriyagawa）曾经提出过一个问题，说：作家之所描写，必得是自己经验过的么？他自答道，不必，因为他能够体察。

> 所以要写偷，他不必亲自去做贼，要写通奸，他不必亲自去私通。但我以为这是因为作家生长在旧社会里，熟悉了旧社会的情形，看惯了旧社会的人物的缘故，所以他能够体察；对于和他向来没有关系的无产阶级的情形和人物，他就会无能，或者弄成错误的描写了。所以革命文学家，至少是必须和革命共同着生命，或深切地感受着革命的脉搏的。①

在这段论述中，我们看到鲁迅并不反对间接经验的重要性，但是间接的东西有一个前提，即他必须长期浸泡于某种社会人生之中，以至于所见所闻仿佛成了自己经历的一样，然后方可入文。而面对新的社会格局，新的人物和环境，作家则必须感同身受，如此写出来的东西才不至于离谱。

那么，为什么鲁迅要强调感同身受的重要性呢？表面上看，这似乎只是鲁迅所欣赏的一条创作原则，但在其背后却隐含着鲁迅的文艺观。早在写《论睁了眼看》时，鲁迅就对他所追求的文学形成了一个基本看法："文艺是国民精神所发的火光，同时也是引导国民精神的前途的灯火。"② 以此观点来看待以往的文艺，尤其是那些才子佳人小说和有着大团圆结局的作品，它们就全部进入了鲁迅所归纳的"瞒和骗"的写作套路里："中国人向来因为不敢正视人生，只好瞒和骗，由此也生出瞒和骗的文艺来，由这文艺，更令中国人更深地陷入瞒和骗的大泽中，甚而至于已经自己不觉得。"③ 这种恶性循环，已经使中国的文艺病入膏肓。于是鲁迅明确地赞同"为人生的文学"，而所谓"为人生的文学"其实就是"揭出病苦，引起疗救注意的文学"，是关注底层民众疾苦的文学。这样的文学，躲在象牙塔里、没有亲身体验如何能够创作出来？因此，当鲁迅在这里强调现实人生的重要性时，他依然是在强调他一贯的文学主张。

关于文艺与政治，鲁迅的论述也相当精彩。在他看来，文艺与政治不可能相安无事，因为冲突很可能是它们二者关系的常态："我每每觉到文艺和政治时时在冲突之中；文艺和革命原不是相反的，两者之间，倒有不安于现状的同一。惟政治是要维持现状，自然和不安于现状的文艺处在不同的方向。"在这里，鲁迅对政治和革命做出了细微的区分。社会革命虽然最终会与政治联系

---

① 鲁迅：《上海文艺之一瞥》，见《鲁迅全集》，第四卷，300页，北京，人民文学出版社，1981。

② 鲁迅：《论睁了眼看》，见《鲁迅全集》，第一卷，240页，北京，人民文学出版社，1981。

③ 同上书，240～241页。

到一起，但革命的目标无异是求新求变；而当文学发展到某一阶段出现了停滞不前的局面时，革命也常常成为它必须采用的手段。新文化运动其实就是一次思想革命、社会革命，同时也是一次文学革命。从这个意义上说，不安于现状的文学与革命并不相互排斥，两者有着相同或相似的诉求。但是当革命成功或失败，一个政府或政党开始其统治的时候，政治便开始从幕后走到前台，从而成为这个政府或政党利益的集中体现。为了维护政府或政党的利益，政治往往希望社会求稳定求平安，于是，维持现状就成了政治必须奉行的基本原则。文艺不安于现状，政治却要维持现状，这样，两者的冲突就无法避免了。

当然，如果从另一个角度思考，我们又会看到，鲁迅所说的文艺与政治的冲突其实又是文学家和政治家的冲突。那么，为什么文学家与政治家不能握手言和却总是要兵戎相见呢？鲁迅的分析是这样的："文学家是感觉灵敏了一点，许多观念，文学家早感到了，社会还没有感到。"而一旦他感觉到什么，他往往不会闷在心里，而是会通过种种方式把他感觉到的东西说出来。一些话三十年、五十年之后说出来可能已不稀奇，甚至已成为一个社会的共识，但是你在三十年、五十年之前把它说出，无异于石破天惊："他说得早一点，大家都讨厌他。政治家认定文学家是社会扰乱的煽动者，心想杀掉他，社会就可平安。殊不知杀了文学家，社会还是要革命；俄国的文学家被杀掉的充军的不在少数，革命的火焰不是到处燃着吗？文学家生前大概不能得到社会的同情，潦倒地过了一生，直到死后四五十年，才为社会所认识，大家大闹起来。政治家因此更厌恶文学家，以为文学家早就种下大祸根；政治家想不准大家思想，而那野蛮时代早已过去了。"

当鲁迅如此为文学家定位的时候，他所谓文学家已不再是单纯的文学家，而是具有了许多现代知识分子的特征。美国当代理论家萨义德（Edward W. Said）认为：真正的知识分子是"特立独行的人，能向权势说真话的人"，他们"尤其必须是处于几乎永远反对现状的状态"。"在黑暗时代，知识分子经常被同一民族的成员指望挺身代表、陈诉、见证那个民族的苦难。"①结合鲁迅对文学家的使命的相关论述，他的思考与萨义德对现代知识分子的定义确实有异曲同工之妙。

---

① ［美］萨义德：《知识分子论》，单德兴译，14、15、40页，北京，生活·读书·新知三联书店，2002。

既然文艺不安于现状、文学家不满于现状，当革命到来的时候，文学家就应该投身革命，文学也就该变成“革命文学”了吧。表面上看，这样来思考问题似乎很合乎逻辑，但实际上鲁迅却认为存在着问题，因为在革命中，“革命文艺家”没有工夫吟诗作赋，“革命文学”无从谈起；革命成功后，文学家倒是有了闲工夫，这时候，他们“有人恭维革命，有人颂扬革命”，但“这已不是革命文学”。为什么不是“革命文学”呢？鲁迅的回答是：“他们恭维革命颂扬革命，就是颂扬有权力者，和革命有什么关系？”在这里，鲁迅的意思其实很明显，当革命成功之后，“革命”便淡出了，取而代之的是“政治”。这时候，文学家恭维的是“革命”，实际上歌颂的却是当权者的“政治”。而一旦文艺成为政治的附庸，文艺家成为政治的吹鼓手，即意味着革命不再是革命，文艺也不再是文艺。因为其道理鲁迅已在另一篇文章中讲得明明白白：“我以为一切文艺固是宣传，而一切宣传却并非全是文艺，这正如一切花皆有色（我将白也算作色），而凡颜色未必都是花一样。革命之所以于口号，标语，布告，电报，教科书……之外，要用文艺者，就因为它是文艺。”①

当鲁迅如此思考着文学与革命的关系时，他的思想其实深深根植于他对“革命”的看法和认识之中。在他看来，革命是永无止境的：“所谓‘革命成功’，是指暂时的事而言；其实是‘革命尚未成功’的。革命无止境，倘使世上真有什么‘止于至善’，这人间世便同时变了凝固的东西了。”② 因此作为一个真正的、革命的文学家，最重要的是成为一个“永远的革命者”③，而不是把革命挂在嘴上，把革命制作成“打打打，杀杀杀”的东西；更不能把文学当成颂扬革命（政治）的工具。如果文学家不去善待文学，政治家就更有了利用和作践它的借口和理由。也许，鲁迅在他这篇演讲中，告诉我们的就是这样一个朴素的道理。

二、在延安文艺座谈会上的讲话（节选）（毛泽东）

为什么人服务的问题解决了，接着的问题就是如何去服务。用同志们的话

---

① 鲁迅：《文艺与革命》，见《鲁迅全集》，第四卷，84页，北京，人民文学出版社，1981。

② 鲁迅：《黄花节的杂感》，见《鲁迅全集》，第三卷，410页，北京，人民文学出版社，1981。

③ 鲁迅：《中山先生逝世后一周年》，见《鲁迅全集》，第七卷，294页，北京，人民文学出版社，1981。

来说，就是：努力于提高呢，还是努力于普及呢？

有些同志，在过去，是相当地或是严重地轻视了和忽视了普及，他们不适当地太强调了提高。提高是应该强调的，但是片面地孤立地强调提高，强调到不适当的程度，那就错了。我在前面说的没有明确地解决为什么人的问题的事实，在这一点上也表现出来了。并且，因为没有弄清楚为什么人，他们所说的普及和提高就都没有正确的标准，当然更找不到两者的正确关系。我们的文艺，既然基本上是为工农兵，那末所谓普及，也就是向工农兵普及，所谓提高，也就是从工农兵提高。用什么东西向他们普及呢？用封建地主阶级所需要、所便于接受的东西吗？用资产阶级所需要、所便于接受的东西吗？用小资产阶级知识分子所需要、所便于接受的东西吗？都不行，只有用工农兵自己所需要、所便于接受的东西。因此在教育工农兵的任务之前，就先有一个学习工农兵的任务。提高的问题更是如此。提高要有一个基础。比如一桶水，不是从地上去提高，难道是从空中去提高吗？那末所谓文艺的提高，是从什么基础上去提高呢？从封建阶级的基础吗？从资产阶级的基础吗？从小资产阶级知识分子的基础吗？都不是，只能是从工农兵群众的基础上去提高。也不是把工农兵提到封建阶级、资产阶级、小资产阶级知识分子的“高度”去，而是沿着工农兵自己前进的方向去提高，沿着无产阶级前进的方向去提高。而这里也就提出了学习工农兵的任务。只有从工农兵出发，我们对于普及和提高才能有正确的了解，也才能找到普及和提高的正确关系。

一切种类的文学艺术的源泉究竟是从何而来的呢？作为观念形态的文艺作品，都是一定的社会生活在人类头脑中的反映的产物。革命的文艺，则是人民生活在革命作家头脑中的反映的产物。人民生活中本来存在着文学艺术原料的矿藏，这是自然形态的东西，是粗糙的东西，但也是最生动、最丰富、最基本的东西；在这点上说，它们使一切文学艺术相形见绌，它们是一切文学艺术的取之不尽、用之不竭的唯一的源泉。这是唯一的源泉，因为只能有这样的源泉，此外不能有第二个源泉。有人说，书本上的文艺作品，古代的和外国的文艺作品，不也是源泉吗？实际上，过去的文艺作品不是源而是流，是古人和外国人根据他们彼时彼地所得到的人民生活中的文学艺术原料创造出来的东西。我们必须继承一切优秀的文学艺术遗产，批判地吸收其中一切有益的东西，作为我们从此时此地的人民生活中的文学艺术原料创造作品时候的借鉴。有这个借鉴和没有这个借鉴是不同的，这里有文野之分，粗细之分，高低之分，快慢之分。所以我们决不可拒绝继承和借鉴古人和外国人，哪怕是封建阶级和资产阶级的东西。但是继承和借鉴决不可以变成替代自己的创造，这是决不能替代的。文学艺术中对于古人和外国人的毫无批判的硬搬和模仿，乃是最没有出息的最害人的文学教条主义和艺术教条主义。中国的革命的文学家艺术家，有出息的文学家艺术家，必须到群众中去，必须长期地无条件地全心全意地到工农兵群众中去，到火热的斗争中去，到唯一的最广大最丰富的源泉中去，观察、体验、研究、分析一切人，一切阶级，一切群众，一切生动的生活形式和斗争形式，一切文学和艺术的原始材料，然后才有可能进入创作过程。否则你的劳动就没有对象，你就只能做鲁迅在他的遗嘱里所谆谆嘱咐他的儿子万不可做的那种空头文学家，或空头艺术家。①

人类的社会生活虽是文学艺术的唯一源泉，虽是较之后者有不可比拟的生动丰富的内容，但是人民还是不满足于前者而要求后者。这是为什么呢？因为虽然两者都是美，但是文艺作品中反映出来的生活却可以而且应该比普通的实际生活更高，更强烈，更有集中性，更典型，更理想，因此就更带普遍性。革命的文艺，应当根据实际生活创造出各种各样的人物来，帮助群众推动历史的前进。例如一方面是人们受饿、受冻、受压迫，一方面是人剥削人、人压迫人，这个事实到处存在着，人们也看得很平淡；文艺就这种日常的现象集中起来，把其中的矛盾和斗争典型化，造成文学作品或艺术作品，就能使人民群众惊醒起来，感奋起来，推动人民群众走向团结和斗争，实行改造自己的环境。如果没有这样的文艺，那末这个任务就不能完成，或者不能有力地迅速地完成。

什么是文艺工作中的普及和提高呢？这两种任务的关系是怎样的呢？普及的东西比较简单浅显，因此也比较容易为目前广大人民群众所迅速接受。高级的作品比较细致，因此也比较难于生产，并且往往比较难于在目前广大人民群众中迅速流传。现在工农兵面前的问题，是他们正在和敌人作残酷的流血斗争，而他们由于长时期的封建阶级和资产阶级的统治，不识字，无文化，所以他们迫切要求一个普遍的启蒙运动，迫切要求得到他们所急需的和容易接受的文化知识和文艺作品，去提高他们的斗争热情和胜利信心，加强他们的团结，便于他们同心同德地去和敌人作斗争。对于他们，第一步需要还不是“锦上添花”，而是“雪中送炭”。所以在目前条件下，普及工作的任务更为迫切，轻视

① 鲁迅：《且介亭杂文末编・附集・死》，见《鲁迅全集》，第六卷，612页，人民文学出版社，1981。

和忽视普及工作的态度是错误的。

但是，普及工作和提高工作是不能截然分开的。不但一部分优秀的作品现在也有普及的可能，而且广大群众的文化水平也是在不断地提高着。普及工作若是永远停止在一个水平上，一月两月三月，一年两年三年，总是一样的货色，一样的“小放牛”①，一样的“人、手、口、刀、牛、羊”②，那末，教育者和被教育者岂不都是半斤八两？这种普及工作还有什么意义呢？人民要求普及，跟着也就要求提高，要求逐年逐月地提高。在这里，普及是人民的普及，提高也是人民的提高。而这种提高，不是从空中提高，不是关门提高，而是在普及基础上的提高。这种提高，为普及所决定，同时又给普及以指导。就中国范围来说，革命和革命文化的发展不是平衡的，而是逐渐推广的。一处普及了，并且在普及的基础上提高了，别处还没有开始普及。因此一处由普及而提高的好经验可以应用于别处，使别处的普及工作和提高工作得到指导，少走许多弯路。就国际范围来说，外国的好经验，尤其是苏联的经验，也有指导我们的作用。所以，我们的提高，是在普及基础上的提高；我们的普及，是在提高指导下的普及。正因为这样，我们所说的普及工作不但不是妨碍提高，而且是给目前的范围有限的提高工作以基础，也是给将来的范围大为广阔的提高工作准备必要的条件。

除了直接为群众所需要的提高以外，还有一种间接为群众所需要的提高，这就是干部所需要的提高。干部是群众中的先进分子，他们所受的教育一般都比群众所受的多些；比较高级的文学艺术，对于他们是完全必要的，忽视这一点是错误的。为干部，也完全是为群众，因为只有经过干部才能去教育群众、指导群众。如果违背了这个目的，如果我们给予干部的并不能帮助干部去教育群众、指导群众，那末，我们的提高工作就是无的放矢，就是离开了为人民大众的根本原则。

总起来说，人民生活中的文学艺术的原料，经过革命作家的创造性的劳动而形成观念形态上的为人民大众的文学艺术。在这中间，既有从初级的文艺基础上发展起来的、为被提高了的群众所需要、或首先为群众中的干部所

---

① “小放牛”是中国一出传统的小歌舞剧。全剧只有两个角色，男角是牧童，女角是乡村小姑娘，以互相对唱的方式表现剧的内容。抗日战争初期，革命的文艺工作者利用这个歌舞剧的形式，变动其原来的词句，宣传抗日，一时颇为流行。

② “人、手、口、刀、牛、羊”是笔画比较简单的汉字，旧时一些小学语文读本把这几个字编在第一册的最初几课里。

需要的高级的文艺，又有反转来在这种高级的文艺指导之下的、往往为今日最广大群众所最先需要的初级的文艺。无论高级的或初级的，我们的文学艺术都是为人民大众的，首先是为工农兵的，为工农兵而创作，为工农兵所利用的。

我们既然解决了提高和普及的关系问题，则专门家和普及工作者的关系问题也就可以随着解决了。我们的专门家不但是为了干部，主要地还是为了群众。我们的文学专门家应该注意群众的墙报，注意军队和农村中的通讯文学。我们的戏剧专门家应该注意军队和农村中的小剧团。我们的音乐专门家应该注意群众的歌唱。我们的美术专门家应该注意群众的美术。一切这些同志都应该和在群众中做文艺普及工作的同志们发生密切的联系，一方面帮助他们，指导他们，一方面又向他们学习，从他们吸收由群众中来的养料，把自己充实起来，丰富起来，使自己的专门不致成为脱离群众、脱离实际、毫无内容、毫无生气的空中楼阁。我们应该尊重专门家，专门家对于我们的事业是很可宝贵的。但是我们应该告诉他们说，一切革命的文学家艺术家只有联系群众，表现群众，把自己当作群众的忠实的代言人，他们的工作才有意义。只有代表群众才能教育群众，只有做群众的学生才能做群众的先生。如果把自己看作群众的主人，看作高踞于“下等人”头上的贵族，那末，不管他们有多大的才能，也是群众所不需要的，他们的工作是没前途的。

我们的这种态度是不是功利主义的？唯物主义者并不一般地反对功利主义，但是反对封建阶级的、资产阶级的、小资产阶级的功利主义，反对那种口头上反对功利主义、实际上抱着最自私最短视的功利主义的伪善者。世界上没有什么超功利主义，在阶级社会里，不是这一阶级的功利主义，就是那一阶级的功利主义。我们是无产阶级的革命的功利主义者，我们是以占全人口百分之九十以上的最广大群众的目前利益和将来利益的统一为出发点的，所以我们是以最广和最远为目标的革命的功利主义者，而不是只看到局部和目前的狭隘的功利主义者。例如，某种作品，只为少数人所偏爱，而为多数人所不需要，甚至对多数人有害，硬要拿来上市，拿来向群众宣传，以求其个人的或狭隘集团的功利，还要责备群众的功利主义，这就不但侮辱群众，也太无自知之明了。任何一种东西，必须能使人民群众得到真实的利益，才是好的东西。就算你的是“阳春白雪”吧，这暂时既然是少数人享用的东西，群众还是在那里唱“下里巴人”,① 那末，你不去提高它，只顾骂人，那就怎样骂也是空的。现在是“阳春白雪”和“下里巴人”统一的问题，是提高和普及统一的问题。不统一，任何专门家的最高级的艺术也不免成为最狭隘的功利主义；要说这也是清高，那只是自封为清高，群众是不会批准的。

在为工农兵和怎样为工农兵的基本方针问题解决之后，其他的问题，例如，写光明和写黑暗的问题，团结问题等，便都一齐解决了。如果大家同意这个基本方针，则我们的文学艺术工作者，我们的文学艺术学校，文学艺术刊物，文学艺术团体和一切文学艺术活动，就应该依照这个方针去做。离开这个方针就是错误的；和这个方针有些不相符合的，就须加以适当的修正。

（选自《毛泽东选集》，第三卷，北京，人民出版社，1991）

1. 作者简介

毛泽东（1893—1976年），字润之，湖南湘潭人。马克思主义者，中国无产阶级革命家、战略家、理论家、军事家，马克思主义中国化的伟大开拓者，中国共产党、中国人民解放军、中华人民共和国的主要缔造者和领袖，近代以来中国伟大的受国者和民族英雄，中国共产党第一代中央领导集体的核心，毛泽东思想的主要创立者。1893年12月26日生于一个农民家庭。1914年至1918年，在湖南第一师范学校求学。“五四运动”前后接触和接受马克思主义，1920年，在湖南创建共产主义组织。1921年7月，出席中国共产党第一次全国代表大会，后任中共湘区委员会书记，领导长沙、安源等地工人运动。1923年，出席中共第三次全国代表大会，被选为中央执行委员，参加中央领导工作。1924年国共合作后，在国民党第一次、第二次全国代表大会上被选为中央候补执行委员，曾任宣传部代理部长。1926年5月至9月主持第六届广州农民运动讲习所。1926年11月，任中共中央农民运动委员会书记。国共合作全面破裂后，在1927年8月中共中央紧急会议上，提出“政权是由枪杆子中取得的”，即以革命武装夺取政权的思想，并被选为中央临时政治局候补委员。会后，到湖南、江西边界领导秋收起义。接着率起义部队上井冈山，发动土地革

① “阳春白雪”和“下里巴人”，都是公元前3世纪楚国的歌曲。“阳春白雪”是供少数人欣赏的较高级的歌曲；“下里巴人”是流传很广的民间歌曲。《文选·宋玉对楚王问》记载了一个故事，说有人在楚都唱歌，唱“阳春白雪”时，“国中属而和者（跟着唱的），不过数十人”；但唱“下里巴人”时，“国中属而和者数千人”。

命，创立第一个农村革命根据地。1928年，同朱德、陈毅领导的部队会师，合编为工农革命军（不久改称红军）第四军，毛泽东任党代表，朱德任军长。1931年，中华苏维埃共和国临时政府在江西瑞金成立，被选为主席。1934年，被选为中共中央政治局委员。从1930年年底起，同朱德领导红一方面军战胜了国民党军队的多次“围剿”。以王明为代表的“左”倾路线领导集团进入中央革命根据地以后，将毛泽东排斥于党和红军的领导之外，他们执行不同的战略和政策，导致第五次反“围剿”战争失败。1934年10月，参加红一方面军长征。长征途中，1935年1月中共中央政治局在贵州召开扩大会议（即遵义会议），确立了以毛泽东为代表的新的中央领导。10月，中共中央和红一方面军到达陕北，胜利完成长征。

抗日战争全面爆发后，发表《论持久战》《〈共产党人〉发刊词》《新民主主义论》《在延安文艺座谈会上的讲话》等重要著作。1942年，领导全党开展整风运动，纠正主观主义和宗派主义，使全党进一步掌握了马克思列宁主义的普遍真理和中国革命的具体实践相结合的基本方向，为夺取抗日战争和全国革命的胜利奠定了思想基础。1945年，主持召开中共第七次全国代表大会，毛泽东思想在这次大会上被确定为中共的指导思想。从七届一中全会起至1976年逝世，一直担任中共中央主席。

2. 背景知识

若要理解毛泽东的《在延安文艺座谈会上的讲话》（以下简称《讲话》），首先需要理解延安整风运动。①

从1942年春天开始，毛泽东在领导抗日根据地军民开展大生产运动的同时，在全党范围内发动了一场长达三年的整风运动。为什么要发动整风运动呢？主要原因是中共在其成立以来的20多年历史中，出现过“左”的和右的机会主义错误，其中危害最大的是以王明为代表的教条主义错误。遵义会议和六届六中全会，分别纠正了王明在土地革命战争后期的“左”倾错误和抗日战争初期的右倾错误，但由于没有来得及对党的历史经验进行系统的总结，特别是没有从思想路线的高度对党内历次错误的根源进行深刻的总结，所以，党内在指导思想上仍存在一些分歧。这些分歧，从根本上说，就是一切从实际出发，按具体情况办事，还是主观主义地凭“想当然”或照着某些“本本”办

① 以下关于“整风运动”的史料，主要参考了金冲及主编：《毛泽东传（1893—1949）》中“整风运动（上）”，624～650页，北京，中央文献出版社，1996。

事。这个问题如果不能得到很好的解决，就谈不上党内思想上政治上的统一和行动上的一致，同心同德地去夺取胜利。

全党范围的整风是从1942年春天开始的，但是它却有一个较长的酝酿期和准备期。为什么要经过一个较长时间的酝酿和准备呢？因为整风的重要目的是要树立实事求是、一切从实际出发的思想，克服形形色色的主观主义的东西。这种思想问题的解决，绝不能靠强制的手段，必须使人真正从思想上想通，并且从实际生活中大量成功和失败的事实中得到证明，才能切实奏效。何况王明有共产国际作为后台，而共产国际当时在中国共产党内有着很高的威信，要消除教条主义的影响确实不是一件容易的事情。这些都需要时间。

1941年5月，毛泽东在延安高级干部会议上做了《改造我们的学习》的报告。从此，开始了对全党高级干部的整风教育。之后，又经过成立“调查研究局”“高级学习组”，改组中央党校等一系列铺垫，毛泽东于1942年2月1日出席中央党校开学典礼并做了《整顿党的作风》的报告，8日在中央宣传部干部会议上做了《反对党八股》的报告。由此，整风运动进入全党普遍整风阶段。在报告中，毛泽东全面论述了整风的任务、内容、办法和意义。他明确指出：“反对主观主义以整顿学风，反对宗派主义以整顿党风，反对党八股以整顿文风，这就是我们的任务。”①

在整风过程中，延安文艺界也暴露出许多问题。整风之前，周扬在1941年7月发表了《文学与生活漫谈》一文，此文比较重视创作规律，也提出了一些精到的见解。比如，对于延安的革命的现实生活，他认为应当唱赞歌，同时也可以批评缺陷，要“写出它的多方面来”。他主张延安应当有“创作自由”，应该欢迎作家的批评。周扬的这篇文章一方面阐发了毛泽东在《改造我们的学习》中所强调的实事求是的精神，另一方面又结合了延安的具体情况，所以在延安产生了重大影响。随后，丁玲、罗烽、艾青、王实味等人也相继提出类似观点，主张文学的真实性与独立性，强调以文学为武器进行批评与自我批评的重要性。这一时期，丁玲写有小说《在医院中》和杂文《我们需要杂文》《三八节有感》，揭露了延安生活的阴暗面和缺点；罗烽发表《还是杂文的时代》，认为作家有责任以杂文为武器来清除现实中陈腐的思想行为；艾青则发表《了解作家，尊重作家》，指出作家不是专门唱歌娱乐人的“歌妓”，而是“阶级的感觉器官，思想神经或是智慧的瞳孔”。紧接着，王实味又发表了《政治家·

---

① 《整顿党的作风》，见《毛泽东选集》，第三卷，812页，北京，人民出版社，1991。

艺术家》和《野百合花》两篇杂文，引起了更大的反响。他认为政治家的任务“偏于改造社会制度”，而艺术家“偏于改造人的灵魂”，二者各司其职又相依相辅。这些观点在当时的延安，其爆炸性是不言而喻的，这也正是毛泽东意识到的问题之一。

这些文艺界人士大多是在抗战爆发后从上海等大城市来到延安的，他们满怀救国热情，但同工农兵结合的思想准备得却很不充分。这正如周扬所回忆的那样：“他们没感觉到是进入了一个新时代，没感觉到有一个要熟悉面前这些新对象的问题。他们还是上海时代的思想，觉得工农兵头脑简单，所以老是想着要发表东西，要在重庆在全国发表，要和文艺界来往，还是要过那种生活。身在延安，心在上海，心在大城市，这怎么成呢？你以为这个问题简单吗？可不简单啊。结合，你怎么结合得了啊，这些人都三四十岁了，有自己的一套，而且有些作家的架子还蛮大的。”① 在文艺界内部，相互之间也存在一些长期积累下来的争论、分歧、对立和不团结的现象，包括还存在宗派主义的问题。因此，在普遍整风的初期，毛泽东特别重视解决文艺界的问题。

经过一段时间的调查研究，毛泽东决定召开一次文艺座谈会来解决存在的种种问题。1942 年 5 月 2 日至 23 日，延安文艺座谈会在中央大礼堂召开。参加会议的有在延安的文艺工作者、中央及各部门负责人共 100 多人。在 5 月 2 日第一次会议上，毛泽东首先发表讲话，被称为座谈会的“引言”。他开宗明义地说：“这次会议的目的是要和大家交换意见，研究文艺工作和一般革命工作的关系，求得革命文艺的正确发展，求得革命文艺对其他革命工作的更好的协助，借以打倒我们民族的敌人，完成民族解放的任务”。他强调：为中国人民解放的斗争中，可以说有文武两个战线。我们首先要依靠拿枪的军队，还要有文化的军队，这是团结自己、战胜敌人必不可少的一支军队。他说：为了实现文艺帮助人民同心同德地和敌人做斗争这个目的，有些什么问题应该解决呢？那就是文艺工作者的立场问题、态度问题、工作对象问题、工作问题和学习问题。他说：文艺工作者应站在无产阶级和人民大众的立场。对于共产党员来说，也就是要站在党的立场，站在党性和党的政策的立场。文艺作品在根据地的接受者，是工农兵以及革命的干部。这就发生一个了解他们、熟悉他们的问题。“许多同志爱说‘大众化’，但是什么叫大众化呢？就是我们的文艺工作

---

① 周扬：《与赵浩生谈历史功过》，见艾克恩编：《延安文艺回忆录》，36 页，北京，中国社会科学出版社，1992。

者的思想感情和工农兵大众的思想感情打成一片。”毛泽东以自己作为例子，详细讲述了像他这样一个学生出身的人参加革命后在思想感情上逐步发生变化的经验。然后说：“我们知识分子出身的文艺工作者，要使自己的作品为群众所欢迎，就得把自己的思想感情来一个变化，来一番改造。没有这个变化，没有这个改造，什么事情都是做不好的，都是格格不入的。”

“引言”既出，座谈会在20多天里开了三次，进行了热烈的讨论。有几十位党内外的文艺工作者讲了话。每次开会，毛泽东都坐在主席台的桌子旁，一面仔细听大家发言，一面认真做笔记。在23日的闭幕会上，毛泽东做了总结发言。在这次发言中，毛泽东谈到了文艺与生活、文艺与政治、内容与形式、普及与提高、世界观与创作方法、文学批评标准、对文化遗产的批判继承以及文艺队伍的建设、统一战线等问题，可以说是高屋建瓴，确实达到了统一思想的目的。但是也必须指出，《讲话》不同于纯粹的文艺论著，因为毛泽东是以党的领导者身份来谈文艺问题的，所以它的政治策略性很强；另外，我们也必须意识到，《讲话》是特殊的战争环境下党领导文艺运动的指导思想和基本政策，在当时的社会环境和历史条件下，它无疑具有正确性和权威性，但把特殊历史条件下的结论任意引申推广，就难免会产生某些偏颇。

3. 文本解读

毛泽东在《讲话》中论及的问题很多，这里节选的部分主要涉及两个问题：其一是文艺与生活的关系问题；其二是普及与提高的问题。

关于文艺与生活，毛泽东的看法是这样的：

> 一切种类的文学艺术的源泉究竟是从何而来的呢？作为观念形态的文艺作品，都是一定的社会生活在人类头脑中的反映的产物。革命的文艺，则是人民生活在革命作家头脑中的反映的产物。人民生活中本来存在着文学艺术原料的矿藏，这是自然形态的东西，是粗糙的东西，但也是最生动、最丰富、最基本的东西；在这点上说，它们使一切文学艺术相形见绌，它们是一切文学艺术的取之不尽、用之不竭的唯一的源泉。这是唯一的源泉，因为只能有这样的源泉，此外不能有第二个源泉。

在这里，毛泽东强调了社会生活是文学艺术的唯一源泉，实际上是把文艺与生活的关系建立在唯物主义的基石上。辩证唯物主义认为，文学艺术属于社会意识的范畴，它是社会存在于文学艺术家头脑中的主观反映，归根到底要受到社会存在的决定和制约。“不是意识决定生活，而是生活决定意识”，这是马克思主义的一条基本原理。当毛泽东在思考这一问题时，显然是对这一原理的发挥和使用。

如果仅仅强调生活对文学艺术的决定作用，很容易陷入机械反映论的泥潭里。而实际上，毛泽东对待这一问题是非常辩证的。一方面，他认为文艺离不开社会生活，社会生活对文艺起决定作用；另一方面，他又认为文学艺术家对生活的反映总是一种能动的反映。也就是说，艺术反映是经过作家的头脑加工和改造过的。社会生活，是被反映的客体；人的头脑，是反映的主体。文艺作品既然是作家头脑对社会生活反映的产物，就意味着作家在反映生活时会对生活进行分析、选择、加工、改造。只要作家这样做了，其作品也就渗透了作家的主观意识和主体意识。正是在这一意义上，毛泽东才指出：作家艺术家必须“到火热的斗争中去，到唯一的最广大最丰富的源泉中去，观察、体验、研究、分析一切人，一切阶级，一切群众，一切生动的生活形式和斗争形式，一切文学和艺术的原始材料，然后才有可能进入创作过程”。这里所说的“观察、体验、研究、分析”，其实就是作家对生活的审美的感受和对生活的理性分析与研究。在这一过程中，作家既有强烈的情感活动的参与，又包含着深刻的理性认识活动。可以说，作家的能动作用就是这样体现出来的。

既然社会生活是一座宝库，那里面蕴含着丰富生动的东西，为什么读者不直接看生活却希望读作品呢？毛泽东的解释是这样的，因为“文艺作品中反映出来的生活却可以而且应该比普通的实际生活更高，更强烈，更有集中性，更典型，更理想，因此就更带普遍性”。在这里，毛泽东其实是提出了一个文学艺术“源于生活又高于生活”的命题。与此同时，他的思考也与西方现实主义文论传统和马克思主义文论传统的“典型化理论”接通了。因为在西方，从柏拉图和亚里士多德开始到卢卡奇，虽然其论述的角度不一，但都意识到塑造典型的重要性；而马克思、恩格斯、列宁等马克思主义理论家，也都不同程度地关注过典型化问题。毛泽东这里所谈到的六个“更”，应该说也是对典型化方式和途径的一种形象的阐释。

普及与提高的问题，也是毛泽东对马克思主义文艺思想的一个重要发展。因为早在十月革命时期，列宁在同蔡特金的一次谈话时就已说过：“难道当工农大众还缺少黑面包的时候，我们要把精致的甜饼干送给少数人吗？”① 他认

---

① 列宁：《论文学与艺术》，435页，北京，人民文学出版社，1983。

为工人与农民确实应该享受比马戏更好的东西，他们有权利享受真正的、伟大的艺术，但工人与农民需要一个从普及到提高的过程。要想让他们享受到真正的、伟大的艺术，就必须对他们实施最广泛的民众教育和民众训练的工作。然而，列宁在这里只是提出了问题，却没有展开充分论述。

不过，毛泽东的普及与提高的思想，虽然可以在马克思主义文论的维度上找到源头，但更是立足于中国的具体情况得出的结论。因为按照最新的研究成果，《讲话》的美学思想的核心是“人民本位”。① 也就是说，文艺为人民群众服务既是《讲话》的逻辑起点，也是《讲话》所有问题的聚焦所在。那么，人民群众亦即工农兵文化水平的现状又如何呢？可以说很不理想。他们大部分不识字，或者仅仅是粗通文墨。面对这样的读者大众，文学艺术家在进行创作的时候必须得考虑到他们的接受水平，这样普及就变成了一个亟待解决的问题。因为倘不这样做，只写那些阳春白雪的东西，工农兵大众就看不懂，战争年代文艺所需要发挥的“团结人民，教育人民，打击敌人，消灭敌人”的功能就无从谈起。但是光有普及依然是不行的，因为普及是就低不就高，长期使用这种策略只能让人民大众在低层次、低水平的状态徘徊，这样，提高也就成了一个弃之不顾的问题。而如何既在普及中提高，又在提高中普及，说起来容易，一旦落实到文艺创作中可能就会面临很大的困难。因此，对于文艺工作者来说，普及与提高是一个需要长期面对的课题。

童庆炳在思考《讲话》时指出：“毛泽东在《讲话》中关于普及与提高的论述，实际上是帮助当时的作家对读者的期待视野作出分析与预测。”他认为，毛泽东首先对读者做了政治学的、社会学的分析，他把读者群分为两个，一个是暂时还只能接受“下里巴人”的工农兵读者群，一个是喜欢“阳春白雪”的少数人的读者群。这种对读者类型的分析是期待视野观念的理论前提，如果没有这种读者类型的分析，所谓接受者的期待视野就只能是一笔糊涂账，无法界说清楚。其次，毛泽东把读者的期待视野看成是一个由低向高的运动过程，从动态发展中辩证地来认识期待视野：工农兵群众现在的接受水平还是“下里巴人”，还需“雪中送炭”，但这种情况正在改变，群众的文化水平、审美能力也正在提高，所以作家、艺术家拿出来的东西要适应群众期待视野的变化，不能老是一样的“小放牛”，一样的“人、手、口、刀、牛、羊”，也需要搞提高的东西。最后，毛泽东提出了作家、艺术家对工农兵的期待视野既要适应（服

---

① 童庆炳：《毛泽东的美学思想三题》，载《河北学刊》，2003（6）。

务）又要加以提高的科学态度。既要重视普及，适应工农兵读者的水平，又不要总是适应，而要在做群众的学生的同时做群众的先生，教育群众，提高群众的期待视野，做到把“下里巴人”和“阳春白雪”结合起来，把普及和提高结合起来。①

从期待视野的角度来重新思考普及与提高的问题应该说是一种新颖的思路，显然，这种思路有助于释放隐含在《讲话》中那些深层的东西，也有助于我们在新的历史语境中进一步激活《讲话》的精神，让它与时俱进，来回应当下文学艺术中所遭遇的种种问题。

第二节　相关问题概说

文学与文化是一个很大的论题，结合上面两篇经典文本，我们拟从两个方面进入具体的问题当中。第一是“文学与社会生活”；第二是“文学与政治”。

一、文学与社会生活

文学与社会生活似乎是一个很陈旧的话题，但也是一个绕不过去的话题，同时还是我们在进行文学写作时必须面对的一个话题。如何理解文学与社会生活的关系，直接关系到文学写作的成败，甚至关系到文学发展的命运。

1. 文学源于生活又高于生活

文学与社会生活的关系实际上是心与物的关系、主体和客体的关系。在这个问题上，中国古代学者和西方学者早已有过许多精彩的思考。

其一，物感说。“物感说”也称“感物说”“心物感应说”。在《礼记·乐记》中，就有了这样的说法：“凡音之起，由人心生也。人心之动，物使之然也。感于物而动，故形于声。”此后，在魏晋南北朝时期，“物感说”得到了更为详尽的论述。刘勰《文心雕龙·明诗》说：“人禀七情，应物斯感；感物吟志，莫非自然。”又在《文心雕龙·物色》说：“春秋代序，阴阳惨舒，物色之动，心亦摇焉。”钟嵘在《诗品序》中说：“气之动物，物之感人，故摇荡性情，形诸舞咏……若乃春风春鸟，秋月秋蝉，夏云暑雨，冬月祁寒，斯四候之感诸诗者也。”由此开始，“物感说”成为中国文论史上解释心、物之间的审美关系的重要学说，并在艺术创造和审美欣赏中发生着重要的作用。

---

① 童庆炳：《毛泽东的美学思想三题》，载《河北学刊》，2003（6）。

起初，“物感说”的“物”主要指的是自然现象，而所谓的“物感”其实就是因自然现象而引发了主体的感受。但在古代文论家对这一问题的深入思考中，他们逐渐为这个“物”注入了更多的内容，从而使它与社会生活发生了联系。比如，钟嵘在明确了“气之动物，物之感人，故摇荡性情，形诸舞咏”之后，又在《诗品序》进一步指出：

> 嘉会寄诗以亲，离群托诗以怨。至于楚臣去境，汉妾辞宫，或骨横朔野，或魂逐飞蓬。或负戈外戍，杀气雄边。塞客衣单，孀闺泪尽。或士有解佩出朝，一去忘返；女有扬蛾入宠，再盼倾国。凡斯种种，感荡心灵，非陈诗何以展其义；非长歌何以骋其情？

这几句的意思是说：好的集会寄诗来寓托亲情，离开群体依托诗来表达怨恨。至于楚国臣子离开国都，汉朝的妾媵辞别宫廷，有的尸骨横在北方的荒野，魂魄追逐着飞去的蓬蒿；有的扛着戈矛出外守卫，战斗的气氛雄起于边地；边关的客子衣裳单薄，闺中寡居的妇女眼泪哭尽；有士人解下配印辞官离朝，一离去就忘掉回来；有女子扬起蛾眉，入宫受宠，再次顾盼，倾国倾城。所有这种种情景，感动心灵，不作诗用什么来舒展它的情义？不用长篇的歌咏用什么来畅抒它的情怀？由此可以看出，钟嵘在解释“物感说”时，这个“物”除了自然界的景物外，还包括现实生活中的各种人生境况与社会矛盾。而刘勰则在“物感说”的基础上进一步意识到了“心”与“物”的辩证关系，在《文心雕龙·物色》中指出：

> 诗人感物，联类不穷；流连万象之际，沉吟视听之区。写气图貌，既随物以宛转；属采附声，亦与心而徘徊。

在这里，气、貌、采、声是名词，指自然的气象与形貌；而写、图、属、附是动词，指作家的描写与表现。意思是说，作家一旦进入创作过程，在摹写并表现自然的气象和形貌时，就以外境为材料，形成一种心物之间融会交流的现象，一方面心既随物以宛转；另一方面物亦与心而徘徊。王元化在阐发刘勰的这一观点时指出：“‘随物宛转’是以物为主，以心服从物。换言之，亦即以作为客体的自然对象为主，而以作为主体的作家思想活动服从于客体。相反的，‘与心徘徊’却是以心为主，用心去驾驭物。换言之，亦即以作为主体的作家思想活动为主，而用主体去锻炼，去改造，去征服作为客体的自然对象。”① 由此看来，刘勰在这里强调了两个“深入”。所谓“随物以宛转”就是要求作家尊重生活，服从生活，归顺生活，深入生活的底蕴，摸准生活的脉搏，这是第一个“深入”；所谓“与心而徘徊”，就是要求生活服从心灵，归顺心灵，从而深入心灵的堂奥，让生活随心灵而运转，这是第二个“深入”。此后，一些文论家在这个问题上虽依然有许多精彩的论述（如王夫之说：“身之所历，目之所见，是铁门限。”金圣叹说：“十年格物而一朝物格。”），但谈得最辩证的应该是刘勰。

其二，摹仿说。在西方，最早对文学与社会生活的关系做出解说的是“摹仿说”。摹仿（imitation）最初指的是祭祀活动中巫师表演的歌舞，后来转化为哲学术语，表示对外在世界的再造或复制。古希腊哲学家赫拉克利特认为，艺术的特点在于和谐，而和谐“显然是由于摹仿自然”。亚里士多德认为，史诗与戏剧摹仿的对象是人，是人的“行动和生活”。与前人偏重于摹仿自然的观点相比，显然他更关注文学与社会生活的联系。而在“摹仿说”的链条上，对文学与社会关系论述的最为辩证的是歌德。

> 艺术家对于自然有着双重关系：他既是自然的主宰，又是自然的奴隶。他是自然的奴隶，因为他必须用人世间的材料来进行工作，才能使人理解；同时他又是自然的主宰，因为他使这种人世间的材料服从他的较高的意旨，并且为这较高的意旨服务。②

歌德认为，一方面作家要做自然的恭顺的奴隶，要永远忠实于自然，可另一方面作家又要做自然的主人，让自然恭顺地听从自己较高意旨的调遣。表面上看，主人与奴隶是对峙的、矛盾的，但同时也是相反相成的。你越是恭顺地做自然的奴隶，自然也就越会向你敞开心扉，听凭你的调遣和支配，以同样的恭顺报答你。但是，自然不能自己解释自己，自然的本质、意义和诗情都有待作家去发现和开掘，所以你又要做自然的主人，不但让自然的全部秘密都在你心灵视野的管辖之下，而且还要超越自然，高于自然。

其三，反映论。马克思主义的文学理论从哲学的存在与意识的相互关系出

---

① 王元化：《文心雕龙创作论》，73页，上海，上海古籍出版社，1979。

② ［德］爱克曼辑录：《歌德谈话录》，朱光潜译，137页，北京，人民文学出版社，1978。

发，把文学活动看成是一种人的主体对于客体的认识和反映。马克思与恩格斯指出："不是意识决定生活，而是生活决定意识。"① 这一论断成为马克思主义文学反映论的基石。

列宁把马克思主义的历史唯物主义原理用于文学活动中，并首先提出文学是对于社会生活的反映。在《列夫·托尔斯泰是俄国革命的镜子》一文中，列宁指出："如果我们看到的是一位真正伟大的艺术家，那末他就一定会在自己的作品中至少反映出革命的某些本质的方面。"② 在这段话中，艺术和艺术家应当反映生活（革命的生活）的观点被明确提出。谈到托尔斯泰的时候，列宁又说："托尔斯泰观点中的矛盾，的确是一面反映农民在我国革命中的历史活动所处的各种矛盾状况的镜子。"③ 在列宁的论述中，他不但强调文艺反映生活，同时也肯定文艺的反映不是刻板的，文艺也反作用于生活。在列宁论述的基础上，毛泽东对文学反映论的观点做出了更直接、更鲜明的表述。在《讲话》中，毛泽东除了强调文学是社会生活的反映之外，还进一步明确了社会生活是一切文学艺术的唯一源泉，并对"源"和"流"的问题进行了清晰的界定。这一论断无疑有助于澄清人们在这一问题上的糊涂认识。同时，毛泽东在这一立论的基础上，又提出了文学源于生活又高于生活的观点，他指出："文艺作品中反映出来的生活却可以而且应该比普通的实际生活更高，更强烈，更有集中性，更典型，更理想，因此就更带普遍性。"毛泽东这六个"更"的精神实质是说文学创作不能抄袭生活，而是要以更高的意旨对生活进行改造。这种改造反映着作家对生活的认识。因此，作家仅仅成为生活的记录员是不对的；但是另一方面，当生活过分高（高到不真实）、过分强烈（强烈得让人受不了）、过分集中（集中到让人无法相信）、过分理想（理想到近于虚伪），乃至让人无法理解、无法接受的时候，作家就要想办法将其适当地加以改造，而改造的方向已不是更高、更强烈、更集中、更理想，而是把过高的降低一些，把过分强烈的冲淡一些，把过分集中的分散一些，把过分理想的进行普通化处理等。总之，源于生活又高于生活的"高"不能理解得过于机械，否则就会重蹈当年"高大全"的覆辙。

---

① 《德意志意识形态》，见《马克思恩格斯选集》，第1卷，73页，北京，人民出版社，1995。

② 北京大学中文系文艺理论教研室编：《马克思恩格斯列宁斯大林论文艺》，175页，北京，人民文学出版社，1980。

③ 同上书，178页。

以上的三种学说虽使用的概念不同，但最终的结论大同小异。“感物说”讲究随物以宛转，与心而徘徊；“摹仿说”认为艺术家是自然的主宰也是自然的奴隶；而反映论则指出，文学源于生活又高于生活。通过这三种学说的解析，文学与社会生活的辩证关系已经非常清楚了。

2. 作家需要深入生活和占有生活

既然生活是创作的唯一源泉，那么，对于作家来说，深入生活和占有生活就成了一件至关重要的事情。因为道理其实很简单，巧妇难为无米之炊。一个作家如果缺少生活和生活体验，他很难写出成功的作品。

关于作家与生活的关系，许多作家都有亲身体会，也发表过许多深刻的见解。比如鲁迅曾说：“作者写出创作来，对于其中的事情，虽然不必亲历过，最好是经历过。诘难者问：那么，写杀人最好是自己杀过人，写妓女还得去卖淫么？答曰：不然。我所谓经历，是所遇，所见，所闻，并不一定是所作，但所作自然也可以包含在里面。”① 鲁迅对作家与生活之关系的理解非常辩证，今天依然值得我们仔细玩味。

在《讲话》中，毛泽东指出：“中国的革命的文学家艺术家，有出息的文学家艺术家，必须到群众中去，必须长期地无条件地全心全意地到工农兵群众中去，到火热的斗争中去，到唯一的最广大最丰富的源泉中去，观察、体验、研究、分析一切人，一切阶级，一切群众，一切生动的生活形式和斗争形式，一切文学和艺术的原始材料，然后才有可能进入创作过程。”正是因为毛泽东的倡导，延安文艺座谈会之后，“深入生活”成为一个响亮的口号，有一大批文艺家离开机关，深入到人民群众的生活中去，在创作上取得了丰硕的成果。比如，作家柳青为写《创业史》第一部，从1952年起到陕西长安县（今西安市长安区）皇甫村落户，达六七年之久。在那里，他亲身参加了农业合作化运动，仔细观察和研究了农村的各种人物及其关系，最终完成了这部作品。对此，柳青曾深有体会地说：“生活是创作的基础”，“中国有句古语说：‘万丈高楼平地起’，就是这个意思。搞文学工作，不要搞空中楼阁。空中楼阁搞得再漂亮，是不扎实的。”②

对于作家来说，深入生活虽然是非常重要的，但是也必须指出，深入生活

---

① 鲁迅：《叶紫作〈丰收〉序》，见《鲁迅全集》，第六卷，219页，北京，人民文学出版社，1981。

② 柳青：《生活是创作的基础》，见《中国当代文学研究资料·柳青专集》，42页，福州，福建人民出版社，1982。

应该成为作家主体的一种需要，而不是成为一种行政命令，进而驱使作家走进生活。如果是后者，那么很可能会激起作家的逆反心理，达不到深入生活的目的。另一方面，由于《讲话》诞生于特殊的战争年代，所以毛泽东号召作家到工农兵群众中去是为了解决当时创作的实际问题，但这并不意味着只有工农兵那里有生活，深入生活就是深入到工农兵那里。新中国成立之后相当长的一段时间里，人们对《讲话》的理解非常机械，于是虽然取得了许多创作成就，但作家创作的路子越走越窄，最终让作家无所适从。正是由于这一原因，我们认为，作家路遥在完成了长篇小说《平凡的世界》之后的创作谈里所说的那番话值得我们深思。

> 关于深入生活的问题，与“政治和艺术的关系”一样，一直是我国文艺界长期争论不休的问题。这一点使我很难理解。我不知道这是一个多么艰深的理论问题值得百谈不厌。生活对于作家艺术家来说，就如同人和食物的关系一样。至于每个作家如何占有生活，这倒大可不必整齐一律。每个作家都有自己感受生活的方式；而且随着社会生活的变化，同一作家体验生活的方式也会改变。比如，柳青如果活着，他要表现八十年代初中国农村开始的“生产责任制”，他完全蹲在皇甫村一个地方就远远不够，因为其他地方的生产责任制就可能和皇甫村所进行的不尽相同，甚至差异很大。①

在这里，路遥首先肯定了生活对于作家的重要性，其次又认为作家占有生活、感受生活和体验生活的方式又各有不同。这样来理解“深入生活”这一命题，应该说是符合创作规律的。

二、文学与政治

文学与政治存在着错综复杂的关系，大体而言，我们可以从以下三个方面进入这一关系之中。第一，政治影响文学；第二，文学介入政治；第三，文学远离政治（文学自律）。

1. 政治影响文学

在马克思主义“经济基础”与“上层建筑”的结构关系中，虽然文学与政

---

① 路遥：《早晨从中午开始》，见陈泽顺选编：《路遥小说名作选》，475～476页，北京，华夏出版社，1995。

治同属于上层建筑，两者均受到经济基础的制约，但是，由于政治是经济的集中体现，一定阶级的政治往往集中体现了该阶级的利益和要求，所以，在整个上层建筑乃至整个社会生活中，政治都居于主导地位。这样，政治影响文学也就成了顺理成章的事情。具体而言，主要体现在以下几个方面。

第一，政党对文学的影响。随着阶级斗争的发展，为适应阶级斗争的需要，产生了自觉地代表和维护一定阶级利益的政党。政党代表本阶级的利益，在组织和发展本阶级的事业时，对于能够广泛影响群众思想感情的文学不会不闻不问。相反，它一定要努力发展本阶级的文学，为本阶级总的事业服务，并对敌对阶级的文学采取反对态度。这样，政党，尤其是执政党，往往会对文学产生重大影响。比如，列宁在《党的组织和党的文学》中明确指出："文学事业不能是个人或集团的赚钱工具，而且根本不能是与无产阶级总的事业无关的个人事业"，"它不是为饱食终日的贵妇人服务，不是为百无聊赖、胖得发愁的'几万上等人'服务，而是为千千万万劳动人民，为这些国家的精华、国家的力量、国家的未来服务"。① 这样，文学便成为无产阶级总的事业的一部分，政党影响文学的情况由此略见一斑。

第二，政策对文学的影响。一定时期的文艺方针政策是政治对文学的具体要求，而由于政治体现了统治阶级的意志，所以文艺政策常常带有强制性。比如，在中国，当毛泽东的《讲话》最终被抽演成"文艺为政治服务""文艺为工农兵服务""政治标准第一，艺术标准第二"之后，它已经成为一种文艺政策。因此，在这一时期，作家艺术家必须遵循这种政策，并在这种政策的指导下进行创作。这一时期所取得的创作成就和产生的创作失误，都可以在这种政策的导向和影响中找到某种答案。

第三，政治意识形态对文学的影响。意识形态有许多种，文学作为审美意识形态在与政治意识形态的交往中，往往会受到后者的影响。与文艺政策不同，政治意识形态对文学的影响一般来说不具有强制性，它是以人们接受某种政治思想，认同某种意识形态的方式作用于文学活动的。因此，政治意识形态对文学的影响就更为内在和隐蔽。它既可以表现为旗帜鲜明的政治观点，又可以以潜移默化的方式渗透到文学活动和作家、作品的思想倾向和情感态度上。考尔克在分析新好莱坞影片的制作时指出："美国影片……往往支持主导的意

① 北京大学中文系文艺理论教研室编：《马克思恩格斯列宁斯大林论文艺》，162、166页，北京，人民文学出版社，1980。

识形态，但却把自己表现为直接的现实，它在给我们娱乐的同时却在支持有关爱情、英雄主义、家庭、阶级结构、性别、历史的被确认的看法。”① 这里所谓的主导的意识形态，其实就包含着政治意识形态。而美国影片对主导意识形态的支持甚至是无意识的，因为政治意识形态经过长时间的渗透之后，已经使文艺作品的审美意识形态具有了一种习惯性的表达。因此，表面上看，是审美意识形态对某种政治意识形态的认同，实际上却是政治意识形态长期影响文学艺术的审美意识形态的结果。

2. 文学介入政治

文学介入政治的问题，可以从两方面来理解。

首先，在阶级社会里，作家都是一定阶级的一员，因此，他总是要站在一定阶级的立场上，在一定阶级的世界观的指导下，观察了解社会生活。他在创作时，对所表现的生活现象，尤其是描写一定的政治事件、政治活动时，总要做出自己的政治的、审美的评价，表明自己的态度，表达自己的思想感情。因此，阶级社会里的文学必然会有一定的阶级性，大师的文学作品或明或暗地会显示出一定阶级的政治倾向性。这是中外文学史反复证明了的真理。恩格斯指出："悲剧之父埃斯库罗斯和喜剧之父阿里斯托芬都是有强烈倾向的诗人，但丁和塞万提斯也不逊色；而席勒的《阴谋与爱情》的主要价值就在于它是德国第一部有政治倾向的戏剧。现代的那些写出优秀小说的俄国人和挪威人全是有倾向的作家。”② 在中国文学史上，从屈原、李白、杜甫到施耐庵、曹雪芹，他们的作品也都有着一定的政治倾向性。从这个意义上说，卢那察尔斯基所谓的“任何作家都是政治家”③ 的说法是有道理的。因此，不管作家承认与否，他的作品都不同程度地带有某种政治倾向性。这种政治倾向性可以看作文学在客观层面上对政治的介入。

其次，在特殊的历史语境里，作家、理论家会把文学当成一个特殊的介入政治的工具，因此，他们往往会强化或强调文学艺术的“介入”功能，这又可以看作在主观层面文学对政治的介入。比如，希特勒上台后，其宣传机构利用广播、宣传画和新闻纪录影片等来宣扬纳粹的政策，颂扬德军闪电战的胜利，

① 转引自［美］托马斯·沙兹：《旧好莱坞/新好莱坞：仪式、艺术与工业》，周传基、周欢译，185页，北京，中国广播电视出版社，1992。

② 北京大学中文系文艺理论教研室编：《马克思恩格斯列宁斯大林论文艺》，130～131页，北京，人民文学出版社，1980。

③ ［苏联］卢那察尔斯基：《论文学》，蒋路译，333页，北京，人民文学出版社，1978。

为造神运动推波助澜。面对纳粹的这种反动的政治生活审美化的局面，为了与之针锋相对，德国理论家本雅明在《机械复制时代的艺术作品》中表达了这样一个观点："这就是法西斯主义谋求的政治审美化，而共产主义对此作出的回答是艺术政治化。"① 而所谓的"艺术政治化"，实际上就是让作家艺术家投身于斗争中去，把文学艺术当作武器，以牙还牙、以毒攻毒。这是文学介入政治的一个典型例子。其后，法国哲学家萨特也曾提出过类似的文学主张。

3. 文学远离政治

文学远离政治的问题实际上可归结为一个文学自律的问题。因为一些作家和理论家意识到，无论是文学主动介入政治还是被动地依附政治，其实都是处在他律的状态中，从而失去了文学的自主性。阿多诺也认为，布莱希特直接介入现实的戏剧、本雅明"艺术政治化"的主张，最终使文学艺术沦为了政治的传声筒和宣传品，从而丧失了艺术所必须具有的否定性。在阿多诺看来，"这并非一个政治艺术（Political art）的时代，但政治已进入到了自律艺术之中"②，这样，艺术也就担负起了比以往任何时代更伟大的使命，即艺术必须既消除自身的异化因素，又同时积蓄起批判社会的力量，因为艺术只有具备抵抗社会的力量时才能存活下去。③ 而一旦艺术与政治调情或与政治婚合，它的批判性与否定性也就不复存在了。正是在这一意义上，阿多诺在批判布莱希特与萨特的"介入文学"（committed literature）时才指出：

> 艺术作品，至少是那些拒绝屈从于宣传的艺术作品，之所以缺乏社会影响，其中一个决定性原因在于它们不得不放弃使用那些迎合大多数公众的传播手段。假如不放弃的话，它们就会成为包罗一切的传播系统中的典当品。如果说艺术真有什么社会影响，它并不是通过夸夸其谈的宣讲，而是以微妙曲折的方式改变意识。任何直接的宣传效果很快就会烟消云散，原因大概在于甚至这类作品也往往被看做完全的非理性之作，结果是介入

---

① Walter Benjamin, *Illuminations*, trans. Harry Zohn, London: Fontana Press, 1992, pp. 234-235.

② Theodor Adorno, "Commitment", in Ronald Taylor trans. and ed., *Aesthetics and Politics*, London: Verso, 1986, p. 194.

③ Theodor Adorno, *Aesthetic Theory*, trans. C. Lenhardt, London: Routledge & Kegan Paul, 1984, p. 321.

的审美原则反而中断了原本可能会引发实践的机制。①

艺术不能为政治做出某种承诺，而应该与政治拉开必要的距离。如果艺术拜倒在政治的石榴裙下，就会使艺术沦落风尘，失去自己的清白之身。而当艺术成为政治审美化这架战车上的吹鼓手时，艺术也就像文化工业制作出来的产品一样套上了他律性的枷锁。因此，就像艺术不能够献身于商业一样，艺术同样不能委身于政治，这就是阿多诺在艺术问题看法上的底线。

倡导文学自律是有其价值和意义的，然而一旦进入实际的操作层面，可能会面临很大的困难。与此同时，我们也应该意识到，所谓远离政治或许只是一种姿态，而实际上，这种姿态本身也包含着一种政治态度。英国作家奥威尔指出："没有一本书是能够真正做到脱离政治倾向的。有人认为艺术应该脱离政治，这种意见本身就是一种政治态度。"② 阿多诺也认为："强调作品的独立自主性，这事本身就带有相当浓厚的社会性和政治性。"③ 明乎此，我们才能对远离政治的问题理解得更加辩证一些。

【思考题】

1. 如何理解作家的"深入生活和占有生活"？当代作家史铁生因为疾病，每天坐在轮椅上，他不可能像20世纪50年代的作家那样深入生活，为什么他同样写出了许多震撼人心的作品？

2. 鲁迅是怎样论述文艺与政治的关系的？他与毛泽东在论述这一问题时有怎样的区别？为什么？

【辅助阅读材料】

1. 鲁迅．鲁迅全集（第三卷）·而已集．北京：人民文学出版社，1981.

2. 鲁迅．鲁迅全集（第四卷）·三闲集．北京：人民文学出版社，1981.

3. 毛泽东．整顿党的作风//毛泽东．毛泽东选集（第三卷）．北京：人民出版社，1991.

---

① Theodor Adorno，*Aesthetic Theory*，trans. C. Lenhardt，London：Routledge & Kegan Paul，1984，p. 344.

② ［英］乔治·奥威尔：《我为什么要写作》，董乐山译，101页，上海，上海译文出版社，2007。

③ 转引自刘金涛：《文学与政治》，载《上海文学》，2000（1）。

4. 毛泽东．反对党八股//毛泽东．毛泽东选集（第三卷）．北京：人民出版社，1991.

5. 钱理群．与鲁迅相遇．北京：生活·读书·新知三联书店，2003.

6. 林贤治．鲁迅的最后十年．北京：中国社会科学出版社，2003.

7. 童庆炳．毛泽东的美学思想三题．河北学刊，2003（6）．

8. 李洁非．《讲话》的深层研读．粤海风，2004（1）．

9. 赵勇．本雅明的“讲演”与毛泽东的《讲话》．文学评论，2013（5）．

第五章　文学抒情

在西方文学传统中，文学一般划分为抒情、叙事与戏剧三大文类。中国现代以降惯常使用的诗歌、小说、戏剧与散文四分法，与西方的三分法有所不同，像史诗与叙事诗在三分法中归入叙事一类，而在四分法中归入诗歌一类。本书从本章开始分述文学抒情、文学叙事、文学与戏剧。

本章在“经典文本阅读”中节选了华兹华斯的《〈抒情歌谣集〉一八〇〇年版序言》和王国维的《人间词话》两篇文章。这两篇文章分别是西方19世纪和中国近代关于诗的抒情理论的代表之作。华兹华斯的文章强调诗是诗人的情感表现，被认为是英国文学批评中从“摹仿说”转变到“表现说”的一种标志，同时也是西方抒情理论兴起的标志。王国维的文章既是中国古典意境理论的集大成之作，也是中国现代文学理论的经典之作。同时，意境理论是中国文学理论特有的抒情理论。在“相关理论概说”中，主要就“抒情文体”“抒情与表现”“抒情与修辞”三个问题进行了简要阐释。

第一节　经典文本阅读

一、《抒情歌谣集》一八〇〇年版序言（华兹华斯）

这些诗的主要目的，是在选择日常生活里的事件和情节，自始至终竭力采用人们真正使用的语言来加以叙述或描写，同时在这些事件和情节上加上一种想象的光彩，使日常的东西在不平常的状态下呈现在心灵面前；最重要的是从这些事件和情节中真实地而非虚浮地探索我们的天性的根本规律——主要是关于我们在心情振奋的时候如何把各个观念联系起来的方式，这样就使这些事件和情节显得富有趣味。我通常都选择微贱的田园生活作题材，因为在这种生活里，人们心中主要的热情找着了更好的土壤，能够达到成熟境地，少受一些拘束，并且说出一种更纯朴和有力的语言；因为在这种生活里，我们的各种基本情感共同存在于一种更单纯的状态之下，因此能让我们更确切地对它们加以思考，更有力地把它们表达出来；因为田园生活的各种习俗是从这些基本情感萌芽的，并且由于田园工作的必要性，这些习俗更容易为人了解，更能持久；最后，因为在这种生活里，人们的热情是与自然的美而永久的形式合而为一的。我又采用这些人所使用的语言（实际上去掉了它的真正缺点，去掉了一切可能经常引起不快或反感的因素），因为这些人时时刻刻是与最好的外界东西相通的，而且最好的语言本来就是从这些最好的外界东西得来的；因为他们在社会上处于那样的地位，他们的交际范围狭小而又没有变化，很少受到社会上虚荣心的影响，他们表达情感和思想都很单纯而不矫揉造作。因此，这样的语言从屡次的经验和正常的情感产生出来，比起一般诗人通常用来代替它的语言，是更永久、更富有哲学意味的。一般诗人认为自己愈是远离人们的同情，沉溺于武断和任性的表现方法，以满足自己所制造的反复无常的趣味和欲望，就愈能给自己和自己的艺术带来光荣。

但是，我也知道，现在有几个作家偶尔在自己的诗中采用了一些琐碎而又鄙陋的思想和语言，因而遭到了一致的反对；我也承认，这种缺点只要存在，比起矫揉造作或生硬改革，更使作家丧失名誉，可是同时我认为，这种缺点就全部看来并不是那样有害。这本集子里的诗至少有一点和这些诗不同，即是，在这本集子里每一首诗都有一个有价值的目的。这不是说，我通常作诗，开始就正式有一个清楚的目的在脑子里；可是我相信，这是沉思的习惯加强了和调整了我的情感，因而当我描写那些强烈地激起我的情感的东西的时候，作品本身自然就带有着一个目的。如果这个意见是错误的，那我就没有权利享受诗人的称号了。一切好诗都是强烈情感的自然流露。这个说法虽然是正确的，可是凡有价值的诗，不论题材如何不同，都是由于作者具有非常的感受性，而且又深思了很久。因为我们的思想改变着和指导着我们的情感的不断流注，我们的思想事实上是我们已往一切情感的代表；我们思考这些代表的相互关系，我们就发现什么是人们真正重要的东西；如果我们重复和继续这种动作，我们的情感就会和重要的题材联系起来。久而久之，如果我们本来具有强烈的感受性，我们就会养成这样的心理习惯，只要盲目地和机械地服从这种习惯的引导，我们的描写事物和表露情感的性质上和彼此联系上都必定会使读者的理解力有某种程度的提高，他的情感也必定会因之增强和纯化。

我也说过，这本集子里的诗每首都有一个目的。另外我还须说明，这些诗与现在一般流行的诗有一个不同之点，即是，在这些诗中，是情感给予动作和情节以重要性，而不是动作和情节给予情感以重要性。

我决不为着虚伪的客气而不说出，我要读者注意这个显著的特点，与其说是为了这本集子里的诗，还远不如说是为了题材的一般重要性。题材的确非常重要！因为人的心灵，不用巨大猛烈的刺激，也能够兴奋起来；如果一个人不知道这一点，如果他进而不知道一个人愈具有这种能力就愈比另一个人优越，那末他一定不能充分体会人的心灵的优美和高贵。因此，在我看来，竭力使这种能力产生或增大，是各个时代的作家所能从事的一个最好的任务；这种任务，虽然在任何时期都很重大，可是现在特别是这样。许多的原因从前是没有的，现在则联合在一起，把人们分辨的能力弄得迟钝起来，使人的头脑不能运用自如蜕化到野蛮人的麻木状态。这些原因中间影响最大的，就是日常发生的国家事件，以及城市里人口的增加。在城市里，工作的千篇一律，使人渴望非常的事件。这种渴望，只有迅速传达的新闻能时时刻刻予以满足。这种生活和习俗的趋势，我国的文学和戏剧曾力求与之适应。所以，已往作家的非常珍贵的作品（我指的几乎就是莎士比亚和弥尔顿的作品）已经被抛弃了，代替它们的是许多疯狂的小说，许多病态而又愚蠢的德国悲剧，以及像洪水一样泛滥的用韵文写的夸张而无价值的故事。当我想到这种对于狂暴刺激的下流追求，我就不好意思说到我想在这些诗里反对这种坏处的微弱努力。当我想到这种普遍存在的坏处的严重情况，我就几乎被一种并非可耻的忧郁所压倒，好在我还深深觉得人的心灵具有着一些天生的不可毁灭的品质，一切影响人的心灵的、伟大和永久的事物具有一些天生的不能消灭的力量，好在除此之外我又相信，这个时代快到了，能力更强大的人们会一致起来系统地反对这种坏处，并且会得到更显著的成功。

关于这些诗的题材和目的，我已说了这么多，现在我请求读者让我告诉他一些有关这些诗的风格的情形，免得他格外责备我不曾做决不想做的事情。读者会看出，这本集子里很少把抽象观念比拟作人，这种用以增高风格而使之高于散文的拟人法，我完全加以摈弃。我的目的是摹仿，并且在可能范围内，采用人们常用的语言；拟人法的确不是这种语言的自然的或常有的部分。拟人法事实上只是偶尔由于热情的激发而产生的辞藻，我曾经把它当作这样的辞藻来使用；但是我反对把它当作某种风格的人为的手法，或者把它当作韵文作家按照某种特权所享有的一种自己的语言。我希望读者得到有血有肉的作品作为伴侣，使他相信我这样做，会使他感到兴趣。别的人走着不同的途径，也同样会使读者感到兴趣；我决不干涉他们的主张，但是我希望提出我自己的主张。在这本集子里，也很少看见通常所称为的诗的词汇；我费了很多力气避免这种词汇，正如普通作者费很多力气去制造这种词汇；我所以要这样做，理由已经在上面讲过了，因为我想使我的语言接近人们的语言，并且我要表达的愉快又与许多人认为是诗的正当目的的那种愉快十分不同。既然不能份外地仔细，我就无法让读者对于我所要创造的风格有着更确切的了解，我只能告诉他我时常都是全神贯注地考察我的题材；所以，我希望这些诗里没有虚假的描写，而且我表现种种思想时所使用的语言，都分别适合于每一思想的重要性。这样的尝试必然会获得一些东西，因为这样做有利于一切好诗的一个共同点，就是合情合理。然而要这样做，我就必须丢掉许多历来认为是诗人们应该继承的词句和词藻。我又认为最好是进一步约束自己，不去使用某些词句，因为这些词句虽然是很适合而且优美的，可是被劣等诗人愚蠢地滥用以后，便使人十分讨厌，以致任何联想的艺术都无法加以征服。

如果在一首诗里，有一串句子，或者甚至单独一个句子，其中文字安排得很自然，但据严格的韵律的法则看来，与散文没有什么区别，于是许多批评家，一看到这种他们所谓散文化的东西，便以为有了很大的发现，极力奚落这个诗人，以为他对自己的职业简直一窍不通。这些批评家会创立一种批评标准，读者将从而得出这样的结论：如果喜欢这些诗，就必须坚决否认这一标准。我以为很容易向读者证明，不仅每首好诗的很大部分，甚至那种高贵的诗的很大部分，除了韵律之外，它们与好散文的语言是没有什么区别的，而且最好的诗中最有趣味的部分的语言也完全是那写得很好的散文的语言。

[……]

现在我们可以更进一步。我们可以毫无错误地说，散文的语言和韵文的语言并没有也不能有任何本质上的区别。我们喜欢探索诗和绘画的相似之点。因而把它们当做两姊妹。但是对于韵文和散文，我们从哪里找到充分紧密的联系，足以说明两者有一致的特征呢？韵文和散文都是用同一的器官说话，而且都向着同一的器官说话，两者的本体可以说是同一个东西，感动力也很相似，差不多是同样的，甚至于毫无差别；诗的眼泪“并不是天使的眼泪”①，而是人们自然的眼泪；诗并不拥有天上的流动于诸神血管中的灵液，足以使自己的生命汁液与散文的判然不同；人们的同样的血液在两者的血管里循环着。

如果认为韵脚和韵律是一种特点，可以推翻刚才所讲的散文和韵文是一致的说法，并且又引起人的头脑所乐于承认的其他种种人为的特点，那末我只有

① 语出弥尔顿《失乐园》第一卷。

回答说，这本集子里的诗所用的语言，是尽可能地从人们真正使用的语言中选择出来的。这种选择，只要是出于真正的兴趣和情感，自身就形成一种最初想象不到的特点，并且会使文章完全免掉日常生活的庸俗和鄙陋。即使再加上音节，我相信所产生的不同之处也不至于使头脑清楚的人感到不满意。我们究竟还有别的什么特点呢？这些特点是从什么地方来的呢？又存在于什么地方呢？不，就是在诗人通过他的人物讲话的地方，也没有别的特点。就是为着文体的高贵，或者为着它的任何拟定的装饰，别的特点也是不必要的。只要诗人把题材选得很恰当，在适当的时候他自然就会有热情，而由热情产生的语言，只要选择得很正确和恰当，也必定很高贵而且丰富多彩，由于隐喻和比喻而充满生气。假如诗人把自己所制造的一套外加的华丽与热情所自然激发的优美杂揉在一起，那末这种不协调一定会使明智的读者感到震惊，这里我就不仔细谈了。我只须说这种杂揉是不必要的。倘若热情并不强烈，文体也相当平和，那么，一些适当的充满隐喻和比喻的诗行，仍会取得应有的效果，这种情况的确很可能的。

［……］

诗人这个字眼是什么意思呢？诗人是什么呢？他是向谁讲话呢？我们从他那里得到什么语言呢？——诗人是以一个人的身份向人们讲话。他是一个人，比一般人具有更敏锐的感受性，具有更多的热忱和温情，他更了解人的本性，而且有着更开阔的灵魂；他喜欢自己的热情和意志，内在的活力使他比别人快乐得多；他高兴观察宇宙现象中的相似的热情和意志，并且习惯于在没有找到它们的地方自己去创造。除了这些特点以外，他还有一种气质，比别人更容易被不在眼前的事物所感动，仿佛这些事物都在他的面前似的；他有一种能力，能从自己心中唤起热情，这种热情与现实事件所激起的很不一样，但是（特别是在令人高兴和愉快的一般同情心范围内），比起别人只由于心灵活动而感到的热情，则更像现实事件所激起的热情。他由于经常这样实践，就获得一种能力，能更敏捷地表达自己的思想和感情，特别是那样的一些思想和感情，它们的发生并非由于直接的外在刺激，而是出于他的选择，或者是他的心灵的构造。

不论我们以为最伟大的诗人具有多少这种能力，我们总不能不承认这种能力给诗人所提示的语言在生动上和真实上总常常比不过实际生活中的人们的语言，实际生活中的人们是处于热情的实际紧压之下，而诗人则在自己心中只是创造了或自以为创造了这些热情的影子。

不管我们怎样赞美诗人的禀赋，我们总看得出，当他描写或摹仿热情的时候，他的工作比起人们实在的动作和感受中所有的自由和力量，总是多少有些机械。所以，诗人希望把自己的情感接近他描写的人们的情感，并且暂时完全陷入一种幻觉，竭力把他的情感和那些人的情感混在一起，并且合而为一；因为想到他的描写有一个特殊的目的，即使人愉快的目的，有时才把这样得来的语言稍微改动一下。于是，他就实行我所主张的选择原则了。他依据这种选择原则，抛弃热情中使人厌恶不快的东西；他觉得无须去装饰自然或增高自然；他愈加积极地实行这个原则，他就愈加深信，他的从想象或幻想得来的文字是不能同从现实和真实里产生的文字相比的。

但是，那些不反对这些话的总的精神的人们也许会说，诗人既然不能时常创造十分适合于热情的语言，像从真实的热情里得来的语言一样，那末他就可以把自己当作一个翻译者，可以随便把另一种优点来代替那种他不能得到的优点；他有时竭力想超过他原来的优点，以便补偿他觉得自己不能不犯的一般缺点。但是这种说法却会赞助懒惰，鼓励懦怯的失望。还有，这些人说出这种话，都是因为他们不懂得他们谈论的东西，他们把诗当做取乐和消遣的东西谈论，他们十分严肃地向我们说他们爱好诗，而实际上他们就像他们爱好跳绳或喝酒一样，把这当作无关利害的事情。我记得亚里士多德曾经说过，诗是一切文章中最富有哲学意味的。的确是这样。诗的目的是在真理，不是个别的和局部的真理，而是普遍的和有效的真理；这种真理不是以外在的证据作依靠，而是凭借热情深入人心；这种真理就是它自身的证据，给予它所呈诉的法庭以承认和信赖，而又从这个法庭得到承认和信赖。诗是人和自然的表象，传记家和历史家都必须忠于事实而且要顾到实际用处，他们所遇到的困难，比起诗人所遇到的就大得不知多少，因为诗人了解他自己的艺术的高贵性。诗人作诗只有一个限制，即是，他必须直接给一个人以愉快，这个人只须具有一个人的知识就够了，用不着具有律师、医生、航海家、天文学家或自然哲学家的知识。除了这一个限制以外，诗人与事物表象之间就没有什么障碍；而在事物表象与传记家和历史家之间却有成千上万的障碍。

不要把这种直接给人愉快当做诗人艺术的一种退化。事实上决不是如此。这是对于宇宙间美的一种承认，一种虽非正式的却是间接的更诚实的承认；对于以爱来观看世界的人，这是一种轻而易举的工作；还有，这是对于人的本有的庄严性的一种顶礼，是对于人们借以理解、感觉、生活和运动的快乐的伟大基本原则的一种顶礼；只有愉快所激发的东西，才能引起我们的同情。我希望我不会被人误解；不论在什么地方，只要我们对苦痛表示同情，我们就会发现同情是和快感微妙地结合在一起而生和展开的。没有一种知识，即是，没有任何的一般原理是从思考个别事实中得来的，而只有由快乐建立起来、单凭借快乐而存在于我们的心中。科学家、化学家、数学家，不管他们经过多少困难和不愉快，他们总知道这点，感觉到这点。不管解剖学家研究的东西如何给人苦楚，他总感觉到他的知识是一种愉快；他没有愉快，也就没有知识。那末，诗人作的是什么呢？他以为人与周围的事物相互作用和反作用，因而生出无限复杂的苦痛和愉快；他依据人自己的本性和他的日常生活来看人，认为人以一定数量的直接知识，以一定的信念、直觉、推断（由于习惯而获得直觉的性质）来思考这种现象；他以为人看到思想和感觉的这种复杂的现象，觉得到处都有事物在心中激起同情，这些同情，因为他天性使然，都带有一些愉快。

诗人主要注意的，就是人们都具有的这种知识，以及除了日常生活经验我们不需要别的训练就能喜欢的这种同情。他以为人与自然根本互相适应，人的心灵能映照出自然界中最美最有趣味的东西。因此，诗人被他在全部探索过程中的这种快感所激发，他和普遍的自然交谈着，怀着一种喜爱，就象科学家在长期的努力后，由于和自然的某些特殊部分（他的研究对象）交谈而发生的喜爱一样。诗人和哲学家的知识都是愉快；只是一个人的知识是我们的生存所必需的东西，我们天然的不能分离的祖先遗产；一个人的知识是个人的个别的收获，我们很慢才得到，并且不是以平素的直接的同情把我们与我们的同胞联系起来。科学家追求真理，仿佛是一个遥远的不知名的慈善家；他在孤独寂寞中珍惜真理，爱护真理。诗人唱的歌全人类都跟他合唱，他在真理面前感觉高兴，仿佛真理是我们看得见的朋友，是我们时刻不离的伴侣。诗是一切知识的菁华，它是整个科学面部上的强烈的表情。真的，我们可以象莎士比亚谈到人一样，说诗人是“瞻视往古，远看未来”①。诗人是捍卫人类天性的磐石，是随处都带着友谊和爱情的支持者和保护者。不管地域和气候的差别，不管语言和习俗的不同，不管法律和习惯的各异，不管事物会从人心里悄悄消逝，不管事物会遭到强暴的破坏，诗人总以热情和知识团结着布满全球和包括古今的人类社会的伟大王国。诗人的思想对象随处都是；虽然他也喜用眼睛和感官作向导，然而他不论在什么地方，只要发现动人视听的气氛可以展开他的翅膀，跟踪前去。诗是一切知识的起源和终结，——它像人的心灵一样不朽。如果科学家在我们的生活里和日常印象里造成任何直接或间接的重大变革，诗人就会立

① 语自莎士比亚《哈姆雷特》第四幕第四场。

刻振奋起来。他不仅在那些一般的间接影响中紧跟着科学家，而且将与科学家并肩携手，深入到科学本身的对象中间去。如果化学家、植物学家、矿物学家的极稀罕的发现有一天为我们所熟习，其中的关系在我们这些喜怒哀乐的人看来显然是十分重要，那末诗人就会把这些发现当做与任何写诗的题材一样合适的题材来写诗。如果有一天现在所谓科学的东西这样地为人们所熟悉，大家都仿佛觉得它有血有肉，那末诗人也会以自己神圣的心灵注入其中，帮助它化成有生命者，并且欢迎这位如此产生的人物成为人们家庭中亲爱的、真正的一员。既然这样，我们就不能想象，凡是对于诗抱有我所企图说明的这样崇高观念的人，会以转瞬即逝的装饰损害他所描写的东西的真实性和神圣性，会竭力用各种技巧来博得喝采，而使用这些技巧不过是由于假定他的题材卑下的原故。

直到这里，我所说的一切都是对于一般的诗而言的，特别是对于诗人通过自己人物说话的那一部分而言的。谈到这点，我们仿佛可以下一个结论，只要是有理性的人都会认为，诗中戏剧性部分的缺点的大小，完全在于它脱离真正的自然语言的程度，以及是否染上了诗人自己的词汇的色彩。这种词汇或者是诗人当做个人所特有的，或者是一般诗人所共有的。这些人由于写诗的关系，自然就使用一种特别的语言。

所以，我们不仅在诗的戏剧性部分里可以寻找语言上的这种差别，而且就是在诗人现身说话的地方，我们也一定可以看到语言上的这种差别。关于这点，我请读者看一看我在上面对于诗人的描写。在主要有助于形成诗人的这些特质之中，没有一点在种类上与别人不同，不过在程度上有差别而已。总括说来，诗人和别人不同的地方，主要是在诗人没有外界直接的刺激也能比别人更敏捷地思考和感受，并且又比别人更有能力把他内心中那样产生的这些思想和情感表现出来。但是这些热情、思想和感觉都是一般人的热情、思想和感觉。这些热情、思想和感觉到底与什么相联系呢？无疑地，它们与我们伦理上的情操、生理上的感觉，以及激起这些东西的事物相联系；它们与原子的运行、宇宙的现象相联系；它们与风暴、阳光、四季的轮换、冷热、丧亡亲友、伤害和愤懑、感德和希望、恐惧和悲痛相联系。这些以及类似的东西是别人的感觉和使他们发生兴趣的对象，所以是诗人所描写的感觉和对象。诗人以人的热情去思考和感受。那末他用的语言怎能与感觉敏锐、头脑清楚的其他一切人所用的语言有很大差别呢？我们可以证明这是不可能的。假如不是这样，诗人就可以在表达情感以娱乐自己或他这样的人的时候使用一种特别的语言了。不过，诗人决不是单单为诗人而写诗，他是为人们而写诗。除非我们提倡盲目崇拜，或者把无知当作快乐，诗人就必须从这个假想的高处走下，而且为了能引起合理的同情，必须像别人表现自己一样地表现自己。除此以外，诗人只是从人们真正使用的语言里进行选择，换句说话，他正确地依据这样的选择原则去作诗，自然就踏上稳固的基地，我们就知道从他那里会得到什么。关于韵律，我们的感觉是一样的；读者要记住，韵律的特点是整齐、一致，不像通常所谓诗的词汇的所有韵律是硬造的，随意可以改变的，这些改变是数也数不清的。在一种情况下，读者就完全受诗人的摆布，听任他高兴用什么意象和词汇来表达热情；在另一种情形下，韵律遵守着一定的法则，这些法则是诗人和读者都乐于服从的，因为它们是千真万确的，一点也不干涉热情，只是像历来所一致证实的那样提高和改进这种与热情共同存在的愉快。

[……]

我曾经说过，诗是强烈情感的自然流露。它起源于在平静中回忆起来的情感。诗人沉思这种情感直到一种反应使平静逐渐消逝，就有一种与诗人所沉思的情感相似的情感逐渐发生，确实存在于诗人的心中。一篇成功的诗作一般都从这种情形开始，而且在相似的情形下向前展开；然而不管是什么一种情绪，不管这种情绪达到什么程度，它既然从各种原因产生，总带有各种的愉快；所以我们不管描写什么情绪，只要我们自愿地描写，我们的心灵总是在一种享受的状态中。如果大自然特别使从事这种工作的人获得享受，那么诗人就应该听取这种教训，就应该特别注意，不管把什么热情传达给读者，只要读者的头脑是健全的，这种热情就应当带有一种愉快。和谐的韵文语言的音乐性，克服了困难之后的感觉，已往从同样的韵文作品里所得到的快感的任意联想，对这种语言（它与实际生活语言十分相似而在韵律上却又差别很大）的一再的模糊的知觉，——所有这一切很微妙地构成了一种复杂的快乐感觉，它在缓和那总是与更深热情的强烈描写掺杂在一起的痛苦感觉方面是非常有用的。在打动人心和充满激情的诗中，总是有这种效果；至于在轻快的诗篇里，诗人在安排韵律上的轻巧和优美就是使读者感到满意的主要源泉。关于这个问题所必须说的一切，还可以用下面这个事实来证明：很少有人否认，用诗和散文描写热情、习俗或性格，假使两者都描写得同样好，结果人们读诗的描写会读一百次，而读散文的描写只读一次。

[曹葆华译，选自伍蠡甫等编：《西方文论选》（下卷），上海，上海译文出版社，1979]

1. 作者简介

威廉·华兹华斯（William Wordsworth，1770—1850 年），英国浪漫主义文学先驱，“湖畔派”诗人之一。1770 年 4 月 7 日生于英国北部坎伯兰郡考克茅斯的一个律师家庭，家乡湖泊星罗棋布，以秀丽的湖光山色闻名。童年时熟读斯宾塞、莎士比亚和弥尔顿的作品。8 岁时母亲去世，被送到位于故乡东南二三十英里一个叫豪克斯海德的小镇的寄宿学校上学，直到 1787 年进剑桥大学圣约翰学院学习为止，其间，得以常在当地的湖山之间漫游。所上学校的校长是位诗歌爱好者，对他在诗歌方面的兴趣起了关键的启蒙作用。这段与自然亲密相处的日子对他后来的写作影响很大。1783 年父亲去世，他和弟兄们由舅父照管，妹妹多萝西则由外祖父母抚养。多萝西与他最为亲近，终身未嫁，后来一直与他相伴。

1787 年，华兹华斯进入剑桥大学的圣约翰学院学习。在那里，他阅读了大量古典文学作品，同时学习法语、意大利语和西班牙语。受卢梭思想的影响，在 1790 年的暑假，与同学一起去法国、瑞士和意大利旅行。1791 年大学毕业，获得文学学士学位。同年 11 月赴法国旅居，住在卢布瓦，对法国革命怀有热情。1792 年回到伦敦，不久出版了第一本诗集。1795 年 10 月，在妹妹多萝西陪同下移居英国西北部湖区的塞特郡乡间，实现接近自然并探讨人生意义的夙愿。在那里，华兹华斯与英国另外两位浪漫主义诗人柯勒律治、骚塞结为密友，号称“湖畔诗人”。1798 年 9 月至 1799 年春，旅居德国，开始写作长诗《序曲》。1803 年游苏格兰，写了《孤独的收割者》和其他一些记游诗。1807 年出版了两卷本诗集。1843 年被封为桂冠诗人。

2. 背景知识

1798 年，华兹华斯与柯勒律治这两位“湖畔诗人”共同出版了诗集《抒情歌谣集》。这本诗集的出版，不但没有像两位作者预期的那样获得认可，反而受到了一些读者和批评家的责难。1800 年，诗集再版，华兹华斯写了篇序言附在前面，主要是为他的写作原则和写作实践辩护，并且驳斥同时代人对他的诗的冷遇与责难。后来，文学史家将这一部诗集，特别是这篇序言的出版，看成是英国浪漫主义文学新时代开始的标志。

美国的文学理论家 M. H. 艾布拉姆斯曾认为，从古罗马贺拉斯所写的《诗艺》到 18 世纪的文学批评家之间，尽管存在着诸多重大的差异，两者在前提、宗旨和方法上的连续性却依然可辨，但是，“英国和德国浪漫主义作家理论的出现打断了这种连续性；他们作出了各种各样的创新，其中有许多观点和具体做法都标志着在传统批评与包括一些自称是反浪漫主义的批评在内的现代批评之间，有着种种本质上的区别”①。艾布拉姆斯曾经用“镜”和“灯”这两个著名的隐喻来概括这种区别，“镜”概括了从柏拉图到18世纪新古典主义主要的思维特征，而“灯”则代表了浪漫主义关于诗人心灵的主导观念。在华兹华斯之前的整个18世纪的英国文学批评中，“艺术即摹仿”的观点几乎成了不证自明的定理，“提纲挈领地说，18世纪具有代表性的批评家们认为，心灵感知者就是反映外在世界；所谓创造活动，就是将朴素的形象或感觉摹本这些‘观念’加以重新组合；由此产生的艺术作品就像一面镜子，反映了一个经过选择和编排的生活形象”②。这种摹仿（再现）理论在西方统治了相当长的时间。而华兹华斯这篇导言的意义，即在于提出了全新的主张情感表现的文学观念，开创了一个新的时代。这个时代被后人称为浪漫主义时代。这篇序言因此成了英国浪漫主义的“宣言”，它的重要性在于提出了有关诗歌本质和评价标准的新命题。

华兹华斯在这篇文章中提出“诗是强烈感情的自然流露”的观点，对英国浪漫主义批评家对诗的本质的看法影响深远，因而也成了西方抒情理论的代表性观点。正如艾布拉姆斯所言：“华兹华斯是第一个伟大的浪漫主义诗人，同时，他的著作影响极大，他使诗人的情感成为批评指向的中心，因此也标志着英国文学理论上的一个转折点。”③

这里需要强调的是，华兹华斯把一切好诗的标准定义为“情感的自然流露”，但他所谓的好诗的对象不是“史诗”，也不是西方所谓的“戏剧诗”，而是“抒情诗”。在浪漫主义时代，抒情诗成了诗歌的基本形式，它的性质也是一般诗歌的基本依据。因之，华兹华斯的浪漫主义理论就是一种抒情理论，其重要性恰恰是对古希腊以来以史诗和戏剧为基础文类的摹仿说的反拨与补充。

3. 文本解读

华兹华斯在这篇文章中两次提出“诗是强烈感情的自然流露（Poetry is the spontaneous overflow of powerfull feelings）”。这被视为英国浪漫主义者关于诗最有代表性的定义。华兹华斯在文章中谈到题材、语言、自然、诗人等问题，都可以说是以诗的这个定义为基础的。这个关于诗的定义，将诗的本质

---

① ［美］M. H. 艾布拉姆斯：《镜与灯——浪漫主义文论及批评传统》，郦稚牛等译，1页，北京，北京大学出版社，1989。

② 同上书，99页。

③ 同上书，160页。

定位为诗人情感的流露。“流露（overflow）”这个词更为准确的翻译应是“流溢”。正如艾布拉姆斯所言：“华兹华斯的‘流溢’这个隐喻，是以物理上的容器作比方的……这个容器当然就是诗人，诗歌的素材便是从中而来，它们既非事物也非行为，而恰恰是诗人液体般的情感。一种首尾一致的诗歌理论如果以这种比方而不是以模仿说为其出发点，那么它的侧重点和标准就会迥异于其他诗论。它的重点倾向于艺术家，其注意焦点则是作品诸要素与艺术家心境的关系，而且，‘自然’这个词还暗示，流溢的原动力是艺术家天生就有的，或许还不是他想控制就能控制的。”① 在华兹华斯对诗的定义的描述中，诗人本身就成了创造诗歌作品主要的和决定性的因素，而且，对诗的判断也主要地要以诗人为依据。这是一种强调诗人的情感表现的“表现说”，因而被认为是英国文学批评从“摹仿说”到“表现说”转变的一种标志。② 这也可以说是西方抒情理论兴起的标志。

华兹华斯抒情理论的主要特征，就是将诗歌作品的本质看成是诗人内心情感的外化，是诗人强烈情感支配下的产物。这样，在诗歌创造中，诗人的情感就成了决定性的因素，诗并不存在于对象本身，而是存在于诗人主体对对象的审美观照中。华兹华斯认为他的诗取材于“日常生活里的事件和情节”，但他同时要使这些事件和情节“加上一种想象的光彩，使日常的东西在不平常的状态下呈现在心灵面前”。这显然是与传统的摹仿说不同的一种诗学观念，它强调的是心灵的想象力量对外物的“改变”作用，而这当中最为关键的因素，即浪漫主义诗人所理解的诗歌的源泉：强烈的情感。正如华兹华斯在文中所说：“是情感给予动作和情节以重要性，而不是动作和情节给予情感以重要性。”也正是由于极端重视诗人的情感，华兹华斯把诗学讨论的中心放在诗人这一要素上。同时，他赋予诗人一种理想化的浪漫主义气质与心性，用他自己的话描述，就是：“诗人是以一个人的身份向人们讲话。他是一个人，比一般人具有更敏锐的感受性，具有更多的热忱和温情，他更了解人的本性，而且有着更开阔的灵魂；他喜欢自己的热情和意志，内在的活力使他比别人快乐得多；他高兴观察宇宙现象中的相似的热情和意志，并且习惯于在没有找到它们的地方自己去创造。”此外，诗人“能更敏捷地表达自己的思想和感情，特别是这样的一些思想和感情，它们的发生并非由于直接的外在刺激，而是出于他的选择，

① ［美］M. H. 艾布拉姆斯：《镜与灯——浪漫主义文论及批评传统》，郦稚牛等译，69页，北京，北京大学出版社，1989。

② 同上书，25页。

或者是他的心灵的构造”。无疑，诗人特异的敏感的心灵，成了诗歌创造的源泉。因而，华兹华斯说：“心灵能映照出自然界中最美最有趣味的东西。”

与上述关于诗的本质的抒情理论相对应，华兹华斯在这篇文章中还讨论了诗所应该描写的题材和所应该使用的语言。在华兹华斯看来，特定的情感、题材与语言这三者，在诗中是相互适应的：“只要诗人把题材选得很恰当，在适当的时候他自然就会有热情，而由热情产生的语言，只要选择得很正确和恰当，也必定很高贵而且丰富多彩，由于隐喻和比喻而充满生气。”那么，在华兹华斯的心目中，什么样的题材与语言才适合于诗人自然的情感流溢呢？

华兹华斯在这篇文章中多次明确地提到，他的诗表现的题材是“微贱的田园生活”，这是一种“日常生活里的事件和情节”。之所以选择这样的题材作为诗歌写作的内容，华兹华斯自己说：“因为在这种生活里，人们心中主要的热情找着了更好的土壤，能够达到成熟境地，少受一些拘束，并且说出一种更纯朴和有力的语言；因为在这种生活里，我们的各种基本情感共同存在于一种更单纯的状态之下，因此能让我们更确切地对它们加以思考，更有力地把它们表达出来；因为田园生活的各种习俗是从这些基本情感萌芽的，并且由于田园工作的必要性，这些习俗更容易为人了解，更能持久；最后，因为在这种生活里，人们的热情是与自然的美而永久的形式合而为一的。”在这方面，华兹华斯的抒情理论，体现了文化上崇尚自然的倾向。既然诗是诗人情感的自然流露，华兹华斯就有理由认为，真正的好诗不是用矫揉造作的华丽的辞藻去表现非自然的题材。换言之，诗既然是诗人的天性的自然流露，那么，田园题材就是诗歌写作最好的素材了。华兹华斯一生中的大多数时间，都是在他出生地所在的湖区一带度过的。在他自己的诗中，华兹华斯最乐于也最善于描写大自然。华兹华斯对大自然怀有深厚的感情，对实现了工业化之后具有种种痼疾的城市颇为厌恶，在这篇文章中，华兹华斯还对城市里产生的千篇一律的生活，以及诞生于城市的生活和习俗趋势之上的病态文学加以批判。

与诗歌写作所选择的“微贱的田园生活”相适应，华兹华斯认为诗人所应采用的语言是这些生活于其中的人“所使用的语言”。这或许可以理解华兹华斯与其他浪漫主义者对“歌谣”一词的热爱。歌谣，被理想化地认为是本国语言的真正化身和继承者，它的活力，即在于它是一种活的、自然的、富于韵律的语言。华兹华斯认为这样的语言是“更纯朴和更有力的语言”，它“单纯而不矫揉造作”，它“从屡次的经验和正常的情感产生出来，比起一般诗人通常用来代替它的语言，是更永久、更富有哲学意味”。为了达到诗的语言的这种纯朴、自然与有力，华兹华斯在谈到自己的诗的风格时，特别强调诗的写作应该避免使用一般人所谓的“诗的词汇”，主张打破严格的诗的韵律法则。华兹华斯力主诗人使用的语言应该接近普通民众使用的语言。在这个意义上，华兹华斯甚至认为诗的语言与散文的语言并没有本质的区别，他说：“诗的眼泪‘并不是天使的眼泪’，而是人们自然的眼泪；诗并不拥有天上的流动于诸神血管中的灵液，足以使自己的生命汁液与散文的判然不同；人们的同样的血液在两者的血管里循环着。”

通观全文，我们可以发现，浪漫主义以抒情诗为基础文类的诗论，其实就是一种抒情理论。这种抒情理论强调情感表现，强调诗人的主体性，认为诗歌作品的本质是诗人内心情感的外化，华兹华斯称为“流溢”。

二、人间词话（节选）（王国维）

一

词以境界为最上。有境界则自成高格，自有名句。五代北宋之词所以独绝者在此。

二

有造境，有写境，此理想与写实二派之所由分。然二者颇难分别。因大诗人所造之境，必合乎自然，所写之境，亦必邻于理想故也。

三

有有我之境，有无我之境。“泪眼问花花不语，乱红飞过秋千去。”① “可堪孤馆闭春寒，杜鹃声里斜阳暮。”② 有我之境也。“采菊东篱下，悠然见南山。”③ “寒波澹澹起，白鸟悠悠下。”④ 无我之境也。有我之境，以我观物，故物皆著我之色彩。无我之境，以物观物，故不知何者为我，何者为物。古人为词，写有我之境者为多，然未始不能写无我之境，此在豪杰之士能自树立耳。

---

① 语出欧阳修《蝶恋花》。

② 语出秦观《踏莎行》。

③ 语出陶渊明《饮酒·二十首其五》。

④ 语出元好问《颍亭留别》。

四

无我之境，人惟于静中得之。有我之境，于由动之静时得之。故一优美，一宏壮也。

五

自然中之物，互相关系，互相限制。然其写之于文学及美术中也，必遗其关系、限制之处。故虽写实家，亦理想家也。又虽如何虚构之境，其材料必求之于自然，而其构造，亦必从自然之法则，故虽理想家，亦写实家也。

六

境非独谓景物也，喜怒哀乐，亦人心中之一境界。故能写真景物、真感情者，谓之有境界。否则谓之无境界。

七

“红杏枝头春意闹”①，著一“闹”字，而境界全出。“云破月来花弄影”②，著一“弄”字，而境界全出矣。

八

境界有大小，不以是而分优劣。“细雨鱼儿出，微风燕子斜。”③ 何遽不若“落日照大旗，马鸣风萧萧。”④ “宝帘闲挂小银钩”⑤，何遽不若“雾失楼台，月迷津渡”⑥ 也。

九

《严沧浪诗话》谓：“盛唐诸公（诗话‘公’作‘人’），唯在兴趣，羚羊挂角，无迹可求。故其妙处，透澈（‘澈’作‘彻’）玲珑，不可凑拍（‘拍’作‘泊’）。如空中之音、相中之色、水中之影（‘影’作‘月’）、镜中之象，言有尽而意无穷。”余谓：北宋以前之词，亦复如是。然沧浪所谓兴趣，阮亭所谓神韵，犹不过道其面目；不若鄙人拈出“境界”二字，为探其本也。

十五

词至李后主而眼界始大，感慨遂深，遂变伶工之词而为士大夫之词。周介

---

① 语出宋祁《玉楼春·春景》。

② 语出张先《天仙子》。

③ 语出杜甫《水槛遣心》。

④ 语出杜甫《后出塞·五首之二》。

⑤ 语出秦观《浣溪沙》。

⑥ 语出秦观《踏莎行》。

存置诸温韦之下，可谓颠倒黑白矣。“自是人生长恨水长东。”① “流水落花春去也，天上人间。”②《金荃》③《浣花》④，能有此气象耶？

十六

词人者，不失其赤子之心者也。故生于深宫之中，长于妇人之手，是后主为人君所短处，亦即为词人所长处。

十七

客观之诗人，不可不多阅世。阅世愈深，则材料愈丰富，愈变化，《水浒传》《红楼梦》之作者是也。主观之诗人，不必多阅世。阅世愈浅，则性情愈真，李后主是也。

十八

尼采谓：“一切文学，余爱以血书者。”后主之词，真所谓以血书者也。宋道君皇帝《燕山亭》词亦略似之。然道君不过自道身世之戚，后主则俨有释迦、基督担荷人类罪恶之意，其大小固不同矣。

二十六

古今之成大事业、大学问者，必经过三种之境界：“昨夜西风凋碧树。独上高楼，望尽天涯路。”⑤ 此第一境也。“衣带渐宽终不悔，为伊消得人憔悴。”⑥ 此第二境也。“众里寻他千百度，回头蓦见（当作‘蓦然回首’），那人正（当作‘却’）在，灯火阑珊处。”⑦ 此第三境也。此等语言皆非大词人不能道。然遽以此意解释诸词，恐为晏欧诸公所不许也。

三十六

美成《青玉案》（当作《苏幕遮》）词：“叶上初阳干宿雨。水面清圆，一一风荷举。”此真能得荷之神理者。觉白石《念奴娇》《惜红衣》二词，犹有隔雾看花之恨。

三十八

咏物之词，自以东坡《水龙吟》为最工，邦卿《双双燕》次之。白石《暗

---

① 语出李煜《相见欢》。
② 语出李煜《浪淘沙》。
③ 温庭筠词集。
④ 韦庄词集。
⑤ 语出晏殊《蝶恋花》。
⑥ 语出柳永《蝶恋花》。
⑦ 语出辛弃疾《青玉案·元夕》。

香》《疏影》，格调虽高，然无一语道着，视古人“江边一树垂垂发”等句何如耶？

三十九

白石写景之作，如“二十四桥仍在，波心荡、冷月无声。”“数峰清苦，商略黄昏雨。”“高树晚蝉，说西风消息。”虽格韵高绝，然如雾里看花，终隔一层。梅溪、梦窗诸家写景之病，皆在一“隔”字。北宋风流，渡江遂绝。抑真有运会存乎其间耶？

四十

问“隔”与“不隔”之别，曰：陶谢之诗不隔，延年则稍隔矣。东坡之诗不隔，山谷则稍隔矣。“池塘生春草”“空梁落燕泥”等二句，妙处唯在不隔。词亦如是。即以一人一词论。如欧阳公《少年游》咏春草上半阕云：“阑干十二独凭春，晴碧远连云。千里万里，二月三月，（此两句原倒置）行色苦愁人。”语语都在目前，便是不隔。至云：“谢家池上，江淹浦畔。”则隔矣。白石《翠楼吟》：“此地。宜有词仙，拥素云黄鹤，与君游戏。玉梯凝望久，叹芳草、萋萋千里。”便是不隔。至“酒祓清愁，花消英气。”则隔矣。然南宋词虽不隔处，比之前人，自有浅深厚薄之别。

四十一

“生年不满百，常怀千岁优。昼短苦夜长，何不秉烛游？”① “服食求神仙，多为药所误。不如饮美酒，被服纨与素。”② 写情如此，方为不隔。“采菊东篱下，悠然见南山。山气日夕佳，飞鸟相与还。”“天似穹庐，笼盖四野，天苍苍，野茫茫。风吹草低见牛羊。”写景如此，方为不隔。

五十一

“明月照积雪”③“大江流日夜”④“中天悬明月”⑤“黄（当作‘长’）河落日圆”⑥，此种境界，可谓千古壮观。求之于词，唯纳兰容若塞上之作，如《长相思》之“夜深千帐灯”，《如梦令》之“万帐穹庐人醉，星影摇摇欲坠”差近之。

---

① 语出《古诗十九首》第十五首。

② 语出《古诗十九首》第十三首。

③ 语出谢灵运《岁暮》。

④ 语出谢朓《暂使下都夜发新林至京邑赠西府同僚》。

⑤ 语出杜甫《后出塞·五首之二》。

⑥ 语出王维《使至塞上》。

五十二

纳兰容若以自然之眼观物，以自然之舌言情。此由初入中原，未染汉人风气，故能真切如此。北宋以来，一人而已。

五十四

四言敝而有《楚辞》，《楚辞》敝而有五言，五言敝而有七言，古诗敝而有律绝，律绝敝而有词。盖文体通行既久，染指遂多，自成习套。豪杰之士，亦难于其中自出新意，故遁而作他体，以自解脱。一切文体所以始盛终衰者，皆由于此。故谓文学后不如前，余未敢信。但就一体论，则此说固无以易也。

五十六

大家之作，其言情也必沁人心脾，其写景也必豁人耳目。其辞脱口而出，无矫揉妆束之态。以其所见者真，所知者深也。诗词皆然。持此以衡古今之作者，可无大误矣。

五十七

人能于诗词中不为美刺投赠之篇，不使隶事之句，不用粉饰之字，则于此道已过半矣。

六十

诗人对宇宙人生，须入乎其内，又须出乎其外。入乎其内，故能写之。出乎其外，故能观之。入乎其内，故有生气。出乎其外，故有高致。美成能入而不出。白石以降，于此二事皆未梦见。

六十一

诗人必有轻视外物之意，故能以奴仆命风月。又必有重视外物之意，故能与花鸟共忧乐。

六十二

“昔为倡家女，今为荡子妇。荡子行不归，空床难独守。”① “何不策高足，先据要路津？无为久贫（当作‘守穷’）贱，轗轲长苦辛。”② 可谓淫鄙之尤。然无视为淫词、鄙词者，以其真也。五代北宋之大词人亦然。非无淫词，读之者但觉其亲切动人。非无鄙词，但觉其精力弥满。可知淫词与鄙词之病，非淫与鄙之病，而游词之病也。“岂不尔思，室是远而。”而子曰：“未之思也，夫何远之有？”恶其游也。

---

① 语出《古诗十九首》第二首。

② 语出《古诗十九首》第四首。

六十三

“枯藤老树昏鸦。小桥流水人家。古道西风瘦马。夕阳西下。断肠人在天涯。”此元人马东篱《天净沙》小令也。寥寥数语，深得唐人绝句妙境。有元一代词家，皆不能办此也。

（选自王国维：《王国维文集》，第一卷，北京，中国文史出版社，1997）

1. 作者简介

王国维（1877—1927年），字静安，号观堂，浙江海宁人，近代著名学者。1898年，王国维到上海，任梁启超主编的《时务报》书记、校对。同时在罗振玉创办的“东文学社”学习日语、英语、哲学、数学、物理、化学等课程。1901年在罗振玉的资助下赴日本东京物理学校学习。次年夏，因病辍学回国。1903年起，任通州、苏州等地师范学堂教习，讲授哲学、心理学、逻辑学等课程，并致力于文学研究，开始阅读叔本华、康德等人的著作。1906年到达北京，历任学部总务司行走、学部图书局编辑等职。与此同时，开始研究美学、宋词和元曲，完成了《人间词话》和《宋元戏曲考》。1911年辛亥革命爆发后，随罗振玉逃居日本京都，集中精力研究甲骨文、金文和汉简。1916年应犹太富商哈同之聘，回国至上海编辑《学术丛编》杂志，并继续甲骨文的研究。1918年起兼任哈同创办的仓圣明智大学教授。1925年任清华大学研究院教授，讲授经史、小学等科。时与梁启超、陈寅恪、赵元任并称清华四大导师。1927年在北京颐和园投水自尽。生平著作六十二种，收入《海宁王静安先生遗书》的有四十二种，以《观堂集林》最为著名。其著译以2010年出版的《王国维全集》收罗最全。

2. 背景知识

王国维在文学和美学上的重要著作有《〈红楼梦〉评论》（1904）、《人间词话》（1908）、《宋元戏曲考》（1912）等。《人间词话》从1908年起，以三期连载于《国粹学报》，是王国维改定本，共64则。后人根据王国维的手稿，又编有《人间词话删稿》《人间词话附录》等。

《人间词话》是王国维文学批评的代表作，不仅堪称中国古典意境理论的集大成之作，也是中国现代文学理论的经典之作。王国维受西方哲学、美学的影响，对中国古典的文学理论进行了新的检讨，在继承中国古典文学理论的同时，又在新的中西交融的学术语境中对之进行了重新阐释。

王国维在总结历代词人写作经验的基础上，提出了“境界”一词作为论词的基本概念。与西方相当长的时间里（特别是19世纪之前）强调摹仿的叙事理论不同，中国古代的文学理论则是偏向于以抒情诗为基本文类的抒情理论。因之，王国维的“境界”说也称得上是一种从中国古典文学理论中提炼出来的抒情理论。

据考证，“境界”这个词最初见于《新序·杂事》：“守封疆，谨境界。”班昭《东征赋》也说：“到长垣之境界，察农野之居民。”可见，“境界”这个词最初指的都是一定的疆土范围，是一个指实体的词。但是，翻译佛经的人后来借用了这个词，《杂譬喻经》中说“神是威灵，振动境界”，《无量寿经》中说“斯义宏深，非我境界”，《华严梵行品》中说“了知境界，如幻如梦”。这样，便把一个原指实体的词用来表明抽象的思想意识和幻想了，从而使“境界”变为心中之“境”，指向主体而非客体，指向虚境而非实境。“境界（意境）”论从最初就定下了这种偏于主观、个体、表现的特征。“意境”论正式诞生于唐代，唐人论“意境”在概念上终未逃出佛经上所使用的“虚境”这一含义。皎然在《诗式》中说“诗情缘境发，诗性寄签空”。司空图在《与极浦书》中说“思与境偕”，说诗境“思致微渺”，正如戴叔伦所说，“如蓝田日暖，良玉生烟，可望而不可置于眉睫之前”。因此，以唐人“意境”论为代表的中国传统的“意境”论，偏于审美主体的情感意兴表现，重在言外之意。

王国维的“境界”说继承并发展了中国古典的“意境（境界）”理论。

3. 文本解读

《人间词话》是王国维最重要的美学诗学著作，它的核心审美范畴就是“境界”。《人间词话》开门见山地提出：“词以境界为最上，有境界则自成高格，自有名句。”从而确立了全书以“境界”论词的基本出发点。那么，何谓“境界”？王国维又说：“境非独谓景物也，喜怒哀乐，亦人心中之一境界。故能写真景物、真感情者，谓之有境界。否则谓之无境界。”这里所谓的“境界”，其基本思想一言以蔽之，即“能写真景物、真感情”。而其中内在蕴含的审美观念即“真”，这“真”，既指“真景物、真感情”的“真”，又指“能写”“摹写”的“真”，前者可谓是对作者而言，后者可谓是对作品而言。

在写于1906年的《文学小言》中，王国维说：“文学中有二原质焉：曰景、曰情。前者以描写自然及人生之事实为主，后者则吾人对此种事实之精神态度也。”在此，王国维确立情与景二者作为文学的“二原质”，这在他写于稍后的《人间词话》中没有改变，他还进一步阐述了对这“二原质”的真实感受和真实再现。他说："大家之作，其言情也，必沁人心脾；其写景也，必豁人耳目。其词脱口而出，无矫揉妆束之态。以其所见者真，所知者深也。诗词皆然。持此以衡古今之作者，可无大误矣。"他评纳兰容若，说他："以自然之眼观物，以自然之舌言情，此由初入中原，未染汉人风气，故能真切如此。"在这两则材料中，王国维标举了作者"写景""言情""观物"上"无矫揉妆束之态""未染汉人风气"的"真"和"真切"，其实也就是强调词人对情、景文学二原质的真实感受和真实再现，也就是"真景物、真感情"。所谓"真景物"，在这里也就是指作者能"以自然之眼观物"，静观"自然及人生之事实（景）"，从而真实地加以表现，能达到"豁人耳目"的效果；所谓"真感情"，在这里也就是指"以自然之舌言情"，真实感受"吾人对此种（指自然及人生）事实之精神的态度（情）"，从而达到"沁人心脾"的效果。

王国维这种强调作者写作时要有真情实感且要对"景"真实再现的态度，既有对中国传统诗学的继承因素，也有西方哲学美学思想的影响因由。在中国传统诗学里，论诗词，很少有具体论述"真"的，但"真"的观念却蕴含其中，而且主要指主观的真。其源头是庄子，他提倡"精诚之至"，其实即指情感的"本真状态"，用到文学艺术中，则是指对情感的真实感受，往往有虚渺、模糊的特点，这同中国古代文论所建立起的"气""神""韵""境""味"，乃至"兴趣""妙悟"等审美范畴所带有的模糊性、不确定性是相一致的。因此，这种情感态度的"真"，往往只重主观情感的"真"，而忽视对"景"，即"自然及人生之事实"的再现的"真"。在《人间词话》中，王国维提出"真感情"，与此相联系，在"境界"中分论"写境""有我之境"，在作家中分论"理想家""主观之诗人"，都可见出他对中国传统诗论强调的作者情感的"精诚之至"的"真"的重视。但是，王国维对"真感情"的重视，又有别于中国传统诗论对主观情感的过分或片面强调，这主要表现为他借诸西学，引进"自然"和"观"的概念，独具创意地在提出"真感情"的同时又提出了"真景物"，从而使"真"在具有真实感受和表现主体的主观情感的意思之外，还具有真实描写和再现客观外物的意思。在评纳兰容若时，他提到了"自然之眼观物"和"未染汉人风气"。王国维说的"以自然之眼观物"的"观"，及其另外提到的"以物观物"的"观"都并非孔子的"诗可以观"的"观"，而是叔本华美学的"直观"与"静观"，叔本华认定诗人的"天才的本质就在于进行这种观审的卓越能力"①。王国维说的"观"，其实也就是天才作为"自然之一部"对自然的静观。纳兰容若是满族人，为清初词人，说他"未染汉人风气"乃是指他"初入中原"，没有染上当时在词坛上颇有影响的那种师范南宋格律派词人姜夔、张炎所形成的雕章琢句、华丽侈艳的以朱彝尊为代表的浙西词派词风。也正因为这种"真景物"的观念，在《人间词话》中，王国维在境界中分论"造境""无我之境"，在作家中分论"写实家""客观之诗人"。其实，在王国维看来，"真感情"（即作家真实感觉和表现主观情感），和"真景物"（即真实描摹和再现客体）是并重的，这正是王国维融会贯通中西美学、诗学的结果，从而为中国诗学注入了新的东西。

"境界（意境）"说的基本思想是"能写真景物、真感情"，我们不能撇开"能写"两字，因为这句话是个有机整体。王国维说"能写真景物、真感情者，谓之有境界"其实是说"能写真景物、真感情"的作品，是有"境界"的作品。在这里，情、景是文学的二原质，作家要对它们真实感受和真实再现，作品则是作家"能写"的结果。作家与作品都和情、景发生关系，作家对情、景的"真"已如前所述，作家对作品的"能写"其实也就是作家使用语言对"真景物、真感情"的真实表现。王国维说"红杏枝头春意闹，着一'闹'字，而境界全出。云破月来花弄影，着一'弄'字，而境界全出矣"。很多人论及这里，往往只注重其遣词造句，而忽视其强调词人的"能写"的意义。无疑，"闹"和"弄"所带来的境界确实蕴含了作家的"真景物"和"真感情"，但是，这"真景物"与"真感情"还是通过作家的"能写"，即借诸"闹"和"弄"这样两个确切的不能用其他字来替换的语言从而真实地表现出来的。王国维虽然没有更多地对"能写"进行具体解释，但在他的作品评论中，往往体现了"能写"的思想。其中最突出的，就是《人间词话》中关于"隔"与"不隔"的论述。在这一则里，"隔"与"不隔"指的都是语言。"隔"也就是使用代字或典故后的"雾里观花、终隔一层"，像"谢家池上、江淹浦畔"写景并不直截了当去写，却说"谢家池""江淹浦"，写的是古人之景，"终隔一层"。所谓"不隔"，也就是不用代字和典故，直接而自然地表现"情"和"景"的"语语都在目前"，像"池塘生春草""空梁落燕泥"，直接写景，明白如画，这其实就是"能写"，即"其言情也必沁人心脾，其写景也必豁人耳目。其辞脱口而出，而无矫揉妆束之态"地对"真感情"与"真景物"的真实表现，再具

① ［德］叔本华：《作为意志和表象的世界》，石冲白译，259页，北京，商务印书馆，1982。

体地讲，也就是要作品如实地描写自然、社会、人生，直抒胸臆，不加雕饰地以具体饱满的语言来反映自然、社会和人生，这正是“真”的审美观重要的一部分。

综上所述，王国维“真”的审美观，就作者而言，是对情、景文学二原质的真实感受与真实再现；就作品而言，是对“真景物”与“真感情”的“能写”，即真实表现。这“真”的审美观，用王国维自己的话来说，其实也就是“能写真景物、真感情”，而这也正是王国维对于“境界”的解释。“真”的审美观是王国维“境界”说的核心观念，其实也是王国维心中的审美理想。

这种“真”的审美观也贯穿了王国维对于文学本身的看法及文学的发展观。

王国维认为文学“描写自然及人生”，但要内容及形式上的“真”而不是伪善的求名求利之作。王国维认为词人是有着“赤子之心”的人，他的创作则是“血书”。细读《人间词话》第六十二则，我们发现，王国维强调的还是“真”，只要“真”，淫词就不淫，鄙词就不鄙了，他反对的就是那种失去真实性的矫揉造作的“游词”。

也正是基于“真”的文学观，在文学的发展观上，王国维拈出真不真之说以通论古今文学之盛衰。在《文学小言》的第十则至第十三则，王国维深赞“屈子感自己之感，言自己之言”，而哀叹“诗至唐中叶以后，殆为羔雁之具矣”。王国维以“真不真”来衡量古今各个时代的文学的成就得失。同时，他在论及“其诗词兼擅如永叔、少游者”时，说“皆诗不如词远甚。以其写之于诗者，不若写之于词者之真也”。在传统文人的论说中，一向有“诗庄词媚”之说，诗写大题材，往往有板起脸孔说教之作，词写小题材，则往往流露出真情实感，王国维则用“真不真”作为标准衡量欧阳修、秦观的诗、词的成就高下，认为诗远不如词。“真”的审美观，既是王国维的文艺创作标准也是他的文艺批评标准。

第二节　相关问题概说

上述华兹华斯与王国维的文章，分别代表着西方19世纪和中国近代关于诗的抒情理论。华兹华斯的文章所讨论的抒情诗，与王国维的文章所讨论的中国古典的词，尽管由于中西文化语境的差异而存在着巨大的差异，然而，这种差异并不能掩盖这一基本事实：它们都是一种抒情的文学体式，与那种以讲故事为基本特征的叙事性的文学体式不同。

抒情（lyric）一词在希腊文中源于七弦琴（lyra），原意是指用七弦琴伴奏的抒情歌曲。在英文中，其复数形式即指抒情诗。抒情、叙事与戏剧是欧洲文学传统中的三种基本文类。这种文类划分的历史，甚至可以追溯到古希腊哲学家亚里士多德。在《诗学》中，亚里士多德说："史诗和悲剧、喜剧和酒神颂及大部分双管箫乐和竖琴乐——这一切实际上都是摹仿，只是有三点差别，即摹仿所用的媒介不同，所取的对象不同，所采用的方式不同。"① 这里的"史诗"属于叙事类，"悲剧"和"喜剧"属于戏剧类，而"酒神颂及大部分双管箫乐和竖琴乐"则属于抒情类。德国美学家黑格尔在《美学》一书中将"诗"（其实即是文学）分为史诗、抒情诗和戏剧体诗三类。② 这种文类上的三分法划分，不仅仅构成了文学种类的三个概念，同时，也自然包含了对作者选择和使用不同的文类来写作时所体现的语言特征的界定。换言之，在这种三分法中，蕴含着对文学语言的不同体式的界定与概括。这样，文类（genre）的探讨，就必然引向对文体（style）的探讨。这里的文体是指文学语言体现出来的整体的体式。

作为一种独特的文类，抒情有自身独特的语言文体特征，这种特征的形成紧密地联系于表现什么（情感）和如何表现（修辞）这两个问题。

一、抒情文体

一类事物的独特性，往往是自身能够辨明与他者相异的东西。抒情文体的独特性，正存在于其与叙事文体、戏剧文体的差异中。例如，当我们在一个中国古代文学选本中读到这样一个段落：

> 少年听雨歌楼上，红烛昏罗帐。壮年听雨客舟中，江阔云低、断雁叫西风。　　而今听雨僧庐下，鬓已星星也。悲欢离合总无情，一任阶前、点滴到天明。

稍有古典文学常识的人，都会知道这是一首词，而词乃是中国古典文学中

① ［古希腊］亚里士多德：《诗学》，罗念生译，见《罗念生全集》，第一卷，21页，上海，上海人民出版社，2004。

② ［德］黑格尔：《美学》，第三卷（下），朱光潜译，98～100页，北京，商务印书馆，1981。

极为典型的一种抒情体式。这确实是南宋蒋捷写的一首词——《虞美人》。这首词看起来像是一篇短小的“故事”，分述了少年、壮年和而今（老年）三个阶段听雨的不同经历。然而，这个小故事是被编织在“词牌”这一抒情性极强的“韵文”的“织体”之中的，是为表现一种内心的情境服务的。换言之，这个小故事着重表现的不是一个故事，而是人生三个不同阶段“听雨”时不同的心境，特别是整首词的最后两句“悲欢离合总无情，一任阶前、点滴到天明”，更增强了抒情的语调。抒情诗的表现内容，确乎是一种情绪，但在大多数情况下，情绪的表达是借助于某种“形象”进行的。在这首词中，情绪是借人生三个不同阶段听雨时不同的场景来表现的。这三个不同场景时间上的连续性似乎并不重要，重要的是三个连续性的“画面”。这样，三个“事件”在这首词中就成了为情绪表现服务的“形象”。这首词就成了三种形象加一种情绪。因此，我们甚至可以简短地说，叙事以“故事”为描写的中心，而抒情则以“心境”为描写的中心。在抒情中也可能会有“故事”，但故事是为表达某种“心境”服务的。

已经有很多人试图通过各种不同的方式来界定抒情、叙事与戏剧这三种文体。黑格尔认为史诗是“按照本来的客观形状去描述客观事物”，其外在的显现方式是“事迹”，它的任务就是把事迹完整地叙述出来，它“采取一种广泛的自生自展的形式，去描述一个本身完整的动作以及发出动作的人物”①。抒情诗的内容是“主体（诗人）的内心世界，是观照和感受的心灵”，它“采取自我表现作为它的唯一的形式和终极的目的。它所处理的不是展现为外在事迹的那种具有实体性的整体，而是某一个反躬内省的主体的一些零星的观感、情绪和见解”②。而戏剧体诗，是史诗和抒情诗相结合的一种艺术形式，他说：“第三种表现方式（指戏剧体诗，引者案）把以上两种表现方式结合为一个新的整体，在其中我们既看到一种客观的展现，也看到这种展现的根源在于个别人物（角色）的内心生活，所以客观的事物被表现为属于主体的，反过来说，主体的性格一方面在向客观表现转化，另一方面诗的结局使人看到主体的遭遇是主体的行为所必然引起的后果。”③ 黑格尔是从艺术内容和艺术表现这一二

① ［德］黑格尔：《美学》，第三卷（下），朱光潜译，99页，北京，商务印书馆，1981。

② ［德］黑格尔：《美学》，第三卷（下），朱光潜译，99～100页，北京，商务印书馆，1981。

③ 同上书，100页。

分法出发来区分这三种类型的文学样式的。简言之，史诗就内容而言描写的是完整的动作与作为动作执行者的人物，就表现方式而言则是把事迹完整地叙述出来；抒情诗的内容是“主体（诗人）的内心世界，是观照和感受的心灵”，其表现方式是“自我表现”；戏剧体诗无论是就内容还是就形式而言，都是上述两种艺术形式的综合。现代学者则这样概括叙事与抒情诗的差别：“叙事被解作一种模式，突出了能动地运行于时空之中的一序列事件。抒情诗被解作一种模式，突出了一种同时性，即投射出一个静止的格式塔的一团情感或思想。叙事以故事为中心，抒情诗则聚焦于心境，尽管每一种模式都包含着另一种模式的因素。”① 应当说，这种区分并没有脱离黑格尔的区分模式，但更突出了叙事的“历时性”特点与抒情诗的“同时性”特点。

还有学者把抒情文体的特征集中到形式的音乐性上。尼采在《悲剧的诞生》一书中说：“整个古代抒情诗历史中最重要的一个现象是，抒情诗人与音乐家结合乃至融合为一体，这一点在任何地方都被视为非常自然。”② 有充分的研究表明，抒情诗是最原始最基本的艺术样式。人类艺术的初始阶段乃为无意义的发声，然后不断被重复，然后形成格律形式，继而诞生诗歌。③ 因此，诗与音乐，在其初始阶段与其后很长的时间里都是密不可分的，其典型的形式就是“歌”。当然，现在诗与“歌”已经分道扬镳了，诗是供人读的，而不是供人唱的，它现在是语言的艺术，而不是音乐的艺术。我们现在所朗读的古代诗歌，像《诗经》、《离骚》、唐诗、宋词，在古代都与音乐有着非常密切的关系。当我们默默地诵读这些古典诗歌的时候，我们已经无法从这些诗歌的欣赏中产生那种只有在身临其境时才能体会到的声情并茂的感觉，特别是对其中的节奏和音韵的微妙感觉。

在西方，“抒情”作为一种文体，可以说是与作为一种文类的“抒情诗”相对应而言的。当然，一般地讲，也可以将抒情小品（抒情散文）归入这一文体中。

在中国，抒情文体有诗、词、曲、赋等多种形式。诗则包括了中国最早的诗歌总集《诗经》与屈原写的收入《楚辞》中的作品，同时还包括民歌、汉魏古诗与各类格律诗，唐代的诗则被视为中国古典诗的高峰。词又称“长

① 转引自［美］詹姆斯·费伦：《作为修辞的叙事：技巧、读者、伦理、意识形态》，陈永国译，6页，北京，北京大学出版社，2002。

② ［德］尼采：《悲剧的诞生》，赵登荣译，38页，桂林，漓江出版社，2000。

③ ［美］厄尔·迈纳：《比较诗学》，王宇根等译，123页，北京，中央编译出版社，2004。

短句”，本是与乐曲相配的歌词，兴于宋代，被后人视为宋代文学成就的代表。曲在中国古代分为散曲与戏曲，中国古代戏曲由于其抒情性而被学者认为是一种抒情文体。现在通行的做法，则是将戏曲归入戏剧文体中，但注意其不同于西方戏剧的抒情特点。散曲是兴盛于元代的一种中国古典抒情诗体式，是在宋金时的民谣俚曲的基础上形成的独特的诗歌形式。赋作为文学体式，可以追溯到屈原的《楚辞》，汉代刘向在为屈原编集时，就曾将屈原的《离骚》《九歌》等篇章称为“屈原赋”，因此，后人根据赋的发展，将其分为骚赋、汉赋、骈赋、律赋、文赋等各个阶段。将赋这个文体全部都归入抒情文体，可能是不合适的，但赋的一大部分，确实都称得上是以抒情为目的的，像其中的骈赋，就又称“抒情小赋”，江淹的《恨赋》《别赋》是其中的代表作。

在西方，抒情诗一般都比较短，很少有超过一百行的。有时候，民歌也被作为抒情诗的一种体式看待。此外，著名的抒情诗体式还有哀歌、颂歌与十四行等。哀歌以内容上诗意的悲叹和对死亡的沉思为特点，在文艺复兴时期大为流行，18 世纪末写的人也很多。像英国诗人托马斯·格雷的《墓畔哀歌》。颂歌相对来说比较长，但也很少有超过一百行的，没有固定的诗节格式或韵律形式，通过赞颂一个事物表现出诗人自己的情感和思考，许多浪漫主义诗人都喜欢这种诗体。像约翰·济慈就写过《秋颂》《希腊古瓮颂》。十四行诗是格律最严谨的抒情诗体，在西方有意大利体或彼特拉克的十四行体与英国体或莎士比亚体十四行诗的区别，但它们都是每首十四行，有固定的诗节形式、韵律形式和韵脚安排，而且处理的题材一般也都是对理想化的爱情或人性的阐释。

二、抒情与表现

抒情诗的题材往往是某种内心活动。抒情诗有其“内倾性”，它往往表现人的内心情感。就像再现与叙事紧密相连，抒情与表现的关系非常密切。

在西方，虽然也可以将“诗是情感的表现”的观念追溯到遥远的古代，但是，使它变成某种艺术准则的，无疑应是 19 世纪浪漫主义的诗歌观念。而其中的开创者是华兹华斯。艾布拉姆斯说：“浪漫主义者关于诗歌或一般艺术的论断，常常涉及诸如‘流溢’之类使内在的东西得以外化的比喻。‘表现’（expression）就是用得最多的术语之一。根据其使用场合来判断，这一语词重新起用了原来的词根意义 ex－pressus，源自 ex－premere，意即‘挤出’。”①也就是说，所谓“表现”，即是情感的流溢的意思。

抒情的表现性，首先是由抒情的表现对象决定的。黑格尔认为，抒情诗的出发点“就是诗人的内心和灵魂，较具体地说，就是他的具体的情调和情境”②。所谓“再现”，往往意为以较为客观的描述方式再现某种场景与行为；而所谓“表现”，往往意为用较为主观的方式表现诗人内心的情感。同时，抒情的表现性也是由抒情的表现方式决定的。就像黑格尔所言，在抒情中“占主要地位的不是对一件事进行丝毫不露主体性的（纯客观的）描述，而是主体的掌握方式和情感，即响彻全诗的欢乐或哀怨，激昂或抑郁”③。因此，抒情的表现性，是以诗人的情感表现方式及其主观性作为基本特征的，特别是在浪漫主义时代，这被视为抒情诗的基础。

由于抒情自身的表现性特征，抒情与“自我”表现具有非常密切的关系。正如艾布拉姆斯所言：“浪漫主义时期大多数主要的诗篇，同几乎所有的主要批评一样，都是以诗人为圆心而画出的圆。”④ 抒情诗中的“我”与诗人的自我表现有着极其同一的关系。惟其如此，抒情诗人与外物的关系，就很像王国维说的“有我之境”的境界：“以我观物，故物皆著我之色彩。”就这个意义而言，所有的抒情诗都不可能是“无我之境”，所谓“无我之境”，只是指“自我”表现的成分相对不明显而已。因此，抒情诗人往往使外在事物成为诗人内心境况的写照与象征，其真正的描写对象还是诗人本人的内心境况。正是就这个意义而言，黑格尔认为：“抒情诗的中心点和特有的内容就是具体的诗创作主体，亦即诗人。但是抒情诗主体并不投身到实际动作情节中去造成事迹，也不展现于戏剧冲突的运动，他的唯一的外化（表现）和成就只是把自己心里话说出来，不管对象是什么，说出来的话表达了主体的情感，即把自我表现的主体的心情展示出来，在听众中引起同情共鸣。”⑤ 这种自我表现的特征，甚至就构成了抒情诗与叙事性作品（史诗）的不同：“在史诗里诗人把自己淹没在

---

① ［美］M. H. 艾布拉姆斯：《镜与灯——浪漫主义文论及批评传统》，郦稚牛等译，69～70 页，北京，北京大学出版社，1989。

② ［德］黑格尔：《美学》，第三卷（下），朱光潜译，192 页，北京，商务印书馆，1981。

③ 同上书，193 页。

④ ［美］M. H. 艾布拉姆斯：《镜与灯——浪漫主义文论及批评传统》，郦稚牛等译，69～70 页，北京，北京大学出版社，1989。

⑤ ［德］黑格尔：《美学》，第三卷（下），朱光潜译，208 页，北京，商务印书馆，1981。

客观世界里，让独立的现实世界的动态自生自发下去；在抒情诗里却不然，诗人把目前的世界吸收到他的内心世界里，使它成为经过他的情感和思想体验过的对象。只有在客观世界已变成内心世界之后，它才能由抒情诗用语言掌握住和表现出来。”①

当然，在抒情诗中，表现自我情感的方式是不同的。后期象征主义诗人T. S. 艾略特同样也主张诗要表现情感，但其提倡的表现方式却与浪漫主义有很大的不同。艾略特反对华兹华斯所说的将诗等于“宁静中回忆出来的感情”的浪漫主义诗歌观念，主张“诗不是放纵感情，而是逃避感情，不是表现个性，而是逃避个性”。当然，他并不是说诗中就断然不存在个性和感情，而是说“感情的生命是在诗中，不是在诗人的历史中”②。换言之，在文学里，感情和个性的价值应该体现在诗的作品所表现出来的形象和象征中。在论叶芝的论文中，艾略特将“非个性化”解释为“用强烈的个人经验，表达一种普遍真理；并保持其经验的独特性，目的是使之成为一个普遍的象征”③。与之相应，他又在讨论莎士比亚的戏剧《哈姆雷特》的文章中提出了“客观对应物”（也可译为客观关联物）的概念：“用艺术形式表现情感的唯一方法是寻找一个‘客观对应物’；换句话说，是用一系列实物、场景，一连串事件来表现某种特定的情感；要做到最终形式必然是感觉经验的外部事实一旦出现，便能立刻唤起那种情感。”④ 当然，简单意义上的“客观对应物”概念，并不能独立地成为艾略特独特的“象征主义诗学”，任何比喻都可以说是寻找客观对应物的尝试，雪莱的抒情不也要借助于“风”“含羞草”“云雀”等形象吗？但是，艾略特的“客观对应物”概念，确实提出了关于诗歌表现方式的新见解。依据这种见解，我们甚至能够对古典主义、浪漫主义与象征主义的抒情方式加以适度地区分。

萨福有首诗叫《暮色》⑤：

晚星带回了

① 同上书，212页。

② ［英］艾略特：《传统与个人才能》，见王恩衷编译：《艾略特诗学文集》，7～8页，北京，国际文化出版公司，1989。

③ ［英］艾略特：《叶芝》，见王恩衷编译：《艾略特诗学文集》，167页，北京，国际文化出版公司，1989。

④ ［英］艾略特：《哈姆雷特》，见王恩衷编译：《艾略特诗学文集》，13页，北京，国际文化出版公司，1989。

⑤ 《古希腊抒情诗选》，水建馥译，114页，北京，人民文学出版社，1988。

曙光散布出去的一切，
带回了绵羊，带回了山羊，
带回了牧童到母亲身边。

柏拉图有一首短诗叫《星》①：

我的星你在望着群星。我愿意变作
天空，好得千万只眼睛来望着你。

如用王国维标举的情景理论来分析，前一首诗是“摹拟自然风景”，即写景之作，是现实主义（古典主义）风格的作品，“自我”的情感在这里是以“借景抒情”的方式得以表现的；而后一首诗是“摹拟我们底心情”，是直抒胸臆的，是浪漫主义风格的作品。那么，我们再来看波德莱尔的诗作《忧郁》②：

雨月，整个城市使它感到气恼，
它从瓮中把大量阴暗的寒冷
洒向附近墓地的苍白的亡魂，
把一片死气罩住多雾的市郊。

我的猫在方砖地上寻找垫草，
不停地摇着它那生疮的瘦身，
老诗人的魂在落水管里升沉，
像怕冷的幽灵似的发出哀号。

大钟在悲鸣，冒着烟气的柴薪，
用假声伴奏伤风的钟摆之声，
这时，在一个患浮肿的老妇人

死后留下的发臭的扑克牌里，

① 同上书，239页。

② ［法］波德莱尔：《恶之花　巴黎的忧郁》，钱春绮译，156、157页，北京，人民文学出版社，1991。

红心侍从和黑桃皇后在一起
闷闷地交谈他俩过去的爱情。

这首诗最为明显的特征是，题目称为“忧郁”而全诗没有出现一次“忧郁”这个词（这在浪漫主义作家那儿恐怕是做不到的）。构成全诗的是一系列意象（雨月、亡魂、猫、老诗人的魂、大钟、患浮肿的老妇人、红心侍从和黑桃皇后等）及其场景的描写，诗的题旨是题目本身展示给我们的——忧郁。而诗人着力展示的就是这抽象的情感的“客观对应物”。这首诗可以说是象征主义的典型文本，情感不是直接被抒发或描述出来的（像浪漫主义那样），而是被暗示出来；暗示的方式则是“累积不加解释的意象”①。

三、抒情与修辞

在现代的文学理论中，修辞往往具有非常广泛的含义，它甚至可以指文学作品运用的一整套艺术技巧，就这一意义而言，它几乎与注重语言运用的文体学研究同义。狭义的修辞则是指具体的语言运用技巧，专指比喻、借代、反讽等一般所谓的辞格。

修辞是使用语言的一种技巧，抒情诗与修辞的关系非常密切。抒情诗使用大量的修辞性语言，从而使语言极富艺术感染力。单纯地说“我的爱人很美”，远不如说“我的爱人是一朵红红的玫瑰”更有感染力。同样，单纯地说“我很寂寞”，远不如说“我的寂寞是一条蛇/静静地，没有言语”（冯至《蛇》）更有表现力。运用修辞手段的语言，不仅能给读者以意外，而且读者还能在这意外中获得某种“惊喜”。不同于一般的陈述语言，使用修辞的艺术语言是作者想象活动的展开，是一种曲折的但往往是更深入地表达自己情思的方法。仅仅辨明诗的语言中使用修辞的名称——比喻、夸张、拟人——并没有多大用处，重要的是要懂得从这种修辞方式的使用中体会作家意欲表达的情感与观念。具体的修辞方式很多，这里只谈反复与比喻两种。

1. 抒情诗与反复

文字在纸页上占有一定的空间，当我们阅读一首诗的时候，就是顺着这种文字的空间一行行地往下阅读的。有时候，在阅读一首诗的时候，我们会注意到文字里会有一些重复，这种重复可能出现在一行诗中或数行诗中，也可能出

① ［英］查德维克：《象征主义》，肖聿译，53页，太原，北岳文艺出版社，1989。

现在整首诗中，包括字、词的重复，也包括句子、章节的重复。这种重复是诗歌写作相当常用的一种技巧。从修辞上讲，可以称为反复。

在中国古代最早的诗歌总集《诗经》中，特别是在其中的“国风”里，我们经常能够读到反复咏唱的篇章。像《秦风·无衣》：

岂曰无衣？与子同袍。王于兴师，修我戈矛，与子同仇。
岂曰无衣？与子同泽。王于兴师，修我矛戟，与子偕作。
岂曰无衣？与子同裳。王于兴师，修我甲兵，与子偕行。

这是一首典型的章节复叠的诗，属于上面讲的句子和章节重复的例子。这首诗三章，章与章之间句式完全一致，第二章和第一章相比，只换了4个字，第三章和第一章相比，只换了5个字，而且，意义基本一致。章节的复叠在这儿形成平行的诗歌结构。这种独特的诗歌结构形式，应当与诗的原始起源有关，亦即与最早的诗的歌唱传统有关。它使诗便于记忆和吟唱，是人类早期诗歌的特色之一。章节的回环反复，可以增加诗歌语言的节奏感和音乐性，同时能够起到更好地表达情思的作用。直到今天，与诗分离的“歌曲”仍然保留着章节复叠这一传统，并将之作为歌曲写作的一种基本技巧。可以想象，先民同声吟唱这首充满阳刚之气的“战歌”时，反复的铺陈吟唱能够更好地抒发同仇敌忾的精神气概。章节的复叠，在这儿并不是意义的无效重复，而是对诗意起到不断地加强和渲染作用。

字的重复一般称为叠字，也是相当常用的诗歌写作技巧。像《诗经》中的《小雅·采薇》“昔我往矣，杨柳依依，今我来思，雨雪霏霏”。“依依”与“霏霏”这两个叠字不仅传神地写出杨柳与雨雪的形貌，而且也传神地表达出抒情主人公久别后重回家乡细致曲折的情感。这种例子在古诗中非常多。像《古诗十九首》中的《迢迢牵牛星》：

迢迢牵牛星，皎皎河汉女。
纤纤擢素手，札札弄机杼。
终日不成章，泣涕零如雨。
河汉清且浅，相去复几许？
盈盈一水间，脉脉不得语。

这首诗共10句，却在其中6句中用了6个叠字。诗歌以五言的形式写了关于牛郎织女的民间故事。“迢迢”写出牛郎与织女这一对相爱的人相隔的距离之遥远，“皎皎”写出“河汉女”（织女）之明亮（美丽），“纤纤”写出织女手的柔美，“札札”以象声的形式写织女织布，“盈盈”写出水的清浅，“脉脉”写出相爱的人的多情。6个叠字在这首诗中不仅加强了诗歌的节奏感与音乐性，同时也有助于表达织女的相思之情。

叠字另外一个经常被人提到的例子是李清照《声声慢》的前几句：“寻寻觅觅，冷冷清清，凄凄惨惨戚戚。”这里连用7个叠字：先由“寻觅”这一表动作的动词开始，用音节的复沓造成语势的加强，极言四处寻觅的苦况；紧接着用“冷清”“凄惨”和“（惨）戚”这三个表心理状况的形容词的复叠营造出独居无侣、落寞凄惨的生活境况。

反复在现代诗中同样是一种常用的艺术手法。像徐志摩的诗《再别康桥》中的第一节和最后一节：

轻轻的我走了，
　正如我轻轻的来；
我轻轻的招手，
　作别西天的云彩。

悄悄的我走了，
　正如我悄悄的来；
我挥一挥衣袖，
　不带走一片云彩。

诗的第一节用了三个“轻轻的”，最后一节用了两个“悄悄的”，以音韵的循环往复构成柔和的旋律，衬托出与康桥离别时的眷恋与忧伤。再如戴望舒的《烦忧》：

说是寂寞的秋的悒郁，
说是辽远的海的怀念。
假如有人问我烦忧的原故，
我不敢说出你的名字。

我不敢说出你的名字，
假如有人问我烦忧的原故：
说是辽远的海的怀念，
说是寂寞的秋的悒郁。

这是一首在形式上相当奇特的诗。诗共八行两节，但第二节是第一节的重复，重复的形式是以一种逆向的形式进行的。正像前文说过的，文字在纸页上占有一定的空间，我们阅读一首诗的时候，就是顺着这种文字的空间一行行地往下阅读的。在阅读这首诗时，我们发现自己的阅读进入一种循环的状态，第二节其实是将第一节的每一行倒着重新阅读了一遍。这首逆向反复的诗歌在现代诗中恐怕是独一无二的。但是，这种独特的形式结构，在这首诗中并不是纯粹的形式游戏，我们可以说它是暗合处于恋爱中的人的独特的心理体验的。这首诗的第 1～2 行连用了两个“说是……”句式，是句式重复的例子，用“秋”和“海”两个意象来掩饰第 3 行中提到“烦忧的原故”。第 4 行用“我不敢说出你的名字”一句暗示整首诗的主旨：是与恋爱相关的一种烦忧的心理体验。如果这首诗仅到这儿为止，当然也不失为一首好诗，因为它也写出了处于恋爱中的人的细微曲折的心理体验。但是，我们可以说，第二节的逆向反复不仅增加了诗柔和优美的音乐性，而且使诗的主旨得到了加强，正是这种回环反复的形式，恰恰对应于诗人意欲描写的欲说还休的复杂的心理体验。

2. 抒情诗与比喻

比喻，是借另一物来表现一物的语言方式。为分析的方便，人们往往认为一个比喻有三个要素：本体、喻体和喻词。本体指被比的事物，喻体指用来作比的事物，喻词指用来作比的词语。例如，英国诗人彭斯的诗“我的爱人是一朵红红的玫瑰”，“爱人”是本体，“玫瑰”是喻体，“是”是比喻词。这里的比喻关系建立在诗人对自己爱人的美由衷的赞美上。将“爱人”比喻为一种植物（玫瑰），如果光考虑这种植物本身的生物及其生存特点（如生命短暂，很快会凋谢），可能并不会真的令一个人感到欣喜，令人欣喜的是诗人通过比喻暗示了这样一种情感体验：你像玫瑰一样美丽，我是多么爱你。

比喻一般地被分为三种样式：明喻、暗喻和借喻。明喻是明确地用甲比方乙的比喻样式，其特征是本体、喻体和比喻词三个成分都出现。常见的比喻词是“如”“像”“似”“好比”和“疑是”等。暗喻（又叫隐喻）是不明确表示打比方而将本体直接说成喻体的比喻样式，其特征是本体、喻体和比喻词都出现，但比喻词往往由系词“是”代替“如”和“像”等，有时也用“变成”“等于”和“就是”等比喻词。像上述的“我的爱人是一朵红红的玫瑰”是暗喻，如果改为“我的爱人像红红的玫瑰”，就成了明喻。借喻是不用比喻词，甚至连本体也不出现，直接用喻体代替本体的比喻样式，像“玉鉴琼田三万顷，着我扁舟一叶”（张孝祥《念奴娇·过洞庭》）中直接用“玉鉴琼田”指称洞庭湖，实际还是一种比喻关系。

比喻在诗歌中运用得十分普遍，以至于有些西方理论家将诗歌语言直接称为比喻语言。古今中外的诸多诗歌都使用了比喻这一修辞方式。在中国古代诗词中，使用比喻的诗词比比皆是，宋代的贺铸写过一首词《青玉案》：

> 凌波不过横塘路，但目送，芳尘去。锦瑟华年谁与度？月台花榭，琐窗朱户，只有春知处。　　碧云冉冉蘅皋暮，彩笔新题断肠句。试问闲愁都几许？一川烟草，满城风絮，梅子黄时雨。

这里用一连串的暗喻来形容“闲愁”之多，达到非凡的修辞效果，使“闲愁”这一抽象的心理状态成了一系列具体可感的物象，而且，这些物象还不是无意义的拼凑，而是共同组成一幅美丽的江南烟雨图。这种表达方式在古诗词中很多。像“离恨恰如春草，更远更行还生”（李煜《清平乐》）以“春草”比喻“离恨”，并展开性地把春草界定为“更远更行还生”，用形象化的语言描述出了一种无法言明的心理状态。再如“问君能有几多愁，恰似一江春水向东流”（李煜《虞美人》）以“一江春水向东流”比喻“愁”，用一种有形的动态的事物（水的绵延不绝和浩荡盛大）来比喻抽象的心理状态，将之写得具体可感。试想一想，如果一个诗人只是在一行诗中重复使用“很多很多”这样的描述性词语，即使是写上十个，也不如一个形象生动的比喻能够表达愁与恨的多与深。

当然，上述谈到的诗歌语言的修辞性，更多的是列举性的，而且似乎更适合传统诗歌。对现代诗来讲，情形会复杂得多。

【思考题】

1. 华兹华斯的抒情理论主要包括哪些内容？
2. 如何理解王国维的“境界”说？
3. 与叙事文体相比，抒情文体有什么独特性？

【辅助阅读材料】

1. 王国维．王国维文集（第一卷）．北京：中国文史出版社，1997.

2. 叶嘉莹．王国维及其文学批评．广州：广东人民出版社，1982.

3. 黑格尔．美学（第三卷）．北京：商务印书馆，1981.

4. M. H. 艾布拉姆斯．镜与灯——浪漫主义文论及批评传统．北京：北京大学出版社，1989.

5. H. G. 布洛克．表现//H. G. 布洛克．美学新解．沈阳：辽宁人民出版社，1987.

6. 厄尔·迈纳．抒情诗//厄尔·迈纳．比较诗学．北京：中央编译出版社，2004.

第六章　文学叙事

小说是一种典型的叙事文学。本章“经典文本阅读”部分选择了英国学者福斯特和法国学者日奈特的文章来学习。福斯特的《圆型人物和扁型人物》研究小说中的人物类型，日奈特的《时序》研究小说中的故事时况和叙事文时况的不协调关系。这两篇文章涉及小说作为一种叙事文学的两个极为重要的问题：人物与叙事时间。叙事时间的安排问题，归根结底又是事件的组织安排问题，即小说的情节布局问题。人物与情节，向来被视为小说的两个要素。在“经典文本”学习的基础上，本章在“相关问题概说”中主要阐述“叙事文体”“叙事与再现”“叙事要素”三个问题。

第一节　经典文本阅读

一、小说面面观·圆型人物和扁型人物（节选）（E. M. 福斯特）

我们可以把人物分成两类：扁型人物和圆型人物。

扁型人物在17世纪被人叫作“体液性人物”①，现在他们有时被称作“类型性人物”，有时又被称作“漫画式人物”。这个类型里的那些性质最最纯粹的人物，是作者围绕着一个单独的概念或者素质创造出来的。如果他们的言行表现出一个以上的概念或者素质的话，他们就会让人发现，其形象正处在朝圆型发展的那条曲线的起点。真正的扁型人物可以用一句话来概括，例如“我永远不会抛弃米考伯先生”，这就是米考伯太太②。她说她不会抛弃米考伯先生，她确实没有抛弃他——这句话把她一生的事迹全部概括出来了。

---

①　体液性人物，即类型化人物。古代希腊人和罗马人认为，人体中含有四种体液：黏液、血液、肝液和胆液。每个人的气质或性格就看他的体内哪种体液占优势而定，分别构成属于冷淡、热烈、愠怒和忧郁四种不同气质和性格的人。

②　米考伯先生、米考伯太太，都是狄更斯的小说《大卫·科波菲尔》中的人物。

[……]

扁型人物的一大优点是：不管他们在小说里的什么地方出现，都能让读者一眼就认出来——读者用的是感情之眼，不是用只会注意人物的姓名重复出现的那双视觉之眼。在俄国小说里，难得出现扁型人物，他们一旦出现，就会对整部小说产生明显的好处。小说家若能全力以赴一举而毕全功，那是一个方便的手段，而扁型人物就对他非常有用。他们从来不需要作者重新介绍，从来不会逃之夭夭，从来不需要作者寻觅使之得以有所发展的时机，也不需为他们提供属于他们自个儿的情调，他们恍若预先定好了尺寸、炯炯发光的一个个小小的圆盘，像筹码一样，在茫茫的空间或者星辰之间，非常惬意地任人推来搡去。

扁型人物的第二个优点是：读者容易在事后把他们回想起来。他们在读者的记忆里历久常新，因为他们并不随着环境的改变而有所变化。他们历经坎坷，却依然故我。这一特征使读者回想起来深感宽慰。而且，把这些扁型人物创造出来的那本小说，纵或会在读者的头脑里变得印象淡薄，这个特征却仍然会使那些人物本身的形象栩栩如生地留在读者的心里。……我们全都向往永恒，即使世情练达之士也在所难免。而对于那些天真纯朴的人来说，把一件艺术品创造出来的主要原因，就是为了要使它永垂不朽。我们都希望文学作品传诸后世，成为让人逃避现实的庇护之所，都希望作品里的人物历久常新、始终如一，于是扁型人物往往就得以大行其道。

[……]

一部内容复杂的小说，往往既需要圆型人物，也需要扁型人物。他们互相碰撞的结果，要比道格拉斯先生所暗示的更加正确地接近生活。狄更斯笔下的人物几乎全是扁型的（匹普①和大卫·科波菲尔想要变成圆的，但是却又畏缩不前，以致他们看上去倒更像两个气泡而非实体）。在他的小说里，几乎每个人物都可以由一句话予以概括，但是他们却又给人以具有奇妙的人性深度之感。也许这是由于狄更斯自己旺盛的生命力使他笔下的人物也都变得生动活泼起来，以致他们凭借着狄更斯的生命力，一个个都显得好像正在过着各自分内的生活似的。这简直像在变魔术。我们可以在任何时候从边上观察匹克威克先生②，并且发现他的形象薄如一张唱片。可是我们却永远看不到他的侧面。匹

① 狄更斯小说《远大前程》中的主人公。

② 狄更斯小说《匹克威克外传》中的主人公。

克威克先生太机灵、太训练有素了。他老是带着一副正在权衡利弊得失的神情。当他被人家塞进女子学校的那个衣柜里去的时候，他的分量仿佛和在温莎被人家装在洗衣篓里去的福斯塔夫①一样沉得厉害。狄更斯的一部分天才即表现在这个方面：尽管他在小说里用的是类型性的、漫画式的人物，他们一旦重新上场，我们就可以辨认出来。然而，他取得的效果却并不呆板，还显示出具有深度的人性来。那些不喜欢狄更斯作品的人理由很充分——他理应是一个蹩脚的小说家。实际上他却是为我们所拥有的大作家之一。他在塑造类型性人物方面取得的辉煌成就表明：扁平的形象里包涵的内容，也许要比那些态度比较严苛的批评家们所乐于承认的更为丰富。

[……]

我们必须承认，就塑造人物的成就来说，扁型人物本身并不和圆型人物一样地巨大。而且我们也得承认，扁型人物被塑造成为喜剧性角色的时候最为出色。严肃的或者悲剧性的扁型人物往往惹人生厌。如果他每次露面的时候都得嚷嚷“复仇!”或者“我的心在为人类的不幸而流血!”或者无论他的什么口号的话，我们的情绪就会立即沉落下来。在某一位颇受欢迎的当代作家写的一部传奇里②，故事围绕着一个老是嘀咕着说什么“我要犁掉那块荆豆田”的塞赛克斯郡的农民而展开。那部小说里有着那么个农民，他有着那块荆豆田。那农民说他决心要把那块田犁掉，而且后来他也确实把它犁掉了。可是他的这个宣言，却和声明说“我永远不会抛弃米考伯先生”的那个宣言不同。因为这个农民在他的宣言里表现出来的那股子韧劲儿只会使我们感到腻烦——使我们厌烦得产生反感，以致根本不在乎他到头来究竟有没有把那块荆豆田犁掉。可是，如果作者在小说中把他的口号加以分析，并且把它和人性中的别的内容联系起来，我们就不会感到厌烦了。这句口号也就不会就是那个人本身，而会变成使他耿耿于怀、始终未能忘怀的一桩心事了。这就是说，他就会从一个扁型农民蜕变成为一个圆型的农民。惟有圆型的人物才宜于扮演一个悲剧性的角色而不受时间长短的限制，才能够使我们产生除了幽默诙谐和恰如其分以外的任何感觉。

现在让我们把只占两度空间的扁型人物撇在一边，而且，为了转而讨论圆型人物，让我们到《曼斯菲尔德公园》③ 里去走走，去看看和她的那只叭儿狗

① 莎士比亚的喜剧《温莎的风流娘儿们》中的人物。

② 指英国小说家希拉·凯一史密斯（1887—1956年）写的小说《塞赛克斯的荆豆》。

③ 英国小说家简·奥斯丁的作品。

一起坐在沙发里的贝特兰夫人吧。那只叭儿狗和所有小说里的大多数动物一个样，它是扁的。书中提到它有一次闯进了一个玫瑰花坛，动作生硬得看上去好像让人在硬纸板上剪出来的，不过也就如此而已。在这部小说的大部分篇幅里，它的女主人好像也是让人用和它一样简单的材料剪成的。贝特兰夫人的行动口号是："我的心肠很好，但是我可劳累不得。"她对这个做人的准则恪守不逾。可是临到末了，一场大祸从天而降。她的两个女儿遭了大难——遇到了你在奥斯丁小姐笔下的那个世界里可能会遇到的一个最大最大的灾难。它比拿破仑战争还要可怕得多。朱丽亚和人私奔了。玛丽亚则因婚后并不幸福，也和情人离家出走了。那么，贝特兰夫人对此大难做何反应呢？书中描写的那个句子很有意思：

> 贝特兰夫人并未深思熟虑，但是她在托马斯爵士的指点下适当地考虑了所有的重要之点，从而充分地认识了业已发生的事情的严重性，然而她却既不勉强自己，也不需要范妮的任何规劝，就不把恶行劣迹和出丑露乖当做什么不得了的大事了。

这句话说得斩钉截铁，铿锵有力。它曾使我一度觉得疑虑不安，还以为简·奥斯丁的道德观念忽然出了毛病，变得难以驾驭了。她自己也许反对——当然，她确实反对——恶行劣迹和出丑露乖，而且她也不失本分地在爱德蒙和范妮的心里引起了一切可能会产生的苦恼。然而她有没有权利使那位遇事不慌、言行一致的贝特兰夫人焦虑不安呢？如果这样的话，岂不就如同她让那只叭儿狗长出三个脑袋来，并且打发它去看守冥府的那些大门一样地荒谬？贝特兰夫人岂不应该依旧安然坐在她的那张沙发里，说道，"朱丽亚和玛丽亚干出来的可是一件可怕而又会让人累坏的事情。可是范妮跑到哪儿去了？我又漏编了一针？"

由于我误解了简·奥斯丁的创作手法，所以我以前曾经这么想过——正如司各特误解了它而向她表示祝贺，说她的文笔细腻得好像在一方象牙上面绘画似的。其实，她笔下的那些人物纵然纤巧，但是他们绝对不是平面的。她的人物都是圆型的，或者可以朝着圆型人物发展的。甚至连贝兹小姐也有头脑，连伊丽莎白·艾略特也有感情。一旦我们发现那个扁扁的圆盘突然膨胀起来、成为一个小小的球体的时候，贝特兰夫人在道德观念方面表现出来的热情也就不会使我们感到惊讶了。不错，在小说结束的时候，贝特兰夫人又恢复了她的原样，成为一个扁型的人物，以致她给人留下的那个主要印象可以用一句行动口号来概括。不过那不是简·奥斯丁所构思的她的那个样子了。她重复出现的时候给予读者的新鲜之感即由此而来。为什么简·奥斯丁笔下的人物每次出场的时候，都使我们觉得他们变得有点新鲜味儿，因而感到趣味盎然，而狄更斯小说里的人物，却只由于他们一再重复自己的形象，从而使我们获得快感？为什么简·奥斯丁笔下的人物在对话里契合无间，互相应对周旋，丝毫不着痕迹，而且他们的举止谈吐纯真自然，从不矫揉造作、忸怩作态？对这个问题，可以用几种不同的方式来回答。譬如，简·奥斯丁和狄更斯不同，她是个真正的艺术家；又如，她从来不屑于用漫画的手法来描绘她的人物，等等。然而，最好的回答是：她笔下的人物固然要比狄更斯的人物渺小一些，但是他们却让她组织得更加紧密。他们在小说里处处发挥作用。即使她小说里的情节对他们提出更大的要求，他们也会胜任愉快。让我们假定《劝导》里的路易莎·摩斯格鲁夫在码头上摔断了脖子。这样的话，简·奥斯丁笔下的关于她死于非命的描绘就会显得软弱无力，就会显得婆婆妈妈地女人腔十足。这是因为关于暴力行为之类事件的描写，并非简·奥斯丁所擅长。但是等到人家把尸体一抬走，那些在场的人的反应就会让她描绘得丝丝入扣，恰如其分。他们会表现出各自性格里的一些新的方面。这样一来，尽管作者会把作为一部小说的《劝导》写砸了，但是我们对温特渥斯舰长和安妮的了解就会比现在深刻得多。简·奥斯丁笔下的每个人物都具有旺盛的生命力，足以使他们跳出小说的范围，去过上一种扩展了的生活，去过上一种小说里规划并不需要他们过的生活。这也就是为什么他们在小说里的实际生活会过得令人如此满意的缘故。现在让我们回过头去看看贝特兰夫人和那个关系重大的句子吧，去看看那个句子多么巧妙地从描述她的行为准则开始，逐步转变为把她转移到她的准则不起作用的那个领域里去的吧。那句子开头说，“贝特兰夫人并未深思熟虑”。一点不错，这和她为人处世的准则相符。接着它又说，“但是她在托马斯爵士的指点下，适当地考虑了所有的重要之点”。托马斯爵士的指点——这是她的行为准则的一个部分——她的行为准则仍然在起作用，但是它却促使这位夫人产生一种独立的、并非她所企求的道德观念。然后，“从而充分地认识了业已发生的事情的严重性”。这是她的道德观念发出的最强音——它非常强烈，但是被作者小心翼翼地引了进来，显得自然而熨帖。随之而来的是一个非常巧妙的、用否定的语句构成的渐弱音：“她却既不勉强自己，也不需要范妮的任何规劝，就不把恶行劣迹和出丑露乖当做什么不得了的大事了。”她的行为准则在这儿重新出现了，因为她通常确实总要想法子尽量减轻烦恼，也确实需要范妮给她出主意，教她怎样才能做到这一点。说实在的，小说里交代，在过去的十年中，范妮所做的无非就是这件事情。除此以外，她什么都没做过。句子最后的那部分虽然是从反面来表达这层意思的，可是它使我们想起了这一点，于是她那正常的状态就重新展现在我们面前了。就这样，在同一个句子里，她先被作者扩展成为一个圆型人物，然后又瘪了下来，又成为一个扁型人物。你看，简·奥斯丁的手法多么高明！她只用寥寥数语就扩展了贝特兰夫人的形象，从而在读者的心目中增加了玛丽亚和朱丽亚私奔的可信性。我之所以说“可信性”，是因为私奔之举属于暴力行为的范畴，而简·奥斯丁在写作中一涉及这个领域——我在前面已经说过——她的文笔就显得软弱无力，娘娘腔十足。除了她在学习写作期间写的那些小说以外，从来没能描写过暴力冲突的场面。她的小说里的暴力行为都得在“后台”进行——路易莎意外受伤和玛丽安·岱许伍德染上糜烂性咽喉炎可算是两个最接近例外的事件了。因此，一切关于那两个女儿私奔的议论，都必须写得真实可信，不然的话，读者就会怀疑，究竟是否真的发生过这些事情。贝特兰夫人的言行使我们相信，她的那两个宝贝女儿的确已经逃跑。而且她们也非逃跑不可，不然范妮就无法施展她那非凡的本领了。这只是小事一桩，只是一个短短的句子，然而它却对我们宣示，伟大的小说家只要大笔一挥，就能够把一个扁型人物巧妙地转变成为一个圆型人物。

在简·奥斯丁的每一部作品中，我们都能够发现这类人物。从表面上看来，他们显得那么单纯，那么扁平，从来不需作者重新介绍。然而，他们也从来不会显得计穷力绌、举措失当：如亨利·蒂尔妮、伍德豪斯先生、夏洛特·卢卡斯，等等，均系如此。她不妨给她笔下的人物分别贴上一个标签，如“理智”“傲慢”“情感”“偏见”，等等，以此来供人识别，可是他们并不各自局限于其中的某一品性。

关于正宗的圆型人物定义，我们在论及扁型人物的时候，已经有所论及，不必赘述。我现在需要做的，只是列举几个我认为是小说中的圆型人物，然后用他们来检验这个定义。

《战争与和平》里的所有主要人物都是圆型人物；陀思妥耶夫斯基笔下的全部人物，以及普鲁斯特笔下的一些人物——如那个老佣人、盖尔芒特公爵夫人、德·莎尔勒斯先生和圣·鲁普；包法利夫人——包法利夫人和摩尔·弗兰德斯一样，以她的名字命名的那本书里讲的都是她一个人的事情，而且她在小说中任意扩展和衍生；萨克雷的小说里的某些人物——如蓓基和毕亚特里克斯；菲尔丁作品里的某些人物——如亚当斯牧师、汤姆·琼斯；以及夏洛蒂·勃朗特笔下的某些人物，尤其是鲁西·斯诺威，也都是圆型人物。（我还可以举出不少来，可是我在这次演讲里想做的可不仅仅是开列一张人物名单而已）对于一个圆型人物的检验，要看他是否令人信服地给人以惊奇之感。如果他从来就不使人感到惊奇的话，他就是个扁型人物。圆型人物变化莫测，如同生活本身一样叫人难以逆料——我在这里说的生活，是指充塞在小说篇幅里的生活。小说家运用圆型人物——有时单独运用他们，在更多的场合里，是把他们和扁型人物结合在一起——使人物和小说里别的那些“面”融合在一起，成为一个和谐的整体。

（选自 E. M. 福斯特：《小说面面观》，朱乃长译，
北京，中国对外翻译出版公司，2002）

1. 作者简介

E. M. 福斯特（Edward Morgan Forster，1879—1970 年），英国作家和评论家。生于英国伦敦一个中产阶级家庭，父亲是一位建筑师。两岁时丧父。1897—1901 年就学于英国剑桥大学。毕业后与母亲一起到希腊、意大利旅行，两年后返回英国，并开始写作随笔和短篇小说。1905 年曾在德国做过短期的家庭教师。同年出版第一部长篇小说。1907 年出版长篇小说《最长的旅途》，1908 年出版长篇小说《带风景的房间》。这两部小说的部分材料来自大学毕业后他与母亲一道的意大利旅行。在第一次世界大战发生前，还写有许多短篇小说，这些小说于 1914 年结集出版，它们大部分是富有象征意味的幻想与寓言故事。1912 年至 1913 年曾到印度旅行。第一次世界大战爆发后，加入红十字会到埃及的亚历山大服务。1921 年重回印度。1924 年出版著名的长篇小说《印度之行》，这也是他最后一部小说。此后 46 年他从事别的一些活动，曾经为众多的杂志写过评论与随笔文章。

2. 背景知识

英国剑桥大学的三一学院有一个著名的讲座，叫克拉克讲座。该讲座以三一学院的研究员威廉·乔治·克拉克（1821—1878 年）的名字命名。克拉克本人是一位研究莎士比亚的学者。在克拉克去世以后，三一学院以他本人在遗嘱里提供的一笔赠款作为基金，设立了一个以他的名字命名的讲座，每年就“乔叟以来的某一个时期或几个时期的英语文学”这一个题目，邀请学者与作家前

来发表一系列演讲。1926年3月，三一学院邀请当时知名的小说家福斯特主持次年举行的克拉克讲座。经过慎重的考虑，福斯特接受了这个邀请。为此，他系统地阅读了18世纪以来所有重要的英文小说（包括部分翻译的外国文学作品），写下了详细的读书笔记，为讲座做了精心的准备。他的讲座从1927年1月开始，到3月结束。讲座获得了成功。他旋即将讲稿整理，并于同年10月出版。这本书也获得了很大的成功，成了20世纪研究小说的经典著作之一。

福斯特是以小说家和学者的双重身份来讨论和研究小说的，自然与一般的学者谈论小说有诸多不同。由于对小说文本深入细致的分析与阐释，他使一些小说理论中耳熟能详的老问题富于新意。像人物、故事与情节这些小说的老问题，在福斯特的笔下都有全新的阐释，而这种阐释是以小说文本的细读为基础的，因而也更具说服力。

《小说面面观》除第一章和最后一章（第九章）分别为开场白和结束语外，中间七章讨论故事、人物（占两章）、情节、幻想、预言、模式和节奏。从第二章到第五章，福斯特先从小说一个极为重要的因素“故事”谈起，再将重心放在“人物”上，接着讨论从故事中衍生出来的“情节”。从第六章到第七章，福斯特专门讨论了两类比较特殊的小说类型，即幻想小说和预言小说。第八章则专门讨论小说叙述的模式和节奏。

这里所选的谈扁型人物和圆型人物的部分，来自该书的第四章，是20世纪关于小说人物的一种著名理论。在西方，在研究史诗和戏剧的理论著述中，经常谈到人物形象的问题，关于类型性人物（即福斯特说的扁型人物）的探讨，甚至可以追溯到古代希腊和罗马的文艺理论家亚里士多德和贺拉斯那儿。① 18世纪以后，像黑格尔这样的美学家在讨论人物形象时，强调他的个性，他在《美学》一书中强调：“每个人都是一个整体，本身就是一个世界，每个人都是一个完满的有生气的人，而不是某种孤立的性格特征的寓言式的抽象品。”② 这种观点颇与福斯特说的“圆型人物”的性格特征类似。福斯特的贡献在于用“扁型人物”和“圆型人物”这两个富于比喻色彩的词来命名小说中的两类人物，并给予同等重要的地位，第一次予以明确的探讨。

3. 文本解读

在福斯特的演讲中，“人物”被作为仅次于“故事”的小说的第二个要素

---

① 参阅朱光潜《西方美学史》第二十章谈典型人物性格的部分，见《朱光潜美学文集》，第四卷，734～740页，上海，上海文艺出版社，1984。

② 同上书，744～746页。

来加以研究。在福斯特看来，小说家创造“人物”是他和从事其他艺术形式创作的同行不同的地方。他认为小说家和他的写作素材之间有着一种别的许多艺术家所没有的密切关系，画家和雕刻家可以不必以人作为他们创作表现的对象，音乐家如果不借助于说明书，即使他愿意，也无法表现人，而只有小说家，在其小说中创造出人，并赋之以姓名和性别，给之以合乎情理的姿势，再用引号使之说话道白。①

在福斯特看来，小说处理的故事无一例外的，而且首要的都是关于人的故事。因而，人物描写成了小说写作的中心。而小说家在小说中使用不同类型的人物，是写作时使用的基本方法。为此，福斯特把小说中的人物划分为两大类型：扁型人物和圆型人物。

扁型人物即是一般所谓的“类型性人物”与“漫画式人物”，用福斯特的话解释，即“作者围绕着一个单独的概念或者素质创造出来的”人物，亦即可以用一句话加以概括的人物。换句话说，扁型人物是小说中性格单一的人物。只要你想象一下出现在你眼前的《西游记》中的孙悟空、猪八戒和唐僧的形象，你就可以明白福斯特所说的扁型人物的形象的含义。福斯特进一步指出扁型人物的两个优点：一是“不管他们在小说里的什么地方出现，都能让读者一眼就认出来”；二是“读者容易在事后把他们回想起来”。这也正是类型化人物的魅力所在，一个人物往往就代表着一种单纯的性格特征，而由于这种性格特征的单一的鲜明性，读者一眼就能在小说中认出这个人物形象，并能在事后把它回想起来。也就是说，这样的扁型人物已经深深地留在读者的记忆中，而这正是它的艺术魅力所在。关于这一点，只要你想想《三国演义》中关云长由于其“重义”这一单纯的性格留在读者心目中长久的英雄形象，你就可以对福斯特这一描述表示信服。

福斯特在他所划分的小说人物的两个类型里，并没有因为扁型人物性格的单一性而贬低它，相反，他明确地说：“一部内容复杂的小说，往往既需要圆型人物，也需要扁型人物。”他还以英国小说家狄更斯小说中扁型人物的塑造为例，对此加以说明。狄更斯尽管在他的小说里用的是类型性的、漫画式的人物，然而，他取得的效果却并不呆板，还显示出很有深度的人性来。福斯特认为狄更斯实际上是“为我们所拥有的大作家之一。他在塑造类型性人物方面取

---

① ［英］E. M. 福斯特：《小说面面观》，朱乃长译，117页，北京，中国对外翻译出版公司，2002。

得的辉煌成就表明：扁平的形象里包含的内容，也许要比那些态度比较严苛的批评家们所乐于承认的更为丰富”。

通过详细的考察，福斯特认为扁型人物被塑造成喜剧性角色的时候最为出色。这一点应该说是基本符合文学史的实际的。尽管我们不能说关云长是喜剧性的，但我们确实可以说他是被漫画化的。而且，在文学史中，绝大部分的扁型人物确实都是喜剧性的。这就是为什么我们一想起猪八戒的懒惰、好吃、贪睡与好色时，就会发出会心的微笑的理由。当然，小说并不能都描写这些类型化的、喜剧性的、漫画式的人物，小说还要描写严肃的或者悲剧性的人物。在福斯特看来，如果将严肃的或者悲剧性的人物描写成扁型人物，往往惹人生厌，“惟有圆型的人物才宜于扮演一个悲剧性的角色而不受时间长短的限制，才能够使我们产生除了幽默诙谐和恰如其分以外的任何感觉”。这或许称得上是福斯特谈论小说人物时最有价值的观点之一。

与扁型人物相对应，圆型人物即那种不能用一句话加以概括的人物。由于圆型人物是与扁型人物相对而言的，福斯特因而没有用与扁型人物相对应的大量的篇幅来讨论它，而只是指出了一些例证，并做了少量的说明。根据福斯特的看法，俄罗斯的小说中很少有扁型人物，像《战争与和平》里的所有主要人物都是圆型人物，陀思妥耶夫斯基笔下的人物也都是圆型人物。福斯特还列举出了检验小说中圆型人物与扁型人物的标准：“对于一个圆型人物的检验，要看他是否令人信服地给人以惊奇之感。如果他从来就不使人感到惊奇的话，他就是个扁型人物。”

在福斯特看来，小说家在实际的写作中，通常“运用圆型人物——有时单独运用他们，在更多的场合里，是把他们和扁型人物结合在一起——使人物和小说里别的那些‘面’融合在一起，成为一个和谐的整体”。

福斯特关于小说中的两大类型的人物的理论，业已成为 20 世纪小说理论中关于人物的一种著名理论，扁型人物和圆型人物这两个概念因之也成为文学评论中经常见到的两个概念。

二、时序（杰拉尔·日奈特）

叙事文的时况

叙事作品是一个具有双重时间性的序列……：所讲述的事情的时况和叙述的时况（所指的时况和能指的时况）。这个二元性不仅可以造成时况上的扭曲——这在叙事作品中司空见惯，例如主人公三年的生活用小说中的两句话或者电影中几个“反复”剪接的镜头来概括——，而且，更根本的是，我们由此注意到，叙事作品的功能之一即是把一个时况兑现在另一个时况当中。

这个被如此着重强调的二元性——德国理论家用 erzählte Zeit（故事时况）和 Erzählzeit（叙事文时况）这对词组来表示——，不仅是电影叙述的一个特征，而且也是口头叙事作品的一个特征，从它美学构思的所有水平上讲都是如此，包括地地道道的“文学”水平，即史诗朗诵或戏剧叙述。也许，在其他叙述表达形式中，例如“照片小说”或连环画（或是手绘的，例如尤比诺的组画；或是刺绣的，例如马蒂尔德王后的“毯画”）等等，这种时况的二元性则不那么明显，因为，虽然这些表达形式构成图象的序列，要求人们连贯地或历时地去观看，但是它们也适合于甚至促使人们用一种整体的共时的眼光去观看，或者至少人们的眼光不再受图象顺序的支配。从这个角度讲，书面文学叙事作品的位置便更加难以确定。如同口头的和电影的叙事作品一样，书面叙事文只能在一个时况内，即，不言而喻，阅读的时况内被“消费”，被实现。即使人们可以打乱它各个成分的顺序，随心所欲，重复地或者有选择地去阅读，但是彻底的字面颠倒却不可能。一部影片可以倒着放映，一个图象接着一个图象，而一篇原文——只要它还成其为原文——则不可以一个字母一个字母地，甚至一个字一个字地，哪怕是一句一句地倒着读。书本是受制约的，甚于人们今天常说的语言指事的线性结构，在理论上容易否认，在现实中却不那么容易扫地出门。然而，这里谈不上把书面叙述（文学的或非文学的）与口头叙述等同起来。书面叙事文的时间性在某种意义上是取决于条件和工具的，和一切事物一样，它产生在时间当中，存在于空间当中，并且它本身就是一个空间实体，“消费”它所需要的时间就等于走遍它或穿越它所需的时间，就像我们走一条路或穿越一片田野那样。叙述原文和其他性质的原文一样，只具有一个时间性，即，形象化地说，它从它自身的阅读那里借来的时间性。

我们以后将会看到，这种状况对于我们的论述不是没有影响的。有时，我们必须对比喻所带来的偏差加以修正，或试图加以修正。但是，既然这种状况属于叙述游戏的一个组成部分，我们应当首先承认它。认真对待这个几乎是虚构的 Erzählzeit（叙事文时况），这个以假乱真的时况。我们将用既有保留又有赞同的态度，把它当作一个伪时况来看待。

做了这些预防措施以后，我们下面将研究故事时况和叙事文（伪）时况之间的关系。在我看来，有三个基本点：虚构域中事件先后的时况顺序与这些事件安排在叙事文中的伪时况顺序之间的关系，这是第一章的研究对象；这些事件或虚构域片断的不同时长与它们在叙事文中的伪时长（事实上即原文的长度）之间的关系，因之也可以说是速度关系，这是第二章的对象；最后，频率关系，这里我们只能采用一个近似的说法，即故事的重复程度与叙事文重复程度之间的关系，这是第三章研究的内容。

逆时序

研究一篇叙事文的时序，就是把叙述话语中的事件或时间段落安排的顺序和故事中这些事件或时间段落的先后顺序加以对照，而后者只能在叙事文本身明确地指示或者由我们根据某个间接的迹象推论的条件下才能得出。显然，恢复故事时况的本来面目，并不是总可以办得到的。在某些极限作品中，例如罗伯·葛利叶①的小说，时间的参照被有意识地扭曲，我们的工作就变得徒劳无益了。与此相反，在古典叙事文中，不仅大都可能——因为叙述话语总是有所交代才对故事时序加以干预——，而且，恰恰为了同一原因，必须要这样做。当某个叙述段落的开头指出："三个月以前，等等，等等。"我们就必须注意到，这个场景在叙事文中后来出现，而它在虚构域中却被认为是先前出现的。叙事文和虚构域之间的（对比或不协调的）关系，对于叙述原文来说是至关重要的。否认这个关系就无异于扼杀原文。

在此，我把故事时序和叙事文时序之间的各种形式的不协调称为逆时序。找出这些逆时序并作出估量，这本身便意味着存在某种零度，即叙事文时况和故事时况的绝对吻合状态。这个参照状态与其说是真实的，不如说是假设的。似乎民间故事习惯于遵守时间顺序，至少在粗线条结构上是如此。而我们（西方）传统文学则相反，总是用一个有特点的逆时序效果开头，比如，《伊里亚特》的叙述者就以阿喀琉斯和阿伽门农的争吵为叙事文的起点（ex hou de ta prôta），然后，从第八句诗开始，回到十几天以前，用了一百四十来句诗倒叙这场争吵的原因（从对祭司克律塞斯的无礼行为，到阿波罗的激怒，到大瘟疫）。我们知道，这种从"故事的中间"（in medias res）开始，然后倒叙加以解释的手法在以后变成了希腊史诗的一种形式上的格局，而且，小说叙述风格在这一点上也极为忠实于其远祖的风格，一直到"现实主义"的19世纪。我

① 罗伯·葛利叶，法国"新小说"派代表作家。

们只须想一下巴尔扎克某些小说的开头，例如《赛查·皮罗多》和《朗热公爵夫人》，便可确信这一点。……所以，我们不打算自我出丑，把逆时序介绍成凤毛麟角或现代的新发明，恰恰相反，这是文学叙述体的传统手段之一。

尽管如此，如果我们仔细地分析一下刚才提到的《伊里亚特》开头那几句诗，我们便会看到，它们的时况运动比我所说的要复杂。请看它的译文：

> 阿喀琉斯的愤怒是我的主题，只因这惹祸招灾的一怒，使宙斯遂意如心，却给阿开亚人带来那么许多的苦难，并且把许多豪杰的英灵送进哈得斯，留下他们的尸体作为野狗和飞禽的肉食品。诗歌女神啊，让我们从人间王阿伽门农和珀琉斯之子，伟大的阿喀琉斯的决裂开始吧。是哪一位神使得他们争吵的？是阿波罗，宙斯和勒托之子，发动这场灾难的，当时是因为那人间王对这位神的祭司克律塞斯无礼。

荷马提到的第一个叙述对象是阿喀琉斯的愤怒；第二个是阿开亚人的苦难，即“愤怒”的后果；而第三个是阿喀琉斯和阿伽门农的决裂，即“愤怒”的直接原因，所以是在“愤怒”之前发生的；此后，他继续追溯，明确地讲到一个一个的原因：瘟疫是争吵的原因，最后，对克律塞斯无礼是瘟疫的原因。这个开头共有五个因素组成，我根据它们在叙事文中出现的顺序，用A、B、C、D和E来表示，在故事中，这五个因素的时间位置则分别是4、5、3、2和1。由此，我们得出一个相当勉强的公式，用以综合它们的顺序关系：A4－B5－C3－D2－E1。这相当接近于一个有规律的追溯运动。

[……]

跨度、广度

一个逆时序，无论是追溯到过去还是预期于将来，都会与“现在”有一段或长或短的距离（这里所谓的“现在”，是指故事进行到某一时刻，叙事文中断，让位于逆时序）。我们把这一时间距离称为逆时序的跨度。此外，逆时序本身也会具有一个或长或短的故事的时长，我们把这个时长称为它的广度。在《奥德修纪》卷十九中，保姆尤吕克累准备给尤利西斯洗脚，发现了他依然带着的伤疤，这时，荷马提到了尤利西斯少年时代是在何种情况下受的伤，从第394行到第466行都是用于追述这件事，它的跨度是好几十年，广度是几天时间。由此看来，逆时序的地位似乎只不过是个时间长短的问题，好比计时员的例行测定，没有什么理论意义。不过，除了叙事文的某些典型段落以外，我们还是有可能（而且在我看来是有益的）把跨度和广度的特征不露马脚地分散在论述中。这样的分散论述以明显相同的方式适用于逆时况的两大类型，但是，为了方便起见，为了避免过多的抽象议论，我们首先专门从追述入手。

追　述

所有的逆时序，对于它跻身于其中的叙事文来说，在时况上都构成一个第二叙事文，并从属于前者，从现在起，我们把相对逆时序而言的那个叙事文的时况层次称作“第一叙事文”。当然，时况的交错可能会是相当复杂的，我们在前边已经验证了，一个逆时序可能会支撑着另一个逆时序，从而本身成为第一叙事文。从大体上看，对于一个逆时序来说，整个的上下文可以被看作是第一叙事文。

尤利西斯受伤的叙述，对于《奥德修纪》“第一叙事文”的时况起点来说，显然是涉及到很早以前的一段事，即使根据这个原则，我们把尤利西斯在特洛亚失陷后在腓依基人那里所做的追述也包括在内。所以，关于受伤的追述的整个广度是处在第一叙事文的广度之外的，我们因此把它称为外在式的。再举一个例子，《赛查・皮罗多》第二章所讲的故事，正如题目《赛查・皮罗多的出身》所明确提出的，是发生在开头那场夜景以前的。相反，《包法利夫人》第六章讲的是爱玛在修道院的年月，当然是发生在小说的起点——查理入中学——以后的事，因此，我们把这第六章的追述称为内在式的。或者还有，《发明者的苦恼》的开头，在叙述了吕西安・特・吕庞泼莱在巴黎的种种经历之后，用来告诉读者在此期间大卫在安古兰末的生活。我们还可以设想——而且有时会遇到——混合式追述，它的跨度点处在第一叙事文开头之前，而广度点却在此之后，例如，《玛依・莱斯戈》中德・格里厄的故事开始于与贵族第一次相遇之前好几年，一直继续到第二次相遇的时刻，也就是叙述行为本身的时刻。

这样的区分乍看起来毫无价值，其实不然。的确，在叙事文分析中，外在式追述和内在式追述（或混合式中的内在部分）是以截然不同的方式出现的，至少在一个关键之点上是如此，外在式追述，正由于它是外在的，在任何时候都没有干扰第一叙事文的危险，它的唯一功能便在于对某件“往事”加以补充，以昭读者，除了上面举的几个例子以外，还有一个很典型的例子，即《追忆流水年华》中的《斯万的爱情》。而内在式追述则不同，它的时况范畴是包括在第一叙事文时况范畴之内的，因此显然带有冗赘或冲突的危险，我们必须更仔细地研究一下这些干扰问题。

有一类内在式追述，它所涉及的是与第一叙事文不同的一条故事线索，它的虚构域因此而不同于第一叙事文的虚构域，我们称之为不同虚构域的追述。在古典文学中，这类追述或者是关于一个新人物的，叙述者想介绍一下他的"出身"，比如刚才提到的福楼拜对爱玛的介绍；或者是关于某个久违的人物的，需要了解一下他的近况，比如《发明者的苦恼》中关于大卫的介绍。也许，这正是追述的最传统的功能。不言而喻，即使在这里时况上有所吻合，也不至于引起真正的干扰。我们放下不谈。

而相同的虚构域的内在式追述的情况则大不一样了。这类追述是针对与第一叙事文相同的情节线上的。

[……]

我们看到，根据跨度起点处于第一叙事文时况范畴之内或是之外来确定跨度，使得我们能够把追述分为内在式和外在式两类。较为罕见的混合式，事实上是根据广度的一项特征而确定的。因为，这是指外在式追述继续延伸，一直到汇合并且超越第一叙事文的起点。下面我们要分析的也是广度问题，我们仍旧回到上面举过的《奥德修纪》中的两个例子上来。

第一个例子是尤利西斯受伤的故事。我们在上面已经指出，这段插曲的广度大大地小于它的跨度，甚至大大地小于受伤时与《奥德修纪》的起点之间的这段距离：在讲述了在帕尼索山上打猎，与野猪搏斗，受伤，伤愈，返回伊大嘉岛以后，叙事文截然中止了追溯，跳过十几年时间，回到现在的场景。因此可以说，在"向后转"之后紧接着一个跃进，即一个省略，把主人公生活的很长一段留在阴影当中。这里，追述可以说是点状的，它讲了过去的一个事件，并且把这件往事孤立地留在了遥远的过去，不打算在眼下对中间的与史诗无直接关系的这一段加以补充，因为，正如亚里士多德所说的，《奥德修纪》的主题不是尤利西斯的生平，而仅仅是他从特洛亚的返回。这种以省略而结束，不与第一叙事文汇合的回顾，我称之为局部性追述。

第二个例子是尤利西斯在腓依基人面前所作的叙述。这一次恰恰相反，尤利西斯从特洛亚失陷开始，一直讲到与第一叙事文汇合，概括了从特洛亚失陷到来到卡吕蒲索女神的居处的整个时期。这是整体性追述，它与第一叙事文汇合，在故事的两个段落之间没有留下断裂。

至于这两种类型的追述的显然不同的功能，没有必要赘言。第一类只用于给读者提供一个孤立的情报，这个情报对于理解某个情节是必不可少的；而第二类则与"从故事的中间开始"的开头法有关，目的在于补充叙事文的全部

“往事”，一般说来，它在叙事文中占有很重要的位置，有时，例如《朗热公爵夫人》或《伊万·伊里奇之死》，它是叙事文的主要成分，而第一叙事文只不过是预述的故事结局而已。

[……]

从原则上讲，局部性追述不存在什么叙述衔接问题。追述段落在一个省略上坦然中止，第一叙事文在它停止的地方重新开始，不加任何说明，就像从来没有被打断过似的，例如《奥德修纪》里的那样（“那老妇人用手掌摸到了这个伤疤，就认出了他……”）；或者加以说明，就像巴尔扎克喜欢做的那样，在追述的开头说过“下面我们就来看看为什么……”一类的话，追述完以后再强调一下它的解释功能。比如在《朗热公爵夫人》里，回顾段落是用这种最明了的套话开头的：“现在我们就来看看，这个场景中的两位人物的经历怎样使得他们如今会处于各自不同的境遇。”结尾的方式也同样地坦白：“现在人们一定会明白了，当这两位情人在加尔默罗会修院围墙边上，当着一位嬷嬷的面相逢时所体验的种种感情，而且，双方心中燃烧的这些感情之强烈程度也许可以解释这个故事的结局。”而在普鲁斯特的作品中，第一叙事文在追述以后重新开始时，常常几乎不露痕迹，有时甚至是非常随意的：“我前去和斯万太太握手，同时在心里惊讶地自言自语：虽然她在我记忆里与玫瑰夫人是那么遥远而且不同，可我从此却会把她们看成是一个人。沙尔律斯先生很快就坐在了斯万太太的身边。”

我们看到，局部性追述以后，叙事文这样重新开始所带有的省略特征，对于认真的读者来说，只能使时间的割裂更加明显，因为二者之间没有任何衔接。而整体性追述的困难则与此相反，不是要解决连续性问题，而是必须连接追述段落和第一叙事文，但这一连接几乎不可能不造成重叠现象。因而显得不甚巧妙，除非叙事者能灵活地把缺点变成小把戏。下面是《赛查·皮罗多》中的一个例子，这里有重叠，但小说家却没有承认，也许根本没有留心，第二章（追述）是这样结束的：“不一会儿，公斯当斯和赛查就酣然入睡了。”而第三章是以这样的一句话开头的：“赛查睡下去的时候，唯恐他女人第二天再来坚决反对，打算清早起床，把所有的事都解决掉。”我们看到，这样的衔接未免带有不协调的味道。《发明者的苦恼》的衔接则比较成功，织地毯的工匠在这里把疵点本身变成一项装饰，这段追述是这样开头的：“趁年高德劭的教士爬上安古兰末的大石梯的时候，我们先来解释一下，他想打听的事牵涉到哪一些复杂的利害关系。从吕西安走了以后，大卫……”在一百多页以后，第一叙事文重新开始："玛撒克老神甫攀登安古兰末的石扶梯，预备向夏娃报告她哥哥的情形的时候，大卫已经躲了十一天，躲的地方跟可敬的教士才走出去的屋子只隔两道门。"在故事时况和叙述行为时况之间所做的这种游戏（"趁着"玛撒克的神甫爬石梯的功夫，讲述大卫的遭遇），我们在《语态》一章会专门讲到。在这里，我们看到了一个小把戏是怎样把约束变成了轻松的玩笑的。

预　述

与它的相对格——追述相比，预述明显地较为罕见，至少在西方叙事文传统中是这样的。尽管如此，三大古代史诗《伊里亚特》《奥德修纪》和《埃涅阿斯纪》都是用简单的预述开头的，这在某种意义上证实了托多罗夫对荷马史诗所说的话："宿命的安排"。而"古典"小说（广义上讲，其重心主要在19世纪）的构思特点是叙述的悬念，因此，不适合于作预述。此外，传统式虚构体中的叙述者必须装作是在讲故事的同时，"发现"了故事的真相。因此，在巴尔扎克、狄更斯或托尔斯泰的作品中，我们很少见到预述，尽管"从故事的中间"式开头法的广泛使用有时会造成某种错觉：当然有某种"宿命"支配着《玛侬·莱斯戈》的大部分叙述（在德·戈里厄开始讲他的故事以前，我们就知道了故事的结局是流放），更不必说《伊万·伊里奇之死》，它是以尾声开头的。

"第一人称"叙事文，由于明确的回顾特点，比其他任何一类叙事文都更适合于预述。叙事者可以影射未来，尤其可以影射目前的状况，这在某种程度上属于叙述者的职能。鲁滨孙·克罗梭差不多可以在一开始就告诉我们，他爸爸劝他不要去海上冒险时所说的那番话是"极有预见性的"，尽管他在当时毫不理会。卢梭在讲到关于梳子那件事时，不仅证明他当时是无辜的，而且力图表示他在回顾这件事的时候仍然感到愤怒："我在写这件事的时候，还觉得脉搏怦怦跳动。"

普鲁斯特的作品对预述的使用在整个叙事文史中，甚至在自传体中，可谓独一无二。要研究这类逆时序，《追忆》是唯一的特惠领域。在这里，我们仍然可以轻易地区别内在式和外在式预述。最后一个非预述性场景——毫无疑问，即在盖尔芒特家的那个上午——鲜明地标志出第一叙事文时况范畴的界限。可是，大家知道，《追忆》中相当数量的情节是发生在这天上午以后的故事的一点上的（其中大部分就是在这个场景过程中讲述的），我们把这些看成为外在式预述，它们通常具有结束语的功能，把某个情节的主线引导到其逻辑上的终点，即使这个终点是在主人公决定退出社交界而潜心写作那一天以后，例如，对圣-卢小姐的婚事的预述："这个女孩子的姓氏和财富都足以令她母亲渴望她嫁给一个什么亲王，使斯万夫妇的后代享受荫福。可是后来，她却选了一个默默无闻的文人当丈夫，把家人的身份降到了比他们起家时还要低的水平。"

还有一类预述在《追忆》中运用得相当频繁，几乎都很接近前边提到的卢梭的模式，即表明目前回忆的强烈程度，在某种程度上证实往事的真实性，比如，在谈到阿尔贝蒂娜的时候："就这样，我现在依然看得到，她停了下来，无檐帽下那对眼睛光彩熠熠，背后的大海衬托出她的身影。"当这类现在时的预述直接牵涉到叙述主体的时候，它们不仅仅构成叙述时况的问题。而且也关系到语态的问题。我们在后面还会讲到。

[……]

关于预述，最后要提到的是它的广度问题。这里，我们仍有可能区分局部性的和整体性的两种预述。从原则上讲，后者是指一直延续到"结局"的（内在式）预述，或指一直延续到叙述行为的时刻的（外在式或混合式）预述。但是，在《追忆》中，我几乎没有找到例证，似乎预述在实际中全都是局部性的，预述段落结尾的方式和它的开头一样地坦白而鲜明。

《追忆逝水年华》一书中"逆时序"叙述的重要地位显然与这部小说综合性反顾的特点有关。这一特点每时每刻都完整地出现在叙述者的脑海里，使得他同时把所有的线索牵在手中，同时感知到所有时刻和所有的地点，并且在其中建立起一个"望远镜"式的关系网，不仅在空间中无所不在，而且在时间上也是如此。

然而，"追述"或"预述"这些概念本身就要求具有十分清晰的时间意识以及对过去、现在和将来的毫不含糊的关系确定。到现在为止，仅仅是为了论述方便起见，我才把实际情况说成是的确如此。但事实上，叙述者对追述和预述所添加的说明以及这些说明的相互交错是那样的频繁，以至于使"一般"读者——甚至最信心十足的分析家——有时会感到犹入迷宫，理不出个头绪来。这种含混不清的结构把我们引向无时序的门槛。

（选自张寅德编选：《叙述学研究》，北京，中国社会科学出版社，1989）

1. 作者简介

杰拉尔·日奈特（Gérard Genette），1930 年出生于巴黎，法国当代著名的叙事学理论家。曾在巴黎大学法国文学系和高等师范学院任教，现任法国高等社会科学研究院教授。

1966年，瑟依出版社出版了他的第一部文学评论集，题为《辞格》，其中收集了作者在1959—1965年间发表的18篇论文。1969年出版第二本论文集《辞格二》，收集了10篇文章，多涉及当代叙事学问题。1972年出版《辞格三》，其中包括占据该书约四分之三篇幅的《论叙事文话语》，这一长篇论文是20世纪70年代最重要的叙事学研究文章之一。

2. 背景知识

20世纪60年代，结构主义以对存在主义进行否定的激进姿态出现于法国思想界。在经过1960年《太凯尔》杂志的创办和1962年列维-斯特劳斯的《野性的思维》的发表这样一些重要的里程碑之后，结构主义在法国的1966年至1967年间可以说达到某种顶峰。作为一种影响广泛、深远的文化思潮，结构主义在西方以强大的冲击力影响了语言学、人类学、社会学、心理学、历史学、文学理论等几乎所有的人文学科，尽管它的黄金时代犹如昙花一现，后来很快地为后结构主义所取代，但它所确立的对文化各领域采取的语言分析方法，已经渗透西方思想，强劲地推动了西方的“语言论转向”，并通过后结构主义影响了其后所有的文化思潮。以前期巴尔特和以日奈特、托多洛夫、格雷马斯等人为代表的叙事学，就是结构主义在叙事作品的分析和研究中的衍生物。

叙事学的产生还与俄国学者普洛普的童话学研究有着密切的关系。早在1928年，普洛普出版了《民间故事形态学》一书，但在当时并没有引起多大反响。这本书的英译本于1958年问世，1960年，法国结构主义者列维-斯特劳斯对它做出了很高的评价。普洛普是叙事学研究的先行者，在他的童话分析中，童话被看成是体现了横向组合的共时结构，他着力研究俄国民间故事的组织问题。他在一百个俄国童话故事中区别恒定的和易变的因素，结果他发现，故事中的人物是易变的，但他们在故事中所发挥的功能却是恒定的和有限的，据此，他认为民间童话的特征就是经常把同样的行动分配给各式各样的人物。普洛普进一步分析出了童话的31种功能和一个最基本的叙事结构模式。普洛普的童话分析方法，是一种不断简化的结构分析方法，他的用意是寻找俄国民间童话故事的深层叙事结构，也就是那个隐藏在一切叙事下面的最深层的叙事模式。普洛普的研究方法对20世纪60年代的法国叙事学研究产生了重大的影响，后来的列维-斯特劳斯、布雷蒙、格雷马斯等人对叙事性作品的结构分析都是沿着他所开辟的道路前进的。

罗兰·巴特（Roland Barthes，1915—1980 年）在前期曾著有《叙事作品结构分析导论》（1966）一书。他认为，共同的结构模式存在于一切叙事作品中，而叙事分析的任务就在于找出这个共同的结构模式。

托多洛夫（Tzvetan Todorov，1939— ）试图建构一种结构主义的叙事语法理论，在《〈十日谈〉的语法》一书中，他运用叙事语法理论对《十日谈》进行分析，在结构主义叙事学中具有开创性的意义。

结构主义叙事学的另一代表人物格雷马斯（A. J. Greimas，1917—1992 年）则以"角色模式"和"语义方阵"驰名天下。

在法国结构主义叙事研究中，日奈特的研究重点在于叙事作品中的叙事时间。在《论叙事文话语》中，他以普鲁斯特的《追忆逝水年华》中的叙事为特定的研究对象，区分了作为故事发生的自然时间状态的故事时况和作为叙事文本中具体体现出来的时间状态的叙事文时况，具体研究了叙事文时况中的顺序、时距、频率等叙事问题。这里的选文选自该文第一章《时序》。

3. 文本解读

日奈特对叙事文时序的考察，建立在叙事文叙事时间的二元性上，他引用了德国理论家的两个概念——故事时况和叙事文时况——来指示这种二元性。为了理解这种二元性，我们举一个例子来说明。例如，一个小说家从法院看到一个案卷，上面记载着一个案件，这个案件可能是按事情本来的那个样子即按时间先后顺序来讲述的（这往往是罪犯的交代）：先写受害者与一个朋友交往，使这个朋友知道他很有钱，于是这个朋友伙同他人绑架了这个受害人，并打电话向受害人的妻子索要巨额赎金，受害人的妻子向警察报案，警察通过现代的技侦手段最后锁定犯罪嫌疑人并将其抓获归案。这是一个原始的侦破故事，有可能成为小说的素材的条件，它的时间顺序是素材本身的时间顺序，也可以说是一种日历上的时间顺序，10 月 1 日之后肯定是 2 日，紧随其后的是 3 日、4 日，明确与清晰的要求可能使案卷上面充满着时间标志，详细地根据时间先后顺序标明整个事件的发展。而小说家如果将之写成故事，为了引人入胜，他要制造悬念，他可能会安排一个警察作为叙事人，小说的开始可能正是，这个警察在深夜 3 点要上床睡觉之时听到了刺耳的手机铃声，被告知要去调查这一绑架案。然后，随着这个警察的调查的进展，小说家逐渐地回过头去讲这个受害人与他的朋友的交往，以及绑架案的发展。这其实就是通常讲的倒叙，是对素材的特定组合。我们从报纸上看到的新闻文章也经常采用这种文学手法，写一个案件的侦破经常是从案件的成功侦破开始写起的，然后反过头去讲案件的发生、发展。反之，如果小说家还是依照素材本来的时间顺序来讲故事，如果写得好，也同样是对素材的特定组合，我们称为顺序。显然，在这个所举的例子里，存在着这样两种时间：一种时间是叙事文中使用的素材自然的先后时间顺序，即日奈特引用的德国理论家所谓的“故事时况”；另一种是叙事文中体现出的时间，即日奈特引用的德国理论家所谓的“叙事文时况”。

在区分了故事时况和叙事文时况之后，日奈特把这两种时况之间各种的不协调称为“逆时序”。对此，他举了古希腊史诗《伊里亚特》著名的“逆时序”开头作为例子，做了精彩的说明。日奈特还进而精细地区分出逆时序的“跨度”和“广度”的问题。所谓跨度，就是一个逆时序的叙事文段落，与叙事文中的“现在”所存在的一段或长或短的距离。而所谓“广度”，是指逆时序的叙事文段落本身所具有的故事的时间长度。日奈特以《奥德修纪》中的一个例子对这两个概念作以说明。在《奥德修纪》卷十九中，保姆尤吕克累准备给装扮成外乡人的尤利西斯洗脚，发现了他脚上的伤疤并因此认出了自己主人，这时，荷马提到了尤利西斯少年时代是在何种情况下受的伤，从第 394 行到第 466 行都是用于追述这件事，它的跨度是好几十年，广度是几天时间。

故事时况、叙事文时况、逆时序、跨度和广度这几个概念，是日奈特对叙事文的时序状况进行分析的基础，尔后，日奈特以一些作品和普鲁斯特的《追忆逝水年华》为例分析了“追述”与“预述”这两种逆时序时况。

在论述“追述”时，日奈特提出了“第一叙事文”和“第二叙事文”两个概念。所谓“第二叙事文”，即逆时序跻身于其中的叙事文，像尤利西斯受伤的叙述；所谓“第一叙事文”，即相对于逆时序而言的叙事文时况的层次，像叙述引起关于尤利西斯当年受伤所留下的伤疤的这一追述的叙事文时况的层次。根据“第一叙事文”和“第二叙事文”两个概念，日奈特把追述分为“外在式”“内在式”与“混合式”三种。所谓外在式的追述，是指追述（即第二叙事文）的整个广度是处在第一叙事文的广度之外的；所谓内在式的追述，是指追述的整个广度是处在第一叙事文的广度之内的；而混合式追述则指它的跨度点处在第一叙事文开头之前，广度却在此之后。日奈特同时还将内在式追述分为不同虚构域的追述和相同虚构域的追述。不同虚构域的追述所涉及的是与第一叙事文不同的一条故事线索，像小说中出现新人物时，叙述者介绍其“出身”的情形，它的虚构域不同于第一叙事文的虚构域。相同虚构域的追述与第一叙事文有着相同的情节线。

日奈特所据以划分“追述”的类型的概念，既涉及他所提出的“跨度”这个概念，也涉及“广度”这个概念。他还根据后一个概念从另外一个角度将追述划分为局部性追述和整体性追述两种类型。典型的局部性追述即关于尤利西斯的受伤的追述，它的广度极大地小于它的跨度，在这段追述之后，第一叙事文中止了追溯，跳过（省略）十几年的时间，回到现在的场景。局部性追述用于给读者提供一个孤立的情报，这个情报对于理解某个情节是必不可少的。这种类型的追述有些类似于我们平常讲的插叙。而典型的整体性追述即是尤利西斯在腓依基人面前所做的叙述，这段叙述从特洛伊的陷落开始说起，一直讲述到他坐在腓依基人面前为止，它的跨度的终止与第一叙事文汇合。整体性追述的目的在于补充叙事文的全部“往事”，在叙事文中占有很重要的位置。这种类型的追述有点类似于我们平常讲的倒叙。

“预叙”在叙事文中是较为罕见的情形。在日奈特看来，第一人称的叙事文，由于其明确的回顾特点，比其他任何一类叙事文都更适合于预述。叙述者可以在预述中影射未来，尤其可以影射目前的状况。根据叙事文叙事时间的跨度，日奈特区分了“内在式”和“外在式”两种预叙，而根据叙事文叙事时间的广度，日奈特区分了“内在式预叙”中“局部性”和“整体性”两种类型。

日奈特关于叙事时间的研究是叙事学研究中极为重要的一种理论，对西方的叙事学发展产生了很大的影响。

第二节　相关问题概说

小说是一种典型的叙事文学，福斯特的《圆型人物和扁型人物》研究小说中的人物类型，日奈特的《时序》研究小说中的故事时况和叙事文时况的不协调关系，这两篇文章涉及了小说作为一种叙事文学的两个极为重要的问题，即人物与叙事时间。其实，叙事时间的安排问题，归根结底又是事件的组织安排问题，即小说的情节布局问题。人物与情节，向来被视为小说的两个要素。小说总是要讲关于人的故事，故事则由一系列事件组成，而事件的安排必定会涉及故事时况与叙事文时况的不协调关系，亦即是叙事时间的问题。

叙事，又称叙述，20 世纪 80 年代以来用来翻译西方的“narrative”一词。简而言之，叙事，就是铺叙故事，或者说是讲述故事。叙事是人类文化活动中起源极早也极为重要的一项内容。法国叙事学家罗兰·巴特在《叙事作品结构导论》中认为，叙事在人类文化中具有普遍性，他认为叙事是与人类历史本身共同产生的，超越国度、超越历史、超越文化，犹如生命那样永存着。在巴特看来，叙事的承载物可以是口头或书面的有声语言、固定的或活动的画面、手势，以及所有这些材料的有机混合；叙事遍布于神话、传说、寓言、民间故事、小说、史诗、历史、悲剧、正剧、喜剧、哑剧、绘画、彩绘玻璃窗、电影、连环画、社会杂闻、会话当中。① 我们所说的文学叙事，是叙事的一种类型，是指用语言来铺叙故事的叙事形式，用巴特的话讲，它的承载物是“口头或书面的有声语言”。自然，这里的文学叙事将口头讲述的叙事文学也包括在内了，而就一般的文学研究的意义而言，其对象只是“书面语言”形态下的文学。

在西方，小说与神话、传说、寓言、童话、故事等一起被称为虚构作品（fiction），从传统的意义上说，其共同的特征是用散文（与诗的韵文相对而言）的形式讲述故事（叙事），因而要有人物，并通过人物的关系及其行动构成事件与情节，并且，人物的行动又必定是在一定的场景中进行的。

一、叙事文体

对于叙事文体的独特性，在谈到抒情文体时已经有所涉及。对此，美国学者浦安迪有比较好的说明。在他看来，如果将抒情诗、戏剧和叙事文都设想为表现人生经验的本质和意义，那么，“抒情诗直接描绘静态的人生本质，但较少涉及时间演变的过程。戏剧关注的是人生矛盾，通过场面冲突和角色诉怀——即英文所谓的舞台‘表现’（presentation）或‘体现’（representation）——来传达人生的本质。唯有叙事文展示的是一个延绵不断的经验流（flow of experience）中的人生本质”。总的说来，“任何叙事文，都要告诉读者，某一事件从某一点开始，经过一段规定的时间流程，而到某一点结束。因此，我们可以把它看成是一个充满动态的过程，亦即人生许多经验的一段一段的拼接。”② 因此，在叙事文中，事件在时间上历时的连续性的性质被视为重要的特征。也正是在这个意义上，在西方的叙事学研究中，戏剧通常也被当作叙事作品加以分析。

以下是转译自一本英文著作的一个小故事：

---

① ［法］罗兰·巴特：《叙事作品结构导论》，见张寅德编选：《叙述学研究》，2页，北京，中国社会科学出版社，1989。

② ［美］浦安迪：《中国叙事学》，6～7页，北京，北京大学出版社，1996。

一个女人坐在她古老的、窗户紧闭的房子里。她知道她在整个世界上孤身一人；所有别的事物都已经死去了。

门铃响了起来。

这称得上是最短小的恐怖故事，如果没有太多的理论家的条条框框的话，甚至可以斗胆将之称为最为短小的恐怖小说？这个故事设定了一个场景——“古老的、窗户紧闭的房子里”，并将一个人物（女人）放在这一特定的场景中激发我们的兴趣。尽管我们不能从这极为有限的篇幅中真正地了解这个人物，我们还是进入了她的情感并分享她的感觉，那种“在整个世界上孤身一人”的感觉。然后，一件出人意料的事发生了——“门铃响了起来”，这个故事在紧张的使人困惑的结局中戛然而止。这又更像一部饶有兴味的小说的开头，它设置了一个悬念：谁在这除了这个女人再无其他的世界上按响她的门铃？就像许许多多含义丰富的、复杂得多的小说一样，这个故事用寥寥几语激发起我们的想象，促使我们关心这个女人的感受与命运。

叙事作为艺术，总是与虚构、想象等人类的艺术行为有关，它的人物、事件、情节与场景总是被塑造与想象出来的。我们并不怀疑一个当代的小说家能够写一本关于唐代的人的小说，同样，我们也没有理由怀疑一个 20 世纪 70 年代出生的小说家能够写关于第二次世界大战的事的小说。确实，在一些小说中，像历史小说，甚至金庸的武侠小说，一个作家确实提供了许多真实的信息，这些信息包括现实存在过的场景、事件和人物，但是，小说中真实的信息，并不像一本历史书中的信息，至少，它是次要的。这恰如我们不能把《三国演义》看成是真实的历史，不能把《三国演义》中的曹操看成是历史中的曹操一样。

我们阅读一部叙事性作品，首要的并不是要考虑它是真实还是不真实，而是它能不能提供给我们美的享受。在小说中，这种美的享受往往在于我们通过对小说中的人物的遭遇、思想、情感与命运的思考，看到别的人（甚至是自己）的生活、思想与情感。阅读一部好的小说就像打开一扇窗户，看见以前从来没有看见过的迷人的风景，这种关于人的生活、思想与情感的风景能给我们的人生以某种启示。

如果说，中国古代的文学传统是以抒情诗为核心的，那么，西方的文学传统从一开始就是以叙事为核心的。荷马的史诗被称为西方叙事文学的最初源头，而中世纪流行于欧洲各国的“传奇”（Romance，音译为罗曼司）被认为是西方叙事文学由史诗到18世纪和19世纪的现代小说（novel）的发展中介。

中国古代的叙事文学的高峰无疑是明清小说，明代小说的代表作有《三国演义》《水浒传》《西游记》和《金瓶梅》等，清代小说的代表作有《聊斋志异》《儒林外史》和《红楼梦》等。中国古代小说的源流，则可以追溯到六朝志怪、唐代传奇和宋元话本小说。

二、叙事与再现

如果说，与抒情相关的表现理论，试图通过人的内在情感的主观表现来解释艺术，那么，与叙事相关的再现理论则试图通过艺术所再现的外部世界来解释艺术。恰如抒情诗与表现理论关系密切一样，叙事与再现理论关系密切。

生活中很多讲故事的人喜欢用这样的话开头："在我生活的村子"或是"在我生活的街道"。这是典型的想在故事中营造一个真实的生活场景的例子。许多小说也故意营造这种真实的生活场景，直接说明故事发生的年代和地点。在历史小说中，人物甚至也是历史上真实存在过的。不管是一般读者，还是专业的批评家，一般而言，面对一篇说明了真实的场景与年代的小说，人们很难不去将小说与现实联系起来。熟悉鲁迅生平的人，都可以从鲁迅的小说中找到他的故乡浙江绍兴这一城市（他的许多小说发生的地点都名为S城，很容易使人想到其故乡绍兴）与周围的城镇。拿《孔乙己》里写的鲁镇来说，喝的黄酒，吃的盐煮笋、茴香豆都很容易使人想到绍兴附近一个真实的镇。从绍兴现今的咸亨酒店那每日来自全国甚至是世界各地的、络绎不绝的、踏破门槛的旅游者即可看出，小说的读者乐于在现实中发现小说中的人物曾经生活过的场景。这或许也是小说阅读的一种乐趣。在现实生活中到达小说描写的地方一游，或者干脆认识小说作者描写的小说主人公的模型，对一般的读者而言，是极有吸引力的事。正因为如此，鲁迅和沈从文用自己小说中的水乡世界和湘西世界，甚至为故乡的后人留下了丰富的旅游资源。确实，小说的魅力之一，即在于它和现实似真非真的关系。有多少人能够拒绝到沈从文所描写的湘西世界一游的诱惑呢？甚至会有旅游者对你说，在湘西的某个地方，他碰见了一个"翠翠"。

再现与希腊人古老的艺术理论——艺术摹仿现实（自然）——一脉相承，是西方历史上延续时间最长的文艺理论。在《理想国》第十卷中，哲学家柏拉图提出了著名的关于三种床（理式的床、现实的床和画家的床）的理论。在这三种床中，只有第一种床，才是永恒不变的真理，为个别的床的道理和规律；

而木匠所造的床，虽根据床的理式，却只摹仿到某些方面，受到时间、空间、材料、用途种种有限事物的限制，这种床没有永恒性和普遍性，所以也得不到真理，只是一种“摹本”和“幻相”。至于画家所画的床，所摹仿的只是床的外形，不是床的实体，所以更不能体现真理，只能是“摹本的摹本”“影子的影子”“和真理隔了两层”。这样，在柏拉图的思想里，摹仿诗人，包括荷马都只能得到影像，并不曾得到真理。他说：“摹仿者对于自己摹仿的东西没有什么值得一提的知识。摹仿只是一种游戏，是不能当真的。”① 因为诗人的摹仿本性，柏拉图贬低诗人。关于诗人的摹仿本性，柏拉图有个很著名的关于镜子的比喻，他说：“如果你愿意拿一面镜子到处照的话，你就能最快地做到这一点。你就能很快地制作出太阳和天空中的一切，很快地制作出大地和你自己，以及别的动物、用具、植物和所有我们刚才谈到的那些东西。”② 与柏拉图因为诗人的摹仿本性贬低诗人不同，亚里士多德则因为诗人的摹仿本性而肯定诗人。而且，亚里士多德的摹仿论，与那种主张艺术应该像镜子一样逼真地再现现实已经有了很大的不同。从他关于诗人应当写“可能发生的事”的著名理论看来，艺术家完全可以根据自己的眼光改变所谓真实的“现实”。这样一来，“再现”考察的就不是故事与现实的社会生活所应有的真实性的对应关系，而是故事内在的逻辑。如果有人告诉你，一只猴子翻一个跟斗就能到达十万八千里之外，你肯定是不相信的。但是，如果你仔细阅读《西游记》，你就会信服这种“奇迹”在这部小说中还不算什么，而且你觉得这种描述在整部小说中是真实的。

即使排除从亚里士多德摹仿理论中可能引申出的关于摹仿也蕴含着“想象”的因素，艺术对现实的再现也不可能是按照它本来的样子来进行的。这就像布洛克所言，认识到这一点，也并不意味着艺术与现实无关，“它的确切意思是，这种关系不是一种复制关系，而是从一种特定的人类观点、立场或角度的一种特定的文化背景出发，对现实作的再现和解释”③。这就可以解释，为什么同时代的作家在各自的小说中“再现”的现实是迥然有异的。

---

① ［古希腊］柏拉图：《理想国》，郭斌和、张竹明译，399页，北京，商务印书馆，1986。

② 同上书，389页。

③ ［美］布洛克：《美学新解——现代艺术哲学》，滕守尧译，57页，沈阳，辽宁人民出版社，1987。

在再现理论中，我们至少可以发现一个有意思的命题，即叙事性作品确实更易与现实保持着密切的关系。确实，叙事文体要比抒情文体更为“写实”。唯其如此，现实主义文学的典范文类是小说，浪漫主义文学的典范文类是抒情诗，前者是强调再现的叙事文学，后者是强调表现的抒情文学。

三、叙事要素

按照叙事学的观点，在一个叙事行为中，重要的不是故事的内容，而是故事的内容用什么样的语言如何被叙述出来。例如，同样是一个三角恋爱的故事，就其材料来说，是俗套的，无非是一个甲和乙都爱着丙，而丙或者爱其一，或者最后发现自己谁也不爱的故事。就其内容来说，也可演变出甲和乙由爱成仇，或由爱成友的故事，在个别故事中，甚至会有其中一方为了所爱的对象的欢乐与幸福而牺牲自己的故事。然而，从叙事学的观点来看，一个叙事行为的成功与否，不在于这个故事本身的内容如何，而是叙事的方式。也正是这叙事的方式，部分地决定着文学史上成百上千个三角恋爱故事的不同及艺术成就的高低。

叙事方式的不同取决于各种各样的叙事要素，这里举其要者简述如下。

1. 谁在讲故事？（叙述者）

小说中一个极为重要的因素是“叙事人”，也可以称为叙述者，即小说中讲故事的人。没有叙述者的叙事是不存在的，叙述者的存在是叙事的重要特征之一。小说中讲故事的人与作家本人并不是一回事，尽管我们都知道是作家在用语言讲故事。叙事人的重要性甚至促使一些理论家将它作为区分叙事与抒情、戏剧的重要特征。根据罗伯特·施格尔斯和罗伯特·凯洛格等在《叙事的本质》一书里的分析，抒情诗里有叙述人但没有故事，戏剧有场面和故事但没有叙述人，只有叙事文学既有故事又有叙述人。① 还有一种区分方式是依据叙述人在各种文类中的不同地位来进行的：在抒情（诗）中，叙述人是第一人称的；在史诗或叙事中，叙述人以自己的声音出现，但也允许其他角色以自己的声音叙述；在戏剧中，全部对话由角色进行。② 这些论述都证明叙述人在叙事文学中的重要性。

---

① ［美］浦安迪：《中国叙事学》，18页，北京，北京大学出版社，1996。

② ［美］乔纳森·卡勒：《当代学术入门　文学理论》，李平译，76页，沈阳，辽宁教育出版社，1998。

就像上面提到的三角恋爱故事，讲故事的人（叙述者）可以是多种多样的。他可以是一个局外人，这个局外人可以用“我”的面目出现，“我”可以认识其中的一个人、两个人，或是三个人，是他们痛苦的爱情的见证人，这就是所谓的第一人称叙事；这个局外人可以不以“我”的面目出现，而以这个三角恋爱中三个人物之外的一个人物出现，或者是其中之一的母亲，或者是其中之一的朋友，这就是所谓的第三人称叙事。与“局外人”的叙事方式不同，这个故事的叙述者也可以是故事中的三个人物之一，他或者以“我”的面目出现，或者以“他”的面目出现，在整个故事中察言观色，直接为恋爱的得失而悲欢。请想象一下歌德的《少年维特的烦恼》吧，这篇书信体小说的叙述人是“我”（维特），他直接处在一个三角恋爱的痛苦旋涡之中。如果改换成另外一个叙述人，比如由绿蒂讲述故事，或者是由绿蒂的未婚夫讲述故事，或者是由维特的仆人讲述故事，对读者的阅读来说，肯定会是完全不同的一种感受，而对作家的写作来说，则会是一个全新的故事。

叙述人的安排对于作家来说，往往是小说艺术的核心课题之一。写《孔乙己》这篇小说的是中年鲁迅（时年鲁迅 37 岁），而讲述有关于孔乙己这个故事的人是一个十二岁的酒店伙计，尽管小说中“二十多年前”这一提示暗合这种年龄关系，但我们仍然不能将“我”看作鲁迅本人。究其根本，这个“我”是作家鲁迅安排在小说中讲故事的人。作家鲁迅在这篇小说中安排的叙事人，是一个儿童，这篇小说是用儿童独特的视角来看待孔乙己的一生的。这个儿童在小说中甚至比较冷漠，并不像我们会对孔乙己寄予某种同情的态度。这个儿童会与酒客一样嘲笑孔乙己的落魄，并且在孔乙己问他会不会写茴香豆的茴字时，他的表现是——“我想，讨饭一样的人，也配考我么？便回过头去，不再理会”。显然，这个“我”是小说中的一个人物，这个人物也是为了服从于小说所想表达的意旨而安排的。对读者的阅读来说，“我”的冷漠与对孔乙己的蔑视，似乎是孔乙己的生活中本来就应该有的事。

因此，《孔乙己》中的“我”与《祝福》中的“我”一样，都是小说中的叙事人。小说可以通过对叙事人不同的安排形成不同的叙事视角。像《孔乙己》与《祝福》都可以称为第一人称的叙事视角，这是作家鲁迅从第一人称“我”来讲述故事的一种独特的视角，“我”同时是小说中的一个人物，以参加者的身份直接参与小说情节的发展。这个人物可以是小说中的主要人物，也可以是小说中的次要人物。就在小说中扮演的功能而言，《孔乙己》中的“我”的地位比《祝福》中的“我”要大，直接参与了孔乙己这一人物的命运进程。

与第一人称叙事不同的还有第三人称叙事，在这种叙事视角里，叙事人不再以参加者的身份进入小说情节中，叙事人好像是一个无处不在但又从不现身的局外人，只是在讲故事。这样的小说在数量上似乎应该超过第一人称叙事的小说。像鲁迅的《药》、孙犁的《荷花淀》、沈从文的《边城》、中国古典四大文学名著，都是采用第三人称叙事写成的。

此外，也有采用第二人称叙事“你”来写小说的，但这种例子在整个世界文学中都占少数。

在许多第一人称叙事小说中，叙事人“我”是站在自己的立场上来组织故事情节的，并严格按照“我”自己的所见所闻来推动整个小说的发展，像鲁迅的《孔乙己》就是如此。这样的小说不会荡开一笔，写孔乙己离开酒店后如何去丁举人家做抄书这一工作，又如何偷窃，再诸如此类其他的事，在小说中，所有关于孔乙己的这些事都是通过“我”在酒店这一特定的环境中听酒客们间接转述的。同样，这样的小说更不会写孔乙己这个人物的内心活动，尽管人物的刻画离不开这种内心的活动，但小说是通过他展现在“我”面前的言谈举止来表现他的内心世界的。这种小说组织故事情节的方式又称为“有限视角”，即站在特定的一个人物的立场来组织故事。第三人称叙事小说也可以采用这种方式，可以把组织故事的方式集中在一个人物上。

与有限视角相对应的另一种叙事方式是“全知全能视角”，在这种叙事方式中，叙述者是统治一切的，全知全能，无所不知。像《红楼梦》这样的小说，叙述可以从一个场景到另外一个场景，可以从一个人物到另一个人物（甚至心理活动）随意转换，像第九十八回写黛玉之死。整个故事情节大致可分为三大部分。第一部分写宝玉成婚后得知新娘不是黛玉而旧病复发，与宝钗一起被人掇弄着去“回九”，回来后宝钗告诉他黛玉已死的真相，反而一痛决绝，神魂归一。第二部分回过头去讲宝玉与宝钗成婚时黛玉气绝的事。第三部分写黛玉死后凤姐回明贾母王夫人以及宝玉哭灵的事，在时间上承接第二部分却又与第一部分相交叉。叙述人在这儿真可谓无所不知，既知宝玉、宝钗身上发生的事，又知黛玉身上发生的事，同时又知道凤姐、贾母、王夫人身上发生的事。

2. 讲什么故事？（人物、事件与情节、环境）

（1）人物

人物是小说叙述很重要的一个因素，小说总是写人的活动、思想与情感的。尽管有的小说写的对象是某类动物或是妖魔鬼怪，就像许多童话那样，然而，这样的小说的叙述对象仍然是拟人化的，仍然可以视为某种特殊类型的小说主人公。

小说的人物并非真人，其生命是一种艺术生命，只存在于文学特殊的艺术空间当中。作者往往是创造了关于真实的人的幻觉，这种人物的生命是作者用文字赋予的，作者通过他表达自己对生活的一种认识。或许小说中的人物是有其原型的，但原型毕竟是原型，而不能与小说中的人物相等同。像鲁迅《孔乙己》中的伙计“我”就不能看成是作者本人，这是作者讲故事的一种技巧，营造出一种仿佛亲身经历的氛围。许多小说作家都有这样一种倾向，尽量想使自己写的东西就像真的一样，通过这种虚幻的真实性将你引入他所营造的其实是不真实的艺术世界中，然而使你感受深刻。

在小说写作中，人物形象的塑造是非常重要的技艺。作家可以采用多种多样的方法。福斯特所区分的圆型人物和扁型人物，就可以视作两种塑造人物的方法。

作家使小说中的人物有名有姓，有行为举止，并用引号使之说话，一切都跟现实中发生的相似，而这些因素其实都成了作家塑造人物形象的某种技巧。这些技巧有很多很多。

一种是通过直接描写的办法写出这个人物形象的外貌特点甚至是心理特点。像来自鲁迅的小说《孔乙己》的这一段话：

> 孔乙己是站着喝酒而穿长衫的唯一的人。他身材很高大；青白脸色，皱纹间时常夹些伤痕；一部乱蓬蓬的花白的胡子。穿的虽然是长衫，可是又脏又破，似乎十多年没有补，也没有洗。他对人说话，总是满口之乎者也，教人半懂不懂的。

小说在开头介绍鲁镇的咸亨酒店时说到“只有穿长衫的，才踱进店面隔壁的房子里，要酒要菜，慢慢地坐喝。”孔乙己这一人物形象的独特性，在这里引用的第一句话中就表述出来了：是站着喝酒而穿长衫的唯一的人。站着喝酒写出了他的穷，他的落魄。穿长衫又写出他对自我身份（书生）的看重，显出他的迂腐。这段话的后面三句话其实都可看成是对这第一句话的解释。鲁迅将一个落魄的穷书生形象，用极少的语言极为形象地表现出来了。

即使是像取名字这样看似简单的事情，在小说创作中其实是很有讲究的，对人物形象的塑造也很有帮助。“孔乙己”这个人物姓孔，是别人从描红纸上的“上大人孔乙己”这半懂不懂的话里，替他取下的一个绰号。这个绰号赋予这个人物以某种漫画式的形象色彩，他的“半懂不懂”的名字正蕴含着他生活甚至是本人性格的某种特征。再如鲁迅的小说《阿Q正传》，鲁迅在第一章里花了较长的篇幅考察阿Q的姓和名，阿Q的无名与无姓其实是阿Q在未庄，大而言之是小说所虚构的世界上的存在状态的一种反映。

言谈举止是塑造人物形象很有力的技巧。这些言谈举止往往通过精心选择的字词句表现出来，以便通过给人印象深刻的言语或细节表现出这个人物内在的性格。像孔乙己说的话：

> “窃书不能算偷……窃书！……读书人的事，能算偷么？”
> “不多不多！多乎哉？不多也。”

这两句话几乎就成了孔乙己这一人物形象的代表。前一句话是理屈而词不穷，表现出这个落魄到要去偷的穷书生略显可笑的心理。后一句话将很简单的事用不文不白的语言表述出来，表现的是这个落魄的穷书生对“之乎者也”近乎本能的迷恋。再如孔乙己的举止：

> 孔乙己一到店，所有喝酒的人便都看着他笑，有的叫道，“孔乙己，你脸上又添上新伤疤了！”他不回答，对柜里说，“温两碗酒，要一碟茴香豆。”便排出九文大钱。

这里写到的孔乙己“不回答”“排出九文大钱”，确实“栩栩如生”，如见其人。一个“排”字可谓含义丰富，既可说是他对别人的耻笑变相的蔑视，也可说是穷书生的“穷”的表现，又可说是穷文人的穷讲究。

（2）事件与情节

事件由所叙述的人物行为及其后果构成。一个事件往往是小说中一个基本的叙述单位。小说就由这些叙述单位构成完整的故事，并在故事中安排人物的活动。

在《孔乙己》这篇小说中，像下述这些事都可以说是事件：

> 1.“我”十二岁时到咸亨酒店做伙计，专管温酒。
> 2.“我”在酒客与孔乙己的对话中听说他偷何家的书，并被吊着打。

3.“我”从人家背地里的议论中知道孔乙己的生平，包括偶尔偷窃的事。

4.孔乙己要教我“茴”字的写法。

5.孔乙己给孩子们吃茴香豆。

6.中秋前三天“我”听说孔乙己偷丁举人家的书，并被打折了腿。

7.初冬的一天孔乙己来酒店里喝酒。

8.“我”自此以后再也没有见着孔乙己。

可以说，这八个事件构成了《孔乙己》这篇小说最为简单的故事梗概。

在小说中，情节有许多种不同的含义，有时，它仅仅指在小说中的一系列事件。一般地讲，情节指对一系列事件的艺术性安排，也就是说，它是关涉小说叙事中的艺术技巧的概念。

相同的材料可以采用不同的方式来安排。比如，小说家在写作时可以不按故事发生的年月顺序叙述故事，而将后发生的事放在小说的开头来叙述，从而将事件加以艺术性的安排，使情节的发展以独特的艺术逻辑发展，从而为小说所要表现的内容服务。就这个意义而言，情节是把一系列事件规划成真正的艺术性叙事的方式。

《孔乙己》这篇小说编排情节的方式是比较独特的，是围绕着“我”的所见所闻来编排的，孔乙己近乎一生的行状都被编排在这种所见所闻中。上述的八个事件可以说都是围绕着“我”来进行的，而其真正要描写的主人公却是孔乙己。

情节又可以理解为是按照艺术家选择的特定的因果逻辑组织起来的一系列事件。英国作家福斯特曾对“故事”与“情节”做过比较，他认为“国王死了，王后也死了”是故事，而“国王死了，不久王后也因伤心而死”是情节，两者的不同，就在于前者的两个事件“国王死了”与“王后死了”之间是没有逻辑的，而后者的两个事件之间，有了“因伤心而死”这一特定的带有情感评价的逻辑。

(3) 环境

小说中的人物形象，以及由人物形象的行动及其后果组成的事件、情节都是与一定的时间、地点有关的，也就是说，都是发生在一定的环境中的。环境对作家系统地安排人物、事件与情节，以及小说的题旨的表现都很有影响。

环境不必是真实的。尽管很多小说发生的环境常常有一个真实的地名与真实的时间场景，然而，阅读小说最好还是能够使自己超脱这种真实的东西的影响，只有这样，你才能从更深的层次上把握小说所要向我们表达的东西。

熟悉鲁迅生平的人，都可以从鲁迅的小说中找到他的故乡浙江绍兴这一城市与周围的城镇的影子。然而，准确地讲，这种联想对理解小说的艺术性是没有太大帮助的。鲁迅为自己的小说选择这样一个环境，更多的是出于熟悉，而不是想使它真实。

当然，恰如其分的环境为人物性格的刻画、事件与情节的发展提供了恰如其分的背景，这种背景不是无足轻重的，相反，非常重要。《孔乙己》这篇小说的第一节可以说都是环境描写：

> 鲁镇的酒店的格局，是和别处不同的：都是当街一个曲尺形的大柜台，柜里面预备着热水，可以随时温酒。做工的人，傍午傍晚散了工，每每花四文铜钱，买一碗酒，——这是二十多年前的事，现在每碗要涨到十文，——靠柜外站着，热热的喝了休息；倘肯多花一文，便可以买一碟盐煮笋，或者茴香豆，做下酒物了，如果出到十几文，那就能买一样荤菜，但这些顾客，多是短衣帮，大抵没有这样阔绰。只有穿长衫的，才踱进店面隔壁的房子里，要酒要菜，慢慢地坐喝。

这里写到了“二十多年前”的一个酒店，有很强的风俗画色彩。这种环境描写几乎可以说是这篇小说展开后面的人物刻画、情节发展的前提：它引出了“我”到酒店当伙计这件事，又由这件事引出了我所认识的孔乙己这个人，也正是在这个酒店里，我“耳闻目睹”了孔乙己其人其事，乃至其卑微的生和卑微的死。

3. 如何讲故事？（叙事时间）

如何讲故事的问题，其实即是艺术家如何艺术地安排事件的问题，亦即情节布局的问题，而情节布局的问题在某种意义上又是叙事时间的问题。

叙事时间一般指作家在写作中编排情节时的时间安排。小说经常给我们以明确的时间标志。比如，鲁迅的《孔乙己》发表于1919年的《新青年》杂志，小说的第一节明确地说“这是二十多年前的事”，所以，最初的读者在阅读这篇刊于1919年的小说时，完全有理由将它假设为是19世纪末发生在“鲁镇”的事。一般说来，小说中的时间都是“过去”的，叙事的时间往往比故事发生的时间要晚，而且，有许多小说都要晚20年左右的时间，也就是通常说的一代人的时间。鲁迅的另一篇小说《祝福》也大致如此，祥林嫂所发生的故事的开始与小说开始讲故事的时间刚好有10年到20年的距离。

当然，小说安排时间的长度是非常灵活的，长的可以很长，像《三国演义》从东汉末年开始写，至西晋灭吴止，先后的跨度有70多年，而短的则可以是几年甚至几天的时间，像《孔乙己》这个故事所占的时间大约是两年。

小说中事件的发展是一种变化，一种发展，所以必须以一种时间的序列，或者称为时间顺序（简称时序）为基础。日奈特的《时序》即是探讨故事时况与叙事文时况的不协调关系的。这种不协调关系（日奈特称为逆时序）是作家常用的一种艺术技巧。

初一看，《孔乙己》这篇小说是采用顺序的方式编排故事的，就像上述对这篇小说的事件的整理所呈现给我们的印象一样。然而，这篇小说其实是典型的“逆时序”布局，属于日奈特所说的整体性追述，也就是我们一般所谓的倒叙。这篇小说的第三节特别值得注意：

> 我从此便整天的站在柜台里，专管我的职务。虽然没有什么失职，但总觉得有些单调，有些无聊。掌柜是一副凶脸孔，主顾也没有好声气，教人活泼不得；只有孔乙己到店，才可以笑几声，所以至今还记得。

特别要注意这里最后一句话的“至今”这个词，这可以向我们提示，作家在这里的叙事时间其实是“现在”，这是与小说开头提到的“这是二十多年前的事”相呼应的“现在”，就是说，是站在一种“回忆”的立场来追述孔乙己其人其事的。小说的最后一句话是：

> 我到现在终于没有见——大约孔乙己的确死了。

这里的“现在”应该是与上述的“现在”相呼应的词，一个时间的提示，进一步证明小说整体上的追述结构。

如果说《孔乙己》这篇小说的“追述”还并不能让人一眼看出，那么，鲁迅的另一篇小说《祝福》，就是一篇让人马上就能认出的追叙布局的小说了。小说从旧历的年底，亦即通常说的大年三十前几天开始写起，“我”回到故乡鲁镇，看见家乡的人正在忙于年终的“祝福”大典，也正是在这里，“我”碰见了已经成了乞丐的祥林嫂，后者向“我”问起了人死后究竟有没有魂灵的事。然而，第二天，大年三十，“我”即听闻她的死讯。小说在这段带有“前言”性质的文字的最后一节说：“然而先前所见所闻的她的半生事迹的断片，至此也联成一片了。”紧接着，小说开始描述祥林嫂两次来鲁镇做工的情形。这是典型的日奈特所说的整体性追述的例子。

【思考题】

1. 什么是扁型人物？什么是圆型人物？试以两个小说人物进行说明。

2. 什么是追述？试对一部小说中的具体例子进行分析。

3. 什么是叙述者？从不同的角度可将其分为哪几种类型？

【辅助阅读材料】

1. E. M. 福斯特．小说面面观．北京：中国对外翻译出版公司，2002.

2. 米克·巴尔．叙述学：叙事理论导论．北京：中国社会科学出版社，2003.

3. 浦安迪．中国叙事学．北京：北京大学出版社，1996.

4. H. G. 布洛克．再现//H. G. 布洛克．美学新解——现代艺术哲学．沈阳：辽宁人民出版社，1987.

5. 厄尔·迈纳．叙事文学//厄尔·迈纳．比较诗学．北京：中央编译出版社，2004.

第七章　文学与戏剧

本章选取古希腊哲学家亚里士多德《诗学》中谈悲剧的几章和德国戏剧理论家布莱希特的《中国戏剧表演艺术中的陌生化效果》一文作为“经典文本阅读”篇目。亚里士多德的文章主要讨论了悲剧的定义、悲剧的艺术成分与其中他认为最重要的情节问题；布莱希特的文章看似讨论中国古典戏曲，其实是在讨论他自己提出的非亚里士多德戏剧的“史诗体戏剧”，陌生化效果被他看作中国古典戏曲的基本技巧，同时也是他的“史诗体戏剧”大力提倡的一种戏剧技巧。这两篇文章构成了有意思的呼应关系，既涉及西方戏剧发展史上诸多相联系的重大问题，又涉及中西戏剧艺术的比较问题。在“相关问题概说”中，主要就“作为表演的戏剧和作为文学的戏剧”“戏剧文体”“戏剧要素”三个问题做了简要阐述。

第一节　经典文本阅读

一、诗学（节选）（亚里士多德）

第六章

悲剧是对于一个严肃、完整、有一定长度的行动的摹仿；它的媒介是语言，具有各种悦耳之音，分别在剧的各部分使用；摹仿方式是借人物的动作来表达，而不是采用叙述法；借引起怜悯与恐惧来使这种情感得到陶冶。（所谓“具有悦耳之音的语言”，指具有节奏和音调［亦即歌曲］的语言；所谓“分别使用各种”，指某些部分单用“韵文”，某些部分则用歌曲。）

悲剧中的人物既借动作来摹仿，那么“形象”的装饰必然是悲剧艺术的成分之一，此外，歌曲和言词也必然是它的成分，此二者是摹仿的媒介。言词指“韵文”的组合，至于歌曲的意思则是很明显的。

悲剧是行动的摹仿，而行动是由某些人物来表达的，这些人物必然在“性格”和“思想”两方面都具有某些特点，（这决定他们的行动的性质［“性格”

和“思想”是行动的造因]，所有的人物的成败取决于他们的行动)；情节是行动的摹仿（所谓“情节”，指事件的安排），“性格”是人物的品质的决定因素，“思想”指证明论点或讲述真理的话，因此整个悲剧艺术的成分必然是六个——因为悲剧艺术是一种特别艺术——（即情节、“性格”、言词、“思想”“形象”与歌曲），其中之二是摹仿的媒介，其中之一是摹仿的方式，其余三者是摹仿的对象，悲剧艺术的成分尽在于此。剧中人物（一般的说，不只少数）都使用此六者：整个悲剧艺术包含“形象”“性格”、情节、言词、歌曲与“思想”。

六个成分里，最重要的是情节，即事件的安排，因为悲剧所摹仿的不是人，而是人的行动、生活、幸福，(〈幸福〉与不幸系于行动)；悲剧的目的不在于摹仿人的品质，而在于摹仿某个行动；剧中人物的品质是由他们的“性格”决定的，而他们的幸福与不幸，则取决于他们的行动。他们不是为了表现“性格”而行动，而是在行动的时候附带表现“性格”。因此悲剧艺术的目的在于组织情节（亦即布局），在一切事物中，目的是至关重要的。

悲剧中没有行动，则不成为悲剧，但没有“性格”，仍然不失为悲剧。大多数现代诗人的悲剧中都没有“性格”，一般说来，许多诗人的作品中也都没有“性格”，就像宙克西斯①的绘画跟波吕格诺托斯的绘画的关系一样，波吕格诺托斯善于刻画“性格”，宙克西斯的绘画则没有“性格”。

（再说，如果有人能把一些表现“性格”的话以及巧妙的言词和“思想”连串起来，他的作品还不能产生悲剧的效果；一出悲剧，尽管不善于使用这些成分，只要有布局，即情节有安排，一定更能产生悲剧的效果。就像绘画里的情形一样：用最鲜艳的颜色随便涂抹而成的画，反不如在白色底子上勾出来的素描肖像那样可爱，此外，悲剧所以能使人惊心动魄，主要靠“突转”与“发现”，此二者是情节的成分。）

此点还可以这样证明，即初学写诗的人总是在学会安排情节之前，就学会了写言词与刻画“性格”，早期诗人也几乎全都如此。

因此，情节乃悲剧的基础，有似悲剧的灵魂；“性格”则占第二位。悲剧是行动的摹仿，主要是为了摹仿行动，才去摹仿在行动中的人。

“思想”占第三位。“思想”是使人物说出当时当地所可说，所宜说的话的能力，[在对话中] 这种活动属于伦理学或修辞学范围；旧日的诗人使他们的

---

① 宙克西斯（Zeuxis，公元前424—前380年），古希腊画家，画的是理想人物。

人物的话表现道德品质，现代的诗人却使他们的人物的话表现修辞才能。

“性格”指显示人物的抉择的话，[在某些场合，人物的去取不显著时，他们有所去取]；一段话如果一点不表示说话的人的去取，则其中没有“性格”。“思想”指证明某事是真是假，或讲述普遍真理的话。

语言的表达占第四位（我所指的仍是前面所说的那个意思，即所谓“表达”，指通过词句以表达意思，不管我说“通过‘韵文’”或“通过语言”，这句话的意思都是一样的）。在其余成分中，歌曲［占第五位］最为悦耳。“形象”固然能吸引人，却最缺乏艺术性，跟诗的艺术关系最浅，因为悲剧艺术的效力即使不倚靠比赛或演员，也能产生，况且“形象”的装扮多倚靠服装面具制造者的艺术，而不大倚靠诗人的艺术。

第七章

各成分既已界定清楚，现在讨论事件应如何安排，因为这是悲剧艺术的第一事，而且是最重要的事。

按照我们的定义，悲剧是对于一个完整而具有一定长度的行动的摹仿（一件事物可能完整而缺乏长度）。所谓“完整”，指事之有头，有身，有尾。所谓“头”，指事之不必然上承他事，但自然引起他事发生者；所谓“尾”恰与此相反，指事之按照必然律或常规自然的上承某事者，但无他事继其后；所谓“身”，指事之承前启后者。所以结构完美的布局不能随便起，而必须遵照此处所说的方式。

再则，一个美的事物——一个活东西或一个由某些部分组成之物——不但它的各部分应有一定的安排，而且它的体积也应有一定的大小。因为美要倚靠体积与安排，一个非常小的活东西不能美，因为我们的观察处于不可感知的时间内，以致模糊不清；一个非常大的活东西，例如一个一万里长的活东西，也不能美，因为不能一览而尽，看不出它的整一性。情节也须有长度（以易于记忆者为限），正如身体，亦即活东西，须有长度（以易于观察者为限）一样。（长度的限制一方面是由比赛与观剧的时间而决定的［与艺术无关］——如果比赛一百出悲剧，则每出悲剧比赛的时间应以漏壶来限，据说从前曾有这种事——另一方面是由戏剧的性质而决定的。）［限度］就长度而论，情节只要有条不紊，则越长越美；一般的说，长度的限制只要能容许事件相继出现，按照可然律或必然律能由逆境转入顺境，或由顺境转入逆境，就算适当了。

第八章

有人认为只要主人公是一个，情节就有整一性，其实不然。因为有许多事情——数不清的事件发生一个人身上，其中一些是不能并成一桩事件的；同样，一个人有许多行动，这些行动是不能并成一个行动的。那些写《赫剌克勒斯》《忒修斯》以及这类诗的诗人好像都犯了错误：他们认为赫剌克勒斯是同一个人，情节就有整一性。唯有荷马在这方面及其他方面最为高明，他好像很懂这个道理，不管是由于他的技艺或是本能。他写一首《奥德赛》时，并没有把俄底修斯的每一件经历，例如，他在帕耳那索斯山上受伤，在远征军动员时装疯（这两桩事的发生彼此间没有必然的或可然的联系）都写进去，而是环绕着一个像我们所说的这种有整一性的行动构成他的《奥德赛》，他并且这样构成他的《伊利亚特》。

在诗里，正如在别的摹仿艺术里一样，一件作品只摹仿一个对象；情节既然是行动的摹仿，它所摹仿的就只限于一个完整的行动，里面的事件要有紧密的组织，任何部分一经挪动或删削，就会使整体松动脱节。要是某一部分可有可无，并不引起显著的差异，那就不是整体中的有机部分。

第九章

根据前面所述，显而易见，诗人的职责不在于描述已发生的事，而在于描述可能发生的事，即按照可然律或必然律可能发生的事。历史家与诗人的差别不在于一用散文，一用“韵文”，希罗多德的著作可以改写为“韵文”，但仍是一种历史，有没有韵律都是一样。两者的差别在于一叙述已发生的事，一描述可能发生的事。因此，写诗这种活动比写历史更富于哲学意味，更被严肃地对待。因为诗所描述的事带有普遍性，历史则叙述个别的事。所谓“有普遍性的事”，指某一种人，按照可然律或必然律，会说的话，会行的事，诗要首先追求这目的，然后才给人物起名字；至“个别的事”则是指亚尔西巴德①所做的事或所遭遇的事。在喜剧，这一点已经是很明显的了，喜剧诗人先按照可然律组织情节，然后给人物任意起些名字，而不是像写讽刺诗的诗人那样，写个别的人。在悲剧中，诗人们却坚持采用历史人名，理由是：可能的事是可信的，未曾发生的事，我们还难以相信是可能的，但已发生的事，我们却相信显然是可能的，因为不可能的事不会发生。但有些悲剧却只有一两个是熟悉的人物，

---

① 亚尔西巴德（Alkibiades，公元前450？—前404年），雅典政治家和军事家。

例如阿伽同的《安透斯》①，其中的事件与人物都是虚构的，可是仍然使人喜爱。因此不必专采用那些作为悲剧题材的传统故事。那样做是可笑的，因为甚至那些所谓熟悉的人名，也仅为少数人熟悉，尽管如此，仍然为大家喜爱。

根据前面所述，显而易见，与其说诗的创作者是“韵文”的创作者，毋宁说是情节的创作者；因为他所以成为诗的创作者，是因为他能摹仿，而他所摹仿的就是行动。即使他写已发生的事，仍不失为诗的创作者，因为没有东西能阻挠，不让某些已发生的事合乎可然律，成为可能的事；既然相合，他就是诗的创作者。

在简单的情节与行动中，以“穿插式”为最劣。所谓“穿插式的情节”，指各穿插的承接看不出可然的或必然的联系。拙劣的诗人写这样的戏，是由于他们自己的错误；优秀的诗人写这样的戏，则是为了演员的缘故，为他们写竞赛的戏，把情节拉得过长，超过了布局的负担能力，以致各部分的联系必然被扭断。

悲剧所摹仿的行动，不但要完整，而且要能引起恐惧与怜悯之情。如果一桩桩事件是意外的发生而彼此间又有因果关系，那就最能，［更能］产生这样的效果。这样的事件比自然发生，即偶然发生的事件，更为惊人（甚至偶然发生的事件，如果似有用意，似乎也非常惊人，例如，阿耳戈斯城的弥提斯②雕像倒下来砸死了那个看节庆的、杀他的凶手，人们认为这样的事件并不是没有用意的），这样的情节比较好。

（选自［古希腊］亚里士多德：《诗学》，罗念生译，见《诗学·诗艺》，北京，人民文学出版社，1997）

1. 作者简介

见第一章亚里士多德的简介。

2. 背景知识

悲剧这个词源于希腊文“trgaos”，意思是“山羊”。作为古典戏剧一种的“悲剧”，诞生于希腊人早期的酒神祭祀仪式上，是人们为希望有一个美好的生活而进行的一系列庄严的活动。悲剧诞生于公元前 5 世纪的古代希腊，并出现

① 阿伽同（Agathon），约死于公元前 400 年，古希腊剧作家。安透斯（Antheus）大概是传说中的英雄人物，阿伽同以之为题材写了一部悲剧。

② 阿耳戈斯（Argos），地名，在伯罗奔尼撒东北角上。弥提斯（Mitys）大概是公元前 4 世纪初叶的人。

了埃斯库罗斯、索福克勒斯和欧里庇得斯这样的伟大的悲剧诗人。在公元前5世纪至前4世纪，悲剧是公众熟悉的艺术，在雅典，没有看过悲剧或对悲剧没有一点感性认识的公民恐怕是没有的，政府鼓励公民观赏戏剧，对于那些囊中羞涩的人，还常常给予必要的资助。

而对悲剧的理论探讨，则是哲学家兴起以后的事。特别值得关注的是在观点上针锋相对的柏拉图与亚里士多德这一对师生的理论。

在《理想国》一书中，柏拉图认为摹仿诗人（包括史诗和悲剧作家）的作品没有“描绘出诸神和英雄的真正本性”，就像“一个画家没有画出他所要画的对象来一样”。① 他认为摹仿诗人摹仿人性中低劣的部分，亵渎神灵，贬低英雄。他还指责荷马和悲剧诗人把神写得和普通人一样，满身是毛病，互相争吵，欺骗，陷害；贪图酒食享乐，好色，纵欲；贪财，怕死，遇到灾祸还哀哭，甚至奸淫掳掠，无所不为。从伦理道德的立场，柏拉图对古代悲剧诗人的写作予以严厉的批判。

柏拉图的这种批判，是建立在他的摹仿说基础上的。柏拉图在《理想国》中区分了诗中的叙述和摹仿，并据此划分了三种艺术类型。一种完全通过摹仿，像悲剧与喜剧；一种是诗人表达自己情感的，像酒神赞美歌；第三种是二者并用，像史诗。② 他认为摹仿的诗滋长观众的情欲，对观众的心理产生坏影响，他说：“摹仿诗人既然要讨好群众，显然就不会费心思来摹仿人性中的理性部分……他会看重容易激动情感的和容易变动的性格，因为它最便于摹仿。”这里所说的情感，特别是指与悲剧相关的“感伤癖”和“哀怜癖”。感伤癖是“要尽量哭一场，哀诉一番”那种“自然倾向”。在剧中人是感伤癖，而在观众便是哀怜癖，它“拿旁人的灾祸来滋养自己的哀怜癖”，以致临到自己遇到灾祸时，就没有坚忍的毅力去担当。柏拉图认为这些都应该得到压制，此外，像性欲、愤恨之类的情欲也是如此，柏拉图认为“它们都理应枯萎，而诗却灌溉它们，滋养它们。”

亚里士多德曾经说过“吾爱吾师，吾更爱真理”这样的话，在诗学上，亚里士多德的学说与他的老师柏拉图确实是反其道而行之的。柏拉图因为诗人的摹仿本性贬低诗人，而亚里士多德因此赞美诗人。柏拉图因为悲剧激起人的“感伤”和“哀怜”而贬低诗人，而亚里士多德却因此赞美诗人，认为这是对

---

① ［古希腊］柏拉图：《理想国》，郭斌和、张竹明译，72页，北京，商务印书馆，1986。

② 同上书，96～97页。

人的情感的净化。这些思想集中地表现在他的诗学专著《诗学》这一部书中。

《诗学》现存二十六章，讨论史诗和悲喜剧。一般地认为这只是诗学的第一卷，另有第二卷是讨论喜剧的。现存的《诗学》可分为四个部分：第一，序论，包括第一章至第五章，阐述诗的本质，摹仿的三点区别，诗的起源及史诗和悲剧的异同；第二，悲剧论，包括第六章至第二十二章；第三，史诗论，包括第二十二章至第二十五章；第四，史诗与悲剧比较论，第二十六章。

这里选择的六章至九章是《诗学》中讨论悲剧的最开始的一小部分。

3. 文本解读

《诗学》的第六章主要讨论悲剧的定义与组成悲剧的诸多成分。亚里士多德先对悲剧下了这样一个定义："悲剧是对于一个严肃、完整、有一定长度的行动的摹仿；它的媒介是语言，具有各种悦耳之音，分别在剧的各部分使用；摹仿方式是借人物的动作来表达，而不是采用叙述法；借引起怜悯与恐惧来使这种情感得到陶冶。"这句话包含四层意思：悲剧的性质（摹仿）；悲剧的摹仿媒介（语言）；悲剧的摹仿方式（借人物的动作来表达）；悲剧的功用（借引起怜悯和恐惧来使这种情感得到陶冶）。

第一，亚里士多德将悲剧的性质定义为摹仿。就像上文我们提到的那样，柏拉图曾经在《理想国》中用摹仿和叙述这两个概念区分出三种类型的艺术，悲剧与喜剧都属于完全通过摹仿来进行艺术表现的艺术类型。就这一点来说，亚里士多德与他的老师并没有区别，只是亚里士多德进而详细地认为悲剧是对一个严肃、完整、有一定长度的行动的摹仿。

第二，亚里士多德认为悲剧的摹仿媒介是语言。作为悲剧的媒介的语言，与其他诸种艺术形式中使用的语言相比，是有其独特性。对此，亚里士多德在《诗学》第一章中这样说："有些艺术，例如，酒神颂和日神颂、悲剧和喜剧，兼用上述各种媒介，即节奏、歌曲和'韵文'，差别在于前二者同时使用那些媒介，后二者则交替着使用。"这里所说的"韵文"是指希腊悲剧的对话中使用的语言，歌曲则是指希腊悲剧的"合唱歌"中使用的语言。因此，亚里士多德说悲剧的语言是交替使用歌曲和"韵文"的语言。

第三，亚里士多德认为悲剧的摹仿方式是借助人物的动作，而不是叙述。这一点是由戏剧本身的表演性质决定的，也是悲剧区别于史诗的地方。在《诗学》第三章中，亚里士多德认为，对荷马来说，所采用的摹仿方式是多样的："时而用叙述手法，时而叫人物出场，（或化身为人物），也可以始终不变，用自己的口吻来叙述，还可以使摹仿者用动作来摹仿。"显然，悲剧不是用叙述，而是直接借助于人物的动作和语言。

第四，亚里士多德认为悲剧的功用是“借引起怜悯和恐惧来使这种情感得到陶冶”。这里所提的“陶冶”，希腊文原文是Katharsis，音译为卡塔西斯，向来是亚里士多德研究者争论不休的一个问题，它涉及亚里士多德对艺术的功用的看法，在中国也有多种译法。比较有影响的有三种：一种即是上述罗念生的译法，译为“陶冶”；一种是朱光潜在《西方美学史》中采用的译法，译为“净化”；还有一种是陈中梅在商务印书馆出版的《诗学》中的译法，译为“疏泄”。比较符合原意的似乎是朱光潜和陈中梅的译法，因为，“陶冶”过于强调“教育”，伦理色彩过于浓厚，其实采纳的是17世纪的法国新古典主义戏剧理论家们的观点，他们倾向于强调戏剧的教育功用。按高乃依和拉辛的理解，卡塔西斯是一种净化人的道德观念的手段，可以净化人的心灵，提高人的道德意识。这是他们站在自己的时代语境中对柏拉图的“误读”。在公元前5世纪的希腊，卡塔西斯大概指一种医疗手段。医学家希珀克拉忒斯认为，人体内任何一种成分的蓄积，如果超出了正常的水平，便可能导致病变，医治的办法则是通过卡塔西斯把多余的部分疏导出去。但是，当时的医学还不是严格意义上的科学，医学和宗教的界限尚不分明，卡塔西斯不仅是一种较常用的医治手段，而且还是某些宗教活动的目的。也就是说，卡塔西斯既可以指医学意义上的“净洗”和“宣泄”，也可以指宗教意义上的“净涤”。据亚里士多德的学生阿里斯托克塞诺斯所述，毕达哥拉斯学派的成员们用药物医治身体上的疾病，用音乐“洗涤”不纯洁的心灵。经过洗涤的心灵是安谧而和谐的。柏拉图在他的著作《斐多篇》中也谈到过卡塔西斯，带有浓厚的宗教气息，是指心灵挣脱肉体的束缚的一种途径。亚里士多德无疑继承了这些前辈们的看法，在《修辞学》一书中，他认为不加限定的哀怜和恐惧是一些会给人“带来痛苦和烦恼的情感”。和柏拉图一样，亚里士多德把情感归为人性的一部分，但是，他不同意柏拉图主张的对某些情感——像感伤和哀怜——采取绝对压制的办法，从而得出驱逐诗人的结论，他认为，情感的积淀，会扰乱人的心绪，破坏人的正常欲念，既有害于个人的身心健康，也无益于群体或社团的利益，因此，人们应该通过无害的途径把这些不必要的情感的积淀宣泄出去。而悲剧就为社会提供了一种无害的、公众乐于接受的、能够调节生理和心态的途径。亚里士多德和柏拉图一样，认为悲剧会激发人的哀怜和恐惧，但他与柏拉图相反，认为悲剧所激发的这种情感不是低劣的，而是人的情感的一种内在需要，因此对它的激发也是必要的，并且它能够将这种情感疏泄，从而达到心灵的净化。如此看来，朱光潜的译法是最科学的，比陈中梅的也更高一筹，后者只指出了对于哀怜和恐惧的疏泄，并没有净化之意。

在第六章中，亚里士多德还论述了悲剧艺术的六个成分：形象、性格、情节、言词、歌曲和思想。在这六个成分中，言词和歌曲即是上文说的韵文和歌曲，是“摹仿的媒介”；形象与形象的装饰（指面具和服装）紧密相连，是“摹仿的方式”；而情节、性格和思想则是“摹仿的对象”。亚里士多德同时认为，在这六个成分中，依其重要性程度排列的话，依次是：情节、性格、思想、语言、歌曲和形象。亚里士多德认为悲剧艺术中最重要的是情节，即事件的安排；布局，亦即组织情节被视为是“悲剧艺术的目的”。

正因为情节乃是悲剧的基础（亚里士多德将之称为“悲剧的灵魂”），亚里士多德在《诗学》第七章至第十四章都讨论悲剧中的“情节”问题，这占了《诗学》整本书的八章，相当于近三分之一的篇幅。第七章主要讨论情节的“完整”与“长度”两个问题。亚里士多德认为情节应该“完整”，而所谓“完整”，即“事之有头，有身，有尾”。同时，亚里士多德认为情节需有一定的长度，它的限制取决于比赛与观剧的时间。第八章讨论情节的“整一性”。这种“整一性”并不取决于情节的主人公是否只有一个，而是取决于诗人的情节安排，即取决于事的发生彼此间是否有必然或可然的联系。第九章承接第七八两章所涉及的情节布局的逻辑关系问题，进一步论述悲剧中情节的性质不是“已发生的事”，而是“可能发生的事，即按照可然律或必然律可能发生的事”。亚里士多德将之称为“诗人的职责”。为说明这一点，亚里士多德将诗与历史进行了区分，认为诗人与历史家的差别，不在于诗人用韵文而历史家用散文，希罗多德的历史著作可以改写成韵文，但仍旧会是一种历史，真正的差别在于历史家描述已发生的事，而诗人却描述可能发生的事，因此，诗比历史是更哲学的，更严肃的：因为诗所说的多半带有普遍性，而历史所说的则是个别的事。① 亚里士多德通过诗与历史的比较，用意是阐述诗的摹仿也具有真实性，并不像柏拉图所说的“和真理隔了三层”。亚里士多德所谓的可然律，是指在假定的前提或条件下可能发生某种结果，必然律是指在已定的前提或条件下按照因果律必然发生某种结果。换言之，历史所写的只是个别的已然的事，事的前后承续之间不一定见出必然性；诗所写的虽然也是带有姓名的个别人物，他

① ［古希腊］亚里士多德：《诗学》，罗念生译，见《诗学·诗艺》，28～29页，北京，人民文学出版社，1997。

们所说所行不仅是个别的，而是带有普遍性的，合乎可然律或必然律的，因此诗比历史显出更高的真实性。亚里士多德强调了诗的哲学色彩，认为诗与哲学一样是一种知识与理解的东西，揭示了事物的本质与规律。亚里士多德借此肯定了艺术的真实性，认为它是一种不同于人的经验生活的真实性，因而在某种意义上也就是肯定了艺术的虚幻性。在《诗学》的第二十五章中，亚里士多德说："诗的真不同于政治科学的真，也不同于其他技艺的真。"在同一章里，他还为诗人确立了三种摹仿对象：（一）过去或当今的事；（二）传说或设想中的事；（三）应该是这样的或那样的事。这里的第一种就是简单摹仿自然，第二种是指神话传说，第三种就是上文所说的"按照可然律或必然律"是"可能发生的事"。在这三种方式里，亚里士多德认为最好的是第三种：

> 如果以对事实不忠实为理由来批评诗人的描述，诗人就会这样回答：这是照事物应当有的样子描述的——正如索福克勒斯说他自己描绘人物是按照他们应该有的样子，而欧里庇得斯描写人物却按照他们的本来的样子。

在《诗学》里，索福克勒斯一直是亚里士多德理想中的悲剧诗人，而欧里庇得斯却经常遭到他的谴责。由此可知，按照事物应该有的样子去描写是他理想中的创作方法。

二、中国戏剧表演艺术中的陌生化效果（布莱希特）

在这篇文章里简短地论述一下中国古典戏剧中的陌生化效果的运用。这种效果终于在德国被采用乃是尝试建立非亚里士多德式（不是建立在感情共鸣的基础上）的戏剧，亦即史诗戏剧的时候。这种尝试就是要在表演的时候，防止观众与剧中人物在感情上完全融合为一。接受或拒绝剧中的观点或情节应该是在观众的意识范围内进行，而不应是在沿袭至今的观众的下意识范围达到。

在往昔一年一度的民间集市的戏剧和绘画中，就已经可以看到这种使观众对被表现的事件感到陌生的原始阶段尝试。马戏团丑角演员的说话方式和全景的绘画手法就采用这种陌生化的艺术手法。在德国的许多一年一度的集市中展出的《勇敢的卡尔在姆尔顿战役后的逃遁》的复制品的绘画手法是不足取的，但由于它采用陌生化的艺术手法（这点原画不如复制品），因而使人感到这种不足并非出自复制者才能欠缺。正在逃跑的统帅，他的战马和随从以及田野风光都完全有意识地这样被描绘，令人对画中情景顿时产生非常事件和大难临头的印象。画家虽有不足之处，但却出色地表现出了不期而遇的效果。惊异驾驭着他的画笔。

中国古典戏曲也很懂得这种陌生化效果，它很巧妙地运用这种手法。人们知道，中国古典戏曲大量使用象征手法。一位将军在肩膀上插着几面小旗，小旗多少象征着他率领多少军队。穷人的服装也是绸缎做的，但它却由各种不同颜色的大小绸块缝制而成，这些不规则的布块意味着补钉。各种性格通过一定的脸谱简单地勾画出来。双手的一定动作表演用力打开一扇门等。舞台在表演过程中保持原样不变，但在表演的同时却把道具搬进来。所有这些久已闻名于世，然而几乎是无法照搬的。

要与一种习惯决裂而去整个采用另一种艺术表现方法，并不是一件容易的事情。但当人们在许多效果中去研究其中一种的时候，这却是需要的。陌生化的艺术效果在中国古典戏曲中是通过下面方式达到的：

中国戏曲演员的表演，除了围绕他的三堵墙之外，并不存在第四堵墙。他使人得到的印象，他的表演在被人观看。这种表演立即背离了欧洲舞台上的一种特定的幻觉。观众作为观察者对舞台上实际发生的事情不可能产生视而不见的幻觉。欧洲舞台上已经发展起来的一系列丰富的技巧，把演员隐藏在四堵墙中，而各种场面安排又让观众看清楚，这种技巧就显得多余了。中国戏曲演员总是选择一个最能向观众表现自己的位置，就像卖武艺人一般。另一个方法就是演员目视自己的动作。譬如：表现一朵云彩，演员表演它突然出现，由轻淡而发展成为浓厚，表演它的迅速的渐变过程，演员看着观众，仿佛问道：难道不正是这样的吗？但是演员同时看着自己的手和脚的动作，这些动作起着描绘检验的作用，最后也许是在赞美。演员清晰的目光看着地面，舞台为他提供的艺术创造的空间大小并不存在什么破坏演员想象力的东西。演员把表情（观察的表演）和动作（云彩的表演）区分开来，动作不因此而失真，因为演员的形体姿势反转过来影响他的脸部表情，从而使演员获得他的全部表现力。这样，他就得到一种成功的有控制的表现力，一种完美的胜利！演员借助他的形体动作描绘出脸部表情。

演员力求使自己出现在观众面前是陌生的，甚至使观众感到意外。他所以能够达到这个目的，是因为他用奇异的目光看待自己和自己的表演。这样一来，他所表演的东西就使人有点儿惊愕。这种艺术使平日司空见惯的事物从理所当然的范畴里提高到新的境界。表演一位渔家姑娘怎么样驾驶一叶小舟，她站立着摇着一支长不过膝的小桨，这就是驾驶小舟，但舞台上并没有小船。现在河流越来越湍急，掌握平衡越来越困难；眼前她来到一个河湾，小桨摇得稍微慢些，看，就是这样表演驾驶小舟的。然而，这个驾驶小舟的故事好像是有历史根源的，许多歌曲传诵着它，这不是一般的划船，而是一个人人都知道的故事。这个闻名的渔家姑娘的每一个动作都构成一幅画面，河流的每一个拐弯都是惊险的，人们甚至熟悉每一个经过的河湾。观众这种感情是由演员的姿势引起的，她就是使得驾舟表演获得名声的那个姑娘。这些场面让我们想起皮斯卡托导演的《好兵帅克》① 中赶赴布德魏斯（即布迪尤维斯——译注）的行军。帅克三天三夜日顶太阳夜披月光赶赴前线的行军分明是难以达到的，这完全是历史地来看这次行军，作为一个事件，它引起人们的注意并不亚于拿破仑在1812年向俄国进军的场面。

演员在表演时的自我观察是一种艺术的和艺术化的自我疏远的动作，它防止观众在感情上完全忘我地和舞台表演的事件融合为一，并十分出色地创造出二者之间的距离。但这绝不排斥观众的感受，观众对演员是把他作为一个观察者来感受的，观众的观察和观看的立场就这样地被培养起来了。

中国戏曲演员的表演对西方演员来说会感到很冷静的。这不是中国戏曲抛弃感情的表现！演员表演着巨大热情的故事，但他的表演不流于狂热急躁。在表演人物内心深处激动的瞬间，演员的嘴唇咬着一绺发辫，颤动着。但这好像一种程式惯例，缺乏奔放的感情。很明显这是在通过另一个人来重述一个事件，当然，这是一种艺术化的描绘。表演者表现出这个人已经脱离了自我，他显示出他的外部特征。这样恰如其分地表现的脱离自我，或许也有不合适的地方，那就是舞台所不需要的。无论如何，从大量的标志当中选择特殊的东西，显然是要经过深思熟虑的。愤怒自然和不平有区别，憎恨和厌恶也不同，爱情和同情又是两回事，但这许多不同的感情动作都是简朴地表演出来的。演员表演时处于冷静状态，如上所述乃是由于演员与被表现的形象保持着一定的距离，力求避免将自己的感情变为观众的感情。谁也没有受到他所表演的人物的强迫；坐着的不是观众，却像是亲近的邻居。

西方的演员则用尽一切办法，尽可能地引导他的观众接近被表现的事件和被表现的人物。为了达到这个目的，演员让观众与自己的感情融合为一，并用

---

① 皮斯卡托（1893—1966年），德国著名导演，《好兵帅克》是他根据捷克作家雅罗斯拉夫·哈谢克（1883—1923年）的同名小说改编的戏剧。

尽他的一切力量将他本人尽量无保留地变成另一个人，即他所演的剧中人物。当这种毫无保留地变成另一个人的表演获得成功的时候，演员的艺术就差不多耗尽了……这种毫无保留地变成另一个人的表演是非常艰苦的。斯坦尼斯拉夫斯基①提出了一系列艺术方法，提出了整个体系，凭借他称之为创造情绪的这类东西，强制演员在每次演出中不断产生新的情绪。对一个演员来说，在一般情况下很难持久地作为另一个人来感觉。这样他很快就开始感到精疲力竭，而只能在一定的姿势的外部动作中和声调上去摹拟另一个人，这样一来，在观众中引起时效果就要可怕地被减弱了。毫无疑问，这是由于创造另一个人是一种“直觉”的，亦即一种模糊状态的行动，是在下意识中进行的，而下意识的控制作用是极其微弱的：这就是所谓的一种拙劣的记忆。

中国戏曲演员不存在这些困难，他抛弃这种完全的转化。从开始起他就控制自己不要和被表现的人物完全融合在一起。他用什么艺术手段做到这一点呢？他只需要一点儿幻想。他所表现的东西，即使对一个不善于思考的人也是值得一看的。有哪一位沿袭老一套的西方演员（这一个或另一个喜剧演员除外）能够像中国戏曲演员梅兰芳那样，穿着男装便服，在一间没有特殊灯光照明的房间里，在一群专家的围绕中间表演他的戏剧艺术的片断呢？譬如说，能够表演李尔王分配遗产或奥瑟罗发现手帕吗？如果他那样做，将会产生一年一度和集市上魔术师玩把戏的效果，没有一个人看过他一次魔术以后还想再看第二遍。他所表演的，仅是一种骗人的把戏而已。催眠状态过后，剩下来的就是一些糟糕透的无动于衷的表情，一种匆促掺拌起来的商品，在黑夜里售给匆匆赶路的顾客。当然，没有一个西方演员会这样把自己的货色陈列出来的。艺术的神圣在哪儿呢？是转化的神秘教义吗？他认为有价值的东西是不自觉地做出来的，否则将会失去价值。与亚洲戏剧艺术相比，我们的艺术还拘禁在僧侣的桎梏之中。诚然，我们的演员们越来越难于完成这种神秘的毫无保留的转化，他们的下意识的记忆将日益减弱。这样即使是一个秉有天赋的人，在损害直觉的情况下，作为阶级社会中的一个成员，他也几乎不可能去吸取真理了。

要求演员每天晚上都产生某种感情冲动和情绪，这是艰难费力的，相反，让他表演人物的那些伴随着感情冲动而来并表现感情冲动的外部标志，那就简单得多了。当然这不是要借用这种感情冲动去感染观众。陌生化效果不是出现

---

① 斯坦尼斯拉夫斯基（1863—1938年），俄罗斯演员、导演、戏剧理论家。他的戏剧理论要求演员的表演不是描写角色形象，而是“成为角色”，生活在角色当中。

在没有感情冲动的形式里，而是出现在感情冲动的形式中，感情冲动对被表现的人物是无需掩饰的。忧伤的凝视可使观众感到快乐，愤怒的目光也许让观众觉得憎恶。当我们在这里说感情冲动的外部标志的表演的时候，我们并不是指这样的表演和这样的标志选择，感情冲动之所以产生感染作用，就是由于演员自身产生着表演的感情冲动，他正是在这种感情冲动中来表演这些外部标志。例如：通过声音的抑扬和呼吸的控制，同时紧缩颈部肌肉，这时血液冲上头部，演员就轻而易举地使自己产生了愤怒。在这种情况下，当然不会出现效果的。相反，在另一种情况下倒会出现效果，当演员在特定的场合，不需要过渡，而用一种机械方法，用两只手把脸遮住，把手中藏着的白粉抹在脸上，脸部立即变得极其苍白。这样，演员就把一个显然被抓住的事物本质诉诸于观众的视觉，他的恐怖随即在此处（由于这消息或这一发现）引起陌生化效果。这样的表演就更加健康一些，对于我们一个思考着的人显得更有价值一些。这种表演要求大量的人类知识、生活智慧和对社会重要的事物具有敏锐的理解能力。显然，这儿也要经历一个创造过程：这是一种更高的创造，因为它已提高到意识的范围里。

“陌生化效果”表演方法显然并不为矫揉造作的表演提供条件。人们绝不应把它理解为流行的风格化。恰巧相反，陌生化效果是和表演的轻松自然相联系的。只是当演员在检验自己表演的真实性的时候（这是一个必需的剖析，斯坦尼斯拉夫斯基在其体系中为此费尽了心血），就不仅要依赖自己的“自然感觉”；他可以在任何时候通过与现实的比较来纠正自己的表演（一个发怒的人真的是这样说话的吗？被遇见的那个人是这样坐到椅子上去的吗？），这就是说从外部，通过其他人物来纠正自己的动作。他这样表演，几乎在每句台词之后，观众都能产生判断，甚至每一个表情观众都能加以鉴别。

中国戏曲演员不是置身于神智恍惚的状态之中。他的表演可以在每一瞬间被打断。他不需要“从里面出来”。打断以后他可以从被打断的地方继续表演下去。我们打扰他的地方，并不是“神秘创造的瞬间”。当他登上舞台出现在我们面前的时候，他创造的形象已经完成。在他表演的时候，改变他周围的环境，对他不会有什么妨碍。不停动作的两只手已足以使他在观众面前完成他的表演。当梅兰芳表演一位少女之死的场面的时候，一位坐在我旁侧的观众对表演者的一个动作发出惊讶的叫声。接着就有几个坐在我们面前的观众愤怒地转过头来，向他作嗤以示抗议。他们的感觉就像真的面对着一位贫穷的少女正在死去。他们这种态度对一场欧洲戏剧的演出也许是正确的，但对中国戏曲演出却是非常可笑的。陌生化效果对他们没有发生作用。

把中国戏曲中的陌生化效果作为一个可以移动的技巧（即与中国戏曲脱离的艺术概念）去认识，这不是简单的事。中国戏曲对于我们似乎出奇地矫揉造作，它表现人的热情是机械的，它对社会生活的解释是凝固而错误的，乍一看去，这种伟大的艺术似乎对现实主义和革命戏剧没有什么可以吸取的东西。陌生化效果的动机和目的对我们都是奇异而又可疑的。

当我们欧洲人看中国人表演的时候，首先将遇到一个困难，就是要从他们表演所引起的惊愕感情中解脱出来。人们必须明白，他们的表演在中国观众中也会引起陌生化效果。无须否认，更其困难的是，当中国戏曲演员创造出一个神秘的印象，而他却不想为我们揭开它的谜底。他从自然界许多神秘中（特别是人的秘密），造成他自己的秘密，他不让你看出他是怎样把自然现象显示出来的；同时，即使他对自然界的现象还没有深入认识，他就被允许去显示自然了。我们站在一种原始技巧，一种科学初级阶段的艺术表现面前。中国戏曲演员像从魔术的符录里获得他的陌生化效果。“这是怎么做出来的呢?”这却仍然不可思议，知识是诡秘的东西，它在细心照料并从其秘密当中汲取好处的人的手中，就显得更加微小，然而当我们在这个问题上已经深入到自然现象里去，这种创造的才能就提出了问题，而在未来，研究家就得辛勤地去探索这些自然现象，并使它变成能够被人们理解和控制，通俗易懂的东西。对事物首先得具有探究的立场，事物之所以显得不可思议，难以理解和不可掌握，原因即在于此。中国的戏曲演员使自己置身于惊愕状态之中，并去运用陌生化效果。认为“二乘二等于四”的公式是理所当然的人，不是一个数学家，他还是一个并不理解这个公式的人。一个人当他第一次看见一根绳子吊着一盏灯在摇摆着的时候，他会惊奇地观看它，而且不明白其中的道理，感到非常奇怪。灯为什么摆动呢？为什么它偏偏这样摇摆而不那样摇摆呢？这种追问探索使他逐步接近对自然现象的理解，从而最后支配它。不要简单地张口叫喊：“你说的这种态度只适合于科学，而不适合于艺术。”为什么艺术就不能以它自己的方法，去探索为支配生活的伟大社会任务服务呢？

事实上，只有那些把这样一种技巧作为特定社会目标的需要的人们，才能够在研究中国戏曲的陌生化效果中获得益处。

新的德国戏剧的实验完全独立自主地发展着陌生化效果，到目前为止，它并未受到亚洲戏剧艺术的影响。

在德国的史诗戏剧中，不但通过演员来达到陌生化效果，而且通过音乐

（合唱、歌曲）和布景（字幕、电影等）创造陌生化效果。它的目的主要是使被表现的事件历史化。在这方面可以做如下理解：

资产阶级戏剧把表现的对象变成没有时间性的东西。对人的表现则依赖所谓的永恒的人性。借助故事的安排创造出一些“一般化”的环境，使各个时代各种肤色的人随便都能在这些环境中表现出来。一切事件都只是夸张的台词，在这种台词后面得出的“永恒”的回答，那就是不可避免的习以为常的、自然的，同时也即是人性的回答。一个例子：黑人像白人一样地恋爱，一旦当他在故事中为情敌所迫，被白人陷害之后（据说他们在理论上能够把这个公式倒置过来），艺术的环境就创造出来了。特殊的不同的东西在台词中说明：回答是共同的，在回答里没有不同东西。这种见解可能承认历史的存在，但这是一种缺乏历史内容的见解。某些环境在变更，情势在变化，但人始终不变。历史只对情势发生作用，它对人则不起作用。情势是孤立而不重要的，它纯粹只是作为机缘被理解，是一种可变的容量，一种独特的非人性的东西，它可以离开人而单独存在的。情势作为一个封闭着的统一的东西出现在人的面前，人总是不可改变的，是一个固定的容量。对于人的理解就是情势的变化，对于情势的理解就是人的变化，这就是在人与人的关系中对情势的解释，从而产生了一种新的思想，即具有历史性的思想。为了缩短历史哲学的浏览过程，举一例以为说明，舞台上表演下面这样一个故事：一个年轻姑娘离开她的家到大城市上去工作（皮斯卡托的《美洲的悲剧》）。对于资产阶级戏剧来说，这是微不足道的事情。显然，这是一个故事的开头，人们之所以要经历这件事，是为了了解下文，或者说是为了紧张地等待下文的发展。演员在这里几乎用不着进行幻想，就一定意义说，这个故事是很一般的，年轻姑娘找到了工作岗位（如果她发生了什么特别的事，在这种情况下，人们会紧张起来）。这个事件只是在这一点上是特殊的：这个姑娘走了（假如她留下来，后面的事情将不会发生）。家里让她走，这不是要探讨的事，这是可信的（动机是可信的）。但对历史化的戏剧来说，一切都是另一个样子。日常发生着的事件最需要探讨，要全力研究它独有的特殊的东西。为什么这个家庭让一个成员离开它的庇护，今后她不再需要帮助，而能独立谋生了吗？她能够做到吗？作为家庭的一员，她学过什么东西，这能够帮助她获得生计吗？难道许多家庭都不能抚养自己的孩子吗？孩子成了家庭的累赘了吗？这难道是世界遵循的轨道，人们都奈何它不得吗？当果子熟透的时候，它就从树上掉下来，这句话在这儿适用吗？是不是孩子们总有一天去独立生活？每个时代都这样吗？是所有家庭都这样吗？是过去和现在都如此？如果真是这样的话，如果因为人是生物的缘故，那末这些事情发生，是否都采取同样方式，出自同一原因，因而得到相同结果呢？这些就是演员需要回答的问题（或者是问题的一部分），假如他想把这个事件作为历史的不可重复的东西来表现，同时又想表达一种伦理习惯的话，就能启示人们去理解一个特定（短暂的）时代的社会的整体结构。这个事件要怎样表现才能显示出它的历史特征呢？怎样才能使我们这个不幸时代的混乱状态引起人们注意呢？当母亲在被劝告和道德要求下为女儿收拾一个很小的箱子的时候——应该怎样表现呢？这么多的要求和这样少的衣服？为终生着想的伦理要求，而面包却只能应付五个钟头？当母亲把小箱子递给女儿的时候，这位女演员应该怎样来说这句话："就这样吧，我想这足够啦"，才能让它作为历史性的语言而被人们所理解呢？只有采用陌生化效果才能达到这个目的。这位女演员不能把这句台词当做她个人的事情来说，她必须从批判的角度使人们明白她的意图，把这句话变成对社会的抗议。这种效果只能在长期钻研的基础上表达出来。在纽约一家很进步的犹太语剧院，我看过一出斯·奥尔尼茨（S. Ornitz）描写一位东城区①青年怎样成为一个非常腐化的律师的戏。这家剧院不会演这出戏。舞台上出现这样的场面：这个年轻律师坐在他屋子前面的街道上，接受各种关于法律事件的询问，收费极少。一个年轻妇女陪着一个被交通事故伤了脚的女人来了。但是当受伤者还没提出损伤赔偿要求的时候，事情就被草率地了结了。她绝望地指着脚大声喊道："伤口已经好了！"这个剧院没有采用陌生化效果，无法在这个很不寻常的场面把一个血腥时代的恐怖事件表现出来。观众中很少人注意她，几乎没有一个过后再能想起她的惊叫来。这个女演员的叫喊好像是自然而然的事情。然而正是在这个地方，这样一种控诉在贫苦的人看来是理所当然的事情，演员应该作为一个像是从地狱深处归来的受惊的使者，把这控诉告诉观众。为了这个目的，演员必须具有一种特殊的技巧，将特定的社会状态的历史事实强调出来。这只有陌生化效果能够做到。没有这种效果，她就只能看见她怎样从容地完全变成舞台的形象。在阐明一些新的艺术原则和创立一些新的表演方法的时候，我们必须从被历史时代更替所支配的任务出发，看到重新阐释社会的可能性和必要性正在出现。人与人之间发生的一切事情都应受到检验，一切都应从社会的立场出发加以考察。在各种艺术效果里，一种新的戏剧为了完成它的社会批判作用和它对社会改造的历史记录任务，陌生化

---

① 指纽约贫民区。

效果将是必要的。

（选自［德］布莱希特：《布莱希特论戏剧》，丁扬忠译，
北京，中国戏剧出版社，1990）

1. 作者简介

贝托尔特·布莱希特（Bertolt Brecht，1898—1956年），德国剧作家和诗人。生于离慕尼黑不远的奥古斯堡市一个中产阶级家庭，父亲是一家造纸厂的经理。1917年进入慕尼黑大学哲学系学习，次年转修医学，真正的兴趣却是文学。1918年曾中断学业应征入伍，到奥古斯堡的军医院负责照顾伤员，这使他目睹了战争的残酷，从而形成了他一生的反战态度。三个月后战争结束，他重返大学完成了学业，期间与文艺界的朋友往来密切，甚至和民间艺人同台表演杂要。

1918年写出剧作《巴尔》，引起了人们的注意。但真正给布莱希特带来声望的是他1922年创作的剧作《夜半鼓声》。这部剧作在慕尼黑话剧院上演，获得好评，并于同年获得“克莱斯勒奖”。1923年被聘为慕尼黑剧院导演兼艺术顾问。1924年移居柏林，任柏林德国话剧院艺术顾问。在柏林，布莱希特像魏玛共和国时代的许多知识分子一样具有“左倾”倾向，同情以李卜克内西和罗莎·卢森堡为代表的德国共产党。布莱希特在这时还参加马克思主义工人学校和工人运动，研读马克思的《资本论》。1928年发表《三分钱歌剧》，同时为工人街头演出写作教育剧，宣传社会主义思想。1932年改编并演出高尔基的《母亲》，引起强烈反响。

1933年，希特勒上台，开始实行集权和暴力统治，并大肆迫害社会民主党和共产党人士。2月28日，也就是希特勒制造国会纵火案的第二天清晨，布莱希特携妻子逃出柏林，开始了流亡生涯。他到过布拉格、维也纳、苏黎世、巴黎，然后到丹麦、瑞典、芬兰和苏联，1941年横渡太平洋移居美国。流亡期间，布莱希特相继发表《第三帝国的恐怖和灾难》《勇敢妈妈和她的孩子们》《卡拉尔大妈的枪》《伽利略》《四川好人》《高加索灰阑记》等剧作。1947年年底，离开美国，先是到了苏黎世小住约一年，1949年初举家重返祖国，选择在德国东柏林定居，并成立柏林剧团，任剧团总导演，其妻子、著名女戏剧演员海伦娜·瓦伊格尔（Helene Weigel）担任柏林剧团经理。东柏林时期是布莱希特得以实践他的戏剧理论的重要时期，他的重要作品得以在他的亲自导演下上

演。其间，他还改编导演了其他经典戏剧大师的作品。1956 年 8 月 14 日，病逝于东柏林。

2. 背景知识

布莱希特不仅仅是一位剧作家，同时还是 20 世纪独树一帜的戏剧理论家。布莱希特的戏剧理论集中体现在他的《戏剧小工具篇》《戏剧小工具篇补遗》《戏剧辩证法》等论著中。他提出了“史诗体戏剧”（或译史诗戏剧）的概念，并将之称为“非亚里士多德的戏剧”。与之相对应的，就是传统的亚里士多德的戏剧理论所阐释的戏剧，布莱希特称之为“戏剧体戏剧”。布莱希特认为传统的“戏剧体戏剧”侧重于诉诸观众的感情共鸣，借戏剧性处境把观众吸引到剧情中去，使观众犹如亲身经历。而布莱希特提倡的“史诗体戏剧”，则偏重于诉诸观众清醒的理性，让他们明确意识到自己是在剧场里看一出艺术性的戏，使观众在观看与思考中判断剧情，并始终与戏剧性的情景保持一定的距离。

关于“史诗体戏剧”与“戏剧体戏剧”的差异，究其根源，在于不同的表演对观众的不同要求与在观众身上产生的实际效果，布莱希特曾经发表过如下观点：

> 戏剧体戏剧的观众说：对，我曾经这样感受过——我正是这样的。——这的确是自然的。——它将永远如此。——这个人的痛苦不幸感动着我，——因为对于他是没有出路的。——这是一种伟大的艺术：因为一切都显得这样自然。——我与哭者同哭，与笑者同笑。
>
> 史诗体戏剧的观众说：这个我从来没有想到过。——人们不许这样做。——这可太出奇了，几乎难以令人置信。——这必然停止。——这个人的痛苦不幸感动着我，因为他分明是有一条出路的。——这是一种伟大的艺术：因为没有一点是自然的。——我笑哭者，我哭笑者。①

从这里，我们也可以看出，布莱希特的史诗体戏剧，强调观众在观赏戏剧时自己的理性判断，这实际上也是戏剧社会作用的基础。正是基于这种“史诗体戏剧”的理论，布莱希特提倡戏剧应该起到教育作用，进而把戏剧视作宣传和鼓动大众的有效媒介。对此，布莱希特明确地说：“戏剧变成了哲学家们的

① ［德］布莱希特：《娱乐戏剧还是教育戏剧》，见《布莱希特论戏剧》，丁扬忠译，70 页，北京，中国戏剧出版社，1990。

事情。当然是这样一些哲学家，他们不但要解释世界，而且还希望去改变世界。这就开始了谈论哲学；这样就开始了对人们进行教育。”①

早在20世纪30年代初期，布莱希特就明确提出了戏剧的“陌生化效果”（一译间离效果）问题，这被视为“史诗体戏剧”的基本原则，从根本上决定了“史诗体戏剧”的戏剧结构、舞台结构和表演方法。

1935年，布莱希特在莫斯科看到了中国京剧表演艺术家梅兰芳的演出，深受启发，1936年写成了《中国戏剧表演艺术中的陌生化效果》这篇文章。在这篇文章中，布莱希特用“陌生化效果”来指称中国戏剧的艺术效果，并将之与已经被德国所采用的非亚里士多德式的史诗戏剧的艺术效果联系起来谈。

布莱希特对中国文化深感兴趣。他的经典剧作《四川好人》假借中国四川为背景，《高加索灰阑记》的情节也改编自一个中国古典戏剧。

3. 文本解读

布莱希特的这篇文章的主旨，即题目显示给我们的：“中国戏剧表演艺术中的陌生化效果。”

“史诗体戏剧”中的“陌生化”技巧，是一个与“戏剧体戏剧”中的“共鸣”技巧相对立的概念。在另外一篇文章中，布莱希特认为，对一个事件或人物进行陌生化的方法很简单，就是“把事件或人物那些不言自明的，为人熟知的和一目了然的东西剥去，使人对之产生惊讶和好奇心。”布莱希特举李尔王由于他的女儿们对他忘恩负义而产生愤怒作例子做了说明。采用共鸣的技巧表演的演员，能够表演出这种愤怒，并能使观众把愤怒看作人世间自然的事情，观众与李尔王完全融合在一起，观众自己掉到愤怒的情绪中去了。而采用陌生化技巧的演员则刚好相反，演员表演的李尔王的愤怒可能使观众对之产生惊讶，演员可以不表现李尔王的愤怒而去表现他的其他反应。这样，李尔王的立场将被陌生化，也就是说，他的立场被表现为独特的、奇怪的和瞩目的，亦即作为一种社会现象去表现。基于此，布莱希特进一步说：“陌生化就是历史化，亦即说，把这些事件和人物作为历史的，暂时的，去表现。同样地，这种方法也可用来对当代的人，他们的立场也可表现为与时代相联系，是历史的，暂时的。”②

在《中国戏剧表演艺术中的陌生化效果》这篇文章中，布莱希特将中国戏

① ［德］布莱希特：《论实验戏剧》，见《布莱希特论戏剧》，丁扬忠译，71页，北京，中国戏剧出版社，1990。

② 同上书，62～63页。

剧作为运用陌生化效果的典范来加以阐述。布莱希特将陌生化效果作为“新的艺术原则”与“新的表演方法”来论述，而有意思的是，他将这种德国戏剧中正在实践的东西称为中国戏剧固有的一种艺术元素。

在文章的开始，布莱希特阐释了“史诗戏剧”陌生化效果的内涵，简言之，即“要在表演的时候，防止观众与剧中人物在感情上完全融合为一”。换言之，即是强调戏剧演出中演员和观众的理性因素，主张破除舞台造成的“生活幻觉”，使观众时刻意识到自己是在看戏，从而与舞台演出保持情感和理智上的距离，并对戏剧所反应的现实进行思考和判断。为此，他追溯这种陌生化效果在德国民间集市的戏剧和绘画中的尝试，并将之称为“原始阶段的尝试”。

布莱希特认为，中国古典戏曲是巧妙地运用这种陌生化效果的典范。为此，他谈到中国古典戏曲中大量使用的象征手法，包括用肩膀上插着的小旗的多少来象征率领军队的多少，用不规则的绸缎布块来象征补丁，用特定的脸谱来象征特定的性格等。布莱希特进而谈到中国古典戏曲为达到陌生化效果所使用的几种方式。第一，“中国戏曲演员的表演，除了围绕他的三堵墙之外，并不存在第四堵墙。他使人得到的印象，他的表演在被人观看”。这是与欧洲舞台上特定的幻觉不一样的艺术原则。第二，演员在表演时自我观察。在中国戏曲的表演中，演员力求使自己出现在观众面前是陌生的，甚至使观众感到意外。而这种陌生化效果的获得，源自演员用奇异的目光看待自己和自己的表演，这被布莱希特视为一种“艺术的和艺术化的自我疏远动作，它防止观众在感情上完全忘我地和舞台表演的事件融合为一，并十分出色地创造出二者之间的距离”。这被视为戏剧的陌生化效果的真义。

在文章的中间部分，布莱希特主要从中西戏剧表演的不同特点出发，论述中国戏剧表演的独特性。中国戏曲演员的表演，对西方演员来说会是很冷静的，然而，这并不能说明中国戏曲摒弃感情的表现。在布莱希特看来，这是表现感情的一种不同方式，在这种方式里，“演员表演着巨大热情的故事，但他的表演不流于狂热急躁”。亦就是说，演员表演时很冷静，与被表现的对象保持着一定的距离，力求避免将自己的感情变成观众的感情，这样，几乎在演员的每句台词之后，观众都能产生判断。自然，这种表演方式与西方“亚里士多德式戏剧”的演员用尽一切办法，尽可能地引导他的观众接近被表现的事件和被表现的自我，尽力让观众与演员自己的感情融合的表演方式是很不相同的。

在文章的最后一部分中，布莱希特着重考察中国古典戏曲对“现实主义和革命戏剧”有什么可以吸取的东西。布莱希特高度评价了中国古典戏曲对事物所抱有的探究的立场，他说：“对事物首先得具有探究的立场，事物之所以显得不可思议，难以理解和不可掌握，原因即在于此。中国的戏曲演员使自己置身于惊愕状态之中，并运用陌生化效果。”为此，布莱希特认为，只有那些把陌生化技巧作为特定社会目标的需要的人，才能够在研究中国戏曲的陌生化效果中获得益处。布莱希特还特别补充：“新的德国戏剧的实验完全独立自主地发展着陌生化效果，到目前为止，它并未受到亚洲戏剧艺术的影响。”就这个意义而言，我们可以认为，不是中国古典戏曲的陌生化技巧在影响着布莱希特，而是布莱希特本人的戏剧表演观念在影响并决定着他对中国古典戏曲的阐释。为此，布莱希特进一步谈到德国史诗戏剧的陌生化效果及其技巧，谈到他本人对陌生化效果的目的是“使表现的事件历史化”的理解。布莱希特认为资产阶级戏剧把表现的对象变成没有时间性的东西，对人的表现依赖所谓永恒的人性，而史诗戏剧则是具有历史性的思想，用陌生化效果将特定的社会状态的历史事实强调出来。正是在这个意义上，布莱希特将陌生化效果视为新的戏剧为了完成它的社会批判作用和它对社会改造的历史记录任务所应该具有的技巧。

第二节　相关问题概说

戏剧（drama）一词在希腊文中的原意是动作（action），在希腊人看来，戏剧就是一种摹仿动作的艺术，是对人的行为动作的再现艺术。戏剧作为一种艺术，一般而言是指表演的戏剧，然而，在文学领域中谈论戏剧也是再正常不过的一个话题，这主要是因为，我们不仅可以坐在剧院中观赏戏剧，也可以坐在家中通过一本书阅读莎士比亚的戏剧或者是王实甫的戏曲。因此，毫不奇怪，在西方，最早的文学理论著作《诗学》是探讨悲剧的，并且将之作为诗来对待，悲剧作家则被称为“悲剧诗人”。

一、作为表演的戏剧与作为文学的戏剧

作为表演的戏剧与作为文学的戏剧，是两种不同的艺术。作为表演的戏剧不像小说，是由演员扮演的角色来讲故事，演员的对话、行动构成了推进故事情节发展的主要因素。作为观众在剧院中欣赏一部舞台上表演的戏剧，与作为

读者在家中阅读一部小说，是不同的艺术体验。通常的情况下，阅读是个体行为（即使是在课堂教学中，读者还是个人在阅读小说，很少受他人影响），而在剧院中，观众往往组成一个集体，一起欢乐、悲伤、叹息、紧张。舞台是亮的，有明暗的灯光变化，而观众席是暗的，观众在黑暗中睁大眼睛看演员在舞台上表演，这是一种完全不同的感受。在戏剧表演中，有观众与演员的交流，演员甚至一边表演一边在观察观众的感受，并以之把握自己演出的分寸。

一般地讲，一部戏剧是用语言先在纸上写出来的（一般称为戏剧脚本，简称剧本），语言（特别是台词）对于戏剧的确极其重要。然而，戏剧表演并非离不开语言，有时，演员的沉默，欲哭无声的表情更能表现出他巨大的悲伤。观众通过他的手势、表情、身体动作，甚至是外在的灯光变化都能感觉到演员的情感。戏剧表演包含着剧本、导演、灯光、布景、服装、化妆、道具、音效等因素，因此，戏剧表演是剧作家、演员、导演、舞台设计师、服装设计师、化妆师等共同合作的成果。戏剧表演更能给人以逼真的感觉。茶馆、酒楼、四合院、荒野通过舞台布景都能给人以“以假乱真”的感觉。

作为文学的戏剧，更准确地说，应称为文学剧本，或戏剧脚本。它的独特性还在于不一定非得作为演出的脚本，而是可以成为供人阅读的文学。

戏剧与其他文学体裁的关系很密切。像小说一样，戏剧也有人物、事件、情节与环境。不管是在中国还是西方，戏剧自古就与诗歌有非常密切的关系。在西方，那种用诗体的形式来写人物台词的戏剧，被称为诗剧。而一首长诗有时安排几个人物，以写人物台词的形式来写诗，同样也可以称为诗剧，甚至是诗的一种独特的形式了。像郭沫若的《棠棣之花》就是一部诗剧。

从事戏剧表演的专业人士，阅读剧本有着与普通读者不一样的角度。他可能会去想象舞台的布景、想象灯光下盛装的演员的表演方式，甚至会设想演员出场和表演过程中的每一个细节，甚至包括说话的语调与声调的高低。而普通读者阅读剧本，是将之作为一种叙事性的文学。尽管阅读小说与阅读戏剧是不一样的感受，比如，对话在某些小说中占有相当的比重，但在戏剧中占有主体的地位，然而，读者还是会将注意力集中到情节的发展、人物的性格和命运中来。这样，剧本就成了讲述故事的一种特定形式，剧作家对演员和导演的提示性语言（例如，人物出场与下场的提示、演员的动作和表情的提示）就被视作叙事的另一种样式来看待。

二、戏剧文体

我们发现，无论是在亚里士多德的著作中，还是在布莱希特的文章中，戏剧的表演性质都是作为戏剧的基本特点来考虑的。在西方诸多论述戏剧的著述中，这往往是被视为戏剧与小说、抒情诗不同的基本立足点。也就是说，抒情诗的显著特点是抒发情感，小说的显著特点是一系列事件的富有意义的铺叙，而戏剧则是从舞台表演的效果来确定它的特色的。即使是作为读者阅读的戏剧文学，在某种意义上也受制于戏剧文体本身的这一特点。

下面一段文字摘自曹禺的剧作《雷雨》第二幕，写的是周朴园和侍萍三十年后戏剧性重逢的情境：

> 周朴园　（徐徐立起）哦，你，你，你是——
>
> 鲁侍萍　我是从前伺候过老爷的下人。
>
> 周朴园　哦，侍萍！（低声）怎么，是你？
>
> 鲁侍萍　你自然想不到，侍萍的相貌有一天也会老得连你都不认识了。
>
> 周朴园　你——侍萍？（不觉地望望柜上的相片，又望鲁妈）
>
> 鲁侍萍　朴园，你找侍萍么？侍萍在这儿。

在话剧中，台词是主体。在上述一段话中，括弧里的部分即提示，都是对演员的提示，一共三处，第一处提示演员的动作，第二处提示演员说话声音的高低，第三处提示演员的动作。这三处提示在这里有自身的功能，并不是可有可无的，第一处表现出周朴园在30年后重新意外地见到侍萍时的惊讶，第二处表现出周朴园不敢大胆相认的胆怯，第三处表现出周朴园无法将相片上的人与眼前的人统一起来的惊讶。因此，我们可以说，剧本也同样是讲故事的一种形式，只是在一般的叙事作品中并不占很大分量的人物对话，在剧本中成了占主导地位的台词；我们甚至可以说，剧本中的提示尽管也有人物动作的提示，但它归根结底还是服务于台词，亦即服务于表演的需要的。像上述的第一处提示是周朴园的话的铺垫，第二处提示是直接提示话本身的声调的，第三处是用动作补充前面的惊讶之情。

如果我们将上述来自《雷雨》的这段话改为小说作品中的一个段落，那么它可能就成为如下的样子：

> “哦，你，你，你是——”周朴园徐徐地立起，惊讶地望着鲁妈。
>
> 鲁侍萍平静地说：“我是从前伺候过老爷的下人。”

“哦，侍萍！”周朴园愈加惊讶了，又低声说：“怎么，是你？”

“你自然想不到，侍萍的相貌有一天也会老得连你都不认识了。”

“你——侍萍？”周朴园一边轻声说，一边不觉地望望柜上的相片，又望眼前的鲁妈。

“你找侍萍么？侍萍在这儿。”

这段改写的以对话为主的叙事性段落，与原作的根本的不同，即在于那些括弧中的提示性语言在这儿变得和对话平起平坐了。而且，一个肯定会出现的叙述者已经隐隐约约地出现了。一旦戏剧中的人物对话变成了小说中的段落，慢慢地，肯定会在中间出现一个讲故事的人。这也被视为戏剧文体与叙事文体不同的一个特点。特别是一旦我们觉得光靠这种场景描写还不足以表现这一悲剧性场景的意义时，一旦我们像古代话本小说中说书人那样在这个戏剧性场景后面加上“对周朴园来说，这种见面实在是太突然了，他怎么也想不到……”之类的话，叙述者的身影就会在小说叙事中完全显现出来。

现在，我们谈论戏剧的时候，一般都会分为西方古典戏剧、中国古典戏曲与现代戏剧三个不同的概念。

1. 西方古典戏剧（悲剧和喜剧）

西方的古典戏剧从古希腊开始就分为两大不同的剧种：悲剧和喜剧。悲剧诞生于公元前 5 世纪的古希腊，在欧洲源远流长。它涉及的题材是主人公的逆境与不幸，处理的对象是身份高贵的人物，多是国王、英雄与贵族。它的艺术效果是“悲”，用亚里士多德的话说，即“激起哀怜和恐惧，从而导致这些情感的净化”。古希腊的许多悲剧被称为“命运悲剧”，即写主人公由于无法逃脱的命运而遭致不幸或毁灭的故事。因而，悲剧呈现给我们的是一个是非颠倒的世界，而恢复这种是非颠倒的世界的方式，则是以悲剧主人公的死亡为代价的。索福克勒斯的《俄狄浦斯王》是这类悲剧的典型。而莎士比亚的一些悲剧被称为“性格悲剧”，即写主人公由于性格上的缺陷而导致悲惨的结局的故事，如《奥赛罗》。

喜剧这个词源于希腊文“komos”，意思是狂欢。诞生于公元前 4 世纪的古希腊，它的题材往往是主人公行为上的错误、品质上的恶劣、性格上的丑陋与庸俗，处理的对象多是出身卑微的人。在喜剧的创作中，经常充满了偶然性事件，充满了误会与巧合，剧作家喜欢使用夸张的手法，台词常常幽默、诙谐。喜剧表现出来的人物，以及在生活中不合逻辑的种种偶然性的事件，常常使观者为之捧腹大笑。喜剧的艺术效果是“笑”。

在欧洲历史上，还有一类喜剧，一般称为浪漫喜剧，它的出发点不是嘲笑人们的愚蠢，而是赞美人们的幸福与美德。像莎士比亚的《仲夏夜之梦》就是如此。

2. 中国古典戏曲

中国古代戏曲中的“戏曲”一词，在中国古代本来是指戏中唱的曲，是与“散曲”相对应的概念。20世纪初王国维，首先明确地用“戏曲”一词来统称中国古代戏剧。中国古代成熟的戏剧诞生于元代，当时称为杂剧，是融合此前的各种表演艺术发展而成的一种戏剧形式。在杂剧的发展过程中，剧作家在唐宋以来的话本小说、词曲、讲唱文学的基础上创造了成熟的文学剧本。关汉卿的《窦娥冤》、王实甫的《西厢记》都是元杂剧的名作。元代末年，最初流行于浙东沿海一带的南戏（南曲戏文）得到发展，并逐渐形成了新的戏曲形式，称为传奇，至明代产生了汤显祖的《牡丹亭》，至清代又出现了洪昇的《长生殿》、孔尚任的《桃花扇》这样的杰作。到清代，在北方的戏曲中心北京出现了以安徽二簧戏为基础、吸取诸种地方戏的优点形成的京剧。

中国古代戏曲是一种具有独特的民族特色的戏剧艺术形式。作为表演戏曲脚本的文学剧本，是一种韵文和散文相结合又以韵文为主的文学剧本。一个戏曲剧本称为本，一般一个戏曲都由一本构成，也有多本组成一个规模较大的戏曲故事的，像《西厢记》由五本组成一个完整的故事，《桃花扇》则由上本和下本共两本组成。每本戏曲一般又由若干个更小的单位构成，杂剧中称为“折”，而且每本多由四折组成，明清传奇中称为“出”，像《牡丹亭》多达55出，《桃花扇》上、下本各20出。“折”和“出”是故事情节发展的一个段落，不受时间与地点的限制，同时又往往是音乐组织的单元，像杂剧中的每折限用同一宫调的若干个曲牌组成一套曲子。

中国古代戏曲一般由曲词、宾白、舞台提示三部分组成。曲词的作用主要是抒情，但又不限于抒情，同时还有推进故事情节发展、刻画人物性格的功能。这种曲词是在传统的诗、词和民间说唱文学的基础上形成的新的诗歌形式，往往有较为严格的格律要求，以符合唱的需要。宾白包括人物的对白和独白，主要是白话，也有部分韵语。对白与话剧中的对话相似，独白兼有叙述的性质。舞台提示包括提示人物的活动时间、空间，人物的出场、离场，还包括提示人物的动作、表情等。在杂剧中往往将对动作与表情的提示称为“××科”，如“长吁科”是提示人物做长叹的表情的意思，“把酒科”是提示人物做把酒的动作的意思。

在中国古代戏曲中，讲好一个故事尽管很重要，但似乎更为重要的是要写好曲词。曲词的一个重要功能是抒情，尽管它也对叙事（讲故事）起着相当重要的不可或缺的作用。像《西厢记》中十分有名的《长亭送别》这一折戏，情节十分简单，即长亭送别这一个小小的事件，但要论整折戏的艺术性，无疑是其中写得十分出色的曲词。

3. 现代戏剧

西方的现代戏剧开始于 18 世纪启蒙运动时期，当时称为悲喜剧、正剧或市民剧。这种戏剧打破了传统的悲剧与喜剧的严格界限，特别是悲剧只写高贵的人物，而喜剧只写地位低下的人物这一做法，从而将这两种剧种融合为新的艺术形式。正剧可兼有悲剧和喜剧的因素。

外国文学史中常常提及的社会问题剧，就像布莱希特的史诗戏剧一样，都可以视为是现代戏剧的一种。社会问题剧往往表现社会问题和个性受到社会压抑等主题，如易卜生的《人民公敌》。

中国的现代戏剧源于“五四运动”前后，开始时称为“新戏”“文明戏”，后来称为话剧（主要是与歌剧及中国传统的戏曲相对而言）。曹禺的《雷雨》与老舍的《茶馆》都是中国现代著名的剧作。

三、戏剧要素

亚里士多德将情节、性格、思想、语言、歌曲和形象视为悲剧艺术的六个成分，言词和歌曲（即韵文和歌曲），是“摹仿的媒介”，形象是“摹仿的方式”，情节、性格和思想是“摹仿的对象”。这里的六个成分其实可以简化为情节、语言（包括歌曲）、形象（即人物，包括性格和思想）三个成分。此外，戏剧的舞台因素也是值得考虑的，即使是对读者阅读剧本来说，这也是影响阅读效果的一个因素。

1. 戏剧情节

亚里士多德认为悲剧艺术中最重要的是情节，即事件的安排布局。情节被亚里士多德视为“悲剧艺术的目的”“悲剧的基础”“悲剧的灵魂”。

就某些方面而言，戏剧与小说一样，也是叙事性的作品，它也有人物、情节与人物赖以活动、情节赖以进展的特定的场景（在戏剧表演中，被称为舞台布景）。由于戏剧的叙事受舞台表演时长的限制，所以戏剧一般要求相对集中地在有限的时间内（一般是 3 小时之内）处理相对集中的故事情节。主题的集中与矛盾的尖锐，被视作戏剧重要的特点。因此，一般而言，戏剧的结构要比小说更为紧凑。

为了更好地安排戏剧情节的发展，同时也为了舞台表演的实际需要，不管中西戏剧，一般都会根据情节的安排将其分为几个部分。尽管在实际的舞台演出中，演出的场地还是同一个舞台，但在不同的场次中，舞台各有不同的地点设定。例如，古希腊的悲剧，一般分为五段，完整的情节用各场分开，这种分开的标志是歌队的合唱曲，亦即亚里士多德所谓戏剧六个成分中的“歌曲”。现代戏剧则有五幕剧与三幕剧的称呼，这些戏剧往往采用幕间间隔或幕间休息的方法来进行换景工作，或者让演员离开舞台，拉下幕布，或者仅用幕间熄灯的形式表示场与场的间隔。

在西方，对戏剧的整体情节结构产生重大影响的是“三一律”，这个规律被说成是源于亚里士多德的《诗学》的关于时间、地点和情节的戏剧统一性原则，即要在一地一天内完成一个完整的情节。

谈到戏剧情节就不能不谈到戏剧冲突。所谓戏剧冲突，就是指戏剧高度集中的情节里各种相对立的力量之间相互作用的过程及结果。它被看成戏剧极为重要的一个要素。这倒不是说小说中没有类似于戏剧的这种激烈的冲突，而是说，在一般的情况下，戏剧冲突由于舞台表演的需要，显得更为集中、更为尖锐。平常说的序幕、发生、发展、高潮、结局与尾声，就是对戏剧冲突起承转合的几个过程的概括。戏剧冲突依赖激动人心的戏剧性场景激发观众（读者）的兴趣，造成类似于小说中的悬念的艺术效果，然后通过这种冲突的解决使观众悲伤或者欢乐，获得审美的享受。

在《诗学》第十一章中，亚里士多德专门谈到情节的两个重要成分：突转和发现。这其实是造成戏剧冲突的两个相当重要的布局技巧。按照亚里士多德的解释，所谓“突转”，是指“行动按照我们所说的原则转向相反的方面”；所谓“发现”，是指“从不知到知的转变，使那些处于顺境或逆境的人物发现他们和对方有亲属关系或仇敌关系”。索福克勒斯的悲剧《俄狄浦斯王》，被亚里士多德认为是“突转”和“发现”同时出现的最好的例子。这个悲剧的开始，是国王俄狄浦斯派人去神庙请求神示：是什么使忒拜城陷于瘟疫之中。他发誓要找出这个使城邦陷于灾难的人，并予以严惩。而情节的发展是一种意外的“突转”与“发现”，他自己就是那个由于命运而陷入罪过的罪人，他在不知情的情况下杀父娶母。这个悲剧的情节，即典型的富于戏剧冲突的情节。

2. 戏剧人物与台词

由于叙述人通常不会出现在戏剧中（只有极少数的实验戏剧才会有这方面

的尝试)，所以，戏剧中人物形象的表现必须通过人物语言来加以表现。通过人物语言来塑造人物形象，是戏剧相当重要的一个特点。小说家可以通过描写与叙述人的判断来表现人物性格，但在戏剧中，除了舞台提示外，全部都是人物语言。人物语言承担了塑造人物与展开情节的功能。高尔基曾经认为剧本对作家来说是最难应用的一种文学形式。他说："在长篇小说和中篇小说里，作者所描写的人物借作者的助力而活动，作者总是和他们在一起，他暗示读者必须怎样了解他们，给读者解释所描写的人物的隐秘思想和隐藏行为动机，借自然与环境的描绘来衬托他们的心情，总之，经常小心翼翼地把他们引向自己的目标，自由地，常常是十分巧妙地（这是读者不易察觉的)、然而任意地掌握他们的动作、言语、行动和相互关系，一心一意地把小说的人物写成艺术上最鲜明和最有说服力的人物。"剧本则似乎比这要困难得多，"剧本不容许作者如此随便地进行干涉，在剧本里，他不能对观众提示什么。剧中人物被创造出来，仅仅是依靠他们的台词，即纯粹的口语，而不是叙述的语言……要使剧中人物在舞台上，在演员的表演中，具有艺术价值和社会性的说服力——只有在这样条件下，观众才懂得，每个剧中人物的一言一行，只能像是作者所确定和舞台上的演员所表演的那样"①。高尔基这里说的只能依靠台词来塑造人物形象，既剧本塑造人物的特点，也是剧本不同于小说的一个特点。为此，人们在谈论剧本的台词时，经常谈论剧本语言的动作性特点。也就是说，剧本的语言不仅要具有一般的表情达意的功能，还要具有动作性。正是剧本语言具有的这种动作性功能，人物才能变得栩栩如生，并推动情节的发展。正如英国的戏剧理论家和导演马丁·艾思林所说："在戏剧里，语言往往就是行动。还可以进一步，要求戏剧里的一切语言都必须变为行动。在戏剧里，我们所关心的不仅是一个人物所说的话（他们的话里的纯粹语义学的意义)，还有这个人物说这些话干什么。"② 像上面引用过的曹禺《雷雨》中侍萍与周朴园相见的戏剧性一节，其语言就是富于动作性的。剧作家用众多的短句与个别的长句相间的方式，很好地表现了两人多年后意外相见的情景，台词本身表现出了人物的行动。

一个杰出的剧作家，需要高超的艺术技巧使他的剧本语言表达出剧中人不

---

① ［苏联］高尔基：《论剧本》，见《高尔基论文学》，57～58 页，北京，人民文学出版社，1978。

② ［英］马丁·艾思林：《戏剧剖析》，罗婉华译，35 页，北京，中国戏剧出版社，1981。

同的性格与思想特点。这就是通常讲的戏剧语言的个性化问题。也就是说，在整个剧本的整体语言之下，剧作家还得为剧中人物体现出众多的变数，通过各种不同风格的语言使剧中人各不相同。当哈姆雷特沉浸于深切的情感之中的时候，他说的是诗句；而当他教导演员或躺在奥菲莉亚膝上的时候，他说的是散文。至于那些掘墓人（观众感到自己比他们高一等的那些丑角），则用更低下的、更古怪的散文说话。而当用散文表达崇高的感情时，就应当是富有诗意的散文。①

为了弥补人物表现某些方面的缺陷，戏剧台词中出现了“独白”与“旁白”。“独白”是剧中人物在舞台上用内心独语的形式表现自己心迹的一种戏剧语言。在舞台上，人物完全停止了活动，在那里坦露心迹，有时确实会给人以过于人为的痕迹。“旁白”是另一种刻画人物的方法。这种方法要求人物完全脱离舞台情节而坦露心迹，而舞台上的其他人物要像聪明人装傻那样，装作什么也没有听见，那些话是剧作家专为观众准备的。

3. 舞台因素

舞台因素在剧本中主要以“舞台提示”的形式出现，通常包括舞台布景、道具、服装等。

即使是在剧本中，布景也是舞台提示语言中需要考虑的诸种因素中极为重要的一个。就像环境因素在小说中构成人物赖以存身与情节赖以发生的必不可少的场景一样，戏剧中的场景对人物形象的刻画与故事情节的发展也具有必不可少的作用。老舍的《茶馆》的舞台布景，是一个老北京的茶馆，是人物栖身和展现人性与命运必不可少的场景。

舞台道具出现在戏剧中，经常也是富于戏剧性的，对情节发展起着重要作用。在莎士比亚的戏剧《奥赛罗》中，那块置苔丝狄蒙娜于死地的手帕本身，就是情节发展中必不可少的一个因素。在丁西林的《三块钱国币》中，花瓶是必不可少的道具。

服装在戏剧中也具有较强的表现功能。在中国古代戏曲中，服装甚至是一个角色地位与性格特色的标志性因素。

在演出中戏剧的舞台因素通常还包括化妆与灯光等因素。

---

① ［英］马丁·艾思林：《戏剧剖析》，罗婉华译，33～34 页，北京，中国戏剧出版社，1981。

【思考题】

1. 亚里士多德是如何给悲剧下定义的？这个定义包括哪些内涵？

2. 什么是布莱希特所说的陌生化效果？他说的“史诗体戏剧”的主要特点是什么？

3. 什么是悲剧与喜剧？它们各有什么特点？

【辅助阅读材料】

1. 亚里士多德，贺拉斯．诗学·诗艺．北京：人民文学出版社，1997.

2. 布莱希特．布莱希特论戏剧．北京：中国戏剧出版社，1990.

3. 马丁·艾思林．戏剧剖析．北京：中国戏剧出版社，1981.

4. 厄尔·迈纳．戏剧//厄尔·迈纳．比较诗学．北京：中央编译出版社，2004.

5. 曼弗雷德·普菲斯特．戏剧理论与戏剧分析．北京：北京广播学院出版社，2004.

第八章　文学写作

文学写作是文学理论中的一个传统问题。研究文学写作的主要意义在于认识文学写作现象，总结文学写作规律，揭示文学写作的审美和文化内涵。本章解读的陆机《文赋》是我国最早的一篇文学写作专论，讨论的是文学创作中的一些基本问题。弗洛伊德的《创作家与白日梦》是西方现代文学创作理论的一篇重要作品，反映了人们对文学创作心理及其文化意义的新认识。作为对这两篇文论的扩展、深化和呼应，本章“相关问题概说”部分论述了“生活积累与心灵表现”“文学写作中的心理机制”“文学写作与人类的原型经验”几个问题。希望通过对这两篇文论的研读和对有关问题的论述，略窥文学写作理论的传统与现代的面目。

第一节　经典文本阅读

一、文赋（并序）（陆机）

余每观才士之所作，窃有以得其用心①。夫放言遣辞，良多变矣②，妍蚩好恶③，可得而言。每自属文，尤见其情④，恒患意不称物，文不逮意⑤，盖非知之难，能之难也⑥。故作《文赋》，以述先士之盛藻⑦，因论

---

① “窃有以”句：得，得到，了解到。用心，创作用心所在，指创作思想或创作意图。

② 夫放言遣辞，良多变矣：放言，发言，立言，即写作。良，诚然，的确。

③ 妍蚩：美丑。

④ “每自”二句：每当自己写起文章来，就更加知道写作的甘苦。

⑤ “恒患”二句：常担心思想不能很好地反映事物，语言不能很好地表达思想。物，所要描写的客观物象。逮，及，此指表达、表现。

⑥ 盖非知之难，能之难也：这大概不是难在知道怎样写好文章，而是难在怎样才能写出好文章。

⑦ “以述”句：述，阐述。先士，先辈作者。盛藻，华美的辞藻，此指有成就的作品。

作文之利害所由①，他日殆可谓曲尽其妙②。至于操斧伐柯，虽取则不远③，若夫随手之变，良难以辞逮④，盖所能言者，具于此云。

伫中区以玄览，颐情志于典坟⑤。遵四时以叹逝，瞻万物而思纷⑥。悲落叶于劲秋，喜柔条于芳春⑦。心懔懔以怀霜，志眇眇而临云⑧。咏世德之骏烈，诵先人之清芬⑨。游文章之林府，嘉丽藻之彬彬⑩。慨投篇而援笔，聊宣之乎斯文⑪。

其始也，皆收视反听，耽思傍讯⑫，精骛八极，心游万仞⑬。其致也，情

---

① 由：根源。

② “他日”句：他日，异日。殆，大概。曲，委婉细致。

③ “操斧”句：《诗经·豳风·伐柯》：“伐柯伐柯，取则不远。”意思是说，拿着斧头去砍伐木材来做斧柄，斧柄本身就在手上，可以作为标准。这里比喻论述作文利害，有先辈的作品可以取法。

④ “若夫”二句：至于作文的千变万化是难以用文辞来一一表达的。

⑤ “伫中区”二句：伫立于宇宙之内，洞察万物的奥妙；沉浸在古籍之中，陶冶性情志趣。伫，长时间站着。中区，即区中，指宇宙之中。玄览，深刻地观察。颐，犹言陶冶。典坟，《五典》和《三坟》，此泛指古籍。《五典》指少昊、颛顼、高辛、唐、虞五帝之书。《三坟》指伏羲、神农、黄帝三皇之书。

⑥ “遵四时”二句：顺着四季的推移，感叹时间的消逝；观察变化的万物，引起纷繁的思绪。

⑦ “悲落叶”二句：劲秋，风力强劲的秋天。柔条，柔嫩的枝条。芳春，气息芳郁的春天。

⑧ “心懔懔”二句：心思严肃纯洁好像怀抱霜雪，志趣高远宛如到达云端。懔懔，同“凛凛”，严肃。眇眇，同“渺渺”，意为渺茫，引申为高远。

⑨ “咏世德”二句：世德，世代积累的业绩。骏烈，盛大的功业。陆机的祖父和父亲是吴国将相，所以作者常常咏颂先代的功业，如《祖德赋》《述先赋》等。清芬，清美芬芳，指美好的名声。

⑩ “游文章”二句：从容博览大量的作品，赞美那文质彬彬的佳作。林府，谓文章多如林木，富如府库。嘉，赞美。丽藻，华丽的辞藻。彬彬，文质相称。《论语·雍也》：“文质彬彬。”

⑪ “慨投篇”二句：慨，慨然，感叹。投篇，把手上的作品丢开。援笔，取笔写作。聊，姑且。宣，阐发。

⑫ “其始也”三句：其始，指作文开始构思的那一阶段。收视反听，指专心致志。耽，入迷。耽思，深思。傍讯，广泛地探求。傍，同“旁”。

⑬ “精骛”二句：精骛，精神驰骋，言作文时想象的丰富。八极，八方，言极远处。仞，古七尺或八尺为一仞。

曈昽而弥鲜，物昭晰而互进①。倾群言之沥液，漱六艺之芳润②。浮天渊以安流，濯下泉而潜浸③。于是沉辞怫悦，若游鱼衔钩而出重渊之深④；浮藻联翩，若翰鸟缨缴而坠曾云之峻⑤。收百世之阙文，采千载之遗韵⑥。谢朝华于已披，启夕秀于未振⑦。观古今于须臾，抚四海于一瞬⑧。

然后选义按部，考辞就班⑨。抱景者咸叩，怀响者毕弹⑩。或因枝以振叶，或沿波而讨源⑪，或本隐以之显，或求易而得难⑫，或虎变而兽扰，或龙见而鸟澜⑬。

---

① “其致也”三句：文思到来之时，情思像初升的太阳那样，由微明而逐渐鲜明，物象以清晰的形态而纷至沓来。曈昽（tóng lóng），日初升微明的样子。弥，更加。互进，互相涌进。

② “倾群言”二句：吸取群书的精华，并在创作时倾泻出来。倾，倾泻。群言，即群书。从下文的“六艺”来看，“群言”似应专指“六艺”以外的书，如诸子百家的书。沥液，点滴的液体，此指精华部分。漱，含。六艺，指《六经》，即《易》《诗》《书》《礼》《乐》《春秋》。芳润，芬芳而润泽的液汁，也是指精华部分。

③ “浮天渊”：（创作的思路一打开，）可以驾着想象的翅膀上到天渊，下到地泉，自由驰骋。浮，浮游，形容文思驰骋之远，想象之丰富。安流，平安自在地浮流。濯，洗。潜浸，在深处浸洗。

④ “沉辞”二句：辞句难吐，如鱼从深水之中衔钩而出。沉辞，深沉的文辞。怫悦，同“怫郁”，本义为忧愁，引申为不痛快，说明吐辞之难。

⑤ “浮藻”二句：文思联翩而至，有如高飞的鸟儿中箭后从云端坠落下来。浮藻联翩，形容文思如涌，源源不断，有如鸟飞之联翩。翰鸟，高飞的鸟。缨缴，指中箭。缨，同“婴”，缠绕。缴，箭上的丝绳。曾云，即层云，指高处的云。

⑥ “收百世”二句：要写出前代从未有过的文辞。意思是说文章贵在创新，不应抄袭陈言。收，收取。阙文，《论语·卫灵公》：“吾犹及史之阙文也。”（我还能看到史书存疑的地方）遗韵，即遗文。

⑦ “谢朝华”二句：舍弃早晨已经开过的花，使未开的花晚上开放。这里以花为喻，要求创作不要重复前人已有的成就，要大胆创新。谢，辞谢，抛开。朝华，早晨开的花，此指文章。已披，已经开过了。启，开。夕秀，晚上开的花。未振，未开。

⑧ “观古今”二句：顷刻之间，包罗万象。抚，轻轻地按着，引申为采摘。

⑨ “然后”二句：按照选定的内容来构思布局，驱使词句。选义，选择所要表达的内容。按部、就班，有次序，指按先后层次加以布局。考辞，考究文句的应用。

⑩ “抱景者”二句：对事物的形影和声响仔细描摹。景，同“影”，指物象。

⑪ “或因枝”二句：通过树枝自然会振动枝叶，循着水流自然会探出源泉。前句是由本及末，强调先立文章的要领；后句是由末及本，强调最后点出文章的主题。讨，探讨，探求。

⑫ “或本隐”二句：由幽隐难明而逐渐变得明显，从浅易入手而阐发难解的道理。前者是从难到易，后者是由易而难。之，至，到。

⑬ “或虎变”二句：变，发怒。扰，驯服。见，同“现”。澜，涣散。此处的虎和龙喻文的根本，兽和鸟喻文的枝叶。

或妥帖而易施，或岨峿而不安①。罄澄心以凝思，眇众虑而为言②。笼天地于形内，挫万物于笔端③。始踯躅于燥吻，终流离于濡翰④。理扶质以立干，文垂条而结繁⑤。信情貌之不差，故每变而在颜⑥。思涉乐其必笑，方言哀而已叹⑦。或操觚以率尔，或含毫而邈然⑧。

伊兹事之可乐，固圣贤之所钦⑨。课虚无以责有，叩寂寞而求音⑩。函绵邈于尺素，吐滂沛乎寸心⑪。言恢之而弥广，思按之而逾深⑫。播芳蕤之馥馥，

---

① “或妥帖”二句：造词遣句，有时很容易就安排妥帖，有时却前后抵触，无法安稳。易施，易于施展驱遣。岨峿（jǔ yǔ），互相抵触。

② “罄澄心”二句：尽量将心思澄静下来专心思考，将许多想法组织起来进行创作。罄，尽。澄心，指文思从想象中收回来以便于思考。凝思，精神集中。眇，尽。为言，说出来，即写作。

③ “笼天地”二句：天地虽大，可以概括在文学作品的形象之中；万物虽多，可以驱使于作者的笔下。笼，笼罩，包有。形，指形象。挫，挫折，引申为驾驭之意。

④ “始踯躅”二句：开始时踌躇不定，难以表达；到最后却酣畅流利，倾泻而出。踯躅（zhí zhú），徘徊不前。燥吻，焦躁的嘴唇。古人写文章多用吟咏之法，故弄得口干舌燥。流离，同“流利”，指文辞流畅而华美。濡翰，饱蘸墨汁的笔。濡，浸湿。翰，笔。

⑤ “理扶质”二句：文章的思想内容像树干那样立起来，而文辞如同繁茂的枝叶花果附在树干之上。理，事理，喻文章的思想。扶，扶持，树立。质，根本，主干。文，文采，文辞。垂条，垂挂在树干上的枝条。繁，指树上的花和果。

⑥ “信情貌”二句：真正做到了感情和外貌相符，每一次感情的变化就必然会在容颜上表现出来。说明文章思想内容和形式应互相统一，如果思想内容有了变化，形式、文辞也应该随之变化。信，真正，确实。

⑦ “思涉乐”二句：思想感情一涉及快乐的事，一定会发笑；当叙说悲哀的事情时，又会不知不觉地哀叹。

⑧ “或操觚”二句：有时下笔成文，毫不费力；有时文思迟钝，含着笔思绪茫然。操觚（gū），写文章。觚，古代写字用的木板。率尔，轻率，此引申为不假思索。毫，笔。邈然，杳远的样子。

⑨ “伊兹事”二句：创作这件事的确使人快乐，圣贤本来都非常钦佩。伊，发语词。兹事，这件事，指创作。固，本来。钦，钦佩。

⑩ “课虚无”二句：通过虚构和想象产生有形有声的文学作品。课，试。虚无，抽象的。责，求。有，实在的。寂寞，寂静。

⑪ “函绵邈”二句：将辽远广大的事物包含在篇章之中，将浩大繁多的东西从心中道出。函，同“含”，包有。绵邈，指辽远广大。尺素，一尺大的篇幅。素，古人书写用的绫绢。滂沛，形容浩大而繁盛。寸心，指心中，心里。

⑫ “言恢之”二句：文思越写越开阔，越想越深刻。言，文句。恢，扩大。按，考察，研究。逾，更加。

发青条之森森①。粲风飞而猋竖，郁云起乎翰林②。

体有万殊，物无一量③。纷纭挥霍，形难为状④。辞程才以效伎，意司契而为匠⑤。在有无而黾勉，当浅深而不让⑥。虽离方而遁员，期穷形而尽相⑦。故夫夸目者尚奢，惬心者贵当⑧。言穷者无隘，论达者唯旷⑨。诗缘情而绮靡，赋体物而浏亮⑩。碑披文以相质，诔缠绵而凄怆⑪。铭博约而温润，箴顿挫而清壮⑫。颂优游以彬蔚，论精微而朗畅⑬。奏平彻以闲雅，说炜晔而谲诳⑭。

---

① “播芳蕤”二句：如芳香的花草那样香气馥郁，如青枝柔条那样葱茏茂盛。

② “粲风飞”二句：行文畅达时，文辞不但华美，而且文思疾如风起云涌。粲，光明华美。猋，同“飙”，疾风。郁，浓郁。翰林，指文坛。

③ “体有”二句：文体有多种不同，事物也庞杂多变难以衡量。万殊，多种不同。量，统一衡量的标准。

④ “纷纭”二句：事物杂多而又变化迅疾，形象难以描摹表述。挥霍，疾，言变化之快。状，陈述或描摹。

⑤ “辞程才”二句：文辞要尽其才而发挥作用，文意要掌握要领而做出安排。程，显示，呈现。效，发挥。伎，技巧，技艺。意，文意。司契，掌握要领。司，掌握。契，证券，契约。为匠，施工进行，比喻安排操作。

⑥ “在有无”二句：无论文意是具体还是抽象，只要看准了都应勉力寻找恰当的文辞来表达；无论遇到文意是深是浅，只要正确都应大胆地表现出来。在，察。有，具体的。无，抽象的。黾勉（mǐn miǎn），勉力。当，妥当，正确。不让，不回避。

⑦ “虽离方”二句：即使脱离了一定的创作格式，但在表现事物时，也一定要穷形尽相。遁，离。方、员，规矩。员，通“圆”。期，期望，务必。穷形而尽相，穷尽事物的形象。

⑧ “故夫”二句：因此炫耀辞藻的人崇尚文辞的奢华，重视文章内容的人看重内容的精当。夸目者，好炫耀辞藻的人。惬心者，注重文章内容的人。惬心，切合心意。

⑨ “言穷者”二句：讲究穷形尽相的人，在表达的形式上不受阻碍；追求文章通达的人，只求文章的内容放旷不拘。言、论，主张，讲究。唯旷，只求文章的内容放旷。

⑩ “诗缘情”二句：诗因情而生，要文辞精美，赋铺写事物，要清楚明确。

⑪ 碑披文以相质，诔缠绵而凄怆：碑要求文与质相符，诔要求感情缠绵，文辞凄切。碑，文体的一种，刻石以记功之文。披，披露，发表。相质，与质相称。诔，哀悼之文。

⑫ “铭博约”二句：铭记述功德，要求文意丰富，文辞简约，温和雅润。箴讥刺得失，应该抑扬顿挫，清新壮健。铭，文体的一种，多刻于器物之上记述事实和功德。箴，文体的一种，用以讥刺得失。

⑬ “颂优游”二句：用来歌功颂德的颂，应该内容丰富，文辞华茂。评论是非的论，应该精深入微，明朗畅达。优游，从容宽裕，引申为丰富。彬蔚，文采华茂。

⑭ “奏平彻”二句：奏文是向君主陈述事情的，内容要平正透彻，文辞要从容得体。说是用来辩论说理的，内容要清楚明白，文辞要变化多端。闲雅，同“娴雅”，本形容举止文雅，此指文辞文雅得体。炜晔（wěi yè），光明，此指明显。谲诳，欺诈骗人，此指变化多端，有说服力。

虽区分之在兹，亦禁邪而制放①。要辞达而理举，故无取乎冗长②。

其为物也多姿，其为体也屡迁③。其会意也尚巧，其遣言也贵妍④。暨音声之迭代，若五色之相宣⑤。虽逝止之无常，固崎锜而难便⑥。苟达变而识次，犹开流以纳泉⑦。如失机而后会，恒操末以续颠⑧。谬玄黄之袟叙，故淟涊而不鲜⑨。

或仰逼于先条，或俯侵于后章⑩。或辞害而理比，或言顺而义妨⑪。离之则双美，合之则两伤⑫。考殿最于锱铢，定去留于毫芒⑬。苟铨衡之所裁，固应绳其必当⑭。

---

① “虽区分”二句：虽然区分了各种文体，但都要求禁止邪恶，控制放纵。禁邪，禁止邪恶的内容。制放，控制而不使放纵。

② “要辞达”二句：要求词能达意，道理清楚明白，因此无须采用冗长的词句。辞达，文辞能完美地表达内容。理举，理全，即话说得明白，内容站得住脚。取，采取。

③ “其为物”二句：文章需要表现的事物千姿百态，文章的体貌也经常变化。

④ “其会意”二句：文章立意提倡灵活巧妙，遣词造句贵在华美艳丽。

⑤ “暨音声”二句：至于文章语言的音律互相配合和谐，就像五色配合鲜艳。暨，及。迭代，互相更迭替代。五色，青、黄、赤、白、黑。

⑥ “虽逝止”二句：声音的更迭是没有一定的，固然不易搭配得平稳妥帖。逝止，消逝和留下。无常，没有一定的常规。崎锜（qí yǐ），不平。便，稳。

⑦ “苟达变”二句：如果通晓了“逝止无常”的变化规律，就像开泉引渠那样容易写作了。达变，通晓变化规律。识次，认识其变化的次序。

⑧ “如失机”二句：写作时，如果不按照变化规律写作，一定会混乱颠倒。失机，不按照变化的规律。操末，舍本逐末。续，接着。

⑨ “谬玄黄”二句：（就像绘画图色）如果弄乱了玄黄的着色次序，必然是污秽糊涂不鲜艳的。谬，动词，弄错。玄，黑色。秩序，次序。淟涊（tiǎn niǎn），秽浊，污秽。

⑩ “或仰逼”二句：创作中有时会出现文意前后抵触的现象。仰逼，后文的文意与前面的文意抵触。俯侵，前面的文意侵犯后面的文意。

⑪ “或辞害”二句：有时文辞粗劣但内容合适，有时文辞通顺而内容不当。比，合。义妨，文意不妥。

⑫ “离之”二句：好的文意去掉了不好的文辞，顺当的文辞去掉了不好的文意，就都会成为优美之文；如果硬让它们合在一起，文辞和义理就会两败俱伤。两个“之”字，都是指“词害”及“义防”。离，去掉。

⑬ “考殿最”二句：写文章要在很细微的地方考核高低，决定去留。核，考核。殿最，高低。古代考核政绩或军功，上等的称“最”，下等的称“殿”。锱铢，古代重量单位，锱是一两的四分之一。铢是一两的二十四分之一。比喻细小。毫芒，毫毛的末端，喻细小。

⑭ “苟铨衡”二句：如果衡量文章的剪裁，应当以精当不精当为准绳。苟，如果。铨衡，衡量。绳，准绳。

或文繁理富，而意不指适①。极无两致，尽不可益②。立片言而居要，乃一篇之警策③。虽众辞之有条，必待兹而效绩④。亮功多而累寡，故取足而不易⑤。

或藻思绮合，清丽芊眠⑥。炳若缛绣，凄若繁弦⑦。必所拟之不殊，乃暗合乎曩篇⑧。虽杼轴于予怀，怵他人之我先⑨。苟伤廉而愆义，亦虽爱而必捐⑩。

或苕发颖竖，离众绝致⑪。形不可逐，响难为系⑫。块孤立而特峙，非常音之所纬⑬。心牢落而无偶，意徘徊而不能揥⑭。石韫玉而山辉，水怀珠而川媚⑮。

---

① “或文繁”二句：有的文章文辞繁多，内容丰富，可是文意并不切合主旨。指，同“旨”，文章的本旨。适，当。

② “极无”二句：文章写到了尽头，就不能再写了。极，极点。致，尽。益，增加。

③ “立片言”二句：用一句或几句放在文章最显要的地方，这才是一篇中的警句。居要，居于显要的地方。警策，本是使马惊动的鞭策，比喻文章最生动的句子，足以惊动人心。

④ “虽众辞”二句：虽然文中众多词句都有条有理，但是它们一定要有了警句才会有好的效果。众辞，指警策以外的辞句。兹，指警策之句。效绩，显示出好的成效。

⑤ “亮功多”二句：因为有了警策之句，写的文章就会优点多而毛病少，所以文章让人满意，不用再改动了。亮，同“谅”，确实。累寡，缺点毛病少。取足，得到满足。不易，不改变。

⑥ “或藻思”二句：文章的内容与形式像丝绸那样结合得匀称美妙，给人清新华丽的感受。藻思，文章的辞藻和文思。绮合，如丝织品那样，既美丽又结合匀称。绮，有文采的丝织品。芊眠，草木茂盛的样子。

⑦ “炳若”二句：文章绚丽夺目像色彩富丽的锦绣，感人肺腑又像多弦奏出的乐调。炳，光明显著。缛，繁多的彩饰。凄，感动人。

⑧ “必所拟”二句：思路必然有时相同，于是暗合前人之作。必，必然，必定。拟，考虑，这里指思路。不殊，没有不同。曩（nǎng），从前。

⑨ “虽杼轴”二句：虽出于自己内心的构思，但也恐怕他人已先于我说过同样的话。杼轴，旧式织布机上管经线和纬线的两个部件，这里比喻文章的组织构思。怵，恐怕。

⑩ “苟伤廉”二句：如果出现了这种可耻而不义的情况，即使自己很喜爱，也必须抛弃不用。

⑪ “或苕发”二句：有时文章中有不同凡响的绝妙文辞，如“苕发颖竖”那样显露出来。苕，一种草。发，显露出来。颖，禾穗的尖端。竖，显示出来。离众，与众不同。绝致，绝妙的好文辞。

⑫ “形不”二句：（文章的佳句不可多得），就像形影难以追逐、音响难以系留。

⑬ “块孤立”二句：（那样绝妙的文句）孤独地峙立于一般词语之中，不是一般词语所能相称的。块孤立，特别突出的意思。块，孤独貌。特峙，意同“块立”。常音，平常的音调，喻一般的文句。所纬，所交织的。比喻文句组合成文。

⑭ “心牢落”二句：心中觉得它孤立无依，没有与之相配的词句，但仍犹疑不定不能把它捐弃。牢落，孤寂。无偶，没有相配的。揥（dì），捐弃。

⑮ “石韫玉”二句：石中藏玉能使山岳生辉，水中含珠能使江河秀丽。比喻佳句能使文章增辉。韫，蕴藏，包含。媚，美好。

彼榛楛之勿翦，亦蒙荣于集翠①。缀《下里》于《白雪》，吾亦济夫所伟②。

或讬言于短韵，对穷迹而孤兴③。俯寂寞而无友，仰寥廓而莫承④。譬偏弦之独张，含清唱而靡应⑤。

或寄辞于瘁音，徒靡言而弗华⑥。混妍蚩而成体，累良质而为瑕⑦。象下管之偏疾，故虽应而不和⑧。

或遗理以存异，徒寻虚以逐微⑨。言寡情而鲜爱，辞浮漂而不归⑩。犹弦么而徽急，故虽和而不悲⑪。

或奔放以谐合，务嘈囋而妖冶⑫。徒悦目而偶俗，固高声而曲下⑬。寤

---

① “彼榛楛”二句：那些如榛楛一样的庸音不要去掉，它们也可招致翠鸟群集，使文章生色。榛楛（zhēn hù），类似荆一类的植物，比喻文章中相对平庸的地方。

② “缀《下里》”二句：用平常的音乐掺杂在高雅的音乐中，也有利于佳句更加奇伟。缀，连接，组合，这里使动用法，使《下里》组合到《白雪》中去。《下里》和《白雪》均是公元前 3 世纪楚国的歌，前者通俗，后者高雅。济，有益，有利。

③ “或讬言”二句：写成几句便无话可说，缺少素材而无法发挥。讬言，寄托言辞，指写成。短韵，简短的文句。穷迹，指较少的写作素材。孤兴，简单的感想。

④ “俯寂寞”二句：看下文没有相配的文词，孤孤单单；看上文没有相配的佳句，空空如也。俯，向下，指下文。仰，指上文。

⑤ “譬偏弦”二句：犹如乐器只有一弦发出声响，虽然含有清脆悦耳的声音，却没有他弦的应和而不成曲调。偏弦，乐器的旁侧弦，指单独一弦。独张，仅有一根弦弹奏。靡，无。

⑥ “或寄辞”二句：把佳句放在恶辞之中，文句虽然美好，却缺乏光华。瘁音，比喻恶辞。靡，美好。

⑦ “混妍蚩”二句：将美丑混合成文，反而连累好的部分成了缺点。成体，组成文章。累，连累，这里是有害的意思。良质，美好的内容。瑕，玉上的斑点，指缺点。

⑧ “象下管”二句：（好坏相杂而成的文章，）好像堂下的管乐，虽然吹奏出堂上歌舞相应的曲调，但因偏快而不和谐。象，类似。下管，歌舞时在堂下吹奏的管乐。

⑨ “或遗理”二句：有的文章不顾文意专求新奇，只白白去搜寻虚浮的辞藻，追求那细微末节。遗理，不顾文章的义理内容。存异，保存奇异的文辞。

⑩ “言寡情”二句：文辞没有真情实感，虚浮不实。鲜爱，缺少爱憎情感。浮漂，虚浮不实。不归，不归于实。

⑪ “犹弦么”二句：如果文章遗理和寡情，犹如弦么徽急之音一样，即使和谐也不感人。么，细小。徽，琴上的标志，如果它与琴柱距离远，弹起来声音缓和；如近，弹起来声音急促。悲，感人。

⑫ “或奔放”二句：有的文章如放荡的音乐那样，只追求声音的嘈杂浮艳。嘈囋，同“嘈杂”。妖冶，带有淫荡之美。

⑬ “徒悦目”二句：仅仅为了迎合低俗的需要而悦人耳目，固然声音高而好听但是曲调低下。悦目，借姿色的美喻音乐的美。偶俗，迎合世俗的需要。

《防露》与《桑间》，又虽悲而不雅①。

或清虚以婉约，每除烦而去滥②。阙大羹之遗味，同朱弦之清氾③。虽一唱而三叹，固既雅而不艳④。

若夫丰约之裁，俯仰之形，因宜适变，曲有微情⑤。或言拙而喻巧，或理朴而辞轻⑥。或袭故而弥新，或沿浊而更清⑦。或览之而必察，或研之而后精⑧。譬犹舞者赴节以投袂，歌者应弦而遣声⑨。是盖轮扁所不得言，故亦非华说之所能精⑩。

普辞条与文律，良余膺之所服⑪。练世情之常尤，识前修之所淑⑫。虽浚

---

① "寤《防露》"二句：认识到《桑间》《防露》虽然动人，却并不雅正。寤，同"悟"，认识。《防露》《桑间》，都是古代情歌。

② "或清虚"二句：有的文章要朴素清淡，婉转含蓄，去掉那些嘈杂偶俗和淫滥妖冶的词句。

③ "阙大羹"二句：缺少大羹的余味，如同古乐的清疏遗韵。阙，同"缺"。大羹，不加五味的肉汁。遗味，余味。朱弦，古代乐器上系着的红色丝弦，此指古代质朴的乐调。氾，散。古乐质朴，清散而不繁密。

④ "虽一唱"二句：虽然有一个人唱而有多人应和，雅是雅了，可是不够艳丽。

⑤ "若夫"四句：至于那繁简的取舍，结构的安排，应该适应情况的变化，体贴其中曲折微妙之处。丰约，繁简。俯仰之形，上下之间的结构关系。因，根据。宜，客观事宜。适变，适应其变化。

⑥ "或言拙"二句：有的言辞笨拙，却巧妙地表明了文章的意旨；有的言辞轻飘，却表现了质朴的道理。

⑦ "或袭故"二句：有的因袭旧作反而更加新鲜，有的沿用混杂反而更加清新。

⑧ "或览之"二句：有的一看就觉察出文章的好处，有的要仔细研究后才知其精妙所在。

⑨ "譬犹"二句：（文章的种种变化，）犹如那跳舞的人按照一定的音节扬袖起舞，又如那唱歌的随着不同的音乐唱出不同的歌声。投，扬起，挥舞。应弦，应和着音乐。遣声，发出声音。

⑩ "是盖轮扁"二句：（这种文章变化的奥妙，）是轮扁所不能言说的，也不是华丽的语言能够把精妙之处讲出来的。轮扁事见《庄子・天道》，轮扁认为做车轮的精妙之处甚至父子之间也是无法言传的。

⑪ "普辞条"二句：所有写文章的规律，确实是我应牢牢记在心中的。普，普遍，所有。辞条，写文章运用文辞的规律。文律，写文章的规律。良，确实。服膺，牢记在心中。膺，胸。服，佩服。

⑫ "练世情"二句：熟悉了世人在写作上常犯的毛病，了解到前代有修养的人文章的好处。练，谙练，熟悉。尤，过失，毛病。前修，前代有德行的人。淑，善，美。

发于巧心，或受蚩于拙目①。彼琼敷与玉藻，若中原之有菽②。同橐籥之罔穷，与天地乎并育③。虽纷蔼于此世，嗟不盈于予掬④。患挈瓶之屡空，病昌言之难属⑤。故踸踔于短垣，放庸音以足曲⑥。恒遗恨以终篇，岂怀盈而自足⑦。惧蒙尘于叩缶，顾取笑乎鸣玉⑧。

若夫应感之会，通塞之纪，来不可遏，去不可止⑨。藏若景灭，行犹响起⑩。方天机之骏利，夫何纷而不理⑪。思风发于胸臆，言泉流于唇齿⑫。纷葳蕤以馺遝，唯毫素之所拟⑬。文徽徽以溢目，音泠泠而盈耳⑭。及

---

① “虽浚发”二句：虽然是出自内心深处的精心之作，有时也为平庸的人所讥笑。浚，深。拙目，眼力平庸的人。

② “彼琼敷”二句：那些琼敷玉藻一般美好的作品，好像田野中的豆子一样，只有勤学者才易得到。琼敷，美玉和花朵。敷，花。玉藻，美丽的辞藻。中原，原野之中。菽，豆类的总称。《诗经·小雅·小宛》：“中原有菽，庶民采之。”

③ “同橐籥”二句：美妙的文章与天地一样没有穷尽，永世长存。橐籥（tuó yuè），本为古代冶铁时鼓风的工具，这里比喻天地。《老子》：“天地之间，其犹橐籥乎?”

④ “虽纷蔼”二句：虽然世上好文章很多，可惜我掌握的还不满一捧。纷蔼，繁多。掬，一满把。

⑤ “患挈瓶”二句：既担心自己的才智狭小，文思枯竭；又苦于难觅佳辞把文章写好。挈瓶，吸水。挈，提。屡空，比喻文思枯竭。昌言，当言，即适当的文辞，犹今言好话佳辞。

⑥ “故踸踔”二句：因此犹如一只脚行走那样，连短墙也是难以翻越的；只得用平庸之音凑足一支曲子。踸踔（chěn chuō），一只脚行走的样子，比喻写作吃力。足曲，凑足为一篇文章。

⑦ “恒遗恨”二句：常常抱着遗恨而写成篇章，哪能够让自己称心满意呢！遗恨，遗憾。怀盈，怀着满足之心。

⑧ “惧蒙尘”二句：害怕写不好而扔在一边蒙尘，反而要招致高手的嘲笑。蒙尘，器物蒙上灰尘。叩缶，打击能发声的瓦器。顾，反而。鸣玉，美玉发出的悦耳的声音。

⑨ “若夫”四句：文思来了是不能阻挡的，文思去了要留也留不住。应感，感应。通塞，通畅和阻滞。

⑩ 藏若景灭，行犹响起：文思潜伏时好像影子一样消失了，文思通畅时又像声响突然爆发。景，同“影”。

⑪ “方天机”二句：当灵感到来时，有什么纷乱理不清呢？天机，本指神秘的天意，这里指文思涌现时的自然之势。骏利，流利通畅。理，理清。

⑫ “思风发”二句：灵感来时，文思有如风那样迅疾发于作者的心中，文辞如喷泉那样流于唇齿之间。

⑬ “纷葳蕤”二句：文思纷至沓来，应接不暇，只有用纸笔尽情撰写。葳蕤（wēi ruí），繁盛的样子。馺遝（sà tà），盛多的样子。拟，撰写。

⑭ “文徽徽”二句：文辞华美，充溢目前；音韵清脆，充盈于耳。

其六情底滞，志往神留①。兀若枯木，豁若涸流②。揽营魂以探赜，顿精爽于自求③。理翳翳而愈伏，思乙乙其若抽④。是以或竭情而多悔，或率意而寡尤⑤。虽兹物之在我，非余力之所勠⑥。故时抚空怀而自惋，吾未识夫开塞之所由⑦。

伊兹文之为用，固众理之所因⑧。恢万里而无阂，通亿载而为津⑨。俯贻则于来叶，仰观象乎古人⑩。济文武于将坠，宣风声于不泯⑪。涂无远而不弥，理无微而弗纶⑫。配沾润于云雨，象变化乎鬼神⑬。被金石而德广，流管弦而日新⑭。

（选自张少康：《文赋集释》，北京，人民文学出版社，2002）

---

①“及其”二句：情思凝滞的时候，虽然心志渴求向前，精神却滞留不动。六情，喜、怒、哀、乐、好、恶。底滞，停滞。志往，心志向往。神留，神志滞留。

②“兀若”二句：文思呆滞犹如枯了的树木，情思空虚好像干涸的河流。兀，呆立不动。豁，开阔的山谷，形容空虚。

③“揽营”二句：集中心力去探求深奥的道理，振作精神去自求文思。揽，收，持。营魂，灵魂。营，魂。探赜，探求深奥的道理。顿，意同“揽”。精爽，人的神智，心神。

④“理翳翳”二句：文理阴暗不明，越找越潜伏得深；文思难以表达，如同抽丝时断时续。翳翳，阴暗不明。乙，轧也。

⑤“是以”二句：因此有时用尽了心思，反而留下很多悔恨之处；有时轻易写出，反而毛病很少。竭情，耗尽了才情。率意，任意，轻易。寡尤，很少过错。

⑥“虽兹物”二句：虽然文章为我所写，但灵感非我所能控制。兹物，所写的文章。勠，通“勠”，并，合。

⑦“故时”二句：所以经常安抚着空虚的情怀而自怨自惜，但我始终不了解文思通畅和阻塞的原因所在。

⑧“伊兹文”二句：文章的功用在于万物之理由此得以表达。伊，发语词。

⑨“恢万里”二句：扩大到万里之远而不受阻碍，沟通亿年之久而成为时间的津梁。阂，界限。

⑩“俯贻则”二句：往下可以将法则留给后世，向上可以取法古人。贻，留给。来叶，后世。象，模仿。

⑪“济文武”二句：挽救快要坠落的文武之道，传播教化而不使之灭亡。济，救助，挽救。文武，指周文王和周武王的道统。风声，风教。

⑫“涂无远”二句：无论道理多么远大，多么细微，文章都可以涵括包容。涂，通“途”，指道。弥、纶，缠裹，包容。

⑬“配沾润”二句：像云雨那样能润泽万物，其变化不测如同鬼神。配，偶，同。

⑭“被金石”二句：刻在钟鼎和石碣上，功德可以传播得很广；配上音乐，可以与日常新。被，同“披”，这里有刻写之意。金，指钟鼎。

1. 作者简介

陆机（261—303 年），字士衡，吴郡吴县华亭（今上海市松江区）人。出生于世族大家，自幼聪颖好学。13 岁（一说 14 岁）时，其父去世，陆机袭父职为牙门将。20 岁时，晋武帝灭吴，与弟陆云回乡闭门读书，苦学十年，写出《辩亡论》上下篇，论述东吴兴亡的缘由。

晋武帝太康（280—289 年）末，陆机与陆云到晋都洛阳寻求功名，拜谒文坛领袖张华，受到推重，并称："伐吴之役，利获二俊。"太傅杨骏举荐为祭酒，惠帝即位后，任太子洗马、殿中郎等职。永康元年，赵王伦辅政，以陆机为相国参军，封关中侯，又晋升为中书郎。后赵王伦图谋篡位未遂被杀，陆机受牵连下狱，后遇赦。

"八王之乱"时，陆机"负其才望，志匡世难"，不肯听劝返吴避祸。晋惠帝太安初，陆机投靠成都王司马颖，任幕僚长。颖曾上表荐陆机为平原内史，故称陆平原。后司马颖与河间王司马颙起兵讨伐长沙王司马乂，陆机任后将军、河北大都督，统兵 20 多万，进攻洛阳。鹿苑一战，惨遭失败。宦官孟玖诬陷陆机有谋反之意，成都王也疑心陆机倒戈，将其杀害。其弟陆云，其子陆蔚、陆夏同时被害。

陆机是西晋代表作家，诗赋文章有盛名。著作很多，但多半亡佚，包括《晋纪》和《吴书》。现存诗一百余首，赋二十余篇。受当时风气影响，陆机诗以拟古之作为多。赋以抒情小赋为主，艺术上较成功。文章有《辩亡论》二篇、《豪士赋》、《五等论》等，而流传最广、影响最大的当属《文赋》。现存《陆士衡集》十卷。

2. 背景知识

从东汉末年开始，汉代政治上中央集权和思想上儒家大一统局面崩溃。政治上的混乱和思想上的大解放，促成了魏晋文学的空前繁荣。先是建安时期的曹氏父子"雅好辞章"，重视文才，吸引了众多作家，如王粲、陈琳、徐幹、刘桢、应玚、阮瑀、杨修等，形成了建安文章"志深而笔长，梗概而多气"（刘勰《文心雕龙·时序》）的特点。正始年间，在玄风的影响下，文学出现哲理化倾向，著名的文人有何晏、刘邵、嵇康、阮籍、应璩等。西晋时期，文坛盛况不减，张华、左思、潘岳、夏侯湛、陆机、陆云等都成就不小，应贞、傅玄、张载、张协、张亢、孙楚、挚虞、成公绥等人的作品也是文辞华美动人。对西晋初期文学的特点，刘勰在《文心雕龙·时序》中用"结藻清英，流韵绮靡"加以形容。这种倾向首先表现为作品中"儿女情多"而"风云气少"。

如傅玄、张华、潘岳的诗作中都充满了绮丽的儿女情思。其次表现为文字的华美和表达的细腻。陆机是这一倾向的代表。如葛洪称二陆之文“犹玄圃之积玉，无非夜光”（《北堂书钞》卷一百引《抱朴子》佚文），钟嵘评陆机诗“才高辞赡，举体华美”（《诗品》卷上），明人许学夷称其“俳偶雕刻，俞失其真”（《诗源辨体》卷五）等。陆机创作中的这种倾向也反映在《文赋》中，如他要求文章“期穷形而尽相”“其遣言也贵妍”。

与此相应的是文学理论的繁荣。建安时期出现了我国第一篇文论专论——曹丕的《典论·论文》。该文第一次将传统元气论用于论文，提出了著名的“文气论”。他认为文气有清有浊，形成作家的独特标志，即所谓“文以气为主，气之清浊有体，不可力强而致”，“虽在父兄，不能以移子弟”。从作家的主体气质和才性方面揭示了文学风格的成因和表现。《典论·论文》中还总结了八种主要文体的特征：“奏议宜雅，书论宜理，铭诔尚实，诗赋欲丽。”受此影响，陆机《文赋》中也有对文体特征的集中描述，而且更加详细。文体排序也有所不同，诗赋提到了前面，表明陆机的《文赋》更侧重于抒情文学而非实用文章。

论文风气既开，文论著作就多了起来。随后有曹植的《与杨德祖书》、应玚的《文质论》、阮瑀的《文质论》、桓范的《世要论》等。一方面大量的文学创作经验需要总结，另一方面又有了论文的风气，陆机的《文赋》就是在这样的条件下出现的。

3. 文本解读

陆机在《文赋》的小序中说明，《文赋》主要解决的是写作中“意不称物，文不逮意”的问题。“物”指作家、诗人把握的对象，“意”是作家、诗人的思想情感。“意不称物，文不逮意”是作家在艺术构思中经常遇到的两个问题：一是对物的感受和认识之难，二是对这种感受和认识的表现之难。《文赋》从文体特征和创作构思的角度，对这两个问题做了解答。

在曹丕文体论的基础上，陆机进一步把文体分成诗、赋、碑、诔、铭、箴、颂、论、奏、说十种，而且描述了每种文体的特征。对其中“诗缘情而绮靡”一语，历来有许多争论，而且多有责难，如明谢榛认为：“夫‘绮靡’重六朝之弊，‘浏亮’非两汉之旨。”清沈德潜批评：“《文赋》云‘诗缘情而绮靡’，言志章教，惟资涂泽，先失诗人之旨。”纪昀《云林诗钞序》也指责：“‘发乎情，止乎礼义’二语，实探风雅之大原，后人各明一义，渐失其宗。自陆平原‘缘情’一语，引入歧途，其究乃至于绘画横陈，不诚已甚乎？”这些批评多有苛刻失当之处，但也从反面说明了陆机的“诗缘情而绮靡”说是对儒家“诗言志”说的一次突破，揭开了中国文学观念的新的一章，具有重要意义。

唐李善注《文选》之《文赋》云：“绮靡，精妙之言。”“绮”本指一种素白色织纹的缯，扬雄《方言》云：“东齐言布帛之细者曰‘绫’，秦晋曰‘靡’。”因此，“绮靡”实为同义反复，意为细好。陆机用“绮靡”乃是借织物的细好来比喻诗歌抒情修辞的精妙。“绮靡”也通“猗靡”，有优美动人之意。朱自清先生认为：“从陆氏起，‘体物’和‘缘情’渐渐在诗里通力合作，他有意地用‘体物’来帮助‘缘情’的‘绮靡’。”① 不过在《文赋》中“缘情”与“体物”还是分说诗与赋两种文体的，但是当时及稍后的人（包括刘勰）确实意识到了“‘体物’和‘缘情’渐渐在诗里通力合作”的艺术规律。“缘情”一词在六朝诗文中出现非常频繁，如“乐隤心其如忘，哀缘情而来宅。”（陆机《叹逝赋》）“悲缘情以自诱，忧触物而生端。”（陆机《思归赋》）“吟咏性灵，岂惟薄伎？属词婉约，缘情绮靡。”（王筠《昭明太子哀册文》）“若乃缘情体物，繁弦缛锦，纵横艳思，冠盖辞林。”（萧子范《求撰昭明太子集表》）“含情易为盈，遇物难可歇。”（谢灵运《邻里送方山诗一首》）“明情以郁陶，春物方骀荡。”（谢朓《直中书省一首》）等，而且诗人已经自觉地将“情”与“物”相提并论。

《文赋》随后对创作的主要阶段和基本特点做了形象的描述和总结。

首先，《文赋》描述了创作的准备过程。陆机认为创作构思的准备要注意三个方面：第一要心神专一。“伫中区以玄览”，意思说诗人伫立于天地之间，要用一种“玄览”的心境去观察万物。“玄览”一词来自《老子》的“涤除玄览”，意为排除心中各种杂念、成见，使心灵变得像镜子一样清明洁净，以观照事物的深远和精微之处。“涤除”是“玄览”的条件，只有心境澄明了，才可能体察万物的精髓。这是一个心理调整的过程，注意力高度集中，心地要虚静空明。第二要心物对应。陆机说：“遵四时以叹逝，瞻万物而思纷。悲落叶于劲秋，喜柔条于芳春。心懔懔以怀霜，志眇眇而临云。”这不是一般的观察自然，而是心灵与自然的感应。四时的变化引起诗人的感叹，万物的情状让诗人思绪纷繁，劲秋的落叶使人伤感，春天的柔条使人欣喜，心情凄清是因为想到了寒霜，志气高远是因为面对着白云。第三是知识的准备。“颐情志于典坟”

① 朱自清：《朱自清说诗》，36页，上海，上海古籍出版社，1998。

"游文章之林府，嘉丽藻之彬彬"，指的就是通过阅读典籍和诗词，积累知识，颐养情性。

其次，《文赋》对构思的过程做了生动而深刻的描述。陆机在中国文论史上第一次如此具体、细致地揭示了诗人构思的过程及其特点。诗人进入虚静的澄明状态之后，构思活动就开始了。构思是以活跃的想象为中心展开的，想象是一种超越时间和空间的活动，所谓"精骛八极，心游万仞"，所谓"浮天渊以安流，濯下泉而潜浸"，所谓"观古今于须臾，抚四海于一瞬"，描述的就是这种突破时间和空间限制的精神遨游，显示了极大的自由性。在想象中，情感和物象都由朦胧走向明确（情曈昽而弥鲜，物昭晰而互进）；为了把构思的形象和情感表达出来，就要借鉴古典著作中的语言（倾群言之沥液，漱六艺之芳润）。但是这种用词语表达情感和形象的活动常有变化，有时很难，艰涩无比；有时很顺利，顷刻之间文思泉涌，所谓"浮藻联翩"。在想象中，会出现创造性的时刻，发前人所未发，所谓"谢朝华于已披，启夕秀之未振"。同时，陆机还认为构思活动具有艺术的概括性，可以以少总多，即"笼天地于形内，挫万物于笔端"。天地之大可以在诗人所描写的有限的"形内"表现出来，万物之多可以在他小小的"笔端"抒写出来。陆机实际上揭示了艺术构思所具有的精神自由性、情感形象渐进性、表达的起伏性、艺术的创造性和艺术概括性等特点。

最后，《文赋》对构思完成后的表达过程及其复杂性做了描述。陆机认为，构思后要根据章节层次分段布局，考究词句，安排结构。有景物的要弄清其形状色彩，有音响的要听明白它的声音。有时要依据枝干描写叶子，有时要顺着水流去寻找源头，有时意义隐晦要把它变得显豁，有时由浅入手而由易到难，有时得到要领好像老虎跃起而百兽都不能不顺服，有时抓住了重点好像龙飞腾起来而群鸟不得不四散，有时信手写来却十分贴切，有时再三推敲未必合适。聚精会神地深入思考，精细地多方考虑然后成篇。……陆机将自身的创作体会和经验融会于论著之中，对艺术构思后的种种现象都做了精到的描述。如主旨的突出与表现的丰富问题，陆机恰当地提出"理扶质以立干，文垂条而结繁"的思想。如艺术描写中的概括化问题，陆机提出"笼天地于形内，挫万物于笔端"的说法。针对写作中的顺利与艰难，陆机提出"或妥帖而易施，或岨峿而不安"和"或操觚以率尔，或含毫而邈然"的说法。对创作心理中的移情现象也有描述，如"思涉乐其必笑，方言哀而已叹"等。陆机考虑到了表达过程的种种现象和问题，但是描述多而论断少。不过在当时，像他这样来描述创作过程的人是很少的。

《文赋》还通过揭示创作中的弊端，提出了五项作品的艺术标准，分别是应、和、悲、雅、艳。关于“应”的标准，陆机说：“或讬言于短韵，对穷迹而孤兴。俯寂寞而无友，仰寥廓而莫承。譬偏弦之独张，含清唱而靡应。”意思是有的作品篇幅短小，所写的事实很少而且情致简单，就像清唱而没有伴奏应和，十分单调。“应”就是既有主调，也有非主调，二者互相应和，这样文章内容才显得丰富多彩。“应”实际上是要求作品达到多样的统一，在杂多中求和谐。关于“和”的标准，陆机说：“或寄辞于瘁音，徒靡言而弗华。混妍蚩而成体，累良质而为瑕。象下管之偏疾，故虽应而不和。”有的作品，虽然有好的材料，但是在表达时，却有妍有蚩，就像堂上唱的是一套，而堂下伴奏的是另一套，虽有配合，但不和谐。关于“悲”的标准，陆机说：“或遗理以存异，徒寻虚以逐微。言寡情而鲜爱，辞浮漂而不归。犹弦么而徽急，故虽和而不悲。”有的作品缺乏真情实感，一味在文辞上求新求异，就像那急促的弦音，看似和谐却没有悲切的感情。陆机在各种情感中，特别重视悲，这与那个战乱频仍、人生苦多的时代有关。后来钟嵘在《诗品》序中对各种悲情做了更详细的描述。关于“雅”的标准，陆机说：“或奔放以谐合，务嘈囋而妖冶。徒悦目而偶俗，固高声而曲下。寤《防露》与《桑间》，又虽悲而不雅。”意思是说像《防露》《桑间》一类的情歌艳曲，虽然悲切，但是浮艳淫荡，有伤雅正。因此仅有悲还不够，还要以雅为美。关于“艳”的标准，陆机说：“或清虚以婉约，每除烦而去滥。阙大羹之遗味，同朱弦之清氾。虽一唱而三叹，固既雅而不艳。”意思是说有的作品过于质朴，缺少文采，就像祭祀用的白肉汁缺少滋味和情调，虽然雅正却不够美艳。总之，“应”“和”“悲”“雅”“艳”作为艺术标准，分别体现了作品的丰富之美、和谐之美、悲切之美、雅正之美和情调之美，反映了陆机对艺术美的全面追求。

在艺术构思的问题上，陆机还特别提出灵感的重要意义。他把灵感称为“应感之会”。他认为文思与灵感有密切的关系。灵感来临时，则“思风发于胸臆，言泉流于唇齿”，信手写来却无可挑剔；灵感未出现时，则“六情底滞，志往神留，兀若枯木，豁若涸流”，即使尽心尽力，也无法写出令人满意的作品。陆机根据自己的创作经验提出，有了灵感才能写出好的文章。可是灵感具有来不可遏、去不可止的特点，如果不能及时抓住就丧失了写出文情并茂、声色俱美的文章的机会。

此外，《文赋》对文章的结构和写作技巧等问题都有许多具有启发性的论述，这里不再一一分析。

二、创作家与白日梦（弗洛伊德）

我们这些外行一直怀着强烈的好奇心——就像那位对阿里奥斯托提出了相同问题的主教①一样——想知道那种怪人的（即创作家的）素材是从哪里来的，他又是怎样利用这些材料来使我们产生了如此深刻的印象，而且激发起我们的情感。——也许我们还从来没有想到自己竟能够产生这种情感呢！假如我们以此诘问作家，作家自己不会向我们作解释，或者不会给我们满意的解释；正是这一事实更引起了我们的兴趣。而且即使我们很清楚地了解他选择素材的决定因素，明了这种创造虚构形象的艺术的性质是什么，也还是不能帮助我们成为创作家，我们明白了这一点，兴趣也不会丝毫减弱。

如果我们至少能在我们自己或与我们相同的人们身上发现一种多少有些类似创作的活动，那该有多好！检视这种活动，就能使我们有希望对作家的作品开始作出解说。对于这种可能性，我们是抱一些希望的。说得彻底些，创作家们自己喜欢否定他们这种人和普通人之间的差距；他们一再要我们相信：每一个人在内心都是一个诗人，直到最后一个人死去，最后一个诗人才死去。

难道我们不应当追溯到童年时代去寻找想象活动的最初踪迹么？孩子最喜爱、最热心的事情是他的玩耍或游戏。难道我们不能说，在游戏时每一个孩子的举止都像个创作家？因为在游戏时他创造了一个属于他自己的世界，或者说，他用一种新的方法重新安排他那个世界的事物，来使自己得到满足。如果认为他对待他那个世界的态度并不认真，那就错了；相反地，他做游戏时非常认真，他在游戏上面倾注了极大的热情。与游戏相反的，并不是“认真的事情”，而是“真实的事情”。尽管孩子聚精会神地将他的全部热情付给他的游戏世界，但他很清楚地将它和现实区别开来；他喜欢将他的假想的事物和情景与现实生活中可触摸到、可看到的东西联系起来。这种联系就是孩子的“游戏”和“幻想”之间的区别。

创作家所做的，就像游戏中的孩子一样。他以非常认真的态度——也就是说，怀着很大的热情——来创造一个幻想的世界，同时又明显地把它与现实世

---

① 卢多维可·阿里奥斯托（Ludovico Ariosto，1474—1533年）：意大利作家、诗人。伊波里托·德埃斯特（Ippolito d'Este）主教是阿里奥斯托的第一个保护人，阿里奥斯托的《疯狂的奥兰多》就是献给他的。诗人得到的唯一报酬是主教提出的问题：“卢多维可，你从哪里找来这么多故事？”

界分割开来。在语言中保留了儿童游戏和诗歌创作之间的这种关系。语言给那些充满想象力的创作形式起了个德文名字叫“Spiel”（“游戏”），这种创作要求与可触摸到的物体产生联系，要能表现它们。语言中讲到“Lustspiel”（“喜剧”）和“Trauerspiel”（“悲剧”），把从事这种表现的人称为“Schauspieler”（“演员”）。然而，作家那个充满想象的世界的虚构性，对于他的艺术技巧产生了十分重要的效果，因为有许多事物，假如是真实的，就不会产生乐趣，但在虚构的戏剧中却能给人乐趣；而有许多令人激动的事，本身在事实上是苦痛的，但是在一个作家的作品上演时，却成为听众和观众乐趣的来源。

由于考虑到另一个问题，我们将多花一些时间来讨论现实和游戏之间的这种对比。当一个孩子长大成人，不再做游戏了，他以相当严肃的态度面对生活现实，做了几十年工作之后，有一天他可能会发现自己处于一种重新消除了游戏和现实之间差别的精神状态之中。作为一个成年人，他可以回顾他在儿童时代做游戏时曾经怀有的那种热切认真的态度；他可以将今日外表上严肃认真的工作和他小时候做的游戏等同起来，丢掉生活强加在他身上的过分沉重的负担，而取得由幽默产生的高度的愉快。

那么，人们长大以后，停止了游戏，似乎他们要放弃那种从游戏中获得的快乐。但是，凡懂得人类心理的人都知道，要一个人放弃自己曾经经历过的快乐，比什么事情都更困难。事实上，我们从来不可能丢弃任何一件事情，只不过是把一件事换成另一件事罢了。表面上看来抛弃了，其实是形成了一种替换物或代用品。对于长大的孩子也是同样情况，当他停止游戏时，他抛弃了的不是别的东西，而只是与真实事物之间的连结；他现在做的不是“游戏”了，而是“幻想”。他在虚渺的空中建造城堡，创作出那种我们叫做“白日梦”的东西来。我相信大多数人在他们的一生中时时会创造幻想，这是一个长期以来被忽略了的事实，因此人们也就没有充分地认识到它的重要性。

[……]

现在让我们来介绍一下幻想活动的几种特征。我们可以断言一个幸福的人绝不会幻想，只有一个愿望未满足的人才会。幻想的动力未得到满足的愿望，每一次幻想就是一个愿望的履行，它与使人不能感到满足的现实有关联。这些激发幻想的愿望，根据幻想者的性别、性格和环境而各不相同；但是它们很自然地分成两大类。或者是野心的欲望，患者要想出人头地；或者是性欲的愿望。在年轻的女人身上，性欲的愿望占极大优势，几乎排除其他一切愿望，因为她们的野心一般都被性欲的倾向所压倒。在年轻的男人身上，利己的和野心的愿望十分明显地与性欲的愿望并行时，是很惹人注意的。但是我们并不打算强调这两种倾向之间的对立，我们要强调的是这一事实：他们常常结合在一起。正如在许多祭坛屏风的绘画上，总可以从画面的某一个角落找到施主的画像一样，在大多数野心的幻想中，我们总可以在这个或那个角落发现一个女子，幻想的创作者为她表演了全部英雄事迹，并且把他的全部胜利成果都堆放在她的脚下。在这里，你们可以看到有各种强烈的动机来进行掩饰：一个有良好教养的年轻女子只允许怀有最起码的性的欲望；年轻的男子必须学会抑制自己在孩提时代被娇养的日子里所养成的过分注重自己利益的习惯，以使他能够在一个充满着提出了同样强烈要求的人们的社会中，明确自己的位置。

我们不能假设这种想象活动的产物——各式各样的愿望、空中楼阁和白日梦——是固定而不可改变的。相反，它们根据人对生活的印象的改变而作相应的更换，根据他的情况的每一变化而变化，并且从每一新鲜活泼的印象中接受那种可以叫做“日戳”的东西。幻想同时间的关系，一般说来是很重要的。我们可以说，它仿佛在三种时间——和我们的想象有关的三个时间点——之间徘徊。精神活动是与当时的印象与当时的某种足以产生一种重大愿望的诱发性的场合相关联的。从那里回溯到早年经历的事情（通常是儿时的事情），从中实现这一愿望；这种精神活动现在创造了一种未来的情景，代表着愿望的实现。它这样创造出来的就是一种白日梦，或称作幻想，这种白日梦或幻想带着诱发它的场合和往事的原来踪迹。这样，过去、现在和未来就联系在一起了，好像愿望作为一条线，把它们三者联系起来。

有一个非常普通的例子可以用来清楚地阐明我所要说的问题。让我们假设有一个贫穷的孤儿，你给了他某个雇主的地址，他在那儿或许可以找到一份工作。他一路上可能沉溺于适合当时情况而产生的白日梦中。他幻想的内容也许会是这样的：他找到了一份工作，得到了新雇主的欢心，使自己成了企业中不可缺少的人物，为雇主的家庭所接纳，与这家人家的年轻漂亮的女儿结了婚，然后他自己成了这企业的董事，首先作为雇主的合伙人，然后做他的继承人。在这一幻想中，幻想者重新得到了他在愉快的童年所有的东西——保护他的家庭，爱他的双亲，以及他最初寄予深情的种种对象。从这个例子你可以看到，愿望是如何利用目前的一个场合，按照过去的格式，来设计出一幅将来的画面。

[……]

幻想和梦的关系，我不能略去不谈。我们晚上所做的梦也就是幻想，我们可以从解释梦境来加以证实。语言早就以它无比的智慧对梦的实质问题作了定论，它给幻想的虚无缥缈的创造起了个名字，叫“白日梦”。如果我们不顾这一指示，觉得我们所做的梦的意思对我们来说通常是模糊不清的，那是因为有这种情况：在夜晚，我们也产生了一些我们羞于表达的愿望；我们自己要隐瞒这些愿望，于是它受到了抑制，被推进无意识之中。这种受抑制的愿望和它们的衍生物，只被容许以一种很歪曲的形式表现出来。当科学研究成功阐明了歪曲的梦境的这种因素时，我们不难认清，夜间的梦正和白日梦——我们都已十分了解的那种幻想——一样，是愿望的实现。

关于幻想，我就说这些。现在来谈谈创作家。我们是否真的可以试图将富于想象力的作家与“光天化日之下的梦幻者”相比较，将作家的作品与白日梦相比较？这里我们必须从二者的最初区别开始谈起。我们必须把以下两种作家区分开来：一种作家像写英雄史诗和悲剧的古代作家一样，接收现成的材料；另一种作家似乎创造他们自己的材料。我们要分析的是后一种，而且为了进行比较起见，我们也不选择那些在批评界享有很高声誉的作家，而选那些比较不那么自负的写小说、传奇和短篇故事的作家，他们虽然声誉不那么高，却拥有最广泛、最热忱的男女读者。这些作家的作品中一个重要的特点不能不打动我们：每一部作品都有一个作为兴趣中心的主角，作家试图运用一切可能的手段来赢得我们对这主角的同情，他似乎还把这主角置于一个特殊的神的保护之下。如果在我的故事的某一章末尾，我让主角失去知觉，而且严重受伤，血流不止，我可以肯定在下一章开始时他得到了仔细的护理，正在逐渐复原。如果在一卷结束时他所乘的船在海上的暴风雨中沉没，我可以肯定，在第二卷开始时会读到他奇迹般地遇救；没有这一遇救情节，故事就无法再讲下去。我带着一种安全感，跟随主角经历他那可怕的冒险；这种安全感，就像现实生活中一个英雄跳进水里去救一个快淹死的人，或在敌人的炮火下为了进行一次猛袭而挺身出来时的感觉一样。这是一种真正的英雄气概，这种英雄气概由一个出色的作家用一句无与伦比的话表达了出来：“我不会出事情的！”① 然而在我看来，通过这种启示性的特性或不会受伤害的性质，我们立即可以认出“自我陛下”，他是每一场白日梦和每一篇故事的主角。

这些自我中心的故事的其他典型特征显示出类似的性质。小说中所有的女人总是爱上了主角，这种事情很难看作是对现实的描写，但是它是白日梦的一

① 这是维也纳戏剧家安森格鲁伯的一句话，弗洛伊德很喜爱这句话。

个必要成分，这是很容易理解的。同样地，故事中的其他人物很明显地分为好人和坏人，根本无视现实生活中所观察到的人类性格的多样性的事实。“好人”都是帮助已成为故事主角的“自我”的，而“坏人”则是这个“自我”的敌人或对手之类。

我们很明白，许许多多虚构的作品与天真幼稚的白日梦和模特儿相距甚远；但是我仍然很难消除这种怀疑：即使与那个模特儿相比是偏离最最远的作品，也还是能通过一系列不间断的过渡的事例与它联系起来。我注意到，在许多以“心理小说”闻名的作品中，只有一个人物——仍然是主角——是从内部来描写的。作者仿佛是坐在主人公的大脑里，而对其余人物都是从外部来观察的。总的说来，心理小说的特殊性质无疑由现代作家的一种倾向所造成：作家用自我观察的方法将他的“自我”分裂成许多“部分的自我”，结果就使他自己的精神生活中冲突的思想在几个主角身上得到体现。有一些小说——我们可以称之谓“古怪”小说——看来同白日梦的类型形成很特殊的对比。在这些小说中，被当做主角介绍给读者的人物只起着很小的积极作用；他像一个旁观者一样，看着眼前经过的人们所进行的活动和遭受的痛苦。左拉的许多后期作品属于这一类。但是我们必须指出，我们对那些既非创作家、又在某些方面逸出所谓“规范”的个人作了精神分析，发现了同白日梦相似的变体：在这些作品中，自我以扮演旁观者的角色满足自己。

［……］

然而，我们不能忘记回到上文去谈另一种作品：我们必须认清，这种作品不是作家自己的创作，而是现成的和熟悉的素材的再创造。即使在这种情况下，作家还保持着一定程度的独立性，这种独立性表现在素材的选择和改变上——这种改变往往是很广泛的。不过，就素材早已具备这点而言，它是从人民大众的神话、传说和民间故事宝库中取来的。对这一类民间心理结构的研究，还很不完全，但是像神话这样的东西，很可能是所有民族寄托愿望的幻想和人类年轻时代的长期梦想被歪曲之后所遗留的迹象。

你会说，虽然我在论文的题目里把创作家放在前面，但是我对你论述到创作家比论述到幻想要少得多。我意识到这一点，但我必须指出，这是由于我们目前这方面所掌握的知识还很有限。至今我所能做的，只是抛出一些鼓励和建议；从研究幻想开始，谈到作家选择他的文学素材的问题。至于另一个问题——作家如何用他的作品来达到唤起我们的感情的效果——我们现在根本还没有触及到。但是我至少想向你指出一条路径，可以从我们对幻想的讨论通向诗的效果问题。

你会记得我叙述过，白日梦者小心地在别人面前掩藏自己的幻想，因为他觉得他有理由为这些幻想感到害羞。现在我还想补充一点：即使他把幻想告诉了我们，他这种泄露也不会给我们带来愉快。当我们知道这种幻想时，我们感到讨厌，或至少感到没意思。但是当一个作家把他创作的剧本摆在我们面前，或者把我们所认为是他个人的白日梦告诉我们时，我们感到很大的愉快，这种愉快也许是许多因素汇集而产生的。作家怎样会做到这一点，这属于他内心最深处的秘密；最根本的诗歌艺术就是用一种技巧来克服我们心中的厌恶感。这种厌恶感无疑与每一单个自我和许多其他自我之间的屏障相关联。我们可以猜测到这一技巧所运用的两种方法。作家通过改变和伪装来减弱他利己主义的白日梦的性质，并且在表达他的幻想时提供我们以纯粹形式的、也就是美的享受或乐趣，从而把我们收买了。我们给这样一种乐趣起了个名字叫“刺激品”，或者叫“预感快感”；向我们提供这种乐趣，是为了有可能得到那种来自更深的精神源泉的更大乐趣。我认为，一个创作家提供给我们的所有美的快感都具有这种“预感快感”的性质，实际上一种虚构的作品给予我们的享受，就是由于我们的精神紧张得到解除。甚至于这种效果有不小的一部分是由于作家使我们能从作品中享受我们自己的白日梦，而用不着自我责备或害羞。这就把我们带到了一系列新的、有趣的、复杂的探索研究的开端；但是至少在目前，它也把我们带到了我们的讨论的终结。

（林骧华译，丰华瞻校，选自伍蠡甫主编：《现代西方文论选》，
上海，上海译文出版社，1983。根据 E. 琼斯主编的英译本
《弗洛伊德论文选》第 4 卷第 9 章译出）

1. 作者简介

西格蒙特·弗洛伊德（Sigmund Freud，1856—1939 年），奥地利精神病医生，著名心理学家，精神分析理论的奠基者。出生于奥地利弗莱堡（今捷克的普莱波）的一个犹太人家庭。四岁时随父母移居维也纳，在那里度过了 80 个年头。弗洛伊德少年时代酷爱阅读文学作品和史书。1873 年进维也纳大学医学院学习，1881 年获医学博士学位。1885 年去巴黎，师从著名的神经学家让·夏尔科（1825—1893 年），从此逐渐由生理病因说转向心理病因说或心理动力

说。1886年回维也纳开设了专门治疗精神病患者的私人诊所，在临床实践中创立了精神分析疗法，获得很大成功，并在此基础上创立了精神分析学说。

1900年以后，弗洛伊德的精神分析学逐步在世界产生影响。从1906年起，弗洛伊德与荣格（Carl Gustav Jung）、阿德勒（Alfred Adler）等人合作，于1910年创立了国际精神分析协会。但由于观点上的分歧，阿德勒（1911年）和荣格（1915年）先后脱离了国际精神分析学会，分别建立了“个人心理学”和“分析心理学”。1938年，德国法西斯入侵维也纳，弗洛伊德受到纳粹迫害前往伦敦。第二年因患口腔癌病逝于伦敦。

弗洛伊德的主要著作有：《释梦》（1900）、《日常生活的生理病理学》（1904）、《关于性欲理论的三篇论文》（1905）、《图腾与禁忌》（1913）、《精神分析引论》（1920）、《超越快乐原则》（1920）、《自我与伊德》（1923）、《文明及其不满》（1930）。主要文艺论文有：《创作家与白日梦》《〈俄狄浦斯王〉与〈哈姆雷特〉》《米开朗琪罗的摩西》《陀思妥耶夫斯基与弑父》等。

2. 背景知识

19世纪末期开始，弗洛伊德在精神病临床治疗中先后探索出“心理疏导”疗法和“自由联想”疗法，让病人或自己自由讲述，或根据医生提问，或者随着自己的联想，无所顾忌地说出所思所想或梦境。医生通过分析病人的回忆、梦境和谈话材料，找到隐藏在病人内心深处的情结——这些情结往往与病人的早期愿望和愿望的受挫有关，是精神病因所在，从而帮助病人消除精神压抑，恢复心理健康。弗洛伊德把这种“自由联想”和与释梦相结合的“讲述疗法”称为“精神分析法”。弗洛伊德又进一步将精神分析法系统化和理论化，发展出了一套关于人类意识和无意识的学说，并将其研究范围扩展到文学、人类学等文化领域，形成了一门影响深远的精神分析学。

弗洛伊德具有深厚的文学修养。他非常喜爱19世纪的浪漫主义诗歌。他熟悉的作家有索福克勒斯、莎士比亚、歌德、陀思妥耶夫斯基、托马斯·曼（Thomas Mann）、茨威格（Stefan Zweig）、罗曼·罗兰（Romain Rolland）、济慈（John Keats）、吉卜林（Joseph Rudyard Kipling）、马克·吐温（Mark Twain）等。他曾于1930年以其清新优美的散文获得“歌德文学奖”。他在心理学著作中大量引用文学作品阐述其心理学观点，以至于人们有时很难分清他的作品究竟是心理学著作还是文学批评著作。

弗洛伊德的文学思想是其精神分析学在文学领域的具体应用。弗洛伊德关于无意识、力比多、三重人格结构、梦、“俄狄浦斯情结”和精神病等的学说，在他的文学批评中都有所体现。弗洛伊德认为人的心理可分为三个部分：意识、前意识和无意识。意识处在心理表层，是人有目的的、自觉的心理活动，能够用语言表达，并自觉接受社会道德的约束。前意识处在心理的中层，指那些尚未进入意识但是在注意力集中时可以被记起的经验，位于无意识和意识之间，阻止无意识欲望进入意识之中。无意识是心理的最底层，由各种本能冲动构成，其中主要是性本能。这是一个巨大的心理领域，积聚着巨大的能量，虽然无法被意识到，却深刻地影响着人的精神和行为。弗洛伊德将人的心理结构比喻为一座冰山，意识不过是露出海面的一角，无意识才是水下巨大的冰体，而前意识则相当于界于海平面的那个部分，时而潜入无意识，时而升入意识。弗洛伊德认为，虽然无意识不能直接为人所知，但是可以通过梦境曲折暗示，也可以通过艺术创作得到升华。

三重人格结构是弗洛伊德后期提出来的。他认为人格由本我（id）、自我（ego）和超我（superego）构成。本我主要由性本能组成，完全是无意识，按“快乐原则”行事；自我代表理性，根据现实条件满足本能的要求，按照“现实原则”活动；超我属于社会道德准则，其任务是压抑本能愿望，按照“至善原则”活动。超我所代表的道德原则和本我所代表的本能欲望经常发生压抑和反压抑的冲突，而自我担当的是调解这两种力量的角色。调解成功，人格便保持正常状态；一旦调解失败，个体精神便陷入病态和异常。艺术创作就是自我按照超我原则释放和转化本我能量的一个重要途径。弗洛伊德认为艺术家和精神病患者具有一定的相似性，二者都是因为对现实世界的不满而“钻进他自己的想象力所创造的世界中”，从这个意义上说，“一切艺术都是精神病性质的”。“但艺术家不同于精神病患者，因为艺术家知道如何去寻找那条回去的道路，而再度地把握着现实。”

“力比多”是弗洛伊德对构成本我的性本能力量的称谓。他认为：“性本能的成分，尤其是具有这种升华作用的能力，可以用一种更远大、更有社会价值的目标替代其原有的性目的。我们现在所拥有的最高级的文艺，或许都产生于对这种升华能力的利用。”① 文艺对人生的意义是对压抑的性快感的补偿，作家和读者在现实生活中难以实现的本能愿望可以通过创作和欣赏艺术得到变相的满足。他甚至认为，人类的整个文明成果都是性本能升华的产物。这就是弗

① 转引自王宁编：《二十世纪西方文学批评丛书·精神分析》，35页，成都，四川文艺出版社，1989。

洛伊德著名的“升华说”。

弗洛伊德在《释梦》一书中系统阐述了梦的理论。他认为，梦的本质是人的各种与社会道德准则不符的欲望被压抑到无意识领域后，在意识控制放松的睡眠状态中，以各种伪装形式潜入意识层次。梦即无意识的语言。梦的内容分为“显现内容”和“潜在思想”两个部分。“显现内容”是可以描述的梦中事件和形象，“潜在思想”是隐藏在事件和形象之中的愿望和欲望。梦作为无意识的语言具有四种作用方式：压缩、移置、表现手段和二次加工。压缩是指将尽可能多的潜在思想压缩成一个形象；移置是指用一些次要的内容替换潜在思想的重点；表现手段是指用具体的形象作为表达潜在思想的符号；二次加工是指把零碎的形象和符号加工成有情节的内容。弗洛伊德认为，艺术创作其实就是作家的白日梦，这种白日梦与夜间的梦一样都是现实中受挫欲望的表达，在表达方式上也是相同的。其主要观点就在这篇《创作家与白日梦》中。

3. 文本解读

这篇论文的兴趣不在写作过程中的具体方法，而是试图在心理现象与文学创作之间找到联系，说明创作家的作品是一种白日梦似的幻想，而这种幻想不过是创作家童年游戏的替代物和早年愿望的替代性满足。论文内容涉及作品题材的来源、创作的心理动因和创作对个体精神的意义等问题。

弗洛伊德以儿童游戏作为问题的切入点，将问题置于一种普遍的人类经验之上。他首先将游戏与创作家的创作做了一个初步的比较，说明：第一，二者都是想象的产物，儿童与作家都能够将想象的情景与现实世界区别开来；第二，无论游戏中的儿童还是创作时的作家都是非常认真地对待自己的想象性活动。弗洛伊德考察德语中的“游戏”和“戏剧”，找到了两者在词源学上的联系——“悲剧”“戏剧”和“戏剧表演者”等词都是以“游戏”作为词根，并以此作为戏剧艺术源于游戏的一个佐证。

那么，由儿童的游戏到创作家的艺术这一过程是如何完成的呢？弗洛伊德认为，当一个人成年后，虽然停止了游戏而投入严肃的工作和生活，但是在童年游戏中所体验到的快乐是他所不愿放弃的。人们会用另外一种活动代替童年的游戏并延续游戏的快乐，这种活动就是“幻想”。但是幻想与童年游戏毕竟有区别，儿童的游戏具有集体性、外在性和行动性，而成人的幻想则是个体的、内在的。人们虽然从幻想中得到快乐，但是幻想的快感却总是和某种羞耻感联系在一起，所以人们并不愿意将幻想公之于众，与他人分享。幻想的快乐很多时候是与现实世界的规范相抵触的，其间存在着某些检查机制，因此人们只好将幻想掩藏在内心。

弗洛伊德总结了幻想的几个特征。

第一，幻想只会发生在愿望不能满足的人身上，是未能实现的愿望的替代物；而幸福的人是不会幻想的。说幸福者无幻想未必尽然，但说幻想是一种替代性满足，倒是符合事实。弗洛伊德认为激发幻想的愿望主要有两种，一是野心，二是性欲。这两种愿望在男性身上时常交织在一起，而女性则以性欲为主。这种看法与他生活的时代对女性严厉的性压抑有关。对于男性的愿望，弗洛伊德认为“在大多数野心的幻想中，我们总可以在这个或那个角落发现一个女子，幻想的创作者为她表演了全部英雄事迹，并且把他的全部胜利成果都堆放在她的脚下”。这就是所谓英雄加美人的幻想模式。这两种愿望基本上决定了创作家作品选材的类型。

第二，愿望能够贯穿过去、现在和未来三个时间维度。幻想一般是由当下的某个机缘激发，然后回溯到早年的某个未曾实现的愿望，最后幻想在未来时间将这个愿望变成现实。弗洛伊德所举的那个贫儿幻想变成雇主继承人的例子在文学作品中比比皆是，灰姑娘成公主，丑小鸭变天鹅，也都属于这一类故事。这些题材之所以如此普遍受欢迎，是因为它们植根于人类的普遍愿望之中。

第三，幻想如果过分强烈，会导致精神病症的出现。强烈的幻想会让人失去必要的现实感，当一个人无法确定幻想和现实的界限时，便会产生精神错乱，整个心理就会被幻想所淹没。创作家在创作中有时出现暂时的以幻为真的情形，如汤显祖为杜丽娘之死而哭，福楼拜为包法利夫人之死而哭，巴尔扎克为高老头之死而哭等。读者在阅读文学作品和欣赏戏剧时也同样会出现以幻为真的情形。在弗洛伊德看来，这些都是一种近似精神病的症状。但是创作家在从事幻想这项成人“游戏”时，并不至于最终陷入精神病，因为他和游戏中的儿童一样，能够分清幻想和现实。

第四，正如梦就是幻想，幻想也是梦，弗洛伊德称幻想为“白日梦”。用“白日梦”称谓幻想，弗洛伊德意在强调幻想与梦的相似之处：幻想和梦一样是受压抑的愿望的曲折表达，二者的主要内容都是野心和性欲，二者都与童年经历密切相关，二者都带有一定程度的精神病症意味。

明白了幻想的主要特征和心理机制，也就不难理解创作家的一些创作特点。弗洛伊德首先区分了两种作家：“一种作家像写英雄史诗和悲剧的古代作家一样，接收现成的材料；另一种作家似乎创造他们自己的材料。”他研究的对象是第二种作家，因为前一种作家所用的是现成材料，而不是出于自己的想象，这样的创作不具有典型的幻想特征；后一种作家长于虚构，创作出的则是比较典型的幻想型作品。这就是弗洛伊德所谓“创作家”——自己创造材料、虚构情节、想象人物的作家。在第二种作家中，弗洛伊德又回避了那些著名的作家，有意“选那些比较不那么自负的写小说、传奇和短篇故事的作家”，因为“他们虽然声誉不那么高，却拥有最广泛、最热忱的男女读者”。弗洛伊德所选的这类作家，从其作品来说，具有强烈的虚构性和强烈的情节性；从其读者来说，具有最大的接受范围和最高的兴趣。这些特点满足了弗洛伊德关于幻想叙事的基本要求。

弗洛伊德分析了这类创作家作品的主要特征。

第一，“每一部作品都有一个作为兴趣中心的主角，作家试图运用一切可能的手段来赢得我们对这主角的同情，他似乎还把这主角置于一个特殊的神的保护之下”。这个主角显然是创作家及其期待的读者的“野心”所幻想出来的英雄形象，作者对主角的“呵护”其实是对自己“幻想”的呵护，神对主角的护佑也是作者希望得到的人生援助。不管这个英雄是社会秩序的维护者还是现有法律的破坏者，作者总是赋予他行为道义上的正当性，并设法使读者对其产生好感，倾注同情。这是作者将自己内心隐秘的幻想公之于众时必须采取的策略。

第二，“小说中所有的女人总是爱上了主角”。这是为满足性欲愿望而产生的幻想的文学形象。中国传统文化中对这两种人生愿望的表述是“洞房花烛夜，金榜题名时”，而中国戏剧和小说也尤其喜欢塑造才子佳人的角色并保留大团圆式的结局。所有女人同时爱上男主角似乎是古今武侠小说和眼下众多肥皂剧乐此不疲且屡试不爽的法宝，极端者如金庸的《天龙八部》中段正淳和段誉父子的情史。这类作品长盛不衰本身就表明，它们所沿用的“英雄美人”或“才子佳人”的叙事模式，在人类心灵中具有非常深刻而广泛的基础。在当代商业文化语境中，受众似乎越来越心甘情愿地陷入大众文化所提供的幻想之中。现实的变化似乎越来越证明弗洛伊德观点的合理性。

第三，“故事中的其他人物很明显地分为好人和坏人，根本无视现实生活中所观察到的人类性格的多样性的事实”。白日梦似的幻想在替代了童年的游戏之后，似乎仍然保留了儿童对游戏角色划分的特点。在儿童游戏中，人的伦理属性只有好与坏两种，这是由儿童的认识能力和对世界的感受方式决定的：凡是带给他积极感受的对象便是好人，凡是带给他消极感受的对象便是坏人。虽然成人大多数时候必须面对现实中人的伦理属性的复杂状况，但是在他们的无意识中仍然渴望世界变得“单纯”一些，以减轻他们伦理价值判断上的烦恼。白日梦式作品中好人与坏人的二元划分，满足的是人类回归童年的愿望。

弗洛伊德还从白日梦的角度分析了当时新出现的一些特殊的文学作品的表现形式。一类是心理小说。这类小说中展开的不是某个人物的思想和行动，而是具有各种倾向的心理活动，不是人物而是心理活动成为这些小说的主角。那么这种心理小说是如何体现作家的白日梦的呢？弗洛伊德认为，“心理小说的特殊性质无疑由现代作家的一种倾向所造成：作家用自我观察的方法将他的‘自我’分裂成许多‘部分的自我’，结果就使他自己的精神生活中冲突的思想在几个主角身上得到体现”。意思是说，作家的白日梦不再是寄托在一个主角身上，而是由小说中的几个相互冲突又互相联系的活动着的精神侧面共同承担的。它们所要表达的不是作家的某种单一的愿望，而是多方面的隐秘愿望：既渴望成为浮士德又希望成为靡菲斯特，既向往世俗的欲望狂欢又情愿禁欲苦修，既追求功业和荣耀又羡慕清静无为、恬淡自守。另一类是叙述者出现在作品中的小说。弗洛伊德仍然称这个叙述者为主角，但是他所承担的仅仅是旁观和讲述的任务，甚至并不参与小说故事的进程。那么这样一个叙述者式的“主角”又是怎样成为作家的幻想的？弗洛伊德说：“我们对那些既非创作家，又在某些方面逸出所谓‘规范’的个人作了精神分析，发现了同白日梦相似的变体：在这些作品中，自我以扮演旁观者的角色满足自己。”他认为这是白日梦的一种变体，即创作家由作品的主角转换为主角的旁观者。按照现代西方叙事学，弗洛伊德这里对小说主角的界定似乎有一些问题：他是将叙述者等同于主角了。实际上，在这类叙述者出现在作品里的小说中，作为作者幻想化身的仍然是故事中的主角，而不是叙述者。但是弗洛伊德说“自我以扮演旁观者的角色满足自己”，倒是可以用来解释读者的白日梦的表达机制；读者正是通过旁观和移情的方式将自己替换为故事中的主角而分享幻想的快乐的。

第四，弗洛伊德补充说明了作家是如何将幻想与诗结合起来的问题。弗洛伊德前面曾经提到过，成人是羞于向他人诉说幻想的，但是文学作品中的幻想却非但不让创作家和读者尴尬，而且给双方带来愉快。弗洛伊德认为，最根本的原因是“诗歌艺术就是用一种技巧来克服我们心中的厌恶感”。这种用于克服作者和读者厌恶感的诗歌技巧有两种，一是“作家通过改变和伪装来减弱他利己主义的白日梦的性质”。这是诗歌技巧的消极意义。例如，作家可以淡化故事的个人色彩，去除一些琐碎的、赤裸裸的、欲望化的思想，将故事与一些公众关注的事件联系起来，赋予故事一些集体的和人类的伦理价值等。二是

“在表达他的幻想时提供我们以纯粹形式的、也就是美的享受或乐趣”。这是诗歌技巧的积极意义。诸如叙事中的悬念、冲突，修辞中的幽默、隐喻、反讽，语言的各种不同风格等，都可以产生这种艺术效果。弗洛伊德称由此产生的快感为“预感快感”，意思是说这种快感是我们从文学中获得更多精神乐趣的前奏。这些已经涉及文学创作中的材料与形式的问题，文学情感与日常情感的区别的问题，艺术道德标准与现实道德标准的差异问题，我们将在本书后面的有关部分讨论到。

第二节　相关问题概说

上面所选的两篇文章虽然不可能穷尽文学写作中的所有问题，但对其中的一些基本问题都有所涉及，诸如文学作品情感内容的来源问题、心灵与外部世界的关系问题、文学写作心理的特点、不同文体的要求等。这里对有关问题再稍做阐述。

一、生活积累与心灵表现

在文学写作论中，流行着再现说与表现说两种说法。再现说认为，文学是对生活的摹仿。如古希腊哲学家赫拉克利特说：“艺术也是这样造成和谐的，显然是由于模仿自然。绘画在画面上混和着白色和黑色、黄色和红色的部分，从而造成与原物相似的形象。”① 柏拉图既在“迷狂说”中推崇灵感，又提出了“镜子说”：“拿一面镜子四面八方地旋转，你就会马上造出太阳，星辰，大地，你自己，其他动物……”，“我想画家也是这样一个制造外形者。”② 亚里士多德进而把摹仿视为人的本能：“人从孩提的时候起就有摹仿的本能（人和禽兽的分别之一，就在于人最善于摹仿，他们最初的知识就是从摹仿得来的），人对于摹仿的作品总是感到快感。”③ 又认为：“史诗和悲剧、喜剧和酒神颂以及大部分管箫乐和竖琴乐——这一切实际是摹仿，只是有三点差别，即摹仿所

---

① 北京大学哲学系外国哲学史教研室编译：《古希腊罗马哲学》，19页，北京，生活·读书·新知三联书店，1957。

② 伍蠡甫、胡经之主编：《西方文艺理论名著选编》（上），24页，北京，北京大学出版社，1985。

③ ［古希腊］亚里士多德：《诗学》，罗念生译，见《诗学·诗艺》，11页，北京，人民文学出版社，1965。

用的媒介不同，所取的对象不同，所采的方式标不同。”① 到了别林斯基还有这样的说法：“诗歌是生活的表现，或者更确切点说，就是生活本身”，“生活和诗歌简直就是同一个东西。”② 在西方，一直到浪漫主义产生以前，艺术创作论都是奉摹仿论为圭臬。

表现说的基本观点是，文学是心灵的表现。表现说的出现很早，柏拉图的“迷狂说”和“灵感说”认为：“抒情诗人……不得到灵感，不失去平常理智而陷入迷狂，就没有能力创造，就不能做诗或代神说话。”“无论在史诗或抒情诗方面，都不是凭技艺来做成他们的优美的诗歌，而是因为他们得到灵感，有神力凭附着。”③ 这个观点与他所说的诗与理式隔着三层有点矛盾，但是柏拉图的灵感说影响深远。康德的“天才论”也属于表现说：“美的艺术不能不必然地被看做天才的艺术。”④ “一种自然美是一个美的事物；艺术美则是对一个美的事物的美的表现。”⑤ 此后尼采（Friedrich Nieztsche）的“酒神精神”说、柏格森（Henri Bergson）的直觉说、弗洛伊德的无意识升华说、克罗齐的直觉表现说以至诞生于现代主义思潮中的各种艺术创作论都可归于表现说。

再现说与表现说并非人们所想象的绝然对立的两种创作原则，它们只是对文学审美反映中所涉及的主体客体两个方面各有侧重。再现说固然重视对社会生活进行真实客观地描绘，在虚构、想象、夸张、抒情等方面比较克制，但是却有效地发展了精细观察生活、把握事物特征的能力，开发了审美感官和审美知觉的潜力。而且，也不能低估这些作品所发掘的人性的深刻、丰富和复杂，所展现的主体心灵的博大、执着和悲悯。如相信“镜子说”的莎士比亚写出了那么多激动人心的剧本，立志要做法国上流社会“书记员”的巴尔扎克留给后人一部辉煌的《人间喜剧》。与再现说相比，表现说充分强调了写作主体的能动性，纠正了西方文学写作理论中的机械唯物论因素，极大地激发了艺术家探索人类内心世界的兴趣，艺术知觉、艺术情感、艺术想象、天才与灵感、意识与无意识、艺术原型与神话思维等问题都得到前所未有的关注和研究。同时，

---

① ［古希腊］亚里士多德：《诗学》，罗念生译，见《诗学·诗艺》，11页，北京，人民文学出版社，1965。

② 北大中文系文艺理论教研室编：《文学理论学习资料》（上），69页，北京，北京大学出版社，1982。

③ 转引自朱光潜：《西方美学史》，57页，北京，人民文学出版社，1979。

④ ［德］康德：《判断力批判》，邓晓芒译，151页，北京，人民出版社，2002。

⑤ 同上书，155页。

表现说的合理性也被浪漫主义、象征主义和现代派艺术的创作成就所证明。在具体文学写作活动中，从写作冲动的萌发，到文学文本的形成，其中表现与再现很难分清：既没有与心灵无关的纯粹客观的再现，也没有与现实无关的纯粹主观的表现。正如中国传统的“观物”说提出的“以我观物”和“以物观物”，虽然有所谓“以我”“以物”的分别，但是由“观”和“物”所表明的主客两端是缺一不可的。

因此，作家既要重视生活的积累，又要重视心灵的表现；既要用足“观物”的功夫，又要做够“摹心”①的文章；“既随物而宛转，亦与心而徘徊”（刘勰《文心雕龙·物色》）。生活积累是文学写作的源头，大致可分为两种形式：一种是作家出于先天的敏感和后天的素养对生活的长期观察、领悟、感受、积累，另一种是针对具体文学作品的写作而进行的有意地积累。有的作家主张无意积累。如歌德说：“我从来没有为了要写诗而去观察自然，但是我早期的写生画，以及后来的自然研究，使我长期对自然事物做了细致的观察，逐渐把自然熟悉在心，甚至于最小的细节，所以当我作为一个诗人时，需要什么，它便归我掌握，我不可能很容易犯违反真实的过失。”② 有的作家却勤于有意积累。狄德罗建议作家“要住到乡下去，住到茅棚里去，访问左邻右舍，最好是瞧一瞧他们的床铺、饮食、房屋、衣服，等等”。③ 中国古代作家特别重视读书、游历和养气的结合，这也是一种积累的方式。如韩愈称自己：“行之乎仁义之途，游之乎诗、书之源，无迷其途，无绝其源，终吾身而已矣。”④ 苏辙提出：“文者气之所形；然文不可以学而能，气可以养而致。……太史公行天下，周览四海名山大川，与燕赵间豪俊交游，故其文疏荡，颇有奇气。此二子者，岂尝执笔学为如此之文哉？其气充乎其中，而溢乎其貌，动乎其言，而见乎其文，而不自知也。”⑤ 交游、读书可以养气，气又可以见诸文辞，气

① “摹心”出自明代袁黄《诗赋》：“选文入象，就韵摹心。”《古今图书集成》第三四册，二〇一卷。

② ［德］爱克曼辑录：《歌德谈话录》，朱光潜译，108页，北京，人民文学出版社，1980。

③ 据阿塔莫诺夫和格拉季丹斯卡亚的《十八世纪外国文学史》中246～247页引文。转引自朱光潜：《西方美学史》上卷，263页，北京，人民文学出版社，1979。

④ （唐）韩愈：《答李翊书》，见周祖譔编：《隋唐五代文论选》，206页，北京，人民文学出版社，1990。

⑤ （宋）苏辙：《上韩枢密太尉书》，见陶秋英编选，虞行校订：《宋金元文论选》，179页，北京，人民文学出版社，1984。

是文学写作主体的精神禀赋，是由生活积累到心灵表现的中介。古人对“气”常常不做分析，但从其论述中可以看出，“气”中包含着生命力量、学识阅历、人格修养、艺术才能等多方面的积累。

二、文学写作中的心理机制

与文学写作有关的心理能力主要有艺术知觉、艺术情感、艺术想象和艺术灵感。

艺术知觉是对事物的表现性的知觉。事物的表现性是指人们在知觉事物时由事物所产生的情感和带情感的幻象。事物的表现性与事物的客观属性有关，但关键还在于“看”。所以罗丹说，“所谓大师，就是这样的人：他们用自己的眼睛去看别人见过的东西，在别人司空见惯的东西上能够发现出美来”①。艺术知觉不仅是在观察，而且是在领悟；不仅在用感官，而且在用心灵。如果说科学家在观察时把情感排除出去，那么诗人则是把心灵沉浸在感官里。

艺术知觉是文学写作活动的起点，艺术情感则是文学写作活动的深层动力。可以说，文学写作是以作家的审美情感为中心所展开的精神创造活动。在文学写作中，一切因素都要情感化，知觉要情感化，表象要情感化，想象要情感化，思想也要情感化。艺术情感不同于自然情感，如苏珊·朗格（Susan Lange）所说：“一个艺术家表现的是情感，但并不是像一个大发牢骚的政治家或像是一个正在大哭或大笑的儿童所表现出来的情感。”② 自然情感转化为艺术情感的关键是回忆与沉思。华兹华斯认为诗“起源于在平静中回忆起来的情感。诗人沉思这种情感直到一种反应使平静逐渐消逝，就有一种与诗人所沉思的情感相似的情感逐渐发生，确实存在于诗人的心中”③。经过回忆与沉思，自然情感得到了艺术升华，与某种更加深厚更加广大的情感相交通，并且与某些特殊的观念或意义相关联，脱离了具体的人事利害的局限，便转化成艺术情感。

艺术情感的生成一般会经过原始唤起—内觉体验—情感形式化三个阶段。

---

① ［法］罗丹述、［法］葛赛尔著：《罗丹艺术论》，沈琪译，5 页，北京，人民美术出版社，1978。

② ［美］苏珊·朗格：《艺术问题》，滕守尧译，25 页，北京，中国社会科学出版社，1983。

③ ［英］华兹华斯：《〈抒情歌谣集〉序言》，见刘若端编：《十九世纪英国诗人论诗》，22 页，北京，人民文学出版社，1984。

艺术情感的唤起来自情境的触发。有时是自然景物的感触，如《文心雕龙·物色》说："春秋代序，阴阳惨舒，物色之动，心亦摇焉。……物色相召，人谁获安？是以献岁发春，悦豫之情畅；滔滔孟夏，郁陶之心凝。天高气清，阴沉之志远；霰雪无垠，矜肃之虑深。岁有其物，物有其容；情以物迁，辞以情发。"刘勰强调的是自然界的变化与人的审美情感的关系，钟嵘的《诗品序》又谈到社会人事的变化所激发的种种情感："嘉会寄诗以亲，离群托诗以怨。至于楚臣去境，汉妾离宫，或骨横朔野，魂逐飞蓬；或负戈外戍，杀气雄边；塞客衣单，孀闺泪尽；或士有解佩出朝，一去忘返；女有扬蛾入宠，再盼倾国；凡斯种种，感荡心灵，非陈诗何以展其意，非长歌何以骋其情？"① 情感正是在主客体的互赠关系、融合关系中生长出来。刘勰在《文心雕龙·诠赋》中既讲"情以物兴"，又讲"物以情观"，这是对情感唤起的恰当的说明。

原始唤起后的情感，伴随着它的形象，就像一颗种子落在心灵的土地里，如果有适当的条件，就可能生根发芽，转化为艺术情感。由原始情感转化为艺术情感的这一过程，就是内觉体验的过程。内觉体验是"一种非表现性的认识——也就是不能用形象、语词、思维或任何动作表达出来的一种认识"②。内觉体验有一种组织、变形、深化、生长的能力。所谓组织，就是把混乱的不确定的情感梳理成有序的、确定的情感；所谓变形，就是把过于规范而不具有艺术特征的情感变为新颖的具有艺术特征的情感；所谓深化，即把肤浅的、印象式的情感改造为具有丰富社会内涵和人性内涵的情感；所谓生长，就是不断吸收整合其他情感因素，使情感成为一个具有系统性和有机性的生命体。

如果说情感是文学写作的精神动力，那么想象力就是精神活动的翅膀。刘勰这样描述文学写作中的想象活动，"古人云：'形在江海之上，心存魏阙之下。'神思之谓也。文之思也，其神远矣。故寂然凝虑，思接千载；悄焉动容，视通万里；吟咏之间，吐纳珠玉之声；眉睫之前，卷舒风云之色；其思理之致乎！故思理为妙，神与物游。神居胸臆，而志气统其关键；物沿耳目，而辞令管其枢机。枢机方通，则物无隐貌；关键将塞，则神有遁心"。

这段话阐明了艺术想象的几个重要特征：第一，想象是超越时空的；第二，在想象中人的精神与物象同时游动；第三，想象的关键是思想情感和生命力的活跃；第四，语言在想象中起着重要作用。西方的艺术家和理论家也很早

---

① 陈延杰：《诗品注》，2～3页，北京，人民文学出版社，1961。

② ［美］S. 阿瑞提《创造的秘密》，钱岗南译，70页，沈阳，辽宁人民出版社，1987。

就意识到想象的重要性。如古希腊的阿波罗尼阿斯说："它（想象）造作了那些艺术品，它的巧妙和智慧远远超过摹拟。摹拟只会仿制它所见到的事物，而想象连它所没有见过的事物也能创造，因为它能从现实里推演出理想。"① 黑格尔也认为："如果谈到本领，最杰出的艺术本领就是想象。……想象是创造性的。"② 法国诗人波德莱尔把想象力看成是所有能力中最重要的："如果没有想象，一切能力无论多么坚强，多么敏锐，也等于乌有，如果次要的能力受到强有力的想象的激励，其缺陷也就成了次要的不幸。任何能力都缺少不了想象力，而想象力却可以代替某些能力。"③

艺术想象是情感与形象交织的过程。当作家"精骛八极，心游万仞"之际，就会出现"情瞳昽而弥鲜，物昭晰而互进"的情况。艺术想象中总是包含着移情现象。法国作家乔治·桑（George Sand）说："我有时逃开自我，俨然变成一棵植物。我觉得自己是草，是飞鸟，是树顶，是云，是流水，是天地相接的那一条水平线，觉得自己是这种颜色或是那种形体，瞬息万变，去来无碍。我时而走，时而飞，时而潜，时而吸露。我向着太阳开花，或栖在叶背安眠。天鹨飞举时我也飞举，蜥蜴跳跃时我也跳跃，萤火和星光闪耀时我也闪耀。总而言之，我所栖息的天地仿佛全是由我自己伸张出来的。"④ 当然，艺术想象不是一蹴而就的，其间既有勃发，也有沉潜；既有热烈，也有平淡。从艺术想象的形象层面来说，需要不断地增减损益，以求形象鲜明、特征突出。从艺术想象的内涵层面来说，需要不断地提炼深化，以求含蕴丰富、耐人寻味。正如黑格尔所说，肤浅的想象是没有艺术价值的；要避免想象的肤浅，"艺术家不仅要在世界里看得很多，熟悉外在的和内在的现象，而且还要把众多的重大的东西摆在胸中玩味，深刻地被它们掌握和感动；他必须发出过很多的行动，得到过很多的经历，有丰富的生活，然后才有能力用具体形象把生活中真正深刻的东西表现出来"⑤。

当艺术想象以一个新的面目骤然间由无意识领域涌现到意识领域中时，这

---

① 《外国理论家作家论形象思维》，9 页，北京，中国社会科学出版社，1979。

② ［德］黑格尔：《美学》，第一卷，朱光潜译，357 页，北京，商务印书馆，1996。

③ ［法］波德莱尔：《1859 年的沙龙》，见《波德莱尔美学论文选》，郭宏安译，405 页，北京，人民文学出版社，1987。

④ ［法］乔治·桑：《印象与回忆》，转引自《朱光潜全集》，第 1 卷，239 页，合肥，安徽教育出版社，1987。

⑤ ［德］黑格尔：《美学》，第一卷，朱光潜译，359 页，北京，商务印书馆，1996。

就是灵感的爆发。灵感是艺术想象的飞跃。灵感的到来犹如闪电突然把想象的大地照得通明，原来混乱的图景突然变得井然有序，原来阻塞的思路突然变得条条畅通，原来陈旧的意象突然变得新意迭出，原本乏味的语言突然变得意味盎然，原来片段的细节突然连成了一个整体……灵感把艺术想象提升到深刻而动人的水平。

三、文学写作与人类的原型经验

文学写作是发生在作家个体心灵世界的事件，但是文学作品总是属于整个人类。那些具有永久艺术魅力的优秀文学作品之所以能为全人类所欣赏和理解，其中一个重要原因就是它揭示了人类千万年来共同的精神事件及其过程，沟通了人与人之间的最深层的精神联系。如果用原型理论的术语来说，这些文学作品表现了人类的原型经验。

弗洛伊德曾在《创作家与白日梦》的结尾提出过这个问题，但是他并没有进一步展开论述。将这一理论萌芽发展为原型心理学派的是弗洛伊德的弟子、瑞士精神分析学家荣格（文学原型理论的另一位代表人物是加拿大学者诺思莱普·弗莱）。荣格认为人格结构分为三个层次：意识、个人无意识和集体无意识。个人无意识主要是指个人曾经意识到的，但由于遗忘或压抑而从意识中消失的内容。它由各种情结构成，如童年创伤情结、母爱缺失情结、贫困情结等。这些情结与个人的经历和经验密切相关，不具有普遍性。集体无意识则是个人从未意识到其存在的、完全得自于遗传的心理层次，它是集体的、普遍的、非个人的。所谓原型，就是集体无意识的结构形式。在荣格看来，人类的祖先曾经经历过许多反复出现的精神事件，这些精神事件所凝结成的心理体验，对我们这些人来说并未消失，它们以原始意象即原型的形式，世世代代相继流传，并以大脑解剖学上的遗传结构保留在后人的头脑中。荣格说："每一个原始意象中都有着人类精神和人类命运的一块碎片，都有着在我们祖先的历史中重复了无数次的欢乐和悲哀的一点残余，并且总的说来始终遵循同样的路线。它就像心理中的一道深深开凿过的河床，生命之流在这条河床中突然奔涌成一条大江，而不是像先前那样在宽阔然而清浅的溪流中漫淌。"① 作为集体无意识结构形式的原型就是祖先反复体验过的精神模式在我们心灵上的积淀

① ［瑞士］荣格《论分析心理学与诗歌的关系》，见《心理学与文学》，冯川、苏克译，121页，北京，生活·读书·新知三联书店，1987。

物，是“种族记忆”。“一个用原始意象说话的人，是在同时用千万个人的声音说话。他吸引、压倒并且与此同时提升了他正在寻找表现的观念，使这些观念超出了偶然的暂时的意义，进入永恒的王国。”①

弗莱的所说的原型所指要宽泛得多，并不仅限于遗传范围，更具有历史文化意味。他认为原型是“一个象征，通常是一个意象，它常常在文学中出现，并可被辨认出作为一个人的整个文学经验的一个组成部分”。又说：“所谓原型我是指一个把一首诗与另一首诗联系起来因而使我们的文学经验成为一体的象征。”原型批评的任务就是在作品的表层意象之下揭示出文学作品相通的原型模式。弗莱考察文学史，总结出四种文学原型：喜剧、浪漫故事、悲剧、反讽和讽刺。四种文学原型分别与春、夏、秋、冬四季对应，而且同样会经历周而复始的循环。

原型理论认为，集体无意识和原型意象与文学写作关系密切，文学写作的意义就在于激活人类的集体无意识，唤起祖先留给我们的原型记忆，而“一旦原型的情境发生，我们会突然获得一种不寻常的轻松感，仿佛被一种强大的力量运载或超度。在这一瞬间，我们不再是个人，而是整个族类，全人类的声音一齐在我们心中回响”②。在原型理论家看来，文学作品与其说是作家创造出来的东西，不如说是人类祖先埋在作家心中的“种子”经过作家孕育而成。种子本身是有生命的，它发芽、开花和结果，作家个人不过是这粒种子赖以生长的土壤，时代环境也不过是某种必要的气候条件。荣格甚至说：“不是歌德创造了《浮士德》，而是《浮士德》创造了歌德。”③ 由于集体无意识和原型活跃在每个人的灵魂里，某种原型情境就往往在不同时代的作家身上重复发生，因此在历史上会不知不觉地出现众多同一母题的作品。例如，人神交合的原型在中国和西方的文学史上屡见不鲜。

原型理论对作家创作具有一定的启示意义。文学写作的确有一个源与流的问题。社会生活是文学写作的唯一源泉，但是在强调生活源泉的重要性的同时，我们又不能不看到“流”在文学写作中的重要意义。原型作为传统文化信息在作家的血液里流淌着，一个作家要随时准备接受这一珍贵的遗产。原型一旦在作家的笔下呈现出来，那么一定要抓住它，让它成为原型的一个新的变

① ［瑞士］荣格《论分析心理学与诗歌的关系》，见《心理学与文学》，冯川、苏克译，122页，北京，生活·读书·新知三联书店，1987。

② 同上书，121页。

③ 同上书，142～143页。

型。所以弗莱说："一首新的诗作，就像一个新生儿，降生在一个已经存在的语词秩序之中，它对于它所附着的那种诗歌结构来说是典型的。新生儿便是他自己的社会以个体单位形式的再出现，新诗对其诗的社会来说也有同样的关系。"① 一首新诗绝不是孤立的完全新的诗，它是属于自古以来的诗歌的"社会"。它与已经存在的那些诗，可能出自同一个母体——原型，它是已经存在的诗歌的兄弟姐妹。在这个意义上，弗莱说："诗只能从别的诗中产生，小说只能从别的小说中产生。文学是自我形成的，而不是由外加的东西所形成的。"② 弗莱将文学传统的作用推到极端，当然有失辩证，但文学传统的作用对文学写作的意义是应该得到充分重视的。

【思考题】

1. 陆机在《文赋》中认为，要解决文学写作中"意不称物"和"文不逮意"的问题，困难在于"能"而不在于"知"；康德也曾指出（见本书第三章）艺术与科学的区别在于前者是能力而后者是知识。结合《文赋》全文，谈谈你的理解。

2. 文学写作的心理过程有什么特点？

3. 弗洛伊德认为作家早年的幻想是文学作品内容的主要来源，你同意这一看法吗？

4. 人类的原型经验对文学写作有什么意义？

【辅助阅读材料】

1. 童庆炳．文体与文体的创造．昆明：云南人民出版社，1994.
2. 童庆炳．维纳斯的腰带．上海：上海文艺出版社，2001.
3. 孙绍振．文学创作论．沈阳：春风文艺出版社，1987.
4. 爱克曼．歌德谈话录．北京：人民文学出版社，1978.
5. 弗洛伊德．弗洛伊德论美文选．北京：知识出版社，1987.
6. 叶舒宪．神话——原型批评．西安：陕西师范大学出版社，1987.
7. 康·巴乌斯托夫斯基．金蔷薇．上海：上海译文出版社，1987.
8. 外国理论家作家论形象思维．北京：中国社会科学出版社，1979.

---

① 叶舒宪选编：《神话——原型批评》，150页，西安，陕西师范大学出版社，1987。

② 同上书，151页。

第九章　文学接受

我们知道，文学作品提供的是一个“意义世界”。隐藏在作品中的意义连作者本人都未必能够完全意识到，这就为文学接受打开了大门。

广义的文学接受研究的是文学三角形结构中“作品”与“读者”的关系，包括文学鉴赏与文学批评。严格地说，只有经过读者的鉴赏和批评，作品才算真正完成。有人曾把现代文论的发展史大致分为三个阶段：第一是专门研究作者的阶段，如浪漫主义和18、19世纪的传记式批评、实证主义批评等理论和实践，以研究作者的意图、作者的经历以及作者所处的时代和社会环境为主；第二是专注文本的阶段，如英美新批评、法国结构主义和俄国形式主义批评，强调文本是一个不依赖于作者的独立自主的有机整体。第三是20世纪60、70年代注重读者的批评阶段，如解释学、接受美学和读者反应文论，强调读者取向的理论（reader-oriented theory），认为作品的意义必须通过读者的重构才能在读者的思想里实现。本章我们将阅读两篇经典文本——明代钟惺的《诗论》和德国学者姚斯的《作为向文学科学挑战的文学史》——以了解中西文论对文学接受的相似而又不同的观点。前者是钟惺对中国古代文论关于接受理论的总结和创新，是对中国古代文学有关接受方面的理论的总结性阐发；后者从阐释学角度切入读者这一文学接受的主体，侧重于读者接受的研究，关注的是读者的期待视野和审美经验，被称为西方接受美学的宣言。通过对这些资料的学习，要了解三个问题：首先，读者与文本之间的关系是怎样的？其次，文学接受是如何进行的？最后，在三角结构中，侧重于文学接受有什么意义？

第一节　经典文本阅读

一、诗论[①]（钟惺）

《诗》[②]，活物也。游、夏[③]以后，自汉至宋，无不说《诗》者，不必皆有当于《诗》，[④] 而皆可以说《诗》。其皆可以说《诗》者，即在不必皆有当于《诗》之中。非说《诗》者之能如是，而《诗》之为物，不能不如是也。

何以明之？孔子，亲删《诗》者也。[⑤] 而七十子之徒，[⑥] 亲受《诗》于孔子而学之者也。以至春秋列国大夫，与孔子删《诗》之时不甚先后而闻且见之者也；[⑦] 以至韩婴，汉儒之能为《诗》者也。[⑧] 且读孔子及其弟子之所引《诗》，列国盟会、聘享之所赋《诗》，与韩氏之所传《诗》者，其事其文其义

---

① 本文原见于《钟惺批点〈诗经〉》一书的卷首，实际上是该书的序言，文末署写的写作年代为“明泰昌纪元岁庚申”，后收入《隐秀轩集》列集。

② 本文的“诗”，指《诗经》；但作者所揭示的“活”的性质，却适用于所有诗歌。

③ 游、夏，指孔子的门人子游、子夏，二人皆以文学著称。据《论语·八佾》载，子夏对《诗经》的解说曾受到孔子的赞赏，“起予者商（子夏名卜商）也”。子夏据说也是孔子“诗”学的主要传承者。

④ 不必皆有当于《诗》，意思是，不一定都切合《诗经》的原义。

⑤ 传说《诗经》是孔子删编的，《史记·孔子世家》：“古者《诗》三千余篇，及至孔子，取可施于礼义，上采契后稷，中述殷周之盛，至幽厉之缺，始于衽席。……三百五篇，孔子皆弦歌之。”但从唐代孔颖达以来，已陆续有人对孔子删《诗》说提出怀疑。

⑥ 《史记·孔子世家》：“孔子以《诗》《书》《乐》《礼》教，弟子盖三千焉，身通六艺者七十有二人。”

⑦ 春秋时列国士大夫在盟会、聘问等外交场合，常引诵《诗经》中的句子来表示自己的意见，谓之“赋诗言志”。《左传》中载有许多这样的例子。这两句的意思是：春秋时列国大夫赋诗言志，比孔子删《诗》的时代晚不了多少，而且有的是听说过或亲见过孔子本人的。

⑧ 韩婴，燕人，其诗学出于荀子，汉文帝时为博士，是汉代著名的四家传《诗》者（齐、鲁、韩、毛）之一，汉代传《诗》先有今文学家齐、鲁、韩三家。韩婴曾对《诗经》进行过系统的训诂，并被立为学官。今仅存《韩诗外传》，从研究古人如何解读《诗经》的角度来看，该书有着重要的参考价值。

不有与《诗》之本事、本文、本义绝不相蒙，而引之、赋之①、传之②者乎？既引之，既赋之，既传之，又觉与《诗》之事之文之义，未尝不合也。其故何也？夫《诗》，取断章者也。③ 断之于彼，而无损于此；④ 此无所予，而彼取之。⑤ 说《诗》者盈天下，达于后世，屡迁数变，而《诗》不知；而《诗》固已明矣，而《诗》固已行矣。然而《诗》之为《诗》自如也，此《诗》之所以为经也。⑥ 今或是汉儒而非宋，是宋而非汉，非汉与宋而是己说，则是其意以为《诗》之指归，尽于汉与宋与己说也，岂不隘且固哉？

汉儒说《诗》据《小序》⑦，每一诗必欲指一人一事实之。考亭⑧儒者，虚而慎，宁无其人、无其事而不敢传疑，故尽废卜《序》⑨ 不用。然考亭所间指为一人一事者，又未必信也。考亭注有近滞者、近痴者、近疏者、近累者、近肤者、近迂者，⑩ 考亭之意：非以为《诗》尽于吾之注，即考亭自为说《诗》，恐亦不尽于考亭之注也。凡以为最下者，先分其章句，明其训诂，若曰："有

---

① 赋：朗诵。班固《汉书·艺文志·诗赋略论》："不歌而诵谓之赋。"

② 传（zhuàn）：古称对经典的训诂为传，此处用作动词，意思是解释。

③ 士大夫于外交辞令中诵《诗》，只取其中的个别章句以合己意，而不必顾及其全文和本义。《左传·襄公二十八年》："赋诗断章，余取所求焉。"

④ 彼，指赋诗断章取义者；此，指《诗经》本身。意思是，《诗》可以由诵诗者随意去断章取义，而于本身并不损害。

⑤ 赋诗者对于所引诗句意蕴的理解，并不是《诗》本身给予他的，而是他从《诗》中主动取来的。这句话强调断章取义的主动权在于赋诗者。

⑥ "说《诗》者盈天下"八句的意思是，对《诗》的理解，人人各异，代代不同，而《诗》本身是不知道的。但《诗》却在不同的理解中自然流布发明，其生命恒久不竭。唯其如此，《诗》才称为经典。这也就是说：《诗》的永恒生命，并不表现在它本身所具有的固定的、纯客观的内容上，而是表现在它能容许不同环境、不同时代的人从各自的主观条件出发，而不断地赋予其意蕴，不断地扩张其意蕴。

⑦ 《小序》，即《毛诗序》中的"小序"。古文经的《毛诗大序》是附在《毛诗·关雎》题下的一篇总论，又称《毛诗·关雎序》；后人遂称其他各篇题解为小序。郑玄的《诗谱序》认为，"《大序》是子夏作，《小序》是子夏、毛公合作"。

⑧ 考亭指朱熹。朱熹晚年曾于福建建阳的考亭筑室讲学，后世遂称朱熹为"考亭先生"。朱熹有《诗集传》八卷，他在《诗集辨说》中曾批评《毛诗序》牵史实以训诗的做法，故朱熹说诗，抛开《毛诗序》而另立新解。

⑨ 卜《序》，即《毛诗序》，因前人认为《毛诗序》的作者是子夏。总的来说，《毛诗序》应是毛派学者在传《诗》之始假子夏之名而创立，其后在传《诗》过程中不断增益而辗转成篇，大致成书年代是西汉毛亨、毛苌之时至东汉初卫宏之时。

⑩ 滞，滞碍难通。痴，呆板不灵。疏，疏漏。累，冗赘。肤，肤浅。迂，迂曲。

进于是者，神而明之，引而伸之，而吾不敢以吾之注，画天下之为《诗》者也。”① 故古之制礼者，从极不肖立想，② 而贤者听之。解经者从极愚立想，而明者听之。今以其立想之处，遂认为究极之地，可乎？国家立《诗》于学官，以考亭注为主，③ 其亦曰：有进于是者，神而明之，引而伸之云尔。

予家世受《诗》，暇日取《三百篇》正文流览之，意有所得，间拈数语，大抵依考亭所注，稍为之导其滞、醒其痴、补其疏、省其累、奥其肤、经其迂。业已刻之吴兴；再取搜一过，而趣以境生、情由日徙④，已觉有异于前者。友人沈雨若，⑤ 今之敦《诗》者也，难予曰：“过此以往，子能更取而新之乎？”予曰：“能。夫以予一人心目，而前后已不可强同矣；后之视今，犹今之视前，何不能新之有？”盖《诗》之为物，能使人至此，而予亦不自知，乃欲使宋之不异于汉，汉之不异于游、夏，游、夏之说《诗》不异于作《诗》者，不几于刻舟而守株乎？故说《诗》者散为万，而《诗》之体自一；执其一，而《诗》之用且万。噫！此《诗》之所以为经也。

（选自天启二年虞山沈氏刻本《隐秀轩集》列集论一）

1. 作者简介

钟惺（1574—1624年），字伯敬，号退谷，别号退庵，晚年发愿受戒，取法名断残，湖广竟陵（今湖北天门）人。万历三十八年进士。历任南京礼部仪制司主事、祠祭司郎中，天启元年升福建按察使佥事提督学政，后因丁忧归隐

---

① “凡以为”八句：朱熹之所以将分章句、明训诂看作学《诗》的初步阶段，意思似乎是要告诉读者：“如果你对诗的理解要想深入一步，那就应该根据自己的主观条件去灵活领会、自由引申。我不敢以我的注解来局限天下的读《诗》的人。”钟惺对朱熹的理解是基本正确的，朱熹在《诗集传序》中说学诗的过程——“章句以纲之，训诂以纪之，讽咏以昌之，涵濡以体之”，的确只是把章句、训诂看成学《诗》的初步阶段。

② 此句的意思是：古代制定礼法的人，总要从人品最低处来着眼，立下一个最低限度的道德标准和行为规范。

③ 学官，古时官办的学校，亦称“学官”。意思是，国家将《诗经》立为学校中的必修课程，而明朝时学子的《诗经》读本，是以朱熹的《诗集传》为准的。

④ 意思是，读《诗》所获得的情趣随着环境和时间的变化而不断地更新。

⑤ 沈春泽，字雨若，常熟人，工诗善画，著有《雨若吟稿》，见《列朝诗集小传》“丁上”。

故里。与同乡谭元春（1586－1631 年）合撰《诗归》51 卷，包括《古诗归》15 卷和《唐诗归》36 卷，在当时影响很大。《列朝诗集》评："古今《诗归》盛行于世，承学之士，家置一编，奉之如尼丘之删定。"

钟惺早年分别接受"前后七子"和"公安派"的影响，而又以受后者的影响为著。后来逐渐摆脱对两派的追随，转而成为反对者，但是他始终肯定袁宏道为"反拟古"所做的努力。钟惺与谭元春论诗"务求古人精神所在"（钟惺《隐秀轩集自序》），于七子、公安派外另辟蹊径，论诗以"深幽孤峭""孤怀单绪""别趣奇理"为宗，史称"竟陵派"。有诗文集《隐秀轩集》32 卷。据《四库全书总目》著录，他还著有《周文归》《宋文归》《毛诗解》《钟评左传》等。钟惺传记见于《明史》卷二八八《文苑》四。

2. 背景知识

钟惺的《诗论》应被放到中国《诗经》学史和明代诗歌发展的整体文化氛围中来把握。从明朝嘉靖后期开始，中国出现了一种类似于资本主义的经济发展，城市和集镇也随之繁荣，市民阶层日益壮大。这一阶层开始要求憧憬个性解放、肯定世俗生活的市民文化形态。王阳明（1472—1528 年）的"心学"应运而生，冲击了当时作为统治阶级意识形态的理学，特别是以李贽（1527—1602 年）为代表的王学左派的思想，作为程朱理学的对立面，对有明一代诗歌及小说理论产生了冲击。所以，嘉靖、万历时期形成了一个反理学的浪潮，明代文艺的新思潮也随之涌现，并发展成为包括诗文、戏曲、小说乃至书画等各个领域共同的革命，从而与绵延一二百年的复古主义文艺思想发生了对抗。

"公安三袁"——袁宗道（1560—1600 年）、袁宏道（1568—1610 年）、袁中道（1570—1623 年）三兄弟——是明代文艺新思潮的代表，都受到徐谓、李贽激进的文艺思想的影响，并与当时有相似思想倾向的焦竑、汤显祖、董其昌等均为好友。公安派提倡"独抒性灵，不拘格套"（袁宏道），强调文学的"真""变""趣""奇"。他们的文学思想是对李贽"童心说"的进一步发展。此外，焦竑、汤显祖、冯梦龙等人又分别在诗文、戏曲、小说等不同方面扩展了李贽的思想。可以说，一个颇有气势、对文坛产生了深刻影响的文艺新思潮由此形成。其基本特征是：强调文艺是未受道学"闻见道理"污染的纯洁心灵的体现，是具有个性解放色彩的自由"性灵"的抒发。在文学表现上，主张以"真情"反对假理，以师心而反对一味复古。明代戏剧、小说创作由此进入一个繁荣发展的高潮时期，文学理论批评也呈现为诗文、戏剧、小说理论批评分别发展而又殊途同归的局面；诗文的理论批评以对整个中国古代诗文创作进行整体评价并研究其历史经验为主。钟惺的文学观点就很有代表性，他尝试对公安派的观点进行调适，补其不足。尤其是他的这一篇文章，代表了中国古代文学鉴赏论在明代的进一步发展。

钟惺、谭元春试图在继承公安派的性灵说的基础上，提倡“深幽孤峭”的诗歌以矫正公安派末流的浅陋鄙俚。

钟惺在文学上的主要观点，可以用本篇《诗论》的诗为“活物”说和他在《隐秀轩集·简远堂近诗序》中的诗为“清物”说为代表，前者可以引申为他的文学鉴赏论，而后者则是他的文学创作论。但钟惺的这两个观点在文学批评史上的意义却截然不同，诗为“活物”说被看成古代鉴赏论的一个新发展，而诗为“清物”说却被视为他在创作论上走向了死胡同。

诗为“清物”说在当时影响很大，但之后却被严厉批评。这是因为，竟陵派的观点本身就是为了矫正明代前七子、后七子以及公安派末流的流弊而提出来的，所以不免矫枉过正，在理论上陷入另一个极端。在《诗归·序》中，钟惺以“取古人之极肤极狭熟”的流弊，来批评前七子之类的崇古追随者；又以“于古人外，自为一人之诗以为异”来批评公安派末流诗人。钟惺的“真诗”、谭元春的“真有性灵之言”虽然表面上似乎是应和了公安派的“性灵说”，但在实质上，他们又认为这种“真诗”只存在于“孤怀”“孤诣”和“幽情单绪”中，只能到“极无烟火处”中寻找。比如，他们在欣赏杜甫的《秋兴》八首时，不惜割裂这八首诗的整体关系，单挑出第七首并以之为杰作。竟陵派实际上走向比公安派的诗歌创作更为狭隘的道路。因此，到了明末清初时，钱谦益指责他们“当其创获之初，亦尝覃思苦心，寻味古人之微言奥旨，少有一知半见，掠影希光，以求绝出于时俗。久之，见日益僻，胆日益粗，举古人之高文大篇铺陈排比者，以为繁芜熟烂，胥欲扫而刊之，而惟其僻见之是师，其所谓深幽孤峭者，如木客之清吟，如幽独君之冥语，如梦而入鼠穴，如幻而之鬼国，浸淫三十余年，风移俗易，滔滔不返”（《列朝诗集小传·钟提学惺》），钱谦益对钟惺的评价极低，甚至咒之为“诗妖”。顾炎武在《日知录》、朱彝尊在《明诗综》中也都指斥竟陵派在创作上的流弊，甚至视之为“亡国之音”。

钟惺的诗为“活物”说在当时虽然有上述厉言指责，但在后代却得到越来越多的响应，被认为反映了晚明心学思潮的成果，历来为人所称道。诗为“活物”说实际上是钟惺评点我国古代诗歌总集《诗经》时的一个主导思想。自孔子以来，对《诗经》的解读就标志着每一个时代对文学艺术作品解读的基本态度。黄道周在《〈诗经〉琅玕》的例言中说："竟陵钟伯敬先生以《诗》活物，不事训诂，慎批点，如老泉评《孟子》，叠山品《檀弓》，差为诗人点睛开面。"可以说，黄道周把钟惺观点的意义上升到"诗经阐释学"的高度，如此"点睛开面"的评价说明黄道周充分认识到钟惺《诗》论的革命性。的确，晚明治诗之家多引用钟惺的观点，都喜欢用他的方法理解《诗经》以及文学作品。这导致那些保守的正统派对钟惺的诗为"活物"说甚为不满，认为偏离了正统，如四库馆臣及《续修四库全书提要》的作者，就把钟惺带动的这股类似于西方"接受美学"的风潮斥之为"以竟陵之门径，掉弄笔墨"。

钟惺的这篇"诗"学论文一改传统《诗经》经学研究的模式，将《诗经》研究引入了文学研究的视野，随之掀起的是明代以来对《诗经》解读的新风尚。虽然钟惺这篇《诗论》谈到的只是对一个具体作品（《诗经》）的读解，但由于钟惺所处的时代正是明朝思想大解放之际，钟惺的诗为"活物"说已经完全超越了汉代作为经学附庸的"诗无达诂"说，超越了儒家诗学政治观，而更侧重于从审美角度来理解《诗经》。明朝就有人把钟惺对《诗经》的这种诗学态度推及对一切文学艺术作品的态度。在中国古代文论中，钟惺的《诗论》可谓是对以读者为中心的鉴赏学论述得最为完备的文学接受学之一。

3. 文本解读

钟惺在本文中所说的"诗"，是专指《诗经》而言的，但是，他所论述的道理，却适用于一切文学文本。诗为"活物"说是对读者接受的主动性的揭示，是我国文学批评史上首次从《诗经》解释学的角度提出的全新命题。

钟惺一开篇就提出了《诗》为"活物"说。"活"要从以下三个方面来理解。

首先，作品"活"在不同的解读之中。自古以来，人们对《诗经》就有多种多样的理解，从亲自删《诗》的孔子，到汉朝研究《诗》的专家韩婴，其间包括亲耳聆听孔子授《诗》的七十二位学生以及稍后的把赋《诗》作为外交辞令的各国使臣，他们对《诗》都没有一个统一的理解，有的理解甚至可以说同《诗》的原义完全不相符合。孟子曾经批评过这些误读，提出"以意逆志"的诗学。但在钟惺看来，这些解读都可以成立，理由是"不必皆有当于《诗》，而皆可以说《诗》"。不同时代对《诗经》的解读、认识都在变化，可是《诗经》并没有因不同的解读而歧义纷呈，也没有因此而变得晦涩。

其次，“活”是作品本身的一种客观属性，一是由于诗歌意蕴丰富，意义难以被一时一地的读者所穷尽，二是由诗歌这种文体本身的特点所决定的。诗歌具有“断章取义”的形式特点，即一首诗的章节与全篇是局部与整体的关系，而章节本身又具有相对完整、相对独立的含义，这就为读者鉴赏、引用诗歌提供了较多自由，读者可以从多种角度去感受、品味它的内容，而每个人体味的意蕴当然各不相同，这是读者对作品意蕴的创造性领会，可以大致等同于西方接受美学所说的“赋予”和“追加”。这就是说，《诗经》并非游离于读者欣赏活动之外的封闭的、僵固的、一成不变的东西，而是一个具有开放性特征的活的生命体。钟惺进而把这种解读引申到《六经》，他在《毛诗解序》中说，“说经而有一定之解，不成其为六经矣”。既然作品本身提供给读者以多种理解的客观依据，那么，不同时代的读者对作品意蕴不断地重新发现，其累积的结果，就使原作的内容越来越丰富。诗的生命就在于允许后人对它的不同理解之中。《诗》之所以被称为“经”，是因为它具有这种“活”的特性，能够永远允许新的解释。多种解读使得作品的丰富意义被呈现，“固已明矣”“固已行矣”，充分显示了作品作为“活物”的灵性。值得注意的是，钟氏并不像西方哲学解释学那样，把这种解释上的差异归之于认识主体的历史视野，而认为是由文学作品的“活”的特质所决定的。作为“活物”的作品，是无法用一种“本义”去限定的，它具有丰富的生命内涵与永久的意义。

正因为“活”，所以，读者对一首诗的理解和把握，甚至可能出现完全相反的解释。钟惺说，连朱熹那样一个保守的解《诗》者都不认为自己对《诗经》的注解是唯一正确的（“非以为《诗》尽于吾之注”），钟氏自己也“不敢以吾之注，画天下之为《诗》者”。任何人都不可能用一种解释括尽诗义。例如，杜甫的诗《野望》：“清秋望不极，迢递起层阴。远水兼天净，孤城隐雾深。叶稀风更落，山回日初沉。独鹤归何晚，昏鸦已满林。”这首诗由于意象丰富，被认为“以之怡神，以之寄怨，无所不可”①。在这里，“怡神”与“寄怨”是完全相反的解释，但因为这首诗蕴含丰富，所以能容纳如此相反的理解，这正是作品作为“活物”的体现。王夫之在《诗绎》中还进一步发扬了钟惺的观点，“作者用一致之思，读者各以其情而自得”。“以情自得”就为读者

① （明）王夫之：《唐诗评选》（卷三），上海，上海古籍出版社，2011。

的接受提供了极大的自由。王夫之在解释传统的“诗可以兴，可以观，可以群，可以怨”的命题时，将这句话的重点从“兴观群怨”创造性地转移到“可以”二字上来，提出“随所以而皆可”的自由阐释思想，为读者在诗歌审美中积极创造活动提供了理论依据。

最后，“活”的实现，离不开鉴赏者主观条件的变化。钟惺正是从自己前后读《诗》而体会不同的经历中认识到这一点的。钟惺不断有“有异于前者”的新体会，并且他清楚地意识到将来的阅读还将有异于当前。他基于自己的阅读经验提出的问题是：为什么作品会时读时新？答案是“趣以境生，情由日徙”，即读者内在条件的变化。由此，钟惺更进一步地推想：个人尚且有如此大的时空差异，不同时代的读者所见不同，读者与作者本人对作品的理解不同，这些历史和空间差异都是在所难免的。基于此，他批评那些执着于诗的固定理解的读者是“刻舟”求剑之徒、“守株”待兔之辈。这些人或者认为读者只能去寻找作者的原意，或者以为唯有自己所说为是，诗意已经被自己穷尽了。竟陵派另一代表人物谭元春在《答袁述之书》中也响应了钟惺的这一观点。谭元春指出，作品精义并非一成不变，“其佳妙者原不能定为何处，在后人各以心目合之”。钟惺、谭元春都能接受对同一个作品随着主观和时空的变化的多样的解读。在他们看来，由于读者的变化，有可能出现对同一部作品完全相反的评价，甚至那些原来被人视为是“疵类”的作品，到后世却有可能成为伟大的作品，对此，钟惺充满自信地发问：“安知后世之传不即在此？”

可见，钟惺此说既避免了鉴赏批评中的二元化观点，即作品的原义有其确实性的一面，又没有把读者仅仅视为作品的消极接受者。钟惺的诗为“活物”说超越了古代文论中的“仁者见之谓之仁，知者见之谓之知”（《周易·系辞上》），“《诗》无达诂”① 等早期鉴赏批评理论，他更强调读者的主体性和能动性。诗为“活物”说在我国文学批评史上具有重要意义，包含在这一命题中

---

① 始见于西汉董仲舒《春秋繁露·精华第五》篇。“达”，明白、晓畅；“诂”，以今言释古语。它原是汉儒根据春秋时代“赋《诗》言志”、断章取义的情况而提出的阅读与应用《诗经》的一个方法或原则。汉儒以为《诗经》的时代已逝，运用时不必忠于原义，可以根据经学的需要断章取义。“《诗》无达诂”的观点在当时是把对《诗经》的解读作为经学的附庸而提出的，有其局限性。但后代的文论家，有时从文学欣赏的审美思维入手，用“诗无达诂”来泛指一般诗歌的审美原则，则有其积极意义。

的重视读者主动性和再创造能力的认识，与西方现代文学理论中重视读者的接受美学已经比较接近。

可贵的是，钟惺并没有自以为找到了诗歌的“活”的属性而轻易否定作品自身的内在规定性。从作品方面着眼，钟惺承认诗是“活物”，并不是完全排除作品的原义对读者的规定性，而是把刻板的、单一的定向变成有着多维张力的空间。在钟惺看来，后人虽然对作品可以有不同的理解，但归根结底各种理解仍然要受到作品原质的一定制约。这说明钟惺意识到读者理解的自由并不是绝对的、无限的，这一点也使钟氏区别于西方现代接受美学那种否认“原义”存在的激进观点。在钟惺看来，《诗经》还是有一定的意蕴和指向的，绝不是一个由着读者随意去填充的空壳，还是有其“本事本文本义”的。基于此，钟氏同意对《诗经》的含义做一些基本的注释，要“分其章句，明其训诂”。但是，他强调这些都只是基础的工作，如果只停留于此，将导致读者在鉴赏方面浅尝辄止，不能登堂入室。诗为“活物”说的提出，正说明钟惺已经把文学鉴赏的重心移到了对作品内在意蕴的把握上来，他强调艺术感受力的重要性，充分肯定了诗歌“活”的特性，高度重视读者在鉴赏过程中的再创造作用，不去附和古典文学研究中偏重名物训诂、强调学问功底的非审美倾向。钟惺指出，最重要的环节是在章句、训诂的环节之后。诗之为“活物”，正是要给读者的创造性理解和想象留出余地，以便使“有进于是者，神而明之，引而伸之”，使读者从作品的内在意蕴方面去深切领会作品。

此外，应该指出的是，尽管诗为“活物”说在理论上已经较为完备，但是，当钟惺、谭元春将其运用到具体诗歌批评实践时，却往往走到另一个极端。竟陵派要求读者通过培养敏锐的慧性，从而对作品产生切实独到而又深刻新颖的领会。这种鉴赏要求决定了他们把对诗的深度解读和鉴赏完全寄托在个体的“慧性”上。如他们在所编的《诗归》中常常对作品随意地加以个人化、主观化的理解，有时甚至指鹿为马。我们应该辩证地看待钟惺的诗学观点，这些问题与他们在实践中把读者的主动性绝对化有直接关系。清代人重视学问和训诂，完全否定竟陵派的诗学主张，当然有其独断的一面，但同时也是对竟陵派鉴赏实践的一种必要的告诫和提醒。

二、作为向文学科学挑战的文学史（节选）①（汉斯·罗伯特·尧斯）

五

在历史上，创作和接受一部作品都面临着当时的期望视野。期望视野的重建在另一方面提供了这样的可能，即提出问题，而对这些问题文本已经提供了一种回答，从而推断出过去的读者是如何看待和理解这部作品的。这条途径修正了古典的或者正在现代化的艺术鉴赏的鲜为人知的标准，并避免了对普遍的时代精神循环不已的追究。这条途径指出了对一部作品以往的理解和今天的理解之间阐释学上的差异，使人们意识到了这部作品的沟通以往和今天两种立场的接受历史，从而使那个看似不言而喻的结论——文学文本中的文学性是永远不会过时的，解说者每时每刻都能直接理解其客观的、一旦赋予即永不消失的意义——成为一个颇有疑问的正在柏拉图化的语文学形而上学教条。

接受史的方法②对于理解很久以前的文学是必不可少的。倘若一部作品的作者不知其名，他的意图不能确证，他的渊源关系和师承关系只能间接地推断了，那么只要把文本从文学作品的背景中提取出来，就能轻而易举地回答下列语文学问题——应该怎样“如实地”，即怎样“从文本的本意和时代”去理解文本。因为作者总是或明或暗地假定他同时代的读者了解这些文学作品。《列那狐故事诗》③ 最古老分支的诗作者预料到——正如他的序诗所表明的——比如，他的听众知道像特洛亚故事和《特里斯坦》④ 这样的小说，英雄史诗(chansonsdegeste)⑤ 和滑稽故事诗（fabliaux⑥），因而会对列那狐和伊桑格兰狼这两个男爵之间闻所未闻的战争极感兴趣，因为这场战争将使一切熟识的东

---

① 尧斯又译“姚斯”，因所选译为“尧斯”，故引文部分用此名，而论述时则通用“姚斯”。这篇论文在西方评论界被视为接受美学的宣言式文章。由于英译文与原文有出入，这里根据德文版《接受美学：理论与实践》（慕尼黑，威廉·芬克出版社，1979）译出，原编者对原文有删节。——译者注

② 这种方法不仅通过历史追究一个诗人的成就，其身后的声誉和影响，还对理解这个诗人的历史条件和变化进行研究。——原注

③ 中世纪法国长篇民间故事诗。

④ 流行于中世纪凯尔特民族的一个传说。

⑤ 法文，意为“武功歌”。

⑥ 法文，意为“韵文故事”。

西黯然失色。而上面提到作品和类型则在以后的叙述过程中统统都被顺带嘲弄一番。这部很快就出了名的作品第一次采取了与所有直到当时还在流行的英雄文学和宫廷文学相反的立场，而它赢得了法国以外的广大读者这个成就，的确也从这个视野转变中得到了说明。

语文学的研究长期以来误解了中世纪的《列那狐》本来的讽刺意图，也误解了把动物本性与人的天性相类比的讽喻意义，因为这种研究自雅各布·格林以来已经同关于纯粹的自然诗和单纯的动物童话的浪漫主义观念难解难分了。为了举出第二个例子说明正在现代化的标准，我们同样有理由批评法国史诗研究自贝迪埃以来不自觉地在依靠波瓦洛的诗学标准过日子，在按照单纯部分与整体的和谐、或然性以及其他等标准评价一种非古典的文学。语文学批评方法显然没能依靠它的历史客观主义避免这样的问题，摈除自身的解说者仍然把他自己预先的美学理解力提高到并未被人承认的标准，并对以往文本的含义不加思考地加以现代化。谁若以为解说者似乎只要站在一个历史之外的位置上，超越他的前人和历史上的接受所产生的所有“错误”，并且一头钻进文本里就一定能够直接领悟一部文学作品“永远正确”的含义，那么他说“掩盖了影响史上历史意识本身也卷入的交织牵缠”。他否认“不是任意而是基本的、并主导他自己的理解的先决条件”，只能虚构出一种客观性，这种客观性“事实上取决于其问题提法的合法性”。①

我在这里采用了汉斯·格奥尔格·加达默尔对历史客观主义的批评。他在《真理与方法》中把作用史（这个历史试图从理解本身提示出历史真实）的原则看做是提问与回答的逻辑在历史传统上的一种应用。“要想理解一个文本，须先理解一个问题，而文本是对这个问题的一个回答”，这是科林伍德的论点。在对这个论点的深入探讨中，加达默尔指出，重建起来的问题不再可能存在于它原先的视野中，因为这个历史视野始终包容在我们当前的视野中：“理解始终（是）这些被认为独自存在的视野的融合过程。”历史问题不可能独立存在，它必然转入“对我们来说已成为传统”的问题。由此，雷内·韦勒克曾用以说明文学批判的窘境的那些问题都迎刃而解了。韦勒克的那些问题是：语文学家应该从历史的角度，还是按当前的立场，或者按“几个世纪的评判”来评价一部文学作品？衡量一般历史的实际标准有可能如此褊狭，以致使用这些标准只

① 引自汉斯-格奥尔格·加达默尔的《真理与方法》，284、285页，1960。——原注

会使一部在其作用上发挥过很大的意义潜力的作品变得可怜起来。当前的美学评论将会偏爱一种符合现代口味的作品规范，对所有其他的作品，则仅仅因为它们没有再显现在它们那个时代中的功能而做出不公正的评价。至于作用的历史本身，不管它如何富有教益，“作为权威也跟同时代诗人的权威一样，处于遭受反对的境地”。韦勒克的结论——我们不可能回避自己的评判，我们只能尽量客观地进行评判，也就是像每个科学家那样，“把对象孤立起来”——不是摆脱窘境的办法，而是倒退到客观主义那里去了。对一部文学作品来说，“几个世纪的评判”比仅仅是“另一种读者、批评家、观众甚至教授累积起来的评判”，即逐渐阐发一种作品所固有的、并在其被接受的历史阶段中现实化了的意义潜力更为重要。而懂行的评判只要在遇到传统的时候有控制地进行“视野的融合”，就能领悟这种意义潜力。

然而，当加达默尔要把古典这个概念抬高为所有历史地沟通过去和现在的典范时，我用接受美学为一部可望成立的文学史奠定基础的尝试，与加达默尔的作用史原则之间的一致就达到了极限。“所谓‘古典’，就是无须克服历史距离——因为它已经在不断的沟通中自行克服了这个距离”，加达默尔这个定义产生于对所有历史传统来说都是基本的提问与回答的关系之中。假如古典就是“为每个它所面临的时代讲述一些好像是专门为那个时代讲述的东西”，那么对古典文本来说，就不必去寻找文本对此提供了一个回答的那个问题了。这样来“显示自身意义并解释自身”的古典作品，不正是对我称之为“第二次视野转变”的那种状况的结果——所谓“杰作”的毋庸置疑的当然性的写照吗？这种杰作在一个堪为模范的传统的回溯视野中隐藏了自己本来的否定性，使我们不得不从毫无疑问的典范那里重新迎回“真正的提问视野”。即使在古典作品面前也不能免除接受意识认识“文本和时代之间的张力关系”的使命。黑格尔所采用的古典（它自行解释自己）这个概念，结果必须颠倒提问与回答的历史关系，并且同作用史的原则——理解“不仅是一种复制行为，而且也是一种创造行为”——发生矛盾。

这个矛盾显然是由于加达默尔固执地坚持一个古典艺术的概念造成的。这个概念超出了它所产生的时代——人文主义时代，是无力承当接受美学的一般基础的。这就是模仿这个概念，它被理解为“再认识”，就像加达默尔在其艺术经验的本体论解释中所阐明的那样：“我们在一部艺术作品中真正获悉和关注的，其实是作品的真实程度，即我们对作品中的某些东西和我们自身的认识和再认识程度。”这个艺术概念可以在人文主义艺术时期通行无阻，但却不能在它之前的中世纪时期，更不能在它之后我们的现代风格时期通行。在现代风格时期，模仿美学以及奠定其基础的实体论的形而上学（“本质的认识”）丧失了它的约束力。但是，艺术的认识意义并没有随着这种时代的变迁而消亡，由此可知，它完全不受再认识的古典功能约束。如果艺术作品能够预示未来经验的路径，想象出还未检验的观念模型和行为模型，或包含一个对新提出的问题的回答，那么它还能沟通那种不能纳入柏拉图模式的认识。如果我们试图用古典这个概念去理解过去的艺术与今天的沟通，那么文学的作用史正好被消去了经验过程中的这个潜在意义和创造功能。假如按加达默尔的说法，古典作品在不断的沟通中本身能够克服历史距离，那么它作为物化传统的一个远景，必须转而注意到，古典艺术在其问世的时代还未显示“古典性”，相反倒是总有一天会开创新的观察方法，酝酿新的经验。这些方法和经验正是从历史距离中——在对现在已经熟悉的东西的再认识中——给人一种印象，似乎在艺术作品里显示着一种永恒的真理。

就是以往伟大的文学作品，其作用也既不是一种自我沟通的活动，也不能同放射现象相比，即使是艺术的传统也取决于现时同以往的对话关系。因此，只有现实的观察者提出能够使以往的作品起死回生的问题，以往的作品才能作出回答，并为我们“讲述一些东西”。在《真理与方法》中，理解——类似海德格尔的“存在活动”——被看做“是在一种不断进行着过去和现在的沟通的流传活动中安营扎寨”，这样，“存在于理解之中的创造因素”必然会遭到忽视。不断发展的理解必然也包括传统的批评和遗忘，这种理解的创造功能将在下文为一部文学史的接受美学构思奠定基础。这个构思必须从三个方面，即文学作品的接受关联中的历时方面（见第六章），同时代文学的参照系统中和这个系统的次序中的共时方面（见第七章）以及最后在文学的内在发展同历史的一般进程的关系方面（见第八章）考虑到文学的历史性。

六

接受美学的理论不仅允许在理解的文学作品历史发展中去领会作品的内容和形式，而且还要求把单个作品放入其“文学系列”之中，以便在文学经验的联系中认识作品的历史地位和意义。在从作品的接受史走向文学的事件史的脚步中，后者表现为一种进程，在这个进程中，读者和批评家的消极接受转变为作家的积极接受和新的生产，或者——从另一个角度来看——下一部作品会解决上一部作品遗留下来的形式问题和道德问题，同时又提出了新的问题。

实证主义文学史按年月顺序的排列来划分单个作品，从而使它成了肤浅的“事实”。那么单个作品如何才能回到它的历史序列关系中去，重新被理解为事件呢？形式主义学派的理论试图——正如已经提到的——用其“文学进化”的原则来解决。按照这个原则，新的作品是对抗着先前的作品或者竞争的作品的背景而产生的。作为成功的形式，它达到一个文学时代的“顶峰”，很快就被复制，并且不断被自动地复制下去，以便使这个写滥了的类型，在下一个形式脱颖而出的时代，得以在文学生活中继续苟延残喘。假如按照这个迄今几乎还没有被贯彻的纲领①分析和描写一个文学时代，那么就可期待一个在各个方面都将胜过传统文学史的描述。这个描述将把封闭在自身中的、原先是相互并存、互不联系，至多被一个一般的历史概述装入一个框架里的系列，即一个作家、一种流派思潮或者一种风格表现的作品系列，以及各种不同文学类型的系列相互联系起来，并揭示出功能和形式之间不断进化的更替关系。那些由此而突现出来、相互适应、相互交替的作品将表现为一个进程的因素。这个进程不必根据一个目标去设计，因为它辩证地自行产生出新的形式，它不需要目的论。此外，作如是理解的文学进化的固有能动性将会避开选择标准的窘境：这里重要的是作为文学系列中新形式的作品，而不是已经衰落的形式、艺术手段和类型的自我复制，后者已退居次要地位，直到一种新的进化因素重新使它们“能够被感知”。文学史把自己理解为“进化”，并与这个概念的通常意义相反，文学史排除任何定向过程。而在文学史的形式主义的构思中，一部作品的历史特点终究会跟它的艺术特点具有同等意义：一种文学现象的“进化”意义和特性取决于有没有革新这个决定性的特征。这和艺术作品是在与其他艺术作品背景的对照下而被感知这句话并无二致。

形式主义的“文学进化”理论无疑是更新文学史最重要的开端之一。关于在文学领域的一个系统里面同样发生着历史变化的认识、文学发展功能化的尝试、尤其是自动化理论，都是来之不易的成就，即使需要修正对变化的片面神圣化，也应当坚持这些成就。批评界已经不厌其烦地指出了形式主义进化理论

---

① 苏联形式主义学者J. 蒂尼亚诺夫的《论文学进化》(1927) 最精辟地提出了这个纲领。这个纲领只是在对文学类型史结构转变问题的探讨中才得到部分的实施。——原注

的缺陷：单纯的对立或者美学上的变异不足以解释文学的进步；关于文学形式变迁方向的问题仍旧悬而未决；单是革新本身还不能形成艺术特点；通过单纯的否定并不能消灭文学进化和社会变化之间的关系。对最后一个问题，我的第七个论点将给予回答，其余棘手的问题要求形式主义者的描述性文学理论按照接受美学的观点向历史经验这一维开放，这一维也必然包含当代观察者——别称文学史家——的历史位置。

把文学进化描写为新与旧的不停斗争或者形式神圣化与自动化的交替，这使得文学的历史特点只剩下一维的文学变化现实，并把历史限制在对这些变化的感知上了。然而，文学系列的变化只有在新旧形式的对立同样显示这些变化之间特殊的沟通时才能成为一种历史序列。这种沟通在作品的接受者（读者、批评家、新的创作者）之间以及以往事件和逐渐接受之间的相互作用中包含了从旧形式走向新形式的脚步，可以按一定的方法把这种沟通归入一个形式和内容的问题，“每一部艺术作品作为根据这部作品可以成立的‘答案’的视野，都提出并留下了这个问题”。① 对一部作品改变了的结构和新的艺术手段的单纯描写不一定会追溯到这个问题，并因而追溯到这个问题在历史系列中的功能。为了确定这一点，也就是说，为了认识这个遗留下来的问题（历史系列中的新作就是对这个问题的回答），解说者必须动用他自己的经验，因为以往关于新旧形式的视野、问题和答案的视野只有在其以后的沟通中，在被接受作品的当前视野中才能重新显现出来。作为“文学进化”的文学史把美学上的接受和生产直至当今观察者时代的历史进程当做沟通所有形式对立或“差异质量”② 的条件。

对此，倘若文学史家的立足点成为这个进程的消失点（但不是目的地!），那么，接受美学的奠基不仅给“文学进化”拨正了所迷失的方向，还显示了一部文学作品的现实意义和潜在意义之间变化不定的距离，从而使人们看到了文学经验的时间深度。这就是说，一部作品（形式主义把它的意义潜力归结成革新，以作为唯一的价值标准）在其第一次发表时建立的视野中，它的艺术特点

① 引自H. 布卢门贝格（H. Blumenberg）的《诗与阐释学》第3卷，692页。——原注

② 根据V. 埃利希（V. Erlich）的观点，“差异质量”这个概念对形式主义学者来说有三层意思，“在描绘真实的层次上，这个概念是指‘偏离’真实，即富有创造性的变形；在语言层次上，这个词表示偏离常用语言惯用法；最后在文学动力学的层次上，是指对占统治地位的艺术标准的改变”。引自《俄国形式主义》，慕尼黑，281页，1964。——原注

根本不可能总是很快就能被感知的，更不用说在新旧形式的完全对立中会被透彻地领会了。对一部作品初次的现实感知和它的潜在意义之间的差距，或者换一种说法：一部新作所产生的对其首批读者所怀期望的对抗可能如此之大，以致需要一个很长的接受过程，来掌握住在最初的视野中出乎意料、支配不了的新意。与此同时可能发生这样的情况：作品的潜在意义是在很久以后，直至“文学进化”随着一个较新形式的现实化而达到一种视野时才被认识，这种视野这时刚刚指出被曲解的较旧形式的理解途径。马拉美及其流派晦涩的抒情诗正是这样为回到早已无人尊崇而被忘却的巴罗克文学，特别是为语文学的新解说和贡戈拉①的“再生”提供了基础。一种新的文学形式如何才能重新开辟通向被遗忘的文学的道路，这方面的例子比比皆是，所谓的“复兴”就属于这样的例子——之所以说“所谓的”，是因为这个词的意义造成一种自动回归的印象，并常常使人看不到文学传统不会自行流传，也就是说，不管是一种改变了的美学观点有意回过头去重新掌握过去的文学，还是一道出人意料的光芒从文学进化的新因素中返照到被遗忘的文学上，因而使人从中发现了一些以前无从寻找的东西，一种过去的文学都要靠一种新的接受将其拉回当代才能回归。

因此，这种新质不仅是一种美学的范畴。它并不化解为形式主义理论所唯独重视的革新、突兀、超越、重组、间离的因素。倘若文学的历史不得不进而提出以下问题：究竟是哪些历史要素首先使一个文学现象的新质成其为新质，这种新质在其显现的历史瞬间已经可以在多大程度上被感知，其内容的兑现要求什么样的理解距离、途径或者迂回，以及它充分的要素是否已经具有很大影响，足以改变用老套套作为根据的观点，从而改变对以往文学的神圣化，那么这种新质还将成为历史的范畴。至于诗的理论和美学上创作的实践之间的关系如何在这道光芒中显示出来，这一点在另一种关联中已经作过讨论。② 当然，这些描述远远还没有穷尽在美学观点的历史变迁中生产和接受相互交错的可能性。它们在这里首先应当说明的是，文学的历时观察在它不再满足于把一个按年

---

① 贡戈拉（1561—1627 年），西班牙诗人。他的后期诗歌矫揉造作，词句晦涩难懂，形成“贡戈拉派”。

② 《诗与阐释学》第 2 卷《内在的美学——美学反思》，W. 伊瑟尔编辑，慕尼黑，395～418 页，1966。——原注

月顺序排列的文学“事实”系列看做文学的历史现象之后，将走向什么领域。

（王卫新译，选自《读者反应批评》，北京，文化艺术出版社，1989）

1. 作者简介

汉斯·罗伯特·姚斯（Hans Robert Jauss，1921— ），德国文艺理论家、美学家，接受美学的主要创立者和代表之一。1952年在海德堡大学以论文《马塞尔·普鲁斯特的〈追忆逝水年华〉中的时间和回忆》获博士学位，1957年以《中世纪动物史诗研究》获得罗曼语文学的授课资格。1959年至1966年在门斯特和吉森大学任教。1963年，当姚斯在吉森大学任教的时候，就与伊瑟尔（Wolfgang Iser，1926— ）共同创立了一个名为“诗与阐释学”的研究小组，这个小组用历史、美学、语言学“对话”的方法来研究文学问题。1966年姚斯被聘为联邦德国南部博登湖畔的康斯坦茨大学教授，第二年以《什么是文学史，文学史研究的目的是什么》作为他在康斯坦茨大学的就职演说。接着，伊瑟尔发表相似观点的讲演《文本的召唤结构》。这两篇讲演在当时引起激烈的争论，以姚斯、伊瑟尔、福尔曼（Manfred Fuhrman）、普莱斯丹茨（Wolfgang Preisendanz）、斯特利德（Jurij Strideter）等理论家为代表的接受美学诞生了。接受美学也因此被称为康斯坦茨学派（the Constance School）。

20世纪70年代初的姚斯处在阿多诺的《美学理论》（1970）的影响下，1972年的《审美经验小辩》标志着姚斯理论观点向审美经验的转移，他转而批判阿多诺的否定性美学，并试图由从复杂的审美经验入手，重新引进“愉悦”的概念。进入70年代中期，接受美学已经失去了轰动效应，1977年，姚斯发表《审美经验与文学阐释学》，这是他后期的代表作。这时，他一改早期那种“挑战”的骑士式的姿态，把剑的锋芒转向自己，开始清算和批判自己早期的理论。这一时期的论著还有《中世纪文学的时代性和现实性》（1977）等。

到了70年代末80年代初，姚斯把他对接受理论和审美经验的思考，都汇聚到文学交流理论的建树上。他从哈贝马斯的交往理论和马克思主义的“生产→流通→消费”的“循环模式”中发展出自己的交流范式理论，他不再仅仅将文学接受作为自己的研究对象，而是将“作家—作品—读者”这一文学总体过程作为研究的终极对象。但不管姚斯的理论倾向如何变化，他仍然是以读者立场为主的，“文学的本质是它的人际交流性质，这种性质决定了文学不能脱离其观察者而独立存在”。这一时期他的作品如《1912 年的界限——纪尧姆·阿波利奈尔》（1986）等都反映了他的建立一种“普遍的交流理论”的构想。但是，与他早期著作的巨大影响相比，姚斯后期的著作反响较小。

2. 背景知识

1970 年，姚斯发表了这篇著名的讲演《作为向文学科学挑战的文学史》，在此后的十年里，这篇论文再版达十多次，被译为 23 种文字，成为接受美学的纲领性宣言。接受美学又称接受理论、接受研究、接受方法，是 20 世纪 60 年代西方文学研究中的一种新兴的方法论。学派的主要创始人是康斯坦茨大学一批当时较为年轻的文艺理论家和教授，他们中有姚斯、伊瑟尔、斯特利德、福尔曼和普莱斯丹茨等。他们并没有统一的观点，也没有结成一个正式的学术团体，但他们都关注文学研究方法的更新。接受美学在德国兴起后，很快传播到非英语国家如瑞士、波兰、法国、苏联等，其后又传到英、美等英语国家。近年来，我国对这种理论进行了评介和运用。

接受美学诞生之前，西德流行的是“新批评”在德国的变种：施泰格尔（E. Strager）和凯塞尔（G. Kayser）为代表的“文体批评派”。该派把作品看作一个脱离经验现实的独立自主的结构。这样，进入 20 世纪 60 年代的“反权威”浪潮期，文体批判派成为首个被攻击的对象。瑞士文学史家瓦尔特·英什克甚至宣布这种方法给德国文学研究带来了一场“国祸”。在随之出现的文学研究方法论的危机中，许多人开始探索新的道路，试图突破旧的理论框架，建立新思维方式和理论构架。

接受美学的诞生正值这样一个文学研究的转折点上：文学研究中关注作品的本文中心范式走向末路，文学的历史性与社会性被摆上重要议程，西方马克思主义流派成为新的理论模式借鉴的对象，文学自身的审美的、结构的、形式的、语言的特质亟须经扬弃后进入新的理论模式。姚斯说，他就是在历史学派和美学学派止步的地方“起步”的。

20 世纪 60 年代也是解释学转向的关键时刻。在德国哲学家海德格尔和加达默尔那里，解释学完成了从认识论到本体论的“转向”。1960 年，加达默尔的《真理与方法》问世，直接启发了姚斯的《挑战》一文。加达默尔的哲学阐释学以人为本体，把现象学的神秘主义先验论提升到一个新的高度，同时具备了现象学所缺乏的历史性和现实感。正如保罗·德·曼在《走向接受美学》的英译本中所宣布的：接受美学就是文学阐释学。姚斯的这篇讲演的原题《研究文学史的意图是什么、为什么》也证明了他的阐释学背景，这一追问说明他是以加达默尔的解释学为哲学背景的。姚斯在文章中直接运用了加达默尔的“先在结构”“效应史”“理解视野”等重要概念，并以此来否定西方已有的批评范式。此演说于1970年更名为《作为向文学科学挑战的文学史》正式发表，引起激烈争论。这次更名，实际上姚斯借用了席勒1789年在耶拿大学任历史教授时的就职演说，他仅仅改动了一下席勒的讲演题，把“世界”改为“文学”，试图借助席勒式的动员，搅动当时文学研究与批评侧重于文学文本和作者的定局，确立新的文学（史）观。姚斯批判了将文学与社会历史分裂、对立的倾向，同时也批判了实证主义的、形式主义的文学历史观，并试图重建对文学的美学思考和历史思考之间的联系。他认为新的文学史应是文学作品的消费史，读者作为消费主体是其中一个具有能动作用的最重要的组成部分。

接受美学的影响一直延续到今天。20世纪80年代初，姚斯在《接受美学与文学交流》中，描述了这个学派近二十年的发展趋向：“以康斯坦茨学派闻名的接受美学自1966年以来逐渐转化为一种文学交流的理论。”①

3. 文本解读

本章节选的《挑战》一文的两小节，《挑战》之“五”是姚斯和加达默尔对“期待视野”这一概念的不同解释，《挑战》之“六”论及“读者和批评家的消极接受”如何“转变为作家的积极接受和新的生产”。正如姚斯所言，《挑战》一文意义重大。

> 文学研究朝接受美学和效果美学的转向的开端，是我的《作为向文学科学挑战的文学史》（1967）和沃尔夫冈·伊塞尔的《文本的召唤结构》（1970）。……在我看来，不是完美的语言结构，亦不是封闭的符号系统，也不是形式主义的描写模式这类方法，而是依靠问与答进行解释，使创作与接受，以及作者、作品、读者的动态过程合理化的历史学才能使文学研究翻新，才会把文学研究从为解释而解释，或为“写作”的形而上学而解释的死胡同中，从为比较而比较的比较文学的死胡同中引导出来。②

---

① 张廷琛编：《接受理论》，194页，成都，四川文艺出版社，1989。

② Hans Robert Jauss, *Aesthetic Experience and Literary Hermeneutics*, Minneapolis, Minn: University of Minnesota Press, 1982. 见“导言”部分。

的确，作为法国文学史专家的姚斯，对文学史的关注一向胜于对理论本身的关心。这篇讲演有两点值得我们进一步讨论：一是贯穿全文的接受美学的重要概念——期待视野；二是新文学史的观念，预告了一个新的文学范式革命——读者批评范式——的到来。姚斯从科学哲学中借用了“范式”这个概念，来解释同一时代的读者对文学的看法比较类似这一现象。按照科学哲学家托马斯·库恩的概念，每个历史时期的科学家们的研究工作都遵照由特定的科学认识所构成的“范式”。一旦原有范式出现危机，解释不了新出现的问题，新的研究范式就会应运而生，而接受美学正是文学研究在旧有范式的危机上产生的新范式。

（1）期待视野

本章所选的这两节原文都涉及一个重要概念——期待视野（expectation horizon）。姚斯使用的“期待视野”概念来自加达默尔，但当他把这个概念用于批评理论时，他对这个概念进行了进一步的扩充与修改。

胡塞尔和海德格尔都使用过“视野”这一概念。“视野”（Horizon，又译视界、视域）意为“地平线”，指“看”的区域，描绘的是理解的形成过程。海德格尔认为，超越历史和时间的纯粹客观性理解是不存在的，对世界上事物的认识都必然带着先入之见，因为这些事物都是我们思想的投射，在理解和认识的时候必然受到既有观念的影响。我们的思考总是受到自己所处的历史环境的制约，因而它具有个人的和内在的历史性。任何解释和理解都包含了某种预设，这就是“前结构”。加达默尔继承了海德格尔的思考，他指出，理解就是前理解，是一种“成见”。但是，人们的“成见”（“前理解”）构成了人们的存在，这些历史的规定性就是“视野”。因此，文学的意义不仅仅局限于作者的意图，而是被后来的阅读不断地引申和丰富，受制于读者所处的历史环境。在很大程度上，意义是由解释者所给予的——

> 意义总是同时由解释者的历史处境所规定的，因而也是由整个客观的历史进程所规定的。……本文的意义超越它的作者，这并不只是暂时的，而是永远如此的。因此，理解就不只是一种复制的行为，而始终是一种创造性的行为。①

---

①［德］汉斯-格奥尔格·加达默尔：《真理与方法》（上），洪汉鼎译，380页，上海，上海译文出版社，1999。

加达默尔既不同意施莱尔马赫的“避免误解”的说法，也不同意狄尔泰所说的理解就是“还原”文本的本来意义的观点。文学作品并非将某种已经完成的、确定的、封闭的意义抛进世界，而是被后来的阅读不断地引申和丰富，依赖于解释者所处的历史环境的时空变化。任何阅读都不可能是“清白的阅读”，都必然加进阅读者自己的“前理解”。我们对过去文学的理解只能从受到限制的当下视角出发。因此，任何读者理解到的意义都不完全等同于作品原来的意义，而且不同读者面对同一作品所理解到的意义都不可能完全一样。在加达默尔看来，理解有它无法摆脱的先行结构——传统。不是我们的判断，而是我们的成见（Vorurteil）构成了我们的存在。① “成见”始终隐含在我们的理解和判断之中，没有成见，理解便不可能发生，每一种视野都对应于一种理解的预先结构。

> 人类此在的历史运动在于：它不具有任何绝对的立足点限制，因而它也从不会具有一种真正封闭的视域。视域其实就是我们活动于其中并且与我们一起活动的东西。视域对于活动的人来说总是变化的。所以，一切人类生命由之生存的以及以传统形式而存在于那里的过去视域，总是已经处于运动之中了。②

与加达默尔相同的是，姚斯指出，任何阅读活动，都是在一定的期待视野中进行的。姚斯的“期待视野”指的是，在文学阅读之前及阅读过程中，读者作为接受主体，在心理上形成一种阅读的“既定图式”，即阅读经验期待视野，简称期待视野，它是接受者从自己现有的条件出发对文学作品所能达到的理解范围，可以看成是读者对作品的某种“先入之见”，是一种预先存在的阅读意向。期待视野既是阅读理解成为可能的基础，又是其限制。期待视野和接受动机将决定读者对所读作品内容的取舍，决定他的阅读重点，也决定他对作品的基本态度与评价。在具体的阅读中，期待视野又呈现为文体期待、形象期待和意蕴期待。姚斯还进一步区分了个人期待视野和公共期待视野，并把后者规范为接受美学的主要任务。文本展现了作者的“初始视野”，而读者具有的是

---

① ［德］汉斯-格奥尔格·加达默尔：《真理与方法》（上），洪汉鼎译，354页，上海，上海译文出版社，1999。

② 同上书，390页。

“现今视野”，理解就意味着两种不同视野的融合，为此姚斯还提出“视野融合”这个概念，认为它是作品的终极意义和价值所在。

姚斯对“视野”这一概念进行创造性重构，期待视野是在如下三个层次中展开的：

①面对一部作品，读者不是白板一块，而是有某种“成见”；

②在阅读中，作品与读者相互作用，读者产生对作品的期待态度；

③期待视野并非一成不变，而是处在不断建构与改变过程中。

第三个层次很容易引起疑问——是不是任何一个读者都有权利推翻既有的文学史论断？显然，在姚斯这里，答案是肯定的，“期待视野”的确赋予了读者极大的权力。同时，另一个根深蒂固的传统观念就会遭到严重的挑战——一部作品是否存在某种不变的客观价值？姚斯认为，不存在一个客观的、超然于历史之外的价值审判，一部作品的价值本来就是浮动于不同历史时期的读者接受之中。在这里，我们似乎看到姚斯与钟惺相似的思路。他们都认可不同的历史时期的同一部作品可能呈现不同的意义；他们都承认这正是作品的历史性所在，正是读者的阅读赋予作品无穷的意义，历史的、社会的读者根据自己的理解评判一部作品的优劣，使得作品代代相传。

（2）新的文学史观点

传统的文学史研究领域，有一种保守的倾向，把文学史缩减为文学的创作史和美学的表现史，即作者和作品的历史。大多数文学史家认定，唯有作家的创作活动和作品是可以追溯的历史事实和可见而稳定的因素。但是，这种传统的文学史观忽略了一个简单的事实：文学作品只有被接受并产生影响才能流传下去，未被接受的作品无论如何都不会进入文学的历史进程。究其实质，文学史是作家、作品和读者三者之间的关系史。不仅如此，姚斯的观点更为激进：文学史首先是文学被读者接受的历史。在《挑战》中，姚斯从文学接受历史的宏观角度入手，先指出文学史研究的困境，文学史已经成为一种“伪历史”，学者们所讨论的问题也大多是伪问题。为什么会出现这种危机？这是因为文学史家既外在于历史的维度，又缺乏审美判断。要解决这个问题，只有重建历史与美学之间的联系。

在《挑战》中，姚斯坚持“历史接受方法”。接受被分为垂直接受和水平接受两种。垂直接受是指历史地考察读者接受的文学作品，有的文学作品蕴藏的含义逐渐被发掘；水平接受是指同时代的个人、阶层、社会集团对同一部作品的接受的不同。引入历史之维就是引入读者之维，这种引入是接受美学之所以关注文学史的关键所在。姚斯强调的历史接受三维度也很重要，即文学自身独具的历时性、文学自身独具的共时性、文学在整个历史过程中的关系。

质言之，任何文学研究，都是对文学史的研究，研究现实的接受必须追溯其历史接受。将文学史看成文学效果的历史是接受美学的审美策略。当然，正像消费者的喜好和兴趣必然对生产者产生影响一样，读者的接受程度必然会有力地影响作者的文学生产——尽管人们没有理由简单地将这种影响解释为作者无条件地服从读者。对文本的理解，在许多时候变成了一种历史的功能，或者变成了一种阅读的后果。这样，文本的确定性消失了，那么，文本的活力从何而来呢？答案正如姚斯所言，“只有阅读，才能使文本从死的语言物质材料中挣脱出来，而拥有现实的生命”。

文学接受史与“期待视野”之间的关联处在哪里？姚斯认为，一部作品的价值和意义应当用它的潜在特性作用于接受意识时产生的审美效果来衡量，对一部作品进行接受和评价的历史就是这部作品的作用史。在文学史写作中应引入作用史的原则，可以通过各时代接受者的文学“期待视野”的方法来加以描述。

总之，在《挑战》中，姚斯不仅提出了一种新的文学史观，强调文学接受活动及其主体在文学历史进程中的作用，不排斥作家、创作和文本本身的规定性，而且他坚持任何一部文学作品的社会意义和美学价值只有通过读者的阅读才能实现，把作家、作品、读者之间的关系视为一个动态的完整的文学过程。这两个层面的理解显然是全面的，无疑有助于克服形而上学的客观主义历史观，推动文学史研究中方法论的变革。

姚斯的批评思想来源复杂，比如，他既承认马克思主义所坚持的文学的历史性，接受马克思主义中的文学效果与接受的思想，又把它当成实证主义文学史的代表来批判，认为它不过是“生产和表现美学”；他借鉴形式主义作为研究文学作品的审美接受理论，但又批评其忽略了历史；他还批判“形式主义—结构主义”学派把文学作品视为形式和技巧的总和。总体上，姚斯认为这两种文学史方法都只能给我们一个封闭而非开放的文学体系。不过，他的观点有时难免流于简单与片面，有过于偏激之嫌，比如，他甚至嘲笑乔治·卢卡契只是把文学看成外在世界的被动的镜子，这其实是由于姚斯没有正确理解卢卡契的思想。

20 世纪 80 年代初，姚斯回顾他这篇文章中对文学接受的一些假说，修正了一些值得商榷的陈述。他说："接受美学并不是独立的、放之四海而皆准的原则，它并不足以解答自己所有的问题。我们不如说，它是对方法的片面反映，它不拒绝任何补充，而且还有赖于和其他原则的配合。"① 姚斯如此为接受美学定位，应该说是较为辩证的。

第二节 相关问题概说

作品在历史长河中漂泊，不同时代的读者不断地参与到与作品的"对话"中来。作者、作品与读者之间的关系，并非简单的发出者→接受者的关系，而是意义以及意义的仲裁者之间的关系。我们在第一章"文学与文学理论"中，已经简略地论及读者"体验说"。本章所谈的文学接受，并非局限于狭义角度的西方接受美学，而是从中西文学理论的共通之处来谈文学接受。从广义角度而言，"文学接受"是指一种以读者为主体，以文学作品为对象的积极能动的阅读活动。

20 世纪 80 年代初期，我们引进了德国文学批评的新理论"接受美学"。正如童庆炳先生所言，"那时我们觉得这理论真新鲜，真是一种'原创性'的新发现。多少年过去了，我发现'接受美学'就其思想而言，在我们中国'古已有之'，接受美学的思想幼芽产生于中国"②。其实，纵观中西文学理论，读者都没有被批评家所忽视，只不过接受美学和读者反应理论更加刻意地强调和突出，其地位骤然上升，成为文学批评的重心和中心所在。

文学接受主要研究三个领域：处于潜在状态的文本、阅读中的文本（即文本与读者的交流过程）、文本的传达结构（即文本与读者发生相互作用的条件），并且这三个方面的研究在作品与读者双向作用的考察中得到统一。

文学接受的发生及整个过程，是一种十分复杂的心理现象。由于篇幅的限制，我们讨论的重点将是描述文学接受的大致过程，同时涉及接受过程中的种种心理机制及相关问题。

---

① ［德］姚斯：《论拉辛和歌德的伊芙琴尼亚：关于接受美学方法的局限性》，见刘小枫选编：《接受美学译文集》，237 页，北京，生活·读书·新知三联书店，1989。

② 童庆炳：《中国古代文论的现代意义》，96 页，北京，北京师范大学出版社，2001。

一、文学接受的发生：从“文本”到“作品”

20世纪60年代以来，文学接受理论逐渐成为普遍共识，人们一般都认可这样一种观念：一个文本，其意义的决定者不只是作者（说话者），读者（听话者）在确立其意义中同样起着关键作用。

1. 文本“召唤”读者

有文本在前，方能有欣赏在后。但究其实质，这只是对文学创作活动一种表面的理解。对于文本来说，接受活动从来不是消极、被动的，它总是积极、主动地参与着作品的意义建构和价值实现。柏拉图、亚里士多德、贺拉斯以及朗吉努斯等古典批评家在探讨文学的时候，主要就是从文学对读者（观众）的影响入手。在论述文学接受的过程时，许多作家和批评家都认为作品本身就有一个蕴含着“召唤”的结构：

> 既然创造只能在阅读中得到完成，既然艺术家必须委托另一个人来完成他开始做的事情，既然他只有通过读者的意识才能体会到他对于自己的作品而言是主要的，因此，任何文学作品都是一项召唤。……作家向读者的自由发出召唤，让他来协同产生作品。①

萨特所谓的“召唤”是作者主动召唤读者，但接受美学所谓的“召唤结构”却不仅是萨特所说的作者向读者召唤，而是文本本身向读者召唤，这也正是接受美学的创新之处。伊瑟尔认为，“文本”本身就蕴含着一种“召唤结构”(Appllstruktur)，罗兰·巴特则称之为“期待结构”，在我们看来，这两种说法指的都是文本具有一种召唤读者阅读的结构机制，文本为读者预留了无数的意义空白点，期待或召唤读者用自己的经验、体会、情感和理解去将它填满。

在《伊利亚特》中，荷马是怎样描写海伦的美丽呢？“海伦走了进来，她的美丽使老人们肃然起敬。”托尔斯泰的长女塔·苏霍津娜—托尔斯塔娅(1864—1950年）回忆托尔斯泰对这句话的评论是：“普普通通的一句话，但您从中可以看到，老人们在这种美的魅力面前也不禁肃然起敬。用不着去描写她

---

① 施康强选译：《萨特文论选》，121页，北京，人民文学出版社，1991。

的眼睛、嘴巴、头发等。每个人都会用自己的方式去想象海伦的形象。”托尔斯泰还引用伏尔泰的一句话，“乏味的艺术——就是把话说尽”①。在托尔斯泰看来，伟大的作品永远都预留无数意义的空白点，让读者加入进来，用自己的想象和知识来填补作品，这样，“文本”才能转化为作品，获得新的生命；而那些把话说尽的平庸之作，却缺乏这样的召唤结构。艾柯也有类似的观点，他把文本分成两种：一种是“开放式的”，如乔伊斯的《芬尼根的守灵夜》，它富于召唤性，需要读者合作才能产生意义；另一种是“封闭式的”，如侦探小说，基本上可以预见读者对作品的反应。

中国文学中的“言已尽而意无穷”“意在言外”也涉及这个问题。读者通过填补空白，体会作品的“言外之意”。为何伟大的文学作品是“活物”而非“死物”？就在于这些作品本身有一种呼唤的力量。钟惺的诗为“活物”说其实就是承认读者的不同理解所带给作品的鲜活的生命力。清代王夫之在评价唐代诗人杨巨源《长安春游》诗时也说：“只平叙去，可以广通诸情，故曰诗无达志。”（《唐诗评选》）“诗无达志”强调的也是诗歌应当具有被读者灵活领会和理解的可能性；王夫之还提出，“读者各以其情而自得”，这是从阅读与欣赏的立场肯定了读者的理解自由。“诗无达志”则从创作的角度向诗人提出如何为读者留下蕴含丰富、可供多种理解、能启发多重联想的“召唤结构”，这说明王夫之把是否内蕴丰富、是否为读者联想创造充分的自由，作为评估文本的重要依据之一。

换句话说，文本提供给读者的应该是一个富于诱导性的召唤结构，调动读者对文本进行个性加工，并在一定程度上驾驭这一过程。正是在这个意义上，伊瑟尔在《文本与读者的交互作用》将“作品”与“文本”这两个概念区分开来，认为“文本”属于作者一极，“作品”则属于读者一极。这就是说，“文本”是未完成的，“作品”才是完成态。如果创作活动后的成果只能“藏之名山”，那么它还只是一个“文本”而已；只有等到它“传之于人”或“传之后世”，才称得上是一件作品。作家创造了文学文本，但文本只提供了某种文学性和文学价值得以实现的潜在可能性或结构，文学性和文学价值的最终实现则有赖于读者的创造性阅读，正是读者的审美活动把文本所包含的潜在可能性转

---

① ［俄］塔·苏霍津娜-托尔斯塔娅：《遥远的回忆》，见严永兴编选：《白天的星星》，3页，北京，中国社会科学出版社，1993。

化为现实性，才使文学文本转化为文学作品。因此，召唤结构正是文学文本区别于其他语言文本的一个重要标志，它是文学文本的基本结构。

2. “隐含的读者”向“真正的读者”的转化

文本召唤读者，读者应“声”而至。一般来说，文学阐释的惯常做法是力图揭示文本中深藏的意义，而接受美学却认为，文本的意义不是靠“召唤结构”而自我生成的，它是文本与读者之间相互交流的结果，文本的完整意义是读者期待的结果。读者非但没有被动地接受文本呈现出来的意义，相反，他们积极地参与了文本意义的建构。因此，对于文学接受来说，我们首先需要辨析的，就是读者这个概念。

过去，人们常常追问的是：谁是叙事者？他们找到各种叙述者，从无所不知、全知全能的叙述者，到靠不住的叙述者，再到隐含的叙述者等，但人们从不追问叙述者向谁讲话。而实际的情形是，作者意识得到“隐含的读者”的存在，在构思、创作时就已经为作品预先设计了一种接受模式，无论作家是否承认，这一阶段是客观存在的。当作者隐身而为叙事者时，我们可以说作者已经考虑到叙述的对象这个问题，但是，真实的读者并不等于叙述的对象（narratee）。当叙事者出现时，我们可以根据各种情况（性别、阶级、情境、种族、民族或年龄等）来规定接受叙述的对象。可是，实际阅读的读者不可能与叙述对象完全一致。考察读者这个概念，不可避免会遇到两种读者，一是理想的读者（隐含的读者），二是现实的读者（真正的读者），这是我们首先要区别的两个概念。理想的读者极富洞察力，能理解作者的每个动机与含义。现实的读者是指实际阅读的具体的个人，如普通读者和专业读者（批评家、作家等）。姚斯认为，文学艺术的本质特征是作家、作品与读者之间的“对话”，接受活动早在真正的作者进行构思之际便已开始。20世纪以来，读者的定义不再局限于个人心理的含义上，而是兼具文化和历史功能，读者如何阅读作品取决于读者所处的历史和文化环境。

当作者化身为叙事者之时，他首先设想到一种“理想的读者”的存在，这也就是伊瑟尔所说的“文本的隐含读者”。“隐含的读者”源于布斯的《小说修辞学》，这种读者在现实中并不存在。由于语言会随历史而变化，读者的历史差异也会与语言产生距离，理想读者只是一种假设，把它称为“虚拟的读者”反而更为确切。他/她不是某个具体的实际读者，而是指一种“超验的读者”或“现象学的读者”。在伊瑟尔这里，“隐含的读者”包含了两方面的内容：第一，他/她是文本结构之中的读者，是作为意象的读者，是作者创作时假想的读者；第二，他/她也是文本结构现实化过程之中的读者，是文本中叙事者进行叙事时的倾听对象。

“隐含的读者”的形成取决于多方面因素：其一，由于为什么写（动机）与为谁写（对象）这二者是密切联系的，作家的创作动机决定了文本中“隐含的读者”的存在。其二，作品独特的寓意也期待着相应的知音，作家赋予文本的思想内涵也决定了“隐含的读者”的存在。刘勰在《文心雕龙·知音》中说，“缀文者情动而辞发，观文者披文以入情，沿波讨源，虽幽必显”，“慷慨者逆声而击节，酝藉者见密而高蹈，浮慧者观绮而跃心，爱奇者闻诡而惊听”。这些都是描绘诗人与隐含的读者处在的一种极其活跃的潜对话状态。其三，作家的选材及文体特点也证明了“隐含的读者”的存在，不同风格的作品期待不同品位的读者。这就是说，作者不可能完全不去想象读者，而读者也不可能以空白的头脑来接受作品，接受者总是自觉或不自觉地带着预先构成的思维定向——“前结构”。这种“前结构”与作者的创作意图、作品意蕴及价值之间构成了极为微妙的关系。相符时，我们称之为“正解”；相背时，我们称之为“误读”。当“正解”或是“误读”发生之时，也是“隐含的读者”向“现实的读者”转化之际，这就是文学接受的发生。

如果再进一步区分，读者在阅读文学作品时，其实也不再是原先的自己，“我是另一个”——比利时的现象学家乔治·普莱（Georges Poulet，1902—1991 年）引用象征派诗人阿瑟·兰波（1854—1891 年）的诗来形容这种特殊的情形。“另一个”是谁？这个高高在上的人，就是胡塞尔所谓的“纯粹意识”。在阅读的时候，“我”被出借给那在我内心感受以及行动的另一个人了。普莱用一句较为通俗的话来解释这一观点：“总之，在和一本书的遭遇中，那最不同一般的事实就是你和它之间障碍的消除。你处于它之中，它处于你之中，不再有外在或内在。”①

二、文学接受的过程：读者对作品的“具体化”

作品就存在于文本和读者之间的往复交流的过程之中，而读者实现作品潜

① ［比利时］乔治·普莱：《阅读现象学》，见王逢振、盛宁、李自修编：《最新西方文论选》，4 页，桂林，漓江出版社，1991。

在功能时，会同时受到这种潜在功能的影响。

如前所述，文本的召唤只是文学接受的准备阶段，“理想的读者”隐身而退，“真正的读者”应“声”而至，才是文学接受诸环节中最重要的一环。召唤结构的内部含有大量不确定因素和未定点，诱发读者反应的潜能，英伽登甚至认为，文学作品在被阅读前只是一个由许多潜在的不确定因素构成的“图式化结构”，是一整套“纲要”，其构成要素大部分都处于潜在状态，等待读者具体的阅读，它还算不上真正的作品，也不是审美的对象。

1. 不定点和空白

如果一部文本的意义已经完全确定，文学接受与交流的动力就会大幅度削减。文本的不确定之处越多，越能激发读者的参与——除非这种不确定性超过了一个极限，以至于读者无法解读作品的基本含义。英伽登说：

> 文学作品描绘的每一个对象、人物、事件，等等，都包含着许多不定点，特别是对人和事物的遭遇的描绘。①

“不定点”（spots of indeterminacy）并非存在于现实的客体之中，它是文学作品作为再现客体的重要特点，文学作品充满“不定点”，它虽然是不确定的，但是意义无穷无尽，需要读者来填充，作品才算真正由此完成。

> 存在于由艺术作品“图式化了的方面”组成的系列之中的间隙；但是，空白则用来表示存在于本文自始至终的系统之中的一种空位（vacancy），读者填补这种空位就可以引起本文模式的相互作用。②

伊瑟尔的“空白”（空位）概念相当于英伽登的“不定点”。莎士比亚的《哈姆雷特》中没有说明哈姆莱特的身高和体形，这就是作者留下的“不定点”和“空白”。作为读者，钟惺之所以每一次阅读《诗经》的体会与感受都不同，

① ［波兰］罗曼·英伽登：《对文学的艺术作品的认识》，陈燕谷等译，50页，北京，中国文联出版公司，1988。

② ［德］伊瑟尔：《审美过程研究》，霍桂桓、李宝彦译，杨照明校，249页，北京，中国人民大学出版社，1988。

这与《诗经》广泛运用比兴手法有关，比兴所营造的意象非常灵活，未定点和空白点很多。王夫之在评论袁宏道《柳枝》时说："谓之有托佳，谓之无托尤佳。无托者，正可令人有托也。"在这里，王夫之也涉及接受美学所说的"空白点"和"召唤结构"，如果作者创造时没有寄托，给作品留下的不确定性与空白正好可以"令人有托"，即正好可以让读者来填补空白。同时，我们要注意的是，这种对文本空白的填充是一个反复的动态过程。

2. 具体化

读者对"不定点"或"空白"的填充的过程是一个"具体化"（concretization）的过程，这是文学接受中最关键的一步。在具体化过程中，读者成为主体，而作品只是一个客体。阅读首先是把作家从作品中排除出去，然后让读者、批评者的主观进入作品，把其中不确定的"点"和"面"加以"具体化"。"一个士兵开了一枪"，这句话的陈述中仍然存在许多模糊不定的地方。人们不知道这个士兵的年龄、头发颜色、枪支型号、射击时的姿势、弹壳落到哪里，如此，等等。读者会根据各种语义的暗示和限制，自动用想象填充这些不确定的部分。

伊瑟尔发展了英伽登的观点，认为读者的具体化过程不是去揭示文本的统一性，而是去揭示文本的"空白"和各种不确定因素。阅读是一个能动的因素，在阅读中，文本的这些空白和不确定因素不断地向读者的既有规范和法则提出挑战和质疑，迫使读者修正和改变那些先入之见，对自己的习惯性期待产生一种批评性的再认识，从而形成新的理解规范和法则。

鲁迅说，文本向读者传达一个形象，"但读者所见的人物，却并不一定和作者所设想的相同，巴尔扎克的小胡须的清瘦老人，到了高尔基的头里，也许变了粗蛮壮大的络腮胡子"①。为何会出现这样的情况呢？就是因为文本的不确定性与空白，提供了读者建构意象的许多可能性。

读者的积极阅读就是要对作品潜在的和未定的方面进行填补，被读者具体化后，文本才能成为审美对象，成为真正的作品。所谓"具体化"，就是"作品被理解的具体形式"（英伽登）。但具体化既非心理意义上的，又非经验意义上的，一个读者在阅读作品时，并不总是内省其心理活动，而是集中注意力于

---

① 鲁迅：《花边文学·看书琐记（一）》，见《鲁迅全集》，第五卷，530页，北京，人民文学出版社，1981。

作品，这就是一种现象学所说的本质直观活动——“观相”，客体向主体显示，如果主体不看，“观相”就不存在。接受者通过创造性想象和联想，发现种种隐秘的联系从而填满这些空隙，这些联系可能是形象之间的、情节之间的、人物之间的，甚至不同的叙事范围之间的……当然，具体化和作品本身不同，同一作品的具体化可以多种多样。它们来自不同的解释，使同一作品产生多种意义。

3. 审美经验

通过读者的具体化，作品的形而上质得以“现身”，作品才能“实现自身”，这些属性在得到具体化的同时才能获得审美价值。英伽登在《对文学艺术作品的认识》中，进一步讨论具体化过程中的时间问题。文学艺术作品本身的各部分共时性地存在着，而读者只能以一系列在时间中延续的意向性行为来接近作品，在阅读进行过程中，靠前的阅读阶段总是由于时间透视而发生某种变化，我们必须依靠“积极记忆”才能把阅读的不同时段衔接起来。我们不可能同时拥有整个作品。文学作品只能呈现于相互贯通、前后连续的“观相”之中，而不能一览无余。如此，读者审美经验的重要性就显现出来了。

而读者究竟朝着什么方向、按什么方式重组感性经验意象，填补作品的意象空白与不确定性，则根据读者的经验、知识、情感、意蕴等的不同，有着广泛的选择余地。鲁迅指出，我们在阅读《红楼梦》时：

> 推见了林黛玉这一个人，但须排除了梅博士的“黛玉葬花”照相的先入之见，另外想一个，那么，恐怕会想到剪头发，穿印度绸衫，清瘦，寂寞的摩登女郎……但试去和三四十年前出版的《红楼梦图咏》之类里面的画像比一比罢，一定是截然两样的，那上面所画的，是那时读者的心目中的林黛玉。①

不同读者所“填补”出来的林黛玉形象完全不同，其原因就在于不同时代的不同读者各自的感性经验的积累不同，所以在空白点上填补出各自不同的形象。

---

① 鲁迅：《花边文学·看书琐记（一）》，见《鲁迅全集》，第五卷，531页，北京，人民文学出版社，1981。

中西方文论早已有对读者审美经验的研究。在《诗学》中，亚里士多德将“净化”归结为审美经验的核心范畴。古希腊人认为艺术包括“创造”（Poiesis）、“知觉”（Aisthesis）、“净化”（Katharsis）概念，这些区分已经涉及文学接受过程中产生的道德与审美效果。到了接受美学时代，审美经验更是被看成重中之重，姚斯后期的研究转向研究审美经验，致力于恢复艺术中审美经验的中心地位。他不再把“期待视野”放在自己美学的中心位置，而仅仅将其看成人类漫长的审美经验历史中的一个方面，而审美经验则是包括生产、接受和交流的动态有机整体。

中国文论中梁启超则提出小说有“熏”“浸”“刺”“提”四种艺术魅力，前三种力（“熏”“浸”“刺”）都是“自外而灌之”的过程，而“提”则是前三种力的最后结果。所谓“提”就是“自内而脱之使出”之力，作者、读者都依靠这种力量提升自己的境界，“夫既化其身以入书中矣，则当其读此书时，此身已非我有，截然去此界以入于彼界……文学移人，至此而极”①。的确，正是文学接受的发生，使得文学的社会作用得以实现。

从审美经验的角度出发，我们可以为文学接受重新下一个定义：文学接受是读者在审美经验的基础上，对文学作品的一种再创造。

三、文学接受与“误读”

文学的接受是作品与接受者之间双向互动的过程，读者具体化的后果通常是“一千个读者有一千个哈姆雷特”。这样，我们就不得不再进一步区分读者对作品的具体化。

1. 正读与误读之别

误读何以为“误”？首先，是因为作品存在一个富于张力的开放性的意义空间，而“正读”正是读者围绕作品的这一意义空间而展开的。英伽登曾区分两种不同的具体化：一是忠实原作者意向的“恰当的具体化”，科学地阐释作品；二是“虚假的具体化”，也就是我们经常听到的“误解”“误读”，它可能导致背离作品原意，甚至把作品误解成一部面目全非的“新作品”。其实英伽登区分的前提，仍然是把文学作品看成具有一定意义指向的有机体，在此基础上区分阅读在何种层面上是“误”读，在何种层面上不是“误”读。英伽登提

① 梁启超：《饮冰室合集·文集之十》，6～10页，北京，中华书局，1989。

出，当误解出现时，文学批评的重要性就展现出来了，因为文学批评能使作品的意图得到重新表现，只有通过所有读者的共同“具体化”活动，批评才能充分实现，作品丰富的意义才能被揭示出来。

其次，没有正确地“以意逆志”导致“虚假的具体化”。孟子在他最富于原创性的诗歌批评理论——“以意逆志”和“知人论世”——中，提出：“故说诗者，不以文害辞，不以辞害志，以意逆志，是为得之。”《孟子·万章上》“以意逆志”，涉及读者—阅读—作者之间的关系，它要求对作品要有整体的理解，不要断章取义。在阅读中，读者要以自己对作品的理解去接近、推求诗人的原意，具体的方法是“逆”，意为推求，即用读者的体会（“意”）来推求作者之“志”。孟子其实已经触及现代阐释学的作者与读者的“视界融合”的问题。① 因此，如果不以“以意逆志”的方法来解读作品，就是孟子意义上的“误读”，他特别批评咸丘蒙误读《诗经》，没有做到“以意逆志”“知人论世”。正如马克思所言，“对于没有音乐感的耳朵，最美的音乐也毫无意义”，因为音乐对它来说“不是对象”。② 可见，读者本身的审美准备也是极其重要的，否则就会造成误解甚至完全不理解。

2. 阅读即误读

另一种截然相反的观点认为，所有解读都不算误读。

在《挑战》一文中的“文本解读”中，我们已经由现象学的“前理解”“成见”认识到，在某种意义上，所有理解都是“误读”“误解”，因为读者永远找不到“原意”。正如海德格尔在《存在与时间》中所说：“任何解释工作之初都必然带有这种先入之见，它作为随着解释就已经‘设定了的’东西是先行给定的。”英伽登用胡塞尔现象学的“还原”方法，将作品究竟是对外在世界的反映还是对主观世界的表现这些问题“悬搁”起来，对呈现意识的“本质直观”中的艺术作品本体进行描述，强调艺术作品是一种“纯意向性客体”（intentional object）。

---

① 童庆炳：《中国古代文论的现代意义》，86～100页，北京，北京师范大学出版社，2001。

② 《1844年经济学哲学手稿》，见《马克思恩格斯全集》，第42卷，126页，北京，人民出版社，1979。

在接受美学这里，“原意”只是一种幻想和信念，任何新的理解产生之前就已经存在着一种理解，即“偏见”，也叫“前理解”，它是由语言中所包容的历史文化、人类经验以及个人经验、记忆、动机、意象等多方面的因素构成的，这是人们理解历史或作品的始点。从表层上看，人们是在用不同的方式、从不同的角度解释历史或作品，而实际上潜伏于人们心理底层的是人们自我理解的要求，理解作品的活动由每个人自我理解的欲求所驱使。

首先，读者对文本的“空白”和“未定点”的“具体化”，为各种不同的解读提供了可能性和合理性。

文本的“空白”和“不定点”，以及作者在创作时对“潜在的读者”的深意寄托，在刘勰那里是“文外之重旨”，钟嵘则说“文已尽而意有余”，司空图谓之“韵外之致”“味外之旨”，严羽称谓为“言有尽而意无穷”，等等，这些都为读者提供了一个广阔的审美想象空间，为读者的各种解释提供了条件。金圣叹在《读第六才子书西厢记之二》中提出：“文者见之谓之文，淫者见之谓之淫。”同一部作品，文者见文，淫者见淫，这些都触及现代接受美学的基本旨趣。清代谭献也认识到读者的“合理误读”现象，他精辟地概括说：“作者之用心未必然，而读者之用心何必不然。”（《复堂词录序》）显然，谭献等人都承认读者在阅读中超越作者及作品的现象的合理性，这实际上是承认和肯定读者再创造的权利。

其次，读者的个体差异性必然导致各种各样的解读，不存在“正”“误”之别。正如姚斯在《挑战》中所言，期待视野是在三个方面得以体现的：A. 接受者旧有的阅读经验，即对各种文学形式、风格、技巧的认识；B. 接受者所处的历史社会环境以及由此而决定的价值观、审美观和思想、道德、行为规范；C. 接受者自身的政治经济地位、受教育水平、生活经历、艺术欣赏水平和素质。

每个读者基于这些方面的不同，面对同一文本时自然会出现迥异其趣的理解。陈寅恪也认为，“著者有意无意之间，往往依其自身所遭际之时代，所处之环境，所熏染之学说，以推测解释古人之意志。由此之故，今日谈古代之哲学者，大抵即谈其今日自身之哲学者也”。（《金明馆丛稿二编》）

刘辰翁在《题刘玉田选杜诗》说：“观诗各随所得，别自有用”，这个观点与钟惺极为相似。接受主体“各以其情”去“遇”作品。在这一点上，袁枚的观点跟钟惺也很接近，他说：“作诗者以诗传，说诗者以说传。传者传其说之是，而不必其尽合于作者也。”（《程绵庄诗说序》）同一个作品，“作者用一致之思”，去导致“读者各以情自得”。例如，《诗经》中的《关雎》一诗，《毛诗序》读到的是对“后妃之德”的褒扬；齐、鲁、韩三家却读出了对“康王晏朝”的讽喻规劝；今天的读者读到的却是一个爱情故事。薛雪在《一瓢诗话》说古代解读杜甫诗的盛况，“解之者不下数百家”，而“兵家读之为兵，道家读之为道，治天下国家者读之为政，无往不可”。刘勰也看到，由于读者“才能识略”有“庸俊”，“识鉴”有精粗，会出现“各照隅隙，鲜观衢路”，不同层次的人也会有不同的理解，“才高者菀其鸿裁，中巧者猎其艳辞，吟讽者衔其山川，童蒙者拾其香草”（《文心雕龙》），这与韦勒克、沃伦在《文学理论》中谈到的西方解读莎士比亚的问题很相似，“头脑简单的人可以看到情节，较有思想的人可以看到性格和性格冲突，文学知识较丰富的人看到词语的表达方法，对音乐敏感的人可以看到节奏，那些具有更高的理解力和敏感性的听众则可以发现某种逐渐揭示出来的内含意义”①。

在这个问题上，法国后现代思想家罗兰·巴特最为激进，他认为根本不存在误读，因为“作者已死”，富于主体性的读者可以自由地解读作品。在写于1973年的《作者之死》中，巴特宣判了作者的死刑——读者的诞生，须以“作者之死”为代价。承认作者，就是窒息文本；作品不过是作家中心论的愚蠢产物，离开读者的作品绝不是钟惺所称谓的“活物”，而是一个牛顿式的封闭系统。作品瓦解，面对读者的“无中心文本”才算诞生，读者可自行其是，所以，不存在误读。在巴特那里，文本就像洋葱头，除去层层包裹之后，“一无所有”。“耶鲁四人帮”中的保罗·德·曼也于1972年的《阅读的讽喻》中应和巴特的观点，指出文学的生命正在于“误读与误解的可能”，否则文学没有生命和活力可言。从曼的观点，我们似乎听到了明代钟惺的文学为“活物”之说的回声。

的确，文学活动的最终实现，体现于文学接受，文学接受是一种人类共通的阅读心理现象。但是，我们应以辩证的观点来看待“接受—反应”这一新的理论形态。接受理论的许多新观点，的确令人耳目一新。当然，我们也应当看到这些理论易走向相对主义、虚无主义、不可知论。例如，读者反应文论执着

---

① ［美］韦勒克、沃伦：《文学理论》，刘象愚等译，279页，北京，生活·读书·新知三联书店，1984。

于读者的活动本身就是一切文学价值的源泉，有以偏概全之虞，布鲁姆“影响即误读”理论中有相对主义的弊病，德里达的文字学理论有不可知论和虚无主义的倾向，等等。总之，单纯从读者决定论或者由作品决定论出发来看待文学艺术作品，显然都有失偏颇，文学的意义应该是作者、作品和读者进行多维对话的产物。

中西文论自其各自的源头起，就有许多关于文学接受的线索。这些都为修正目前过于激进的“读者中心论”，并在未来发展出一种中西融合的文学接受理论，提供了一个融合的广阔空间。

【思考题】

1. 名词解释：文学接受　召唤结构　期待视野　不定点　具体化

2. 按照传统的“作者—作品—读者”三分法，无论由这三者中的何者开始，都能在三者间形成一个合理循环。试列举分别以作者、作品或读者为中心的文学理论的大概观点，并阐释接受理论的出现在中西文学理论发展史中的合理性。

3. 姚斯认为，读者能够承担起建构文学史的重任，是因为理想的读者保持着一个开放的心态，在面对文本时既能调动自己以往的阅读积累以理解文本，又能不固守于成见，矫正错误的理解。谈谈姚斯的新文学史观，以及你如何理解“理想的读者”。

【辅助阅读材料】

1. 姚斯．审美经验与文学解释学．上海：上海译文出版社，1997.

2. 罗曼·英伽登．对文学的艺术作品的认识．北京：中国文联出版公司，1988.

3. 汉斯-格奥尔格·加达默尔．真理与方法．上海：上海译文出版社，1999.

4. 乔纳森·卡勒．结构主义诗学．北京：中国社会科学出版社，1991.

5. 伊瑟尔．审美过程研究．北京：中国人民大学出版社，1988.

6. 米·杜夫海纳．审美经验现象学．北京：文化艺术出版社，1996.

7. 斯坦利·费什．读者反应批评：理论与实践．北京：中国社会科学出版社，1998.

8. 童庆炳．中国古代文论的现代意义．北京：北京师范大学出版社，2001.

9. 刘小枫．接受美学译文集．北京：生活·读书·新知三联书店，1989.

10. 邬国平．中国古代接受文学与理论．哈尔滨：黑龙江人民出版社，2005.

第十章　文学批评

文学批评是文学活动的重要组成部分。本章在“经典文本阅读”中选取李健吾的《自我和风格》与韦勒克的《20世纪文学批评的主要趋势》，既呈现印象主义批评的主张，也呈现20世纪文学批评的主要成果。如何界说文学批评？其对象和范围有无统一见解？其性质和属性又如何？文学批评有哪些类型和模式？文学批评该坚持什么样的原则？这是在对“经典文本”解读基础上要进一步理解和把握的问题。

第一节　经典文本阅读

一、自我和风格（李健吾）

布雷地耶①的学问是淹博的，观念是坚定的；他有几个基本信条，他有自信心；他必须扫荡妖氛，挽回正气：“我们有政治或者财政的危机，同样我们也有文学的危机。学派解体，力量浪费，一遇到这种征象，文学的危机就算到了。我们不复有共同的路线，原则蹒跚了，文体的界石移动了，甚至于字的意义改变了……”他是正统的，武断的，而且他以为他是清醒的，客观的。一八八〇年左右，他用了全部力量来对付创作方面的自然主义；一八九〇年左右，

---

① 布雷地耶：又译费迪南·布卢纳蒂埃（Ferdinand Brunetière，1849—1906年），19世纪末法国批评大师，法兰西院士，在19世纪末先后出版《法国文学史之批评研究》（六卷集，1880—1907）、《当代文学散论》（三卷集，1892）和《法国文学史教程》（1898）等巨著。布氏以维护古典主义的创作原则著称，既反对浪漫主义和象征主义，对自然主义也毫不宽容。与此同时，他又善于吸收当代批评中的各种成果，不像实证主义批评家泰纳对研究对象采取不动声色的冷峻立场。其批评标准多为一种道德批评和思想标准。他把进化论的观点引入文学史与文学批评中，认为文体也有自身的产生、发展、消亡和转化过程。作为对文学的一种科学考察方法，其相关论述的贡献在于开拓了文学研究的一个新领域。

又来了一个危机，这次不是外患，而是内乱了，但是这次胜利归谁却成了问题。这就是批评方面的印象主义。他给自己举了三个敌手，其中有两个是通常看做印象主义批评大师的法朗士①和勒麦特②。

勒麦特指出他三个最大的根据：一个是一部全套文学史的哲学，一个是一部全部美学的系统，一个是一部全套伦理学的系统。布雷地耶的学问不唯不能成全他，反而缚手缚脚，成为他的绊马索。他读一本书，同时他想起世界所有的书。想起所有的书，他不免拿来比一比；他能归并成一类的就是好书，不然的话，遭殃的不是古书，而是今书。他不能走错一步，错一步，他的全盘线索就乱了。勒麦特嘲笑他道："先不提错了他不快活，简直错了就没有法子挽救；一错就错到头，丝毫不能为力；一错就是他整个存在的破灭。"尤其可怜的是，他永远在审判，就永远不晓得享受。

如若布雷地耶和他的原则触了礁，如若他所自命的正统的批评不是最可靠的批评，批评又是什么？

勒麦特告诉我们："作者拿他某一特殊时间在人世所受到的印象记在一件艺术作品里面，同时批评，不管武断不武断，它的趋止是什么，所能做的也不外乎把我们对于作品在某一时间的印象凝定下来。"这就是说，批评是一种印象的印象，犹如柏拉图解释艺术，把艺术看作模仿的模仿。

我们用不着指出他的错误，因为那样一来，我们就得另外来写一篇东西。让我们赶快来看另一个定义，那摇动而且迷惑了若干心灵的美丽词句。法朗士告诉我们："犹如哲学和历史，批评是明敏和好奇的才智之士使用的一种小说，而所有的小说，往正确看，是一部自传。好批评家是这样一个人：叙述他的灵

---

① 法朗士（Anatole France，1844—1924年），19世纪末20世纪初法国小说家、文学批评家。20世纪初先后推出小说《企鹅岛》(1908)、《诸神渴了》(1912)和《天使的反叛》(1914)。1921年荣获诺贝尔文学奖。在文学批评方面，法朗士鼓吹"印象式"批评，反对科学式客观的实证主义，强调文学中生命的意义和作品表现内心世界的重要性。

② 勒麦特（Lemaitre，1853—1914年），法国剧作家、诗人兼小说家、批评家，法兰西院士，戏剧是其文学批评的主要领域。主要论著有《当代人》（八卷集，1885—1889）和《戏剧印象》（九卷集，1888—1898）。鼓吹一种"印象式"的批评方法，认为在文学批评中无须客观的态度，也不必作分门别类的研究。其文学评论往往直抒自己对作家作品的喜爱或反感，并对为什么喜爱或为什么反感作出说明，这与布卢纳蒂埃式的决定论的追求背道而驰。

魂在杰作之间的奇遇。”①

所以一个批评家，依照勒麦特，不判断，不铺叙，而在了解，在感觉。他必须抓住灵魂的若干境界，把这些境界变做自己的。蒙田②指示我们，我们对于人世就不会具有正确的知识，一切全在变易，事物和智慧，心灵和对象，全在永恒的变动之中进行。被研究的对象一改变，研究它的心灵一改变，心灵所依据的观点一改变，我们的批评就随时有了不同。一个批评家应当记住蒙田的警告：“我知道什么?”唯其所知道的东西有限，他才不得不放弃布雷地耶式的野心，客客气气，走回自己的巢穴，检点一下自己究竟得到了多少。和其他作家一样，他往批评里放进自己，放进他的气质，他的人生观；和其他作家一样，他必须加上些游离的工夫。

假如我们的推论不至于过分妄谬的话，我们会得到这样一个结论。什么是批评的标准？没有。如若有的话，不是别的，便是自我。

拿自我作为创作的根据，不是新东西。但是拿自我作为批评的根据，即使不是一件新东西，却是一种新发展。这种发展的结局，就是批评的独立，犹如王尔德③所宣告，批评本身是一种艺术。

和勒麦特比较，法朗士越发变本加厉，因为，说实话，他比勒麦特在任何方面的认识，只有更加尖锐，更加深刻，因而也就更加刻薄，更加胆大。一八六〇年谢洒④，他的先驱，呼道：“绝对死了!”这句话正好用来作为印象主义的注脚。法朗士以为外表和现象不是二，而是一。宇宙是一个潮汐。所谓真，所谓美，所谓善，犹如人世其他的现象，并不存在：它们不是力量的终点，也

① 通常译为“心灵在杰作里面的探险”。原文的“杰作”是多数，所以“里面”是有语病的。同时，我觉得“奇遇”胜于“探险”，他的原文是 aventures. ——原注

② 蒙田（Michel de Montaigne，1533—1592 年），文艺复兴时期法国著名的思想家、散文家。在哲学上，以怀疑论抨击教会与封建制度，批判经院哲学，反对灵魂不朽之说，崇尚自我研究的“形而上学”。他的散文对弗兰西斯·培根和莎士比亚等人的文学创作产生颇大影响。著有《随笔集》（三卷本）。

③ 王尔德（Oscar Wilde，1854—1900 年），英国剧作家、诗人。生于都柏林，毕业于牛津大学。艺术上主张唯美主义，强调主张“为艺术而艺术”。他的惊世骇俗的见解、机智锋利的谈吐和奇装异服引起了广泛的兴趣，成为英国文学史上唯美主义代表人物。著有长篇小说《道林·格雷的肖像》、诗剧《莎乐美》等。

④ 谢洒，即威廉·谢勒尔（Wilhelm Scherer，1841—1886 年），德国文学史家，语言学家。著有《德国文学史》《德国语言史》等。

不是人类奔驰的鹄的。一切只是神秘。唯一能令他相信的，只有事物的相对性和现象的继续性。从这种悲观而怀疑的精神所出来的批评，自然不免要拿自己作为它的中心的。当着一部杰作，批评家不用说，便是它的作者也不见其就清楚在做什么。既然如此，批评家正用不着把意象的客观图解出来。客观性有什么用？人人有他自己的图解，任谁也不见其就对。为什么？因为人人有一个自我。于是法朗士干脆说出他的见解道："所有一般的书，甚至于最值得人羡慕的书，我全觉得它们所包涵的东西算不了什么，可贵的是读者往里面放进去的东西。"这就是说："不用走出他自己，他建设起来人的理智的历史。在所有文学的形式之中，批评末一个出世；它或许临了吸收一切。"

现在，假如我贸然告诉大家这样一句话：妨害批评的就是自我，你们会觉得惊奇吗？因为，话说回来，既然任谁也不见其就对，换一句话就是，任谁也对，如若学问容易让我们顽固、执拗、愚昧，自我岂不同样危险吗？说到这里，我们不得不同情一下布雷地耶，虽说我们绝不赞同布雷地耶的见解。

我把自我特别提出来，不是有意取闹，而是指明它的趋势。它有许多过失，但是它的功绩值得每一个批评家称颂。它确定了批评的独立性。它让我们接受了一个事实：批评是表现。

但是，谈到表现，我们马上就触到另一座礁石。这座礁石那样美好，那样动目，有些人用尽平生的气力爬不上去，有些人一登就登在这珊瑚色的礁石的极峰。这就是我们通常所谓的风格，或者文笔。什么是风格？毕风（Buffon）说："风格就是人自己。"我们同样有一句老话：文如其人。如若批评是一种艺术，犹如其他的艺术，犹如诗歌戏剧小说，如若一切艺术是表现自我，我们晓得，对于所有的作家（批评家也在内），一个中心的萦惑便是文笔。作家所重视的不是被表现的东西，往往是怎样来表现。歌德那样伟大的诗人，还自谦道："语言要是听话的话，我或许会是一个大诗人！"同样福楼拜，那样一个勤勤恳恳的工作者，永久喊着："文笔即一切！"大家把风格看得好不重要，几乎每一个青年都望着它害单思病。一个着眼在内容上的现代作家，例如萧军先生，会告诉我们："每次无论是想到一个题目，一个故事，一个人物表现的方法，或甚至一个字句，如果已经知道了某个人，或是某部书中曾经用过了，总是像躲避一条美丽的蛇似地逃避着。"他要发见那更新的。这更新的不是别的，就是自我，而区别这自我的，证明我之所以为我的，正是风格。

在文学上，什么令人向往？什么又阻碍人和人的相识？谈到一位现代作家，我曾经说："我们晓得，既属一件艺术作品，如若发生问题，多半倒在表现的本身。"它太吸纳人。一个作家对于文笔的偏爱会让他失去了平衡。一个读者对于文笔的癖嗜会让他忘记作家的全部的存在。福楼拜钟情文笔，当他清醒的时候，他会忏悔道："一个人太爱文笔，就有看不见自己写什么的目的的危险！"这是一条美丽的蛇，它会咬人一口的。

我不能说印象主义批评家对于风格是否膜拜。但是，法朗士曾经有这样一句话留给我们参证："美丽的感觉引导我前进。"我可以冒昧其辞的是，风格的感觉未尝不是美丽的感觉的一种。如若自我是印象主义批评的指南，如若风格是自我的旗帜，我们就可以说，犹如自我，风格有时帮助批评，有时妨害批评。尽管布雷地耶和法朗士同勒麦特吵闹，尽管他们不相容纳，他们有一点相似，就是敬礼圣佩夫①，这 19 世纪伟大的批评家。他兴趣的浩广，学问的渊博，分析的细致，文笔的柔丽，便是和他气质迥不相同的布雷地耶，不能不承认他象征着批评的最特创的表现。他的气质更和法朗士同勒麦特接近。法朗士把他看做 19 世纪的圣·陶马斯·达干（Saint Thomas D'Aquin）②。勒麦特越发热狂了，用力洗雪他的不白之冤。圣佩夫告诉我们什么呢？他说的是：

> 凡自身具有一种艺术或者系统的才智之士，愿意接受的只是和他观点相同，和他喜好相同的东西。批评的天才用不着自高身价，用不着装腔作势，用不着胸有成竹，用不着有关自我。他不停留在他的中心，然而离得也并不远；在宫庭也好，在砦堡也好，在学会也好，他绝不自图安全；他不怕和下流人接近；他到各地走动，沿着大街小巷，寻东问西，左观右近；好奇心诱惑着他，而他也不摈拒送上来的良食美馔。

法朗士绝想不到纠正他的是他心折的一个前人。让我们再引圣佩夫一段话，作为我们的警惕：

① 圣佩夫（Saint-Beuve，1804—1869 年），19 世纪中叶法国著名文学批评家。著有《文学家批评与肖像》（三卷本）、《文学家肖像》、《当代人物肖像》（三卷本）、《月曜日漫谈》等。

② 圣·陶马斯·达干，通译圣·托马斯·阿奎那（1225 或 1226—1274 年），在西方神学史上被认为是最伟大的经院哲学家。

……一个丰盈的批评的天才的条件，就是他自己没有艺术，没有风格。让我们赶快来说明一下我们的思想。一个人有了一种风格，举个例，譬如蒙田，他自然是一个伟大的批评的天才，然而他用心于他所要表现的思想，和他所表现的琢磨的姿态，更甚于他所要解释，所要发展，所要批评的思想……甚而，一般人有了一种艺术，一种诗，举个例，譬如渥勒泰①，他自然也是一个伟大的批评的天才……然而他有一种规定好了的欣赏力，不管多柔软，很快就到了它的限制；他有他自己的作品在身后，在天边；他就永远望着那座钟塔。

读到这一段话，把渥勒泰这个刺眼的例子删掉，布雷地耶会全然同意的。但是，容我问一句话，天下有没有自我和风格的那一天？一个人只要说话，就是在表现，犹如法朗士所谓，就是在判断。那么，让我献一个乖罢，应当话多就话多，应当少说就少说，顶讨巧的办法是不开口。

三月二十三日

（选自《李健吾文学评论选》，银川，宁夏人民出版社，1983）

1. 作者简介

李健吾（1906—1982年），中国作家、戏剧家、文艺评论家、翻译家、法国文学研究专家。山西运城人。1921年入北京师范大学附中，翌年与同学组织文学团体“曦社”，创办文学刊物《爝火》，开始发表剧本、小说。1925年入清华大学西洋文学系，同年参加文学研究会。1931年赴法入巴黎大学研究福楼拜等现实主义作家及其作品。1933年回国，在中华文化教育基金董事会编译委员会任职。1935年任暨南大学教授。抗日战争时期在上海从事话剧活动，是上海剧艺社及苦干剧团的中坚。1945年应郑振铎之约，主编《文艺复兴》杂志，并参加筹建上海市立实验戏剧学校（后改为上海戏剧专科学校），任教授。1954年起任中国科学院文学研究所和中国社会科学院外国文学研究所研究员。李健吾曾任国务院学位委员会文学评议组成员、全国文联委员、中国戏剧家协会理

① 渥勒泰，通译伏尔泰（Voltaire，1694—1778年），18世纪法国启蒙思想家，文学家和文学批评家，著有《老实人》《哲学词典》《论悲剧》《致法兰西学院书》等。

事、北京市政协委员。

李健吾六十年笔耕不辍，给后人留下大量的文字。他共创作多幕剧 13 种、独幕剧 11 种、改编多幕剧 13 种、独幕剧 1 种。他一生翻译了大量外国剧本，包括莫里哀、雨果、托尔斯泰、契诃夫、屠格涅夫、高尔基、罗曼·罗兰的剧本八九十种。另外李健吾还有许多小说创作、文学和戏剧评论、外国文学译作等。有人评论说："这是一片浩瀚的文字海，正是他才力与活力长年汇聚的结果。"

在文艺批评方面，李健吾独树一帜，不仅立论公正、见解精辟，而且论据丰富、文笔华美，与北大的朱光潜、南开的梁宗岱并称为文艺批评界学院派的"三剑客"。1936 年，李健吾出版了文艺评论集《咀华集》，其后又出版了《咀华二集》。1983 年出版的《李健吾文学评论选》，基本上收齐了《咀华集》和《咀华二集》中的批评文字。其文艺批评独具慧眼，不仅能引导读者去体会作品的精华真谛，又能客观地指出作品的成就和缺点，使作者心悦诚服。

2. 背景知识

19 世纪末 20 世纪初，法国批评界出现了浪势强劲的、反实证主义的"印象派批评"，分别以勒麦特和法朗士为代表。虽然他们的政治立场大不相同，但都认为批评是一种印象，是"灵魂在杰作之间的奇遇"，强调批评的主观性和相对性。勒麦特认为批评的使命在于："说明具体的艺术作品在一定时刻给我们留下的印象，而作家本人则是把他在某个特殊时间从世界上得到的印象一一记录下来。"批评家和作家一样，加入了自己的气质和人生观念，就这一点而言，批评与艺术创作并无二致。故而批评似乎"有仅仅成为一种艺术的趋势——这便是一种欣赏书籍的艺术一种增富并提纯人们由书籍接受的印象的艺术"①。法朗士在《文艺生活》第一卷序言中有一段著名的阐述：

> 优秀批评家讲述的是他的灵魂在杰作中的探险。客观艺术不存在，客观批评同样不存在，凡是自诩作品之中毫不表现自我的那些人都是上了十足欺人假象的当。真相乃是人人都无法超脱自我。这是我们最大的痛楚之一。为了借助苍蝇般的复眼去张望一下天空和大地，或是借助猩猩般的原

---

① ［法］勒麦特：《当代人物》，转引自［美］琉威松编：《近世文学批评》，傅东华译，5、41 页，上海，商务印书馆，1928。

始简单的头脑去认识自然，我们有什么不肯舍弃呢？偏偏我们做不到这一点。我们无法像提瑞西阿斯那样，身为男人而又记得曾经当过女人。我们封闭于自身，仿佛终生监禁。……批评家若是坦率的话，就应该说：先生们，关于莎士比亚，拉辛，帕斯卡尔，或是歌德，我所要谈的是我自己。①

他们认为，美学只是“空中楼阁”，而批评绝不可能成为一门科学，因为“每部作品都有许多不同的副本，如同读者有形形色色，一首诗仿佛一处景色，在各个观者心目中各有不同”。因此，一个批评家唯一能做的就是记录一件作品给予他的主观印象与乐趣。

法国印象派批评对现代中国文学的发展具有相当的影响。在中国20世纪三四十年代出现了独具特色的现代印象批评潮流，李健吾是这一潮流的佼佼者。他30年代即以评论集《咀华集》蜚声文坛，40年代又印行《咀华二集》，为中国现代文学理论批评史构筑了一道清新丽目的风景。在现代文学评论家中，沈从文、废名等也有相近的笔墨，即带有美文色彩的文字和哲理性质的评判。

鲜活的直观批评是李健吾印象式批评的最大特色。在20世纪20年代以来左翼批评推动的社会历史批评占据主流地位时，李健吾的文学评论带给当时的读者以一番轻松、舒展的阅读感觉。李健吾的批评文字大都可以当优美的散文来阅读。他把对作品的体悟和见解转化为个人的感觉，重新赋予这种感觉色彩、兴味和声音，形象化地告诉读者作品的美妙所在、成功所在。在他看来，优秀的评论家，不但要有说理的能耐，更要有消融化解的本事，善于把抽象的说具体，把具体的说抽象。

比如，通过对《边城》的印象描述、鉴定和分析，李健吾指出，沈从文是一个渐渐走向自觉的艺术的小说家：“有些人的作品叫我们看，想，了解；然而沈从文先生一类的小说，是叫我们感觉，想，回味。”“沈从文先生的文章情趣和细致不管写到怎样粗野的生活，能够有力量叫你信服他那玲珑无比的灵魂！”“他有关的感觉，可以从乱石堆里发现可能的美丽。这也就是为什么，他的小说具有一种特殊的空气，现今中国任何作家所缺乏的一种舒适的呼吸。”

---

① 转引自［美］韦勒克：《近代文学批评史》，第四卷，杨自伍译，29页，上海，上海译文出版社，1997。

“他好像生来具有一个少女的灵魂，观察的不是别人，而是自己。”这种评品赞誉基于对作品的深刻感受和体悟，虽有很强的主观性，但却又有很强的现实性，细腻而又不失于虚浮，真实而又出于诚挚。李健吾评论萧军《八月的乡村》，开门见山就是对作家和作品的印象速写：“萧军先生不苟且。行文犹如做人，他要的只是本色。”评论又结合时代背景，在与法捷耶夫《毁灭》的比较中“剔爬到作者和作品的灵魂的深处”，关注作家个性的阐发和创作的技法，鞭策作家去营构风格各异的艺术宫殿。这种批评流丽轻快、文理细密、诗情浓郁，体现出印象派批评的独特优势。

3. 文本解读

《自我和风格》是对法国印象派批评理论的述评，在介绍法国印象派批评崛起及其文化背景的过程中，着重分析法国主流批评与印象派之间争论的焦点。其中流露出李健吾的批评思想的取向，即作者再三铺叙而引出的“批评即表现”的重要观点。但他也强调，批评家如果过于表现“自我”、爱惜“风格”，印象派批评也会阻碍“人和人的相识”，会妨碍批评。从总体上看，《自我和风格》是一篇深入探讨印象派批评该如何把握“自我表现”与客观性之间平衡、保持批评的开放性和包容性的重要论文。

印象批评强调主体直觉在批评中的作用，所以其关注重心往往不在重建文学文本的客观性，而在如何呈现阅读主体的直觉状况本身。很显然，李健吾本人是非常认同印象派批评所强调的“印象批评”和“自我表现”的。他并不认同布雷地耶的学问，在他看来，批评的依据必须是人生，而不是学问或某种理论，因为“学问是死的，人生是活的”。必须以人生印证人生，以人性衡量人性，“用自我的存在印证别人一个更深更大的存在”①。也就是说，批评的根据就是批评者的自我与人生体验，“他有自己做人生现象解释的根据：这是一个复杂或者简单的有机的生存，这里活动的也许只是几个抽象的观念，然而抽象的观念却不就是他批评的标准，限制小而一己想象的活动，大而人性浩瀚的起伏。”②

在批评思想上，李健吾推崇法朗士与勒麦特。与法朗士鼓吹“灵魂在杰作

① 李健吾：《〈边城〉——沈从文先生作》，见《李健吾文学评论选》，50页，银川，宁夏人民出版社，1983。

② 李健吾：《〈爱情三部曲〉——巴金先生作》，见《李健吾文学评论选》，10页，银川，宁夏人民出版社，1983。

之间的奇遇”相类似，李健吾认为，批评是在“一个相似而实异的世界旅行”。因为文学本身是体现“事物的相对性和现象的继续性”的，所以，批评就是报告自己的读书体验，而不是去证明某种先在的理念。批评自身是个性化、体验化的，批评的实质是要“不误人我生机”，“必须抓住灵魂的若干境界，把这些境界变做自己的”，尽可能将自己活泼泼的艺术审美感受（即“印象”）记录下来，传达给自己的读者。又因为阅读印象往往是一种多可意会而不可言传的、丰富微妙的体验，所以批评自身也发展出一种富于自我表现力的表述方式，以凝定与传达审美感受与情感体验。李健吾宣称，面对作家，应该“赤手空拳，照准他们的态度迎上去”。在他看来，所谓“态度”构成作者看世界的眼光，从而也构成作家作品与众不同的个性。批评也应该从作者的“态度”进入。比如，他说巴金是一个“战士”，“他的爱是为了人类，他的憎恨是为了制度”，他有信仰，也有热情。因此，热情成为巴金作品的主要特色，既造成了他行文的流畅，又“做成主要人物的性格”。① 再比如，他认为沈从文“他热情地崇拜美”，这决定了其小说的特征是“从来不分析”，作品中充满了诗意，“所有的人物全可爱”，“屈于一个共同类型”，因为“他对于美的感觉叫他不忍分析，因为他怕揭露人性的丑恶”②。

李健吾认同印象派批评，但也警醒到这种批评的主观性也可能伤害到批评的客观性和公正性。所以他有清醒的意识来反省。他认为，批评家的艺术“印象”和审美体悟如果不是出于自然，不是基于具体语境中的作家和作品，批评家的心胸不够丰盈、开放，批评家的“自我”就很可能膨胀起来，其“表现”就成为对自我“风格”的执着，从而丧失客观性和公正性。对批评家而言，“风格的感觉未尝不是美丽的感觉的一种”，太钟爱自己的文笔会损害批评，因为自己的文笔和风格也会“是一条美丽的蛇，它会咬人一口的”。因此，圣佩夫所鼓吹的天才批评家要做到没有“没有艺术，没有风格”是有启发性的。也就是说，批评家的自我并不是单纯的自我和个性，而是一种“富有人性的同情”，同时又能“比照人类已往所有的杰作”。比如，在评沈从文《边城》时，李健吾对于作为批评标准的批评家的“自我”有更清晰的界说：

---

① 李健吾：《〈爱情三部曲〉——巴金先生作》，见《李健吾文学评论选》，11、12、18页，银川，宁夏人民出版社，1983。

② 同上书，52页。

> 一个批评家，与其说是法庭的审判，不如说是一个科学的分析者。科学的，我是说公正的。分析者，我是说要独具慧眼，一直剔爬到作者和作品的灵魂的深处。……
>
> 他要公正，同时一种富有人性的同情，时时润泽他的智慧，不致公正陷于过分的干枯。他不仅仅是印象的，因为他解释的根据，是用自我的存在印证别人一个更深更大的存在，所谓灵魂的冒险者是，他不仅仅在经验，而且要综合自己所有的观察和体会，来鉴定一部作品和作者隐秘的关系。也不应当尽用他自己来解释，因为自己不是最可靠的尺度；最可靠的尺度，在比照人类已往所有的杰作，用作者来解释他的出产。……
>
> 一个批评家应当有理论（他合起学问和人生而思维的结果）。但是理论，是一种强有力的佐证，而不是唯一无二的标准；一个批评家应当从中衡的人性追求高深，却不应当凭空架高，把一个不相干的同类硬扯上去。普通却是，最坏而且相反的例子，把一个作者由较高的地方揪下来，揪到批评者自己的淤泥坑里。①

这是李健吾批评观的告白。这种批评思想，在一定程度上又超越了法国印象派批评理论，很有启发意义。

二、20世纪文学批评的主要趋势（节选）（雷内·韦勒克）

18世纪和19世纪都曾被人称为“批评的时代”，然而把这个名称加给20世纪却十分恰当。我们不仅积累了数量上相当可观的文学批评，而且文学批评也获得了新的自觉性，取得了比从前重要得多的社会地位，在最近几十年内还发展了新的方法并得出了新的评价。甚至在19世纪后期，除了法国和英国，文学批评还不能超越地区的局限。今天，在以前似乎处于批评思想外围的一些国家中，文学批评已经开始受到重视，这些国家有克罗齐以来的意大利、俄国、西班牙以及后起的但却不可忽视的美国。对20世纪文学批评想得到一个概观就必须看到这种地理上的扩展和同时发生的方法上的革命。由于材料堆积如山，我们就需要一些选择的原则。

---

① 李健吾：《〈边城〉——沈从文先生作》，见《李健吾文学评论选》，50～51页，银川，宁夏人民出版社，1983。

即使在今天，显然还有人在写许多旧的文学批评：我们还受着批评史上一些残余和遗风的包围。一般书评仍然起着沟通作者与多数读者的作用，方法也还是旧的印象主义式的描写和只凭趣味的独断评价。文学史方面的研究对于批评仍然是重要的。对文学和生活进行简单的比较总会占有一席地位：用当代小说中反映的社会情况的精确性和概然性作标准来衡量小说。各国都有一些作家，往往是很好的作家，他们用的还是 19 世纪批评家所创立的这些方法：印象主义的欣赏、历史学的解释和现实主义的比较。让我们想一想弗吉尼亚·伍尔夫写的那些富有魅力、唤起想象的文章，或者凡·维克·布鲁克斯写的那些讲述美国过去的带有怀旧情调的文学素描，或者对当前美国小说做出的大量社会批评。让我们提一下文学史方面的研究对于文学史上差不多各个时期和作者做出的贡献。但是我要做的却是勾画出 20 世纪文学批评中我所看到的一些新趋势，尽管这样做也许不够公允。

首先，一件给人印象很深的事实是，批评中出现一些超越国界的国际性运动，尽管这些运动可能发源于某一国家；另一件给人印象很深的事实是，从非常广阔的远景来看，20 世纪文学批评中有一大部分显示出目的和方法上很大程度的相似，尽管并不存在直接的历史关系。同时，人们也不能不看到各国的特点仍然显得根深蒂固和几乎不可克服：在非常广阔的西方思想范围内，尽管从俄国到南北美洲，从西班牙到斯堪的纳维亚都有交流，我们还是可以看到各个国家都还在顽固地保存着本国的文学批评传统。

文学批评中这些新趋势当然都有其过去的根源，并不是一些没有先例、完全新创的东西。可是人们还是可以区分出过去半个世纪中至少有六种主要新趋势：(1) 马克思主义的文学批评，(2) 心理分析的文学批评，(3) 语言学和文体学的文学批评，(4) 新的机体主义的形式主义，(5) 以文化人类学所取得的成就和荣格的思想为基础的神话文学批评，(6) 受存在主义及与其类似的世界观的启发而形成的新的哲学性质的文学批评。我将按照我所说的顺序，也就是大体上按照年代前后的顺序，来讲述这些趋势。

马克思主义的文学批评在趣味上和理论上来源于 19 世纪的现实主义文学批评。这派文学批评以马克思和恩格斯的一些意见为根据，只是到了 19 世纪最后十年才发展为一个自成体系的学说。德国的梅林（1849—1919 年）和俄国的普列汉诺夫（1859—1918 年）是最早的马克思主义批评家，但是从后来苏联教条主义的观点来看，他们完全不算正统的马克思主义者。梅林和普列汉诺夫都承认艺术的独立性，他们把马克思主义的文学批评当做一门研究文学作品的社会决定因素的客观科学，而不是把它当作一种解决美学问题和替作家规定写作题材和文体的学说。

给作家下指示的马克思主义是苏联相当靠后一段时间发展的结果。在20年代，不同学派之间仍然可以进行重大的争论，只是到了1932年才提出了强加于作家身上的名叫"社会主义现实主义"的一统学说。……

马克思主义传播到世界各地，特别是20年代期间，在大多数国家都找到了它的信徒和追随者。30年代初期，美国出现过一个时间短暂的马克思主义运动。这个运动的最著名的拥护者格兰维尔·希克斯对美国文学做过一个值得注意却又不带锋芒的新解释；伯纳德·斯密士写的《美国批评的各种力量》（1939年）是用社会观点编写美国批评史的大胆尝试。但是马克思主义文学批评的影响却远远超过了真正信奉这个学说的人的圈子。这种影响可以在爱德蒙·威尔逊①和肯尼斯·柏克②的某些发展阶段中看出来。在英国，克里斯托弗·考德威尔（1907—1939）是位杰出的马克思主义批评家。他的主要著作《幻象与现实》（1937年）实际上是马克思主义、人类学和心理分析的奇异混合，是对个人主义文明的虚伪的"资产阶级"自由的尖锐批评。但是今天最卓越的马克思主义批评家却是匈牙利人格奥尔格·卢卡奇（1885年生）。他的大部分著作都是用德文写的。在他身上对于辩证唯物主义及其黑格尔哲学来源的透彻理解和真正的德国文学知识得到了结合。他写了许多本书，其中包括《歌德及其时代》（1947年）和《历史小说》（1955年）这些光辉著作。他用现实主义的说法对19世纪文学进程重新做了解释，着重说明作品的社会和政治含义，但并不忽略对文学价值的感受。

马克思主义在作为揭示文学作品的潜在的社会和意识形态含义的一种方法时最能显示出它的优点。上面提到的六种批评趋势中第二种是心理分析；尽管它具有非常不同的假定，却是为同样的目的服务的：理解也就是揭示文学作品

---

① 威尔逊（Edmund Wilson，1895—1972年），美国文学家、文论家、学者，著有《三重思想家》《创伤和弓》等。

② 肯尼斯·柏克（Kenneth Burke，1897—1993年），美国文艺理论家、哲学家，著有《文学形式的哲学》《作为象征行为的语言》等。

表面下的深层含义。弗洛伊德[1]本人曾提出过心理分析的文学批评的重要主题。艺术家是通过创作过程使自己免于精神错乱但却又不能真正治愈的神经病患者。诗人是一个发表自己幻想的白日梦者，因此他以奇特的方式取得社会上的合法地位。我们今天知道这些幻想都来自童年经验和情结，人们还发现这些幻想在梦里，在神话和童话中，甚至在吸烟车的笑谈中，都成了象征性的东西。这样文学就成了人的下意识生活的宝库。弗洛伊德根据索福克勒斯的一个剧本得出俄狄普斯情结这个名称，他把《汉姆莱特》和《卡拉马佐夫兄弟》解释为关于乱伦的爱和恨的寓言。……

20世纪文学批评的第三种趋势可以称为语言学的文学批评。这派文学批评信奉马拉美所说的“诗是用文字而不是用概念写成的”这句名言。但是人们必须把各国几种不同的研究方法区别开来。在第一次世界大战期间的俄国，有人组成了“诗歌语言研究社”［OPOJAZ］，这就形成了俄国形式主义运动的核心。在早期，这个学社的成员主要研究诗的语言问题，按照他们的看法，诗的语言是一种特殊语言，这是通过对日常语言有目的地进行“有组织地改头换面”而得到的语言变形。他们主要研究语言的声音层次：元音的和谐、辅音群、押韵、散文节奏和韵律。这派学者十分倚重由德·索绪尔与日内瓦学派首创并由特鲁柏茨考伊加以发展的“音位”概念。他们设想出许多技术上的（甚至是统计的）方法来研究文学作品，往往机械地认为文学作品就是作品中使用的全部技巧的总和。他们是一些在文学研究领域中抱有科学理想的实证主义者。

［……］令人相当惊奇的是，在英国和美国并没有这种语言学和文体学的文学批评。在这里语言学与文学批评之间的鸿沟大得令人感到痛心。批评家越来越表现出对语言学的无知，而语言学家，特别是以已故的布鲁姆菲尔德为首的耶鲁学派，则公然声称他们对文体和诗的语言等问题缺乏兴趣。可是在英美批评家当中，对于“语言”的兴趣却非常突出，但这种兴趣偏于“语义学”方面，集中在与理智的科学语言成对比的“情感”语言的作用上。这是瑞恰兹所提出的学说的基础。

---

① 弗洛伊德（Sigmund Freud，1856—1939年），奥地利心理学、精神分析学家、文学批评家。为西方现代文化中的人类心理活动发展了一整套理论和描述性术语。著有《释梦》《精神分析学引论》《精神分析学新论》等。

I·A·瑞恰兹（1893年生）① 发展了一种意义学说，区分出意思、语调、情感和意图，在诗歌方面强调语言的多义现象。在他写的《实用批评》（1928）一书中，瑞恰兹以高明的教学技巧分析了对诗歌产生错误理解的各种根源，用的材料是他的学生为一些不具作者名字的诗所写的评论。但我认为不幸的是瑞恰兹精细的分析被一种强调诗的心理效果的理论给掩盖了，这种理论在我看来，不仅是错误的而且有害于文学研究。瑞恰兹不承认美学价值的独立世界。他认为艺术的唯一价值在于艺术加给我们的心理结构，这就是瑞恰兹所说的"调整冲动的形式"，是艺术引起的那种心理平衡。艺术家几乎完全成了心理治疗者，艺术成了保养神经的疗法和强壮剂。瑞恰兹没有能把这种艺术效果具体讲出来。尽管他主张（照他所说的）艺术将代替宗教成为一种社会力量。他最后不得不承认人们向往的这种平衡状态既可以通过观赏巴台农神殿，也可以通过观赏一张地毯、一个花盆、一个姿势而得到。我们喜欢好的还是坏的诗歌是无关紧要的，要紧的是它能调节我们的精神。这样一来瑞恰兹的理论——这是一种力图到科学要求而且希望借助于神经学将来发展的理论——就陷入了瘫痪状态。这种理论把作为一种客观结构的诗和读者的心理状态完全分割开来。诗歌被人有意地弄成同全部知识甚至现实毫不相干的东西。诗歌充其量不过是使人类得以生存下去的神话，哪怕这些神话不一定真实，哪怕照科学看来不过是一些"假命题"。

瑞恰兹把诗歌分解为调整冲动的起因，作为心理卫生的一种手段，这种看法我认为是把文学理论引向死路。但是瑞恰兹的真正功绩却在于对诗的语言的注意。如果人们不去管他的心理学的主要理论，他的分析方法就会产生具体的成果。这正是威廉·燕卜荪（1906年生）② 所作出的贡献。燕卜荪先是不管后来简直完全抛弃了瑞恰兹的情绪说。他通过多种定义的方法进一步发展了瑞恰兹认为诗的语言具有灵活性和多义性的看法。《七种歧义类型》（1930）通过一种往往完全脱离作品本文而任凭个人联想驰骋的字义分析方法，把一些难解的、富于机智的、比喻性很强的诗歌所包含的诗的和社会的含义引申到最大限

① 瑞恰兹（Ivor Armstrong Richards，1893—1979年），中译又作理查兹。英国诗人、批评家，"新批评"代表人物。首创"语义学派"，强调诗歌语言与科学语言的差异。作品有《文学批评原理》《科学与诗》等。

② 燕卜荪（William Empson，1906—1984年），英国"新批评"代表人物，著有《七种歧义类型》等。

度。在他后来的著作中，燕卜荪把这种语义学的分析同来自心理分析和马克思主义的思想结合走起来。近来他实际上已经离开了文学批评的领域而从事一种特殊的语言分析，这种分析往往不过是用以表现他的聪明才智和深奥创见的借口罢了。

瑞恰兹的语义分析对于一些通常所说的新批评家产生了重要的影响。肯尼恩·柏克（1897年生）把马克思主义、心理分析、人类学同语义学结合起来，目的在于建立一个阐明人类行为和动机的体系，这个体系不过是把文学当作材料和例证来处理。早期的柏克是个很好的批评家，但在近几十年他的著作却只能说是旨在建立一种研究意义、人类行为和行动的哲学，这种哲学的中心完全不是文学。在柏克的体系中，批评已经扩展到最大极限。与柏克形成相反的另一极端的是克林思·布鲁克斯（1906年生）①。布鲁克斯也是以瑞恰兹为他的出发点，但他得出的结论却完全不同。他采用了瑞恰兹的术语，舍弃其心理主义的假定，把它改造成一种分析工具。这就使得布鲁克斯，尽管仍然使用态度这种说法，在具体分析诗歌时把诗歌当作张力的结构，实际上是把诗歌当做奇论和反讽的结构。这些名词在布鲁克斯手中得到了非常广泛的意义。反讽表明认识到不一致、多义和对立物的调和。布鲁克斯发现，凡是好的也就是说复杂的诗歌都具备这些特点。诗歌必须具有反讽的性质，也就是说要经得住反讽的观赏。这种方法无疑最适用于分析邓恩、莎士比亚、艾略特或叶芝的诗，但是在《精制的瓮》（1947）这本书中，布鲁克斯向我们表明对华兹华斯和丁尼生、格雷和蒲柏这些人的诗也可以进行这种分析。这种理论强调一首诗由于上下文互相渗透而产生的意义、一首诗的完整性和一首诗机体性。这样它也就在相当程度上吸取了我所说的20世纪文学批评中第四个派别的见解——新的机体主义的和象征主义的形式主义。

这种机体主义的形式主义并不缺少先例。它起源于18世纪后期的德国，经过柯勒律治传到英国。19世纪后期这派学说的许多思想通过曲折的渠道渗进法国象征主义的学说。这派机体主义的形式主义在黑格尔和德桑克提斯比较直接的影响下，在克罗齐的美学中得到了令人赞赏的阐述。柯勒律治、克罗齐和法国象征主义是现代英美所谓新批评派的直系先辈，尽管这个在哲学基本假定

---

① 布鲁克斯（Cleanth Brooks，1906—1994年），美国“新批评”代表人物，著有《怎样读诗》（与沃伦合著）、《精制的瓮》《现代诗与传统》等。

上是唯心主义的传统出人意外地同瑞恰兹的实证主义的心理学和功利主义的语义学结合到一起。

[……]

在法国，形式主义的文学批评在保罗·瓦勒里（1871—1945年）① 的著作中得到了最令人赞赏的阐述。他同克罗齐形成鲜明的对比，认为作者、作品和读者是各自独立的。他强调脱离情感的形式的重要性，并把诗歌从历史中抽出来，把它纳入绝对的领域。对瓦勒里来说，创作过程和作品之间存在着一条鸿沟。有时好像瓦勒里的注意力并没有放在作品身上，而是集中在创作过程上，他似乎满足于分析一般的创作能力。诗歌不是灵感，不是梦想，而是创造。诗歌要臻于完善必须做到不带个人感情，带有感情的艺术在他看来总是低下的。一首诗应该达到“纯粹的”、绝对的诗歌境界，不带任何事实的、个人的和情感的杂质。一首诗是不能用散文改写的，它是不能翻译的。一首诗是一个音义密切结合、难以区分内容和形式的世界。诗歌充分利用各种语言手段，它通过声音、韵律和各种意象的创造使本身和日常语言分开。诗的语言是语言中的语言，是完全形式化了的语言。对瓦勒里来说，诗歌既是一种算法、一种练习，甚至是一种游戏，也是一首歌、一首赞歌、一种有魅力的东西、一种魔术。诗歌是形象的和带有魔力的语言。诗歌有着自己的独特的传统形式，甚至是人为的传统形式，它通过声音和意义的调和构成理想的艺术作品——统一完整、超越时间并达到绝对的境界。小说由于具有错综复杂的情节和无关宏旨的细节，悲剧因为要诉诸感情，在瓦勒里看来都不算真正的艺术。瓦勒里所维持的立场似乎过于严峻，由于主张作者、作品、读者各不相关，这种立场也并非无懈可击。但是这种立场由于肯定了近代诗学的一个研究重点而富有成效：人们发现了纯粹表象或“直接想象”的境界，这种境界也是本世纪另外两个大诗人艾略特和里尔克所努力追求的目标。

人们可以看出瓦勒里和艾略特②在立场上的接近。在艾略特身上我们看到了形式主义和象征主义学说的英国说法。艾略特指出了我们这个时代在诗歌趣

① 瓦勒里（Paul Valery），法国后期象征主义诗人、批评家。提出“纯诗”主张。有《幻美集》等。

② 艾略特（Thomas Stearns Eliot，1888—1965年），英国诗人，后象征主义的代表人物，“新批评”的奠基人。核心批评观点是“非个性化”，反对浪漫主义的直抒胸臆。作品有《荒原》《四个四重奏》等。

味上的重大变化，并主张回到他所称为的“古典的”传统上去。诗歌不是“强烈情感的自然流露”，不是人格的表现，而是一种不带个人色彩的情感结构。这种结构需要“统一的感性”，即通过理智与情感的合作来寻找恰当的“客观对应物”或作品的象征结构。在艾略特身上，意识形态上的古典主义和他本人自然流露的趣味是互相冲突的。后者我们可以称为巴洛克风格和象征主义的趣味。艾略特越来越维护英国正教，这就使他在批评中引进了美学的和宗教的两种标准。作品的统一在他手中又遭到了破坏，这种统一原是形式主义美学的基本看法。

从艾略特和瑞恰兹来的动力至少在弗朗克·雷蒙特·李维斯①本人和围绕《探究》杂志的李维斯的学生们的著作里得到了最有效的结合。李维斯是个具有坚定信念和喜欢争辩的人。他近来已经着重声明他同艾略特和瑞恰兹后期见解的不同。但是他的出发点仍然未变，那就是艾略特的趣味和瑞恰兹的分析方法。他同他们的主要不同点在于他抱有强烈的阿诺德派注重道德意义的人本主义的看法。李维斯对作品下过精读的工夫，这是一种完全用不着文学理论或文学史的感性训练。但是李维斯所说的“感性”，也表示一种传统感，一种对本土文化，即旧的英国乡土社会生活的关注。他批评过英国生活的商业化，主张建立一种社会法制和秩序，认为文化需要“成熟”“稳健”和“纪律”。但是这些名词都只带有世俗的含义，也包括劳伦斯的理想。李维斯对作品本文的关注常常是靠不住的：为了阐明作家所表达的特殊感情，他很快就脱离开表面的文字。他成了一个社会和道德批评家，可是他却强调语言和伦理学的连贯性，强调形式的道德意义。

那些所谓美国南方批评家和李维斯一样，也站在介乎艾略特和瑞恰兹之间的立场，同样关心城市化和商业化所带来的灾害，同样感到需要一个健全的社会，因为只有健全的社会才能产生生气勃勃的文化。这些南方批评家——约翰·克娄·阮色姆、阿伦·塔特、克林思·布鲁克斯和R·P·瓦伦——因为摒弃了艾略特的情感论而有别于他。他们认识到诗歌不仅是情感的语言，而且还是一种特殊的形象知识。约翰·克娄·阮色姆（1888年生）在《世界的形体》（1938）一书中主张诗歌表达的是世界的具体感。“由于科学逐渐把世界完

① 李维斯（Frank Raymond Leavis，1895—1978年），又译为利维斯，英国著名文学批评家，著有《伟大的传统》等。

全变成了类型和形式，针对这种情况，艺术就必须重新赋予世界以形体。”只有玄学派的诗歌才是真正的诗歌，这种诗歌主要靠引申的比喻和意义广泛的象征手法表达出对世界的“具体性”的新认识。阮色姆非常强调诗歌的“肌理”的重要性，肌理是看来无关主题的细节；由于过分强调肌理，他又陷入了使“骨架”与“肌理”在艺术作品内部重新分裂的危险。阿伦·塔特（1899年生）和阮色姆一样，致力于维护诗歌反对科学的工作。科学是抽象的，而诗歌却是具体的；科学是片面的知识，而诗歌却是全面的知识。抽象是违反艺术的。好的艺术是理智与情感结合的产物，或者说是抽象与感觉之间产生的“张力”的产物。

[……]

新批评派关于诗的理论的基本见解我认为是正确的，但这一派的力量无疑已经到了筋疲力尽的地步。在某些方面这一运动并没有超越其开始阶段有限的领域：新批评派选入的欧洲作家范围窄得出奇。他们的历史眼光仍然很短，文学史没有受到重视，没有对批评与现代语言学的关系进行探讨，结果关于文体、诗歌用语、韵律方面的研究往往仍然处于非专门研究的状态。他们的基本美学观看来往往还不具备坚实的哲学基础。可是这个运动还是把美国的文学批评的认识提到一个无可估量的高度。它发展了一套对意象和象征进行精密分析的方法。它明确说出了反浪漫主义传统的新趣味。它在一个科学统治的世界中为诗歌提供了一个重要辩护理由。但是它还是不能避免僵化和机械模仿的危险。看来发生变化的时刻就要来到了。

芝加哥的亚里士多德学派是个没有脱离形式主义的常常与人展开争辩的运动。这一派近来曾就新批评派对于诗的语言和象征主义的关注提出不同的看法。芝加哥学派强调情节、文章组成和文学类别。这个学派和那些寻求奇论、象征、多义和神话的人相比在某些方面确有其优点。但是不管是R·S·克雷恩还是爱尔德·奥尔森，除了提供一些人物类型、情节结构和文学类别的枯燥无味的分类之外，都没有能够得出任何积极的解决方法。学问的盔甲掩护了美学价值感受的迟钝。看来这是一种注定很快就要枯萎的十足学院气的活动。

比较起来富有更大生命力的是我们说过的第五种趋势，那就是神话文学批评。这派批评来源于文化人类学和荣格①把下意识当做人类的“原始类型”和

① 荣格（Carl Gustav Jung，1875—1961年），瑞士心理学家，精神分析学家，原型批评的先导者之一，提出“集体无意识”的概念，著有《分析心理学的理论与实践》等。

原始意象的集体贮存库的看法。荣格本人在把他的哲学应用到文学上去的时候态度十分慎重，但是在英国和美国这种慎重却被抛到九霄云外，成批的批评家都想在全部文学后面发现人类的原始神话：天父、堕入地狱、神的献身牺牲。……诺斯罗普·弗莱①在他的《可怕的对称》（1947）一书中对布莱克的个人神话做了卓越的解释，这是他的文学批评的开始；在他的《批评的解剖》（1957）一书中，他把神话文学批评和来自新批评派的主题结合起来。《批评的解剖》一书的目的在于得出一个极其宏伟、包罗万象的文学理论。在我看来，对文学批评的作用做出更加适当的估计是比较明智的。

另外一种富有生命力的趋势是存在主义，这是我们列举的20世纪文学批评中第六个也是最后一个派别。在第二次世界大战之后，存在主义统治了法国和德国的知识界，只是到了最近才逐渐衰落下去。如果我们把存在主义理解为失望、“恐惧和战栗”以及暴露在含有敌意的世界面前的人抱有的哲学，那么我们就不难找出存在主义流行的理由。[……]

真正的存在主义文学批评的发展和萨特并没有多大关系，但却常常和来自象征主义、超现实主义和托马斯主义的主题结合在一起。马塞尔·雷蒙②的《从波特莱尔到象征主义》（1935）成了一派批评思想的源泉，这派批评思想认为批评的目的不在于分析艺术作品而在于发现诗人的特殊“意识”和面临抉择时的情感。雷蒙把现代诗的神话追溯到波特莱尔。阿尔培·贝京（1901—1957年）③在《浪漫主义精神与幻想》（1939）中回到了德国浪漫派的梦想世界，在他后期的著作中则研究作为幻想家的巴尔扎克以及奈瓦尔和劳特里蒙，并且越来越信仰一种天主教义的神秘主义。乔治·普莱④在《人类时间研究》（1950）中以惊人的才能分析了从蒙田直到普鲁斯特的法国作家关于时间的思想和感情。莫里斯·布朗绍的立场多少有些与众不同，他由于深刻认识到语言

---

① 弗莱（Northrop Frye，1912—1991年），加拿大文学批评家，著有《批评的剖析》《伟大的代码——圣经与文学》等。

② 马塞尔·雷蒙（Marcel Raymond，1907—1984年），瑞士文学批评家，日内瓦学派重要成员，著有《从波德莱尔到超现实主义》等。

③ 阿尔培·贝京（Albert Beguin），瑞士文学批评家，日内瓦学派重要成员，著有《创作与命运》等。

④ 乔治·普莱（George Poulet，1902—1991年），比利时批评家，日内瓦学派重要成员，著有《批评意识》等。

的缺点，所以能够提出“文学是否可能”这类的问题，并且根据马拉美、卡夫卡、里尔克和荷尔德林的作品对于永久性的孤独之感和“死亡空间”进行了思考。存在主义的文学批评思想已经开始渗透进美国的批评著作。基奥弗莱·哈特曼在《直接的想象》（1954）中对华兹华斯、霍普金斯、瓦勒里和里尔克的诗进行了深入细致的阅读，最后得出诗是关于存在的直接理解这个看法。J·希里斯·米勒曾经把普莱的方法应用到狄更斯小说中的时间和空间的探讨上去。

虽然我同意神话文学批评和存在主义关于人类心灵和处境的深刻见解，并且赞赏抱有这些信念的近来的一些批评家，可是我却认为神话文学批评和存在主义并没有对文学理论问题给予解答。神话学和存在主义又把我们带回到那种把艺术与哲学或者艺术与真理等同起来的立场。由于偏重研究诗人的态度、情感、概念和哲学，作为美学实体的艺术作品开始解体或者受到忽视。兴趣的中心是创作活动和诗人而不是作品。形式主义、机体主义和象征主义的美学起源于从康德到黑格尔以来的伟大的德国美学传统，受到法国象征主义以及德桑克特斯和克罗齐的重新阐述和肯定。我认为关于诗歌性质的最精辟的见解还是来自这派美学。今天这一派美学需要同语言学和文体学更好地合作，需要对诗歌作品的层次划分进行明确的分析，成为一个可以进一步发展和改进的完整文学理论，但是并不需要对它进行彻底的改造。

对 20 世纪文学批评的主要趋势做出的这个概观必然会像库克周游世界或者有点像乘飞机旅行：人们只能看清地形的主要轮廓，而我在选择批评家上也往往有些随便。这个概观的缺点我只能说是由于文章过于简短和因为这是个新课题。我不大习惯在国际范围内概述当前的文学批评的情况，不管这个概述多么简短。但是今天在文学批评中这种国际范围的眼界比任何其他时候都更加需要。

（选自［美］韦勒克：《批评的概念》，张今言译，
杭州，中国美术学院出版社，1999）

1. 作者简介

雷内·韦勒克（1903—1995 年），当代美国文学理论家和比较文学学者。原籍捷克，早年就读于布拉格查理大学，1926 年获博士学位，1939 年移居美

国，1939年至1946年任爱荷华大学教授，1946年起任耶鲁大学斯拉夫语言与比较文学教授，直到1972年退休。他通晓十种语言，毕生从事文学研究，著作十分丰富。目前西方学术界公认韦勒克是20世纪最重要的文学理论家和最博学的比较文学批评史家之一。其主要著作有《康德在英国》（1931）、《英国文学史的兴起》（1941）、《文学理论》（1949，与奥斯丁·沃伦合著）、《现代文学批评史：1750—1950》（1955、1965、1991、1992）、《批评的概念》（1963、1978）、《辨析：批评的概念续集》（1970）、《四个批评家：克罗齐、瓦莱里、卢卡契、英伽登》（1981）。韦勒克是英美新批评理论的集大成者。由于他学术生涯很长，视野又较为广阔，对欧美文论总体较为了解，所以比起其他新批评理论家来，其思想观点具有较强的概括力。

韦勒克著作文章很多，虽然不是在同一时期写成的，但作者所竭力维护和反复强调的一些观点却贯彻到关于不同问题的讨论之中。从总体上看，其思想观点有如下几点：第一，坚持文学理论、文学批评和文学史的区别和联系，强调文学研究的这三个主要分支既不能互相混淆，其间又紧密联系和相辅相成。第二，强调文学研究的对象是文学艺术作品本身，主张文学研究的重心应该放在“文学的内部研究”上，放在文学作品本身上，放在分析文学作品的结构、意象、隐喻或类型上。凡是偏离把文学作品及其形式作为对象来研究的观点的做法，他都明确表示反对。虽然他也认为文学批评也需要依靠一些邻近学科如心理学、社会学或哲学的帮助，但他却特别反对这些学科来代替文学研究。第三，文学研究不能排除价值判断。他多次批评那些在文学研究中排除价值的做法，他的结构是“文学研究必须成为一种系统的知识，成为一种探索结构、规范和功用的努力。这些结构、规范和功用包含价值而且本身就是价值”①。

2. 背景知识

这篇文章写作于1961年，其背景是新批评派于三四十年代盛极一时，60年代已处于强弩之末的状态。② 所谓新批评，是专门指20世纪三四十年代在英美崛起并在50年代流行的、以文学文本词语分析为中心的批评理论流派。该

① ［美］韦勒克：《批评的概念》，张今言译，49页，杭州，中国美术学院出版社，1999。

② 关于“新批评”派的思想基础、文学影响及其盛衰流变的研究，这里参考赵毅衡：《“新批评”文集·引言》，载《“新批评”文集》，122～131页，天津，百花文艺出版社，2001。

批评流派的先驱是英国的瑞恰兹和美国的艾略特。而它的真正创始者则是美国的兰色姆（John Crowe Ransom，1888—1974 年），最初追随他的有三个学生布鲁克斯、泰特（Allen Tate，1888—1979 年）和沃伦（1905—1989 年），随后加入的还有维姆萨特（William Kurtz Wimsatt，1907—1975 年）和比尔兹利（Monroe Curtis Beardsley，1915—1985 年）等。由于这种新的批评方式呈现出迥然不同于传统批评的独特特点，所以得名“新批评”；也有人鉴于其独特处，称它为“本体批评”“文本批评”。

从整体上看，英美新批评派的思想基础是当时日渐占统治地位的保守主义思想。20 世纪垄断资本主义制度日益巩固，自由主义的思想基础被进一步削弱。第二次世界大战后，社会上更是弥漫着一股保守思潮，此时的风气是人们都急于到各种既成势力的机构中去工作，去做“体制人”。新批评反对在作品中张扬个性，企图在文本的艺术形式中得到理性与感性平衡的秩序，从而在动乱的世界中占有那份稳定价值的“自信心”。新批评派大行其道的客观社会思想背景就是如此。新批评的实践就是努力给文本以稳固的价值标准的地位，使整个文学活动凝固在一定的“教规”之上，从而使阅读和批评成为一种稳定的有秩序的活动。

新批评派中绝大部分人既是批评家、理论家，又是作家和诗人。艾略特作为诗人比作为理论家更重要；瑞恰兹在五六十年代是个活跃的诗人兼剧作家；燕卜荪的诗作曾被李维斯称为英国新起诗人中“唯一值得研究的”；兰色姆与泰特的诗歌创作大部分作于转向文学批评之前；而沃伦则是个杰出的小说家兼诗人。因此，其批评思想与创作一旦结合，便在美国现代文学史上造成相当大的影响，文学史上往往称之为新古典主义诗风，或艾略特—兰色姆诗风，或“新玄学派”。30 年代至 50 年代，许多英美诗人都处于这种新古典主义诗风的影响之下。第二次世界大战以后新一代诗人在年轻时几乎全都服膺新批评。因此到 60 年代，他们要花很大力气才从新批评传统中解脱出来。从 50 年代初“黑山派”（Black Mountain Poets）开始的一股反抗学院派的“开放诗”（Open Verse）潜流破门而出，“垮掉的一代”标志了存在主义思潮进入美国，渐渐演变成 60 年代欧美的左倾社会思潮。新批评派的得意弟子、美国当代最著名诗人罗伯特·洛威尔（Robert Lowell，1917—1977 年），1958 年发表诗文集《写生》，开创了“自白诗”（Confessional Poetry）潮流，自白诗热衷于袒露内心感情和个人生活的隐私，完全反“非个性”论而行之。自白诗之风横扫诗坛，使新批评派影响下的诗人纷纷倒戈。这与文论界开始反思新批评是同时发生的。

新批评在四五十年代影响巨大。马尔柯姆·考利（Malcolm Cowley）指出，在新批评全盛时期，“批评家比作家说话更有权威，虽然倾听批评家说话的人数较少，但听众中大都是想成为作家的青年人”。在四五十年代，文学青年只读《肯庸评论》《西瓦尼评论》《赫德森评论》等新批评派的理论杂志。然而，学步者过多，一种特殊文学理论和批评方法论被变成了一种一成不变的教条和人人都得趋赶的时髦，新批评派衰亡了。到50年代，新批评本身的发展停滞了。

1956年，艾略特在明尼苏达大学发表题为“批评前沿”的演说，认为新批评派搞过头，是该转向的时候了。美国诗人兰德尔·贾雷尔（Randall Jarrell）的《批评时代》（*The Age of Criticism*）和卡尔·夏皮罗（Karl Shapiro）的《为无知辩护》（*In Defense of Ignorance*，1960）代表了创作界对被受制于文论界的不满，影响也很大。1957年维姆萨特和布鲁克斯合著的巨作《文论简史》出版，这是新批评派最大规模的著作，从苏格拉底一直论述到当代各学派。但出版后受到尖刻的评论，其根本问题即把全部文论史“新批评化”，以“新批评”为标准进行贬抑或揄扬，其史德有亏与一贯排他的学术态度为人们所严厉诟病。

1959年至60年代初，在英美学界攻击新批评派已经成为时髦，有人甚至认为新批评派“必须对美国诗歌中的一切混乱负责”。面对这种形势，60年代在批评界依然活跃的“新批评派”如布鲁克斯、维姆萨特和韦勒克都尽其所能予以反击。但即使是博学大家韦勒克也不得不承认新批评已欲振乏力这个事实。他也承认“关于一个永恒的、限定严密的标准的设想不得不被抛弃”，不能再在诗歌语言结构上寻找固定的规范，而最后退守到底线，即把“共同的人性”作为“纯粹艺术王国”里不受时间和空间限制的规范，把文学的要素分为“内”和“外”两种，从而比较灵活地坚持了新批评派的文本中心和形式主义。①

3. 文本解读

《20世纪文学批评的主要趋势》一文最早收入《批评的概念》一书中，该

---

① ［美］韦勒克：《文学理论、文学批评与文学史（1960）》，见赵毅衡编选：《“新批评”文集》，545～566页，天津，百花文艺出版社，2001。

文是为撰写《近代文学批评史》(*A History of Modern Criticism*)最后几卷而预先写出的。虽然主要是评述20世纪60年代以前文学批评的主要发展动态的，但同样体现出他关于文学和文学研究的根本思想。

韦勒克认为，20世纪的许多批评文章所采用的方法仍然是19世纪批评家所创立的方法，比如，印象主义的欣赏、历史学的解释和现实主义的比较。文章的主体部分，以一种简练扼要的笔法逐一述评了20世纪初至50年代新兴的各种文学批评理论，包括：马克思主义的文学批评、心理分析的文学批评、语言学和文体学的文学批评、新的机体主义的形式主义、以文化人类学所取得的成就和荣格的思想为基础的神话文学批评、受存在主义及与其类似的世界观的启发而形成的新的哲学性质的文学批评。很显然，结构主义以及结构主义以后的文学批评还没有获得他的重视。

在评述过程中，尽管韦勒克试图表现出对各种批评方法或模式的灵活的理解，但显而易见，韦勒克对马克思主义的文学批评、心理分析的文学批评整体上是持否定态度的。对神话学批评和存在主义的许多观点，韦勒克在一定程度上持赞同态度，因为它们有“关于人类心灵和处境的深刻见解”，但他同样基于文本批评和内部研究的立场认为：“神话文学批评和存在主义并没有对文学理论问题给予解答。神话学和存在主义又把我们带回到那种把艺术与哲学或者艺术与真理等同起来的立场。由于偏重研究诗人的态度、情感、概念和哲学，作为美学实体的艺术作品开始解体或者受到忽视。兴趣的中心是创作活动和诗人而不是作品。”其立场和倾向性显露无遗。从总体上看，韦勒克认为形式主义的、有机的、象征主义的美学和批评模式更为可取。他认为，新批评派“关于诗的理论的基本见解我认为是正确的”，同时，他也承认，“新批评派这一派的力量无疑已经到了筋疲力尽的地步”，处于强弩之末。

韦勒克也提出了自己的解救之道。他认为，来自德国伟大的审美传统的批评，需要与现代语言学和文体学更密切地合作，也需要对文学的艺术作品的层次有一个明确的分析。机体主义与形式主义、语言学与现象学层次论可以很好地合作，从而形成一种比较完善的研究路径。关于欧洲机体主义和俄国形式主义的内容与形式观，他认为都不完善，都有危险：“机体主义走到极端所带来的一种无法做出辨析的笨重整体性”和“相反的原子主义所造成的支离破碎”。他认为，文学作品是可以分析的整体结构，并对罗曼·英伽登把文学作品看成是一个由不同质的层次构成的整体的做法表示赞赏——“我认为唯一正确的看法是一种必须属于‘整体论’的看法，它把艺术作品看成是一个多样统一的整体，一个符号结构，但却又是一个蕴含并需要意义和价值的结构。”①

韦勒克试图在观点上兼容并包，依然不能挽救新批评派没落的命运。但在当代文学批评的理论和实践中，以他为代表的新批评思路的许多因素仍得到了内在的继承。从整体上看，20世纪的文学批评理论在发展过程中，能够渐渐摆脱反理性主义、探索理性与感性结合问题，从早期形式主义极端狂热态度中渐渐脱身、在理论上努力寻找折中立场，各种批评理论内在地采用细腻灵活的细读研究，很大程度上都是受新批评派文本批评和韦勒克的这种兼容并包精神的启示。50年代，不少人指责新批评派把现代文学搞成“批评世纪”，他们当然不会想到，新批评之后的现代西方批评进一步学院化、理论化，批评不仅不再为创作服务，甚至不再为批评实践服务。新批评之后，批评理论出现了，它们其实是一种文学哲学，或文学美学。②

第二节　相关问题概说

一、批评界说及其属性

孔子评《诗经》、司马迁评《离骚》、王国维评《红楼梦》、李长之评鲁迅等，都属于文学批评。无论是用言谈和演讲，还是论文和著述，文学批评都意味着对特定的作家、作品和文学史等文学现象做具体的分析、阐释和评价，包括对与这些文学现象相关的其他现象做具体分析和评价。

1. 文学批评与文学活动

文学批评是文学活动中参与文学运动和发展的重要组成部分。作为一种文学活动的参与要素，它具有一种重要的精神力量和舆论势力，批评家的观点会以各种方式为文学活动的各方面各环节所吸纳。对于某种文学潮流的兴衰而言，文学批评的作用至关重要。批评作为宣言书、论战文或宣判书，在文学运

---

① ［美］韦勒克：《批评的概念》，张今言译，278～279页，杭州，中国美术学院出版社，1999。

② 参见赵毅衡：《“新批评”文集·引言》，见赵毅衡编选：《“新批评”文集》，127～129页，天津，百花文艺出版社，2001。

动或浪潮的演化过程都起到振聋发聩的作用。文学批评对读者的阅读和鉴赏具有指导作用，它不仅可以帮助读者深入地感受和理解作品，而且可以帮助读者选择和鉴别作品，建构富有滋养的文学经典序列。对于个别作家而言，文学批评的作用更为明显。正是由于批评家的慧眼和发掘，一些作家得以从纷繁的文学世界中脱颖而出，其作品为世人欣赏。果戈理和陀思妥耶夫斯基之于别林斯基，福克纳之于考利，罗伯-格里耶之于罗兰·巴特，前者原先都是默默无闻的新生小辈，都是在当时批评家的鼓励、教益和提拔之下，得以成长起来的。

有几组概念值得区分。首先是文学批评与文学接受。文学接受是读者面对文学作品进行阅读并加以填补、创造或破解的种种活动的统称，通过接受，文学文本现实化，并产生审美效能和社会功用。文学批评是读者接受活动的一种形式或接受活动整体的一部分。一方面，文学批评具有文学接受的一般性质，必须建立在文学阅读和文学理解的基础上；另一方面，文学批评又更看重其对文学作品的意义价值和文学现象变化的揭示与表达，更重视基于批评自身的立场基点和内在理路。其次是文学批评与文学鉴赏。一般来说，鉴赏注重对作品的情感参与和理解，实现作品的审美价值，因而更具审美享受意味；而批评更多地具有科学研究的意味，它要求从一定的理路和逻辑去感受、理解作品，并做出尽可能恰当的客观评价，从而实现作品的广泛社会价值（包括审美价值在内）。鉴赏是批评的基础，批评则不仅是鉴赏的提高，也是对鉴赏的指导。

同时值得注意的是文学批评与文学理论的关系。一般认为，文学批评是文艺研究领域中应用性和实践性最强的一部分，但长期以来许多学者认定批评从属于理论，强调理论是批评的指导和灵魂。批评只是理论的运用，理论是第一位的，批评是第二位的。其实，文学批评并不被动地适应和应用理论，它本身其实是文学理论的生长域，往往是理论武器的制造场。在传统理论远离文学现实的演化而陶然自闭的时候，批评往往会作为一种新的艺术经验的发言人向理论的陈规教条挑战，冲击和锻打理论。也正是在对具体文学活动和文学现象的批评中，开放的理论逐步地寻找生长点，开拓出新的疆域，丰富文学研究的世界。从 20 世纪理论和批评发展的现状看来，正是一系列大气蓬勃、发展强劲的批评理论，在特定时代里成为文论的代表和潮流，占据着文学活动和学术研究的主导地位。同时，特定时代的文学创作也不能不受到它的影响，形成特定的创作倾向或创作思潮。

2. 文学批评的对象和范围

对于文学批评的对象和范围问题，并没有形成统一的见解。一种明确的意见是把文学作品视为批评的对象。别林斯基认为："如今所要求于批评的是，不要陶醉于局部，应该对艺术作品整体进行评价，剖开作品的思想，指出这个思想和它的表现处于怎样的关系，形式的美在什么程度上体现了思想的真实性，思想的真实性又在什么程度上助成了形式的美。"①他强调的作品的整体，即内容与形式统一的作品。新批评派则强调文学批评应该全力关注作品这样一个独立自存的客观物，作品与历史背景、作者意图、读者的感应无关，作品的存在基于其形式、技巧和语言。韦勒克主张以文学的"内部研究"代替对文学的"外部研究"，即从致力于作家个性、社会环境、心理素质、时代精神、历史背景的研究，转向作品内部声音层面、意义单元、意象和隐喻、象征和神话的内涵、形式与技巧等问题的研究。兰色姆在排除几种非文学批评的项目后，干脆把作品的技巧列为批评对象："研究艺术技巧，当然属于文艺批评"，因为技巧是"艺术独一无二的形式"。② 与上述意见相左的另一种观点则强调批评的对象不应囿于作品、文本或是批评主体，甚至不囿于文学，当代批评应该成为"新型百科全书"。美国学者米彻尔指出，当代批评出现的"新型百科全书"的倾向"乃是批评家改写人类知识的诸种基本范畴（如新文学史、新人类学、新心理学、新知识论等）从而抛弃传统学科残余的共同结晶"③。在中国，20世纪80年代以来的批评界也力图突破传统的"作家—作品"批评，先后提出"批评即选择"，"我所评论的就是我"，"批评即建构"等定义，强调批评的对象不是客体文本，而是批评主体，或者文本与批评者的双向建构。综合各方面的争议，可以看出，文学批评的对象和范围有不同的圈层，第一是作品和文本圈层，第二是作家及其生活圈层，第三是时代语境和文化结构圈层，第四是变幻莫测而起最终决定作用的历史语境圈层。这四个圈层都可能在特定时代的具体批评中成为研究、关注的对象和范围。从长时段的批评潮流的角度看，19世纪文学批评的对象和范围着重于第二圈层。在20世纪，社会主义国家的文学

① ［俄］别林斯基：《别林斯基论文学》，别列金娜选辑，梁真译，263页，上海，新文艺出版社，1958。

② ［英］戴维·洛奇编：《二十世纪文学评论》（上），葛林等译，402页，上海，上海译文出版社，1987。

③ ［美］米彻尔：《论批评的黄金时代》，载《外国文艺》，1989（2）。

批评多侧重第三、第四圈层。西方资本主义国家的文学批评在 20 世纪六七十年代以前多偏重于第一、第二圈层，而近二三十年来则在第一圈层的基础上逐渐向第三、第四圈层过渡。

3. 文学批评的性质和属性

文学批评的性质和属性问题看似简单，实际上却众说纷纭，历来也有很多不同意见。第一种是批评是艺术说。这种看法认为文学属于艺术，具有灵性，而艺术只能用艺术去批评，所以批评应该富于艺术性，文艺批评是批评家的自我表现和主观感受，并不存在什么标准和依据。比如，法国文学家法朗士认为，“优秀批评家讲述的是他的灵魂在杰作中的探险”，他宣称，“批评家若是坦率的话，就应该说：先生们，关于莎士比亚，拉辛，帕斯卡尔，或是歌德，我所要谈的是我自己”。① 这种批评观强调批评家具有主体性，批评对象往往只是批评家发挥自我的凭借物。许多诗人、作家和美学家都赞成这种说法，而反对批评成为冷静的理性文字。第二种是批评是科学说。西方从近代以来，尤其在 20 世纪，文学批评出现科学主义倾向，认为批评是科学或学科的人，这种观点依据的恰是艺术与科学（或学科）的区分原则（艺术是情感的而科学是理性的），相信只有科学或学科才能揭示文学这一情感艺术的奥秘。比如俄国形式主义、英美新批评和结构主义批评都张扬科学的旗帜，力图使文学批评摆脱印象主义批评，而不愿批评论文也像文学作品那样燃烧着激情和想象。第三种是批评是意识形态说。强调批评是意识形态，意味着要证明批评像文学作品那样具有意识形态属性，是特定的话语与社会权力关系发生冲突的敏感领域之一。特里·伊格尔顿（Terry Eagelton）认为理论批评都是特定时代的政治和意识形态的一部分，他强调一切文学批评都是“政治性”的，只是其“政治的性质”不同，服务的对象不同而已。② 文学批评是关于文学现象的思考与写作方式，具有艺术性、学科性和意识形态性。至于艺术性、学科性和意识形态性中间何者更突出，则需要视具体批评的情形而定。单纯坚持或否定上述三种属性之任何一种，都是片面的。例如，如果一味坚持批评是艺术而否定学科性和

---

① 转引自［美］韦勒克：《近代文学批评史》，第四卷，杨自伍译，29 页，上海，上海译文出版社，1997。

② ［英］特雷·伊格尔顿：《二十世纪西方文学理论》，伍晓明译，211 页，北京，北京大学出版社，2007。

意识形态性，就会竞相把批评文字写成诗或美文，批评的冷峻的理性和学术性可能受到削弱。而倘若认定批评是学科而非艺术或意识形态，那就会为了学术性而忽略艺术性及这种学术性本身与现实权力关系间的微妙关联。同理，主张批评就是意识形态而不存在艺术性和学科性，则会重新落入那种批评就是政治斗争的“斗争哲学”旋涡中。因此，不妨说，文学批评是一种以文学作品及各类文学现象为对象的，同时包含艺术性、学科性和意识形态性的思考与写作方式。①

二、批评的类型与模式

并不是每个人都进行文学创作，但每个懂生活的人都可以批评、分析和评价文学。从理论上讲，即便没有机会或不准备发表，只要阅读文学作品，总会形成有自己个性的、独到的思路和见解。然而现实并非如此，人们往往有千言万语或各种想法，却不知从何说起，或最后只是人云亦云。因此，借助一些批评思路，理解文学可以更深入，表达见解可以更充分，从而凸显评论者的个性。现代以来，文学批评不仅形成各种各样的类型，更使批评形成了各具特色的模式。

1. 文学批评的类型

法国文学批评家蒂博代（A. Thibaudet，1874—1936年）认为，文学批评主要有三种类型，即自发的批评、大师的批评、职业的批评。自发的批评就是即时的批评，主要指报刊文学记者的批评；大师的批评，主要指公认的作家的批评，如雨果对莎士比亚的批评；职业的批评，主要指大学、研究院等学术机构中教授和学者们的批评。② 现在看来，他对批评形态的界定现在还没有过时，这里根据当代文化的具体分工，分成如下三种批评形态：专业类批评、新闻类批评和文化类批评。专业类批评是对文学现象和作品的及时感悟和技术评点，多出于各类作家、职业批评家或文学管理机构的官员，他们的言说在文学圈内外具有重要影响。因为他们不仅能从专业技术角度评价文学作品，而且掌握着文学评价系统，如文学颁奖的权力，而这种权力制约下的颁奖有可能给文

① 王一川：《文学理论》，346页，成都，四川人民出版社，2003。

② 本处观点请参阅［法］蒂博代：《六说文学批评》，赵坚译，北京，生活·读书·新知三联书店，1989。

学作品带来巨大的市场或商业前景。新闻类批评是现代传媒社会中获得急剧扩展的批评形态，主要指各种大众传媒上经常出现的文学动态、作家访谈和公众评论等新闻、访谈、逸事与批评的杂糅形态。这种批评多出于媒体编辑、记者或职业撰稿人，往往投合和左右普通公众的好奇心，成为数量最广大读者的“文学阅读指南”。在现代社会，由于包括各类“论坛”“争鸣”和“书评”的“副刊”在各媒体版面上有着不可或缺的地位和功能，通过观看、报道和言说文学，大众的日常生活得以点缀，压力得以纾解，情绪得到宣泄，因此这种媒体批评实际上对于公众的辐射力相当广泛，而且往往具有控制力。文化类批评是指研究机构或高等院校里的人文学者对于文学作品和现象的学术观察，主要体现为学术专著和批评论文。由于这种批评往往沉浸于文学史的梳理，有意无意地与最近的文学现象保持距离，或者只是偶尔点评一二近期作品，其批评术语、言说思路和评价指标又带有很强的理论性和历史性，所以，常常被百姓大众讥以“象牙塔”“脱离群众”，被作家们批评为脱离“创作实际”“读不懂”。事实上，这类批评的读者对象往往是针对进入高等教育体制的大学本科生、硕士生和博士生，以及具有相当文化素养和趣味的其他各种读者，他们其实也是数量不小的“文化大众”。同时，面向文化大众的文化类批评在经过文化大众的理解和转译后，可能也可以间接地渗透到日常大众的阅读、新闻批评和专业批评之中，发挥一定的影响。

2. 文学批评的模式

20 世纪的战争、灾难残酷打断人们对于理性的乐观和骄傲，滋生了精神危机，文学试图用各种异乎寻常的方式予以表现。文学的发展需要强有力的解释，批评承担起这个重任，由此也获得广阔的空间。20 世纪的人文学科也发生巨变，印象主义批评逐渐为形形色色的批评理论流派所代替，众多批评理论流派为文学提供一系列异乎寻常甚至是别出心裁的解码方式，甚至从人们熟知的古典作品中发现了闻所未闻的含义。文学批评模式多种多样。文学批评模式，主要指特定的文学批评体现出来的基本思路、独特要素及其组合方式。这种模式一般是“事后”回顾总结出来，供初学者学习而加以运用的。对于文学批评家来说，批评并不意味着打造固定模式，而就是模式的正在建构本身。伊格尔顿认为现代以来的文学理论可以分为三个阶段：“全神贯注于作者的阶段（浪漫主义和 19 世纪）、绝对关心作品的阶段（新批评），以及近年来注意力显著转向读者的阶段。”①反观20世纪及其以往的文学批评，其模式可谓多种多样，难以穷尽。这里依照伊氏的宏大观点略做变通和细化，对文学批评的诸种模式进行概略性描述。

历史批评 主要指注重文学作品与客观世界和社会历史的关系，试图通过社会历史来解释文学作品，确认文学作品认识价值的批评方式。这种批评模式在中国和外国都出现较早，影响也较为广大，它强调文学作品的社会历史背景，包括时代背景、政治和经济背景、文化背景等，其思想基础是再现或反映论，认为文学是由社会历史环境所塑造的，是对生活的再现。社会历史批评的具体方法多种多样，但该模式最大的特点就在于强调作品产生的时代背景、历史条件以及作家的生活经历等，并将其与作品联系起来考察。中国批评传统讲究考据求信，所谓考据，就是在考证版本流变、词义解释、作者生平的基础上，推求作品再现的社会生活或历史变迁其实，直到历史和社会呈现出原貌。在西方，正统的社会历史批评的理论奠基人是意大利学者维柯（Giambattista Vico，1668—1744年），他在《新科学》（1725）中，根据对古代希腊社会的文化历史研究来探讨荷马史诗及其作者。社会历史批评模式的成熟主要发生在18、19世纪的法国。狄德罗、斯达尔夫人、圣伯夫和丹纳都是社会历史批评的著名人物。狄德罗（Denis Diderot，1713—1784年）强调艺术与社会生活联系，要求真实地表现生活中的环境、人物的身份、性格，落脚点在于强调艺术的教育作用。斯达尔夫人（Madame de Stael，1766—1817年）在《从文学与社会制度的关系论文学》明确地说明自己的任务，就是要考察宗教、风俗和法律对文学的影响，以及反过来文学对宗教、风俗和法律的影响。圣佩夫在实证哲学的基础上，强调批评的任务在于发掘和研究有关文学家、文学史的种种确实的、实证的事实，考证作家所属的种族和国家、所生活的时代、出身和家庭、幼年环境、所受的教育和交游、首次的成功和失败、肉体和精神的特征等。丹纳（Hippolyte Adolphe Taine，1828—1893年）在其名著《〈英国文学史〉序言》《艺术哲学》等书中，提出了影响深远的决定文学创作和文学发展的“三因素”说，即种族、环境、时代，其中又特别强调了时代作为后天动量的巨大影响和作用。社会历史批评在20世纪西方文学批评受到很大的冲击，

① ［英］特雷·伊格尔顿：《二十世纪西方文学理论》，伍晓明译，73页，北京，北京大学出版社，2007。

但其视野仍然为一些批评家所承继或发展，影响不可磨灭。

感兴批评　主要指批评家以富于感兴的评论去尽可能还原文本阅读时的感兴和体验的批评方式。在西方，感兴批评具体表现为19世纪末20世纪初的印象派批评，代表人物是法朗士、勒麦特和朗松（Gustave Lanson，1857—1934年），注重批评家与作家灵思的相遇。在中国古代，诗话、词话和小说评点多在观照作品的基础上品评滋味，传达会心、感悟和体会。在20世纪二三十年代，李健吾等人一度领导了中国特色的现代印象批评潮流。感兴批评注重表达批评家主体受作品的激发所产生的感受和体会，从而形成独特的批评个性。第一，在思维方式上，往往不做条分缕析、逻辑推演和理论论证，而重视体验、直觉或整体直观，力求揭示文学世界以及现实世界共同存在的兴发感动关系。第二，从批评的重心或焦点看，感兴批评主要展现文学启发下的个体生活体验。第三，从批评文体看，感兴批评多采用富于文采的点评体甚至诗体。孔子评《诗经》只留下“片言只语”，杜甫的《戏为六绝句》开创“以诗论诗”传统，司空图留下韵味无穷的《二十四诗品》，宋元明清许多文人撰述大量的诗话和词话，金圣叹、毛宗岗和张竹坡等对白话长篇小说的批评仅仅“点到即止”，李健吾的批评读来如诗一般深切感人。感兴批评的关键在于从文学文本中寻求感兴的呈现状况，并恰到好处地把这种感兴和体验呈现或引导出来。

心理批评　主要指注重联系作家的生平和心理，来考察作品内涵，把握作家意图或动机的批评方式。19世纪的浪漫主义和现实主义文学批评往往从作家生平、心理和记忆，来理解和把握作品的意义和内涵。在20世纪，弗洛伊德开创的心理分析学派批评形成了心理批评模式的范型。这种批评模式有如下特点：第一，认为文学是作家的被压抑的无意识的升华的产物；第二，文本语言的隐意内容成为批评关注的对象；第三，批评的焦点是建立显意与隐意之间的总的语法结构——“化装”，其具体语法规则包括凝缩、置换、视觉形象、二度润饰；第四，批评的方式为像“释梦”那样阐释文本，主要是作家或人物的无意识结构，如弗洛伊德对俄狄浦斯神话的阐释。以雅克·拉康（Jacques Lacan，1901—1981年）为代表的后期心理分析批评，更为突出语言对于无意识的构成作用及其在文化中的功能。他运用由“想象界”“象征界”和“现实界”组成的“三角结构”阐释爱伦·坡的小说《窃信案》，展示了为作家本人和普通读者所忽略的文学文本新景观。拉康的这种语言论心理批评对20世纪后期文学批评产生了较大影响，由此更彰显了心理批评的语言论属性。

文本批评 主要是指注重形式分析、语词分析、结构探究或修辞解析的批评方式。以20世纪以来的俄国形式主义、英美“新批评”、法国结构主义批评和法美的解构批评为代表。简要说来，文本批评模式体现如下特点：第一，在文学的基本问题上，或者认为文学不是对社会的再现或情感的表现的产物，而是形式的创造、情节的翻新和词语的构造，或者认为文学是一种普遍的语言系统或潜在结构的产物，或者认为文学不再是意义自足的有机整体而是充满差异的零散结构，文本也不再由作家主宰而是已经变成“孤儿”。第二，在批评的对象上，或者认为不是作家或社会状况而是作品本体是批评的对象，或者关注支配具体文学作品的那个抽象的深层逻辑程序，或者紧密关注文本的缝隙或边缘。第三，在批评的焦点上，或者致力于分析作品词语中的富有意义的特殊状况（如朦胧、张力、反讽、悖论等），或者企图建立制约作品意义系统的语言学模型（如二元对立、符号矩阵等），或者力图透过文本缝隙或边缘而发现制约意义的形而上思维的虚幻机制（如延异、印迹、播散、补替、互文本性等）。第四，在批评方式上，大多采用文本“细读”（close reading）法，即异常精细地阅读和分析具体文本词语以证明文本的有机统一性和内在张力，或者通过细读那些存在缝隙的经典文本而挖掘出其中潜藏的上述形而上学症候，或者有意忽略文本的社会再现、情感表现或词语因素而专注于更大的深层结构的发掘。

读者—接受批评和意识形态批评 主要指注重于考察读者在阅读文本时的参与作用，把阅读行为视为一个具体化的互动过程或意识形态结构活动的批评方式。这种模式崛起于20世纪六七十年代，突出的批评理论流派有德国的接受美学、美国的读者反应批评以及西方马克思主义批评。接受美学以罗伯特·姚斯、伊瑟尔为代表，美国读者反应批评以斯坦尼·费什（Stanley Fish，1938— ）为代表，西方马克思主义批评以法国的阿尔都塞（Louis Althusser，1918—1990年）、英国的伊格尔顿和美国的杰姆逊为代表。读者—接受批评和意识形态批评作为模式，其主要特色有：第一，将读者和以读者为主体的意识形态作为中心，文学批评的对象不是文本，而是文学的具体化，读者的接受过程或其意识形态蕴含是批评的焦点；第二，文学不再是对文本或意识形态的简单反映，而是文本的敞开、充实和具体化，或者是通过特定语言结构而被“询唤”出来的主体性想象；第三，批评的焦点在于借助文本或语言模型而重构出“接受史”“效果历史”，或意识形态及其深邃而微妙的历史；第四，批评的方式为文本细读与现象学阐释或意识形态阐释的结合。

文化批评 文化批评又称文化研究，是文学批评在当代社会的泛化方式。主要指20世纪60年代后期在英国兴起、近20年来在北美和澳洲进一步扩展的一种新型批评方式。文化批评从英国文学学科中逐渐崛起，其先驱人物是威廉姆斯（Raymond Williams，1921—1988年）和霍加特（Richard Hoggart，1918—2014年），其代表机构是1964年成立的伯明翰当代文化研究中心。近年来，文化批评作为一种研究范式逐渐在欧美批评界扩展开来。① 作为批评模式，其显著特点如美国学者乔纳森·卡勒（Jonathan Culler，1944— ）所指："从最广泛的概念上说，文化研究的课题就是搞清楚文化的作用，特别是在现代社会里，在这样一个对于个人和群体来说充满形形色色的，又相互结合、相互依赖的社团、国家权力、传播行业和跨国公司的时代里，文化产品怎样发挥作用，文化特色又是怎样形成、如何构建的。所以总的说，文化研究包括，并涵盖了文学研究，它把文学作为一种独特的文化实践去考察。"② 文化批评它现在依然还是批评领域的新生事物，它本身还处于不断的演化与发展之中，还没有完全成型。作为一种批评模式，文化批评的特点主要有：第一，文学被视为更大的文化实践的一部分，整个世界被看成了一个需要分析的大型文本；第二，文学的大众文化、民间文化、亚文化等边缘文化类型成为批评关注的主要对象；第三，批评的焦点在于文本中的异质文化冲突；第四，对文本的具有跨学科特色的文化分析成为主要的批评方式。文化批评作为文学批评的泛化，显示了一种全新视角，但是否意味着对文学批评的取代，还有待时间的验证。

三、马克思主义批评的原则

批评模式都是具有历史性，是特定历史条件中的产物，各有优点，也都有局限性。马克思主义的文学批评，应该基于一定的原则。恩格斯在《致斐·拉萨尔》的信中曾说："您看，我是从美学观点和史学观点，以非常高的、即最

---

① 这方面成果，参见［英］格罗斯伯格、尼尔森和特雷希勒尔主编：《文化研究》（Lawrence Grossberg，Cary Nelson，Paula A. Treichler，eds.，*Cultural Studies*，New York：Routledge，1992)；［澳］杜林主编：《文化研究读本》（Simon During，ed.，*The Cultural Studies Reader*，London：Routledge，1993)。

② ［美］乔纳森·卡勒：《当代学术入门：文学理论》，李平译，46页，沈阳，辽宁教育出版社，1998。

高的标准来衡量您的作品的，而且我必须这样做才能提出一些反对意见，这对您来说正是我推崇这篇作品的最好证明。"① 恩格斯所说的"美学观点"和"史学观点"，正是我们马克思主义文学批评的基本原则。

1. 史学观点

所谓史学观点，就是用历史唯物主义的观点来看待文艺作品，把握作品有没有较大的思想深度和历史内容，从而判断作品的历史作用和历史价值。这意味着把作家作品放在一定的历史范围内来考察，把批评对象与别的或同时代的作家和作品进行比较。作为意识形态的文学艺术作品，本是一定历史条件的产物，总与时代思潮相联系。对于具体的文学作品，如果脱离开历史及其语境，是无法正确加以理解的。比如，列宁在评论列夫·托尔斯泰时，就善于紧扣住时代特点加以分析。托尔斯泰在自己的作品里，对1861年到1905年之间俄国的国家制度、教会制度、社会制度和经济制度都做了激烈的批判："托尔斯泰的批判的特点和历史意义在于，他用天才艺术家所特有的力量，表现了这一时期的俄国——即乡村和农民的俄国——最广大人民群众的观点的急遽转变。"② 托尔斯泰是用宗法制的天真的农民的观点进行批判的："托尔斯泰的思想是我国农民起义的弱点和缺陷的一面镜子，是宗法式农村的软弱和'善于经营的农夫'迟钝胆小的反映。"③

在我国古代，孟子即认为："颂其诗，读其书，不知其人，可乎？是以论其世也。是尚友也。"（《孟子·万章下》）这种"知人论世"的观点，其实是要求将书、人、世联系起来考察。在现代，鲁迅认为，文学批评必须坚持历史的、全面的观点："世间有所谓'就事论事'的办法，现在就诗论诗，或者也可以说是无碍的罢。不过我总以为倘要论文，最好是顾及全篇，并且顾及作者的全人，以及他所处的社会状态，这才较为确凿。要不然，是很容易近乎说梦的。"④ 因此，鲁迅反对"摘句"，也反对以"选本"来概括作家或研究文学：

---

① 恩格斯：《致斐·拉萨尔》，见《马克思恩格斯选集》，第4卷，561页，北京，人民出版社，1995。

② 列宁：《列·尼·托尔斯泰和现代工人运动》，见《马克思恩格斯列宁斯大林论文艺》，192页，北京，人民文学出版社，1980。

③ 同上书，179页。

④ 鲁迅：《且介亭杂文二集·"题未定"草（七）》，见《鲁迅全集》，第六卷，430页，北京，人民文学出版社，1981。

"自然，如果随便玩玩，那是什么选本都可以的，《文选》好，《古文观止》也可以。不过倘要研究文学或某一作家，所谓'知人论世'，那么，足以应用的选本就很难得。"比如陶渊明，选家们往往只选取《归去来兮辞》和《桃花源记》，论客们赞赏"采菊东篱下，悠然见南山"，以致人们往往认为陶氏只是个静穆飘逸的人物。其实陶渊明也有饱蕴深情的《闲情赋》："愿在丝而为履，附素足以周旋，悲行止之有节，空委弃于床前"，而且还有金刚怒目式的《读山海经》："精卫衔微木，将以填沧海，刑天舞干戚，猛志固常在。"鲁迅认为："这'猛志固常在'和'悠然见南山'的是一个人，倘有取舍，即非全人，再加抑扬，更离真实。"① 鲁迅自己在《魏晋风度及文章与药及酒之关系》中评论陶潜及其他魏晋文人时，就善于紧扣住时代语境和社会思潮，全面地考察作品和作者，因而成为文艺批评的典范之作。

2. 美学观点

鉴于文学艺术的审美特点，恩格斯又提出了"美学观点"，作为马克思主义文艺批评的另一翼，与"史学观点"相辅相成。文学批评不能脱离美学观点，否则，它就无以区别于一般的社会批评；而美学问题不仅仅局限于某些表现技巧和艺术形式，因为它直接关系到作品的思想深度。马克思在致拉萨尔的信中谈及对方剧作《弗兰茨·冯·济金根》时，就是从美学观点出发的："首先，我应当称赞结构和情节，在这方面，它比任何现代德国剧本都高明。其次，如果完全撇开对这个剧本的纯批判的态度，在我读第一遍的时候，它强烈地感动了我，所以，对于比我更容易激动的读者来说，它将在更大的程度上引起这种效果。"②恩格斯在对《济金根》、《旧和新》和《城市姑娘》等作品进行批评时，也始终不脱离"美学观点"，提出了悲剧因素、性格描绘、典型塑造、现实主义及倾向性与真实性的关系等诸多美学问题。

所谓美学观点，就是强调文学作品是审美的作品，是马克思所说的"按照美的规律造型"的结果，因此在评价文学作品时，最重要的是看作家的创作是否符合艺术的规律和遵循正确的美学法则，是否有艺术独创性和较高的审美价

---

① 鲁迅：《且介亭杂文二集·"题未定"草（六）》，见《鲁迅全集》，第六卷，421～422页，北京，人民文学出版社，1981。

② 马克思：《致斐·拉萨尔》，见《马克思恩格斯选集》，第4卷，553页，北京，人民出版社，1995。

值，能否充分地显示美的本质、特征和魅力。例如，马克思批评拉萨尔的悲剧作品《济金根》“席勒式地把个人变成时代精神的单纯的传声筒”①，恩格斯批评拉萨尔“为了观念的东西而忘掉现实主义的东西，为了席勒而忘掉莎士比亚”②，就是因为拉萨尔违背了文学创作应当从生活出发而不能从概念出发的美学原则。此外，如文学的真实性与倾向性相统一的原则，典型人物性格的代表性与独特性相统一的原则，典型人物与典型环境相统一的原则，艺术形式和内容相统一的原则，以及艺术风格的独创性和多样性原则等，都是马克思主义批评重要的美学原则。

3. 美学观点与史学观点的统一

美学观点和史学观点，是作为马克思主义文学批评的方法论和基本原则起作用的，并且两者不是分别起作用，而是综合地共同起作用的，即两者是相互联系、相互为用的。任何美学观点总是一定历史过程中和特定历史条件下的观点，这种观点本身就是一定历史的产物，具有历史性。例如，我们不能完全用古希腊人的美学观点来评价19世纪浪漫主义的文学作品，也不能一味用“美丑对立”的原则来品评当代的文学现象。而所谓史学观点，也就是一种发展的观点，在文学批评中，这种历史的观点尽管同社会史、经济史、政治史、文化史、思想史都有着密切关系，但落脚点终究是文学作品，是对审美对象给予历史的审视和评价。因此，史学观点和美学观点，是辩证地统一的，不能割裂和对立。恩格斯关于文学艺术应该“具有较大的思想深度和意识到的历史内容同莎士比亚剧作的情节的生动性和丰富性的完美融合”的思想，充分表达了史学观点和美学观点的统一性。

批评的领域是一个极富个性的领域，没有统一的规则和方法，但就具体批评而言，每一种批评都受到由其自身所规定的批评标准和批评理路的制约。而美学观点和史学观点，作为马克思主义文学批评的方法论和基本原则，制约着各种具体批评中的价值取向和方法原则。对一部作品或一种文学现象固然可以从感兴的、社会的、心理的、文本的，或者文化学的、人类学的，乃至政治党

① 马克思：《致斐·拉萨尔》，见《马克思恩格斯选集》，第4卷，555页，北京，人民出版社，1995。

② 恩格斯：《致斐·拉萨尔》，见《马克思恩格斯选集》，第4卷，559页，北京，人民出版社，1995。

派等种种角度进行批评，但这种种不同的具体批评，都不能脱离特定批评对象的美学属性和美学构成，也不能脱离批评对象所反映的历史内容和所产生的历史条件，更不能脱离批评者所处历史时代的现实要求和美学观念。如果脱离了这一切，不管是什么样的批评，就都成了非文学的批评。总之，马克思主义文学批评的美学观点和历史观点，作为批评的最高标准，作为指导各种具体批评的基本原则和方法论思想，应该是确定无疑的，也是为文学批评实践所证明了的。

【思考题】

1. 结合李健吾的文学批评观，谈谈你对文学批评的理解。

2. 结合对新批评派的阅读和理解，谈谈对文本批评模式的理解。

3. 如何理解马克思主义文学批评的原则？试结合你所接触到的具体文学批评作品或文章谈一谈。

【辅助阅读材料】

1. 范文澜．文心雕龙注．北京：人民文学出版社，1958.

2. 郭绍虞．中国文学批评史．天津：百花文艺出版社，1999.

3. 赵毅衡．“新批评”文集·引言．天津：百花文艺出版社，2001.

4. 蒂博代．六说文学批评．北京：生活·读书·新知三联书店，1989.

5. 韦勒克．批评的概念．杭州：中国美术学院出版社，1999.

6. 韦勒克．近代文学批评史．上海：上海译文出版社，1997.

7. 特雷·伊格尔顿．二十世纪西方文学理论．北京：北京大学出版社，2007.

8. 乔纳森·卡勒．文学理论．沈阳：辽宁教育出版社，1998.

9. 拉曼·塞尔登．文学批评理论——从柏拉图到现在．北京：北京大学出版社，2003.

第十一章　文学的风格

歌德说："风格，这是艺术所能企及的最高境界，艺术可以向人类最崇高的努力相抗衡的境界。"因此，他主张"给予风格这个词以最高的地位"①，那么，风格主要指什么呢？其内涵有哪些？它有哪些类型？它与各种文化的关系如何？本章试图通过对刘勰《文心雕龙·体性》和布封《论风格——在法兰西学士院为他举行的入院典礼上的演说》两篇"经典文本"的解读，并通过其后的"相关问题概说"，对这些问题进行理解和把握，并做一简要概述。

第一节　经典文本阅读

一、文心雕龙·体性（刘勰）

夫情动而言形，理发而文见，盖沿隐以至显，因内而符外者也。然才有庸俊，气有刚柔，学有浅深，习有雅郑②，并情性所铄，陶染所凝，是以笔区云谲，文苑波诡者矣③。故辞理庸俊，莫能翻其才；风趣刚柔，宁或改其气④；

---

① ［德］歌德：《自然的单纯模仿·作风·风格》，见《文学风格论》，王元化译，3、6页，上海，上海译文出版社，1982。

② 雅郑：犹言雅俗。

③ 黄侃《文心雕龙札记》（以下简称《札记》）曰："体斥文章形状，性谓人性气有殊，缘性气之殊而所为之文异状。然性由天定，亦可以人力辅助之，是故慎于所习。此篇大旨在斯。"又曰："才气本之情性，学习并归陶染，括而论之，性习二者而已。"李详《文心雕龙黄注补正》曰："扬雄《甘泉赋》'于是大厦云谲波诡。'注孟康曰'言厦屋变巧，乃为云气水波相谲诡也。'"

④ 《札记》曰："风趣即风气，或称风气，或称风力，或称体气，或称风辞，或称意气，皆同一义。气有清浊，亦有刚柔，诚不可力强而致。为文者欲练其气，亦惟于用意裁篇致力而已。《风骨》篇云：'深乎风者，述情必显。'又云：'思不环周，索莫乏气，无风之验。'可知情显为风深之符，思周乃气足之证，彼舍情思而空言文气者，荡荡如系风捕景，乌可得哉！"

事义浅深，未闻乖其学；体式雅郑，鲜有反其习①；各师成心，其异如面②。若总其归涂，则数穷八体：一曰典雅，二曰远奥，三曰精约，四曰显附，五曰繁缛，六曰壮丽，七曰新奇，八曰轻靡。典雅者，镕式经诰，方轨儒门者也③。远奥者，馥采典文，经理玄宗者也④。精约者，核字省句，剖析毫厘者也。显附者，辞直义畅，切理厌心者也。繁缛者，博喻酿采，炜烨枝派者也⑤。壮丽者，高论宏裁，卓烁异采者也。新奇者，摈古竞今，危侧趣诡者也⑥。轻靡者，浮文弱植，缥缈附俗者也⑦。故雅与奇反，奥与显殊，繁与约舛，壮与轻乖，文辞根叶，苑囿其中矣。

若夫八体屡迁，功以学成，才力居中，肇自血气；气以实志，志以定言⑧，吐纳英华，莫非情性。是以贾生俊发，故文洁而体清⑨；长卿傲诞，故理侈而辞溢⑩；子云沉寂，故志隐而味深⑪；子政简易，故趣昭而事博⑫；孟

---

① 《札记》曰："体式全由研阅而得，故云鲜有反其习。"范文澜《文心雕龙注》（以下简称《注》）曰："俗学不能发雅议，是故当慎所习也。"

② 《左传·襄公三十一年》："人心之不同，如其面焉。"《庄子·齐物论》："夫随其成心而师之。"郭象注曰："夫心之足以制一身之用者，谓之成心。"

③ 镕式经诰，方轨儒门：以儒家思想为指导，取法经典，发为文章。镕式，镕铸，取法。经诰，犹言经典。方轨儒门，遵循儒门的道路。轨是车辙，方轨即并驾。

④ 馥采典文，经理玄宗：范文澜《注》："馥，当作复，《总术》云：'奥者复隐。'"刘永济《文心雕龙校释》（以下简称《校释》）："疑'馥'当作'复'，'典'当作'曲'，皆字形之误。复者，隐复也；曲者，深曲也。谈玄之文，必隐复而深曲，《征圣》篇论《易经》有'四象精义以曲隐'可证。"经理，犹言经纬；玄宗，玄学的宗旨；经理玄宗，指理致的渊深。

⑤ 博喻酿采，炜烨枝派：博喻，多方设喻。酿采，满蓄辞采。炜烨，光明貌，指色泽的绚烂。枝派，指铺张的描写。

⑥ 摈古竞今，危侧趣诡：厌旧而喜新，从偏侧奇巧中见情趣。

⑦ 浮文弱植，缥缈附俗：文词浮华而根底浅薄，内容空虚而投合时好。

⑧ 气以实志，志以定言：养气所以充实情志，不同的情志，表现为不同的文辞。

⑨ 《札记》（自此至士衡矜重，多录《札记》语）曰："《史记·屈贾列传》'廷尉乃言贾生年少，颇通诸子百家之书。文帝召以为博士。是时贾生年二十余，最为少，每诏令议下，诸老先生不能言，贾生尽为之对。'此俊发之征。"

⑩ 《文选》谢惠连《秋怀诗》注引嵇康《高士传》赞曰："长卿慢世，越礼自放；犊鼻居市，不耻其状；托疾避患，蔑此卿相；乃赋《大人》，超然莫尚。"

⑪ 《汉书·扬雄传》："默而好深湛之思，清静亡为，少耆欲。"

⑫ 《汉书·刘向传》："向为人简易，无威仪，廉靖乐道，不交接世俗。"

坚雅懿，故裁密而思靡①；平子淹通，故虑周而藻密②；仲宣躁锐，故颖出而才果③；公干气褊，故言壮而情骇④；嗣宗俶傥，故响逸而调远⑤；叔夜俊侠，故兴高而采烈⑥；安仁轻敏，故锋发而韵流⑦；士衡矜重，故情繁而辞隐⑧；触类以推，表里必符。岂非自然之恒资，才气之大略哉！

夫才有天资，学慎始习⑨，斫梓染丝，功在初化⑩，器成彩定，难可翻移。故童子雕琢，必先雅制⑪，沿根讨叶，思转自圆，八体虽殊，会通合数，得其环中，则辐辏相成⑫。故宜摹体以定习，因性以练才⑬，文之司南，用此道也。

---

① 《后汉书·班固传》："及长，遂博贯载籍，九流百家之言，无不穷究。性宽和容众，不以才能高人。"

② 《后汉书·张衡传》："通五经，贯六艺，虽才高于世，而无骄尚之情。常从容淡静，不好交接俗人。"

③ 《魏志·杜袭传》："粲性躁竞。"

④ 《魏志·王粲传》注引《典略》载桢平视太子夫人甄氏事。谢灵运《拟邺中集诗序》曰："桢卓荦偏人。"

⑤ 《魏志·王粲传》："籍才藻艳逸，而倜傥放荡，行己寡欲，以庄周为模。"

⑥ 《魏志·王粲传》："康文辞壮丽，好言老、庄而尚奇任侠。"注引《康别传》曰："孙登谓康曰：君性烈而才俊。"此俊侠之征。嵇康《幽愤诗》自述其个性最确切。兴高，谓旨趣高迈；采烈，谓言辞峻烈。

⑦ 《晋书·潘岳传》："岳性轻躁，趋世利，与石崇等谄事贾谧，每候其出，与崇辄望尘而拜。构愍怀之文，岳之辞也。"

⑧ 《晋书·陆机传》："机服膺儒术，非礼不动。"

⑨ 《札记》曰："自此已下，言性非可力致，而为学则在人。虽才性有偏，可用学习以相补救。如令所习纰缪，亦足以贼其天性，纵姿淑而无成。贵在省其所短，因其所长，加以陶染之功，庶成器服之美，若习与性乖，则勤苦而罕效，性为习误，则劬劳而鲜成，性习相资，不宜或废。求其无弊，惟有专练雅文，此定习之正术，性虽异而可共宗者也。"纪昀《黄叔琳辑注附载纪昀评本》曰："归到慎其先入，指出实地功夫。盖才难勉强，而学可自为，故篇内并衡而结穴侧注。"《庄子·则阳》："冉相氏得其环中以随成。"郭象曰："居空以随物，而物自成。"才有天资，有当作由。

⑩ 斫梓染丝，功在初化：斫梓，语本《尚书·梓材》："若作梓材，既勤朴斫。"染丝，语本《墨子·所染》："子墨子言，见染丝者而叹曰：'染于苍则苍，染于黄则黄，所入者变，其色亦变。……故染不可不慎也。'"梓因斫而成器，丝因染而成色，一成莫变，故云"功在初化"。这里是比喻学慎始习。

⑪ 童子雕琢，必先雅制：意谓开始从事写作，就必须取法乎上。

⑫ 得其环中，则辐辏相成：语自《庄子·齐物论》："枢始得其环中，以应无穷。"辐，车轮中直木。车辐贯在车毂，叫作辐辏。掌握了车轮轴心，则车辐可以相辅相成。

⑬ 摹体以定习，因性以练才：这两句分别承前"习有雅郑"和"气有刚柔"而言。意谓取法雅制，端正创作的方向，按照个性特点锻炼艺术才能。

赞曰：才性异区，文体繁诡。辞为肤根①，志实骨髓。雅丽黼黻，淫巧朱紫②。习亦凝真，功沿渐靡③。

（选自范文澜：《文心雕龙注》，北京：人民文学出版社，1958）

1. 作者简介

参阅第一章对刘勰的简介。

2. 背景知识

《文心雕龙·体性》的背景，首先是在古典文论的大语境中，尤其是齐梁时代的语境中如何理解“体”的问题。

《文心雕龙》一书中“体”字出现了八十余次。在不同的语境中意义是不同的，这里考察的是“体性”之“体”及其相关意义。在《文心雕龙》的研究中，一般把“体”理解为“体裁”和“风格”，这种理解大体上是不错的，但不是一种很完善的理解。《文心雕龙》中的“体”字，有的地方明确是指体裁：

原夫论之为体，所以辨正然否。（《论说》）

夫才量学文，宜正体制。（《附会》）

及班彪《王命》，严尤《三将》，敷述昭情，善入史体。（《论说》）

若乃张敏之断轻侮，郭躬之议擅诛……：事实允当，可谓达议体矣。（《议对》）

丘明同时，实得微言，乃原始要终，创为传体。（《史传》）

及相如之吊二世，全为赋体。（《哀吊》）

陇右文士，得檄之体也。（《檄移》）

---

① 肤根：当作“肤叶”，与“骨髓”相对成文。

② 雅丽黼黻，淫巧朱紫：丽而不伤于正谓之雅丽；雅丽与淫巧相对而言。黼黻，古礼服上的绣文，白与黑相间叫做黼，黑与青相间叫做黻，比喻文章的藻彩。淫巧朱紫，语自《论语·阳货》：“恶紫之夺朱也，恶郑声之乱雅乐也。”朱，正色。紫，代表一种不正常的颜色。这里的朱紫是偏义复词，偏取紫义。

③ 范文澜《注》：“上文云：‘陶染所凝’，此云‘习亦凝真’，真者才气之谓，言陶染学习之功，亦可凝积而成才气也。”

有的地方明显是指风格：

体式雅郑，鲜有反其习。（《体性》）

若总其归涂，则数穷归体：……（《体性》）

若夫八体屡迁，功以学成。（《体性》）

是以贾生俊发，故文洁而体清。（《体性》）

五则体约而不杂。（《宗经》）

故其论孔融，则云“气体高妙”。（《风骨》）

这都是直接谈风格的。可见刘勰笔下的“体”确有体裁和风格这两种含义。但“体性”的“体”是什么概念，其范围是不是就囿于“体裁”和“风格”这两个意义中，还需要讨论。如果把“体性”的“体”仅仅理解为体裁和风格，那么这种理解就存在一个困难，就是从体裁到风格之间跨度太大，两者之间没有中介环节，而缺少中介环节二者就难以建立起联系。有学者提出“文体风格”的概念置于“体裁”与“风格”之间，这个思路无疑是好的。他们所说的“文体风格”，是从曹丕、陆机、刘勰等人的相似的说法中引申出来的。如曹丕《典论·论文》：

夫本同而末异，盖奏议宜雅，书论宜理，铭诔尚实，诗赋欲丽，此四科不同，故能之者偏也。唯通才能备其体。

陆机《文赋》：

诗缘情而绮靡，赋体物而浏亮，碑披文以相质，诔缠绵而凄怆，铭博约而温润，箴顿挫而清壮，颂优游以彬蔚，论精微而朗畅，奏平彻以闲雅，说炜晔而谲诳。

《文心雕龙·定势》篇中也有相似的说法：

章表奏议，则准的乎典雅。赋颂歌诗，则羽仪乎清丽。符檄书移，则楷式于明断。史论序注，则师范于核要。箴铭碑诔，则体制于弘深。连珠七辞，则从事于巧艳。此循体而成势，随变而立功者也。

体裁往往决定风格，是风格的客观因素，所以叫作“文体风格”。但“文体风格”的概念能不能成立，还可以存疑。其实，单纯的体裁是无法决定风格的，风格的核心是作家的创作个性。在创作个性缺席的情况下，如何能谈到风格呢？

其实，在中国古代文论中，“体”是一个时而区别时而复合的名词。析言之，它可以包括三个相互区别又相互联系的层面。第一层是体裁。《文心雕龙》里一般用“体”或“体制”这个说法。它分成34大类，分在20篇内。除了在上面的引文外，其他各篇都有这种用法，“体”指体裁，这个问题比较简单，不用多说。第二层是语体，即语言体式。一定的体裁要求一定的语言体式。语体关系到各行各业、各种场合和具体的个人，有不同的语用就有不同的语体。① 比如，公众语体与私密语体不同，教学语体与科研语体不同，哀悼语体与赞颂语体不同，等等。这种语体才是体裁到风格的中介环节。这个环节，还不是风格。体裁—语体—风格这三者的关系是：一方面，一定的体裁要求一定的语体，上引《典论·论文》《文赋》和《文心雕龙·定势》篇的说法，就是体裁对相应的语体的规定；另一方面，一定的语体需经过具有创作个性的作家的运用，渗入个性、人格的特征，并达到极致，才能发展为风格。风格是经过具有创作个性的作家自由运用一定语体并形成特征的结果。语体又可分为体裁的要求和个人的自由创造两个层面，而后者是语体发展为风格的基础。个人自由创造的语体特别重要。因为这个层面的语体，已经或多或少体现了个性特征。如果有的作家把这种语体发展到极致，那么，其风格也就呼之欲出了。第三层是风格。这是刘勰在这篇《体性》篇中讲的“体性”的“体”的最重要的含义。风格是作家创造个性成熟的表现，同时也是某种语体发展到极致的表现，两者之间是有联系的，创作个性成熟才能自由运用一定的语体，才能把某种语体发展到极致。反之，一定的语体也有待作家创作个性的全部投入，语体才能转化为风格。

---

① 语体问题，我们的古人早就有论述。“诗之六义”，赋、比、兴、风、雅、颂。“风、雅、颂”是诗的体裁问题，而“赋、比、兴”就是语体问题，按朱熹的解释：赋——直陈其事——叙述语体；比——取物为比——明喻语体；兴——托物起兴——象征语体。这是诗的内部不同体裁的三种不同语体。《典论·论文》《文赋》和《文心雕龙·定势》中提出的“昭体”和“晓变”等原则，都是对语体理论的发展。参见童庆炳：《中国古代文论的现代意义》，195～199页，北京，北京师范大学出版社，2001。

再看看关于对“性”的理解。刘勰在《体性》篇谈到风格形成的原因时指出：

> 然才有庸俊，气有刚柔，学有浅深，习有雅郑……故辞理庸俊，莫能翻其才；风趣刚柔，宁或改其气；事义浅深，未闻乖其学；体式雅郑，鲜有反其习；各师成心，其异如面。

刘勰认为“性”或者说“情性”可以分为四项：才、气、学、习。才、气是先天的“情性”，学、习是后天的“陶染”。就风格的形成而言，先天的才、气是潜能，后天的学、习是释放潜能的条件。这比曹丕《典论·论文》中的“文以气为主”的说法进了一大步。有的学者批评刘勰过分看重先天的条件，这个看法不符合刘勰理论的实际。刘勰说：“夫才有天资，学慎始习，斫梓染丝，功在初化，器成彩定，难可翻移。”这就是说虽然先天的才、气是重要的，但就像做木器和染丝一样，做成什么木器，染上什么色彩，功夫还是在后面。这说明刘勰也是看重后天的努力的。值得注意的是，刘勰认为，先天与后天的四个要素与后面所讲的“八体”有一定的关系。刘勰所说的八体可以归纳为四类：雅与奇为一组，奥与显为一组，繁与约为一组，壮与轻为一组。雅与奇指体式言，体式所以会形成这两种不同的风格，就视其所习，所以说“体式雅郑，鲜有反其习”。奥与显指事义言，事义所以会形成两种不同的风格，有待其学，所以说“事义深浅，未闻乖其学”。繁与约指辞理言，形成之因视其才，所以说“辞理庸俊，莫能翻其才”。壮与轻指风趣言，形成之因视其气，所以说“风趣刚柔，宁或改其气”。在这里，雅奇、奥显、繁约、壮轻是两种相等的不同的风格，雅郑、浅深、庸俊、刚柔又是两种相对的表示优劣的评语，两相配合，固然不能尽当，但是雅奇与习、奥显与学、繁约与才、壮轻与气，却是很有关系的，所以我们还可以这样比附。在此四类之中再可以综合为二纲，即刘勰所说的“情性所铄，陶染所凝”，情性出于先天，所以才与气可以合为一组，所谓“才由天资”。陶染出于后天，所以学与习又可合为一组，所谓“学慎始习”。①

3. 文本解读

《文心雕龙·体性》是讲文学风格的形成和文学风格的基本类型，中心的

---

① 郭绍虞主编：《中国历代文论选》，247、248页，上海，上海古籍出版社，1979。

思想则是“因内符外”以及“各师成心，其异如面”，“吐纳英华，莫非情性”，“表里必符”。意思是说，文学创作活动是人的“情性”外化为文的“体式”的过程。也就是说，在内在的隐秘的独特的思想感情外显为语言文字的风格的过程中，“内”与“外”是相符的，个性与其风格是对应的，而各人的文章的体式不同是由于其“本心”和“情性”不同。本篇“赞”中所说“才性异区，文辞繁诡”的说法，也是讲人的才性不同，所写的文辞也就繁多各异。《情采》篇：“五性发为辞章”，《知音》篇：“夫缀文者情动而辞发”，也是“因内符外”“表里必符”的观点的表述。

刘勰的这种思想是中国文化的传统思想。汉代的扬雄提出“心画心声”说：“言，心声也；书，心画也，声画形，君子小人见矣。”扬雄的“心画心声”说，可以说是最早把人的语言、书辞与其作者的人品联系对应起来，对后代影响很大。陆机《文赋》：“故夫夸目者尚奢，惬意者富贵，言穷者无隘，论达者唯旷。”刘勰的“因内符外”说或“表里必符”说，是对上述观点的发挥与完善。同时与“文如其人”的传统观点，以及西方的以布封为代表的“风格就是人”的观点也是一致的。应该说这种观点反映了一般情况，也是真正的作家力求达到的境界。但在实际中人格与风格的关系是相当复杂的精神现象，人格与风格之间存在着千变万化的关系，难于一概而论。只看它们之间的一致性，简单地因人格而论作品，和简单地以风格推论人格，不考虑各种变动不居的情况，是知其然，不知其所以然。人格与风格不一致的情况是存在的。元好问《论诗绝句三十首》之一：

> 心画心声总失真，
> 文章宁复见为人。
> 高情千古闲居赋，
> 争识安仁拜路尘。

这是对扬雄的“心画心声”说的质疑，实际上也是对刘勰的“表里必符”的观点的质疑。他举了潘岳的《闲居赋》为例，如果我们不知潘岳的为人，读了这篇赋，还真以为这位先生确实在宦海沉浮中感到厌倦了，他已不看重功名利禄了，决心闲居归隐，种花养草，还以为这位先生是一位人格高尚、志洁行廉的高士。实际情况并非如此。《晋书·潘岳传》载：“性轻躁，趋世利，与石崇等谄事贾谧，每候其出，与崇辄望尘而拜。”原来是一副溜须拍马、趋炎附势的小人相。元好问诗中写的“拜路尘”，即指此事。

清人黄叔琳认为刘勰说得太绝对，旁批道：“有文辞得其情性，虽并世犹难之，况异代乎？如此裁鉴，千古无两。”纪昀也说：“此亦约略大概言之，不必皆确。百世以下，何由得其性情，人与文不类者，况又不知其几耶？”黄侃《文心雕龙札记》的意见又不同：“纪氏谓不必皆确，不悟因文见人，非必视其义理之当否，须综其意言气韵而察之也。”钱锺书的看法基本上与黄侃一致，其《谈艺录》有相关观点：

> 吾国文体中有《自序》《家训》之类，作者既不能如刘子真、谢安石之以“不教”为“常教”，复不肯如蜀先主《遗诏》之自言“德薄勿效”；借立言为立德，托垂诫以垂名。脱曰“文可觇人”，亦须于言外行间遇之矣。“心画心声”，本为成事之说，实鲜先见之明。然所言之物，可以饰伪：巨奸为忧国语，热中人作冰雪文，是也。其言之格调，则往往流露本相；狷急人之作风，不能尽变为澄澹，豪迈人之笔性，不能尽变为谨严。文如其人，在此不在彼也。……所言之物，实而可征，言之词气，虚而难捉。世人遂多顾此而忽彼耳。……人之言行不符，未必即为“心声失真”。常有言出于至诚，而行牵于流俗。蓬随风转，沙与泥黑；执笔尚有夜气，临事遂失初心。不由衷者，岂惟言哉，行亦有之。安知此必真而彼必伪乎。……吾国论者言及“文如其人”，辄引 Buffon 语为比附，亦不免耳食涂说。“文如其人”，乃读者由文以知人；“文本诸人”，乃作者取诸己以成文。若人之在文中，不必肖其处世上、居众中也。①

从总体上看，刘勰的“因内符外”说或“表里必符”说大体上是不错的。在一般的情况下，人格总要这样或那样地在作品中表现出来，不表现是不可能的，特别是人的语调和韵调，是在长期的生活和艺术实践中形成的，深入到人的无意识深处，成为人的不可改变和不可剥离的内心生活，往往在不经意间流露。李白与杜甫诗句不同，其人与文的差别确实可以看得清楚。但为什么说人格和文格有时又不相类呢？主要原因在于文学是一种“依存美”，毕竟是人为的，不能不延伸到意识和理性层面运作。而在这个层面上，作者完全是可以进行自我调整的，故意夸张和作伪就有可能，所谓“巨奸为忧国语，热中人

---

① 钱锺书：《谈艺录》，162～165页，北京，中华书局，1984。

作冰雪文”的情况就出现了。所以“表里必符”“因内符外”或“文如其文”都必须综合意、言、气、韵等多项因素加以考察。综合语言格调和意义风调看，“因内符外”尚可成立，而仅仅考察题材和字面，“文如其人”并不能完全断定。

二、论风格——在法兰西学士院为他举行的入院典礼上的演说①（节选）（布封）

诸位先生：

蒙你们召唤我到你们的行列里来，真使我荣幸万分；但是，只有在接受光荣的人能实副其名的条件下，光荣才是宝贵的，而我那几篇论文，写得既没有艺术，除大自然本身的藻饰之外又没有其他藻饰，我不敢相信，它们竟能使我有足够的资格，敢侧身于艺术大师之林。诸位都是在这里代表着法兰西文学光辉的卓越人物，诸位的名字现在被各国人民赞扬着，将来还要在我们的子子孙孙的口里获得轰轰烈烈的流传。诸位这次属意于我，还有些别的动机：多年以来我就荣幸地属于另一个著名的学术机构了②，诸位此次推选我，也就是为了对于这个学术机构作一个新的崇敬表示；我虽然对双方面都应该感激，但并不因之减低了我感激的热诚。今天，我的感激心情迫使我有所贡献，但是我怎样去尽我这个责任呢？诸位先生，我所能贡献给诸位的，不过是诸位自己所已有的一些东西罢了：我对于文章风格的一点见解，是从你们的著作中汲取来的；我是在拜读你们的著作和欣赏你们的著作之余，心里才产生了这些见解；也只有在你们的明鉴之下，我把这些见解提出来，才能获得些许成就。

［……］

上述各点，诸位先生，我读着你们的作品，仿佛你们就是这样对我说的，就是这样教导我的。我的心灵，它如饥如渴地吸取着你们这些至理名言，很想飞腾起来，达到你们的高度。然而，枉然！你们又告许我，规则不能代替天才；如果没有天才，规则是无用的。所谓写得好，就是同时又想得好，又感觉得好，又表达得好；同时又有智慧，又有心灵，又有审美力。风格必须有全部智力机能的配合与活动；只有意思能构成风格的内容，至于辞语的和谐，它只

---

① 布封于1753年6月23日当选为法兰西学士院院士，补已故院士桑思总主教兰格·得·热尔日的遗缺，8月25日举行入院式。因演说内容是谈风格，所以后人称之为《论风格的演说》（“Diseours sur le Style”）。

② 布封自1734年起就参加法国科学院（Académie des sciences）工作。

是风格的附件，它只依赖着官能的感觉：只要耳朵灵敏一点就能避免字音的失调，只要多读诗人和演说家的作品，耳朵有了训练，精于审音，就会机械地趋向于摹仿诗的节奏和演说的语调。然而，摹仿从来也不能创造出什么；所以这种字句的和谐不能构成风格的内容，也不能构成风格的笔调，有些言之无物的作品，字句倒往往是铿锵动听的哩。

笔调不过是风格对题材性质的切合，一点也勉强不得；它是由内容的本质里自然而然地产生出来的，要看作者能否使他的思想达到一般性的程度来决定。如果作者能上升到最一般的概念，而对象本身又是伟大的，则笔调也就仿佛提到了同样的高度；并且，如果天才能一面把笔调维持在这高度上，一面又有足够的力量给予每一对象以强烈的光彩，如果作者能在素描的刚健上再加上色彩的绚丽，总之，如果作者能把每一概念都用活泼而又十分明确的形象表现出来，把每一套概念都构成一幅和谐而生动的图画，则笔调不仅是高超的，甚且是壮丽的。

说到这里，诸位先生，讲规则也许不如讲实际应用那样易于使人明了，举出实例来也许比空讲箴言更易使人获益；但是，我读着你们的著作时常使我眉飞色舞的那些壮丽的篇章，现在既不容许我一一征引，我只好限于说出一些感想。只有写得好的作品才是能够传世的：作品里面所包含的知识之多，事实之奇，乃至发现之新颖，都不能成为不朽的确实保证；如果包含这些知识、事实与发现的作品只谈论些琐屑对象，如果他们写得无风致，无天才，毫不高雅，那么，它们就会是湮没无闻的，因为，知识、事实与发现都很容易脱离作品而转入别人手里，它们经更巧妙的手笔一写，甚至于会比原作还要出色些哩。这些东西都是身外物，风格却就是本人。因此，风格既不能脱离作品，又不能转借，也不能变换；如果它是高超的，典雅的，壮丽的，则作者在任何时代都将被赞美；因为，只有真理是持久的，甚至是永恒的。我们知道，一个优美的风格之所以优美，完全由于它所呈献出来的那些无量数的真理。它所包含的全部精神美，它所赖以组成的全部情节，都是真理，对于人类智慧来说，这些真理比起那些可以构成题材内容的真理，是同样有用，而且也许是更为宝贵。

壮丽之美只有在伟大的题材里才能有。诗、历史和哲学都有同样的对象，并且是一个极伟大的对象，那就是人与自然。哲学讲述并描写自然；诗则绘画自然，并且加以美化：它也画人，加以放大，加以夸张，它创造出许多英雄和神祇。历史只画人，并且只画本来面目；因此，历史学家只有在给最伟大的人物画像的时候，在叙述最伟大的行为、最伟大的运动、最伟大的革命的时候，笔调才变得壮丽；而在其他的一些场合，他的笔调只要尊严、庄重就够了。哲学家每逢讲自然规律，泛论万物的时候，述说空间、物质、运动与时间的时候，讲心灵、人类精神、情感、热情的时候，他的笔调是可以变得壮丽的。在其他场合，他的笔调但求能典雅、高超就够了。但是演说家与诗人，只要题材是伟大的，笔调就应该经常是壮丽的，因为他们是大师，他们能结合着题材的伟大性，恣意地加上许多色彩，许多波澜，许多幻象；并且也因为他们既然要经常渲染对象，放大对象，他们也就应该处处使用天才的全部力量，展开天才的全部幅度。

（范希衡译，选自《译文》，1957 年第 9 期）

1. 作者简介

布封（Georges-Louis Leclerc de Buffon，1707—1788 年）是法国启蒙运动时期一位卓越的自然科学家、思想家和文学家。在哲学思想上反对神学世界观；科学上从事博物学研究，是拉马克、达尔文的前驱；在文学上堪与伏尔泰、孟德斯鸠、卢梭、狄德罗等并驾。布封生于法国东部布尔哥涅省孟巴尔城的一个律师家庭，从小喜爱科学，特别是数学，大学阶段学过法律和医学。1730 年结识一位年轻的英国公爵金斯敦，在这位公爵的家庭教师、法国学者辛克曼的影响下，布封对博物学的研究产生了浓厚兴趣，经过几年的勤奋学习和研究，于 1734 年进了法兰西科学院，任力学系助理研究员，1739 年转到植物系任副研究员，同年 7 月被任命为“法王御花园与御书房总管”，他利用御花园的优越条件埋头博物学研究，数十年如一日，完成了一部 36 册的巨著《自然史》。《自然史》中对许多动物肖像的描绘，语言优美，想象丰富，情趣隽永，将动物拟人化，生动而深刻地寄寓了作者美好的社会理想，因此这部著述，既是科学读物又是绝妙的散文，具有较高的艺术性和文学价值。

1749 年，他的《自然史》头 3 册问世，轰动了全欧洲的学术界。此后随着这部巨著的陆续出版，布封的声誉不断提高。1753 年，他当选为法兰西学院院士，这是法国文学家的最高荣誉。入院时他发表了关于文风的演说，即这篇著名的《论风格》，反对当时文坛上的华丽绮靡风尚，甚至连当时在座的许多老资格的院士如孟德斯鸠以及新进的作家如狄德罗也被他评论，因此，这篇演说影响颇大。在当时法国文坛起着“振衰起敝”的作用，至今仍是法国文艺理论方面的名著之一。

2. 背景知识

布封的《论风格》是一篇专门研究文学风格的著名论文，它紧密结合 18 世纪中叶启蒙主义文学反对虚伪、矫饰的贵族文学的斗争，提出了一系列关于建立和发展优美文学风格的独到见解。

从总体上看，这位科学家要求文章言之有物、思想丰富、持之有故。一篇东西不仅要使人耳目一新，而且在说理时要对灵魂产生影响，感人肺腑。布封显然强调艺术需要内容，而不仅仅是艺术技巧或修辞手法，必须成竹在胸才能笔透纸背。好的写作是好的思维，但他考虑到随着新发现和新事实的出现，多数科技书籍很快就过时了，而能留传后世的只有写得好的文学著作，这时他的着重点似乎有了转移。"这些东西都是身外物，风格却就是本人"这句话每每不仅是错引了，而且是断章取义。它的含义不是为风格的个性化甚至是风格的外形化而辩解；它并非意味着人品全面体现于风格之中。可以说，在布封看来，风格是一个纯粹智力上的优点，它指的是条理性、连贯性、入情入理地步步展开；它指的是人的因素，组织和传达思想的头脑。布封的理想是一种伟大的崇高风格，放之四海而皆准、易时易地而皆然、超乎个人之上的风格。与其说他是一位主张个性的作家，不如说他是笛卡儿理想的后期代表。《论风格》作为科学家的呼吁而永载批评史册。①

布封从内容与形式的统一，从创作主体与创作对象的主客观契合上界说文学风格，影响巨大。19 世纪写实派大师福楼拜说："我曾经很惊讶，我在布封先生《论文笔》（即《论风格》——引者注）的箴言里发现了我们的不折不扣的艺术理论。"②伟大的文学家歌德论及风格时，一方面指出"一个作家的风格是他的内心生活的准确标志"③；另一方面又强调风格须"奠基于最深刻的知识原则上面，奠基在事物的本性上面"④，认为只有达到主客观的和谐一致，才是艺术所能企及的最高境界。这些精辟论述显然是接受了布封风格论的积极影响。黑格尔在《美学》一书中，直接引用布封的"风格就是人"的名言，指出风格是在作品的艺术表现里见出作者人格的特点，并认为独创性是"把艺术

① ［美］韦勒克：《近代文学批评史》，第一卷，杨岂深、杨自伍译，87、88 页，上海，上海译文出版社，1987。

② 转引自［法］布封：《布封文钞》，任典译，引言，10 页，北京，人民文学出版社，1958。

③ ［德］爱克曼辑录：《歌德谈话录》，朱光潜译，39 页，北京，人民文学出版社，1978。

④ ［德］歌德：《自然的单纯模仿·作风·风格》，见《文学风格论》，王元化译，4 页，上海，上海译文出版社，1982。

表现里的主体和对象的两方面融合在一起，使得这两方面不再互相外在和对立”①，这是对布封风格论的主客观统一说的发展和丰富。别林斯基曾提出，“文体（指风格——引者注）是思想的浮雕性”，“在文体里表现着整个的人；文体和个性、性格一样，永远是独创的”。他认为“在‘文体’一词下，我们指的是作家的这样一种直接的天赋才能，他能够使用文字的真实涵义，以简洁的文辞表现许多意思，能够育简于繁和育繁于简，把思想和形式密切地融汇起来，而在这一切上面按下自己的个性和精神的独创性的印记”。②别林斯基的这些现实主义风格理论与布封的风格论是一脉相承的。19 世纪 40 年代，马克思曾引用“风格就是人”的观点尖锐批判普鲁士反动政府推行的文化专制主义，并对这一观点做了进一步的发挥：

……真理是普遍的，它不属于我一个人，而为大家所有；真理占有我，而不是我占有真理。我只有构成我的精神个体性的形式。“风格就是人。”可是实际情形怎样呢！法律允许我写作，但是我不应当用自己的风格去写，而应当用另一种风格去写。我有权利表露自己的精神面貌，但首先应当给它一种指定的表现方式！哪一个正直的人不为这种要求脸红而不想尽力把自己的脑袋藏到罗马式长袍里去呢？在那长袍下面至少能预料有一个丘必特的脑袋。指定的表现方式只不过意味着“强颜欢笑”而已。

你们赞美大自然悦人心目的千变万化和无穷无尽的丰富宝藏，你们并不要求玫瑰花和紫罗兰散发出同样的芳香，但你们为什么却要求世界上最丰富的东西——精神只能有一种存在形式呢？我是一个幽默家，可是法律却命令我用严肃的笔调。我是一个激情的人，可是法律却指定我用谦逊的风格。没有色彩就是这种自由唯一许可的色彩。每一滴露水在太阳的照耀下都闪耀着无穷无尽的色彩。但是精神的太阳，无论它照耀着多少个体，无论它照耀着什么事物，却只准产生一种色彩，就是官方的色彩！精神的最主要的表现形式是欢乐、光明，但你们却要使阴暗成为精神的唯一合法的表现形式；精神只准披着黑色的衣服，可是自然界却没有一枝黑色的花

---

① ［德］黑格尔：《美学》，第一卷，朱光潜译，362～363 页，北京，人民文学出版社，1962。

② ［俄］别林斯基：《别林斯基论文学》，别列金娜选辑，梁真译，234、227 页，上海，新文艺出版社，1958。

朵。精神的实质就是真理本身，但你们却想把什么东西变成精神的实质呢？谦逊。歌德说过，只有叫化子才是谦逊，你们想把精神变成叫化子吗？也许，这种谦逊应该是席勒所说的那种天才的谦逊？如果是这样的话，那你们就先要把自己的全体公民、特别是你们所有的检查官变成天才。可是天才的谦逊和经过修饰、不带乡音土语的语言根本不同，相反地，天才的谦逊就是要用事物本身的语言来说话，来表达这种事物的本质的特征。天才的谦逊是要忘掉谦逊和不谦逊，使事物本身突出。精神的普遍谦逊就是理性，即思想的普遍独立性，这种独立性按照事物本质的要求去对待各种事物。①

马克思强调，风格是构成作家“精神个体性的形式”，“同一个对象在不同的个人身上会获得不同的反映，并使自己的各个不同方面变成同样多不同的精神性质”。据此，马克思提出了尊重作家创作个性和风格多样化的艺术主张。

3. 文本解读

布封把强调人的价值和力量的人文主义思想运用到文学领域，在探索文学风格的成因和表现时，极力强调作为创作主体的作家的思想、智力等对形成风格的决定作用。此篇中的名言——“风格却就是本人”（也有人译为“风格就是人”），是贯穿全文的中心观点，也可以说是布封风格论的核心。布封认为“作品里所包含的知识之多，事实之奇，乃至发现之新颖，都不能成为不朽的确实保证”，因为“知识、事实与发现”，如果仅仅被作家局限于“谈论些琐屑对象”，或者“如果他们写得无风致，无天才，毫不高雅，那么，它们就会是湮没无闻的”。反之，如它们转入优秀作家手里，经更巧妙的手笔一写，则可能比原作还要出色些。可见，决定作品不朽的因素，主要不是“知识、事实、发现”等，“这些东西都是身外物，风格却就是本人”。

（1）创作主体的主观因素对形成作品风格的重要作用

“风格却就是本人”这句名言，过去往往被解释为“文如其人”，这与布封原意不尽相符。布封的意思不仅讲作品的风格像作家的人格，而且强调作品的风格就是作家思想感情的表现形式，是作家本人的思想、感情、性格、气质、审美爱好、艺术才能等主观因素在作品中的印记和标志。惟其如此，他认为风

① 《评普鲁士最近的书报检查令》，见《马克思恩格斯全集》，第 1 卷，7～9 页，北京，人民出版社，1956。

格因人而异，它“既不能脱离作品，又不能转借，也不能变换”。这一观点与我国古代文艺理论家刘勰提出的“因内而符外”的风格论颇为相似，是符合于艺术规律的。文学艺术作品对社会生活的反映不是纯客观的、照相式的反映，而是要经过作家头脑的艺术加工，因此作品的内容或形式都必然要深深地打上作家个人精神面貌和个性的烙印。作家的个性、才能不同，作品的风貌也就互相迥异。刘勰把这一规律概括为“沿隐以至显，因内而符外者”，“各师成心，其异如面”，布封则用“风格却就是本人”一言以蔽之。他们强调的均是创作主体的主观因素对形成作品风格的重要作用。“风格就是人”的论断之所以精辟，就在于它揭示了文学风格的生命所在，风格不是浮华的外在装饰，而是由包孕着无穷意蕴的内在灵魂产生出来的。只有不自欺的真诚，才能构成风格的真实性。布封高扬的是“文质相称”“天然去雕饰”的自然审美观。

在“风格就是人”这一总的命题下，布封反复论证了作品风格与作家的思想、感情、才智的密切关系。他着重指出：“风格是应该刻画思想的”，同时认为风格还有赖于作家用感情的热力“给每一个辞语灌注生气”。只有这样，作家笔下的事物方能发出风格的光彩。“情感结合着光明，便更增加这光明……于是风格就能引人入胜而且显得明朗。”所谓“光明”，系作家对客观事物的清晰的理性认识。布封的意思是说创作中作家的感情与理智应结合起来。他在另一篇题为《写作艺术》的短文中，对此做了进一步的论述。他说：“要想写得好，就必须把内心的热力和智慧的光明结合起来。”作家用“双重感应”的心灵去接触、拥抱所描写的对象，“只有在自己充分地享受了那对象之后，才能用思想的表达方法使别人也能享受到它”①。这里，布封揭示了创作过程中艺术思维的“物我交融”的特征。作家只有把主观的感情热力和思想的光明同客观的描写对象融为一体，才能使作品具有能引起读者共鸣的好风格。由此出发，布封十分强调天才的作用，认为在风格的创造上，“规则不能代替天才；如果没有天才，规则是无用的”。作家在创造艺术形象时“应该处处使用天才的全部力量，展开天才的全部幅度”。布封所强调的天才，固然没有摆脱天赋诗才的唯心主义因素，但这里更多的是指作家要充分发挥各种主观因素的能动作用。正如他在谈到天才的作用时所说的：“风格必须有全部智力机能的配合与活动”，“所谓写得好，就是同时又想得好，又感觉得好，又表达得好，同时又有智慧，又有心灵，又有审美力”。这些主张对破除当时新古典主义在创作

① ［法］布封：《布封文钞》，任典译，13页，北京，人民文学出版社，1958。

上设置的种种束缚作家手脚的清规戒律，无疑是很有积极意义的。

布封强调“风格却就是本人”，强调作家的思想、感情、智力等因素对风格的制约作用，矛头对准当时文坛上风行的内容轻佻、风格矫饰的贵族文艺。因此，在论文中他不惜用了大量篇幅对各种脱离实际、单纯追求形式的文风进行了谴责和批判：反对在作品中故弄玄虚、滥用警语；反对运用纤巧的思想；反对专在字面上下功夫，涂抹空言。布封认为，好的风格，应是言之有物，要自己深信，才能使人深信。布封的风格论对反对形式主义的文风，具有重要意义。

(2) 形成风格的客观因素

布封提出“风格却就是本人”的论断，强调作家主观因素对风格形成的重要作用，但他并没有因此而忽视形成风格的客观因素。如果说主观因素是风格的灵魂，那么，客观因素就是风格形成的基础。布封的这一观点，从他对风格内容的分析上可以明显看出。他认为“只有意思能构成风格的内容”。布封说的“意思”，是自然主义的内容观，强调人们对客观事物和生活的本质意义的认识。他在《自然史》第一册的结论中谈及自然史研究法时，强调研究宇宙万物，先不要存着任何先入之见，而应当完全由我们自己的观察去引导我们达到真理。可知他所追求的“意思”是主观对客观真理的一种认识。他把这种自然的真理观引进风格论中，指出“意思”是风格的内容：“一个优美的风格之所以优美，完全由于它所呈现出来的那些无量数的真理。它所包含的全部精神美，它所赖以组成的全部情节，都是真理。”因此，他十分强调风格需与题材性质相结合，“一点也勉强不得，它是由内容的本质自然而然地产生出来的”。“壮丽之美只有在伟大的题材里才能有”，“题材是伟大的，笔调就应该经常是壮丽的”。关于这一点，他在《写作艺术》中讲得更为明确：“随着不同的对象，写法就应该大不相同”，“真正的才调只有题目本身才能提供出来”，如果作品的才调不是从题目（事物的内在与外在特征）里抽绎出来，就会妨害题旨的畅达，这就好比“在不合适的地方种花，就等于栽荆棘”。① 他认为一个真正具有审美能力的作家，应当坚决抛弃那种从题外硬拉来才调的做法，因为这种主观做法只能导致风格的矫揉造作。布封的这些见解是很有道理的。因为作品的风格固然是作家创作个性的具体体现，但作家体现自己的个性绝不是凭主观意志对题材内容任意摆布，而是要以特定的创作对象为载体，因而必然要受

① ［法］布封：《布封文钞》，任典译，14页，北京，人民文学出版社，1958。

创作对象自身的特征的制约。布封的《自然史》中那些生动引人的动物肖像描绘，就是善于抓住不同动物的特征，且融进自己独特的审美感受，因而才成为形象生动、情趣隽永、风格简朴的绝妙的散文。自然，布封提出题材对风格表现的客观制约作用，并非认为一种题材只能有一种风格。问题的关键在于主体的审美个性与题材的性质是否契合，做到了这一点，同一题材在不同作家笔下也会创作出风格各异的作品来。布封十分反对风格的千篇一律，他说得好："一个大作家绝不能有一颗印章，在不同的作品上都盖着同一的印章，这就暴露出天才的缺乏。"① 基于风格形成有其客观基础的看法，布封主张作家创作应师法自然。他说："人类精神绝不能凭空创造什么，它只能在从经验与冥想那里受了精之后才能有所孕育。"他号召作家"在大自然的远行中、工作中去模仿大自然"，"以静观方法达到最高真理"。

第二节　相关问题概说

理解风格，要把日常生活中风格的一般含义和文学风格的特定内涵区别开来。作家和作品的风格是文学风格的核心和基础。宽泛的意义上的"文体"在不同层面上分别指向措辞（diction）、结构（structure）、修辞（rhetoric or trope）、形式（form）、体裁（type）、文类（genre）、惯例（convention）等，概而言之是指一定的话语秩序所形成的文本体式，它折射出作家、批评家独特的精神结构、体验方式、思维方式和其他社会历史、文化精神。而作为文学理论一般范畴的"风格"，主要指作家的创造性在文体方面所达到的水平和境界。

一、风格的诸种观念

古往今来主要形成了四种关于风格的观念和理论。

风格就是一种言语形式或修辞特色。"风格"（style）取其"雕刻刀"的本义，喻指"以文字装饰思想的一种特殊方式"。亚里士多德认为，修辞的高明就是风格，"语言的准确性，是优良的风格的基础"。这种观点在后世产生了深远的影响，发展出风格是"思想的外衣"的说法。

风格是作家的创作个性在作品中的自然流露。扬雄提出"心画心声"说，

① ［法］布封：《布封文钞》，任典译，14页，北京，人民文学出版社，1958。

曹丕以“气”论文，把“气”与“体”相连，刘勰《文心雕龙·体性》云：“气以实志，志以定言，吐纳英华，莫非情性”，“各师成心，其异如面”，指出外在的文辞和内在的性情气质必然相符。这种风格观从主体的角度来考察，从内在根据来理解风格，认为作家的创作个性在作品中自然流露，但容易忽略日常个性不等同于创作个性，也不能直接转化为文学风格。文学理论中需要对“心画心声”说或流传更广的“文如其人”“文品即人品”“诗品出于人品”“风格即人格”等说法做具体分析。

风格是主体与对象、内容与形式相契合时呈现的特色。刘勰的《文心雕龙·体性》云：“夫情动而言形，理发而文见，盖沿隐以至显，因内而符外者也。”风格具有有机整体性，它不仅表现于内容与形式的统一，同时也表现在主体与对象的统一。黑格尔认为，真正的风格应该是适应“主题本身及其理想的表现所要求的”，歌德把艺术分成由低及高的三个等级，即单纯的模仿、作风和风格，认为唯有风格才是“艺术所能企及的最高境界”。

风格是读者辨认出的一个格调。中国古代文论特别强调对作家作品的鉴赏品评，认为作品的风格是读者经反复玩味后可以辨认的一种格调。风格作为一种审美标志，作为时代精神和艺术趣味的多样性体现，能在作者和读者之间达成精神上的沟通和审美上的共鸣，使读者获得持久的美的愉悦。往往也有缺乏风格但仍然获得轰动效应之作，它们多半靠题材取胜，提出尖锐的社会问题。虽然具有一定的认识意义，但往往缺乏持久的审美效应，一旦时过境迁、物是人非，便会湮没无闻。

二、风格的定义和内涵

文学风格是指作家的创作个性在文学作品的有机整体中通过言语结构所显示出来的、能引起读者持久的审美享受的艺术独创性。这个定义的内涵主要有以下几点。

1. 创作个性是风格形成的内在根据

其一，创作个性属于文学风格的主观方面，它一旦付诸实践并与客观方面相结合，便成为文学风格的有机组成部分。创作个性不能从主观的单方面决定和构成风格，风格的形成还离不开题材、主题、体裁等形式因素的影响。创作个性是文学风格的内在根据，是文学风格形成的主观原因，但风格并不是由创作个性单方面组成和决定的，两者不应混为一谈。

其二，日常个性和道德人格不能等同于创作个性和文学风格。日常个性人皆有之，如心理性格、气质情性、禀赋才能、处世态度、思维习惯、表达方式等，人格则是指伦理学意义上的道德人格，指个人的尊严、价值和道德品质等。创作个性却并非人所尽有，它是在创作实践中也只有通过创作实践才逐渐形成和发展起来的。日常个性是作家在世俗生活中表现出来的习性，世俗生活往往为俗世功利困扰，而创作个性是作家在精神活动中体现出来的习性，精神的想象活动往往具有审美的超功利性。日常个性是自在的，而创作个性是有为有待的，为了实现而有待于形式化。日常个性是在日常生活中表现出来的人格结构的独特性，而创作个性是作家气质禀赋、思想水平、审美趣味、艺术才能等主观因素综合而成的审美情性和心理结构，是在日常个性的基础上经审美创造的升华而形成的独特的艺术品格，是文学风格的内在根据，它支配着文学风格的形成和显现。作家的生活个性是作家创作个性的基础，无论如何，作家的人格素质及水准、作家个人的实际性格等心理特征，总是这样那样地或多或少地制约着他的创作个性和创作活动。正是在这个意义上，古人所提出的“心声心画”说、“文如其人”说或“风格却就是本人”说才有其合理性，但完全把人格与风格等同起来，又是不可取的。实际上元好问所说的“心画心声总失真”、钱锺书所说的“人与文不相类”的情况是大量存在的。在西方这种情形也随处可见。巴尔扎克曾举过这类例子：“拉伯雷——一个有节制的人——却在他的生活中驳斥了自己风格的无节制以及自己作品中的形象”，“大不列颠可以引为自傲的最富有独创性的现代作家马图林也是这样的；马图林是一个神父，留传给我们的有《夏娃》《美尔莫特》和《贝尔特拉姆》等作品；自命风流，殷勤体贴，尊敬妇女；这个在其作品中专门描写灾祸的人，每到夜晚，就变成了巴结献媚妇女的人，就变成了花花公子。布瓦洛也是这样，他的柔和文雅的谈话跟他那种大胆诗句的讽刺精神是不相称的”。①

其三，日常个性不能直接形成文学风格，必须通过审美创造的升华转变为创作个性，才可能在作品中形成独特的艺术风貌。创作个性是位于日常个性和文学风格之间的中间环节，它们三者的关系可以用下列图表来表示。

日常个性（人格结构） —创作实践／审美升华→ 创作个性（艺术人格） —外化／形式化→ 文学风格（艺术独创性）

风格理论必须重视创作个性这一中介。正像现实生活要经过审美活动的升华才能变成文学作品一样，作家的人格、修养、生活个性也要在审美中得到升

① ［苏联］赫拉普钦科：《作家的创作个性和文学的发展》，上海人民出版社编译室译，83页，上海，上海人民出版社，1977。

华之后才能化入作品的风格之中。这就是说，作家的人格修养、生活个性并不能直接转化为风格，这种人格修养、生活个性必须在与作家的审美素质有了内在的适应性，并接受审美素质的改造、转换后，才能成为创作个性的有机构成因素，然后通过创作个性的作用，才能转化为风格。①

同时，题材对象方面的特点、体裁类别方面的要求、技巧形式方面的规则等客观因素，也都必须由成熟的作家的独特的审美个性所把握、浸润、渗透、点化和整合，才能成为文学风格的构成要素。可以说，风格是作品的内容和形式经创作个性的有机整合后所显现的独特的艺术风貌和格调，创作个性是风格的灵魂。事实上，对于成熟的作家而言，创作个性确实已为作家的世界观和审美理想所渗透，同时又凝结了作家的艺术修养和情趣，因此它就是作为艺术家的个人，而不再是日常生活中的个人。成熟的创作个性决定了对世界的审美把握，从而自然地而非刻意地转化为风格。

2. 主体与对象的谐和统一是风格存在的基本条件

布封提出“风格却就是本人”的观点。“只有写得好的作品才是能够传世的：作品里面所包含的知识之多，事实之奇，乃至发现之新颖，都不能成为不朽的确实的保证；如果包含这些知识、事实与发现的作品只谈论些琐屑对象，如果他们写得无风致，无天才，毫不高雅，那么，它们就会是湮没无闻的，因为，知识、事实与发现都很容易脱离作品而转入别人手里，它们经更巧妙的手笔一写，甚至于会比原作还要出色些哩。这些东西都是身外物，风格却是人的本身。”“风格是当我们从作家身上剥去那些不属于他本人的东西，所有那些为他和别人所共有的东西之后所获得的剩余和内核。”② 布封强调的是作家风格的重要性、独特性和不可替代性。事实上，精神个性的差异是文学风格形成的重要方面。

这样说来，风格是否与作家描写的对象无关呢？当然不是。歌德认为：“单纯的模仿以宁静的存在和物我交融作为基础；作风是用灵巧而精力充沛的气质去攫取现象；风格则奠基于最深刻的知识原则上面，奠基在事物的本性上面，而这种事物的本性应该是我们可以在看得见触得到的形体中

① 童庆炳：《文体与文体的创造》，164～168页，昆明，云南人民出版社，1994。

② ［法］布封：《论风格》，载《译文》，1957（9）。“风格却是人的本身”一句又常译为“风格即人”或“风格却是本人”。

认识到的。"①"单纯的模仿"以心服从于物，而"作风"则相反而用心去支配物，甚至或强迫物，而"风格"则是主客观的统一，从而达到情景交融、物我两会、人与事的和谐。由此，歌德认为风格是艺术所能企及的最高境界。黑格尔也认为，风格说到底是主体与对象的契合："从一方面看，这种独创性揭示出艺术家的最亲切的内心生活；从另一方面看，它所给的却又只是对象的性质，因而独创性的特征显得只是对象本身的特征，我们可以说独创性是从对象的特征来的，而对象的特征又是从创造者的主体性来的。"②

马克思对这个问题的论述尤其精辟。他在《评普鲁士最近的书报检查令》中指出："真理是普遍的，它不属于我一个人，而为大家所有；真理占有我，而不是我占有真理。我只有构成我的精神个体性的形式。'风格就是人'。"马克思在这里将布封的"风格即人"的观点引入唯物辩证法的轨道，既肯定了文学风格的"真理占有我"的客观属性，又强调了风格的"精神个体性"的核心特征。马克思要求一方面把"用自己的风格去写"，去"表露自己的精神面貌"看作是作家的权利；另一方面他又明确要求作家在发挥自己精神个体性时，还须遵循客观规律，必须"用事物本身的语言来说话，来表达这种事物的本质的特征"，"使事物本身突出"而不是突出作家自己。③ 文学风格就是作家在用客观事物本身的语言表达和突出客观事物的本质特征的同时，通过对象表现自己精神个性的形式和方式。马克思深刻地揭示了风格的根本特征。

3. 文体特色和言语组织是风格呈现的外部特征

只有在具体的作品中，在特定的文体中，在特定的言语组织中，风格才得以展现。在这个意义上说，文体和言语组织是风格的载体。恰当的体裁是风格得以生成的基础，富有个性的语体是风格的有机组成部分，而风格是文体的最高范畴和最高体现。风格是作家长期匠心独运的结晶，而非模仿可成。也正因此，读者往往凭着作品的语言特色，就可以辨别出是谁的作品，把握不同作家作品的风格特点。进一步落实到文学语言组织上，风格和作品中语言的编码与修辞的分布也密切相关。

---

① ［德］歌德：《自然的单纯模仿·作风·风格》，见《文学风格论》，4页，上海，上海译文出版社，1982。

② ［德］黑格尔：《美学》，第一卷，朱光潜译，373～374页，北京，商务印书馆，1979。

③ 《评普鲁士最近的书报检查令》，见《马克思恩格斯全集》，第1卷，7～8页，北京，人民出版社，1956。

从不断学习和进步的进程看，作家独创的风格的形成也是一个渐进的过程。当代作家汪曾祺在1984年有相关论述：

> 一个作家形成自己的风格大体要经过三个阶段：一、摹仿；二、摆脱；三、自成一家。初学写作者，几乎无一例外，要经过摹仿的阶段。我年轻时写作学沈先生，连他的文白杂糅的语言也学。……后来岁数大了一点，到了“而立之年”了吧，我就竭力想摆脱我所受的各种影响，尽量使自己的作品不同于别人。……我现在岁数大了，已经无意于使自己的作品像谁，也无意使自己的作品不像谁了。别人是怎样写的，我已经模糊了，我只知道自己这样的写法，只会这样写了。我觉得怎样写合适，就怎样写。……一个人也不能老是一个风格，只有一种风格。风格，往往是因为所写的题材不同而有差异的。或庄、或谐；或比较抒情，或尖刻冷峻。但是又看得出还是一个人的手笔。一方面，文备众体；另一方面，又自成一家。①

风格的形成需要作家全身心的投入，是作家精神成长的过程：从早期的遵循体式，师从前辈，摹仿世界和内心，到发挥个性和作风把握世界，用心把握对象，形成独特语体，再到真正达成主客观的统一，随心所欲而不逾矩，既文备众体，又自成一家。汪先生此言适得风格的三昧。

所以，概括而言，风格主要指作家的创造性在文体创造方面所达到的水平和境界，它既是作家独特的艺术创造力稳定的标志，又是其语言和文体成熟的体现，通常被誉为作家的徽记或指纹。

三、文学风格的类型与价值

1. 风格类型的划分

我国古代的风格理论也十分丰富，有简、繁两法，有时由简到繁，有时又由繁到简。同时，对风格的审美特征多取描述的方法，且常用形象化的比喻，以激发欣赏者的审美联想，强调用感性的体悟和比较去识别不同的风格，而不是做出严格明确的规定。这种分类表面上看似无逻辑，却更切合多数人的审美

---

① 汪曾祺：《谈风格》，见《汪曾祺全集3·散文卷》，341～342页，北京，北京师范大学出版社，1998。

经验。清代桐城派古文家姚鼐在《复鲁絜非书》中也明确采用阳刚和阴柔两分法：

鼐闻天地之道，阴阳刚柔而已。文者，天地之精英，而阴阳刚柔之发也。惟圣人之言，统二气之会而弗偏，然而《易》《诗》《书》《论语》所载，亦间有可以刚柔分矣。值其时其人，告语之体各有宜也。自诸子而降，其为文无弗有偏者。其得于阳与刚之美者，则其文如霆，如电，如长风之出谷，如崇山峻崖，如决大川，如奔骐骥；其光也，如杲日，如火，如金镠铁；其于人也，如凭高视远，如君而朝万众，如鼓万勇士而战之。其得于阴与柔之美者，则其文如升初日，如清风，如云，如霞，如烟，如幽林曲涧，如沦，如漾，如珠玉之辉，如鸿鹄之鸣而人寥廓；其于人也，漻乎其如叹，邈乎其如有思，暖乎其如喜，愀乎其如悲。观其文，讽其音，则为文者之性情形状举以殊焉。且夫阴阳刚柔，其本二端，造物者糅而气有多寡，进绌，则品次亿万，以至于不可穷，万物生焉。故曰：一阴一阳之为道。夫文之多变，亦若是已。糅而偏胜可也，偏胜之极，一有一绝无，与夫刚不足为刚，柔不足为柔者，皆不可以言文。①

在他看来，阳刚和阴柔都是美，但应相济互补，否则会发生偏执，走向极端。然而，真能做到两者兼备的却很少，一般可以“偏优”和“奇出”，其《海愚诗钞序》云：

吾尝以谓文章之原，本乎天地。天地之道，阴阳刚柔而已。苟有得乎阴阳刚柔之精，皆可以为文章之美。阴阳刚柔并行而不容偏废，有其一端而绝亡其一，刚者至于偾强而拂戾，柔者至于颓废而阘幽，则必无与于文者矣。然古君子称为文章之至，虽兼具二者之用，亦不能无所偏优于其间，其故何哉？天地之道，协合以为体，而时发奇出以为用者，理固然也。其在天地之用也，尚阳而下阴，伸刚而绌柔，故人得之亦然。文之雄伟而劲直者，必贵于温深而徐婉。温深徐婉之才，不易得也；然其尤难得者，必在乎天下之雄才也。夫古今为诗人者多矣，为诗而善者亦多矣，而

① （清）姚鼐：《惜抱轩诗文集》，81～82页，北京，商务印书馆，1963。

卓然足称为雄才者，千余年中数人焉耳。甚矣，其得之难也。①

较繁的分类法始于刘勰，《文心雕龙·体性》指出："若总其归途，则数穷八体：一曰典雅；二曰远奥；三曰精约；四曰显附；五曰繁缛；六曰壮丽；七曰新奇；八曰轻靡。"刘勰分成四组八体，每组一正一反："雅与奇反，奥与显殊，繁与约舛，壮与轻乖"，由此构成一个隐含八卦图像的风格类型系统，"八途而包万举"。刘勰的分类法是有规则可寻的，所以在后代有很大的影响。晚唐司空图《二十四诗品》的分类标准则比较统一，把诗歌的风格分为二十四类：雄浑、冲淡、纤秾、沉着、高古、典雅、洗练、劲健、绮丽、自然、含蓄、豪放、精神、缜密、疏野、清奇、委曲、实境、悲慨、形容、超诣、飘逸、旷达、流动。虽然主要是对诗歌风格进行分类，但也适用于其他文体，而且这些风格概念中的绝大部分，至今仍在使用。可以说，司空图的"二十四诗品"，建立了具有中国传统的风格分类的模型。由于文学风格形态的无限多样又无限生成，不可能找到一种最完善的分类法。正如茅盾所说："有的可以从全篇的韵味着眼，用苍劲、典雅、俊逸，等等形容词概括其基本特点，有的则可以从布局、谋篇、炼字、炼句着眼，而或为谨严，或为逸宕，或为奇诡，等等不一。"② 对文学风格的分类可以从不同的角度进行，而且永远是相对的，它们为读者提供了一个参照系，但大可不必胶柱鼓瑟，应该根据具体作品的审美特点灵活运用。

2. 不同的文学风格有不同的审美价值

文学风格多种多样，各有各的审美价值，一般不分轩轾。由于人们的审美心理基础不同，也有特定的语境或心境，可以对风格美有不同的偏好和选择，这是不足为奇的，但不可以主观随意地褒此而贬彼。风格欣赏中的偏好，归根结底是因为读者与作者通过风格的纽带达到了个性间的吸引，灵魂与灵魂的相通，如不相合，则不可勉强。作为一个有修养的读者，尤其是作为一个鉴赏家和评论家，应广泛涉猎，这样才能遍识各种风格之美。如刘勰在《文心雕龙·知音》中指出："务先博观""无私于轻重，不偏于憎爱，然后能平理若衡，照辞如镜矣"。研究风格的审美价值，有几点值得注意。第一，风格美是可以超越时代、民族、阶级的。历史和未来都属于拥有独特风格的作家。第二，风格

① （清）姚鼐：《惜抱轩诗文集》，41页，北京，商务印书馆，1963。

② 茅盾：《鼓吹续集》，134页，北京，作家出版社，1962。

的审美价值虽然可以超越时代，但它在多大程度上得到实现，却往往又受到时代的价值取向的影响。它不取决于少数人的选择，而取决于时代、民族、阶级的选择。

四、文学风格与文化

1. 文学风格的时代变迁

所谓文学的时代风格，就是作家作品在总体特色上所具有的特定时代的特征，它是该时代的精神特点、审美要求和审美理想在作家作品中的表现。在具体的创作实践中，时代风格总是与个人特点纠结在一起的，但作为一种共性的概念，主要是指从历史和社会高度把握的、只属于这个时代而不属于其他时代的文学的总体特征。时代风格的形成，受时代情境和语境的影响，也离不开文学自身的发展规律。风格的时代性差异也完全可能体现在同一个作家身上。这在一些跨世纪、跨时代的作家身上体现得尤为明显。特别是当时代发生动荡、革命、战乱、改朝换代的时候，或社会政治制度和经济体制出现重大的变革转型，都会使作家的世界观、人生观、价值观、创作视野、艺术趣味乃至情调语调发生重大的变化，从而导致个体风格乃至群体作家风格的大转变。有学者认为，即便在20世纪西方，文学与文化也已在风格上发生巨大的变迁，出现从现实主义到现代主义乃至后现代主义的变化。①

2. 文学风格的民族特性

不同的民族有不同的文化传统。作家生活于民族传统文化中，不能不受民族文化传统的影响。作家的风格必然渗入民族文化传统的基因，表现出民族性。风格总是这样那样反映民族文化的特点，而形成文学的民族风格。在好的文学译作中，尽管一民族的语言转换成另一民族的语言，我们仍然可以看到原作的民族特点，这是因为民族风格不仅见诸作品的语言，而且体现在一切方面，如题材、主题、气质和韵味，以及作品所体现的民族精神。

3. 文学风格的地域分布

作家总是生活在一定的地域中，不能不感受到地域文化的气息。作家的文学风格必然渗入地域文化的因素，表现出地域性。风格总是这样或那样反映地域文化的特点，而形成文学的地域风格。清末民初学者刘师培作《南北文学不

---

① ［美］詹姆逊：《现实主义、现代主义、后现代主义》，见张旭东编：《晚期资本主义的文化逻辑》，陈清侨等译，北京，生活·读书·新知三联书店，1997。

同论》，认为中国文学亦有南北之分：

> 大抵北方之地，土厚水深，民生其间，多尚实际。南方之地，水势汪洋，民生其际，多尚虚无。民尚实际，故所作之文，不外记事、析理二端。民尚虚无，故所作之文，或为言志、抒情之体。

屈、庄的相通，《诗》《骚》的不同，是文学地域风格的有力佐证。类似的例子，还有南北朝民歌的不同，现代文学中京派与海派的不同，都鲜明地体现了地域文化所造成的地域风格的差异。当代文学的交流虽然日益频繁，而且受到经济全球化浪潮的冲击，可是文学的地域风格和民族风格在不少作家那里并未因此而淡化，这正是当代文学走向成熟的一个表征。

4. 文学风格与文学流派

包裹在个人风格外面的，还有流派文化。流派是一个具有伸缩性的概念。严格地说，并不是每个作家都主动参加过一个明确的流派，但宽泛地说，又可以把大部分作家纳入已有的、相关的风格类型。在文学思想活跃、文学思潮迭起的时代，确有很多作家由于人生态度和文学见解的相近或相异，而自觉或不自觉地分别参与这个或那个流派，或者被文学史家划归为这个或那个流派。文学流派的形成有自觉和不自觉两种情况。赫拉普钦科正确地指出：

> 任何文学流派都不是语言艺术家的偶然的集合。它作为一个由生活和文学本身决定的统一体而出现。……
>
> 在文学发展的一定时期语言艺术家当中形成的统一体，首先，来源于对待现实的态度、对现实的审美感受和创作方法上的共同性。其次，作为这种统一体的根源的，是那些引起属于这一文学流派的作家浓厚兴趣的生活问题和创作问题的相似性。我们在谈到对现实的态度、谈到创作方法时，当然也指世界观立场，但是在这里也与在考察一部作品的结构时一样，世界观立场不是与生活的艺术揭示隔绝的。
>
> 某些研究著作在说明文学流派的特点时，通常都指出创作时对现实的态度的共同性，却把由对象的特点所产生的一定共同性——作家所揭示的生活现象和问题的共同性撇在一边。而这第二种共同性与第一种同样地重要。
>
> 要知道，新的文学流派往往产生于社会生活已经发生重大变动的时

候，或者产生在时代的先进人物开始或多或少清楚地感觉到这些变动的必要性的条件下。新的生活进程和新的冲突要求得到理解和艺术上的阐明，这就使得在文学创作中发生“路标的转换”。

当然，对现实中各种新现象的审美掌握可能是很不相同的。这一点就可用来说明在文学史上经常可以看到的各种文学流派共存的现象。例如，浪漫主义和批判现实主义在上世纪初几乎同时出现。浪漫主义者和批判现实主义者似乎接触到了同样的社会进程（如果从广义上理解的话），而一七八九的法国革命则是这进程的有力增强剂。然而，吸引浪漫主义者和批判现实主义者注意力的，实际上是这些进程的不同方面。①

流派风格的多样化，往往是文学繁荣的一个重要标志。流派并出造成了多种多样的流派风格，形成了风格竞争的格局，这无论是对文学的繁荣，还是对大众的审美选择，都是有百利而无一害的。多样性是自然界的规律，也是艺术的规律。

从文化学的角度来分析，文学风格由时代风格、民族风格、地域风格、流派风格和具体作家作品的个性风格等若干层面构成。文学风格的各个文化层面不是独立自主的，而是互相联系、互相渗透，形成有机统一体。无论是时代的、民族的风格，还是地域的、流派的风格，抑或是个性风格，最终都统一于作品的具体风格，并只有在作品风格的本体构成中得到实现。

【思考题】

1. 如何理解“言为心声”“文如其人”说？试结合阅读所及的具体作家和作品谈一谈。

2. 如何理解布封的“风格却就是本人”的思想？

3. 如何把握风格的内涵？

【辅助阅读材料】

1. 评普鲁士最近的书报检查令//马克思恩格斯全集（第1卷）. 北京：人民出版社，1956.

---

① ［苏联］米·赫拉普钦科：《赫拉普钦科文学论文集》，张捷、刘逢祺译，186～187页，北京，人民文学出版社，1997。

2. 亚里士多德．修辞学．北京：生活·读书·新知三联书店，1991.

3. 布封．论风格——在法兰西学士院为他举行的入院典礼上的演说．译文，1957（9）．

4. 布封．布封文钞．北京：人民文学出版社，1958.

5. 黑格尔．美学（第一卷）．北京：商务印书馆，1979.

6. 爱克曼．歌德谈话录．北京：人民文学出版社，1980.

7. 钱锺书．谈艺录．北京：中华书局，1984.

8. 王元化．文学风格论．上海：上海译文出版社，1982.

9. 童庆炳．文体与文体的创造．昆明：云南人民出版社，1994.

第十二章　文学思潮

本章选取了关于文学思潮的两个重要文本，分别是雨果的《〈克伦威尔〉序言》和萨洛特的《怀疑的时代》。这两个文本分别代表文学思潮发展中两次巨大的断代的开始，在欧洲文艺理论史上，特别是欧洲文学思潮发展史上具有重要的地位和广泛的影响。雨果的文章虽然论述的只是戏剧文体，但却是浪漫主义取代古典主义的“发动机”；而萨洛特的文章提出的现代小说观念则体现了现代主义和后现代主义思潮对现实主义的超越。本章将涉及文学理论发展史中的若干思潮及重要流派，我们应大致掌握各个思潮的特征和主要理论观点，并了解文学思潮发生、发展的相关要素。

第一节　经典文本阅读

一、《克伦威尔》序言（节选）（雨果）

[……]

我们从一个事实出发：世界不总是由同一性质的文明，也就是说老是由同一个社会形式（这样说更为确切，虽然含义较广阔了一些）所支配和统治。整个人类就如同我们每个人一样，经历过生长、发展和成熟的阶段。他通过了孩提时代、成人时期；而现在到达了老迈之年。在近代社会名之曰“古代”的历史时期之前，还有另一个世纪，古人称之为“神话时代”，而其正确的名称可能是“原始时代”。这就是文明从它最初的源泉发展到今天所经过的三大连续的程序。而由于诗总是建筑在社会之上，那末，根据社会发展的形式，我们来分析一下，诗在原始时期、古代和近代这三大人类发展阶段中的特点究竟是怎样的。

在原始时期，当人在一个刚刚形成的世界中觉醒过来的时候，诗也随之觉醒了。面对着使他眼花缭乱、使他陶醉的大自然的奇迹，他最先的话语只是一种赞美歌。那时，他离上帝还很近，因此，所有的沉思都出神入化，一切遐想都成为神的启示。他抒发内心之情，他的歌唱有如呼吸，他的竖琴只有三根弦，上帝、心灵和创造；但是这三种奥妙包括一切，这三位一体的思想蕴含万象。土地差不多还是荒芜不毛的。已经有了家庭，但还没有民族；有了父老，但还没有国王。每个种族都自由自在地生活着；没有私人财产，没有法律，没有冲突，也没有战争。一切东西都属于每个人，也属于集体。整个社会就是一个公共体。没有任何东西束缚人。人过着田园的游牧生活，这种生活是一切文明的起点，而且多么有利于孤独的幽思和奔放的梦想。他任情地工作，任情地行动。他的思想如同他的生活一样，像天空的云彩，随着风向而变幻、而飘荡。这就是最初的人，这就是最初的诗人。他年轻，富有诗情。祈求是他全部的宗教，歌谣是他所有的诗章。

这种诗，原始时期的这种歌谣，就是《创世纪》。

但是，这种青年时期渐渐过去。一切的范围都扩大了；宗教变成部族，部族变成民族。……这些民族在地球上开始过于拥挤。他们彼此妨碍，彼此摩擦；由此便产生各国的冲突，产生战争①。他们互相侵犯；由此便产生民族的迁徙，产生流浪②。诗反映这些巨大的事件；它由抒发思想过渡到描写事物。它歌唱这些世纪、人民和国家。它成为史诗性的，它产生了荷马。

我们要重复指出，表现出这一种文化的，只有史诗。史诗具有好几种形式，但又永不失其特征。品达与其说是属于抒情诗的，不如说是属于史诗。如果编年史家这些在人类发展第二时期必不可少的人，去从事收集各种传说，并且开始以世纪纪年，那末，他们是白费力气了，纪年学不能把诗排斥掉；历史仍旧还是史诗。希罗多德就是一个荷马。

史诗的时代已经日薄西山。同样，它所代表的社会也面临末日，这种诗也因自我循环时日已久而陈旧过时，罗马模仿希腊，维吉尔摹临荷马；似乎为了体体面面地告终，史诗是在这最后的分娩中消亡的。

时候到了。世界和诗的另一个纪元即将开始。

一种精神的宗教，取代物质的、表面的偶像崇拜并潜入古代社会的中心，将它除灭，而在这一种衰老的文化的尸体上，播下近代文化的种子。这种宗教是完整的，因为他是真实的；它在教义和教义之间，用道德深深地加以维系。并且首先把最重要的真理指示给人说，生命有两种，一种是暂时的，一种是不

① 从雨果的草稿中看出，这是指荷马的史诗《伊利亚特》。

② 从雨果的草稿中看出，这是指荷马的史诗《奥德赛》。

朽的；一种是尘世的，一种是天国的。它还向人指出，就如同他的命运一样，人也是二元的，在他身上，有一种兽性，也有一种灵性，有灵魂，也有肉体；总之，他就像双线的交切点，像包罗世界的两条实体的锁链间的连接环，这两条锁链，一条是物质实体的系统，一条是无形存在的系统，前者由石头一直数到人，后者由人开始而到上帝。

没有什么比古代的神谱更实际的了。它完全不像基督教那样把精神和肉体分开，而是赋予一切以形体和外貌，甚至对精神和灵智也都如此。在这里，一切都看得见，摸得着，具有感性。那些神都需要云雾来掩饰自己。他们也吃、喝、睡觉。把他们伤害了，他们也要流血；把他们伤成了残废，他们就永世成为跛子。这种宗教有一些神，也有一些半神。它的霹雷是在铁砧上锤炼出来的，在其他的成分之中，还有三道弯曲的雨线①，它的天神邱比特把世界悬吊在一根金链上；它的太阳驾上四匹马拉的大车；它的地狱是一个深渊，地理上还标志了它的出口；它的神界是在一座山上。

这样，多神教用同一种粘土来塑造种种创造物，因而就缩小了神明而扩大了人类。荷马的英雄差不多和神同样高大，阿雅克斯②冒犯朱比特，阿喀琉斯比得上玛斯③。我们刚才说过，基督教却相反，它把灵气和物质彻底分开。它划了一道深渊在灵魂与肉体之间，一道深渊在人与神之间。

基督教把诗引到真理。近代的诗艺也会如同基督教一样以高瞻远瞩的目光来看事物。它会感觉到万物中的一切并非都是合乎人情的美，感觉到丑就在美的旁边，畸形靠近着优美，粗俗藏在崇高的背后，恶与善并存，黑暗与光明相共。它会要探求艺术家狭隘而相对的理性是否应该胜过造物主的无穷而绝对的灵智；是否要人来矫正上帝；自然一经矫揉造作是否反而更美；艺术是否有权把人、生命与创作割裂成为两个方面，每一件东西如果去掉了筋脉和弹力是否会走得更好；还有，是否“凡要成为和谐的那种方法”都是不完整的。正是在这个时候，诗着眼于既可笑又可怕的事件上，并且在我们刚才考察过的基督教的忧郁精神和哲学批判精神的影响下，它将跨出决定性的一大步，这一步好像是地震的震撼一样，将改变整个精神世界的面貌。它将开始像自然一样行动，在它的创作中，把阴影掺入光明，把粗俗结合崇高而又不使它们相混，换句话说，就是把肉体赋予灵魂；把兽性赋予灵智，因为宗教的出发点总是诗的出发

① 维吉尔《伊尼特》第8卷，第426行，原义为“三道彩光”。

② 阿雅克斯，古希腊神话中的英雄。

③ 玛斯，古罗马神话中的战神，相当于希腊神话中的阿瑞斯。

点。两者互相关联。

这是古代未曾有过的原则，是进入到诗中来的新类型，由于作为一个条件，它使整个事物都有所改变，于是在艺术中发展出一种新形式。这种新类型就是“滑稽”，这种新形式就是喜剧。

请允许我们在这个问题上详加考究；因为我们刚才指出了那一种不同的特征，根本的差别。在我们看来，这一种差别把近代艺术和古代艺术，把现存形式和死亡形式区分开，或者用比较含糊但却流行的话来说，把“浪漫主义的”文学和“古典主义的”文学区分开来。

[……]

相反，在近代人的思想里，滑稽、丑怪却具有广泛的作用。它到处都存在；一方面，它创造了畸形和可怕；另一方面，创造了可笑与滑稽。它把千种古怪的迷信聚集在宗教的周围，把万般奇美的想象附丽于诗歌之上。是它，在空气、水、火和泥土里满把地播种下我们至今还觉得是活生生的、中世纪人民传说中的无数的中介物；是它，使得魔法师在漆黑的午夜里跳着可怕的圆舞；也是它，给予撒旦以两只头角，一双山羊蹄，一对蝙蝠翅膀。是它，总之都是它，它有时在基督教的地狱里投进以后被但丁和弥尔顿严峻的天才所召唤来的那些奇丑的形象①，有时则扔入加洛②这个滑稽的米开朗琪罗在其中自娱的形象。从理想世界到真实世界，是要经过无数的人类的滑稽变形。斯嘉哈莫奚式、克利斯式和阿尔勒甘式的人物都是它的奇想的创造，③ 这都是人的怪象的侧影，是严肃的古代完全陌生的、而从意大利古典主义中产生出来的典型。最后，还是它把南北两方的想象的色彩轮换地涂在同一个戏剧上，使斯加纳海勒在唐·璜④的周围蹦跳，靡非斯特在浮士德左右周旋。

而它的举止是多么自由而明朗！它多么大胆地使前一个时代如此羞涩地用襁褓包扎起来的那些奇怪的形象都跳了出来。古代的诗不得不给跛子伏尔甘安排一些同伴，但却极力用扩大他们伟岸身躯的办法来掩饰他们的畸形。近代精神保存了那些非凡的铁匠的传说，但却一下子给它加上一个截然相反并使它更加突出的特性；它把巨人变成了侏儒，把独眼巨人变成了地下的小神。正是以

---

① 指但丁《神曲》第一篇《地狱》和弥尔顿的《失乐园》。

② 加洛（Jacques Callot，1592—1635年），法国铜雕艺术家，是一位大胆、具有奇想的天才。

③ 这三个人物都是意大利喜剧中常见的诙谐、聪明的角色。

④ 唐·璜和斯加纳海勒是莫里哀名剧《唐·璜》中的一对主仆。

这同样的独创性，它把并不怎么奇怪的七头蛇代之以我们传说中土产的怪物，鲁昂的加尔古叶，麦茨的克拉—乌易，特洛依的夏尔—沙内，蒙德勒利的特赫，塔哈斯贡的塔哈斯克，这些怪物的外形如此多变，而它们这些古怪的名字又更增加了一种奇特。这些创造物从它们自己的本性里就能得到一种深沉而有力的音调，在这音调前，古代有时似乎也要却步。的确，希腊的妖怪远不及《麦克佩斯》中的魔女可怕，因而也更缺少真实，希腊神话中蒲鲁东①也并不是魔鬼。

照我们看来，在艺术中如何运用滑稽丑怪这个问题，足可写出一本新颖的书来。人们可以举出，近代人从这个丰富的典型里汲取了多么强烈的效果，而今天却还有一种狭隘的批评在激烈地反对它。我们的主题可能马上就要引导我们来顺便指出这一幅广阔图画中的某些特点。但在这里，我们只想说，根据我们的意见，滑稽丑怪作为崇高优美的配角和对照，要算是大自然所给予艺术的最丰富的源泉。毫无疑问，鲁本斯②是了解这点的，因为他得意地在皇家仪典的进行中，在加冕典礼里，在荣耀的仪式里也掺杂进去几个宫廷小丑的丑陋形象。古代庄严地散布在一切之上的普遍的美，不无单调之感；同样的印象老是重复，时间一久也会使人厌倦。崇高与崇高很难产生对照，于是人们就需要对一切都休息一下，甚至对美也是如此。相反，滑稽丑怪却似乎是一段稍息的时间，一种比较的对象，一个出发点，从这里我们带着一种更新鲜更敏锐的感觉朝着美而上升。鲵鱼衬托出水仙；地底的小神使天仙显得更美。

并且，我们也未尝不可以说，和滑稽丑怪的接触已经给予近代的崇高以一些比古代的美更纯净、更伟大、更高尚的东西；而且，也应该是这样。当艺术本身合理的时候，就更有把握使各种事物都达到最后的目标。如果荷马式的仙境与这种天国的情趣，与弥尔顿的天堂中仙使的美丽相距很远，那是因为在伊甸园的下面，有一个和多神教的地狱之底各有千秋的可怕的地狱。如果法朗塞斯伽・达・里米尼③和贝亚特丽④不是在但丁这个把读者关进饥饿之塔迫使读

---

① 蒲鲁东，希腊神话中的地狱之神。

② 鲁本斯（Peter Paul Rubens，1577—1640年），荷兰著名画家。

③ 即弗兰西斯卡（Francesca da Rimini），与夫弟保罗相爱，被丈夫杀死，其故事见《神曲・地狱篇》第五曲。

④ 即贝阿特丽采（Beatrice），但丁青年时的爱人，他终身对她感念不已，在《神曲》中把她写成美好、善良的化身。

者分享于哥利诺①可厌的餐食的诗人的笔下写来，会有这样吸引人吗？但丁如果不写得这样有力，就不可能这样动人。肌体丰腴的河神，强壮的人鱼，放荡的风神，他们有没有我们的水仙和天神那种透明的流动性？难道不是因为现代人能够想象出在我们的陵墓里有吸血鬼、食人怪、妖精、役蛇怪、大蝙蝠、僵尸和骷髅荡来荡去，这种想象才能够赋予它的妖精以那种虚幻的形状，那种为多神教的仙女所很少达到的精灵的纯度？古代的维纳斯姿容美艳，无疑地招人喜爱；但是，是什么在让·古容②所有的画面上散布那种精美、那种奇妙而空灵的风韵呢？是什么赋予它们以那种为生活和伟大所没有认识的特点？如果不是对中世纪雄劲遒健的雕刻术的接近，又是什么呢？

如果在这些还可以说得更为透彻一点的必要的议论之中，我们思想的线索还没有在读者的思想里面中断的话，他就一定会了解到，滑稽丑怪这一个被近代诗神所承继的喜剧的萌芽，一旦移植到比偶像教和史诗更为有利的土壤上，就会以多么旺盛的生命力生长和发展起来。实际上，在新的诗歌中，崇高优美将表现灵魂经过基督教道德净化后的真实状态，而滑稽丑怪则表现人类的兽性。第一种典型将从不纯的混合质中解脱出来而拥有一切魅力、风韵和美丽；总有一天它应能创造出朱丽叶、苔丝特蒙娜、莪菲丽亚③。第二种典型收揽了一切可笑、畸形的丑恶。在人类和事物的这个分野中，一切情欲、缺点和罪恶，都将归之于它；它将是奢侈、卑贱、贪婪、吝啬、背信、混乱、伪善；它将轮流扮演牙戈、答丢夫、巴西尔④、波罗纽斯、阿巴贡、巴尔特罗⑤、福尔斯塔夫、史嘉本、费加乐⑥。美只有一种典型，丑却千变万化。因为，从情理上来说，美不过是一种形式，一种表现在它最简单的关系中，在它最严整的对

① 于哥利诺（Ugolino）的故事，见《神曲·地狱篇》第三十三曲。

② 让·古容（Jean Goujon，1515—1572年），法国著名的雕刻家和建筑师。

③ 朱丽叶、苔丝特蒙娜、莪菲丽亚是莎士比亚的名剧《罗密欧与朱丽叶》《奥赛罗》和《哈姆雷特》中三个女主人公。

④ 牙戈是莎士比亚《奥赛罗》中的人物；答丢夫是莫里哀《伪君子》的主人公；巴西尔是博马舍的《费加乐的婚姻》中的人物。这三个人物分别具有阴险、伪善、贪婪的性格。

⑤ 波罗纽斯是《哈姆雷特》中一个阿谀奉承的人物；阿巴贡是莫里哀《悭吝人》中的吝啬鬼；巴尔特罗是博马舍喜剧《塞维利亚的理发师》中的好色的老头。

⑥ 福尔斯塔夫是莎士比亚历史剧《亨利四世》中的人物；史嘉本是莫里哀喜剧《史嘉本的诡计》中一个聪明的仆人；费加乐是博马舍的喜剧《费加乐的婚姻》的主人公，也是一个聪明机智的仆人。

称中，在与我们的结构最为亲近的和谐中的一种形式。因此，它总是呈献给我们一个完全的、但却和我们一样拘谨的整体。而我们称之为丑的那个东西则相反，它是一个不为我们所了解的庞然整体的细部，它与整个万物协调和谐，而不是与人协调和谐。这就是它为什么经常不断呈现出崭新的、然而不完整的面貌。

研究滑稽丑怪在近代的运用和发展，这是一件有趣的事。首先，它侵入，涨溢，泛滥，像一道激流冲破堤防。它诞生之时，贯穿在垂死的拉丁文学之中……然后，它就散布在那些改造欧洲的新兴民族的想象里。它充满在那些故事作者、历史家和小说家的想象里。它由南到北蔓延开来。它游戏在日耳曼民族的梦想中，并且同时以它的灵气唤活那些可赞美的西班牙《诗歌集》，这真正骑士时代的《伊利亚特》。举个例子来说，它在《蔷薇传奇》① 中这样描写一个庄严的仪式，一个国王的选举：

于是他们选出了一位大个子的平民
这是他们中间的头号大块头
……

要更加突出说明滑稽丑怪在第三文明期的影响，那是多余的。在所谓浪漫主义时代里，一切都表现出它与“美”之间的紧密的、创造性的结合。就以最为纯朴的民间传说而言，也无一不以一种可爱的本性表现了近代艺术的这种神秘。古代就不可能创造出《美人和野兽》。

的确，在我们刚才考察的时代里，滑稽丑怪在文学中比崇高优美更占优势，这是非常明显的。但是，这是一种反应的狂热，一种一瞬即逝的对新颖的热情；这是一个要渐渐平伏下去的最初的浪潮。美的典型不久又要恢复它的地位和权利，它并不排斥另一种原则，而是要胜过它。现在已经是时候了，让滑稽丑怪在牟利罗②巨大的壁画上，在维罗尼斯③神圣的篇幅中只占有画幅的一角；让滑稽丑怪只渗入到艺术将引以自豪的两幅《最后的审判》中去，只渗入到米开朗琪罗将用来装饰梵蒂冈的悦目而又可怕的图景中去 ④，只渗入到鲁本

① 即《玫瑰传奇》，中世纪法国诗体小说。

② 牟利罗（Murillo，1618—1682 年），西班牙画家。

③ 维罗尼斯（Veronese，1528—1588 年），意大利画家。

④ 《最后的审判》是米开朗琪罗所作的壁画。

斯将描绘在昂魏尔斯大教堂的穹窿屋顶上的人类堕落的骇人的图案中去。在两种原则之间建立平衡的时候现在已经来到了。不久就会有一个人，一个诗王（如像但丁称呼荷马一样），来确定它。这两种敌对的天才汇合起双方的光辉，而在这种光辉之中诞生了莎士比亚。

这样我们便到达了近代的诗的顶点。莎士比亚，这就是戏剧；而戏剧，它以同一种气息融合了滑稽丑怪和崇高优美，融合了可怕和可笑，悲剧和喜剧，戏剧是诗的第三阶段的，也就是当前文学的固有的特性。

我们把上面所讨论的这些事实加以简要的概括，可见诗有三个时期，每一个时期都相应地和一个社会时期有联系，这三个时期就是抒情短歌、史诗和戏剧。原始时期是抒情性的，古代是史诗性的，而近代则是戏剧性的。抒情短歌歌唱永恒，史诗传颂历史，戏剧描绘人生。第一种诗的特征是纯朴，第二种是单纯，第三种是真实。行吟诗人是抒情诗人向史诗诗人的过渡，就好像小说家是史诗诗人向戏剧诗人的过渡。历史家与第二个时期一道来临，编年史家、批评家则和第三个时期同时产生。抒情短歌的人物是伟人：亚当、该隐、挪亚①；史诗的人物是巨人：阿喀琉斯、阿特鲁斯、奥里斯特斯②；戏剧的人物则是凡人：哈姆雷特、麦克佩斯、奥赛罗。抒情短歌靠理想而生活，史诗借雄伟而存在，戏剧以真实来维持。总之，这三种诗是来自三个伟大的泉源即《圣经》、荷马和莎士比亚。

［……］

（1827 年 10 月）

（选自［法］雨果：《〈克伦威尔〉序言》，柳鸣九译，载《世界文学》，第 3 期，人民文学出版社，1961）

1. 作者简介

雨果（Victor Hugo，1802—1885 年）于 1802 年 2 月 26 日生于法国东部的贝桑松，他的父亲崇尚共和；在拿破仑军队从一个普通士兵擢升为指挥官、将军；而母亲则信奉旧教，拥护王室。父母在政治倾向上的对立使雨果经历了一个由保王党向共和党的转变。少年时代，他在政治上受到母亲的影响，是一

---

① 这三个人物均见《圣经》。

② 阿特鲁斯（Atreus）和奥里斯特斯（Orestes）都是希腊故事中仇恨心很强的人物。

个保王党的信徒。雨果从 12 岁开始写诗，被浪漫派先驱夏多布里昂誉为“神童”，而雨果也非常崇拜夏多布里昂，他早年的理想是：“要么成为夏多布里昂，要么一事无成。”1822 年，雨果发表《颂诗集》，歌颂封建王朝和天主教，获国王的年金赏赐。1823 年雨果出版第一部小说《冰岛魔王》。1825 年，雨果以诗《加冕大典》献给查理十世，得到两千法郎的奖金。20 年代初，他的第一部诗集《颂歌与民谣集》问世。1826 年，雨果与维尼、缪塞等浪漫派诗人组织第二文社。

1827 年 10 月，25 岁的雨果写了根本不适合于在舞台上演出的剧本《克伦威尔》，并用不到一个月的时间给剧本作序，结果这篇“序言”喧宾夺主，产生了强烈的影响，一夜之间，雨果成了浪漫主义运动的青年领袖。雨果后来的戏剧作品，如《欧那尼》《巴黎圣母院》《悲惨世界》等，都贯彻了他在《〈克伦威尔〉序言》中提出的反古典主义的创作原则。

1830 年至 1840 年，雨果陆续发表了五部诗集：《东方集》(1829)、《秋叶集》(1831)、《晨夕集》(1835)、《心声集》(1837)、《光与影集》(1840)。此外，雨果创作了六部戏剧：《国王取乐》(1832)、《吕克莱斯·波基亚》(1833)、《玛丽·都铎》(1833)、《安日洛》(1835)、《吕依·布拉斯》(1838)、《城堡卫戍官》(1843)。

1841 年，雨果当选为法兰西语文学院院士。1845 年，雨果成为贵族院议员。1846 年“六月革命”以后，雨果从资产阶级自由主义转向资产阶级共和主义。1851 年 12 月，路易·拿破仑发动政变，雨果参加共和党人组织的反政变起义。在起义失败后，他不得不流亡国外。诗集《惩罚集》(1853)、《静观集》(1856) 就完成于此时。1859 年，雨果轻蔑地拒绝了拿破仑三世的大赦，表示不看到这个政权的垮台，绝不会再踏上法兰西国土。普法战争中，他立即回到阔别 19 年的法国，参加保卫祖国的战斗。1871 年巴黎公社起义，当凡尔赛刽子手镇压起义时，雨果挺身而出，为公社辩护，保护公社成员。

雨果不仅是个政治诗人和抒情诗人，而且是个史诗诗人。他从 1840 年起，就开始写作关于“人的诗歌”——《历代传奇》(1859、1877、1883)，这部“神秘的伟大史诗”堪称 19 世纪最有表现力、最丰富的诗集之一。

流亡期间是雨果小说的丰收时期。《悲惨世界》标志着其小说创作的顶峰；《海上劳工》(1866) 展现了人同自然的搏斗；《笑面人》(1869) 以英国为背景，批判贵族阶层的堕落；最后一部小说是《九三年》(1874)，这部历史小说以保皇派和共和派在法国旺代的斗争为中心，展现了法国大革命时代风云变幻的风貌。

1881年2月26日，雨果80岁生日时，他已经成为欧洲精神的象征，60万群众经过他的窗前，为他祝寿。1885年5月22日，雨果在巴黎逝世，6月1日，法国政府为他举行国葬，法国人民以及来自欧洲各地的两百万人参加了隆重的葬礼，雨果的灵柩被运到先贤祠安葬。

2. 背景知识

1827年10月，雨果发表了他的激情澎湃的《〈克伦威尔〉序言》，他以一个浪漫主义斗士的姿态，挑战在法国乃至西欧流行了二百多年的古典主义。从文体来看，它侃侃而谈，从容地反讽，充满了言辞激烈的辩论，被视为法国文学史和文论史上一篇公认的“美文”。戈蒂叶（Théophile Gautier）甚至认为《〈克伦威尔〉序言》是法国自《人权宣言》后贡献给世界的“文权宣言”。的确，《〈克伦威尔〉序言》的新颖而大胆的风格和穿透力，雨果那个时代的人的感受远比我们今天深切得多。所以，我们的“背景知识”就借用《雨果夫人回忆录》中的一个章节。这一章节详细而生动地记载了这篇“序言”问世前后的背景：

第46章《克伦威尔》

……

“你所梦想扮演的东西，正是我所梦想写作的。”雨果说着，就把将要着手写的那篇《克伦威尔》序里的几项主要意思述给泰尔马①听：写戏剧不写悲剧，用平常的人代替高贵的人物，用真实的描写代替习用的成法；在同一篇戏剧里，剧情可以由“英雄的”随时转入“实事的”；文体则史诗的、抒情的、讽刺的、严肃的、滑稽的，色色俱备；取消冗长的台辞，不用警拔的妙句。雨果说到这里，泰尔马起劲地插口说：

“对极了，这就是我舌敝唇焦地告诉他们的，不要漂亮的诗句！”

他十分留神地听着诗人的话。

“你的《克伦威尔》就是照着这些意思写作的了？”他问。

“当然，为表示这种写实的倾向，剧本开头第一句就标明一个日期：

明天，一千六百五十七年六月二十五日。”

“你应该记得不少场面吧，”泰尔马说，“请你背一两场给我们听听。”

别的客人也同声附和。雨果就读了密尔顿谏克伦威尔僭称王号的一场。这

① 泰尔马是法国当时最好的悲剧演员，当时65岁。——编者注

一节可选择得不适当。因为这里从头至尾就是一篇冗长的演词，虽然其中议论精辟，词句斩截，通篇显得异常生动，可是它和那悲剧里的大段台辞，竟没有绝对的差别；而且这里说话的，只是密尔顿一人，在台上演起来，泰尔马也只有呆听的份儿。他赞美诗句写得好。这话在他反对漂亮诗句之后，显然是不能信以为真的。他请作者再读一段，雨果背诵了克伦威尔盘问达母南赴法国旅行的一场。这和悲剧相去可远了。每当提到一个地方的特点，或者一件平白的实事，如：

“你还住在那个房东家里么？
在希莱纳，对不对？……

你的帽子式样真古怪，
请你宽恕我这许是太随便的地方，
你肯不肯拿它（帽子）同我的调换？”

泰尔马连声赞扬：“好极了，我们讲话正是这样子的啊！”作者一读完，他伸出手来，说“赶快写完这个剧本，我急于想演它呢。”

……

这时他正在写着《克伦威尔》的序文，所以满篇是对莎士比亚狂热的颂扬。雨果称他为“戏剧之神”，认为他兼备了法国戏剧史上最高三大天才的优点，高乃伊、莫里哀和博马舍。

那篇序文，像《克伦威尔》剧本一样，写得十分冗长，写成之后，一本可以抵得两本，即日付印，于一八二七年十二月出版。

序文所引起的反映还远在剧本之上，它无异是对旧文艺理论的一通战书，掀起了许多报章杂志上的争论。敌人对它的思想和文字施以全面攻击，下面录当时重要报纸之一《法兰西公报》上的一段作例：

“这篇序文一开首就引人注目的，是这位年轻作者对于抱不同意见的人的那种高傲不屑的口吻，虽然他自己的名声还没有超出私人朋友的范围之外。先前他也曾像旁人一样写过一些诗歌，那时他的野心是准备接受未来的桂枝（他最初的作品确曾给人以这样的期望），可惜这桂枝到今天还未曾落在他手中。现在可大不同，当年谦逊的青年诗人，此刻已经俨然成了大师，对着他那尚未列席的听众，傲睨地发挥着教诲……这无聊的古典主义和浪漫主义的老官司，谁还愿意重提呢？这不是早已使人厌倦了的么？雨果和达林固两位先生同时来重翻这件旧案，两人所用的词句，也十分相似，如其说有什么不同的地方，也还是达林固较为高明，他的散文，无论以趣味论，还以简洁论，都比《克伦威尔》的作者强得多，……他（雨果）自己标榜的目的，是要打破‘小人国的人马，企图乘戏剧熟睡之际加以束缚的蜘蛛网’，用明白清楚的法国话来说，就是要推翻三一律。我们敢敬告这位作者，这些小人国的人马，也有几个矮将军，也不能过于轻视的，比如从《熙德》以来，到《克伦威尔》止，所有为法国舞台写作的人们便是。雨果称莎士比亚为戏剧之神（可怜连莎氏的名字都没有写对），那末那些人算是什么呢？……和这末一节不表同意的人们——大概不在少数——都不得不承认这种意见为新奇吧，竟有人想拿一个只写过几篇至多可以算是生动的妄诞的剧本的作家和莫里哀和高乃伊比论高下，这真是破天荒第一次。（拉辛的名字，是连提都没有提到的。在这些先生们心目中，拉辛等于不存在，这一点也应该在此指出。）这些不伦不类的东西，底子里就没有一点可取的地方，经过有才艺的演员的演出，或许可以当做一种消遣吧。想和大力士角斗，自己原得有几分气力。一个人想推翻百数十年来大家一致推崇的作家，必须要用一种武器，不说和那些作家的不相上下，至少也该有一手简洁明爽的文字，使人信得过，他是了解那些作家的，他之所以加以攻击，并非由于自己赏识力的不够。但是像序文作者这样一手文字，又如何能伤他们毫末呢？”

但是当时的青年们拥护雨果的热烈，也不减于反对者的方面，他们高呼着戏剧解放的口号，拿着《克伦威尔》的序文，作为他们集合的旗帜。

……

（对手）苏梅在给雨果的信里说：“我一再读你的《克伦威尔》不忍释手，亲爱而大名鼎鼎的雨果，这篇文字充满了簇新而奇特无比之美，你在序文里虽毫不留情地斥我们为地苔和爬藤，可我仍旧要颂扬你那值得钦佩的文才，我谈起你那米开朗琪罗式的作品，仍旧要像我先前谈你的短歌一样。”①

3. 文本解读

在这篇序言中，雨果正面阐述了浪漫主义的文学主张，不仅批判当时流行于法国乃至全欧的古典主义，而且也批判“假浪漫主义”和“伪浪漫主义”，这些观点有力地推动了浪漫主义文学思潮的发展，“序言”成为当时法国浪漫

---

① ［法］阿黛尔·富歇：《雨果夫人回忆录》，鲍文蔚译，290～297页，上海，新文艺出版社，1985。

主义运动的纲领。三年后（1830 年 2 月 25 日）《欧那尼》一剧的上演成为浪漫派与古典派决战的导火线，两派在《欧那尼》的 43 场演出中互相攻击，大打出手，最后以浪漫派的全面胜利而告终。雨果可谓从理论和创作上把法国新古典主义彻底地送进了坟墓，而“序言”是这场决战的起点。

这篇序言何以产生如此强大的力量？让我们来一一评述雨果的主要观点。

（1）文学要经历生长、发展、成熟的阶段

雨果在《序言》的一开始就把进化论的思想带到文论中，他把人类社会分成原始时代、古代和近代三大发展阶段。在他看来，“诗总是建立在社会之上”，文学也因此相应地呈现为不同特点（为了方便理解，我们以图的形式来表现这三个时代文学的不同特点），大致如下图所示：

	代表作品	文体	人性	性质
原始时代	《旧约·创世记》	抒情短歌	最初的单纯的人	理想
古代	荷马史诗	史诗（叙事诗）	典型的古典美	雄伟
近代（基督教之后）	《堂吉诃德》《巨人传》等	戏剧（喜剧）	滑稽丑怪占上风	真实（浪漫主义的黎明期，即文艺复兴）
	莎士比亚戏剧	戏剧（悲剧）	美丑并存、对照来表现美的典型	真实（浪漫主义的成熟期，即雨果时代）

三阶段的分法清晰而有层次，雨果的用意很明显，他要突出浪漫主义思潮的新生性质和力量。他区分三种文学的不同特点，抒情短歌时代歌唱永恒，表现伟大人物，靠理想而生；史诗时代传颂历史，表现巨人，借雄伟庄严而存在；而戏剧时代（浪漫主义时代）则描绘人生，表现凡人，以真实来维持。

那么，我们应该如何来评价雨果对这三阶段的划分呢？雨果所处的 18 世纪末 19 世纪初，正是欧洲文学发生巨大的变革之时，文艺家们纷纷讨论文学发展的原因。当时，浪漫派作为席卷西欧大多数国家的思潮，各有理论代表，德国席勒的《论素朴的诗与感伤的诗》和英国诗人华兹华斯《〈抒情歌谣集〉序》也都被当成浪漫主义的理论纲领。席勒从人性变化的角度，把文学分成“素朴的”和“感伤的”两个阶段，分别对应于“古典主义”文学与“浪漫主义”文学；黑格尔则认为文学是理念的感性显现，它体现着理念发展的不同阶段，并据此把文学发展分为象征型、古典型和浪漫型三个阶段，其中“浪漫型”的分法与雨果在名称和意义上是相似的；斯达尔夫人则根据地域环境和基督教的影响，把欧洲文学划分为北方的浪漫主义和南方的古典主义。

和上述的这些划分相比，雨果的划分法更接近于进化论式的文学观。他不是像黑格尔那样要引导人们不断回到古希腊，向古希腊看齐，而是强调文学必须随着社会的发展而发展，以论证浪漫主义的出现和发展是历史的必然。

（2）反对古典主义的清规戒律，提倡浪漫主义的“真实”

19世纪以来，浪漫主义思潮在文学上迟迟得不到承认。早在18世纪启蒙主义时期，德国戏剧家莱辛就曾试图冲击古典主义的清规戒律。但莱辛的理论并没有起到摧枯拉朽的作用，古典主义残余仍然顽固地占据着文坛的核心，正如雨果所言，“自由就好像光明一样到处风行，唯独没有进入思想界”。雨果身处欧洲新古典主义的中心和老巢——巴黎，只能大喊激进的革命口号：“我们要粉碎各种理论、诗学和体系。我们要剥下粉饰艺术的门面的旧石膏。什么规则，什么典范，都是不存在的。”

为何雨果认为近代以来文学的本质一变而为“真实”？原始时代的原则是“理想”，古代则是“雄伟”？我们还要回到雨果的基督教背景来阐释这一点。在雨果看来，基督教的产生，使人们看到肉体和精神、兽性和神性、恶与善、丑与美在人性中的共存，这就使得诗歌受基督教启发，被引向真实。雨果提倡浪漫派描绘丑怪粗俗，以“真实”的东西反抗古典主义所谓崇高优雅的老套。这个观点与司汤达写于四年以前的《拉辛与莎士比亚》（1823）相似，都是批判古典主义，而把新兴的浪漫主义归结为现实的、新鲜的思潮。他们都深刻地观察到浪漫主义中的现实主义因子。当然，雨果的“真实”又与现实主义不同，既不是对“真实”的摹仿，也不是对客观事物本质规律的概括，而是以伟大精神来塑造现实，是理想的真实。浪漫主义作家用想象追求绝对精神，其主观偏好与现实并行不悖，他们的根本任务就是运用现实创造理想形象，体现伟大精神的“真”。

雨果同时也反对伪浪漫主义把自然真实和艺术真实混为一谈，反对单纯为了丑而表现丑。浪漫主义文学不是一个普遍的镜子，而是一面“集中”与“凝聚”的镜子，能够“把微光变成光彩，把光彩变成光明”。浪漫主义的真实也与亚里士多德的“真实”（反映事物的普遍性和必然性）不同，它要求有“某种伟大的东西在高高飞翔”，“通过真实充分地写出伟大，通过伟大充分地写出真实”。

雨果以浪漫主义的“真实”原则来批判古典主义的金科玉律——“三一律”（情节一致、地点一致、时间一致）。其实，他批判的只是“二一律”。在雨果看来，“情节一致”可以理解，但要做到情节一致，就必须排斥地点一致和时间一致。因为，地点一致使得很多重要场景都只能发生在过道、回廊或前厅一类公式化的地方；而时间一致的要求更可笑，只能把剧情勉强纳入 24 小时之内。在雨果看来，“二一律”把戏剧变成鸟笼的方格，摧残叙事，丑化历史，违反了真实的原则，损害了艺术的效果。

（3）浪漫主义创作的重要原则——“美丑对照原则”

“丑就在美的旁边，畸形靠近着优美，崇高的背后藏着粗俗，善与恶并存，光明与黑暗相共。”虽然美丑对照原则建立于基督教灵与肉的二元论之上，有一定的历史局限性，但雨果却据此为浪漫主义找到了立足点。在他看来，浪漫主义艺术家在创作时不应像古典主义那样简单地描写崇高、优美，而应通过“滑稽丑怪”对照崇高优美。雨果又把近代文学区分为文艺复兴期和当代浪漫主义时期。文艺复兴由于处在近代文学的黎明期，“滑稽丑怪”表现了新事物，显现出“活力、朝气和创造力”；处于成熟阶段的浪漫主义则通过美丑对照来描绘美的典型，甚至认为只有通过美丑对照，才能表现美。为何如此？因为，“美只有一种典型，丑却千变万化”。美虽然只有一种类型，但却很难描述，只有通过与复杂多样的丑相对照，才能显出美的深度。

对照原则仍然是针对新古典主义而提出的。17 世纪以来，新古典主义在悲剧和喜剧之间设置了严格的界限，只允许歌颂帝王将相、王公贵族，表现所谓崇高、优雅的内容。雨果的对照原则要求扩大艺术表现的范围，追求“文学上的自由主义”，这对当时的文学艺术产生了巨大的、积极的影响。对照原则要求阐明人和事物都是在“对立面的和谐统一之中”，从而为多侧面地反映社会生活，戒除单一化和简单化提供了理论根据，具有重要的理论价值。

但这篇文章也存在着一些问题。第一，雨果过分强调进化论的影响，把文学和社会的发展归结为某种精神真理的揭示。他把当时社会精神面貌的变化看成是基督教的作用，把基督教当成完备的真理。雨果还不能解释社会和文学为什么会在矛盾、对立中存在和发展，只好求之于宗教，把文学的内在规则解释为神意。虽然基督教对西方社会和文学发展的确有过巨大的影响。但是，雨果只强调基督教影响的积极面，而没有提到基督教与文学发展之消极关系，他似乎无视漫长的中世纪曾经使欧洲文学和哲学都变成基督教的神学婢女这一历史事实。第二，雨果把基督教产生之后的文学都归入“近代”的浪漫主义文学，这样一算，近代竟然长达一千七八百年①。如此划分既不符合文学发展的历

① 关于这一点，斯宾格勒在《西方的没落》中提出了更为系统的划分法。

史，也无法解释17世纪以来的古典主义何以盛行于文坛两百年这一现象。第三，雨果以一种体裁来概括一个时代文学的特点，失之于简单。雨果把近代文学的体裁笼统地概括为戏剧，反而不能真正概括近代文学的普遍特点。

二、怀疑的时代（节选）（纳塔丽·萨洛特）

［……］如果我们细心察看小说人物目前的处境，我们就会得出这样的结论：目前这种情况，最恰当不过地体现了以前司汤达说过的那句话："怀疑的精灵已经来到这个世界。"我们已进入怀疑的时代。

首先是今天的读者对于作者凭空想象写出的东西存有戒心。雅克·图尼埃先生①抱怨说："现在没有一位小说家敢于承认自己是在虚构。只有材料是最重要，而材料则必须是明白确切、日期清楚、经过核对、真实可靠。读者拒绝接受单凭想象写出的小说，因为全属虚构……要读者相信小说中所叙述的事实，首先要让他们放心，'没有上当受骗'……最重要的，是要有一点真实的事实依据。"②

不过，图尼埃先生用不着这样苦恼，这种对"一点真实的事实"的偏重，我们每人心里都有同感。这种偏重也并不表示是出于这样一种思想；小心谨慎，沉着稳重，随时准备以"可靠的真实性"来压制任何大胆的尝试或粉碎一切逃避现实的意向。对于读者们我们倒是应当说句公道话，他们其实并不需要耳提面命，多方诱导，才会跟着作者走上一条新的道路。需要作出努力的时候，读者实际上不会不欣然而往的。他们并不是出于爱好"可靠的真实性"，或因为需要舒舒服服地躲进一个熟悉的环境里，一个令人心安的天地中，才愿意留心细看葛朗台老头衣着上每一个细节和他家中的每一件东西，用心估量他占有的白杨树与葡萄园的面积，注意观察他的股票交易。读者将被引向何方，他自己很清楚，他也知道不是走向轻便容易的途径。

在日常生活的表面下，隐藏着某种不平凡的、强烈的事物。人物的每一个手势表现了这种深藏的事物的某一个侧面，一个无足轻重的小摆设就可以反映它的一个侧面。小说的任务正是要写出这种事物，寻根究底，搜索它最深隐的秘密。这样的小说题材既新颖又丰富，它虽坚实难攻，却能激起探索的热情。当作家意识到自己所作出的努力和这种探索的成效时，当然就会产生高度的自信。凭着这种自信心，作家使读者不得不像家庭主妇那样到处仔细观看，像法

---

① 雅克·图尼埃，法国当代小说家兼文学评论家。

② 《圆桌》杂志，145页，巴黎，1948（1）。

庭公证人那样细心计算，像拍卖估价人那样估量价值，他不用担心读者会不耐烦。这种自信心理所当然会使读者顺从地跟着走。作者和读者都知道，对他们来说，最重要的就是这种旨在发现表面之下深藏的事物的努力和探索。他们所要探索的事物是在这里而不在别处。这些深藏的事物是与客体①不可分离的，就像夏尔丹②的油画上的黄色与柠檬的关系一样，像韦罗内塞③的画中的蓝色和晴空一样。正如黄色和柠檬是一体的，蓝色就是天空一样，吝啬的化身就是葛朗台老头，两者缺一是不能设想的。吝啬是葛朗台老头的本质，在他身上无孔不入，但另一方面，正是由于这个人物，吝啬这种本质具有了形体和活力。

客体越是结构严密，塑造完善，装点多彩，内容也必然是更丰富多样。

自从《欧也妮·葛朗台》全盛时期以来，同样的内容像过分咀嚼以后的食物一样，对读者来说，已变得糊烂如糜而且淡而无味了。运用这样的材料所塑造的客体，在今天看来，已显得是像那逼真模拟的画幅一样，看上去是立体的，事实上是平面的。这种变化，难道应该归咎于读者？

一切艺术最终在于表现生活（纪德曾说："使事物具有意义的，无疑是生活的热烈紧张。"）。但是，现代人的生活已抛弃了以前曾经一度是大有可为的形式而另寻途径了。生活由于不断的运动，越来越朝着变化不定的方向发展，到了一定的时刻，当新的探索作出最大的努力时，生活就要冲破旧小说的各种局限，陈旧无用的小道具也将被一一抛弃。尽管小说里所描写的肉瘤、条纹背心、人物和情节等可以继续变化无穷，但所展示出来的内容，却只是我们在现实生活中由于多方接触后对其细微末节都已十分熟悉的东西。在巴尔扎克的时代，这些东西可以推动读者作出一番艰苦的努力去认识一种真实，而对现在的读者，却只能助长他——同时也助长作者——因循懒惰的倾向和害怕离开习惯了的环境的心理。这些表面的事物能让读者看到的东西，远不如他对四周迅速的一瞥或瞬间的接触所看到的丰富。对外表的刻画描写，其目的不过是为了使人物具有逼真感罢了。其实，读者自己从生活经验中不断汲取的丰富材料就足以取代小说中这些令人厌烦的描写。

至于人物，现代的读者很清楚，这不过是一种粗制的标签而已。读者尽管并不怎么相信，却利用这种标签来大致上规定自己的行为，以便在实际生活中应付得宜。对于那些经作者运用惊人的手法和通过意想不到的戏剧化动作所塑

---

① 客体在这里即对象。

② 夏尔丹（1699—1779年），法国著名画家。

③ 韦罗内塞（1528—1588年），意大利威尼斯派画家。

造的人物，现代的读者是怀有戒心的。他也并不相信那像细布条一样缠绕着人物的故事情节；这些情节使人物在表面上看来似乎自成一体，栩栩如生，实际上却像木乃伊一般地死硬僵化。

的确，图尼埃先生不无道理。现代读者对一切都怀有戒心，因为近期以来，读者学会弄清楚的事情的确是太多了，而且对这许多事情他是无法完全忘记的。

至于他学会弄清楚的是什么事情，人所共知，毋庸赘述。现代读者涉猎过乔伊斯、普鲁斯特、弗洛伊德等人的作品，了解内心独白中一点不外露的秘密细流和心理活动的无限丰富，还有无意识这个几乎尚未开拓的广阔领域。读者看到使人物彼此分开的密封隔板已倒塌了。在他看来，小说的主人公不过是出自一种武断的限定，是以因袭的方式从普通的料子上剪裁出来的；剪裁出来的部分自成一体，而料子的无数网眼又网罗包容了整个世界。现代读者应当像外科医生一样，眼睛盯住自己注意力最需要集中的一点上，并且把它与麻醉沉睡中的病人身体区分开来，这样，他的注意力和好奇心就被引向集中在某种新的心理状态上，因而忘掉那个偶然起支撑作用的僵化的人物。读者看到，时间不再像一道急流那样推动情节向前发展，而只是一潭死水，其深处正在进行着微妙而缓慢的分解活动。读者看到：在我们这个时代的生活中，人的行动缺乏通常的动机和公认的意义，一些前所未有的感情出现了，一些过去最熟悉的事物改换了面貌和名称。

现代的读者由于懂得的东西很多而且十分透彻，因此开始怀疑小说家所虚构的事物能否含有真实事物的丰富内容。采取客观方法的作家们认为：图谋复制无限复杂的生活是徒劳无功的工作，应当让读者运用自己的丰富生活经验和所掌握的探索手段，从作家所提出的封闭的事物中，发掘其中的奥秘。因而现代的读者也宁愿慎重从事，把具有真实性的事实作为致力探索的目标。

的确，“一点真实的事实”要比虚构的故事更具有无可置辩的优点，首先它是真实。由于是真实，因而具有说服力和进攻力，因而能泰然自若，毫不介意地面对着讥笑和粗野的态度；由于是真实，因而具有沉着的勇气，能抱着满不在乎的态度超越各种严格的限制（在这种限制之下，由于要考虑逼真这个问题，连最有勇气的小说家也感到束手无策），抱着这种不在乎的态度，才能使现实的领域极大地扩展开来。具有真实性的事实可以使我们进入未经探索的区域（这是过去没有一个作家曾想到要闯入的境界），使我们一跃而达到深渊。

有什么虚构的故事能够比得上《被囚于普瓦蒂埃的女子》①、纳粹集中营记述或斯大林格勒战役纪事？需要有多少部小说，多少人物、场面、情节才有可能像一部精彩的专题著作丰富细致的内容那样激发读者的好奇心和启人深思？

今天的读者对亲身经历的（或者至少是具有令人信以为真的外表的）叙述比对小说更感兴趣，这是完全有道理的。有人认为，最近美国小说在法国流行，这就足以否定读者的这种倾向性。事实正相反，美国小说的流行恰恰证明法国读者对事实的偏重。这种流行的美国小说，根据以上提到的同样的原因，在有文化修养的美国读者看来是不足取的，可是，这种小说却能把法国读者带到一个异域中去，在那个地方，法国读者是无能为力的，其警觉性也变得麻痹了，他像读游记那样怀着一种轻信的好奇心，感到像逃避到一个陌生的世界中那样轻松愉快。不过，法国读者现在已或多或少尝过了这种异域的食品，对它已经不再感兴趣了，因为，虽然表面看来五彩缤纷，花色繁多，但它远没有预期的那样富于营养。

读者对小说的这些看法，不用说作家是更清楚的，因为他本人也是小说读者，而且往往是深有体会的，所以对这些看法自然会有同感。

因此，当他打算叙述一个故事时，虽然他对自己说，现在读者的那种讥笑的眼光且不去管它，还是得决心照样写："侯爵夫人在下午五点钟时外出"②云云，但是，他毕竟还是踌躇不前，缺乏勇气，不行，实在不能再这样写了。

要是小说家鼓起勇气，决心不按照小说传统写法的要求，花大量笔墨去写侯爵夫人，而只是谈自己现在感兴趣的事，那么他就会发现，那种非常适合旧小说需要的"无人称"的口吻，对表达他致力揭示的复杂微妙的情境是不能适应的。这些情景像现代某些物理现象一样，非常敏感细致，一丝光线的照射就足以干扰或引起变形。因此，当小说家试图用自己不露面的形式描写这些情境时，他也许就会听到读者像一个小孩子初次听母亲念一个故事时那样，总要打断问道："这是谁在讲话？"

用第一人称叙述故事，不仅能满足读者理所当然的好奇心，而且也可以解除作者势难避免的顾虑。除此以外，故事至少显得像是亲身的经历，真实可靠，对读者既有说服力，同时也可以消除他的疑虑。

---

① 安德烈·纪德抨击法国资产阶级家庭的虚伪与残酷的一部作品。

② 这是20世纪上半叶法国大诗人保尔·瓦莱里对传统小说为达到逼真而采取千篇一律的手法的讥讽。

今天没有人会完全被小说家所采取的方便手法所迷惑。这种手法是由小说家精打细算地把自己的某些部分，一方面加工使它们具有逼真感，另一方面把它们分配给不同的人物——想必是有点随意分配的（因为，如果这些部分取自从纵深之处切下来的剖面，那么它们在所有的人物身上都是一模一样的）。至于读者，他在阅读时经过剥去外壳这样一道工序之后，就把这些部分提取出来，然后像玩抽牌游戏①一样，把它们放到他自己身上相应的格子里。

在今天，任何读者都用不着别人对他指出，就会非常怀疑“包法利夫人——就是我”② 这句话。就现在看来，重要的不是继续不断地增加文学作品的典型人物，而是表现矛盾的感情的同时存在，并且尽可能刻画出心理活动的丰富性和复杂性。既然如此，作家所需要的就是彻底的忠实。

不过事情还不止是这样，作家虽然对现在的读者那种越来越尖锐的眼光、怀疑警惕的态度，感到不安，但是他对读者却也越来越怀有戒心。不管这看来有多么奇怪，事实就是如此。

至于读者，即使是最小心提防的人，一旦听任他自行其事，他也会不由自主地倾向人物典型化。

读者的这种倾向——小说家要是不作出努力，也会立即产生这种倾向——是不自觉的，是为了日常生活方便，是长期学习、训练的结果。读者根据最细微的迹象就想象出一些人物，正像巴甫洛夫所训练的狗，一听见铃响就分泌出唾液一样。人物就像在玩“塑像”游戏③，经读者的手一碰，就会僵化。他们使储存在读者记忆中的一大套小蜡像的式样不断增多。这些小蜡像是他日复一日不经仔细选择收集起来的，是从他能阅读时起，大量的小说不断为他提供的。

我们已经知道，旧小说（以及塑造人物的一切陈旧手法）所设计的人物再也不能容纳今天的了。这些人物不但不能像过去那样展示这种心理现实，而且会使读者看不见它的存在。

心理要素在小说发展过程中的变化与绘画要素在绘画艺术发展过程中的变

---

① 这是法国农村圣诞节假期中常玩的游戏。参加者每人抽牌一张，上面的许多小格中写着各种号码。主持者从放在一个口袋里的九十个不同的号码中抽出一些来，谁的全部格子里的号码最先碰对，谁就是好运气者。

② 这是19世纪法国现实主义著名小说《包法利夫人》的作者福楼拜说的话。

③ 这是法国儿童常玩的一种游戏，被选为塑像家的小孩在追逐同伴时，手指碰到的人应立即停住不动，如同变成塑像似的，否则就要受罚。

化，有相似之处，它们都是缓慢地从其寄存的物体上分离出来——不过小说的变化远没有绘画的变化来得冲劲大、速度快，而且中途还发生过长时间的停顿甚至倒退。心理要素现在趋向于独立存在，尽可能地摆脱人物的支撑。当代小说家的全部探索就是集中在这一点上，这也是读者应全神贯注的所在。

当代读者必须避免同时追求两个目标。当人物显得灵活生动而逼真时，以人物为支架的心理刻画就会丧失深刻的真实性，因此要避免分散读者的注意力，不让他被人物吸引住。为了达到这个目的，小说家必须尽量不提供有关人物的标志，因为读者会出于自然倾向，不由自主地抓住这些标志来制造出一些具有逼真感假象的人物。

今天的新小说里，人物为什么只剩下一个影子，原因就在于此。现代小说家只有在不得已的情况下才写人物的外表、手势、行动、感觉、日常的情绪等——这一切，读者是早已熟悉和研究过的；这些描写会使人物很容易就被辨认出来，而且不费多大工夫就会看起来栩栩如生，同时也便于读者掌握。① 甚至人物的姓名——这是写人物必不可少的——对现代的小说家来说也成了一种束缚。纪德喜欢采用罕见的名字，避免人物沿用父系祖先的姓氏，唯恐这样一来会立即使人物牢固地插足于同读者所处的世界完全相仿的宇宙中。卡夫卡②的小说主人公，只用一个字母作为姓名（就是作者自己的姓氏头一个字母 K）。乔伊斯给小说《芬尼根的觉醒》中那位面貌千变万化的主人公所取的姓名是 H. C. E.，这三个字母可以有多种多样的解释。

福克纳③在《声响与愤怒》中用一个名字指两个不同的人物④。如果我们把这位作家十分有价值的大胆尝试，当做是出于幼稚反常的用心，故意使读者迷惘混乱，那是不公道的，因为他这种尝试说明了当代小说家正在思考的问题。福克纳把这个名字在读者恼火的眼光前同时用在两个人物身上，像在一只小狗的鼻子底下，拿一块糖晃来晃去一样，迫使读者不得不一直集中注意，保持警惕。对于按照日常生活习惯，迎合读者的懒于探索和生活匆忙而提供有关

---

① 马塞尔·普鲁斯特致罗贝尔·德雷菲斯信中说："我从来不写人物关窗子，洗手，穿上外套、说介绍的客套话等。要是我的这部小说有一点新颖之处，可能是在这里……"——原注

② 弗朗茨·卡夫卡（1883—1924 年），奥地利作家，他的小说《审判》和《城堡》反映了西方现代社会中人的荒诞处境。

③ 威廉·福克纳（1897—1962 年），美国著名小说家，获 1950 年度的诺贝尔文学奖。

④ 昆廷既是叔父也是侄女的名字；卡迪既是母亲也是女儿的名字。

人物标志的小说家，现在的读者是不会跟着他走了。读者为了能够认别人物，也得像小说作者一样，能根据内在的一些标志立即就把他们认出来。不过，他不可能看到这些标志，除非他改去舒舒服服地看小说那种习惯，像作者一样，深入人物的内心，把作家心目中所想象的景象变为自己的。

现在小说的主要问题在于从读者那里收回他旧有的贮存，尽一切可能把他吸引到作者的世界中来。为了达到这个目的，把第一人称的“我”作为小说的主人公，是既有效又容易的方法。无疑也是出于这个原因，小说家经常采用这种写作方法。

通过这种方法，读者一下子就进入了——完全处在与作者相同的地位，而且可以达到一种深度，在那里再也没有那些方便的标志可以让读者借助来构造人物了。一直到小说结束为止，读者浸沉在一种如血液似的无名物质中，在一种既无名称又无轮廓的稠液中。他能够找到自己的道路，因为已有了作者为了避免混乱而设下的路标。他不再有对自己所熟悉的生活的记忆或要求人物逼真、结构严密的习惯，他的注意力不再被分散，他的探索也不再受到妨碍。像作者一样，读者所遇到的唯一的限制，只是属于这类探索本身固有的限制或只是属于作者自己仅有的创造的意境。

至于次要人物，他们已丧失独立的存在，仅仅是“我”的赘生物、模态、体验或梦境。这个“我”是和小说作者同为一体的，但由于这个“我”毕竟不是“小说家”，因此用不着念念不忘要创造一个使读者感到自在的世界，也不必赋予人物必需的尺寸和体积，使他们具有一种非常有害的“逼真感”。这个“我”带着一种着迷、发狂、梦幻的眼光，可以随意把次要人物抓住或丢开，或朝着一个方向拉长、压缩、扩大、压扁甚至研碎，最后达到使这些人物吐露这个“我”所努力探索的新现实。

现代绘画也是一样——我们可以说，从出现印象派以来，所有的画幅都是从“我”的角度来落笔的——从观众所处的世界中把想要画的物体分离出来，并使之变形，目的是突出绘画的要素。

由于顽固地坚持过时的技巧，小说已经变为一种次要的艺术了。现在应当采取类似现代画的行动以寻求小说独特的创作途径和特有的表现方式，把不属于自己范围的东西让给其他的艺术——特别是电影艺术。正如摄影现在已占有了绘画所放弃的园地而且获得丰硕成果一样，电影也可以把小说所放弃的东西收集起来，并使之更完美。

现在的读者不能再在小说中寻求轻松的消遣——任何优秀的小说也往往不

能满足这种要求。读者可以从电影获得这种消遣，既不需费力又不致浪费时间，而且他们对“栩栩如生”的人物和故事情节的爱好，从电影中就能得到满足。

不过，目前电影似乎也存在着危机，它像小说一样，也遭到“怀疑”。要不是这样，我们就难以解释这种情况：某些电影导演步小说家后尘，对电影危机也感到担心，他们现在也采用从“我”的角度出发，通过一个目击者的眼睛或叙述故事情节者的声音来拍影片了。

至于现代小说，虽然它还没有充分利用以“我”为故事叙述者的方便，还没有走到任何技巧必然最后会遇到的死胡同，但是它现已处在烦躁不安的境地之中，正在极力寻求其他出路，以摆脱当前的困境。

怀疑的精神虽然正在毁灭小说的人物以及所有使人物具有影响的各种过时的手法，但这种怀疑精神却表现了一个有机体的一种病态反应，适足以保卫自己的生存，获得一种健康的新平衡。时代的怀疑精神使小说家不得不尽“他的最高的责任：不断发现新的领域”，并防止他犯下“最严重的错误：重复前人已发现的东西”。这是菲立普·托因比①在提到福楼拜的教训时讲过的话。

（林青译，选自《法国作家论文学》，北京，生活·读书·新知三联书店，1984）

1. 作者简介

纳塔丽·萨洛特（Nathalie Sarraute，1900—1999 年），闺名娜塔莎·切尔尼亚克，1900 年 7 月 18 日出生于一个犹太知识分子家庭。父亲伊尔亚是化学家，外祖父是沙皇俄国时期唯一的犹太教授。1902 年，父母离异后，纳塔丽随母亲定居法国。她从小就表现出很高的语言天分，可以流利地说俄语、法语和德语。1921 年，纳塔丽在巴黎索邦大学取得英语学士学位，赴牛津大学学习历史，后又在柏林学习文学。1922 年，她在巴黎大学法律系注册，并结识了后来的丈夫雷蒙·萨洛特。雷蒙对纳塔丽后来的文学创作给予了极大的支持。纳塔丽对于律师生涯并未投入多少热情，从 1924 年开始，她陆续阅读了普鲁斯特、弗吉尼亚·伍尔夫、陀思妥耶夫斯基和乔伊斯等现代主义作家的作品，受到了很大的影响。1932 年起，她开始尝试写作。

1938 年，萨洛特发表第一部新小说《趋向性》（*Tropismes*），试图通过人与

① 菲立普·托因比，英国小说家兼文学评论家。

人之间的排斥、吸引、征服等相互关系来探求微妙的心理现象。“一些无可言状的活动飞速划过意识的边缘，这是我们的言谈举止，我们表现和感受的感情的来源之处，只能确定它大概的样子，而我觉得这正构成我们存在的秘密源泉。”她借用生物学术语称我们的这种心理感觉为趋向性，“因为这种内心活动就如同植物的向光性，朝向光，或是背弃光”。这部作品没有什么读者，只有两个评论家拍手称赞，一个是马克斯·雅各布，他称她为“伟大诗人”；另一个是萨特，他声称被她“自然而准确”的笔调所吸引。1948年，当萨洛特出版小说《陌生人肖像》时，萨特专门为此书作序，并从中概括出当代小说的“反小说”的性质。

纳塔丽·萨洛特是最早创作“新小说”的作家之一，也是新小说派的主要理论家。1956年，萨洛特发表论文集《怀疑的时代》。在这个论文集中，她具体阐述了新小说派的理论和创作，质疑传统的文学观念，赋予小说创作以新的意义。我们的选文就是其中的第二篇论文，此时“新小说”的其他成员阿兰·罗伯-格里耶、米歇尔·布托尔、克罗德·西蒙等还只是文坛小字辈。

纳塔丽一生笔耕不辍，于96岁高龄还出版了《这儿》（*Ici*），同时她还模仿斯特林堡的《死亡之舞》编写了一个新剧。1997年，她又出版了《打开》，这是她最后一部作品。她采用“词语总动员”的写法，让每一个词都富于活力、局限、滑稽、规矩、怪癖和内心的隐秘。

1999年10月19日，99岁高龄的法国新小说派的先驱纳塔丽·萨洛特在巴黎寓所去世。至此，新小说派作为一个小说流派的文学创作活动也基本结束了，因而很多报刊称她的去世为“一个世纪的终结”。

2. 背景知识

我们有必要先回溯一下法国新小说这一流派的出现及其意义。

“新小说”是20世纪50年代在法国首先出现的一种反传统的文学思潮流派，是战后与荒诞派戏剧、存在主义文学并列的法国三大现代派文学流派之一，是一个游离于现代主义和后现代主义之间的流派。新小说派最早在40年代萌芽，但早期纳塔丽和克洛德·西蒙（Claude Simon，1913—2005年）的作品都无人问津。1953年，阿兰·罗伯-格里耶（Alain Robbe-Grillet，1922—2008年）的《橡皮》仍然颇受冷遇。就“新小说”这个名词而言，它出现在1958年，当时法国的《精神》杂志把“午夜出版社”、加利玛出版社陆续推出的小说家，如格里耶、米歇尔·布托尔（Michel Butor，1926—2016）、西蒙等，连同著名作家玛格丽特·杜拉斯（Marguerite Duras，1914—1996年）都归入新小说派，这是因为他们的文艺观、风格迥然不同于战前以纪德为代表、战后以萨特为代表的法国文学，更与巴尔扎克传统背道而驰。当时使用“新小说”这一名称完全是出于讽刺挖苦的意图。但1954年以后，随着新小说派的9位作家的11部作品先后获得了各类文学奖，新小说派开始广为人知，最终成为法国文坛上耀眼的称谓，新小说作品逐渐被广为接受，其艺术主张成为许多作家创作的信条，在影视界的影响也很大，又被称为“窥视派”“摄影派”“拒绝派”“新现实主义”“子夜派”“反小说”等。从20世纪70年代中期开始，新小说派逐渐低落，但1985年西蒙的《雷德公路》获诺贝尔文学奖，使新小说再一次为人们所关注，影响迅速波及西欧、日本和美国。

新小说派反对虚构故事情节，主张冷眼观察社会现实，轻视逻辑，直接展示外部生活的“秘密细流”。他们反对巴尔扎克那样的全知全能型作家，认为只有主人公所遭遇的而读者又同样经历的心理变化，才足以构成作品的真实。他们不再追求文学的社会意义和道德功能。抛弃了传统小说的叙事结构规范，要求淡化情节。他们作品中的情节往往含混不清，错位脱节，甚至互相矛盾，空白残缺。新小说派还主张运用绘画原则，将小说由“时间的艺术”变为“空间的艺术”，故又有“文学画”“绘画体文学”之称。

格里耶在《新小说》一文中说：“认为‘真正’的小说在巴尔扎克时代严格确定的规则已经永恒地固定下来，这样的想法是错误的。”新小说以场景描写代替故事情节，透过日常生活揭示潜意识，他们强调内心经验，用内心所经验的时间代替钟表的时间，场景重复出现、人物扑朔迷离、事件被“橡皮”擦得面目全非。新小说派反对塑造典型环境和典型人物，他们认为小说的主要任务是运用“非人格化”的、摄影机一样的语言来描述客观事物，即表现一个从未被发现的“物”的世界，人物不再支配情境，而是从物看到人，以“物”取代“人”的地位，“人在物的包围中，时刻受其影响”。总之，非意义化、非情节化、非人物化是新小说派的三个基本论点。此外，新小说派还追求奇异的形式，要求读者在阅读中参与创作。

3. 文本解读

这篇论文是“新小说”的理论纲领和当代法国文学的一份重要文献。

1963年，罗伯-格里耶在同样被视为“新小说”的宣言书的《未来小说的道路》① 的开头，就借用萨洛特此文中的一句话作为自己论文的核心命题：

---

① 格里耶的这篇文章连同《自然、人道主义、悲剧》(1958)一文被视为新小说的革命宣言。

“小说被贬为次要的艺术只是因为它固守过时的技巧。”

新小说派的主要论战对象是批判现实主义。19世纪以来，批判现实主义已经形成一套较为系统的创作手法，巴尔扎克的小说是这些手法的代表，萨洛特和罗伯-格里耶等新小说派都把批判现实主义的时代称为“巴尔扎克时代”。他们认为批判现实主义的种种创作手法到了20世纪，已经成为新一代作家尝试突破的俗套。

我们可以从以下三点来分析这篇文章。

首先，萨洛特反对现实主义的“真实”观，为“真实”重新定义。“真实”是一个重要的概念，雨果重新阐释它以反抗古典主义，现在萨洛特为了反抗批判现实主义又提出新的真实原则。萨洛特首先区别了现实主义文学与现代主义文学不同的真实观。她认为现代人应当怀疑现实主义小说给读者带来的那种不假思索、对号入座的真实感。因此，萨洛特一开篇就质疑、反对巴尔扎克的“真实”，认为现实主义的真实观实际上欺骗了当代读者，“人们在表象周围建构某种东西，把广阔、复杂而无法限定的生活简单归纳。别人说我们的话往往使我们吃惊，而且通常是错的，因为与之完全相反的东西好像也是对的”。那么，我们的“真我”在何处？在纳塔丽看来，现实主义式的情节和人物描写只是一种“包装”，是社会习俗、教育和文化在我们脸上的妆容，批判现实主义重在表现社会之我。而真正的小说家的任务不是去描画这样的假我，而是要通过作品帮助我们洗去铅华，还我们“真面目”。所以，她的作品尽量把表象的东西减少，她笔下也不再有现实主义式的“张三”或“李四”，而只保留抽象的“他”“她”和“他们”，为的是强迫读者更注重精神世界的“慢镜头”波动。

现实主义作家崇尚所谓真实，而且从不怀疑他们有可能最大限度地获得真实。现实主义那无所不知的作者向我们展现着生活，其结果就是：读者要忍受作者的冷嘲热讽，忍受作者那种自以为无所不知的上帝式做派，被作者欺骗之后，也自欺欺人，以为对人物、对生活了如指掌。老巴尔扎克对其笔下的人物的每一条血管、一条神经、脊骨的曲直、脸上的肉丁等都明察秋毫，老巴尔扎克的多种身份也保障了作者无所不知的可能性，正如泰纳所言：巴尔扎克把握住了法国社会历史真实，他“身上有一个考古家，一个建筑师，一个织毡匠，一个成衣匠，一个化妆品商人，一个评价专员，一个生理学家，和一个司法公证人；这些角色按次先后出台，各人宣读他最详细最精确的报告”①。但是，

① ［法］泰纳：《巴尔扎克论》，见《欧美古典作家论现实主义和浪漫主义》（二），187页，北京，中国社会科学出版社，1981。

这种历史真实到了萨洛特所说的“今天”却行不通了。今天的读者和作者都更关注“心理现实”对批判现实主义的典型人物的“真实性”产生了“怀疑”，旧小说的那些典型形象已经“僵化”了，“再也包容不了当今的心理现实”。现实主义的“真实”原则不再适用于当代：

> 现代的作者和读者都具有一种特别复杂、多思多疑的精神状态。他们不仅不轻易相信小说人物，而且由于这些人物的存在，作者与读者彼此也相互提防了。

萨洛特呼吁文学界不能再自欺欺人，因为时代的真实图景展开了，小说家和读者都生活在一个完全异化的现代世界里，失去了信仰，不再相信现实主义的主人公。通过萨洛特对现实主义的讥讽式的描绘，《怀疑的时代》所蕴含的现代主义文学立场已经清晰可见。甚至可以说，新小说派的精神导师就是现代主义。

其次，她指出现代主义的新的描写对象：“我”的内在主观“真实”。

现代主义的“真实”是一种“主观真实”，而不是现实主义的“客观真实”。现代主义以新的“真实”原则——内心真实——挑战现实主义。我们看到，在这篇论文中，萨洛特正面攻击现实主义的典型化原则，认为传统现实主义所推崇的客观真实性被现代主义丰富、复杂且相互冲突的主观真实所瓦解，而当下最重要的，“不是没完没了地拉长文学典型人物的名单，而是表现各种矛盾感情的同时并存，尽可能地再现心理生活的丰富性和复杂性”。

早在1888年，莫泊桑就指出现实主义的“真实”观存在着问题，每个人身心都有自己的现实，人类千差万别。莫泊桑以自然主义的真实观来对抗和矫正批判现实主义。

现代主义的“真实观”强调表现人的孤独的内心世界，带有强烈的主观性、内向性和表现性。普鲁斯特的“真实”是环绕主体的感觉和记忆之间的某种联系；而伍尔芙的“真实”则是纷纷坠入人们内心的原子事实。所谓“内心世界”就是脱离物质世界的“纯粹的精神世界”，也即人的瞬间印象、直觉、无意识、潜意识等。萨洛特敏锐地发现：现实主义文学几乎没有涉足的“无意识”领域成为现代小说的重要领域，而且越来越重要。

萨洛特还关心作者地位和小说主人公的变化。作者不再是无所不知的。在巴尔扎克时代，典型人物、细节描写可以推动读者认识一种真实，但是却会使现代读者厌烦不已，认为那是一种僵化的描写。《欧也妮·葛朗台》的时代一去不复返了，小说家必须面对这个新时代——“我们这个时代的生活中，人的行动缺乏通常的动机和公认的意义，一些前所未有的感情出现了……”简言之，新时代不再是信仰的时代，而是怀疑的时代。在怀疑的时代，曾经栩栩如生的人物如今“像木乃伊一般地死硬僵化”。读者也发生了重要变化：“今天的读者对亲身经历的叙述比对小说更感兴趣”，不能再以“侯爵夫人在下午五点钟时外出”（保尔·瓦雷里对传统小说的著名批评）的套路来写小说了。

最重要的是，在“新小说”里，传统小说的典型人物蜕变成“一个无名无姓的‘我’”，而正是这个“我”篡夺了现实主义小说主人公的位置，“这个人物既重要又不重要，他是一切，但又什么也不是；他往往只不过是作者本人的反照”。在“怀疑的时代”，不仅是小说家不再相信自己虚构的人物，甚至连读者也不相信了。因此人物性格以及环境都不再重要，只有踏实地展现内心世界的真实，尽可能刻画心理活动的丰富性、复杂性，才能赢得人们的信任。在这个意义上，第一人称“我”显得特别重要。印象主义主张“由外向内”，表现主义则走得更远，他们甚而提出“由内向外”，以主观自我而非客观现实作为真实的源泉，追求直接表现深藏于内的灵魂。

《怀疑的时代》标志了由法国开始的对批判现实主义文学的全面反思之战已经打响。《怀疑的时代》不仅直接颠覆了法国的现实主义传统，甚至为我们带来了某种隐含的但却是决定性的转变，这种质变正如韦勒克所言：“公认的19世纪的现实主义的意义就翻了个个儿。”①

但它的问题也出在这里。萨洛特过于激进的观点和立场，虽然为法国文坛乃至世界文学思潮带来一场革命，但也带来一些“脱离实际”的问题。由于她完全放弃巴尔扎克、纪德的文学遗产，只重视表现“我”的内在主观真实，人物塑造就走向另外一个极端，只注重内在真实。桑塔格相当精辟地从正反两方面评价了萨洛特的这篇论文：“在萨洛特为小说所制订的规划中，存在着某种令人振奋的东西，它强调对人类的情感和感觉的复杂性寄予无限的尊重。然而，在我看来，在她的观点中也存在着某种脆弱之处，因为这种观点似乎建立在对心理描写的诊断上，而此诊断不仅模棱两可，而且提供的疗法也过于脱离实际。”②

---

① 转引自达米安·格兰特：《现实主义》，周发祥译，65页，北京，昆仑出版社，1989。

② ［美］苏珊·桑塔格：《反对阐释》，程巍译，124页，上海，上海译文出版社，2003。

也许桑塔格的话是对的，要真正理解这个文本，也许我们要先读一下弗吉尼亚·伍尔芙的《贝内特先生和布朗夫人》①。伍尔芙呼吁摒弃自然主义和客观现实主义，认为现代小说家应当检视“心理的黑暗角落”，但这一代表着现代主义思潮的宣言却被萨洛特讥之为“天真之举”。的确，萨洛特的立场甚至是超越现代主义的。萨洛特坚持小说中的心理分析已经过时，她甚至轻视乔伊斯、普鲁斯特的心理分析，这些观点既昭示着某种革命性，同时也的确有点“过于脱离实际”。

第二节 相关问题概说

文学思潮是指文学发展史上一定历史时期产生、流行的一种文学潮流，它的兴起和消亡，与一定时代的政治、经济、文化有着密切的联系。一般来说，西方的文学思潮经过了17世纪的古典主义、18世纪的启蒙主义、19世纪的浪漫主义、批判现实主义以及20世纪的现代主义、后现代主义，这些“主义”在西方文学理论中，都被用来概括文学思潮，并以之作为划分文学史的重要概念。中国文学发展的历史与西方不尽相同。在中国文学史上，虽然不同时代出现过各种文学流派，也有类似于新古典主义那样打着复古的旗号进行文学革新的，但像欧洲近代那样连续形成几次大规模文学思潮的现象，总体来说还比较少见。

前文我们讲到雨果的问题在于他把文学的一切现象归结于基督教的影响，但文学与宗教的关系的确非常复杂。如果把萨洛特的文学思考放到西方哲学史的线索中，我们可以在整体形态上把思潮区分为两大时代：“信仰的时代”和“怀疑的时代”。雨果、席勒、萨洛特等人的文学理论都注意到不同的文学思潮的历史交迭，他们都试图对古典主义与浪漫主义进行区别。但我们从雨果的序言中坚定的基督教背景出发，仍然可以参照萨洛特所谓的“怀疑的时代”，把“感伤的”浪漫主义时代归入一个在精神上具有统一性的时期——“信仰的时代”。当席勒注意到文学思潮由古典主义到浪漫主义的巨大分野时，他所区别出来的古典主义与浪漫主义，发展到萨洛特所处的20世纪，已经成为一个统一而僵化的范式。萨洛特处在文学思潮由现实主义到现代主义、后现代主义的分野时期，敏锐地观察到整个时代的背景出现巨大的断层——由信仰时代进入

① ［美］苏珊·桑塔格：《反对阐释》，程巍译，121页，上海，上海译文出版社，2003。

“怀疑的时代”。这一区分在哲学家尼采所宣布的“上帝之死”那里，也得到一个哲学上的印证。此外，我们要注意的是，虽然西方文学思潮更迭，但文学之为文学的性质与意义本身并没有产生本质的变化，思潮的变化只是一个现象，透过它，更有助于我们理解文学与心灵的永恒联系，探索文学与人类存在之间深刻而复杂的关系。

一、信仰的时代

可以笼统地把西方由古希腊罗马的多神教为背景的文学，直到19世纪的浪漫主义、批判现实主义文学，称为“信仰的时代”之文学。从17世纪至19世纪初，古典主义向浪漫主义过渡；18世纪的启蒙主义思潮虽批判地继承古典主义中的现实因素，但更多地表现为一种政治、社会思潮，在文学成就上并没有超越古典主义文学思潮。在哲学上，启蒙主义和浪漫主义又为18世纪后期的康德美学至19世纪初的黑格尔美学“鸣锣”开路。

1. 古典主义

欧洲漫长的中世纪之后，第一个文艺思潮是文艺复兴，从14世纪至17世纪初，先在意大利出现，之后在欧洲许多国家相继发展起来。文艺复兴的人文主义以人性对抗神权，以个性解放反对禁欲主义，弘扬“人”的价值，给意大利带来“前所未见的艺术繁荣”（恩格斯语）。文艺复兴时期的现实主义思潮在欧洲，一直发展到17世纪。

早在古罗马时期，贺拉斯和朗吉努斯就提出了向古代借鉴的原则，亚里士多德的摹仿说、中庸论、净化说以及对悲剧形式的规定成为当时古典主义的信条。但是，亚里士多德在17世纪的地位被提升到无以复加的高度，他的诗学理论在一些文论家的笔下，成为理想戏剧、诗歌的规则，这些规则成为社会价值表达和古典正统的象征，艺术与道德、社会行为的联系日益密切起来。

法国的情形尤其如此。17世纪也是欧洲的现代民族国家初建之时，传统国家是“君权神授”，而现代民族国家则体现了理性主义的理想，统治者以民族利益代表的身份进行统治，要求把忠于理性和忠于王权统一起来。

人们把17世纪兴起于法国的古典主义称为“新古典主义”。17、18世纪，法国古典主义影响到欧洲各国，持续到19世纪初，英国的蒲伯（Alexander Pope，1688—1744年）、约翰逊（Samuel Johnson，1709—1784年），德国的温克尔曼（Johann Joac Him Winckelmann，1717—1768年）等都是古典主义重要的理论家。通常我们把维达的《诗学》、布瓦洛（Nicolas Boilean，1636—

1711 年）的《诗的艺术》和蒲伯的《论批评》称为古典主义的“三法典”。虽然雨果在《〈克伦威尔〉序言》中抨击和嘲讽了古典主义对“现实”的要求，但古典主义的长处之一就在于它蕴含着现实主义因素。温克尔曼可以说是德国古典主义的总结者。他在《论摹仿希腊的绘画和雕塑作品》中提出，艺术的本质应当反映“伟大的沉静的灵魂”，追求“高贵的单纯和静穆的伟大”，最高的美是与情感和动作无关的纯精神境界，是向着神的升华，是对神的摹仿。为此，他把摹仿古希腊艺术当成是当代艺术通往伟大之境的唯一途径。

总体上，古典主义有如下特征。

其一，崇尚理性。17 世纪的哲学背景是笛卡儿的理性主义哲学。笛卡儿哲学和古典主义文学都萌芽于建立绝对王权的政治土壤中，二者虽不是因果关系，但是相互影响、相互推动，形成了 17 世纪后半期浓厚的理性氛围。在笛卡儿看来，理性是先天的、永恒的——“我思故我在”。笛卡儿相信人类先天就具有判断是非、辨别真伪的能力。古典主义文学思潮把理性看作时代精神的核心和创作评论的最高标准，主张用理性克制情欲，宣扬公民义务，建立君主专制下理想的道德规范。

其二，崇尚古典。新古典主义认为摹仿古希腊是艺术创作取得成功的重要途径。古希腊、罗马古典主义因被认为正确地摹仿了自然、表现了普遍人性而成为典范，贺拉斯的《诗艺》则成为指导文学批评的典范。

其三，追求艺术创作的规范化。布瓦洛的《诗的艺术》（1674）深入地论述了古典主义的艺术规范，其中影响最大的就是“三一律”。三一律是指戏剧创作中时间、地点、情节三者的完整同一。一出戏只演一件事，剧情必须发生在同一地方，时间在一昼夜之内。古典主义的维护者把“三一律”的规定托名亚里士多德。其实，亚里士多德只提到剧本中动作和情节要一致，不可有枝蔓，并未对剧情的时间、地点做具体的规定。

在语言和文体上，古典主义认为严肃题材（史诗、悲剧）必须系统地避免提及日常生活中的事物，运用一种比日常语言精美或纯洁得多的语言；而只有那些非严肃的题材才可以用日常语言加以描写，普通人的生活只能以揶揄的方式（喜剧或讽刺）来描写。中国古代也有类似的情况，如散文与诗就是以其“载道”“言志”而获得崇高地位的。

2. 浪漫主义

浪漫主义是与古典主义相对的概念，这个术语最初源于中世纪的骑士传奇。它作为思潮是近代以来的事件。浪漫主义产生于资产阶级对古典主义束缚的不满，试图寻求一种新的创作方法来表现自己的理想与激情。在古典主义主导的时代，“浪漫派的”通常用来形容无节制的、荒诞的创作风格。17世纪晚期至18世纪晚期在文学思潮的演变中是一个重要的过渡时期，占支配地位的古典主义逐渐让位于日益上升的浪漫主义。在文学思潮的这一变迁过程中，文学观念发生了很大变化。文学被看成反映自然、表现自由的方式。浪漫主义的背景是双重的，其一是对物质文明和城市文化的批判；其二，对古典主义审美规范和理性启蒙精神的否定。浪漫主义与自然之间的关系也是复杂的，早期浪漫主义诗人认为：诗人是空想家，对自然的观察和生活经验都不足以成就一个诗人，威廉·布莱克甚至否认自然客体是诗人的对象，坚持把想象看成是真理的唯一源泉，而自然客体往往限制和束缚想象力。一般的文学史和哲学史都把卢梭视为浪漫主义的直接先导。但浪漫主义的先导甚至可以追溯到17世纪的帕斯卡尔。帕斯卡尔比卢梭更早看到人的理智的有限性，早在笛卡儿思想流行的时代他就注意到后来成为浪漫哲学的核心课题，即有限生命如何永恒的问题。

18世纪末，“浪漫主义”被用于形容一切超出古代传统规范的文学倾向，不仅指中世纪骑士传统，也包括莎士比亚、塞万提斯等创作的不同于古典规范的文学。18世纪末19世纪初，欧洲浪漫主义走向高峰，19世纪初，施莱格尔兄弟从理论上阐释了浪漫主义类型学概念。之后，经诺瓦利斯、蒂克、海涅、斯达尔夫人、柯勒律治等一大批浪漫主义者的理论阐释和创作实践，20世纪初现代主义中的不少流派，仍然受到浪漫主义的影响。由于我们在“文本解说”中已较为详细地阐释过浪漫主义思潮，此处不再赘述。

3. 现实主义和自然主义

广义的现实主义古已有之，泛指艺术对自然（现实）的忠诚。公元前4世纪到公元19世纪西方文学理论著作，大致可以归结为写实主义和浪漫主义两大类。这是20世纪以前文学理论的大体思路，文学通过语言摹仿现实，应该而且必须反映现实的“真实”或“本质”。柏拉图和亚里士多德都提到“摹仿”(mimesis)，但是，对于柏拉图而言，他更多地在否定意义上看待摹仿，摹仿作为第二手的复制。亚里士多德不是从狭义角度来理解摹仿的，摹仿不是对某物的复制，也不是对某物的镜像式反映，而是对现实的一种复杂的中介处理。19世纪和20世纪的作家们和文论家们，如爱弥尔·左拉和卢卡契等，他们对于摹仿的理解都可以看成《诗学》的后继。

作为文艺的流派运动，浪漫主义和现实主义一样都是18、19世纪西方资本主义社会的产物，有着各自特定的历史背景和思想内容。狭义的现实主义概念发端于其与浪漫主义的论争。正如前文所述，席勒在《论素朴的诗与感伤的诗》中所指称的“素朴的诗”就具有现实主义的内涵。但作为一种思潮，批判现实主义的流行与画家库尔贝（Courbet）和小说家尚弗勒里（Cham-fleury）有关。库尔贝将自己那些被社会拒绝的作品贴上了“现实主义”的标签，引起一场论战，而尚弗勒里则于1857年出版了题为《现实主义》的文集，他的朋友迪朗蒂又推出文学评论杂志《现实主义》。这一思潮最初是极为激进的。

> 这个可怕的术语“现实主义”是它所代表的流派的颠覆者。说“现实主义”派是荒谬的，因为现实主义是关于个人性的坦率而完美的表达；成规、模仿以及任何流派正是它所反对的东西。①

迪朗蒂等人尖锐地批评雨果等浪漫派作家，说他们的作品是“诗的谎言”②。准确地说，现实主义挑战的是浪漫主义的艺术成规。批判现实主义理论经泰纳、恩格斯、别林斯基直到20世纪卢卡契等理论家的发展，经巴尔扎克、托尔斯泰等伟大作家的文学实践，日趋成熟。现实主义文学思潮的特点主要有：第一，真实客观地再现社会现实。第二，现实主义理论的核心——典型论。第三，历史性和社会批判性。冷战时期，苏联阵营中还出现社会主义现实主义的思潮。

现实主义把统一了个性和共性的文学形象称为典型形象。黑格尔和谢林为典型论奠定了美学基础，别林斯基则把典型论引向极端，他把典型视为判断所有文学的标准，“典型性是创造的基本法则之一，没有它，就没有创造”③。福楼拜也常常使用“现实主义”这个名词，其《包法利夫人》（1857年）的出版在当时被看成现实主义在法国的胜利。其实，法国现实主义发展到福楼拜已接近尾声并过渡到以左拉为主的自然主义了。1875—1876年，福楼拜与乔治·桑之间爆发了一场论争：乔治·桑以浪漫主义的情感表现角度，指责福楼拜过于客观，过于冷漠；福楼拜则以现实主义的创作原则为自己剖白，“我总是强迫

---

① 转引自达米安·格兰特：《现实主义》，周发祥译，29页，北京，昆仑出版社，1989。

② 同上。

③ ［俄］别林斯基：《别林斯基论文学》，别列金娜选辑，梁真译，121页，北京，新文艺出版社，1958。

自己深入事物的灵魂”，“而且特意回避偶然性和戏剧性”。① 双方都从论争中反思各自的创作和倾向。

自然主义的来临类似于宣布一种新的世界观的来临，它根基于生理学意义上的人的到来。“自然主义”和“现实主义”虽然都奠基于对浪漫主义文学的虚幻性的不满，都在一般意义上使用了亚里士多德的再现理论，但自然主义在科学实证的观察、分析和模仿的精确和冷静方面与现实主义有着本质不同，它的兴起受到孔德的实证哲学和自然科学（尤其是实验医学）的新成就的影响。19世纪60年代，左拉以“自然主义”一词来描绘他所主张的小说。在《戏剧中的现实主义》《实验小说论》和《论小说》等文章中，左拉反对亚里士多德的观点，认为必须放弃那些过去支撑着小说结构的现实主义虚构，文学不仅应该再现客体，也应该以科学的精确性再现人类生活的物质层面，左拉有一个类似于后来萨洛特的判断，他说，“由于生理学的人的来临，我们的整体领域都被改变了”②。自然主义主张以生理学的观点而不是现实主义的典型化来写人，分析遗传基因如何支配、制约事物和生命的发展。但自然主义恰恰忽略了现实主义最引以为豪的批判精神。卢卡契认为自然主义这一思潮所暴露出来的问题与资本主义社会的异化有关，在垄断资本主义时期，由于异化极其严重，作家已经丧失了总体认知能力，在这种情况下，自然主义思潮自然兴盛一时。

二、怀疑的时代

萨洛特所宣布的“怀疑的时代”，其实早在19世纪末20世纪初就开始了。现代主义的基本精神，正如萨洛特所言，是怀疑的精神。萨洛特关注西方印象派绘画与现代小说之间的联系，故而她说：从出现印象派以来，所有的画幅都是从“我”的角度来落笔的。有意思的是，更早的弗吉尼亚·伍尔芙由于看了印象派的画展，也以类似的方式表述现代主义最活跃的时期——“1910年前后整个世界改变了”。的确，也正是在1910年前后，未来主义发表三大宣言，英美意象派推出三大纲领，达达主义、超现实主义、表现主义和意识流文学开始登上艺术舞台。

---

① 《乔治·桑和福楼拜的文学论争书信》，见《文艺理论译丛》，第3期，180、181页，北京，人民文学出版社，1958。

② ［法］左拉：《论小说》，柳鸣九译，见《古典文艺理论译丛》，第8册，130页，北京，人民文学出版社，1964。

怀疑的时代盛行的是一种怀疑的精神，这种以非理性主义为基础的思潮具体表现为一种强烈的失望：上帝死了，神圣的价值体系崩溃。物质的繁荣和技术的进步以及理性化不但无法拯救世界，反而使人性之恶得到了最充分的展现：世界大战、纳粹集中营等。西方一切传统准则——权力、理性、道德都面临重新估价。艾布拉姆斯认为："现代主义的重要思想先驱都是思想家，他们质疑那些被认为无可怀疑的传统观念，而这些传统观念长期支撑着社会组织、宗教以及伦理道德。同时他们也质疑人们对于人类本身的传统思维方法。"① 在文学上，这一时代最早的开启者可以推到波德莱尔（Charles Beaudelair，1821—1867年）。1857年，波德莱尔的诗集《恶之花》以及福楼拜的小说《包法利夫人》）双双问世，成为现代主义的滥觞。19世纪最后20年，现代主义迅速扩散，形成与现实主义对抗的一种新思潮。

1. 现代主义

其实，萨洛特对现实主义的"开火"，要晚于文论界关于现实主义与现代主义的争论。更早的论争发生在20世纪30年代，可以说，怀疑时代的到来是以卢卡契和布莱希特、阿多诺之间的论争开始的，而现实主义与现代主义的分歧主要体现为卢卡契和布莱希特之间的争论。卢卡契试图洞察历史变迁的深层结构，现实主义的客观性不是对人类社会袖手旁观，而是对人类社会的某种特定读解。作为现实主义最有影响的阐释者，卢卡契批判现代主义诸流派悲观消极，狭隘颓废，已经彻底丧失了总体认知能力。在他看来，现代派作家只能在抽象客观与虚假主观之间游移不定，最后陷入叙事危机。他从认识论的高度重新阐释现实主义理论，歌德、巴尔扎克等现实主义作家，因处于资本主义上升期，故而能代表健康文化，并在文学创作中自觉地反映社会发展规律。现实主义的任务就是"客观地再现当代社会现实""是对现实整体进行忠实和真实的描写"。② 所谓"反映"，就是用语言构造一个"思想结构"。在这一点上，卢卡契和亚里士多德一样，认为艺术与现实应该分离，作家并不是简单记录具体的人和事件，而是展现"生命的完整过程"。现实主义是反映现实的特殊方式，不能和现实本身相混淆。卢卡契、普列汉诺夫、高尔基等人以19世纪的现实主义小说为文学典范，他们都把巴尔扎克视为现实主义大师，把现代主义作家

---

① M. H. Abrams, *A Glossary of Literary Terms*, New York: Harcourt Brace Jovanovich College Publishers. 1993.

② ［匈］卢卡契：《卢卡契文学论文选》，第一卷，288页，北京，中国社会科学出版社，1980。

称为不健康的“颓唐派”。

布莱希特与卢卡契的根本分歧就在这里。布莱希特认为艺术表现真理，方法可以千差万别，虽然现代派艺术有颓丧倾向，但历史需要以新的手法解决新的问题，现代派作家正可以利用现代派的新奇技巧为革命服务。布莱希特反对亚里士多德的“净化”观，在他看来，这种戏剧制造了幻觉，妨碍真正的交流。例如，斯特林堡的戏剧使观众通过主观移情，最终与角色认同，这就妨碍了观众与剧作家真正有效的交流。只有当观众无法移情，他们才能真正开始专心致志地思考剧作家对现实的批判，这正是现代主义戏剧家们迫使观众达到的革命性。如此，布莱希特不仅与卢卡契的现实主义截然不同，而且与19世纪末自然主义理论彻底决裂。

现代主义的文学思潮由众多支流汇聚而成，如象征主义、印象主义、意象派、表现主义、未来派、达达主义、超现实主义等。

20世纪初期到20年代现代主义达到鼎盛，出现了一大批杰出的现代主义文本。现代主义思潮对思想、心灵和历史深度极为爱好，兰波和马拉美笔下的花是超验的花，普鲁斯特的玛德兰点心通往绵延的时间深处，《尤利西斯》语言晦涩，《荒原》用典繁复，《四个四重奏》充满时间哲学的玄思……这些都使普通大众对现代主义文学艺术望而却步，也产生了超越现代主义的各种艺术追求和理论思考。20世纪四五十年代存在主义兴盛，“正统现代主义文学至此也就宣告结束”。20世纪50年代至60年代甚至出现了“现代主义的终结”的论述：

2. 后现代主义

20世纪60年代末，新的论战开始了。这一次论战的中心由西欧转向美国，由“现代主义衰竭”转向了“后现代主义崛起”。现代主义阵营的代表是屈瑞林、贝尔等学术权威，反对方则是巴思、菲德勒、桑塔格为主的后现代批评家。1967年，莱斯利·菲德勒在《跨越界限——鸿沟：后现代主义》中宣布其观点：

> 今天，几乎所有的读者和作者——从1955年起——都意识到这样一个事实：我们正在经历着文学现代派的垂死挣扎和后现代主义分娩的阵痛。那种自封为“现代”（声称它在知觉和形式上代表了最先进的倾向，除它之外再也不可能有“创新”），其胜利的进军始于第一次世界大战前，结束于第二次世界大战后不久的文学形态已经死亡。这意味着，它已经成为历史而不再属于现实。就小说而言，普鲁斯特、乔伊斯和曼的时代结束了，在诗歌方面，艾略特和瓦莱里也已成为过去。

20 世纪 70 年代末，这场论战的战火由美国波及欧洲。

一般认为，1958 年俄裔作家纳博科夫在美国出版的《洛丽塔》是后现代文学现身的标志。以萨洛特为代表的法国“新小说”对现实主义的许多经典提出质疑。但新小说仍然与现实主义有着割不断的联系，阿兰·罗伯-格里耶早期作品的现实主义被称为“纯物主义”（thingism）。“纯物主义”是对人文主义传统的反思，在格里耶看来，这一传统导致了如马克思主义、古典主义、浪漫主义、自由主义等西方所有文学思潮的错误倾向，即把一切所见之物均以人为轴心。一把椅子的纯粹特性（线与面的构形）被降格为一种带有人性的构造物（可坐的东西）。可见，新小说试图排除自私的资本主义人性的尝试虽然是危险的，但是它作为对现实主义这个概念的批判却是激进的。

20 世纪七八十年代，后现代主义思潮得到了深入阐发。莱斯利·菲德勒提出“新的后现代主义意识”，总结了后现代主义的根本特征：填平代表精英文化的现代主义与大众文化之间的鸿沟。苏珊·桑塔格发展了菲德勒的观点，她反对现代主义的阐释，强调体验，声称新的艺术已经把媒介扩展到科技与通俗艺术领域。伊哈布·哈桑在《俄耳浦斯解体》《后现代转折》等多部著作中对后现代思潮进行了专门的讨论。哈桑认为后现代主义概念由于企图把握现代社会变幻不定的本质，所以众说纷纭。20 世纪 80 年代，弗雷德里克·詹姆逊在《后现代主义，或晚期资本主义文化逻辑》中，从总体的、历史的角度，把后现代视为与晚期资本主义的基本现实相对应的文化现象。按照詹姆逊的分析模型，资本主义社会经历了市场资本主义、垄断资本主义和跨国资本主义（晚期资本主义）三大发展阶段，其相对的文化风格、文学思潮是现实主义、现代主义和后现代主义。在晚期资本主义时期，信息技术和大众传媒获得前所未有的发展，资本的国际流动形成了跨国化资本主义，第三世界民族国家形成了与发达国家相抗衡的力量，这种社会结构的变化必然改变人们对世界和自我的感受和体验方式，后现代主义便是这种变化的文化表征。所以，与现代主义不同，后现代的平面化、非中心化、零散化等特征，正是晚期资本主义在文化上的投影。

詹姆逊正是依据深度的消失来描述后现代文化的。后现代主义削平了现代主义作品的四种历史深度，它们分别是：黑格尔和马克思所代表的现象与本质相区别的辩证法、弗洛伊德所代表的精神分析学、存在主义哲学、结构主义符号学。在詹姆逊看来，后现代新理论正是以这四种深度模式的消失为标志的，取而代之的是实践、话语和文本游戏，是对形象外观的身体性的直接体验和享乐。后现代主义再次使艺术从阐释回到体验，一方面，把艺术由对哲学的僭越带回到感性本身；另一方面，主动消解思想之维则使后现代文学成为受商业逻辑支配的文化消费。

不过，“后现代”这个术语本身的确充满了含混，哲学家让-弗朗索瓦·利奥塔回答记者提问时说：如果要问谁是后现代思维的始作俑者，亚里士多德便是答案。作家贝托·艾柯在小说《玫瑰之名》的后记中，也把后现代主义概念追溯到荷马时代。因此，后现代主义能否被描述为古典主义、浪漫主义、现实主义、现代主义发展顺序之后的文学思潮，还有待讨论，而且“后现代主义”确实是一个含义极为复杂的术语。因此，我们姑且把这股思潮看成西方文化出现的一些有别于现代主义的文学动向，或者把“后现代主义”看成一个包含在现代主义运动中的反思现代主义的思潮。

【思考题】

1. 解释概念：文艺思潮　古典主义　浪漫主义　批判现实主义　自然主义　现代主义　后现代主义

2. 新小说派有何共同点？我们可以把萨洛特对现实主义的反对等同于现代主义思潮吗？为什么？

3. 谈谈雨果的美丑对照原则。

【辅助阅读材料】

1. 席勒．秀美与尊严．北京：文化艺术出版社，1996.

2. 勃兰兑斯．十九世纪文学主流．北京：人民文学出版社，1997.

3. 达米安·格兰特．现实主义．北京：昆仑出版社，1989.

4. 福克纳．现代主义．北京：昆仑出版社，1989.

5. R. 韦勒克．批评的诸种概念．成都：四川文艺出版社，1988.

6. 卢卡契．卢卡契文学论文选．北京：中国社会科学出版社，1980.

7. 罗杰·加洛蒂．论无边的现实主义．天津：百花文艺出版社，1998.

8. 詹明信．晚期资本主义的文化逻辑．北京：生活·读书·新知三联书店，1998.

9. 欧美古典作家论现实主义和浪漫主义．北京：中国社会科学出版社，1981.

10. 乐黛云等．西方文艺思潮与二十世纪中国文学．北京：中国社会科学出版社，1990.

第十三章　文学的未来

文学的未来是一个迷人的话题，也是一个不大容易谈论的话题，因为文学的未来其实是不好预测的。然而两位意大利作家艾柯和卡尔维诺知难而上，前者在《书的未来》中表面上是在谈书籍，实际上却是在告诉我们，以书籍为形式的文学不会终结；后者以“快”为题，阐述了未来文学的一种价值观。这两篇文章构成了本章的“经典文本”。以此为契机，我们在“相关问题概说”中进一步分析了文学与媒介的关系和文学发展的新趋势。学习本章内容，除需深入思考两位作家提出的问题外，还需多接触一些新近出现的文学样式，以便在与传统的文学样式的比照中拓宽思路。

第一节　经典文本阅读

一、书的未来（节选）（艾柯）

三种记忆

我们有三种记忆。第一种是生理上的，此种记忆由血肉形成，并归我们大脑支配。第二种是矿物的，在此意义上，人类已知有两种矿物形式的记忆：数千年前，有以陶板和石碑为载体的记忆，在埃及尤为著名，人们在其上刻下文字。第二种形式则是今日电脑的电子记忆，它以硅为基础。我们还知道另一种记忆，植物形式的记忆，首先是纸莎草纸，在埃及也同样著名，而后便是以纸制成的书。当然，史上最早的犊皮抄本也源自动物的身体，第一张纸也是由兽皮而非木材制成，但我们尽可以不去管它。我这样讲是为了简化植物形式的记忆与书籍的关系。

此地①过去始终致力于书籍的存护，将来也是如此，所以，它现在是，将来也会是植物记忆的圣殿。数百年来，图书馆一直是保存我们集体智慧的最重

① 指亚历山大图书馆。

要的方式。它们始终都是一种全人类的大脑，让我们得以从中寻回遗忘，发现未知。请允许我做如下比喻：图书馆是一种最可能被人类效仿的神的智慧，有了它，就可在同一时刻看到并理解整个宇宙。人可以将得自一座大图书馆的信息存入心中，这使他有可能去习得上帝智慧的某些方面。换句话说，我们之所以发明图书馆，是因为我们自知没有神的力量，但我们会竭力效仿。

今天去建造，或翻新重建某座世界上最伟大的图书馆，听来像是一种挑战，或是挑衅。报纸或学报上，经常有某些作家面对这全新的电脑和互联网的时代，大谈即将来临的“书的死亡”。不管怎样，就算书会像方尖碑或陶制书写板那样消失，那也不会是什么废弃图书馆的好理由。正相反，图书馆会因保存对过去的发现而幸存下来，就像博物馆一样，同样的，我们之所以把罗塞塔石碑保存在博物馆里，是因为我们已没有在矿石表面刻下文件的习惯了。

不过，我对图书馆的盛赞大概有点过于乐观了。我属于那种始终相信印刷版图书仍有其未来的人，顺便说一句，所有担心它们消失的恐惧，不过是其他诸种恐惧，或是对某种东西将要终结的无尽恐惧中的一种，比如世界末日。

在多次采访中，我都被追问过这类问题：“新的电子媒体会让书籍消亡吗？网络会让文学消亡吗？新的超文本文明会消灭作家著述的观念吗？”如果你思维清楚，你就能看出来，这些问题各不相同，还要考虑到采访者提问时的思维方式。某人可能会想，如果你的回答是“不会的。别担心，万事无忧”，那么采访者就会疑虑全消。其实不然。如果你告诉这些人说，图书、文学、写作，都不会消失，他们又会是一副失望的表情。那么，怎样才能弄到独家新闻呢？发表某位诺贝尔奖得主去世的新闻不过一条消息而已，说他还活着，活得还挺好，这样的新闻不会有任何人感兴趣——也许除了那人自己以外。

法老不喜欢书写

今天我要做的，就是试着去解开纠缠在这些不同问题上的思维乱麻。阐明我们对这些不同问题的看法，可以帮助我们更好地去理解我们通常所说的图书、文本、文学、诠释，等等。因而你会看到，一个愚蠢的问题是如何引出许多聪明的答案，或许还有，幼稚的采访如何产生了文化上的功能。

我们就从一个埃及故事开始，尽管这是希腊人讲的。据柏拉图在《斐德罗篇》所述，赫尔墨斯，或叫透特，① 传说中书写的发明者，向法老塞穆斯

① 透特系埃及神话中的月神，掌魔法、智慧和写作，“赫尔墨斯”是希腊人对透特一词的希腊化改写。

(Thamus) 展示了他的发明，法老赞扬了这种可让人类记住善忘之事的前所未闻的技术。但是，塞穆斯并未兴高采烈。“我的多才多艺的透特啊，”他说，“记忆之力乃天赐神赋，需经不断训练才可保持长青。可人类一旦得到你的发明，将无须再磨炼其记忆之力。彼等记事，将不再因内在之努力，而仅仅借助外部工具的力量。”

我们能够理解塞穆斯的偏见。像任何新的技术发明一样，书写或许已经弱化了人类的力量，尽管其表面上是被取代和加强了。书写成了危险之术，因为它减弱了精神的力量，它给了人类一个僵化的灵魂，曲解的心智，一种矿物的记忆。

牧师仇视印刷术

当然，柏拉图写的是反语。柏拉图记下了他反对书写的理由。但是他也假托这些话是苏格拉底告诉他的，苏格拉底向来是只说不写（正因为他从未出书，所以他在学术争论中被人毁掉了)。现在，因为两个原因，无人再认同塞穆斯的偏见了。首先，我们知道书籍并不能使别人想我们之所想，正相反，书籍是一种激发更广阔思维的工具。只有在发明了书写之后，才有可能写出像普鲁斯特的《追忆似水年华》那样的出于自发记忆（spontaneous memory）的杰作。其次，如果人们从前为了记事而训练其记忆力的话，那么，在书写发明之后，他们仍然可以为了记住书中所说而训练记忆。书籍挑战并改进了记忆力，而不是使记忆麻痹。不管怎么说，法老都是一种永恒恐惧的范例：即一种对新技术成就将杀死我们认定的珍贵而有益之事的恐惧。

我故意用了“杀死”这个动词，是因为大概 1400 年之后，雨果在其《巴黎圣母院》中讲到牧师克洛德·孚罗洛悲伤地看着他的教堂尖塔时（也用了这个词)。《巴黎圣母院》发生在印刷术发明后的 15 世纪。在此之前，手稿保存在少数文化精英们的手里，他们教给大众的东西，不外乎那些圣经故事、基督和圣徒的生平、道德戒律。即便是民族的史迹，或是最基本的地理和自然科学观念（如未知民族的性格以及药草或石头的功效)，也是得自教堂的画像。中世纪的教堂就像一档永不可撼动的电视节目，仿佛可以告诉人们需知的一切，既针对其日常生活，也为他们的永生服务。

可是这会儿，孚罗洛把一本印刷书放在他的桌上，低声说“ceci tuera cela”：这会杀了它，或者，用别的字眼来说，便是：这书会杀死教堂，字母会杀死画像。书将把人们从其最重要的价值观上移走，助长多余的信息，放任对经文的解读和愚蠢的好奇心。

超文本

在（20世纪）60年代，马歇尔·麦克卢汉①写出了《古腾堡星系》（*The Gutenberg Galaxy*）一书，他在书中宣称，印刷术发明所提供的线性思维方式，通过电视图像或其他电子设备，即将被更加整合的认知和理解方式所代替。如果没有麦克卢汉，想必他的不少读者会先手指电视屏幕，然后再指着印刷的书，说“这会杀了它”。如果麦克卢汉还在我们中间，今天他也许会头一个写出“古腾堡反击”这样的东西来。当然了，电脑也是一种人们用以制作和编辑图像的工具，也的确通过图形来发布指令；但是同样，电脑也确已变成一种首要的字母工具。字词和线在其屏幕上游动，而且为了学会使用电脑，你必须得先学会读和写。

第一种“古腾堡星系”和第二种有什么不同吗？多的很。首先，只有（20世纪）80年代那种考古学意义上的文字处理器，才提供了一种线性写就的通信，今天，只要它们呈现出一种超文本的结构，电脑就已不再是线性的了。说来奇怪，电脑是作为一种图灵机诞生的，每次只能执行一步，而事实上，在这种机器的内部，语言仍以这种方式工作，通过二进制的逻辑，0—1，0—1。然而，这种机器的输出已不再是线性的了：它就像一种符号焰火的爆炸。其模型完全不是直线的，它就像一个真正的星系，每个人都能在不同的星与星之间画出意想不到的连接，从而在任何新的视点上，画出全新的天象图。

而正是在这一点上，我们必须开始分而述之了，因为超文本结构通常意味着两种现象。首先，是一种文本式的超文本的存在。在传统书籍中，人必须以一种线性方式从左向右阅读（依据不同的文化，还可从右向左，或由上至下）。显然也可以跳着读——一下子翻到第300页——也可翻回来核对或重读第10页上的某些东西——但是这意味着体力劳动。与之相反，一种超文本格式的文本是一种多维度的网络，或者好比一座迷宫，其中每个点或节点都有与其他任何节点连接起来的可能。其次，是一种系统的超文本的存在。万维网（WWW）是所有超文本的光辉之母，一座全世界的图书馆，你能够，或者将会在短时间内，找出你需要的所有的书。网络是全部现有超文本的综合系统。

即将消亡的书

文本和系统的这种不同极其重要，我们过一会儿再说它。现在，先让我把

---

① 马歇尔·麦克卢汉（Marshall McLuhan，1911—1980年），加拿大著名传播学家。20世纪五六十年代，他出版了《机器新娘》《古腾堡星系》和《理解媒介》等著作，在传播学界乃至整个思想界引起巨大轰动。

常被问到的问题中最幼稚的那个摘掂，那里面的这种不同还不那么清晰。不过，通过回答这头一个问题，可以让我们弄清楚下一步的要点。这个幼稚的问题是："超文本的磁盘，互联网，或是多媒体系统会让书籍消亡吗?"这个问题已经把我们带到了"这会杀了它"故事的最后一章。但是，甚至这个问题也令人迷惑，简洁一点的话，它可以有两种表达方式：(a）作为物理形式的书会消失吗？以及（b）作为一种虚拟形式的书会消失吗？

我先来回答第一个问题吧。哪怕在印刷术发明之后，书也从未成为获取信息的唯一手段。还有油画，大众图像印刷品，口授，等等。简而言之，书被证实是最适合传递信息的手段。书分两种：供阅读的书和供查阅的书。对"供阅读的书"而言，我把正常阅读它们的方式称作"侦探小说的方式"。你从第1页开始读起，作者一上来就告诉你罪案已经发生，随着案情的进展，你就逐段逐段地读下去，直到读完为止，最后你发现凶手是那个管家。此书的终结也就意味着你阅读体验的结束。请注意了，哪怕你在读——比如说哲学论文时，也会出现相同的过程。作者想让你打开书，从第1页开始读起，随着他提出的一系列的问题往下读，好看看他怎样得出最后必然的结论。当然，学者可以在重读这样一本书时，跳着来读，好把第一章的和最后一章的某两个陈述之间可能的联系隔离起来。他们也可以决定去隔离——比如说，"思想"这个词在一本指定著作中的每一次出现，这样，他们就会跳过好几百页，好把他们的注意力完全集中在那种意图之上。不过，外行恐怕会觉得这种阅读方式很不自然。

接下来是那种供查阅的书，例如手册和百科全书。百科全书的构想便是为了查阅，而完全不必从头读到尾。一个每晚睡前都要读《大英百科全书》，从头到尾读的人，恐怕是个引人发笑的怪人。通常，一个人翻开百科全书中的某一卷，是为了要了解或是想起拿破仑死在何时，要么就是硫酸的化学方程式。学者们使用百科全书的方式更为老练。举例来说，如果我想查查拿破仑有没有遇见康德的可能性，我会翻开我的百科全书的K卷和N卷：我找到拿破仑生于1769年，死于1821年，康德生于1724年，死于1804年，那时拿破仑已经当了皇帝。因此这二位没有会面的可能。为了确认这一点，我可能会查查康德或拿破仑的传记，但是对一生阅人无数的拿破仑来说，一本短短的传记可能会将他与康德的会面忽略掉，而在康德的传记中，与拿破仑的会面便不会不提。简单地说，我必须在我图书馆的许多书架上快速翻阅许多本书；我必须记下笔记，好随后与我记下的所有数据进行比对。所有这一切都将让我付出艰苦的体力劳动。

是的，如果有超文本入替，我就可以浏览整个网络百科全书。我可以把一个已记录的事件，从一开始就与一系列散落于文本中的相似的事件联系起来；我可以从头到尾地比对；我可以去找一份所有以A打头的词汇清单；我可以去找所有拿破仑与康德的名字连在一起的事件；我可以比对他们生卒的数据——总之，我可以在几秒或几分钟之内做好我的工作。

超文本无疑会让百科全书和手册消亡。昨日，拥有一张装有整部百科全书的CD-ROM已成为可能；今天，则可以上网查阅，其优势是，它允许把参考资料和非线性的补充信息混合起来使用。全部光盘，加上电脑，也只需一套印刷版百科全书五分之一的空间。一套印刷版的百科全书无法像一片CD-ROM那样方便运输，而且印刷版的百科全书的内容也不那么容易更新。现在，那些汗牛充栋，占据着我家和公立图书馆书架的百科全书，有望在不远的将来被消除出去，而且不会有什么抱怨他们消失的理由。让我们记住这一点吧，对许多人来说，一部卷帙浩瀚的百科全书是不可能实现的梦想，不是因为，或者不仅仅是因为买这些书的开销，还有装它们的书架占去的墙壁空间。拿我自己来说吧，当我以中世纪史学家的身份开始学者生涯时，我一度想在自家摆一套221卷的米涅（Migne）① 的《拉丁神父全集》（*Patrologia Latina*）。此书非常昂贵，但我还能付得起。我付不起的是一套可以装下221卷巨著的新公寓，要不然，我就只好把其他500部通常规格的大书清除出去。

不会消亡的书

那么，超文本的磁盘或万维网会取代供阅读的书吗？我们不得不再次就这个问题是关于书的物理形式还是虚拟形式做出决断。这一回，还是让我们先考虑物理问题吧。

好消息：书仍将是不可缺少的，这不仅仅是为了文学，也是为了一个供我们仔细阅读的环境，不仅仅是为了接受信息，也是为了要沉思并作出反应。读电脑屏幕跟读书是不一样的。想想学会一种新电脑程序的过程吧。通常，程序能把所有你需要的说明显示在屏幕上，但在大多数情况下，想了解此程序的用户还是会把说明打印出来，拿它们当书来读，要么就干脆买一本印刷版的说明书。不难想象，一种直观的程序可以把图书印刷和装订的过程讲得非常透彻，但是为了了解一种电脑程序如何编写，如何使用，我们还是需要一本印刷版的手册。

---

① 米涅（Jacques-Paul Migne，1800—1875年），法国神父。他致力于推动出版上千册的基督文化思想古典作品，其中最有名的便是221巨册的拉丁神父著作和161册的希腊神父著作，这些出版物形成了所谓的“神职百科书库”。

在电脑前待上 12 小时，我的眼睛就会像两个网球，我觉得非得找一把扶手椅，舒舒服服地坐下来，看看报纸，或者读一首好诗。所以，我认为电脑正在传播一种新的读写形式，但它无法满足它们激发起来的所有知识需求。请回忆一下，希伯来和早期阿拉伯人的文明都以一部书为基础，而这与他们都是游牧文明的事实无关。古代的埃及人可以将其记录刻在方尖石碑上，摩西和穆罕默德却没有。如果你想越过红海，或者从阿拉伯半岛到西班牙，比起方尖石碑来，卷轴书可能是记载《圣经》或《可兰经》的更具实用价值的工具。这也正是这两种文明的基础是厚文字而轻图像的书籍之原因所在。但是，书籍较之于电脑，还有另一个优势。即使是用只能保存 70 来年的现代酸纸印刷的书，也比磁介质更耐久。此外，它们不必受制于电力短缺和停电，也更不怕撞击。

到目前为止，书还是最经济，最灵活，最方便的信息传输方式，而且花费非常低。电脑通信跑在你前面，书却会与你一同上路，而且步伐一致。如果你落难荒岛，没法给电脑接上电源，那么书仍然是最有价值的工具。就算你的电脑有太阳能电池，可你想躺在吊床上用它，也没那么容易。书仍然是落难时或日常生活中最好的伴侣。书是那种一旦发明，便无须再作改进的工具，因为它已臻完善，就像锤子、刀子、勺子或剪子一样。

按需印刷和电子书

有两种新发明即将投入企业化开发。其一是按需印刷：读者在查阅众多图书馆或出版社的目录之后，可以选出他所需的书，而后，操作员一按机器的电钮，便可将书按照读者喜欢的字体印出，并单独装订成书。这必将改变整个出版市场，或许会让书店走向灭亡，但它消灭不了书，也消灭不了图书馆，图书馆乃是寻获图书，扫描及重印的唯一之地。简单地说，每本书都将按购买者的愿望量身订做，就像过去的手抄本一样。

第二种发明是电子书（e-book），在其中插入微磁盘（micro-cassette），或将它连至互联网，便可当面印刷成书。即便在这种情况下，我们得到的仍会是书，尽管它不同于现有的书，好比今日之书不同于旧日的羊皮纸手抄本，亦如莎士比亚剧作的 1623 年首部对开本与最新的企鹅版之不同。然而，到目前为止，电子书尚未如其发明者所希望的那样，取得商业上的成功。我不断听说有些在电脑前长大，已不习惯翻阅图书的电脑迷，用电子书读了经典文学名著，但是我认为，这种现象仍然极为有限。普遍而言，人们似乎更喜欢传统的阅读方式，读印在纸上的诗或小说。电子书或许能证明在信息查询方面有用，就像字典或特殊的文件。它们会对上学时必须背着十来本书的学生们有帮助，但它们不会取代其他形式的书，例如，我们喜欢在床头阅读的那种书。

事实上，尽管新技术设备层出不穷，但旧东西并未因此全然消亡。汽车跑得比自行车快，但并没有让自行车销声匿迹，新的技术进步也没让自行车焕然一新。新技术必然导致旧物废弃的想法往往过于单纯。照相术发明后，虽然画家们感到没有必要再像匠人那样复制现实了，但这并不意味着达盖尔（Daguerre）① 的发明仅仅催生了抽象画法。在那种没有照相范例便存在不下去的现代绘画中，仍然有一整套传统：想想看，例如超写实主义（hyper-realism）。此刻，画家的眼睛通过摄影的眼睛看到现实。这意味着在文化史上，从来没有一物简单地杀死另一物这样的事例。当然，新发明总是让旧的发生深刻的变化。

（康慨译，选自《中华读书报》，2004年2月18日，3月17日）

1. 作者简介

翁贝托·艾柯（Umberto Eco，1932—2016），意大利小说家、符号学家。作为学者，很难将他的研究归入某一学科类型之中。他生于意大利的皮埃蒙特，中学毕业后从父命入都灵大学学习法律，后改学中世纪哲学与文学，并以中世纪哲学家托马斯·阿奎那（Thoams Aquinas）为题撰写了美学方面的博士论文。艾柯学成后曾在米兰的意大利国家电视台担任过文化节目编辑，其后边在都灵大学、米兰大学和佛罗伦萨大学教书，边在一家出版社做编辑。1975年以来，他一直主持着博洛尼亚大学的符号学教席（这是全世界的大学中所设立的第一个符号学教席）。他著述十分丰富，在美学、符号学和文化批评等研究领域都做出了卓越的贡献。他的大部分著作都已译成英语及其他语言出版。然而最令人惊异的是，人们不得不将其最近的几部著作回译为意大利语，因其原作是用英语写成的——这无疑是艾柯语言才能的又一充分表现。同时他还是位多产的专栏作家，为意大利好几家日报和周报定期写一些非常有趣的专栏文章。

艾柯的研究范围广泛，知识非常渊博。曾在大学先后开设过视觉传播、美学、建筑学、符号学等课程。个人藏书超过3万册，出版过10多部重要的学术著作，主要有《符号学原理》《读者的角色——记号语言学的探讨》《诠释与

---

① 路易·雅克·达盖尔（Louis Jacques Mande Daguerre，1787—1851年），法国画家。1839年发明银版照相术（又称“达盖尔摄影法”），从此摄影术诞生。

过度诠释》等。从他的著作里，可以发现亚里士多德修辞理论的痕迹和托马斯·阿奎那的显著影响。他的散文随笔虽饱含学术思想，却又不失轻松俏皮，充满了机智的调侃，有人说他仿佛是罗兰·巴特（Roland Barthes）和伍迪·艾伦（Woody Allen）的结合。

作为小说家，艾柯因几部重要的小说而广为人知。《玫瑰之名》出版于1980年，并迅速赢得各界的一致好评，荣获意大利两个最高文学奖和法国的文学奖，席卷欧美各地的畅销书排行榜，迄今销售已超过1600万册，并被翻译成35种文字，在美、加、英、法、德均被誉为“最佳小说”，受到读者和评论界的交口称赞，达到了文学的高质量和畅销的完美统一。1988年，出版第二部小说《傅科摆》，再度在世界各地引起轰动，成为最热门的阅读主题。艾柯的第三部小说《昨日之岛》于1994年出版。他还著有小说新作《鲍多里诺》，杂文随笔集《带着鲑鱼去旅行》《误读》《智慧女神的火药》《康德与鸭嘴兽》等。

艾柯的小说具有浓郁的后现代主义特征。以《玫瑰之名》为例，它可以被当作历史小说、哲理小说、神学小说、哥特小说或侦探小说来读。书中隐含着大量对其他文本的影射与戏仿。这种互文性体现了艾柯作为符号学大师对小说的特殊理解与处理方式。读者要逐一分辨小说文本之后的文本，并对其历史文化背景有所了解，才可能读出作者寄寓书中的深层意蕴。

2. 背景知识

2003年11月1日，艾柯做客埃及亚历山大图书馆，以英文发表了题为《书的未来》的长篇演讲。不久，开罗出版的《金字塔周刊》(*Al-Ahram Weekly*）全文刊登了这篇演讲。

在这篇演讲中，艾柯提出并回答了人们关心的许多问题，比如，新的电子媒介会让书籍消亡吗？网络会让文学终结吗？网络会改变我们的阅读方式吗？任何人都可以用鼠标重写《战争与和平》吗？那么，为什么艾柯会提出这些问题并对它们做出回答呢？

众所周知，20世纪是传播媒介不断发生革命的一个世纪。从20世纪初期开始，电影一步步变成一种文化工业；20世纪中期，电视开始进入普通人的家庭；20世纪后期，由于新的数字技术的运用，一个陌生而新奇的赛博空间出现了。与这个空间配套的是许多新型的电子或数字媒介：程控电话、传真机、高保真音响、DVD播放机、卡拉OK、电子邮件、手机等，当然最重要的发明还是互联网。面对这样一个崭新的时代，许多学者都表达了他们的看法。而在这些看法中，又尤以解构主义哲学家德里达（Jacque Derrida）和文学理论家希利斯·米勒（J. Hillis Miller）的声音最引人关注。前者在他的《明信片》一书中认为："在特定的电信技术王国中（从这个意义上说，政治影响倒在其次），整个的所谓文学的时代（即使不是全部）将不复存在。哲学、精神分析学都在劫难逃，甚至连情书也不能幸免。"① 后者则在此基础上发挥：印刷技术使文学、情书、哲学、精神分析，以及民族独立国家的概念成为可能。新的电信时代正在产生新的形式来取代这一切。这些新的媒体——电影、电视、互联网不只是原封不动地传播意识形态或者真实内容的被动的母体。不管你乐意不乐意，它们都会以自己的方式打造成被"发送"的对象，把其内容改变成该媒体特有的表达方式。"你不能在国际互联网上创作或者发送情书和文学作品。当你试图这样做的时候，它们会变成另外的东西。我从网上下载的亨利·詹姆斯的小说《金碗》（*The Golden Bowl*）早已经变得面目全非。"② 那么，为什么在新的电信技术的时代，文学、哲学、情书等会走向终结呢？米勒认为，由于印刷业逐渐让位于电影、电视和互联网，所有那些曾经比较稳固的界限也日渐模糊起来。自我裂变为多元的自我，每一个不同层面的自我都缘于我碰巧正在使用的机构（prosthetic device）。这就是情书现在不大可能存在的一个原因。"在电话或者因特网上，我变成了另外一个人，再也不是原来那个写情书然后再通过邮局邮寄的那个人。从笛卡儿一直到胡塞尔的哲学所赖以存在的主客体之间的二元对立也被极大地削弱了，因为电影、电视或者因特网的屏幕既不是客观的也不是主观的，而是一线相连的流动的主体性的延伸。"③

从解构主义的思路出发，书籍消亡说和文学终结论似有其合理之处，但是这种观点其实并不新鲜。因为早在1817年，德国哲学家黑格尔在海德堡开始了后来被誉为"西方历史上关于艺术本质的最全面的沉思"的美学演讲时，就提出了一个令西方思想界大吃一惊的观点：艺术已经走向终结。从理念的自我运动、转化而又回复到自身的基本观念出发，黑格尔认为，世界艺术史同样可以看作一部理念自我循环的历史。艺术沿着象征主义—古典主义—浪漫主义的轨迹运行，"到了喜剧的发展成熟阶段，我们现在也就达到了美学这门科学研究的终点。……到了这个顶峰，喜剧就马上导致一般艺术的

① 转引自［美］J. 希利斯·米勒著、易晓明编：《土著与数码冲浪者：米勒中国演讲集》，92页，长春，吉林人民出版社，2004。

② 同上书，98页。

③ 同上书，100页。

解体”①。艺术则被宗教和哲学所取代，所以艺术永远属于过去。德里达、米勒提出的文学终结论虽然与黑格尔的艺术终结论有着不同的语境，但从某种意义上看，他们的观点却可以看作对黑格尔的遥远回应。

然而，从此文中可以看出，艾柯显然不同意德里达等学者的看法。早在1990年他所做的《诠释与过度诠释》的演讲和由此展开的那场著名辩论中，艾柯就曾对德里达的解构主义进行质疑。他说：“当我和别人说话时，我极力想探明说话者的意图；当我收到朋友来信时，我极力想弄明白写信人到底想说些什么。因此，当我读到德里达对约翰·塞尔（John Searle）的作品进行一种任意切割的游戏时，我感到非常困惑。或者说，我仅仅将其作为一种令人眼花缭乱的哲学游戏看待。”② 这里虽然谈到的是一个诠释的问题，但对德里达的不满已跃然纸上。而在《书的未来》这篇演讲中，他虽然没有提到德里达的名字，但或许也隐含了他对德里达等学者之观点的回应。

在许多读者眼中，艾柯应该是最博学的作家之一，他不仅有丰富的历史和神学知识，对自然科学的诸多方面也有精深的研究。这样一种身份，加上广博的学识，也许让艾柯成了回答“书是否会消亡”“文学是否会终结”的最合适人选。最近一些年，我们听到的更多是技术至上主义者和文化复古主义者在这一问题上的反复争吵，艾柯的回答固然不会结束争吵，但至少会让我们稍歇片刻，平静地想想未来。

3. 文本解读

读艾柯的《书的未来》，很容易让人联想到米勒的那篇危言耸听的文章：《全球化时代文学研究还会继续存在吗?》。在这篇文章中，米勒发挥了德里达的观点，他断言，随着电信时代的到来，文学、哲学、精神分析学，甚至情书都将会走向终结。文学要是终结了，文学研究也就没有存在的道理了，此所谓皮之不存，毛将焉附？那么，为什么这些东西会走向终结呢？主要是因为新的电子、数字媒介的出现，尤其是互联网的问世，改变了人们的写作方式、阅读方式，甚至感受方式和思维方式。当我们依靠传统的印刷文化背景所建立起来的价值观、写作观和阅读观烟消云散后，我们也就不得不跨上电子文化和数字文化这架战车，从而与我们过去所欣赏和珍爱的一切依依作别。

---

① ［德］黑格尔：《美学》，第三卷（下），朱光潜译，335页，北京，商务印书馆，1981。

② ［意］艾柯：《诠释与过度诠释》，王宇根译，81页，北京，生活·读书·新知三联书店，1997。

米勒的观点除了振聋发聩之外还让我们感到灰心丧气，但是客观地说，米勒的解构主义思路也并非无懈可击。在《书的未来》中，艾柯为我们提供了另一种图景。表面上看，艾柯进入问题的角度与米勒并无二致，因为他也承认，当互联网的时代来临之后，我们面临许多新情况和新问题。这些问题与书籍和文学相连，便构成了如下的追问："新的电子媒体会让书籍消亡吗？网络会让文学消亡吗？新的超文本文明会消灭作家著述的观念吗？"面对这种追问，艾柯首先谈到了"三种记忆"（其实是四种）：生理形式的记忆（依靠大脑）、矿物形式的记忆（依靠陶板和石碑）、植物形式的记忆（从最初的莎草纸到后来的书籍）和电子记忆（以硅为基础的电脑）。虽然书籍的出现弱化了人的生理记忆，但是这毕竟是人类历史上的一次巨大进步，因为"只有在发明了书写之后，才有可能写出像普鲁斯特的《追忆似水年华》那样的出于自发记忆（spontaneous memory）的杰作"。图书馆也才发挥着它至高无上的作用。

那么电子记忆呢？以互联网出现的新型媒介会不会使书籍消亡呢？如果单单从线性的历史观出发，艾柯很容易得出肯定性的结论。然而恰恰在这里，艾柯显得小心翼翼了。艾柯说书籍的阅读与写作是线性的，即你必须一行行地写，也必须一行行地读，从上往下或从左至右。然而，电脑所建造的网络空间却呈现出一个超文本结构。当越来越多的东西放到网上之后，网络空间变成了一座全世界的图书馆。你可以以最快的速度找到你所需要的书，也可以在最短的时间里获得你所需要的东西。在这个意义上，"网络是全部现有超文本的综合系统"。

正是因为有了互联网和超文本，许多人认为书籍或者印刷文本已经完成了它的历史使命，应该寿终正寝了。比如，我国的一位学者陈嘉珉曾如此记录下他告别纸媒的做法：

> 昨天，四月六日，是一个特别日子——在正好三年前的那个"四月六日"静谧的夜晚，我无声地开始了后来逐渐走向"轰轰烈烈"的"网络生活"。昨天，还是一个特别日子——我把在此之前二十多年中收藏的一千四百公斤报纸、杂志，其中有过去备加珍惜和特别收藏的近十年里出版的北京大学学报、十三年中出版的中国人民大学书报资料和自己一点一滴积累的五十一本剪报——廉价卖给了一个捡垃圾的妇女。单是搬出和过磅就花了我一个小时零二十分钟的时间，还弄得书房、客厅和过道里满是纸屑、灰尘。打扫卫生花去将近一个小时，擦洗整理空出来的书柜、书架花

> 去半个多小时，来不及做饭跑到门口街上吃了一碗牛肉粉，回来洗个澡——整个上午和中午的时间就这样打发掉了，还不包括尚未进行的洗衣服时间。虽然身体有点累，但看着清爽整洁、少而精的书房，精神上感到非常愉快，就像去年减肥成功、去掉“身体垃圾”后一样感觉轻松舒畅。①

为什么作者要把印刷文本当垃圾处理掉呢？他提到了两个重要理由：“第一，这些被‘处理掉’的报纸刊物，污染浪费了我的居住空间”，“第二，报刊缺乏搜索链接，是天生的‘无腿怪胎’。”这种说法与艾柯的思考十分相似。许多人大概就是在这一层面上得出书籍将要消亡的结论的。

然而，艾柯并没有止步于此，因为当他进入这一问题时他并不是泛泛而论，而是首先把书分成了两种：供阅读的书和供查阅的书。在互联网时代，那些供人查阅的书（如《大英百科全书》）显然正在走向消亡。这个道理其实非常简单：既然那种书仅仅是为查找资料而存在的，既然人们现在已能在网上很方便地找到他所需要的资料，那么，把那些供人查阅的书请出自己的书架恐怕就成了合情合理之举（陈嘉珉卖掉的1400公斤的印刷文本其实就是这种书籍）。那么，供人阅读的书呢？

艾柯说，供人阅读的书是不会消亡的。“这不仅仅是为了文学，也是为了一个供我们仔细阅读的环境，不仅仅是为了接受信息，也是为了要沉思并作出反应。读电脑屏幕跟读书是不一样的。……在电脑前待上12个小时，我的眼睛就会像两个网球，我觉得非得找一把扶手椅，舒舒服服地坐下来，看看报纸，或者读一首好诗。所以，我认为电脑正在传播一种新的读写形式，但它无法满足它们激发起来的所有知识需求。”

让我们认真来对待艾柯的这番思考。当我们阅读那些供人阅读的书时，与其说我们在读书，不如说我们伴随着阅读和因此形成的阅读氛围获得了一种独特的思考空间或审美感应空间。林语堂说：使身体与床铺成30°躺在床上是一门艺术，因为如此躺在床上时，“一切肌肉在休息状态中，血脉呼吸也归平稳了五官神经也静止了。由了这身体上静寂，使心灵更能聚精会神不为外物所扰。所以无论是思想、是感官，都比日间格外灵敏”②。而许多人就是以这样

---

① 陈嘉珉：《告别纸媒》，http：//news. xinhuanet. com/newmedia/2003-06/24/content_933591. htm.

② 林语堂：《论躺在床上》，见金宏达主编：《林语堂名作欣赏》，59页，北京，中国和平出版社，1993。

一种姿态开始他的阅读的。这种姿势，加上身体的静寂和心灵的沉思，再加上一行行的文字和书页的翻动，构成了一种阅读的“场”。依靠电脑屏幕和鼠标恐怕很难建立起这样一种阅读场，我们也无法想象睡觉之前读几屏幕电脑里的书是什么滋味。曾经在网上见到一张图片，一位大学生把自己的台式电脑放在自己的枕头边，他则躺在那里“读电脑”，然而这也只是搞笑而已。躺在床上的时候，恐怕没有谁会去读电脑里的书，这不光是不方便，而且更重要的是它破坏了一种阅读的氛围。这就好比我们把电影搬到了自己的DVD机里，虽然我们看了，但是我们却永远失去了黑乎乎的电影院里那种看的感觉。

大概，这就是隐含在艾柯思考背后的深意。既然供人阅读的书不会消亡，文学也就暂时不会终结。艾柯是学者也是作家，他的思考值得我们重视。

二、新千年文学备忘录·快（节选）（卡尔维诺）

我不是要说，快本身是一种价值。叙述时间也可以是延缓式、循环式或静止式的。不管怎样，一个故事就是一次行动，在相关的时间长度上展开；是一种魔法，左右时间的流逝——要么把时间收缩，要么把时间稀释。西西里的说故事者，每逢要略过不提或表示隔了几个月或几年时，就会来一句套话：“在故事中时间一晃就过去。”民间传统中的口述技巧，遵循实用准则。它略去不必要的细节，但强调重复：例如，当故事包含一系列相同的障碍，需要由不同的人来克服的时候。一个孩子听故事的乐趣，有一部分在于等待发生他期望的重复：重复的情景、重复的措辞、重复的套语。就像在诗中和歌中，押韵帮助形成节奏一样，在散文故事中事件也起到押韵的作用。查理曼那则传奇，其叙述之所以高度有效，是因为一系列事件互相呼应，如同诗中的押韵。

如果说在我写作生涯的某个时期曾被民间故事和童话故事吸引的话，那也不是因为我忠于某个民族传统（要知道，我扎根于一个完全现代和都市化的意大利），也不是因为我缅怀童年的阅读（在我们家里，小孩只可以读教育性的书籍，尤其是有一定科学根据的书籍），而是因为我对风格和结构感兴趣，对故事的简洁、节奏和条理分明感兴趣。我在改写上世纪的学者整理的意大利民间故事时，最享受的是读到极其精炼的原文。我试图传达这种精炼，既尊重原作的简明，同时试图获取最大程度的叙述力量。例如，不妨读一读《意大利民间故事》第五十篇：

国王生病，医生告诉他："陛下，如果您想康复，那就必须得到食人魔的一根羽毛。这可不容易，因为那食人魔见人就吃。"

国王传话，把这消息告诉大家，但没人愿意去找食人魔。于是他问一个最忠诚最勇敢的侍臣，那侍臣说："我去。"

有人给他指路，对他说："在一个山上，有七个洞，食人魔就住在其中一个洞里。"

那侍臣便出发，走至天黑，在一家旅馆歇下来……

故事中没有一字提到国王得什么病，或为何食人魔竟有羽毛，或那些山洞是什么样子的。但提到的，都是在情节中发挥必要作用的。民间故事的第一个特点，就是简洁的表达。那些最离奇古怪的冒险故事，眼光都锁定最基本的要素。为了实现愿望或重新拥有失去的珍宝，就永远要与时间竞争，与重重障碍竞争，不容受阻或推迟。或者连时间也停顿了，一如在"睡美人"的城堡里。为了使时间停顿，沙尔·贝洛①仅用了寥寥数笔："就连火堆上串满山鹑和雉鸡的烤肉叉，也睡着了，火也睡着了。这一切都发生在一瞬间：仙女做事都很利索。"

时间的相对性是一个几乎普天之下都家喻户晓的民间故事的主题：某个人去了另一个世界，以为只有几小时，可一回来，他已认不出自己的村子，因为很多很多年已经过去了。当然，在早期美国文学中，这是华盛顿·欧文②的《瑞普·凡·温克尔》的主题，这篇小说已获得了奠基式的神话的地位，成为你们千变万化的社会的一个象征。

这个母题，亦可视为一个关于叙述时间的寓言，以及说明叙述时间是不能用真实时间来衡量的。同样的意义，也见诸相反的运作，也即时间通过内部扩散，从一个故事扩展至另一个故事——这正是东方人说故事的特点。山鲁佐德③讲了一个故事，故事中某个人讲了一个故事，那故事中的人又讲了一个故

---

① 沙尔·贝洛（Charles Perrault，1628—1703 年，一译夏尔·佩罗），17 世纪法国著名文艺理论家和童话作家。著有童话故事集《鹅妈妈的故事或寓有道德教训的往日的故事》，深受读者喜爱，如其中的《灰姑娘》《小红帽》《睡美人》等，对以后法国和整个欧洲的儿童文学乃至音乐、戏剧都产生了极大影响。这里讲的是他的《睡美人》。

② 华盛顿·欧文（Washington Irving，1784—1859 年），美国作家，著有《沉睡谷传奇》等。

③ 山鲁佐德（Scherazade），《一千零一夜》中的讲故事者。

事，如此等等。山鲁佐德每天晚上救自己一命的技巧，在于懂得如何把一个故事与另一个故事连接起来，在最恰当的时刻戛然而止——而这正是操纵时间的延续与中断的两种方式。这是节奏的一个秘密，我们从一开始就能辨认的控制时间的办法：在史诗中是通过史诗的格律效果；在散文故事中是通过那些使我们急于想知道接着会发生什么事的效果。

大家都知道，当某个人开始讲一个笑话，却讲不好，结果一切适得其反时，我们会感到难受。我所谓的适得其反，尤其是指那些连接和节奏。薄伽丘《十日谈》的一则故事（第六日·故事一），便谈到这种感觉——它实际上是一则讨论讲故事的艺术的故事。

一群愉快的夫人和绅士，他们都是一位佛罗伦萨夫人的乡村别墅的宾客。他们吃了午餐后，要去郊区另一个玩乐的地方。为了大家高兴，其中一个男人提出愿意讲一个故事：

> "奥丽达太太，要是您愿意，就让我用马驮您走大部分路程，另外我再给您讲一个世界上最奇妙的故事。"她回答："行啊，先生，再好不过了。"听了这话，那位其剑术大概比口才高明不了多少的佩剑绅士，便开始讲他那个原本确实精彩的故事。只是，他老是把同一个字说了三四遍、五六遍，一会儿重复，一会儿说"不是这样"，一会儿搞混名字，总之把故事彻底给糟蹋了。还有，他的语气也与故事中的环境和人物的特点不合拍。奥丽达太太听得好几次替他捏了一把汗，心都沉下去了，仿佛生了重病、就快死去了似的。最后，她实在忍受不了这般折磨，而且眼看那绅士纠缠在自己讲的故事的谜团里，便和气地对他说："先生，您这匹马太难骑了，还是请您放我下来吧。"

这则故事就是一匹马，一种有自己的步速的交通工具，根据路程和地势的情况而疾走或奔腾；但是薄伽丘所谈的，是一种精神速度。他所列举的那位笨拙的讲故事者的种种缺陷，最明显的是破坏节奏，同时也是风格的缺陷，因为他不会使用与人物或事件相称的措辞。换句话说，就连风格的正确性，也是一个牵涉迅速调整、牵涉思想和表达之灵活性的问题。

马作为速度的象征，甚至作为心智速度的象征，一直贯穿于整个文学史，预示着我们时代对技术的看法的全部错综复杂的问题。速度的时代，无论是交通速度或资讯速度，都是随着英国文学中一篇最出色的随笔而拉开序幕的，它就是托马斯·德·昆西①的《英国邮车》。早在1849年，他就已知道我们现在所知道的有关摩托化的公路世界的一切，包括险象环生的高速撞车。

在叫做“猝死的幻象”的部分，德·昆西描写深夜坐在快递邮车车厢上的旅行，那巨人般的驾车者正沉睡着。邮车的技术完美，以及驾车者变成一个盲目、失去知觉的物体，这一切把旅行者的命运交给了机器那无可阻挡的机械性。在由一剂鸦片酊唤起的澄清感觉中，德·昆西意识到那些马匹正以十三英里的时速，在道路逆行的一侧狂奔。这意味着要发生灾难，不是对这辆疾跑、坚固的邮车而言，而是对迎面而来的第一辆不幸的马车而言。事实上，在那条笔直、看上去如同“哥特式教堂长廊”的林荫大道上，他见到一辆“破损、脆弱的两轮马车”，马车上坐着一对年轻夫妇，正以一英里的时速徐徐前进。“用人类所有精确度计算，在他们与永生之间，只差一分半钟。”德·昆西不禁大叫一声：“我踏出第一步，第二步由那青年完成，第三步交给上帝。”对这几秒钟的描写之精彩，哪怕在我们这个高速经验已变成日常现象的时代，也难望其项背。

> 目光的一瞥、意念的一动、天使翅膀的一晃，有哪一种，其速度足以在问答之间掠过，并把两者分开？光的脚步追赶光的脚步之难分，也比不上我们这无坚不摧的力量扑在那辆两轮马车的全力闪避上。

德·昆西成功传达了那种刹那间的感觉，同时包含计算撞车在技术上的不可避免性和包含那不可测量性——上帝在此事中扮演的角色——正是那不可测量性使两辆马车没有相撞。

这里，使我们感兴趣的母题，不是物理速度，而是物理速度与精神速度之间的关系。与德·昆西同时代的一位伟大的意大利诗人，也对此感兴趣。贾科莫·莱奥帕尔迪②，他的青年时代之固定不变，我们怎样想象也不为过，但他在日记《随想录》中却有一个罕见的快乐时刻：

---

① 托马斯·德·昆西（Thomas de Quince，1785—1859年），英国散文家和评论家，主要作品有《自由》、自传性作品《湖畔回忆录》和文学评论《论〈麦克白〉剧中的敲门声》。

② 贾科莫·莱奥帕尔迪（Giacomo Leopardi，1798—1837年），19世纪意大利著名浪漫主义诗人。主要作品有《短诗集》《诗选》《道德小品集》《赞歌》《札记》等。

> 例如，马的速度，不管是眼见的，还是实际体验的——也即被你骑着——本身是……最令人快乐的。也即，这样一种感觉所包含的轻快、活力、劲道和纯粹生命力。确实，它几乎使你想起无限——提升灵魂，强化灵魂。（1821年10月27日）

在接着几个月的《随想录》的笔记中，莱奥帕尔迪继续发展他对速度的省思，其中有一段还谈起文学风格：

> 速度和简洁的风格使我们愉快，是因为它们赋予心灵纷纭的意念，这些意念是同时的，或如此接踵而至，快速得令人觉得是同时的，并使心灵漂浮在如此丰富的思想或形象或精神感觉上，使得心灵要么无法全部逐一充分地拥抱它们，要么没时间闲下来和无法没有感觉。诗歌风格的力量，基本上与速度相同，仅仅因为这些效果而令人愉悦，别无其他。同时涌现的意念的刺激性，可以来自每个孤立的词，不管是直白或是隐喻的词，也可以来自词的安排、措辞的表达，甚或对其他词和措辞的抑制。（1821年11月3日）

我认为，第一个以马来隐喻思想的速度的人，是伽利略。在《试验者》中，伽利略跟一个以大量引经据典来阐述自己的理论的对手争辩。伽利略写道：

> 不妨把论述一个困难的问题看作是背负重量，如果说很多马可以比一匹马运载更多谷物，那么我会同意很多论述可以胜过一个论述；但论述像追逐，而不像背负重量，而一匹巴巴里奔马要比一百头荷兰牛跑得快多了。

伽利略所谓的“论述”，是指推理，而且常常是指演绎式的推理。“论述就像追逐”：这句话可视为伽利略的信仰宣言——风格作为一种思想方法和文学品味。对他来说，出色的思考就是快、巧妙的推理、扼要的论据，但也要运用富有想象力的例子。

伽利略的隐喻和“思想实验”中，对马也有某种偏爱。有一次我研究伽利略对隐喻的使用，发现他至少有十一个谈到马的显著例子——包括作为运动的形象，也因此作为运动实验的工具；作为错综复杂和无比美丽的大自然的一种形式；作为他假设马受到最难以置信的磨难或变得无比庞大的情况下引起浮想联翩的一种形式——除了这些之外，还有他把推理拿来与比赛做比较：“论述就像追逐。”

在《关于两大世界体系的对话》① 中，萨格雷多这个人物代表思想的速度，每当托勒密派的辛普里奇奥与哥白尼派的萨尔维亚蒂展开争论，他便时不时插几句话。萨尔维亚蒂和萨格雷多代表着伽利略性情的两个方面。萨尔维亚蒂是严格的方法论推理者，讲话慢吞吞，小心谨慎；萨格雷多则“滔滔不绝”，且以更富想象力的方式看事物，得出未经证明的结论，并把每个想法的后果推至极致。是萨格雷多假设月球上的生命是什么样子的，或如果地球停转会发生什么事。然而，却是萨尔维亚蒂定义价值的标准，伽利略正是依赖这标准来衡量思维敏捷的价值。兴之所至的推理而没有过渡，那是上帝式思维的推理，无限地优于人的思维，然而我们却不可因此鄙视人的思维或不把它当一回事，因为它毕竟是上帝创造的，并且一直以来探究、理解和造就了各种美妙的事物。这时萨格雷多插话了，高度赞扬人类最伟大的发明——字母：

> 但在一切奇妙发明之上，最卓越的才智之士是这样一个人，他梦想找到一种沟通方式，可以把他最内在的思想传递给无论多遥远的时空里的另一个人；与东印度群岛的人谈心，与仍未出生或千万年后出生的人谈心。再想想它多方便：无非是在纸上组合二十个不同的小字母！② （第一天对话结束时）

在上次演讲中，我谈到轻，并援引卢克莱修的话，他在字母组合中看到物质那难以捉摸的原子结构的模式。现在我又援引伽利略的话，他在字母组合中（“在纸上组合二十个不同的小字母”），看到沟通的终极工具。与遥远的时空

---

① 全名为《关于托勒密和哥白尼两大世界体系的对话》，是伽利略的主要科学著作，1632 年发表。作品采用对话形式，用他的三位朋友萨尔维亚蒂、萨格雷多和辛普利西奥之口，介绍了他和其他科学家在天文学上取得的成就。该书坚持哥白尼的日心说，反对托勒密的地心说。该书的发表给作者带来了灾难，1633 他被罗马教廷圣职部判处管制。

② 意大利语字母表有 21 个字母，比起英文字母表少 5 个字母：J、K、W、X、Y。加上 H 不发音，古时也就不写它。所以伽利略在这里说字母表只有 20 个字母。

里的人沟通，伽利略如此说；但我们也应加上写作在一切存在的事物之间或可能的事物之间建立的直接联系。

由于我在每次演讲中，都给自己一个任务，就是向新千年推荐某种我所珍视的价值，所以今天我正好推荐这个：在其他媒体都超乎想象地快速、无远弗届、高奏凯歌，且眼看就要把一切沟通都简化成单一、同质的表面的时代，文学的功能是沟通各不相同的事物，且仅仅因为它们各不相同而沟通，非但不锉平、甚至还要锐化它们之间的差异，恪守书面语言的真正旨趣。

汽车时代已把速度变成一种可计算的数量强加给我们，它所创造的纪录无论在人类或机器的历史上都堪称里程碑。但精神速度是不可计算的，且拒绝比较和竞争；它也不能从历史角度展示它的结果。精神速度的价值，在于它自身的价值，在于它赋予任何对这种东西特别敏感的人以快乐，而不在于它可以带来任何实际用途。一项迅捷的推理不见得就优于长期思索的推理。远远不是。但它仅仅凭着自身的迅捷而传递了某种特别的东西。

我在开头说过，我挑选来作为我演讲的题目的每一种价值或优点，并不排斥其反面。在我向轻致意时，也隐含我对重的尊敬，因此我在这里为快辩护，并不表示我否认拖延的乐趣。文学已为放慢时间的进程造就了各种技巧。我已提到重复，而现在我想谈谈离题。

在实际生活中，时间是一种财富形式，对它，我们个个都吝惜极了。在文学中，时间也是一种财富形式，可它是要被悠闲地花费、淡定地消遣的。我们不必抢着当第一个越过预订终点线的人。相反，储蓄时间是件好事，因为我们储蓄得愈多，我们就愈经得起失去。风格和思想的快，尤其意味着灵活、流动和从容，这些特点都属于这样一种写作：它自然而然的离题，从一个对象跳至另一个对象，一百次失去线索，然后经过一百次的迂回曲折之后又找到了。

劳伦斯·斯特恩①的伟大发明，是他那部完全由离题组成的小说，它后来成为狄德罗②效法的对象。离题是一种用来延缓结局的策略，是一种使作品中

① 劳伦斯·斯特恩（Laurence Sterne，1713—1768 年），英国幽默小说家，其《项狄传》和《感伤旅行》没有一贯的情节却充满了幽默和讥讽，因此被视为现代心理小说的先驱。

② 狄德罗（1713—1784 年）作为作家，写过三部小说：《修女》《拉摩的侄儿》和《定命论者雅克和他的主人》。这里指的是他的后两部小说，因为这两部小说与斯特恩的小说一样，没有贯穿全篇的情节与严谨的结构，是由两个人物的谈话、见闻和讲的故事构成的。

的时间繁复化的方式，一种永远躲避或逃离的办法。逃离什么？当然是逃离死亡，卡洛·莱维①在为《项狄传》意大利译本写的前言中如是说。大概没几个人会想到莱维竟然欣赏斯特恩，但实际上他自己的秘密恰恰在于，哪怕是在观察社会问题时，他也能够注入某种离题的精神和某种时间无限的感觉。莱维写道：

> 钟是项狄的第一个象征。他在钟的影响下诞生，并开始他的不幸。这些不幸与这个时间的象征完全是同一回事。死亡就藏在钟里，一如贝利②所说的；还有个体生命的不幸，这一碎片的不幸，这一失去整体性的分裂、零散的生命的不幸，也藏在钟里：死亡，它就是时间，个体化的时间、分离的时间，朝着终点滚动的抽象时间。项狄不想出生，因为他不想死亡。每一种手段、每一件武器都可以使我们有效地摆脱死亡和时间。而如果直线是两个命定且不可避免的点之间的最短距离，则离题就可拉长它；而如果这些离题变得如此复杂，如此交错和迂回，如此迅速，以致可以把它们自己的踪迹隐藏起来，那么，谁知道呢——说不定死亡也就找不到我们，说不定时间就会迷路，说不定我们自己就可以一直这么躲在我们不断变换的隐藏处。

真是些引我深思的文字。由于我并不主张没有目标的漫游，所以我宁愿说我更喜欢把自己交托给直线，希望直线可以持续不断，伸入无限，使我不知所踪。我更喜欢费尽心思计算我的飞行轨道，希望我可以把自己发射出去，像箭一般，消失在地平线上。要么，如果途中有太多障碍，那我宁愿计算可以使我尽快脱离深渊的一段段直线。

从青年时代起，我个人的座右铭就一直是那句古老的拉丁文格言：慢慢地赶。也许，比这个句子的文字和意念更吸引我的，是它的符号的暗示性。你们也许会想起伟大的威尼斯人文主义出版家阿尔杜斯·马努蒂乌斯③，他在他出

---

① 卡洛·莱维（Carlo Levi，1902—1975年），意大利现代画家和作家。

② 朱塞佩·乔阿基诺·贝利（Giuseppe Gioachino Belli，1791—1863年），意大利诗人。他的诗生动描写了19世纪初教皇统治下的罗马生活，表达了对当时社会不平等现象的反抗。

③ 阿尔杜斯·马努蒂乌斯（Aldus Manutius，1450—1515年），意大利著名的印刷和出版商。

版的所有书籍的标题页上，都印上一个标志，以此象征“慢慢地赶”这句箴言。这个标志是一只海豚，它以柔美的曲线环绕着一个锚。脑力劳动的紧张性和持久性，都在这个优雅的图案中表现出来了。鹿特丹的伊拉斯谟①曾花了几页令人难忘的篇幅，对此作了评论。但是，海豚和锚都属于海洋符号的世界，而我一向更喜欢那种把不协调和神秘的形象糅合起来的符号，例如，画谜②里的符号。保罗·焦维奥③所著的十六世纪符号集里，以蝴蝶和蟹来表现“慢慢地赶”，便是一个例子。蝴蝶和蟹都是异乎寻常的，且形状都是对称的，两者之间有一种意料不到的和谐。

我的创作，从一开始就力求追踪精神电路的电光，它们抓住并连结时空里远离彼此的点。我喜欢惊险故事和童话，我在这些作品中寻找某种内在能量和某种心灵运动的对等物。我总是瞄准形象，以及从形象中自然地产生的运动，同时深知除非这股想象之流已变成文字，否则仍谈不上什么文学成果。作家写散文，如同诗人写诗：成功与否，有赖于词语表达的灵活。灵活性也许源自灵感的一闪，但也需要耐心寻找贴切字眼，寻找每一个字都不可替代的句子，也即声音与意念的最有效结合。我深信，写散文应像写诗一样斟酌。两者都要寻找独一无二的表达，简明、浓缩、可记。

要在长篇鸿制中保持这种紧凑是困难的。然而，依我的性格，我觉得我更适合写短篇：我不少作品都是短篇小说组成的。例如，我在《宇宙奇趣》和《时间零》中尝试做的——赋予抽象的时空观念以叙述形式——若不是在短篇小说的格局内进行，就难以实现。但我还在《看不见的城市》一书中，实验过更短小的作品，实验过规模更小的故事，介于寓言与小散文诗之间；最近，又在《帕洛马尔》的描写中做了类似的实验。当然，文本的长短，是一种外在标准，但我要说的是一种特别的密度，它即使可以在篇幅更大的叙述中获得，却必须在一页篇幅内才会得到恰如其分的发挥。

我对短小的文学形式的偏爱，无非是承接意大利文学的真本领而已。意大

---

① 德西德里乌斯·伊拉斯谟（Desiderius Erasmus，1466—1536年），荷兰人文主义者，古典文学研究家，《新约全书》希腊文本的编订者，欧洲北方文艺复兴的重要代表。生于鹿特丹，故称鹿特丹的伊拉斯谟。

② 一种文字猜谜游戏，以图像代替字或字的一部分字母，例如h+ear（耳朵）=hear（听见）。

③ 保罗·焦维奥（Paolo Giovio，1483—1552年），意大利历史学家和绘画艺术作品的收藏家。

利文学中，长篇小说家屈指可数，诗人却不胜枚举。诗人哪怕写散文，也出手不凡，寥寥几页就包含最高程度的创新性和思想性。莱奥帕尔迪的《道德小品》尤其是这方面的典范，在其他文学传统里找不到对手。美国文学拥有光辉而繁荣的短篇小说传统，实际上我认为美国文学中的瑰宝，就在短篇小说中。但是，出版商硬性的区分——要么是短篇，要么是长篇——排斥了其他可能的短小形式（这方面的例子，仍可在一些美国大诗人的作品中找到，包括惠特曼的《典型日子》和威廉·卡洛斯·威廉斯①的很多小品）。出版业的要求是一种迷信，我们不可因此而不尝试新形式。说到这里，我要捍卫各种短小的文学形式的丰富性，连同它们在风格方面和内容的浓缩方面所意味着的一切。我想起保罗·瓦莱里的《泰斯特先生》和他的很多随笔，想起弗朗西斯·蓬热②描写物件的散文诗，想起米歇尔·莱里斯③对他本人和他自己的语言的探索，想起亨利·米肖④在《普吕姆》一书中那些极短篇小说的神秘而具有幻觉性的幽默。

我们时代最近在新的文学体裁方面的伟大发明，是由一位擅写短篇的大师完成的，他就是豪尔赫·路易斯·博尔赫斯⑤。他把自己发明为叙述者——这无异于“哥伦布的鸡蛋”⑥ ——从而克服了使他将近四十岁仍无法从写随笔过

---

① 威廉·卡罗斯·威廉斯（William Carlos Williams，1883—1963 年），美国诗人、小说家。主要作品有《献给欣赏者》《佩特森》，小说三部曲《白骡》《钱财之中》和《立业》等。

② 弗朗西斯·蓬热（Francis Ponge，1889—1988 年），法国现代诗人。1945—1949 年间写了许多散文诗。他的诗偏重于心理描写。

③ 米歇尔·莱里斯（Michel Leiris，1901—1990 年），法国超现实主义作家，其作品执着地探索作者本人的脆弱、恐惧和幻想。主要作品有《成年》《游戏的规则》等。

④ 亨利·米肖（Henri Micheux，1899—1984 年），比利时出生的法国诗人兼画家。主要作品有《内心世界》《他乡》和《褶层中的生命》等。

⑤ 豪尔赫·路易斯·博尔赫斯（Jorge Luis Borges，1899—1986 年），阿根廷诗人、小说家、随笔家。其作品短小精悍，风格独特，以梦幻的手法讽刺现实，在拉美和西方世界影响很大。主要作品有《世纪丑事》《交叉小径的花园》《布罗迪埃的报告》等。

⑥ 据说，哥伦布发现美洲后，有人向他发难：“哥伦布先生，我们谁都知道，美洲就在那儿，你不过是凑巧先上去了呗！如果是我们去也会发现的。”面对责难，哥伦布拿起桌上一个鸡蛋，对大家说：“诸位先生女士们，你们谁能够把鸡蛋立在桌子上？”大家跃跃欲试，却均以失败告终。哥伦布拿起鸡蛋，在桌上轻轻一磕，就把鸡蛋立在那里。他说：“是的，就这么简单。发现美洲确实不难，就像立起这个鸡蛋一样容易。但是，诸位，在我没有立起它之前，你们谁又做到了呢？”

渡到写小说的心理障碍。博尔赫斯想出一个妙计，假装他想写的那本书已由别人写了，那是一位假想中的无人知晓的作者——来自另一种语言、另一种文化的作者；他还假装他的任务是描述和评论这本发明的书。博尔赫斯的传奇，有一部分是这样一则逸闻，说他用这一方法写的第一篇非凡的故事《接近阿尔莫塔辛》于1940年在《南方》杂志发表时，读者竟真的相信这是一篇关于某位印度作者的书评。同样地，博尔赫斯的批评家们都觉得有必要指出，他的每一个文本都通过援引另一些属于某个真实或想象的图书馆的书籍，而加倍或多倍地扩大其空间。这些被援引的书籍，要么是古典的，要么是不为人知的，要么根本就是杜撰的。

我最想强调的，是博尔赫斯怎样以最透明、清晰和轻逸的风格来接近无限，而又丝毫不让人感到拥挤。同样地，他那假设性的、拐弯抹角的叙述方式，催生一种处处具体和精确的语言，其创新性见诸于节奏的多样化、句法的运动和总要令人吃惊和意料不到的形容词。博尔赫斯创造了一种升至新境界的文学，同时也是这样一种文学，它像是自身的开平方。用后来法国使用的一个术语，这是一种“潜在文学”。这方面的最初征兆可在《虚构集》那些小暗示和表达方式里找到，这本小说集也有可能成为那个假设中的作者赫伯特·奎恩的著作。

简洁只是我要谈的这个问题的一个方面，而我将仅限于告诉你，我梦想把浩瀚的宇宙学、萨迦和史诗全都缩成只有一句隽语的大小。在甚至比我们现在还要拥挤的未来的时代，文学必须追求诗歌和思想所达到的最大程度的浓缩。

（选自［意］卡尔维诺：《新千年文学备忘录》，黄灿然译，南京，译林出版社，2009）

1. 作者简介

伊塔洛·卡尔维诺（Italo Calvino，1923—1985年），意大利小说家。1923年10月15日，卡尔维诺出生于古巴哈瓦那附近的一个小镇，父亲是园艺师，母亲是植物学家。两岁时，随父母迁回意大利。他自幼在科学氛围浓郁和充满对大自然的爱的环境中成长，后来考上都灵大学农学系，但他却非常喜欢文学。德国纳粹的入侵打破了他当文学家的梦想，于是他投笔从戎，参加“加里波第纵队”，投入反法西斯武装斗争。战争结束后，他重返高等学府，直接入都灵大学文学系学习。在两年的时间里，他不仅提前修完了文学系的全部课程，完成了一篇论康拉德的优秀毕业论文，而且于1947年发表反映游击队生活的小说《通向蜘蛛巢的小路》，从此一鸣惊人，跻身于意大利优秀小说家的行列。

20世纪40年代，尤其是50年代，卡尔维诺创作了许多短篇小说，1958年，这些作品被结集为《短篇小说》出版，全书共四卷。与此同时，卡尔维诺还创作了《我们的祖先》三部曲：《分成两半的子爵》（1952）、《树上的男爵》（1957）和《不存在的骑士》（1959）。三部曲既似现实中的童话，又像童话中的现实，手法离奇而寓意深远。1957年，卡尔维诺的思想发生了某种变化，主张文学与政治应拉开距离，以获得一种新的视角。

20世纪60年代，卡尔维诺发表的重要作品有《宇宙奇趣》。整个作品由12则故事组成，表现了科学、幻想、寓言、现实融为一体的新特点。有评论家称之为“太空时代的寓言”。20世纪70年代之后，其小说创作明显受符号学、结构主义和解构主义等理论的影响，作品呈现出浓郁的后现代色彩。此间重要的作品有《看不见的城市》（1972）、《命运交叉的城堡》（1973）、《寒冬夜行人》（1979）和《帕洛马尔》（1984）等。

值得一提的是，卡尔维诺曾致力于意大利童话的搜集、整理和研究，并于1956年出版《意大利童话》，被誉为“意大利的格林童话”。对童话的钟情、热爱与研究，使他的创作呈现出诸多“童话小说”的特征。

卡尔维诺被称为后现代主义文学大师，他迷恋于小说的形式和技巧的探索，恣意驰骋于幻想和现实之间，为其读者创造了一个迷人的艺术世界。国内卡尔维诺研究专家吕同六指出：“他的小说，诡奇独特，读来亲切有趣，具有一种特殊的魅力。读者打开书卷，犹如面对无垠的大海，蔚蓝、温馨、潋滟闪光的海洋，显得异常的多姿多彩，温和可爱。而你一旦用心读下去，便如潜入水中，沉入海底，你会惊讶地发现碧森森的沟壑，阴暗的隧道，嶙峋的岩洞，可怕的怪鱼，还有那浮动漂游的海藻，煞像焦躁不安的人的外形。”“他的原创性的创作理念和实践，给小说世界开拓了新的形式，开拓了新的天地，正如美国作家维达尔所言：‘卡尔维诺已经远远超过了同时代的英美作家。’”①

---

① 吕同六：《现实中的童话，童话中的现实——〈卡尔维诺文集〉序》，见《卡尔维诺文集·意大利童话》（上），34～35页，南京，译林出版社，2001。

2. 背景知识

1984年6月6日，哈佛大学正式邀请卡尔维诺主讲诺顿讲座（Charles Eliot Norton Lectures）①，即在一个学年内在马萨诸塞州坎布里奇哈佛大学举行六次讲座（卡尔维诺的课程安排在1985到1986学年内）。经过慎重考虑，卡尔维诺选定了自己要讲的题目——新千年文学备忘录。他主要想阐明2000年以后的文学应该保存哪些价值观。

在他动身去美国之前，他的6篇讲稿只写好5篇，尚无第6讲。这5篇的题目分别是“轻”（Lightness）、“快”（Quickness）、“精确”（Exactitude）、“形象”（Visibility）、“繁复”（Multiplicity）。据他的夫人埃斯特·卡尔维诺讲，卡尔维诺第6讲的题目是“连贯”，他计划讲赫尔曼·麦尔维尔②的《代笔者巴特贝》。但他实际上想增加到8讲的内容，准备讲一讲“小说的开头和结尾”。第6讲之后的内容他原计划到哈佛大学之后再写。然而，非常遗憾的是，卡尔维诺行将前往美国讲学之时猝然去世。这样，我们今天所见的《新千年文学备忘录》中只有5篇，是经他夫人整理而在1988年出版的，此书又称《美国讲稿》。

在此书的前言中，卡尔维诺这样写道：“现在是1985年，距2000年还有15年。我并不认为，这个时代的来临会引起人们振奋。当然我到这里来不是讲未来学，而是讲文学。即将过去的这一千年是西方现代语言与文学发生与发展的一千年，现代文学充分利用了现代语言的表述功能、认知功能和幻想功能。这一千年也是书籍的时代，书籍在这个时代形成了我们大家熟悉的这种形式。这一千年即将结束了，也许正因为如此我们才越来越关心文学与图书在科技与后工业时代的命运如何。我不想就这个问题贸然进行预言。我对文学的未来是有信心的，因为我知道有些东西只能靠文学及其特殊的手段提供给我们。因此，我在这几次讲座中将谈论文学的价值、性质与特性。我最关心这些问题，将把它们与2000年这个前景结合起来讲。”③

---

① 查尔斯·艾略特·诺顿（1827—1908年），美国著名学者。1846年毕业于哈佛大学，1874—1898年曾在哈佛大学讲授美术史，是当时最受欢迎的教师之一。哈佛大学为纪念这位教授，从1925年起开设了诺顿讲座，每年邀请世界文化名人主讲。

② 赫尔曼·麦尔维尔（1818—1893年），美国后期浪漫主义作家。其代表作为《白鲸》（1851），其他重要作品有《皮埃尔》（1852）、《伊斯雷尔·波特》（1855）、《代笔者巴特贝》（1857）、《骗子的化装表演》（1857）等。

③ ［意］卡尔维诺：《美国讲稿》，萧天佑译，317页，南京，译林出版社，2001。

这段文字实际上是理解《新千年文学备忘录》的一把钥匙。卡尔维诺生活在西方发达国家，随着人类社会进入所谓的“后工业社会”，随着科学技术的突飞猛进，随着视听文化逐渐取代书籍文化，以书籍为其载体和传播方式的文学创作与接受面临着空前的挑战。如何来回应并解决这一新的问题？文学在这样一个时代里还有无存在的理由？如果它还能继续生存下去，它将会以一种怎样的面目出现？所有这些，都是卡尔维诺所十分关心的。作家本人有40多年的创作经验，于是他一方面从自己的写作感受和经验出发，一方面大量征引从意大利到欧美各国许多文学大师的创作实例，对文学创作的本质特征、小说的构思，对艺术形象的作用以及与想象、幻想的关系，对文艺理论与批评的现状等一系列问题，进行了详尽、周密的论述和精湛而富有启发性的回答。“未来”不是凭空出现的，所以对“文学的未来”进行某种预测也只能以“过去”和“现在”为其依据。从这个意义上说，它既是总结过去的书，也是瞻望未来的书。它是小说诗学，同时也是我们思考诸多文学问题的突破口。

3. 文本解读

我们可以从三个层面进入到这个文本之中：其一是写作技巧层面；其二是文学风格层面；其三是文学价值层面。

任何一个写小说的人都会面临这样一个问题：故事如何讲述，情节如何展开，哪些地方需要浓墨重彩，哪些地方需要一笔带过。所有这些都会在叙述的时间和节奏中体现出来。卡尔维诺举《意大利民间故事》第50篇作为例子，就是想说明这一问题。在对这个民间故事阐发的基础上，卡尔维诺提出了两个重要概念：叙述时间和真实时间。

真实时间是我们实际经历的物理时间。一个人从早到晚，吃了三顿饭，读了一上午书。此外，他还会过朋友，逛过商场，看过电视，处理过一些杂七杂八的事。这些事情塞满了他一天的生活。而每一件事情，都是在一个特定的时间段中完成的。真实的时间不能延长也不能缩短，更无法省略，但叙述时间却与之不同。所谓叙述时间是故事内容在叙述文本中具体呈现出来的时间状态。在这个时间状态中，作者可以根据叙述的需要来编排和裁剪情节与故事的时间。于是，十年的时间可以在小说中用一句话把它打发掉，而一瞬间的情境，作者也可以用几页的篇幅加以交代。前者使时间“缩短”了，后者又使时间“加长”了。正是在这一意义上，《小说面面观》的作者福斯特才指出，在小说中，有些作家把时钟拨快了，有些作家却把时钟调慢了，还有一些作家则把指针倒回或拨前，但是没有一个人能全然不顾时间顺序。“关于时间的考虑，在小说里是绝对必要的。少了它，就不成其为小说了。”①

当卡尔维诺大谈小说中的时间问题时，显然这里涉及一个写作的技巧问题。不过，对于许多作家来说，甚至对于许多读者来说，小说中的时间问题应该是一个常识。因此，仅仅停留在写作技巧上来理解卡尔维诺的用意并不深入。那么，通过这种讲述，卡尔维诺还想表达什么意思呢？这样我们就需要进入他思考的第二个层面了。

我们可以注意一下他在征引《意大利民间故事》之前的那几句表白：“我在改写上世纪的学者整理的意大利民间故事时，最享受的是读到极其精炼的原文。我试图传达这种精炼，既尊重原作的简明，同时试图获取最大程度的叙述力量。”在这里，他谈到了“简明”或“简洁”，而这种“简洁”显然并不主要是指语言方面的“简洁”或“冗繁”，而主要是指由于特殊的叙述策略而形成的一种文学风格或美学风格。

我们常常把风格看作一个作家特殊的指纹，因为这是他的创作个性在其作品中的自然流露。然而，卡尔维诺在这里却不是从创作个性的角度进入文学风格中的。因为他所谓的“简洁”主要和思维与感觉的速度联系在一起。让我们重温一下他所征引的莱奥帕尔迪的论述：“速度和简洁的风格使我们愉快，是因为它们赋予心灵纷纭的意念，这些意念是同时的，或如此接踵而至，快速得令人觉得是同时的，并使心灵飘浮在如此丰富的思想或形象或精神感觉上，使得心灵要么无法全部逐一充分地拥抱它，要么没时间闲下来和无法没有感觉。诗歌风格的力量，基本上与速度相同，仅仅因为这些效果而令人愉悦别无其他。”

我们大概见到过无数篇谈论风格的文字，但是，把“迅速”“快”“思维的速度”与“简洁”放到一块来进行思考却不多见。于是，简洁不仅仅是简洁，在其简洁的背后，其实体现出来的是一种速度的魅力，是一种思维与心灵伴随着文本仿佛拥有了一种“轻舟已过万重山”似的快感。所以，我们可以这样来理解卡尔维诺的用意，他表面上是谈简洁，实际上推崇的却是速度。他仿佛是在说，一个作家理解了速度，也就参透了叙述的秘密；而一旦叙述获得了成功，简洁也就成了水到渠成的事情了。

---

① ［英］E. M. 福斯特：《小说面面观》，朱乃长译，79页，北京，中国对外翻译出版公司，2002。

那么，为什么卡尔维诺热衷于谈论速度呢？文学与速度究竟存在着怎样的关系？若想对这些问题做出回答，我们首先需要对我们这个时代的某种本质特征进行思考。

可以从许多层面或角度介入我们这个时代，不过，面对我们周围已经发生和正在发生的一切，我们不得不承认这样一个事实：我们已经进入到一个全面“提速”的时代。比如，在没有汽车、火车之前，人们外出旅行只能安步当车，或者以驴、马代步。如今，汽车行驶在高速公路上，火车已有高铁，最高运行时速已超过300公里。同时，人们还可以乘坐目前最快的交通工具——飞机，让自己在最短的时间内到达目的地。再比如，在电话、手机没有出现之前，两个人的远距离谈话只能通过书信。而发信人通过种种中间环节把自己的信息传递到收信人手中，常常要经过几天甚至几个月的时间。如今，有了电子邮件和手机短信、微信等，通信的双方在瞬间便可以完成沟通，速度比以前提高了不知多少倍。这些都在提醒我们，我们不但已经乘坐上这驾“快”的战车，而且这辆战车还在不断加快，如风驰电掣般呼啸前行。于是，不断加快的速度构成了我们这个时代的主要特征。

在这样一个时代中，文学究竟该如何做出应对呢？卡尔维诺指出：“摩托化的时代使速度成为一个可以度量的标准，速度上的每一个新纪录都标志着机器和人类进步的里程。但是思维的速度是不能度量的，不能比较的，不能按历史顺序来排列它的纪录。思维速度的重要性在于它自身，在于它能为善于享受这种快乐的人提供这种快乐，并不在于利用它可能获得的实际效益。迅速的思考不一定比慎重的思考好，也许恰恰相反。不过，它能给予人们某种特殊的东西。这种特殊的东西恰恰来自它的敏捷。”① 在这里，卡尔维诺一方面对速度做出了肯定性的回答；另一方面也指出，在人类的思维速度面前，任何可以度量的速度都将黯然失色，而文学则依托这种思维速度，变得更迅速，更敏捷，从而也更简洁。“在甚至比我们现在还要拥挤的时代，文学必须追求诗歌和思想所达到的最大程度的浓缩。”② ——这就是卡尔维诺给我们提供的答案。

于是正如他在“轻”和“重”之间选择了前者，他在“快”与“慢”之间依然选择了前者。在他看来，“轻”和“快”已不单单是一种风格，而更应该

① ［意］卡尔维诺：《美国讲稿》，萧天佑译，357～358页，南京，译林出版社，2001。

② ［意］卡尔维诺：《新千年文学备忘录》，黄灿然译，52页，南京，译林出版社，2009。

是一种价值，一种文学的价值观。拥有了这种价值观，也就拥有了把握这个时代的能力，自然也就拥有了与这种时代相抗衡的资本。而当卡尔维诺在这一思路中展开了自己的思考时，他仿佛已在预言：未来的文学主要应该是短篇小说，是诗，而不是其他。

走笔至此，我们不禁会想到中国小说作家汪曾祺先生的相关论述。他说，现代小说的特征之一是“短”：

> 现代小说是忙书，不是闲书。现代小说不是在花园里读的，不是在书斋里读的。现代小说的读者不是有钱的老妇人，躺在樱桃花的阴影里，由陪伴女郎读给他听。不是文人雅士，明窗净几，竹韵茶烟。现代小说的读者是工人、学生、干部。他们读小说都是抓空儿。他在码头上、候车室里、集体宿舍、小饭馆里读小说，一面读小说，一面抓起一个芝麻烧饼或者汉堡包（看也不看）送进嘴里，同时思索着生活。现代小说要符合现代生活方式，现代生活的节奏。现代小说是快餐，是芝麻烧饼或汉堡包。当然，要做得好吃一些。①

这种说法与卡尔维诺的说法似有异曲同工之妙。由此可知，伟大的作家在对文学的看法上常常是英雄所见略同。

那么，当卡尔维诺推崇“快”的价值时，是不是已经把“慢”忘到九霄云外了呢？不是的。他谈到了使文学“慢”下来的种种叙事技巧，并且告诉了我们“慢中求快”的诀窍。也许，只有懂得了“慢”，才能理解“快”；“快”有“快”的快感，“慢”有“慢”的乐趣。而且，当“快”与我们这个时代的本质特征形成了一种同构关系时，“慢”的文学也许才能显示出文学与其他事物的不同之处来。于是，对于文学来说，“慢”也许会成为一种奢侈品，成为一般人消受不了却又异常高贵的美。

第二节 相关问题概说

艾柯与卡尔维诺的两个文本，一个思考新媒介对文学的影响，一个论述文学的未来走向。于是在他们论述的基础上，我们可以进一步思考如下两个问

① 汪曾祺：《说短》，见《汪曾祺文集·文论卷》，72页，南京，江苏文艺出版社，1994。

题：文学与媒介、文学发展的新趋势。

一、文学与媒介

1. 什么是媒介

媒介的本来意思是指使双方发生关系的人或事物。在传播学的语境里，媒介也称“传播媒介”，通常是指那些传达、增大、延长人类信息的物理形式。美国传播学家施拉姆（Wilbur Schramm）和波特（William E. Porter）认为：“媒介就是插入传播过程之中，用以扩大并延伸信息传送的工具。”①

但是，我们今天通常会使用“大众媒介”（mass media）或“大众传播媒介”（mass media of communication）的概念。那么，什么是大众传播媒介呢？大众传播媒介是20世纪20年代广播电台出现后才有的一个概念，指的是在传播途径上用以复制和传播信息符号的机械和有编辑人员的报刊、电台之类的传播组织居间的传播渠道，具体可分为印刷媒介（报纸、杂志和书籍）与电子媒介（电影、广播和第二次世界大战之后才出现的电视）等。因此，中国传播学者曾给大众传播媒介下过这样一个定义：“大众传播媒介是指在传播路线上用机器做居间以传达信息的报纸、书籍、杂志、电影、广播、电视诸形式。”②

2. 媒介演变的四种形态

从传播学的角度看，人类文明发展的历史既是人类使用传播媒介的历史，也是媒介从简单变复杂的发展历史。人类文明发展到今天，传播媒介的演变大体经过了如下四种基本形态：口头媒介、印刷媒介、电子媒介和数字媒介。③

---

① ［美］威尔伯·施拉姆、威廉·波特：《传播学概论》，陈亮等译，144页，北京，新华出版社，1984。

② 沙莲香主编：《传播学——以人为主体的图象世界之谜》，115页，北京，中国人民大学出版社，1990。

③ 关于媒介形态，西方学者有多种说法。比如，波斯特把电子媒介之前的时代称为“第一媒介时代”，把电子媒介之后的时代称为“第二媒介时代”。菲德勒则认为迄今存在着三次媒介形态的大变化：口头语言和第一次媒介形态大变化，书面语言和第二次媒介形态大变化，数字语言和第三次媒介形态大变化。我们在这里区分为四种，一方面取较通常的划分，一方面也想较细腻地呈现文学在不同媒介中的变化。而所谓“印刷媒介”，狭义上指印刷术出现之后的媒介，但广义上看，亦可把印刷术之前通过竹简、布帛、羊皮等传播文字的时期称为“前印刷媒介”时期。

口头媒介。所谓口头媒介是指以口头语言为载体而进行传播的媒介。在口头语言没有出现之前，人类还处在蒙昧时期。随着口头语言的兴起，人类的传播体系出现了第一次媒介形态大变化。通过口头语言，人类将知识、经验和信仰传递给下一代成为可能。口头媒介至今依然是人们采用的、同时也是最方便的一种媒介形式。这种状况正如施拉姆和波特所描述的那样："几千年来，集市、市场、庙会一直在把人们聚集在一起，互相打听消息，交流见解，插科打诨。如果一时没有集市、公共集会或者马戏班子前来演出这样的活动，人们也会想出办法，聚会起来交换信息。即使在今天，在亚洲的许多村庄里，洗衣服的时间仍然既是劳动也是进行社会交流的时间。在非洲，一种各色人等聚集在一起商议的做法长期以来是部落居民对酋长诉说自己问题的场合。"① 口头传播的特点是"面对面"，即必须以信息传递者和信息接受者的同时在场为前提，但其缺陷也显而易见。这种缺陷正如菲德勒（Roger Fidler）所指出的那样："即使人际和广播传播的口头形式在细节和相关性上很丰富，它们本身在穿越时空时却具有不稳定性和不可靠性。当故事从一个族群传递到另一个族群或是代代相传时，它们势必丢失了许多它们原有的意思和来龙去脉，最终变得不可理解或成了隐喻。"②

印刷媒介。文字发明对于人类历史来说无疑是一次重大进步，但是在造纸术和印刷术没有出现之前，文字的传播比较困难。在中国，古人最初是把文字刻在龟甲、兽骨、青铜器和石头上，后来又书写在布帛上。在古埃及，人们是用树枝等蘸着染料把文字书写在一种宽而柔的草叶上，史学家称之为"纸草"。在古罗马，人们则是把文字写在羊皮上。纸的发明优于上述各种书写工具，可以说带来了一次信息革命。405年，中国出现了雕版印刷；1045年左右，毕昇发明了活字印刷术；1405年，德国人古登堡（Johann Gutenberg）对印刷技术进行了多种改革，印制了精美的《圣经》，人类历史从此走出"前印刷媒介"时期而进入印刷媒介时代。

印刷媒介的出现使得信息的远距离传播和长时间保存成为可能，而更重要的是，印刷技术又催生了出版业。到1500年，200个欧洲城市已有1100多家印刷铺子，生产出了1200万本书籍、35000个版本。进入17世纪之后，报纸

---

① ［美］威尔伯·施拉姆、威廉·波特：《传播学概论》，陈亮等译，144页，北京，新华出版社，1984。

② ［美］罗杰·菲德勒：《媒介形态变化——认识新媒介》，明安香译，51页，北京，华夏出版社，2000.

开始出现并迅速散布整个欧洲大陆。其后，各种类型的杂志纷纷涌现，书籍的印制也渐趋精美与讲究。一般认为，1890—1920年是印刷媒介的黄金时代。在这些年代里，读者群的数量猛增，出版商权力巨大，甚至可以轻易地捧红和毁掉政治家们。① 然而，由于电子媒介的出现，印刷媒介的垄断地位开始削弱。

电子媒介。通过电磁波或电子技术去复制和传递信息的媒介，其传播工具包括电报、电话、有线和无线电广播、电影、电视等。

16世纪初，电磁学有了飞速发展，这就为后来的电子媒介的出现提供了技术保障。1838年，莫尔斯（Samuel Finley Breese Morse）发明了电报机，进行3英里收发电报的试验获得了成功。电报的发明，拉开了电信时代的序幕，开创了人类利用电来传递信息的历史。19世纪70年代，从意大利移民到美国的安东尼奥·梅乌奇发明了电话，② 这实际上也为后来的有线广播解决了传声问题。1895年，电影正式出现。20世纪20年代初期，无线电收音机问世。1925年，英国人贝尔德研究电视成功，但第二次世界大战之后才开始普及。

电子媒介的出现，意味着信息时代的到来。由于电子媒介传递手段简单，无须中间环节，加之传播速度大大加快，信息种类大大增多，并可以给人们提供丰富生动的视听画面，所以，它一经出现，便受到人们的喜爱，听众和观众越来越多。而随着电子媒介的普及，种种印刷媒介被迫改变其内容和形式，以便能继续生存下去。而更重要的是，电子媒介还在很大程度上改变了人们传统的生活方式、思维方式和接受方式，并使一种新型文化的出现成为可能。切特罗姆（Daniel J. Czitrom）指出："电影创造了一种新型的文化，它集商品和艺术于一身，并明显地引起广泛的爱好。"③ 事实上，每一种传播媒介的出现，都会创造出一种新的文化。从传播学的意义上看，新媒介所创造的文化使旧媒介和与之伴生的文化不得不成为传统文化。

数字媒介。通过数字语言来编码和处理信息的媒介。主要包括电脑、互联网、数码照相机、数码摄像机、高保真音响、手机等。在中国，传播界也把手

---

① ［美］威尔伯·施拉姆、威廉·波特：《传播学概论》，陈亮等译，58页，北京，新华出版社，1984。

② 以往，人们把亚历山大·贝尔视为电话的发明者，但2002年，美国国会已通过一项决议，认为贝尔窃取了梅乌奇的研究成果，所谓"电话之父"实际上是一个"无耻的窃贼"。参见《美国为电话发明人正名"电话之父"贝尔成剽窃者》，载《北京娱乐信报》，2002-06-25。

③ ［美］丹尼尔·杰·切特罗姆：《传播媒介与美国人的思想——从莫尔斯到麦克卢汉》，曹静生、黄艾禾译，39页，北京，中国广播电视出版社，1991。

机看作继报刊、电影、广播电视、电脑与互联网之后出现的“第五媒体”。新技术将不断运用于这一媒体，从而使短信、彩信、IVR（互动式语音应答）、WAP（无线应用协议）、定位技术、摄像、拍照、上网等多媒体功能更趋成熟与丰富。

根据美国麻省理工学院教授及媒体实验室创办人尼葛洛庞帝（Nicholas Negroponte）的分析，理解数字技术的关键在于“比特”（bit）。比特没有颜色、尺寸或重量，能以光速传播。它就好比人体内的DNA一样，是信息的最小单位。比特是一种存在的状态：开或关，真或伪，上或下，入或出，黑或白。出于实用目的，我们可以把比特想象成1和0。数字语言依靠二进制的计算系统，而不是现代社会普遍采用的十进制系统。比如，当你数数的时候，跳过所有不含1和0的数字，得出的结果会是：1、10、11、100、101、110、111，等等。这些数字在二进制中代表了1、2、3、4、5、6、7等数字。在数字语言中，成串的比特根据限定的规则或标准集合，以组成名为字节、可被计算机轻易读取的“字词”。而在数字媒介时代，越来越多的信息，如声音影像，都可以被数字化，也就是说都可以被简化为同样的1和0。①

与电子媒介相比，数字媒介具有更便捷迅速等诸多特点，它标志着信息高速公路（Information Superhighway）的真正诞生，人类因此从工业社会进入后工业社会，即信息社会。人们也从原来对信息的被动消费而变为与信息的双向交流。尼葛洛庞帝指出，在这样一个时代，信息不再被“推给”（push）消费者，相反，人们（或他们的电脑）将把所需要的信息“拉出来”（pull），并参与到创造信息的活动中。因此，“大众传媒将被重新定义为发送和接收个人化信息和娱乐的系统”。② 而卡尔维诺则把这个时代看作软件启动硬件的时代：“软件指挥硬件和外部世界，硬件按照软件的要求而存在”，在这个时代里，“铁制的机器将会永远存在，但它们必须服从那些没有重量的信息单位”。③ 然而，这个时代的来临，也带来了许多值得研究和关注的问题，如虚拟现实（virtual reality）问题、主体与客体的重新定位问题、人机同一问题等。这些问题不一定都与文学相关，却构成了我们思考文学的重要背景。

① ［美］尼葛洛庞帝：《数字化生存》，胡泳、范海燕译，24～27页，海口，海南出版社，1997。

② ［美］尼葛洛庞帝：《数字化生存》，胡泳、范海燕译，15页，海口，海南出版社，1997。

③ ［意］卡尔维诺：《美国讲稿》，萧天佑译，323页，南京，译林出版社，2001。

3. 文学在传播媒介中的存在状态

文学总是存在于一定的传播媒介中的，没有媒介作为其载体，可以说就没有文学。那么，媒介的不同，使文学具有了怎样不同的特点呢？

在口头媒介时期，文学的主要形式是诗歌、谚谣、歌谣等。其中歌谣是人们传闻叙事、抒发情感、表达意见乃至讥讽或颂扬的最普遍形式。因为它语句简单、声音和谐、便于流传。中国古代的诗歌总集《诗经》中就有大量反映百姓政治愿望的歌谣。历史上的农民起义也常常利用谚谣进行宣传、鼓动和联络。如东汉黄巾军起义前就到处流传着这样的歌谣："苍天已死，黄天当立，岁在甲子，天下大吉。"像这样的歌谣都具有某种文学的因素。

口头媒介时期所存在的文学可称作"口头文学"或"口传文学"，它具有形式简短、合辙押韵、便于传唱并富有浓郁的民间色彩等诸多特征，但其缺陷也显而易见。比如，鸿篇巨制的文学基本上无法形成，在其流传的过程中，也会因不断的修改和润色而变形走样。所有这些，都对文学的发展构成了某种限制。

我们现在通常所说的文学实际上是指以印刷媒介作为传播工具的文学。文学在印刷媒介时代得到了空前的繁荣和发展，文学经典与文化典籍的大量印行、流通、传播和阅读，都与印刷媒介的运用有关。在我国，宋代散文的活跃，宋词的繁荣，明清白话小说的兴盛，都与印刷媒介密不可分。"尤其是明清白话长篇小说在城市民间的流行，直接与印刷媒介的普及相关。由于印刷媒介的运用，长篇小说这类篇幅巨大的文学作品的快速的批量复制成为可能。这就为其在读者中批量发行和迅速流通提供了媒介条件。"① 在英国，通俗文学（popular literature）的繁荣其实是印刷媒介发展的伴生物。根据洛文塔尔（Leo Lowenthal）的梳理和分析，由于印刷媒介在18世纪已非常发达，所以它既催生了一种新型的文学形式——通俗小说（popular novel），也造就了一批作者队伍和阅读大众，而印刷商和出版商也在其中扮演着非常重要的角色，他们在很大程度上已能够左右文学的生产和消费。②

在印刷媒介时代，文学具有了种种新特点，但其中最重要的特点是，文学的写作与阅读成为一种个人化行为。作家在其创作中虽然会受到其他因素的干扰（如考虑读者的需要、出版商的建议、书报检查制度的审查等），但作家是

① 王一川：《文学理论》，117页，成都，四川人民出版社，2003。

② 赵勇：《通俗文学视野中的大众文化——论洛文塔尔大众文化观的独特性及其成因》，载《文艺理论研究》，2004（4）。

唯一的作者，这既不同于口头媒介时期文学作品在其流传中将会有无数个作者介入的情况，也不同于电子媒介时代准文学产品的集体生产。而读者的阅读也是非常个人化的，几个人一起读一本小说的情况一般不会出现。陈平原认为："读小说当然不同于听说书（或者拟想中的'听说书'），不再是靠听觉来追踪一瞬即逝的声音，而是独自阅读，甚至掩卷沉思。读一遍不懂可以读两遍，顺着读不行可以倒过来读或者跳着读；不单诉诸情感认同，而且诉诸理智思考；不单要求娱乐，而且要求感悟启示。是的，读小说比听说书甚至读故事都要显得孤独，可正是这种'孤独'逼得读者直接与书中人物对话并寻求答案。'我们倾向于把我们的阅读想象成一个提问和解答的过程，一个逼向意义的过程'；'对于书面文学，我们可以使用我们最平常的想象力——我们的追踪与发现，积累与解释，通过我们自己独立的努力取得故事意义的能力'。"① 可以说，听说书是口头传播时期的一种文学接受行为，看电影是电子媒介时期的接受方式，这些接受都是一种集体行为，而唯有读小说这种个人行为以及沉浸其中独自享受阅读的乐趣和沉思的妙处，才是印刷媒介时代的一种接受方式。

进入电子媒介时代后，文学又出现了新的变化。一方面，以印刷媒介作为依托的文学受到电子媒介的挤压，越来越多的"读者"变成了"观众"，文学的生产与消费势必受到影响；另一方面，电影和电视等电子媒介又常常把存在于"纸媒"中的文学作品作为其拍摄其影视剧的重要资源。电子媒介的需求又刺激了文学的生产，但这种生产因为是在昆德拉（Milan Kundera）所谓的"意象设计师"的启发下进行的，所以，作家往往会写出一些故事性强、画面感浓、适合于改编的文学作品。在这一意义上，作家成了影视生产者的供货商。与此同时，当小说作者参与了影视剧的生产之后，又会反过来根据影视剧本写作小说，于是出现了一种"从电影到小说"的逆向生产［反电影理论家布鲁斯东（George Bluestone）"从小说到电影"的观念而行之］，小说写作因此渗透了影视剧的思维，并对印刷媒介中的小说写作构成了一种潜在的甚至是负面的影响。刘震云的小说《手机》就是这方面的一个典型例子。②

当"纸媒"中的文学被电影或电视剧改编之后，后者已不是纯粹意义上的文学，因为文学的重要特征之一——语言并不会成为影视剧的主要关注目标，图像才是它精心打造的对象。因此，尽管影视剧还残留着文学的一些特征，我

---

① 陈平原：《中国小说叙事模式的转变》，295页，上海，上海人民出版社，1988。

② 赵勇：《从小说到电影：〈手机〉的硬伤与软肋》，见李建军编：《十博士直击中国文坛》，101～108页，北京，中国工人出版社，2004。

们却不能把它称作文学，它们只能被看作“泛文学”“亚文学”或“准文学”。泛文学的流行把所有原来用文字表达的东西转化成了图像，因此，它强化了我们这个“读图时代”的基本特征。而正是因为电子媒介的勃兴，我们也进入到丹尼尔·贝尔（Daniel Bell）所谓的“视觉文化”时代。①

那么在数字媒介时代，文学又出现了怎样的新气象呢？下面，就让我们来看看文学的最新发展状况。

二、文学发展的新趋势

文学发展的新趋势依然与传播媒介密切相关。如今，新型的数字媒介已催生了多种文学样式，它们大体上可被纳入以下两种文学之中：其一是网络文学，其二是微文学。

1. 网络文学

网络文学是伴随着网络时代的到来而出现在互联网上的一种文学样态。由于出现的时间较短，对其定义还存在着一些争议。广义的网络文学是指在互联网上传播的所有文学和类文学样态。但这仅仅是根据传播介质来下定义，所以经不住推敲。例如，按此定义，《红楼梦》转换成电子文本上网之后也可称作网络文学。狭义的网络文学是指只能存在于互联网上，不能印刷出版，且充分体现着网络特征的网络超文本文学、多媒体文学，由网友共同创作的接龙文学，通过电脑软件创作的准文学等。但目前这类作品的数量不多，影响也不大。现在能被大多数人接受的定义是：网络文学是指网民利用电脑创作，首先发表于互联网上，供网民欣赏、批评或参与的文学或类文学作品。②

网络文学是于1994年进入中国的。1995年，“橄榄树”文学网站成立，1996年，中国第一个女子文学网站“花招”走进互联网络，1997年，中国最大的中文原创文学网站“榕树下”在上海设立。世纪之交以来，专业性的文学网站越来越多，较著名的有红袖添香、起点中文网、晋江文学城、言情小说吧、盛大文学等。此外，中国四大门户网站新浪、搜狐、网易和腾讯也都开辟了“文学”频道，这就为网络原创提供了更多的发表阵地。

网络文学在中国兴起的时间虽然不长，但已从原来的无序走向了现在的有

① ［美］丹尼尔·贝尔：《资本主义文化矛盾》，赵一凡等译，156页，北京，生活·读书·新知三联书店，1989。

② 参见欧阳友权主编：《网络文学词典》，18页，广州，世界图书出版广东有限公司，2012。

序，其作品也从原来的屈指可数变成了当下的多如牛毛。1996—1997年，因一些网络写手刚刚“触网”，他们还不可能有多大作为。这两年可看作网络文学的起步阶段。1998—1999年，随着蔡智恒的网络爱情小说《第一次亲密接触》在网上连载，引发了中国大陆网络文学创作的热潮，也涌现出邢育森、宁财神、俞白眉、李寻欢、安妮宝贝等著名的网络写手。2000—2002年，网络文学获得丰收，一批网络小说（今何在的《悟空传》、林长治的《沙僧日记》、慕容雪村的《成都，今夜请将我遗忘》、江南的《此间的少年》、何员外的《毕业那天我们一起失恋》等）大受欢迎，并最终变成了传统的印刷文本。2002年，宁肯的《蒙面之城》获第二届“老舍文学奖”，标志着网络文学被传统文学正式认可。2003—2004年，网络文学略显沉闷和低迷。而萧鼎的《诛仙》现身网络，则预示了玄幻小说的诞生。2006年，《明朝那些事儿》《鬼吹灯》《赵赶驴电梯奇遇记》等作品在网上走红。2008年10月—2009年6月，在中国作家协会的指导下，中文在线旗下的17K网站与《长篇小说选刊》联手承办了“网络文学十年盘点”活动，最终在1700部作品的基础上，由文学界推选出了10部最佳作品，由网络读者推选出10部人气最高作品。这一活动标志着传统文学与网络文学的一次深入交流。此后，网络文学进入平稳发展时期。

时至今日，网络文学的特点已呈现得愈加分明。大体而言，我们可以从以下几个方面加以把握。

第一是写作门槛降低。昆德拉曾经在小说中以不无戏谑和忧虑的口吻指出：“写作癖在政客、出租车司机、产妇、情妇、杀人犯、小偷、妓女、警察局长、医生以及病人中的不可避免的泛滥，在我看来，无非表明着每个人毫无例外都具有作家的潜质，乃至整个人类都可以堂而皇之地走到大街上，大声叫喊：我们都是作家！”① 如果说在昆德拉的描述中，写作癖还多少带有一种想象的、夸大其词的成分，那么自从有了网络，它才算真正落到了实处，全民写作的时代也才真正到来。因为从理论上说，网民只要有条件上网且粗通文墨，便可以写作并发表作品。这就降低了写作和发表的门槛，随之而来的问题是泥沙俱下，鱼目混珠。要想在海量的网络文学中披沙拣金，发现佳作，委实不易。

第二是狂欢色彩加重。狂欢、狂欢化、狂欢式的世界感受等是巴赫金的说

---

① ［法］米兰·昆德拉：《笑忘录》，王东亮译，163页，上海，上海译文出版社，2004。

法，用来描述一些小说的复调风格。从某种程度上看，当今的网络世界也是一个虚拟的狂欢广场，网络文学诞生于此，便也更多地携带了狂欢的基因。于是，除巴赫金所谓的广场话语之外，调侃、戏仿、反讽、夸张、搞笑、恶搞、无厘头等也常常成为网络文学的主要修辞策略。早期的网络文学《悟空传》《沙僧日记》等作品开此先河，后来者则不断进入到这一写作谱系之中。比如，《明朝那些事儿》之所以写得“好看”，很大程度上便是狂欢思维、大话美学与后现代笔法结合的产物。① 当网络文学越来越具有狂欢色彩之后，它确实对既定的写作观、语言观和文学观构成了一种颠覆，甚至如李寻欢所言，让文学重新回到了民间。但在一个商业化的时代，狂欢、大话、好看等也很容易成为消费主义的同谋。

第三是读写互动出场。传统的文学创作是作家个人的事情，这意味着从构思到写作都须作家亲力而为。即便作品面世之前作家会听取读者意见，但一方面，读者大都是相关人员（如期刊编辑、作家同行、批评家等）；另一方面，听取意见也常常是在小范围内进行的。然而，网络文学却改变了传统文学的做法：即写即贴意味着作家将呈现出整个生产过程；主帖之后无数读者的跟帖评论（涉及鼓励表扬、批评建议乃至出谋划策等）又会在很大程度上影响甚至左右作家的写作走向。于是，这种深度参与使读者（尤其是粉丝）成了作品的潜在合作者。费斯克（John Fiske）认为粉丝具有文本生产力，而文本生产力并不只局限于新的文本生产，“它还参与到原始文本的建构当中，从而将商业化叙事或表演转化为大众文化。粉丝都具有积极的参与性。身着球队衣服的球迷们和穿戴举止都像乐队的摇滚乐听众们，都已成为表演的一部分了”②。网络文学的读写互动亦可作如是观。

第四是类型写作分明。网络文学类型原是文学网站的一种分类，主要功能在于方便读者找到适合于自己阅读的文学类型。如榕树下开办之初，小说栏目曾分为爱情城市、武侠天地、聊斋夜话、鬼话连篇；而到起点中文网时代则已开设玄幻·奇幻、武侠·仙侠、都市·青春、历史·军事、游戏·竞技、科幻·灵异等小说频道。这种分类方式被各大文学网站效仿，其名目也越来越多，从而对网络写手的类型化写作构成一种召唤和规训。2006 年以来，类型化

---

① 参见赵勇：《“好看”的秘密——〈明朝那些事儿〉的文本分析》，《文艺争鸣》，2010（5）。

② ［美］约翰·费斯克：《粉都的文化经济》，陆道夫译，见陶东风主编：《粉丝文化读本》，12 页，北京，北京大学出版社，2009。

写作蔚然成风，新型的小说类型（如穿越、盗墓、后宫等）及其代表性作品（如《步步惊心》《盗墓笔记》《甄嬛传》等）也越来越多。类型化写作有自己的目标受众，其情节模式、结构程式等相对固定。它发展得越成熟，也就越是在按照某种“配方”生产，其大众文化的特征也就越明显。

第五是商业气息浓郁。网络文学出现之初带有很大程度的自发性，这意味着一开始网络写手与商业利益并无瓜葛。2003年10月，随着起点中文网首推VIP会员计划，开启付费阅读模式，标志着网络文学被纳入商业运作的轨道。此后，大量的网络写手进入这一行业，而“按字计酬”的稿费标准，“试读＋付费”的阅读模式，日日更新的行规以及点击率和排行榜所形成的压力等，都促使网络文学越写越长。① 在传统文学中，50万字的长篇小说已足够长，但对于网络小说而言，50万字才刚刚起步，只有写到数百万字乃至上千万字的小说才能使作者与网站双双受益。在这种拼速度、拼体力的写作中，“超长篇”写手很难做到精雕细刻，从容布局。与此同时，单打独斗的写作又很难支撑长久，团队合作的批量生产渐成气候。这样，网络文学最终也成为商业流水生产线上的一件件产品。

如此看来，网络文学发展至今，既呈现出欣欣向荣的局面，又潜藏着诸多问题。而它究竟会走向何方，我们还需要拭目以待。

2. 微文学

宽泛而言，微文学也是网络文学。但由于它的特征非常明显，便有必要单独加以讨论。大体上说，我们可以把字数在140字以内，借助短信、微博等媒介形式生产、传播、阅读的文学看作微文学。微文学包括微小说、微散文、微诗歌、微戏剧、微童话等。

微文学之所以能够出现，原因大概有二：其一，新媒介来临之后，手机在人们的生活中开始扮演越来越重要的角色，于是70字以内的短信文学应运而生。2009年8月，随着国内网站新浪推出“新浪微博”内测版，微博开始进入上网主流人群的视野，140字以内的微博文学也呼之欲出。因此，微文学首先是媒介变迁的产物。其二，人们越来越生活在一个“时空压缩”的现实世界里，“短平快”既是一种生活节奏，也是一种生命体验。于是，“微”成为这个时代的基本特征，与之配套的是微博、微信、微叙事、微阅读、微电影、微情

---

① 起点中文网等实行的VIP收费阅读制度一般规定前20万字免费，以后按每千字收费，网站、作家分成。单本连载总字数基本上都要达到300万字左右才比较划算。参见邵燕君：《媒介新变与“网络性”》，《人民日报》，2014-4-8。

书、微公益、微理财、微旅游等。在这样一种时代语境中，微文学的诞生也就有了强大的技术基础和文化氛围。

微文学发展至今，主要经过了以下两个阶段。

短信阶段。2002 年，网上出现了“短信写手”的称谓，那些为门户网站或者专业短信息网站提供短信资源的人，为网站运营商们提供了大量有趣的文字和图片让网友下载、转发。于是，短信成为网站新的经济增长点。各大网站不惜重金将一批短信写手网罗旗下，以便源源不断地创作出各种新奇古怪、调侃诙谐的短信，吸引用户。短信文学就是在此基础上发展起来的。2004 年 6 月，由《天涯》杂志、海南在线天涯社区和海南移动通信有限责任公司三家联合发起“首届短信文学大赛”。2004 年 8 月，号称“中国第一短信写手”的戴鹏飞出版了中国第一本短信小说《谁让你爱上洋葱的》。同年 8 月，广东作家千夫长创作的 4200 字的手机小说《城外》，被电信运营商华友世纪通讯公司以 18 万元的高价买断版权，并由春风文艺出版社出版。此后几年，短信文学逐渐降温。

微博阶段。微博出现之后，微博文学迅速崛起。2010 年，首部微博小说《围脖时期的爱情》走红网络。2010—2013 年，新浪继续举办四届微小说大赛。2012 年，《黄金时代》杂志举办首届“微文学　大生活”微博征文大赛。2013 年，《微文学》杂志创刊。与此同时，传统媒体《南方周末》等报纸也开设了“微叙事”栏目，2014 年，《光明日报》举办首届微博微小说大赛。种种迹象表明，微博文学已后来居上，取代了先前的短信文学，成为微文学的主要形式。

从短信文学开始，微文学的基本特征就已基本固定，这种特征曾被戴鹏飞概括为：每自然段基本 70 个字；段落结尾或幽默，或哲理，或双关，或言情；隔行；简化故事情节，淡化矛盾冲突，强化语言精彩，深化标点意义；对白生动、夸张；采用蒙太奇手法；用环境隐喻内心的一种新文体。① 而只要把 70 字换成 140 字，这种特征也基本适用于微博文学。

比如，我们先来看看戴鹏飞的一则短信文学：

> 流泪的爱情——黄瓜失恋痛哭，茄子安慰她：爱情不单只是甜美、只是沉醉，还有心碎，还有流泪。唉！谁让你爱上洋葱的？

---

① 李师江：《短信文学是什么玩意儿》，http：//www. sg. com. cn/2004style/YLZM/t20040817 _ 77695. htm.

然后我们再来看一则新浪微博第三届＃love 微小说＃大赛获奖作品：

> 父亲病故后不久，我和爱人决定接远方的母亲过来住段时间。一天晚上，爱人很惊奇地对我说："我发现你妈挺时髦啊，每天睡前还听 MP3。"我瞬间想起那机器是今年春节妈叫我买的，当时还让我教她如何录音。心生好奇，于是趁妈出去买菜翻出来偷听，却发现里面只有打呼噜的声音。

除这些刻意创作的微文学作品之外，我们还需要注意那些广为流传的段子。段子自然也有多种类型，但其中较重要的一种是以荒诞笔法呈现社会问题、世间百态，从而达到介入现实和批判现实的目的。这种段子若写出水平，其实也可看作微文学。

必须指出，微文学的特征虽然明显，但它一开始就被明确定位成了文学商品。千夫长在谈到他的手机小说《城外》时就曾直言不讳，明确了它的商品属性。① 而微博上的段子手也多与商家合作，或兼打广告，或在其段子中植入广告。因此，对于微文学，我们除了要注意其文学新特征之外，还必须把其商品属性考虑进来。

不过，微文学确实把我们带到了卡尔维诺所论述的语境之中。卡尔维诺强调未来的文学可能是一种"轻"、"快"、"简洁"、讲究"速度"的文学，微文学则在很大程度上吻合了我们这个时代的特征，也在一定程度上吻合了卡尔维诺的论述。

那么，未来的文学究竟会走向何处呢？显然这是一件不太好预测的事情。但可以肯定的是，由于网络和手机在人们的生活中越来越占据着重要的地位，文学也就会越来越频繁地与这些新媒介亲密接触。这种局面，既为传统文学的发展提供了契机，也为网络文学和微文学的进一步生长提供了巨大的平台。与此同时，新媒介既改变了文学的生产方式和传播方式，也改变了读者的阅读方式和消费方式。而这种变局自然也会作用于文学本身，让它发生种种变化。因此，文学固然不可能像米勒所断言的那样走向终结，但是，它在内容和形式上的变化却是明显的。而追踪这种变化，并从中寻找变化的内在逻辑，也将是文学理论的一个重要任务。

---

① 舒晋瑜：《来了吗，短信文学时代?》，http：//www.phoenixtv.com/home/zhuanti/fhxd/show/yuedu/200409/22/331066.html.

【思考题】

1. 艾柯把书分为两种，一种供人阅读，一种供人查阅。你认为这种分法合适吗？为什么说供人阅读的书不会消亡？

2. 阅读卡尔维诺的《马科瓦尔多逛超级市场》《黑羊》《良心》等短篇小说，仔细体味作者是如何在其作品中体现“快”的文学价值观的。

3. 结合最新出现的数字媒介（如网络、手机等），谈谈传播媒介对文学产生了怎样的影响。

【辅助阅读材料】

1. 卡尔维诺．新千年文学备忘录．南京：译林出版社，2009.

2. 卡尔维诺．美国讲稿．南京：译林出版社，2001.

3. 让-菲利清·德·托纳克．别想摆脱书：艾柯、卡里埃尔对话录．桂林：广西师范大学出版社，2010.

4. J. 希利斯·米勒．土著与数码冲浪者：米勒中国演讲集．长春：吉林人民出版社，2004.

5. 尼葛洛庞帝．数字化生存．海口：海南出版社，1997.

6. 罗杰·菲德勒．媒介形态变化：认识新媒介．北京：华夏出版社，2000.

7. 欧阳友权等．网络文学论纲．北京：人民文学出版社，2003.

8. 童庆炳．全球化时代的文学和批评会消失吗？//童庆炳．文学理论学刊（第2辑）．北京：北京师范大学出版社，2001.

9. 赵勇．媒介文化语境中的文学阅读．中国社会科学，2008（5）.

知识点索引

（所标页码指的是该知识点出现的主要页码）

Y

Z

初版后记

本教材是北京师范大学文学院与北京师范大学出版社合作编写的教材之一种，也是以北京师范大学文艺学研究中心年轻教师的力量为主而完成的一部教材。

教材编写的启动时间是 2004 年 5 月。在此期间，编写方案和教材内容曾经过几次讨论并数易其稿，最终形成了现在的样子。

编出一部贴近学生、较有新意的教材是我们的一个尝试，其中一定存在一些不如意的地方，我们期待着读者的批评指正。

本教材适用于大学中文系一年级的本科生、自考生和准备攻读文学硕士学位的考生，对于文艺学专业的研究生和文学理论爱好者亦有重要的参考价值。

全书由童庆炳提出总体编写思路和方案，由赵勇设计具体编写内容和框架，并提供备选的“经典文本”篇目。编写过程中，撰写者根据各章的情况对部分“经典文本”做出了调整，并进一步完善了编写框架。最后由童庆炳、赵勇统稿。各章撰稿分工如下：

童庆炳（前言、第一章）

赵勇（第二章、第四章、第十三章）

姚爱斌（第三章、第八章）

陈太胜（第五章、第六章、第七章）

于闽梅（第九章、第十二章）

陈雪虎（第十章、第十一章）

北京师范大学文学院和北京师范大学出版社的有关领导非常重视这部教材的编写，本书能较快完成，与他们的支持与敦促是分不开的。责任编辑景宏先生认真负责，他与他的同事们为教材出版付出了辛勤劳动，在此我们深表谢意！

主编

2005 年 2 月

修订版后记

《文学理论新编》出版之后，我们曾在北京师范大学本科教学、北京市自学考试、相关硕士学位课程班的课堂上讲授过这本教材的内容，均收到了很好的效果。而由于编写理念、框架设计等具有新意，教材也得到了同行专家学者的肯定。为了让这本教材更好地走进广大师生中间，2008 年 10 月以来，我们开始了这次修订。其修订内容主要在以下几方面。

一、对个别经典文本篇目进行调整或删减，以求与相关章节的内容设计更匹配。二、对全书篇幅进行“瘦身”处理，使教材内容更精粹，同时也减轻读者负担。三、对教材的文字进一步推敲，力求表达更准确，更深入浅出。

在修订教材的同时，我们也着手编写了《文学理论新编教学参考书》，以补教材之不足。我们相信，这部教学参考书对教师备课和学生学习会有很大帮助。

此次修订，仍由原撰写者各自修订自己撰写的相关章节。全书由童庆炳、赵勇统稿。

责任编辑赵月华女士非常关心这一次的修订工作，她热情、周到、认真、负责，保证了修订工作的顺利进行，为此，我们深表谢意。

主编

2009 年 5 月

第4版修订后记

这本教材于2005年出版后，我们曾在2009年修订过一次，其使用范围也越来越广。为了使它更好地走向广大师生中间，2014年10月以来我们又进行了一次修订。这次修订未大修大改，只是对个别章节（主要是第十三章）的内容有所更新，同时进一步打磨各章文字，消灭一些印刷错误等。希望这一次的修订能让这本教材更加完善。

在修订教材的同时，我们也修订了《文学理论新编教师用书》。

这次修订，仍由原编写者各自修订自己所撰写的相关章节，故这里不再一一具名。全书由童庆炳、赵勇统稿。

上一版面世后，有几位同学发现了一些表达失误或印刷错误，特此致谢。尤其要感谢沧州师范学院文学院的王欣艳老师，她曾仔细通读过一遍教材，并详尽罗列出了她所发现的问题，供我们修订时改正。她的认真令我们感动。

这本教材虽经修订，但或许还存在着一些不足或缺漏，我们期待着专家学者和读者朋友的进一步指正。

编辑周劲含女士非常关心本次修订，她热情、周到、认真、负责，保证了修订工作的顺利进行，特此致谢。

主编

2015年4月